Melissa Caruso est titulaire d'une licence en création littéraire de l'Université de Brown. Elle aime le thé, l'aventure et les grands espaces ; on l'a déjà vue pratiquer le duel à l'épée en robe de bal. Salué par la critique, ce premier volume a été nommé au Gemmell Morningstar Award. Melissa Caruso vit dans le Massachusetts avec sa famille, trois chats et un labrador.

Du même auteur, chez Big Bang :

Les Faucons de Raverra :
1. *La Sorcière captive*
2. *L'Héritière rebelle*

Ce livre est également disponible au format numérique

www.bragelonne.fr

Melissa Caruso

LA SORCIÈRE CAPTIVE

LES FAUCONS DE RAVERRA – TOME 1

Traduit de l'anglais (États-Unis) par Vincent Basset

BIGBANG

Big Bang est une collection des éditions Bragelonne

Titre original : *The Tethered Mage*

Carte :
D'après la carte originale de Tim Paul

ISBN : 978-2-36231-540-4

Bragelonne
60-62, rue d'Hauteville – 75010 Paris

E-mail : info@bragelonne.fr
Site Internet : www.bragelonne.fr

À mon père,
pour n'avoir jamais douté que j'en serais capable,
Et à ma mère,
pour m'avoir montré comment faire.

Une carte actuelle et détaillée d'Eruvia
Océan Boréal
Tira
Elowan
Kosenia
Urshul
Asral
Roskoth
Vilskafar
Atruin
Markova
Sevaeth
Let
VASKANDAR
lac de l'Aire
Kar
Alevar
Kazerath
Morgrain
Mont Chenu
Mont Enthalus
Ordun
Gened
Hautegarde
Durantain
Océan du Ponant
Pics Sorciers
Ardence
CALLAMORNE
LOREICE
fleuve Arden
Palova
Trevelle
EMPIRE SÉRÉNISSIME
Raverra
Mer Paisible
Océan Impérial
Idrante
Valisia
Calsida
Celantis
Mer Ostanienne
N
O
E
S
OSTA
Océan Austral

Chapitre premier

— Ici, ma dame ? Vous êtes sûre ?

La proue effilée de la barque vint heurter les marches de pierre au bord du canal, et je songeai que j'aurais mieux fait de m'y rendre à pied ou de louer une embarcation plutôt que d'utiliser la mienne. Mon batelier se ferait forcément un devoir de rapporter à la Contessa que sa fille avait débarqué dans un coin malfamé des Suifs, le quartier le plus pauvre de la ville de Raverra.

Mais le temps que ma mère l'apprenne, j'aurais déjà récupéré le livre.

— Oui, ici. Je vous remercie.

Le batelier stabilisa la barque sans plus de commentaires, mais son visage perplexe exprimait assez ses doutes.

J'avais revêtu le manteau et les chausses d'un gentilhomme de province afin d'éviter de trop dénoter dans ce quartier miséreux, et je descendis de la barque en me réjouissant de n'avoir pas à craindre de souiller le bas de ma robe dans l'eau boueuse. Des détritus dansaient à la surface du canal, et l'odeur puissante du sel n'était pas la seule à flotter dans l'air.

— Voulez-vous que je vous attende, ma dame ?

— Non, ce ne sera pas nécessaire.

Moins ma mère en saurait, mieux ce serait.

Elle ne m'avait pas explicitement interdit de me rendre chez ce prêteur sur gages qui affirmait détenir une copie des *Principes de l'Artifice* de Muscati, mais elle avait clairement exprimé ce qu'elle pensait de ce genre d'excursion, et nul ne désobéissait impunément à la Contessa Lissandra Cornaro. Sa parole détenait une force qui s'imposait à toute la cité, résonnait dans tous les jardins clos, sur toutes les places publiques de Raverra.

Mais il s'agissait d'un Muscati ; seules douze copies de ses ouvrages étaient connues. Si le prêteur sur gages disait vrai, il s'agirait de la treizième.

Alors que je déambulais le long du canal, les avertissements de ma mère me parurent absurdes. Les façades chauffées par le soleil luisaient au-dessus des eaux vertes où s'alignaient les bateaux arrimés à la berge, chargés de produits du continent que des manœuvres s'occupaient à décharger en un ballet incessant. Quels périls aurais-je pu courir en un après-midi aussi paisible et radieux ?

Toutefois, quand mon chemin s'écarta du canal pour s'enfoncer dans la pénombre d'un passage couvert qui traversait un immeuble, j'hésitai un instant. Il était bien plus facile d'imaginer des assassins ou des kidnappeurs dissimulés dans les ombres de ce tunnel voûté. Je n'avais que dix-huit ans, mais en tant qu'héritière désignée de ma mère, j'avais déjà eu plusieurs fois à affronter l'une ou l'autre menace.

Le livre, me rappelai-je à moi-même. *Pense au livre.*

Je traversai le boyau et débouchai dans une venelle si étroite que les rayons du soleil n'en atteignaient pas le fond. Je poursuivis mon chemin en longeant les façades de brique des immeubles vétustes aux volets brisés. Les rares personnes que je croisai me jaugèrent du regard avec méfiance.

Je trouvai enfin la boutique du prêteur sur gages et pénétrai avec soulagement dans un capharnaüm où s'amoncelaient des trésors poussiéreux. Diverses pièces de mobilier encombraient l'échoppe, des bijoux et des bibelots en verre soufflé scintillaient sur les étagères, et des tableaux s'entassaient contre les murs. Le propriétaire des lieux était penché sur une conque entourée d'un fil de cuivre entrelacé, et l'examinait d'un air perplexe qui ajoutait de nouveaux plis à son visage passablement ridé. Quelques touffes de cheveux blancs au-dessus de ses oreilles formaient les derniers vestiges de sa chevelure.

Je m'approchai et regardai la conque.

— Elle est inutilisable.

— Vraiment ? dit-il en se renfrognant. J'aurais dû m'en douter. Il en demandait trop peu.

— Il manque la moitié des perles, expliquai-je en montrant les quelques grains de verre coloré encore enfilés sur le fil de cuivre. Il faudrait la faire réparer par un façonnier si vous voulez qu'elle puisse à nouveau jouer de la musique.

Le prêteur sur gages releva la tête et écarquilla les yeux.

— Dame Amalia Cornaro, me salua-t-il en s'inclinant de son mieux dans l'espace restreint que lui laissait l'amoncellement d'objets qui encombrait sa boutique.

Je jetai un coup d'œil autour de moi ; nous étions seuls.

— Je vous en prie, inutile de faire des cérémonies.

— Veuillez me pardonner. Je ne vous avais pas reconnue dans cette, euh... tenue, s'excusa-t-il en glissant un regard dubitatif à mes chausses. Mais je suppose que c'est la dernière mode en vigueur chez les jeunes dames ces temps-ci.

Il était aussi loin de la vérité qu'on pouvait l'être, mais je ne me donnai pas la peine de le détromper. Les chausses n'avaient rien d'une tenue à la mode, mais je m'estimais déjà assez heureuse que les femmes de ma génération puissent en porter sans craindre de provoquer un scandale ou d'être traitées de courtisanes.

— Avez-vous l'ouvrage au sujet duquel vous m'avez écrit ? demandai-je pour revenir à la raison de ma présence. *Les Principes de l'Artifice* de Muscati ?

— Certes. J'avais entendu dire que vous le cherchiez.

Ses yeux brillèrent d'un éclat qui ne m'était que trop familier : l'or des Cornaro se reflétait dans son regard.

— Veuillez patienter un instant. Je vous l'apporte, s'excusa-t-il en disparaissant par la porte de l'arrière-boutique.

J'examinai la conque en l'attendant. Mes études d'Artifice m'en avaient appris suffisamment pour me permettre de suivre les motifs tracés par le fil et comprendre le sortilège qui avait capturé le son d'une représentation musicale à l'intérieur des spires du coquillage gravé de runes. J'aurais pu réparer un fil cassé, peut-être, mais sans le talent inné d'un façonnier pour charger d'énergie magique les perles manquantes, la conque resterait silencieuse.

Le prêteur sur gages revint avec un lourd volume relié de cuir, qu'il déposa sur la table à côté de la conque.

— Le voici, ma dame.

Je feuilletai les pages jusqu'à tomber sur un diagramme. La disposition des entrelacs du fil à la précision méticuleuse, associée à des runes tracées à traits épais et peu soignés, était typique de Muscati, et reconnaissable entre mille. Je laissai échapper un soupir tremblant : il s'agissait bien d'un Muscati.

Les doigts longs et fins du prêteur sur gages se posèrent sur la page.

— C'est bien ce que vous recherchiez, n'est-ce pas ?

— Oui, tout à fait. Je vous remercie.

Je déposai un ducat sur la table, qui disparut si rapidement que je doutai un instant de l'avoir sorti de ma bourse.

— C'est toujours un plaisir, murmura-t-il.

Je rangeai le livre dans ma sacoche et quittai sans tarder la boutique et son odeur de renfermé, en sautillant presque d'excitation. Je n'avais qu'une hâte : rentrer à la maison, me réfugier dans ma chambre avec un verre de vin, et me plonger dans les pages jaunies de l'ouvrage de Muscati. Mon ami Domenic, que j'avais rencontré durant mes études à l'université d'Ardence, disait que lire Muscati, c'était ouvrir une fenêtre par laquelle on pouvait contempler l'univers sous un tout nouveau point de vue, résumé à la dimension d'une équation mathématique à résoudre.

Évidemment, il n'en avait lu que des extraits. La bibliothèque de l'université ne possédait pas un seul exemplaire complet des œuvres de Muscati. Il faudrait que je fasse venir Domenic à Raverra afin de lui montrer ma trouvaille. Et peut-être pourrais-je faire don du livre à l'université une fois que j'aurais terminé de l'étudier.

J'éprouvais des difficultés à me concentrer pour retrouver mon chemin dans le dédale des ruelles, perdue dans mes rêveries d'alphabets runiques, de diagrammes géométriques et de filigranes aux complexes arabesques, mais au moins allai-je globalement dans la bonne direction. Encore un pont à traverser, et je regagnerais un quartier patricien paisible. Aucune réprimande de ma mère ne pourrait changer le fait que mon escapade s'était déroulée sans le moindre incident.

Mais alors que je débouchais sur la petite place qui précédait le pont, les choses se compliquèrent soudain, ainsi que cela arrivait souvent à Raverra. Un groupe se tenait là, figé dans une tension annonciatrice de violence. Trois hommes robustes formaient un arc de cercle menaçant autour d'une jeune fille maigrelette aux lourdes boucles brunes. Elle leur faisait face, dans une attitude hautaine de défi, aussi droite qu'un poteau planté dans la vase. Je m'arrêtai et serrai ma sacoche contre moi. La tranche du livre de Muscati s'enfonça dans mes côtes.

—C'est ta dernière chance, lança une des brutes, qui s'avança vers la fille en levant des poings aussi gros que des boulets de canon. Viens gentiment qu'on te ramène à ton maître, ou on te brise les jambes et on te traîne jusqu'à lui dans un sac.

—Je n'ai pas de maître, rétorqua la fille, d'une voix aussi tranchante qu'une lame de couteau. Et tu peux dire à Orthys de prendre son contrat de servitude et de se le fourrer là où je pense.

Ils n'avaient pas encore remarqué ma présence. Je pouvais contourner la place pour rejoindre le prochain pont, et rapporter mon livre à la maison en toute sécurité. Je reculai d'un pas et regardai alentour, à la recherche de quelqu'un susceptible d'intervenir : un officier du guet, un soldat, n'importe qui sauf moi.

Mais il n'y avait personne ; la rue était déserte. Les habitants des Suifs savaient que s'occuper des affaires des autres n'apportait jamais rien de bon.

—Comme tu veux, grogna l'homme, et les truands se rapprochèrent de leur proie.

C'était exactement le genre de situation à laquelle une jeune dame issue de la noble et prestigieuse maison Cornaro aurait dû éviter de se mêler, mais qui réclamait l'intervention de toute personne douée d'un minimum de sens moral.

Peut-être pouvais-je les surprendre, et les faire fuir comme on disperse une bande de chiens errants.

— Vous là-bas ! Arrêtez !

Les hommes se retournèrent pour me dévisager de leurs regards froids, nullement impressionnés, et je sentis ma bouche devenir sèche.

— Mêle-toi de tes affaires, m'avertit un des malandrins, vêtu d'un pourpoint de cuir élimé.

Une cicatrice lui relevait le coin de la bouche, et je doutai que celle-ci soit le résultat d'un banal accident.

Je n'avais aucun moyen de défense, à part la dague à ma ceinture. Le nom des Cornaro aurait sans doute quelque effet sur eux, mais ils ne me croiraient jamais si j'affirmais être la fille de la Contessa, pas dans cet accoutrement.

Mon nom ne pouvait pas me protéger. Cette idée fit naître un frisson en moi, comme si l'air se mettait à vibrer dans mes poumons.

La fille n'attendit pas de voir ce que j'allais faire. Profitant de la diversion que je lui offrais, elle tenta de bondir entre deux assaillants pour s'échapper. Un bras aussi épais que la branche d'un arbre la rattrapa au passage et l'homme la souleva du sol pour la serrer contre lui, aussi aisément qu'il l'aurait fait d'une enfant.

Le poids de ma sacoche sur mon épaule me rappela le trésor que je transportais, mais je ne pouvais pas décemment m'enfuir, Muscati ou pas. Dégainer ma dague ne me sembla pas indiqué. Les trois hommes étaient armés, et l'un d'eux possédait un pistolet à silex.

— À l'aide ! m'écriai-je.

Les brutes ne parurent pas s'inquiéter de mon cri, concentrant leur attention sur la fille qui se débattait alors qu'ils lui bloquaient les bras dans le dos.

— Ça suffit ! cracha-t-elle d'une voix vibrante de colère. C'est votre dernière chance !

« Votre dernière chance » ? Comment pouvait-elle espérer venir à bout de ses adversaires ? À moins que…

Les hommes s'esclaffèrent, et elle leur adressa un grognement furieux. Elle n'avait pas peur, et je ne voyais qu'une seule chose qui pouvait l'expliquer.

J'eus à peine le temps de me plaquer contre un mur que tout s'embrasait autour d'elle.

Cela commença par ses yeux, où une étincelle bleue et vorace s'alluma dans ses pupilles. Puis les flammes descendirent le long de ses bras en délicates arabesques, pour s'épanouir comme les magnifiques pétales d'une fleur de mort.

Les hommes bondirent en arrière en jurant, mais il était trop tard. De la fumée s'élevait déjà de leurs vêtements ; ils eurent à peine le temps de hoqueter, les yeux écarquillés par la terreur, que des flammes bleues coururent sur chaque centimètre de leur peau en les nimbant d'une splendide lumière.

Puis leurs premiers cris éclatèrent. Je grimaçai d'effroi, une main plaquée sur ma bouche. La douleur qu'exprimaient leurs hurlements était inhumaine. La puanteur graisseuse, abominable, de la chair brûlée me souleva le cœur.

Les hommes titubèrent vers le canal en se contorsionnant au milieu des flammes. Je levai le bras devant mon visage pour me protéger de la chaleur et masquer cette vision d'horreur. Le bruit sourd de corps tombant dans l'eau vint étouffer leurs cris, et dans le silence soudain revenu, je baissai le bras pour regarder de nouveau.

Le feu s'élevait désormais au-dessus des épaules de la fille. Une colère pure et impitoyable embellissait ses traits. Ce n'était pas le visage d'une femme qui en avait terminé.

Oh, par les Enfers!

Elle ouvrit les bras d'un geste triomphant, et les flammes jaillirent du canal lui-même, mordantes et implacables. Elles coururent sur l'eau comme sur une nappe d'huile et vinrent lécher le ventre arrondi du pont. Sur l'autre berge du canal, des passants attirés par le bruit se mirent à pousser des cris d'effroi.

— Assez!

Ma voix surgit de ma gorge, plus aiguë qu'à la normale.

— Vous avez gagné! Par pitié, cessez donc!

Mais les yeux de la fille étaient en feu, et des flammèches cascadaient le long de ses cheveux. Elle ne donnait pas l'impression de m'avoir entendue. Le feu bleuté dévora le sol de pierre à ses pieds. Insatiable, il s'étendit autour d'elle, se propageant sur les pavés aussi facilement qu'il l'aurait fait sur une prairie d'herbes hautes.

Je finis par comprendre de quoi il s'agissait: le légendaire malefeu. J'en avais lu une description dans le livre d'Orsenne, *la Chute de Celantis*.

Que la Grâce de la Miséricorde nous vienne en aide. Ce feu était capable d'incinérer n'importe quelle matière: l'eau, le métal, la pierre. Il pouvait embraser une ville entière aussi facilement qu'un champ de maïs desséché. Je ramenai ma sacoche contre ma poitrine d'un geste protecteur.

— Vous devez arrêter cela! la suppliai-je.

— Elle en est incapable; elle a perdu le contrôle, me répondit une voix où perçait une appréhension bien compréhensible.

Je me retournai pour faire face à un jeune homme de haute taille, qui avait les yeux fixés sur la fille en flammes. Ses cheveux noirs ondulés descendaient jusqu'au col de son uniforme, celui-là même dont j'avais espéré de toutes mes forces l'apparition : le pourpoint or et écarlate des Fauconniers, le régiment dont la mission était justement de contrôler la magie afin d'éviter que des choses pareilles se produisent.

— Les Grâces soient louées, c'est une chance que vous soyez là ! Pouvez-vous l'arrêter ?

— Hélas, non. (Il prit une inspiration profonde, l'air incertain.) Mais vous, vous le pouvez, si vous en avez le courage.

— Comment ? (Une autre folie venait s'ajouter à l'horreur du malefeu.) Mais voyons, je ne suis pas Fauconnier !

— Et c'est justement pour cette raison que vous pouvez le faire. (Un délicat bracelet scintilla dans la main qu'il me tendit.) Croyez-vous pouvoir passer ceci à son poignet ?

Le bracelet était constitué d'un entrelacs complexe de fils d'or et de perles écarlates, conçu pour se serrer quand on tirait sur ses extrémités. Je reconnus la forme du motif d'après une gravure d'un de mes livres : il s'agissait d'un jet de Fauconnier. On l'appelait ainsi en référence aux courtes lanières utilisées en fauconnerie pour retenir les rapaces ; ce bracelet avait le pouvoir de refréner la magie.

— Mais elle est en feu, objectai-je.

— Je le sais bien. Je n'ai pas dit que cela ne présentait aucun danger. (Ses yeux verts, intenses, se voilèrent.) Je ne peux pas le faire moi-même. Je suis déjà lié à une autre. Je ne vous le demanderais pas s'il ne s'agissait pas d'une situation critique. Plus le malefeu consume de vies, plus il s'étend. Il pourrait dévorer Raverra tout entière.

J'hésitai. Le jet pendait au bout de ses doigts.

— Je comprends, dit-il. Je n'aurais jamais dû…

— Je vais le faire, décidai-je en me saisissant du jet avant de pouvoir y réfléchir à deux fois.

— Soyez-en remerciée. (Il m'adressa un sourire étrangement mélancolique.) Je vais la distraire, le temps que vous puissiez l'approcher. Vous réussirez, j'en suis sûr.

Le Fauconnier se rua vers les flammes bondissantes, abandonnant le jet comme une question sans réponse.

Il fit le tour de la petite place pour venir se positionner au bord du canal, et il interpella la fille pour attirer son attention.

— Toi, la sorcière !

Elle se tourna vers lui, suivie d'une traîne de flammes aussi longue que celle d'une reine. Le feu commença à grimper les murs de brique de la maison la plus proche en vrilles incandescentes.

La voix du Fauconnier résonna par-dessus la clameur de la foule qui s'agglutinait de l'autre côté du canal.

— Au nom de Sa Sérénité le doge, je t'inféode à l'ordre des Faucons de Raverra !

Cette déclaration attira effectivement l'attention de la fille, et les flammes se courbèrent vers le Fauconnier, comme attisées sous le souffle d'une puissante rafale.

— Toi aussi tu veux me prendre, mais je ne t'appartiens pas non plus ! (Sa voix rugissait tel un brasier.) Tu crois pouvoir me soumettre ? Mon feu va te dévorer !

Elle allait le tuer à son tour. À moins que je ne l'arrête.

Mon cœur tressautait ainsi qu'un mouchoir dans la main tremblante d'une vieille douairière, et je m'efforçai de me calmer et de réfléchir. Peut-être ne m'attaquerait-elle pas si je ne me ruais pas directement sur elle. Je glissai ma précieuse sacoche sous mon manteau et me dirigeai d'un pas rapide vers le pont, comme si j'avais voulu fuir les lieux. Je n'avais guère à me forcer pour faire semblant d'être apeurée, et certains dans la foule sur l'autre berge m'encouragèrent par des signes à venir me réfugier auprès d'eux.

Mes jambes tremblaient sous l'envie de suivre leur conseil et de traverser le pont en courant. Je ne pouvais supporter la pensée des pages de Muscati disparaissant en une poignée de cendres.

Je resserrai mes doigts sur le jet.

Le Fauconnier tendit la main vers la fille pour garder toute son attention.

— De par la loi en vigueur, tu appartiens à Raverra depuis l'instant où tu as vu le jour en portant la marque des mages. J'ignore comment tu as fait pour rester cachée aussi longtemps, mais c'est terminé. Suis-moi.

Le malefeu rugit vers lui en une vague de flammes bleu-blanc.

— Que la peste t'emporte ! le maudit la fille en dressant le poing en signe de défi. Si Raverra veut mon feu, je ne l'en priverai pas. Que la ville brûle !

Je me jetai en avant pour couvrir les quelques mètres qui nous séparaient encore, en bondissant par-dessus les traînées de flammes qui serpentaient au sol. Les yeux mi-clos face à l'onde de chaleur ardente, je tendis la main et passai le jet sur le poing levé de la fille.

L'effet fut immédiat. Les flammes vacillèrent, telle une bougie soufflée par un brusque courant d'air. Le Fauconnier recula d'un pas, les bras levés pour se protéger le visage, le bord de son bel uniforme roussi et fumant.

La fille chancela, et le feu dans ses yeux s'éteignit. Le jet doré brillait autour de son maigre poignet.

Elle s'effondra sur les pavés.

Ma main me lança d'une douleur cuisante, et je la ramenai contre ma poitrine en sifflant entre mes dents. Ce bref instant de contact avait brûlé ma peau et noirci mes bottes ainsi que mon manteau. Ma sacoche, les Grâces soient louées, semblait intacte.

De l'autre côté du pont, la foule poussa des cris de joie, avant de se disperser. Le spectacle était terminé, et personne ne tenait à s'approcher d'une sorcière du feu, même inconsciente.

Je ne pouvais les en blâmer. Il ne restait aucune trace des infortunés tombés dans le canal, mais l'odeur de chair brûlée s'attardait horriblement dans l'air, et les flancs des bâtiments les plus proches étaient striés de cicatrices noires et calcinées.

Le Fauconnier vint me rejoindre, le visage éclairé d'un sourire soulagé.

— Bien joué ! Je suis impressionné. Vous êtes indemne ?

Un léger vertige me saisit en comprenant que c'était terminé. J'avais sauvé, si ce n'était Raverra tout entière, au moins un quartier de la ville, et cela de mes seules mains, sans l'appui du nom de ma mère ou de sa fortune.

Il était trop dangereux de se rendre dans la boutique d'un prêteur sur gages, m'avait-on dit ? Ha ! Je venais d'arrêter une sorcière du feu. Je retournai son sourire au Fauconnier, en cachant ma main brûlée dans ma manche.

— Lieutenant Marcello Verdi, à votre service, se présenta-t-il en s'inclinant. Puis-je savoir votre nom, brave demoiselle ?

— Amalia Cornaro.

— Soyez donc la bienvenue chez les Fauconniers du doge, mademoiselle…

Il s'interrompit, son sourire s'effaça et son visage à la peau mate perdit de ses couleurs.

— Cornaro, répéta-t-il d'un air hébété. Vous… vous ne seriez quand même pas de la famille de la Contessa Lissandra Cornaro, n'est-ce pas ?

Je sentis ma joie et mon soulagement s'étioler.

— C'est ma mère.

— Par les Enfers, murmura le lieutenant.

Chapitre 2

Ma mère n'était pas présente, et pourtant, elle monopolisait tout de même la conversation. Je me penchai sur la fille inconsciente, autant pour voir si elle allait bien que pour masquer ma frustration.

— Est-ce grave ? demandai-je.

— Elle va vite se remettre, ma dame. Il arrive souvent que les sorciers perdent connaissance d'épuisement après avoir été privés de leur pouvoir.

La distance formelle avec laquelle le lieutenant Verdi s'adressait désormais à moi me brûla comme du sel répandu sur une plaie. J'aurais dû lui taire mon identité.

Le lieutenant s'agenouilla et prit dans ses mains le poignet de la fille. Je crus qu'il voulait tâter son pouls, mais ses doigts cherchèrent le bracelet et en suivirent les entrelacs délicats.

Le jet était le filigrane d'Artifice le plus complexe que j'aie jamais vu. Le tressage savant du fil et la position des perles rouge sang enfilées sur ce dernier formaient un langage qui déterminait les effets du sortilège. L'ensemble était trop élaboré pour que je puisse en saisir clairement le sens.

Certains fils d'or se confondaient, fondus au niveau du nœud qui rattachait les brins entre eux. Cela était en principe impossible : on disait les jets pratiquement indestructibles. Mais le malefeu était une magie d'une puissance redoutable.

— Les fils se sont soudés, murmura Verdi. Je ne pense pas qu'il soit possible de l'ôter.

Je levai la tête et rencontrai ses yeux verts. L'inquiétude que j'y lus était sincère et sans fard, une chose à laquelle la fréquentation des salons de l'élite raverraine ne m'avait pas habituée.

— Pourquoi voudriez-vous l'ôter ?

— Parce que, ma dame, c'est vous qui l'avez passé à son poignet.

— Je vous en prie, appelez-moi Amalia.

— Je suis navré, dame Amalia. Je n'aurais jamais dû vous impliquer là-dedans. (Il secoua la tête.) Nous sommes habilités à recruter des civils volontaires pour placer un jet sur un sorcier dans des situations d'urgence, mais je crois bien que c'est la première fois qu'un Fauconnier enrôle accidentellement un membre de la noblesse.

— Vous n'avez rien à vous reprocher. J'ai choisi d'apporter mon aide. Je l'ai fait de mon plein gré.

Je ressentis soudain de l'embarras à me retrouver accroupie au milieu de la rue, mon visage à quelques centimètres du sien, et je me redressai en serrant contre moi ma main blessée. La douleur lancinante se faisait plus vive, envahissant toutes pensées comme un hôte indélicat.

— Et vous avez été merveilleuse. C'est moi qui ai commis une erreur. (Verdi se releva à son tour, en se frottant le crâne.) Je ne sais pas trop ce qui va se passer à présent. Je dois ramener notre nouveau Faucon aux Mues avant qu'elle reprenne connaissance. La loi stipule qu'elle ne peut venir en ville sans son Fauconnier, mais… (Il laissa échapper un petit rire nerveux.) … vous êtes sa Fauconnière.

— Mais c'est impossible ! (Je venais de comprendre les raisons de son trouble.) Aucun membre des familles patriciennes de l'Assemblée ne peut devenir Fauconnier. Ma mère…

— Je le sais bien, croyez-moi, dit-il en grimaçant. J'ignore qui aura ma tête le premier : la Contessa, mon supérieur, ou le doge lui-même. Mais vous avez placé le jet à son poignet, et vous êtes donc la seule à pouvoir emprisonner ou libérer son pouvoir. Et puisque le jet s'est soudé sous la chaleur du malefeu, rien ne peut plus changer ce fait.

Un bracelet ne pouvait pas prendre une décision aussi cruciale à ma place. Le doge lui-même ne dictait pas le futur d'une Cornaro. La seule personne qui avait ce pouvoir était…

— Quelqu'un va devoir l'expliquer à ma mère, dis-je d'une voix hésitante.

Verdi s'inclina vers moi.

— Oh, non, protestai-je. Pas moi !

— Mieux vaut qu'elle l'apprenne par votre bouche que par celle du doge. (Il fronça les sourcils.) En temps normal, je devrais vous emmener toutes les deux aux Mues avec moi, mais je ne tiens pas à m'opposer à la volonté de la Contessa.

— Je crains que nous ne l'ayons déjà fait.

Pour autant, l'idée d'avoir agi sans son approbation n'était pas pour me déplaire entièrement. Je m'inquiétais davantage, en revanche, de violer les règles des Fauconniers ainsi que la loi de Raverra.

— Je suis navré, ma dame, s'excusa Verdi avec une révérence. Tout est ma faute, et je m'en voudrais d'aggraver les choses en vous abandonnant ici. Mais si je ne ramène pas notre nouvelle recrue aux Mues avant son réveil, j'ai peur que la Grâce de la Fortune elle-même ne puisse réparer ce désastre.

Il hésita un instant, les yeux baissés sur la forme inconsciente, puis la souleva dans ses bras et la posa en travers de son épaule roussie en grimaçant. Le bras maigre de la jeune fille pendit mollement en l'air.

Une inquiétude soudaine me gagna. J'avais voulu l'aider, pas la réduire en captivité. Mais les Faucons jouissaient de conditions de vie confortables. Cela représenterait certainement une amélioration par rapport à l'existence qu'elle avait connue jusque-là, et qui l'avait laissée vêtue de guenilles et poursuivie par des brutes.

— Vous êtes sûr qu'elle va bien ?

— Nous prendrons soin d'elle, m'assura Verdi. Ce n'est pas notre prisonnière.

J'en doutai, le regard attiré par le jet qui scintillait à son poignet.

— Veuillez m'excuser, ma dame, dit Verdi en s'inclinant pour une nouvelle révérence, qu'il écourta en sentant la fille glisser de son épaule. Je dois vraiment partir. J'informerai le palais aussitôt que j'aurai veillé à ce que l'on s'occupe d'elle, afin de tirer au clair cette situation. Du moins quelqu'un avertira le palais, et j'espère que ce sera moi. Dans le cas contraire, cela voudra dire que j'aurai de graves problèmes.

« De graves problèmes ». Alors que je grimpais les marches de marbre pour gagner le bureau de ma mère, ces mots s'attardaient dans mon esprit, aussi persistants que l'odeur de fumée

qui imprégnait mon manteau. Ma main, posée sur la rampe froide de l'escalier, me lançait douloureusement. Suspendus aux murs, les portraits aux teintes sombres des prestigieux ancêtres Cornaro me regardèrent passer avec les mêmes yeux pénétrants que ceux de ma mère.

Je déposai mon livre derrière un vase d'argent qui décorait le couloir, afin de me laisser une chance de cacher à ma mère que j'étais allée chez le prêteur sur gages. J'envisageai de passer par ma chambre pour me changer, mais la Contessa s'accommodait mieux d'une tenue négligée que d'un retard dans la transmission d'une information capitale. Je n'avais aucune excuse pour repousser cette conversation.

Je m'accordai néanmoins quelques minutes de répit devant la porte de son cabinet de travail. Je m'absorbai dans la contemplation des sculptures dorées du chambranle, détaillant du regard les formes familières comme je l'avais fait si souvent dans mon enfance quand, avant d'entrer, je me répétais le discours que j'allais servir à ma mère.

Enfin, je frappai à la porte.

— Entrez, ordonna la voix de la Contessa.

J'ouvris le battant. La lumière chaude du soleil caressait les moulures baroques et les fresques aux couleurs vives qui décoraient le bureau de ma mère. Une immense carte de l'Empire Sérénissime était suspendue à un mur, en face d'une bibliothèque qui grimpait jusqu'au plafond, à plus de quatre mètres de hauteur.

Ma mère était en train d'écrire à son secrétaire, dos à la porte. J'adorais ce meuble, qui recelait de nombreux tiroirs et compartiments secrets. Quand j'étais enfant, ma mère m'avait demandé de l'aider à éprouver leur qualité, en me récompensant avec des bonbons pour chaque cache que je parvenais à trouver.

Les cheveux auburn de ma mère cascadaient artistiquement sur les épaules de sa robe de velours d'un vert émeraude chatoyant. Le doge pouvait la mander à toute heure, ou le Conseil des Neuf se réunir en urgence ; c'est pourquoi la Contessa veillait à toujours paraître à son avantage.

Je m'éclaircis la voix.

— Aujourd'hui, j'ai sauvé Raverra des flammes.

— Ce qui explique pourquoi tu empestes comme une cheminée mal ramonée, me lança-t-elle tout en continuant à écrire, sans même me jeter un regard.

— Oui. (Mal à l'aise, je me balançais d'un pied sur l'autre, les yeux baissés sur mes bottes maculées de suie.) Il y avait une sorcière du feu qui avait perdu le contrôle et je… j'ai offert mon aide. Un Fauconnier m'a donné un jet, et je l'ai passé au poignet de la sorcière.

Le grattement de la plume cessa, et ma mère se retourna lentement. Son beau visage aux yeux pénétrants affichait une expression neutre et indéchiffrable, celle qu'elle réservait aux affaires officielles.

— Tu as passé un jet au poignet d'une sorcière clandestine ?

Le ton de sa voix était aussi égal et froid qu'une plaque de marbre.

— Oui, mère.

Je sentis les coins de ma bouche se relever sous le coup de la nervosité, et parvins à transformer mon sourire naissant en une grimace.

— Et, euh… il semble que le jet ne puisse plus lui être enlevé.

Le silence s'étira. Ma mère demeura aussi immobile qu'une statue, puis elle reposa sa plume d'un geste sec, comme si elle venait de mettre un point final au cours de ses pensées.

—Je savais que tu étais partie visiter une boutique des Suifs, me dit-elle, mais je ne me doutais pas que tu me ramènerais un Faucon.

Elle savait déjà où j'étais allée. Évidemment.

J'entortillai la bandoulière de ma sacoche autour de ma main valide, mais n'ajoutai mot. Ma mère m'avait dit une fois que lorsque j'ignorais où je mettais les pieds, la meilleure solution était encore de me taire et d'écouter.

—Amalia, sais-tu pourquoi je te laisse t'aventurer dans Raverra sans escorte ?

J'hésitai, puis secouai la tête.

—Pourquoi j'ai accepté que tu ailles étudier la science magique à Ardence ? Pourquoi je te permets de sortir attifée comme la fille cadette d'un châtelain de province, et pourquoi je fais semblant de ne rien savoir de tes visites chez des prêteurs sur gages des quartiers malfamés ?

—Non, mère.

—Pour voir comment tu vas te comporter, pour te donner la liberté de faire tes propres choix. (Ses mots traversèrent l'air, aussi tranchants que des dagues.) Et pour voir ce que tu en retireras. Parce que j'espérais que cet esprit d'indépendance indiquait une étincelle d'intelligence ou d'ambition susceptible de profiter à notre famille, et que tu te révèles digne de me succéder.

J'avais pensé que c'était peut-être parce qu'elle voulait mon bonheur.

—J'ai beaucoup appris.

—Hmm. (La Contessa tapota sa plume contre le bord du bureau.) Il est vrai que tu as su faire preuve d'audace. Pour ça, je dois te féliciter.

—Merci, mère.

Son compliment était certainement ironique, mais mieux valait ne pas prendre de risque.

— La question est de savoir ce qui va se passer maintenant. La loi est claire : tu ne peux devenir Fauconnière. Et pourtant, tu l'es. Comprends-tu ce que cela signifie ?

Je déglutis péniblement.

— Que je vais causer des migraines à tout le monde ?

— Tu négliges le point crucial de cette affaire, mon enfant. Cela signifie que nous sommes la seule famille de l'Assemblée à avoir le contrôle d'un Faucon.

Je clignai des yeux. Je n'avais pas considéré le problème sous cet angle. Les centaines de familles patriciennes qui constituaient l'Assemblée, la chambre législative de Raverra, passaient leur temps à manigancer pour prendre l'ascendant les unes sur les autres. La magie puissante était un privilège réservé à l'État, un atout susceptible de défaire l'équilibre précaire du pouvoir raverrain.

— Je n'imagine pas que le doge puisse permettre que…

— Tu es mon héritière, m'interrompit la Contessa. Le doge ne te contrôle pas. Moi, si.

Piquée au vif, je me raidis.

— Sans vouloir vous offenser, si cela était vrai, nous n'aurions pas cette conversation.

Ma mère se mit à rire. Elle possédait un rire chaleureux et plein de charme, toujours capable de faire tressaillir le cœur des courtisans et des rois.

— Très bien, mon enfant, je te le concède. Tu es une Cornaro. Personne ne te contrôle. Mais sois prudente : c'est une chose que le doge n'appréciera pas d'entendre. Surtout compte tenu de la situation actuelle à Ardence.

Voilà qui augurait les problèmes.

— Que se passe-t-il donc à Ardence ?

Domenic et mes autres amis ardentins n'avaient rien évoqué de grave, mais leurs dernières lettres remontaient déjà à plusieurs semaines. Le cousin de mère, qui était le représentant du doge à Ardence, n'avait rien mentionné non plus durant notre dîner familial, lors de sa visite du mois dernier. Mais la Contessa siégeait au Conseil des Neuf, et elle était à la tête du réseau d'espions de Raverra ; elle était informée des troubles avant même que leurs auteurs passent à l'action.

— Encore rien de sérieux pour le moment. Le jeune duc d'Ardence cherche simplement à tester jusqu'où il peut aller. Tu devrais prêter davantage attention au monde qui t'entoure, Amalia.

Son regard s'attarda sur mes vêtements, ma sacoche vide, avant de s'arrêter sur ma main.

— Que t'est-il arrivé ? demanda-t-elle en se levant de son bureau.

Je cachai ma main sous mon manteau.

— Elle était enveloppée de flammes, mère.

La Contessa traversa la pièce et me prit le bras avec des gestes doux pour examiner ma main. Je tentai de ne pas grimacer de douleur.

— Je vais bien.

— Ça n'a pas l'air trop grave, acquiesça ma mère. Mais ce doit être douloureux. Nous allons nous occuper de ça.

Elle écarta une boucle rebelle de mon visage pour remettre un peu d'ordre dans ma coiffure, mais son regard navré suggérait qu'il s'agissait d'une entreprise vouée à l'échec. Elle laissa retomber la mèche de cheveux en m'adressant un sourire presque triste.

— N'oublie pas, Amalia. Tu es mon héritière. Cela passe avant toute autre responsabilité que la vie pourrait t'imposer, y compris celle de devenir Fauconnier. Tiens-t'en à cela, peu importe ce qu'il exigera de toi.

— « Il » ?

— Le doge, qui d'autre ?

Le doge. Évidemment. Parfois, j'avais l'impression que ma mère et moi n'avions pas la même conversation.

Elle examina une nouvelle fois mes vêtements roussis avec une moue contrariée.

— Va donc changer de tenue, mon enfant. Et n'oublie pas de prendre ton élixir.

— Je ne l'oublie jamais.

— C'est l'évidence, puisque tu es toujours en vie.

Ma mère se pencha vers moi et déposa un rapide baiser sur mon front. La senteur de son parfum m'enveloppa, aussi délicate et complexe qu'une de ses intrigues.

— Et j'aimerais que cela reste ainsi, ajouta-t-elle. Tu dois faire preuve de prudence, mon enfant.

— Bien sûr, mère.

— Et maintenant, va te changer. La journée va être longue.

Quand ma mère m'avait demandé de me changer, je savais qu'elle voulait dire passer une toilette plus convenable pour l'héritière d'un membre du Conseil des Neuf, l'institution discrète qui, au côté du doge, exerçait la réalité du pouvoir à Raverra. Certes, c'était l'Assemblée qui établissait les lois ; mais le Conseil contrôlait l'armée, les services de renseignements et la diplomatie, et gardait le dernier mot en matière de justice, de politique étrangère et de sécurité de l'Empire. À l'origine, ses neuf membres étaient élus parmi les rangs de l'Assemblée, mais au fil des siècles, les familles les plus puissantes de l'Empire étaient parvenues à s'arroger un droit héréditaire sur quatre sièges du Conseil. Avant même ma naissance, j'étais destinée à succéder à ma mère au Conseil des Neuf.

Je comprenais moins en revanche pourquoi le gouvernement de l'Empire Sérénissime ne pouvait s'accommoder de confortables pantalons, mais, obéissante, je choisis une toilette dans ma garde-robe et l'étendis sur mon lit. Le corset se laçait dans le dos et il m'était impossible de m'habiller seule, aussi m'allongeai-je sur le ventre à côté de la robe pour feuilleter mon nouveau livre.

Muscati avait le don de faire paraître l'Artifice si simple ! Cet art magique consistait à utiliser des runes pour conférer une propriété particulière à un objet, ou le contraindre à obéir à de nouvelles règles en l'entourant d'un filigrane ; il fallait ensuite canaliser l'énergie magique dans le motif dessiné par le fil afin de lui donner sa puissance. L'étude de ses schémas à l'époustouflante complexité me laissait chaque fois le sentiment d'une révélation, non tant pour l'effet spécifique qu'ils étaient censés créer que par la façon dont ils savaient manipuler ou détourner les lois naturelles.

Je continuai à lire, tandis qu'à l'extérieur, le ciel s'assombrissait. Les luminaires sur leurs appliques murales s'éveillèrent, diffusant une lumière tamisée, alimentés par la magie du cercle solaire d'Artifice installé sur le toit. La jeune sorcière devait avoir repris connaissance à présent ; elle était encore pour moi une inconnue, et pourtant, elle ne pourrait plus jamais quitter l'enceinte des Mues sans que je sois à ses côtés.

Je regardai ma main brûlée. C'était une sorcière du feu, pour compliquer encore les choses. Les sorciers du feu étaient les plus rares et les plus dangereux de tous les mages ; ils avaient laissé des trous calcinés et fumants dans les pages de l'histoire, des villes dévastées, des champs de bataille recouverts de cendres et d'ossements.

Mais rien n'avait perturbé la sérénité de l'Empire au cours des cinquante dernières années, pas depuis la guerre de Trois Ans. Sous la férule des Accords Sérénissimes, les États vassaux de l'Empire s'autogouvernaient dans une paix relative. Ils concédaient à Raverra des privilèges commerciaux et leur livraient des Faucons, en échange d'une protection militaire et de la jouissance d'infrastructures telles que des routes bien entretenues, des aqueducs, ou encore le service de la Poste impériale et celui du réseau des lampes-courrières. Raverra accordait à ces nations tributaires une autonomie presque complète ; à l'occasion, les Envoyés de l'Empire Sérénissime glissaient un mot à l'oreille attentive de leurs dirigeants, qu'ils soient rois, ducs, ou consuls. Aucune puissance étrangère n'était en mesure de défier l'Empire – ni n'en avait exprimé l'intention – depuis sa victoire contre les Hauts Ensorceleurs du Vaskandar lors de la guerre de Trois Ans, à l'époque de mes grands-parents. Sans ennemis à combattre, il n'y avait aucune raison pour libérer le pouvoir d'une sorcière du feu. Mon Faucon avait toutes les chances de rester encapuchonnée pour le restant de ses jours.

Encapuchonnée, et prisonnière des Mues, son existence réduite à un périmètre aussi nettement tracé qu'un cercle d'Artifice de Muscati.

Le son familier de deux coups brefs et autoritaires à ma porte m'avertit qu'il était temps de cacher *les Principes de l'Artifice* sous mon oreiller avant que ma mère n'entre dans ma chambre. Ciardha, sa dame de compagnie, la suivit à l'intérieur, un coffret dans les mains. Ciardha n'était pas une simple domestique, mais la descendante d'une prestigieuse famille de négociants d'Ostan. Elle possédait en outre un esprit pénétrant et une faculté d'observation remarquable ; ma mère lui accordait son entière confiance et n'hésitait pas à la charger des tâches les plus importantes.

— Par les Grâces, tu n'as même pas commencé à t'habiller !

Les yeux de la Contessa s'attardèrent sur le lit. Je me forçai à ne pas regarder vers l'oreiller, en espérant que mon livre était convenablement caché.

— Étais-tu encore en train de lire ?

— Je réfléchissais aux sorciers du feu, répondis-je, ce qui n'était pas totalement un mensonge.

Sans s'embarrasser de discours inutile, Ciardha commença à appliquer un onguent sur ma main brûlée tandis que je restais droite et immobile, comme un soldat au garde-à-vous.

Ma mère examina d'un air navré la robe que j'avais choisie.

— Tu ne peux pas recevoir le doge dans cette tenue, mon enfant. Mais qu'est-ce qu'il te passe par la tête ? Elle conviendrait pour aller au marché, à la rigueur. Ciardha, quand vous en aurez terminé avec sa main, aidez donc Amalia à se préparer.

— Bien, Contessa, murmura Ciardha.

Mon ventre se noua.

— Je vais voir le doge ? Aujourd'hui ?

— N'est-ce pas ce que je t'ai dit tout à l'heure ? Quoi, pensais-tu que je plaisantais ? Les lampes-courrières m'ont transmis son message pendant que tu étais dans ta chambre, à faire semblant de te préparer. Il réclamait ta présence au palais impérial. (Elle ouvrit la porte de ma garde-robe et examina mes différentes toilettes.) J'ai réussi à gagner un peu de temps en prenant excuse de tes brûlures, et il a consenti à se déplacer en personne pour te rencontrer. Oh, Ciardha, faites donc en sorte que cette main paraisse sérieusement blessée.

— Je m'en occupe, Contessa.

Ciardha sortit un rouleau de bandage de son coffret et s'appliqua à l'enrouler sur ma blessure avec des gestes rapides et précis.

Je ressentis l'envie impérieuse d'ôter ma main des siennes, de m'enfuir de cette pièce et de trouver un endroit où me cacher.

— Le doge va venir ici ? Mais quand ?

— Du calme, ma fille. Ce n'est tout de même pas la première fois qu'il honore notre demeure de sa présence. Je nous ai gagné une heure ou deux. Le temps qu'il sorte du palais, il croisera trente ou quarante fâcheux qui essaieront de lui parler ; c'est toujours ainsi. J'ai placé un serviteur sur le toit avec une longue-vue pour surveiller l'apparition de son bateau sur le Canal impérial, aussi serons-nous averties quelques minutes avant son arrivée. La robe en soie bleu paon, je pense, Ciardha. Veillez à ce qu'elle porte des bijoux qui s'accordent avec ; et si vous pouvez faire quelque chose pour ses cheveux…

— Ce sera fait, Contessa, répondit Ciardha, tout en continuant à tisser son cocon de gaze autour de ma main.

— Je ne peux plus remuer les doigts.

— Évidemment, ma dame, acquiesça Ciardha d'un air sérieux, même si sa voix laissait entendre une note amusée. Vous êtes trop gravement blessée pour cela.

La Contessa vint se placer derrière moi et me prit par les épaules.

— Écoute-moi, Amalia. Je resterai avec toi si je le peux, mais le doge voudra certainement te parler tête à tête. Tu vas devoir tenir bon face à lui. Tu me comprends ?

— Oui, mère…, répondis-je machinalement, avant de m'interrompre brusquement. Un instant. En fait, non, mère, j'ai peur de ne pas comprendre. Que me veut-il exactement ?

— Ta petite mésaventure d'aujourd'hui est lourde d'implications : le contrôle de la seule sorcière du feu de l'Empire Sérénissime ; l'autorité incontestée du doge sur les Faucons ; et quel rôle va y jouer l'héritière d'une des plus puissantes familles de Raverra. Évidemment qu'il souhaite te parler.

Tous les mots de Muscati dont je m'étais abreuvée avec une joie insouciante alors que j'étais censée me préparer me pesèrent soudain sur l'estomac.

— Ce qui s'est passé aujourd'hui est donc si grave que cela ?

— Un jour, tu siégeras au Conseil des Neuf, Amalia. Il va falloir t'habituer à l'idée que le moindre de tes actes revête une extrême importance.

— Mais que vais-je dire au doge ?

La douleur fulgura dans ma main alors que je tentais de la serrer nerveusement, et Ciardha manifesta sa désapprobation d'un petit claquement de langue.

— Obtiens-moi ce Faucon, si tu le peux, dit ma mère. Mais plus important encore, ne le laisse pas t'imposer son autorité. Tu n'es pas une simple Fauconnière sous ses ordres. Si tu le laisses te contrôler maintenant, le jour où tu occuperas mon siège au Conseil des Neuf, tu deviendras son instrument.

— Que voudriez-vous faire d'une sorcière du feu ? Je suis perdue.

— Je ne veux pas d'une sorcière du feu ; je veux que l'on sache que nous en avons une. (Elle ramena derrière mon oreille une mèche rebelle qui tombait sur mon front.) Le doge le comprend. Et tu le comprendras aussi, un jour.

— Et voilà, annonça Ciardha.

Je baissai les yeux sur ma main, mortifiée de recevoir le doge avec un bandage aussi disgracieux.

Ma mère me tapota le bras en m'adressant ce sourire qui avait rallié le pays de Callamorne à l'Empire Sérénissime.

— Tu t'en sortiras très bien, mon enfant. Il faut juste que tu n'oublies pas qui tu es.

Qui j'étais, ou qui elle voulait que je sois ? Ma gorge se noua.

— Je ne suis pas douée pour ces jeux-là, mère. Je ne suis pas comme vous.

— Dans ce cas, n'y joue pas. Trouve en quoi tu es douée, et amène la partie sur ton terrain.

Sur ces mots, elle sortit de la chambre avec toute la majesté d'un cygne prenant son envol, laissant aux mains habiles de Ciardha le soin de me faire rentrer dans ma robe bleu paon. Je n'avais pratiquement rien à faire, à part me tourner quand elle me le demandait, ou me raidir quand elle appuya un genou contre mes reins afin de serrer les lacets de mon corset.

— Comme j'aimerais que vous puissiez parler au doge à ma place, Ciardha, soupirai-je dès que je pus respirer à nouveau. Vous êtes tellement habile en toutes choses.

— Vous vous en sortirez parfaitement, ma dame, me rassura Ciardha d'une voix pleine de confiance, tandis que ses doigts mettaient de l'ordre dans ma chevelure.

— Comment pouvez-vous le savoir ?

— Parce que la Contessa le dit. La Contessa ne se trompe jamais.

Un cri se répercuta dans la maison, répété de domestique en domestique. « Il arrive ! »

Le serviteur sur le toit avait vu la galère du doge déboucher sur le Canal impérial. Il ne me restait plus qu'à espérer que Ciardha ne se trompait pas.

Chapitre 3

L'homme le plus puissant du monde était à peine plus grand que moi, si l'on exceptait les quelques centimètres supplémentaires que lui conférait sa couronne ducale. Niro da Morante était jeune pour un doge ; c'était une charge que l'on occupait à vie, et l'Assemblée élisait rarement un doge jouissant encore devant lui de trop longues années d'exercice. Ses cheveux bruns se striaient déjà de larges mèches grises, mais ses yeux profondément enfoncés dans leurs orbites luisaient d'une infatigable intelligence, et il émanait de lui une autorité naturelle qui n'avait rien à voir avec la somptuosité de sa tenue ni avec le fait qu'il gouvernait un empire dominant la majeure partie du continent d'Eruvia.

Alors que je le saluais d'une révérence, il me scruta de ses yeux noirs pénétrants, glanant la moindre bribe d'information que pouvait lui apporter mon apparence. Même ici, au sein du grand salon de ma propre demeure, il était difficile d'oublier que je me tenais devant un homme dont la parole pouvait décider de la guerre ou de la paix, de la prospérité ou de la ruine, de la vie ou de la mort.

Ce qui était exactement le sentiment que devaient éprouver les autres quand ils s'adressaient à ma mère.

Mes jupons s'étalèrent sur le sol en marbre alors que je terminais ma révérence. Ma mère prononça quelques mots de bienvenue, auxquels j'ajoutai les miens. Les domestiques tournoyèrent autour de nous en un ballet parfaitement réglé, lui offrant du vin ou d'autres rafraîchissements qu'il refusa d'un geste. L'immensité du grand salon nous écrasait, avec ses dimensions qui le destinaient à accueillir des bals masqués ou d'occasionnelles cérémonies officielles. Décoré de fresques célébrant les hauts faits des doges Cornaro et surchargé à l'extrême de moulures dorées, c'était un lieu conçu pour impressionner les invités, non une pièce à vivre, et je n'y venais que rarement.

Le doge prit place dans le fauteuil qui lui fut proposé. Il semblait contrarié, non par notre hospitalité, mais par la situation qu'il avait à gérer.

— Je souhaite parler tête à tête avec ma nouvelle Fauconnière, annonça-t-il.

Les serviteurs s'éclipsèrent discrètement, et ma mère, avec son aplomb naturel, lui adressa un sourire gracieux.

— Je suis certaine qu'il n'y a rien que vous ayez à dire à ma fille que je ne puisse entendre.

Je ne pus m'empêcher de relever la façon dont l'un et l'autre avaient insisté sur le « ma ».

Le doge haussa un sourcil.

— Est-ce encore une enfant, qu'il lui faille se cacher dans les jupes de sa mère ?

Piquée au vif, j'ouvris la bouche, mais une pression soudaine sur mon épaule m'arrêta avant que je puisse parler. Ma mère y avait posé la main en un geste affectueux et détendu, mais elle avait retourné une de ses bagues dont la pierre s'enfonçait dans ma peau en une pénible mise en garde.

— Amalia est tout à fait capable de s'exprimer en son propre nom, affirma-t-elle avec plus de confiance que nos précédentes conversations me l'avaient laissé entendre. Mais que pourriez-vous donc avoir à discuter qui doive être caché à sa mère, votre vieille amie ?

Un sourire fugace se dessina sur les lèvres du doge.

— Certes rien. Mais, Lissandra, vous savez aussi bien que moi que si vous restez avec nous, c'est avec vous que je parlerai, et non avec votre estimable fille.

Le silence se fit. La pierre de la bague de ma mère me piquait toujours l'épaule.

— Soit. Je ne peux nier que vous ayez raison en cela, Niro. Je vous laisse donc seuls.

Ma mère se retourna dans un bruissement de velours. Les portes du grand salon s'ouvrirent et se refermèrent. Je me retrouvai seule avec le doge.

Il me fit signe de m'asseoir, et son regard s'attarda sur ma main emmitouflée sous son épais bandage.

Je m'assis au bord d'un fauteuil du mieux que je le pouvais, gênée par mon corset ; entre l'étranglement de la taille et les baleines de maintien, le corset semblait conçu pour des dames qui ne s'asseyaient jamais. Les plis de ma robe et de mes jupons se tassèrent sous mon poids dans un froissement de soie. Ce n'était pas sans raison que je préférais porter une veste et des chausses.

— Eh bien, dame Amalia, vous avez choisi une manière… peu orthodoxe d'intégrer les rangs de mes Fauconniers.

Chacun de ses mots prenait soigneusement position sur un plateau de jeu invisible, et marquait des points dont le compte m'échappait. Ma paume enveloppée de gaze devint moite.

— Votre Sérénité, je vous assure que ce n'était nullement dans mes intentions. Mon seul but était de protéger Raverra du malefeu.

— C'est égal. Votre Faucon et vous représentez à présent un problème des plus délicats. (Il tendit la main dans un geste d'explication.) En temps normal, nous amenons les Faucons aux Mues quand ils sont encore enfants. Les Fauconniers vivent eux aussi aux Mues, et en passent par plusieurs années d'entraînement avant de se lier à un Faucon choisi pour eux avec soin. À partir de ce moment, ils renoncent à toutes leurs autres responsabilités, loyautés et titres. S'ils appartiennent à une famille patricienne, ils perdent le droit de siéger à l'Assemblée.

Ma mère n'accepterait jamais une telle chose.

— Mais bien sûr, c'est impossible dans le cas qui nous occupe, dis-je en gardant un ton détaché, mais ferme. Puisque je suis l'héritière des Cornaro.

Le doge me dévisagea d'un air pensif. Le tic-tac d'une horloge se faisait entendre, à l'autre bout de la salle. Les visages de dizaines de dignitaires me contemplaient depuis la fresque qui ornait le plafond.

— Savez-vous pourquoi les membres des familles régnantes de Raverra ont l'interdiction de devenir Fauconniers ? me demanda-t-il finalement.

— Pour éviter que l'une d'elles ne détienne trop de pouvoir.

— Exactement. Mais ce n'est pas là l'unique raison.

Il se pencha vers moi, et dans ses yeux noirs s'alluma une lueur, semblable à l'éclat de l'or au fond de deux lacs profonds.

— Amalia Cornaro, connaissez-vous le paradoxe du pouvoir ?

J'hésitai.

— Je ne suis pas certaine de comprendre ce à quoi vous faites allusion, Votre Sérénité.

— La puissance navale et magique de Raverra est inégalée. Elle représente, avec notre richesse, l'assise sur laquelle l'Empire s'est édifié. Et pourtant, cela fait des décennies que nous n'avons pas eu à utiliser cette puissance pour défendre nos intérêts. C'est précisément parce que tous savent que nous sommes en mesure de déployer des forces militaires invincibles que nous n'avons pas besoin d'y faire appel. Ainsi, c'est par la menace implicite de notre force que nous parvenons à maintenir la paix en Eruvia.

— Le véritable pouvoir s'exerce d'une main légère, car une main légère y suffit, dis-je, en citant ma mère.

— En général, oui. Mais que se passe-t-il, ma dame, quand quelqu'un tente d'éventer notre bluff? demanda-t-il en plissant les yeux.

— Mais... le pouvoir de l'Empire Sérénissime ne relève pas du bluff.

— Non, effectivement, acquiesça-t-il d'une voix satisfaite, en se reculant dans son siège. Ainsi que Celantis l'apprit à ses dépens, voici trois cents ans. Vous connaissez les faits, j'imagine?

— Bien évidemment.

C'était un événement historique qu'Eruvia n'avait pas oublié, cependant que l'Empire Sérénissime de Raverra continuait à croître depuis les petites cités côtières qui formaient son berceau d'origine.

— Raverra et l'île de Celantis étaient en guerre. Quand la flotte et les Faucons de Raverra se déployèrent pour attaquer, le doge offrit au roi de Celantis une dernière chance de conclure la paix, mais celui-ci renvoya la tête de l'émissaire de Raverra en guise de réponse. Alors le doge lui adressa un ultime message, attaché à une flèche tirée au-dessus des remparts de la ville : « Vous pensez que votre royaume est puissant, lui qui peut abattre un homme. Mais avec un seul homme, je vais détruire votre royaume. » Et alors… (Je déglutis péniblement.) … il ordonna de libérer le pouvoir de son sorcier du feu.

— C'est exact, opina Niro da Morante, avec un sourire glacial. Le malefeu dévasta la ville durant trois jours et trois nuits d'horreur. À chaque victime qu'il faisait, l'incendie devenait plus fort, nourri par l'énergie vitale de ceux qu'il consumait. Après une centaine de morts, après un millier, rien ne pouvait plus arrêter le brasier, pas même le sorcier qui l'avait déclenché. Seul un mot du Fauconnier pouvait y mettre fin.

Je hochai la tête en silence, les lèvres serrées.

— Mais sur l'ordre du doge, le Fauconnier s'abstint de prononcer ce mot, jusqu'à ce que le roi de Celantis soit assassiné par ses propres gens, et que ses généraux viennent offrir leur reddition au doge en implorant sa clémence.

Le Fauconnier avait regardé Celantis brûler, en sachant qu'il pouvait à tout moment mettre fin à la catastrophe d'un seul mot. Mais il avait choisi de ne pas le prononcer, obéissant loyalement à l'ordre du doge. Lui en avait-il coûté de garder le silence ? Ses nuits avaient-elles été troublées pour le restant de ses jours, peuplées de cauchemars où il entendait les hurlements des victimes et sentait la puanteur de la chair calcinée ?

— Depuis ce jour, force est de constater que rares sont ceux qui ont osé s'opposer à Raverra, la Cité Sérénissime. (Le doge joignit les mains en cloche.) Par conséquent, il ne nous a pas été nécessaire de brûler d'autres royaumes. Vous comprenez donc le rôle qu'un sorcier du feu peut jouer dans la stabilité et la paix de l'Empire Sérénissime.

— Oui. (Il en était revenu à mon Faucon. Voilà qu'il refermait son piège. Mon cœur se mit à battre deux fois plus vite que le tic-tac de l'horloge.) Savoir que nous possédons un sorcier du feu diminue les risques que quiconque songe à engager des hostilités contre nous.

— Et vous comprenez également pourquoi je ne peux laisser planer le moindre doute sur le fait que vous obéirez sans hésitation si je devais vous demander de libérer le feu de votre Faucon.

Nous y étions. Je le dévisageai, prise à son piège. Un sourire cynique fit remonter le coin de sa bouche. *« Vous voyez ?* disait ce sourire. *Les choses ne sont pas si simples. »*

— Votre Sérénité, dis-je lentement, si la sécurité de Raverra exigeait cela de moi, je le ferais sans hésiter.

— Quelle que soit la cible ?

— Je suis prête à défendre Raverra si elle est menacée.

— Hmm. (Son regard détailla mon visage comme s'il était en train de lire la page d'un livre.) Vous êtes donc disposée à obéir à mes ordres ?

Je serrai ma main bandée jusqu'à ce que la douleur y flamboie en une aube rougeoyante. Je ne pouvais pas dire oui, mais je ne pouvais pas dire non. J'espérai qu'il ne puisse voir sur mon visage combien j'aurais souhaité que ma mère soit encore dans la pièce pour répondre à ma place.

— Votre Sérénité, finis-je par énoncer prudemment, je ne peux imaginer que vous me demandiez de libérer le pouvoir de mon Faucon autrement que pour préserver la sécurité de Raverra.

Le doge partit d'un petit rire, qui plissa les rides aux coins de ses yeux.

— Voilà qui est bien dit. (Il se leva, et je l'imitai.) Très bien. Je suppose que cela sera suffisant, pour le moment.

Apparemment, la partie était terminée, même si je n'aurais su dire qui avait gagné, et qui avait perdu.

— Il va tout de même vous falloir suivre un entraînement, ajouta-t-il. Nous ne pouvons courir le risque que vous prononciez accidentellement le mot de libération et que les Mues disparaissent dans les flammes.

« Le mot de libération » ? Je me sentis soudain effrayée d'ouvrir la bouche. Le doge s'en aperçut, et rit de nouveau.

— Présentez-vous aux Mues demain matin à l'heure qu'il vous plaira, et nous veillerons à ce que cela n'arrive pas.

— Votre Sérénité, avec tout mon respect, vous ne pouvez attendre de moi que je m'installe aux Mues.

— Non, bien sûr. Mais vous pouvez certainement vous y rendre régulièrement, afin d'y recevoir un entraînement de base.

Cela semblait raisonnable.

— Tout à fait, Votre Sérénité.

— Alors, c'est dit. Au plaisir de vous revoir, Amalia Cornaro.

Je restai seule dans le salon de réception tandis que le doge était raccompagné à son navire avec toute l'attention et les honneurs requis. Mes jambes tremblaient encore plus qu'après une longue promenade à cheval.

Avant que j'envisage de me rasseoir, ma mère se glissa dans la pièce.

— Cela fera l'affaire, me dit-elle sans préambule. Tu ne nous as pas fait perdre de terrain, c'est l'essentiel.

— Vous avez espionné notre conversation ?

— Ma chère enfant, évidemment que je vous ai écoutés. Ton arrière-grand-père ne s'est pas donné autant de mal à truffer ce palais de passages et de chambres secrètes pour que ses héritiers se mettent soudain en tête de respecter l'intimité des conversations. À présent, nous devons réfléchir à notre façon d'agir pour la suite.

« À notre *façon d'agir* ». Ma mère ne m'avait encore jamais incluse dans ses manœuvres. J'hésitai entre la fierté et la peur, avec avantage à la peur.

— Mère... Et pour ce qui est du Faucon ?

— Le fait que tu ailles prendre quelques leçons aux Mues ne devrait pas compromettre notre contrôle sur le Faucon. Il te faudra simplement veiller à ne pas les laisser te donner des ordres ou t'accorder un grade militaire.

— Ce n'est pas ce que je voulais dire. (Je fis l'effort de mettre en mots une inquiétude qui me rongeait l'esprit avec la voracité d'une chenille.) Quelle que soit la suite des événements, cette fille et moi sommes liées pour le restant de nos jours. Elle ne peut quitter les Mues sans moi.

— C'est vrai, opina ma mère. C'est une situation délicate.

— Si elle ne m'aime pas, cela pourrait devenir vraiment problématique.

— Dans ce cas, débrouille-toi pour qu'elle t'apprécie.

« Débrouille-toi pour qu'elle t'apprécie. » Pour ma mère, c'était aussi simple que cela. Mais – je l'avais déjà prouvé à maintes occasions – je n'étais pas ma mère.

Bien sûr, la plupart des gens que je côtoyais agissaient en donnant l'impression de m'apprécier. Le nom des Cornaro m'attirait une foule d'admirateurs à chaque réception de la bonne société où ma mère m'imposait d'aller, en m'arrachant à mes chers livres. Et même chez les amis qui partageaient mon goût du savoir, ceux de la Bibliothèque impériale ou de l'université de Raverra, je ressentais, quand nous nous penchions ensemble sur un livre, un petit quelque chose de faux dans leur sourire, une huile de flatterie et de peur qui lubrifiait leurs paroles. J'avais dû attendre mon séjour d'études à Ardence, où tout le monde n'avait pas immédiatement conscience que j'étais cette Amalia Cornaro là, pour que quelqu'un ose enfin me signaler les défauts de mes esquisses d'Artifice ou contester mon opinion sur les causes de la guerre de Trois Ans.

J'étais incapable d'estimer si quelqu'un m'appréciait réellement, et encore moins d'inspirer ce genre de sentiment chez une personne si elle n'y était pas déjà inclinée.

La Contessa apportait souvent un cadeau la première fois qu'elle faisait l'honneur d'une visite à quelqu'un. Avec ses guenilles et la maigreur d'une personne qui ne mange pas tous les jours à sa faim, j'étais prête à parier que la fille des Suifs n'avait pas dû recevoir beaucoup de cadeaux dans sa vie. Aussi, sur le trajet pour me rendre aux Mues, mon vaillant batelier affronta la circulation du marché matinal et me trouva un petit coin où débarquer pour que je visite l'échoppe d'un bijoutier, où j'achetai la première babiole qui m'attira l'œil, un ravissant petit collier d'ambre. La femme à lunettes derrière son comptoir me l'emballa avec soin dans un beau papier de soie.

De retour dans ma barque à la proue dorée, je songeai à cette femme à qui j'allais rester liée toute ma vie, en me demandant comment elle était. Elle avait du caractère, c'était une chose entendue. Elle était aussi astucieuse, à n'en pas douter, pour avoir réussi à dissimuler si longtemps la marque des mages. C'était le genre de personne que j'aurais aimé avoir pour amie, si je n'avais pas détruit toute chance que cela arrive à la minute où j'avais placé le jet autour de son poignet.

Le genre d'amie que ma mère n'aurait jamais approuvé, si elle n'avait pas été un Faucon.

Mon bateau s'extirpa du Canal impérial congestionné et traversa les eaux vertes de la lagune sur une courte distance pour rejoindre l'île du Rapace et accoster au quai des visiteurs, entre les rangs des canots militaires au profil effilé. Les remparts gris des Mues se dressaient contre le ciel, sinistres malgré leur belle maçonnerie et leurs arches en ogive. Des runes de défense entouraient chaque porte et chaque fenêtre, les protégeant des flèches aussi bien que des assassins. Des gardes armés de mousquets et de sabres m'observaient. Personne ne vint me tendre la main pour m'aider à descendre de la barque ; la fortune soit louée, j'avais opté à nouveau pour des bottes et des chausses en ce jour, mais d'un brocart brodé aussi peu comparable à la tenue que je portais la veille aux Suifs que les plumes d'un paon à celles d'un moineau.

Alors que je commençais juste à me sentir mal à l'aise sous les regards inquisiteurs des gardes, les portes de bronze s'ouvrirent et le lieutenant Verdi s'avança à ma rencontre en affichant un sourire soulagé.

Je le dévisageai non sans un certain étonnement : sous ses boucles ondulées, il arborait un magnifique coquart violacé.

— Dame Amalia Cornaro, me salua-t-il en s'inclinant. (En entendant mon identité, les gardes se redressèrent.) Je me réjouis de votre présence.

Il semblait réellement heureux. Trop, peut-être, et sa voix était teintée d'une pointe d'accablement.

— Quelque chose ne va pas, lieutenant ?

Verdi grimaça.

— Entrez, je vous en prie, ma dame. Je vous expliquerai.

Je n'avais encore jamais pénétré à l'intérieur des Mues, même si la vision de ses murailles dressées au-dessus des eaux de la lagune, hérissées de tours disposées sans la moindre recherche de symétrie, m'était aussi familière qu'aux autres habitants de Raverra. J'avais toujours imaginé qu'il s'agissait d'un lieu sombre et lugubre, rempli de sorciers fous ; quelle ne fut pas ma déception quand, une fois les fortifications extérieures franchies, Verdi m'introduisit dans un ravissant jardin.

Les arbres et les haies d'arbustes en fleurs y dessinaient de nombreux recoins où il était possible de jouir d'une relative intimité. Un jeune homme lisait un livre, allongé sous un arbre ; sur une pelouse, une poignée d'enfants jouaient à la balle en riant, et je remarquai les bracelets dorés qui scintillaient à leurs poignets. Seule une paire d'officiers en uniforme, un pistolet à la ceinture, vint me rappeler qu'il s'agissait réellement d'une place forte. Ces derniers traversèrent le jardin d'un pas martial, pour se diriger vers les portes.

Je me rapprochai nerveusement de Verdi, mon guide en ce lieu interdit. Il émanait de lui une odeur militaire, faite de cuir, de poudre à canon et d'acier. Rien de comparable aux miasmes de vin et d'eau de rose qui entouraient les gentilshommes coquets que je fréquentais à la cour.

— Comment est-elle ? demandai-je en ramenant fermement mon esprit sur l'affaire qui nous occupait.

Verdi effleura des doigts l'ecchymose qui lui cernait l'œil.

— Elle… elle a quelques difficultés à se faire à sa nouvelle situation.

— Je ne peux pas dire que cela me surprenne vraiment.

Un léger sourire complice se dessina sur ses lèvres. Ce n'était pas grand-chose, mais cette brèche dans la bienséance distante qui guidait nos rapports me réchauffa le cœur.

Nous passâmes devant deux jeunes filles en pleine discussion, assises sur le rebord d'une fontaine. L'une d'elles portait un jet, et pas l'autre ; un Faucon avec sa Fauconnière, supposai-je. Le lieutenant Verdi leur adressa un signe de tête, et elles le saluèrent de la main. Aussitôt que nous nous éloignâmes, elles laissèrent échapper des gloussements étouffés, qu'il ne parut pas remarquer. J'aurais bien aimé m'attarder un peu et découvrir si c'était à cause de son coquart, ou parce qu'elles le trouvaient beau garçon. Mais je n'avais jamais été douée pour ce genre de conversation.

— Nous l'avons traitée avec respect et installée confortablement, dans sa propre chambre. (Verdi me désigna d'un geste un des bâtiments en brique qui entouraient le jardin et dont la façade présentait plusieurs rangées de fenêtres.) Mais cela n'a rien changé. Vous étiez là hier ; vous pouvez imaginer comment les choses se sont passées.

— Elle déteste se retrouver enfermée ici.

J'avais entendu parler de paysans qui avaient essayé de contrefaire la marque des mages chez leurs enfants afin que la famille entière puisse venir s'installer aux Mues. Mais je concevais bien que la situation était entièrement différente pour une personne qui avait perdu connaissance et s'était réveillée prisonnière de ce lieu.

— Elle nous considère comme des ennemis, soupira Verdi. Moi, en particulier. J'espère que vous aurez plus de chance avec elle.

— Moi ? Mais je suis celle qui l'a capturée.

— Mais vous êtes d'abord intervenue pour lui porter secours. Cela jouera forcément en votre faveur.

Je me souvins du scintillement du jet sur son bras ballant.

— J'en doute fort.

Verdi s'arrêta et se tourna vers moi, le visage soucieux.

— Ma dame, je vous en prie. Je sais que je n'ai aucun droit de vous demander votre aide, mais le colonel Vasante, qui dirige les Faucons, m'a chargé de mettre de l'ordre dans la pagaille que j'ai provoquée. Je fais tout ce que je peux, mais un Faucon et son Fauconnier forment une paire, une équipe. J'ai besoin de vous.

— Tout ceci n'est en rien votre faute. Ce n'est pas vous qui avez passé ce jet à son poignet.

Éteindre le feu de la sorcière et, sans le vouloir, avoir fait d'elle un Faucon était une des rares choses que j'avais réalisée par moi-même, Amalia, et non en tant qu'héritière de la famille Cornaro. Je ne pouvais pas m'en désintéresser et laisser Verdi et mon Faucon en assumer seuls les conséquences.

— Je ferai de mon mieux, ajoutai-je.

— Je vous remercie, ma dame, dit-il en s'inclinant, une main sur le cœur. Je prie les Grâces pour que cela suffise.

Quand il redressa le buste, mon regard glissa un instant dans le col de son pourpoint pour s'attarder sur le creux à la naissance de sa gorge. L'air frais de l'automne me sembla soudain plus doux, et nous continuâmes à avancer vers un de ces bâtiments en brique qui abritaient les dortoirs, en passant devant une rangée de rosiers et un petit jardin d'herbes médicinales. Verdi m'ouvrit la porte, qui n'était pas verrouillée, puis nous empruntâmes un escalier lambrissé de panneaux de chêne.

— De toute façon, il faut bien que vous vous rencontriez, me dit Verdi alors que nous montions au premier étage. Si elle se montre trop, euh… agressive, nous pourrons toujours écourter notre visite.

Je serrai nerveusement les mains sur mon cadeau dans son papier de soie.

— Y a-t-il quelque chose que je devrais savoir avant de la rencontrer ?

— J'aimerais avoir quelque chose à vous apprendre à son sujet, mais elle refuse de parler d'elle ou de son passé. Nous n'en savons même pas assez pour contacter sa famille et ses amis afin de les informer de ce qu'il est advenu d'elle.

J'eus le triste sentiment qu'il n'y avait peut-être personne à contacter.

— C'est bien malheureux.

— Une chose importante : quoi qu'il se passe, ne prononcez jamais le mot *exsolvo*.

— Ex…

Verdi pivota brusquement sur lui-même. J'entraperçus un instant ses yeux écarquillés alors qu'il plaquait sa main sur ma bouche. Déséquilibrée, je titubai sur la dernière marche de l'escalier et sentis le goût salé de sa paume, le mot emprisonné derrière mes lèvres.

Il me retint de tomber en passant une main puissante et chaude dans mon dos, puis me relâcha aussitôt. La couleur avait déserté son visage.

— Toutes mes excuses, ma dame. Mais vous ne devez pas prononcer ce mot, même en ce lieu. Même si vous vous trouvez à l'autre bout du monde. C'est le mot de libération.

Je posai une main sur le mur pour retrouver ma contenance, le cœur battant la chamade. Le goût de sa peau s'attardait sur ma langue. Il me fallut un instant pour dépasser le sentiment confus d'embarras et d'indignation qui m'avait envahie, et saisir le sens de ses paroles.

— Oh ! m'exclamai-je, en me rappelant la plaisanterie macabre du doge, quand il m'avait suggéré d'éviter de réduire les Mues en cendres.

Deux syllabes de plus, et sa plaisanterie n'aurait plus rien eu de drôle.

— Si je prononce ce mot, elle retrouve l'usage de sa magie, c'est bien ça ?

— Tout à fait. Et vu son humeur actuelle, elle n'hésiterait pas un instant à s'en servir.

Je me raclai la gorge.

— Et quel est le mot qui la contraindra à nouveau ?

— *Revincio*. Celui-là, vous pouvez le dire autant que vous voulez.

— *Revincio*, répétai-je.

— C'est ça. Surtout, ne l'oubliez pas. (Il se raidit.) Et je vous prie encore une fois de bien vouloir me pardonner de m'être montré aussi cavalier, ma dame.

Je balayai ses excuses d'un geste.

— Vous êtes tout pardonné. Je préfère cela à voir le château réduit en cendres, ou à une chute dans l'escalier.

— Vous êtes une femme de bon sens. Cela étant, je vous serais cependant infiniment reconnaissant si vous pouviez éviter de mentionner cet incident au colonel.

— C'est déjà oublié, voyons.

Je n'aurais pu faire de déclaration plus fausse que celle-là. Je sentais encore la chaleur de sa main au creux de mon dos.

Verdi me guida à travers un long couloir. Il semblait ne pas savoir que faire de ses mains et ne cessait de me jeter des regards furtifs. Si je le remarquai, c'était forcément que je le regardais moi aussi, et je me forçai à détourner les yeux des lignes pures de son visage pour m'absorber résolument dans la contemplation des portraits de Faucons des générations passées qui ornaient les murs du couloir.

Le lieutenant s'arrêta enfin devant une lourde porte en chêne.

— Nous y sommes. (Il lorgna la poignée comme s'il s'attendait à ce qu'elle se transforme en vipère d'une seconde à l'autre.) Êtes-vous prête ?

Je pris une profonde inspiration.

— Certainement pas. Mais je veux bien essayer.

— Vous êtes une femme courageuse, dit-il en m'adressant un sourire qui creusa des fossettes que je ne lui avais pas encore remarquées. Mais cela, je le savais déjà.

Ces mots firent naître en moi une inexplicable onde de chaleur.

Verdi redressa les épaules et toqua à la porte.

— Foutez-moi la paix, répondit une voix bourrue. Je vous préviens, si vous entrez, je vous poche l'autre œil.

Verdi me regarda en haussant les épaules d'un air de dire : *« Je vous avais prévenue. »*

— Une autre fois, peut-être, ma dame ?

— Ce n'est rien. (Si je ne le faisais pas maintenant, je risquais de ne plus en avoir le courage.) Excusez-moi, criai-je à travers la porte, je suis Amalia Cornaro, votre nouveau Fauconnier. J'aurais souhaité faire votre connaissance.

Il y eut une pause, puis vint une réponse :

— Dans ce cas, entrez. Je vous déteste déjà ; autant que je voie à quoi vous ressemblez vraiment.

— Ma dame, vous n'êtes pas obligée de le faire, me murmura Verdi. Si vous rentrez chez vous avec un œil au beurre noir, je ne me le pardonnerai jamais.

— Nous tâcherons donc d'éviter cela, le rassurai-je en ouvrant la porte.

Chapitre 4

La chambre aurait été tout à fait charmante sans cette impression qu'elle servait de tanière à un animal sauvage. L'armoire avait été vidée, les jupons et les corsets jetés çà et là au sol et sur les meubles. Des assiettes maculées de sauce et des verres à moitié vides encombraient les tables, les chaises et le rebord de la fenêtre, ou gisaient, renversés ou brisés, sur le tapis. Les sorciers avaient besoin de manger copieusement afin d'alimenter leur magie, mais il restait pourtant effarant qu'une fille aussi maigre ait pu engloutir autant en moins d'une journée. Pour compléter le désastre, tous les tiroirs et les coffres avaient été ouverts et leur contenu déversé sur le lit. De l'encre et du maquillage tachaient le dessus-de-lit brodé.

Au centre de ce chaos se tenait la fille que j'avais vue la veille. Sa chevelure tombait dans son dos en une cascade désordonnée de boucles emmêlées ; elle portait une robe bleu nuit qui devait être la plus belle toilette qu'on lui avait donnée, et qui contrastait violemment avec l'état pitoyable de la chambre. Vêtue de sa belle robe, elle s'admirait dans un miroir ovale. Elle jeta un coup d'œil vers moi par-dessus son épaule alors que j'hésitais à entrer.

— Alors, c'est vous mon geôlier ? me lança-t-elle d'un air moqueur. Dame Amalia Cornaro.

Je me décidai à pénétrer dans la chambre, et plaçai le pied entre un verre de vin renversé et plusieurs paires de bas entassées sur le sol.

— Je crains de ne pas être en mesure de vous retourner la politesse ; nous n'avons pas encore été présentées.

La fille eut un reniflement de mépris et se tourna vers moi.

— « Je crains de ne pas être en mesure de vous retourner la politesse », répéta-t-elle moqueusement. Comme c'est joliment dit. Ça doit vous changer, pour une fois, de ne pas avoir l'avantage sur les autres.

Ignorant une pointe d'agacement, je réessayai.

— Et donc… puis-je savoir votre nom ?

— Zaira.

J'attendis un nom de famille, qui ne vint pas.

— Eh bien, Zaira, j'espère que nous allons bien nous entendre, car nous voilà contraintes de travailler ensemble pour le restant de nos jours. (Je lui tendis le petit paquet.) Je vous ai apporté un présent.

Zaira haussa un sourcil dédaigneux. Sans un mot, elle traversa la pièce en marchant sur des vêtements et des assiettes, et me prit le paquet des mains d'un geste bourru. À présent qu'elle se tenait juste devant moi, je pus distinguer la marque des mages dans ses yeux, qui consistait en un cercle supplémentaire autour de la pupille. Chez elle, le cercle était noir, et ses iris si sombres que ce signe qui la désignait comme la détentrice de pouvoirs magiques se remarquait à peine. Cela expliquait qu'elle soit parvenue à dissimuler sa nature aussi longtemps.

Elle déchira le papier de soie jaune qu'elle laissa tomber au sol, et jeta à peine un regard au collier d'ambre avant de le lancer sur le lit.

— Celui-là ne suffisait pas ? dit-elle en secouant le bracelet doré à son poignet. Vous vouliez aussi me mettre un collier ?

Je ravalai une repartie cinglante pour afficher un sourire poli, comme si elle m'avait remerciée pour mon cadeau.

— Ma dame, intervint Verdi depuis la porte. Peut-être serait-il bon de revenir à un autre moment ?

J'avais oublié qu'il était là. Je me retournai pour le voir qui observait la scène depuis le couloir.

— En fait, pourriez-vous nous laisser seules quelques instants, lieutenant ?

— Vous êtes sûre ?

Il n'avait pas besoin de me prévenir de rester sur mes gardes ; son œil poché parlait pour lui.

— Tout à fait sûre.

— Comme vous voudrez, concéda-t-il d'une voix incertaine. Appelez-moi en cas de besoin. Je reste dans le couloir, ajouta-t-il en refermant la porte.

J'étais désormais seule avec mon Faucon.

— Je suis navrée, dis-je précipitamment, avant que Zaira puisse parler.

— Vous êtes navrée ? répéta-t-elle d'un air perplexe.

— Je voulais seulement vous aider. Contre ces voyous.

— Oui, ben si votre intention était de m'aider à m'échapper, on peut dire que vous avez salement raté votre coup.

— Je ne voulais rien de tout cela. Je ne savais pas que j'allais vous lier à moi. Mais je ne pouvais pas non plus vous laisser brûler la ville entière.

— Et donc vous m'avez emprisonnée ici pour le reste de ma vie. (Zaira tira sur son jet.) N'espérez pas que je vous remercie.

— Je ne vous demande rien. Mais nous sommes toutes les deux coincées dans cette situation, et je voudrais juste en tirer le meilleur parti.

— Facile à dire pour vous. Ce n'est pas vous qui êtes enfermée ici.

Je m'abstins de lui faire remarquer que jusque-là, je n'avais vu aucune porte des Mues qui soit verrouillée.

— Est-ce vraiment si terrible ? Ils vous ont donné tout le confort. Les gens que j'ai croisés en chemin avaient l'air heureux.

— Évidemment. Ils ont grandi ici. Ils ne connaissent rien d'autre. Et, ajouta Zaira en me jetant un regard noir, ils peuvent sortir, eux.

— C'est aussi votre cas. Mais pas toute seule.

Zaira émit un petit ricanement amer.

— Mais oui, je suis certaine que vous serez ravie de me faire sortir chaque fois que j'en aurai envie. Vous laisserez tout tomber pour vous précipiter aux Mues dès que je vous appellerai. Et même trois fois par jour si je le souhaite !

Je n'avais pas besoin de ma mère pour me dire que cela n'arriverait jamais.

— C'est-à-dire que…

Zaira se mit à minauder d'un air moqueur.

— Oh, oui, vous m'emmènerez à toutes vos merveilleuses soirées. Nous prendrons le thé avec le doge tous les jeudis après-midi. Et quand maman se retirera des affaires et que vous siégerez à sa place au Conseil des Neuf, vous vous arrangerez pour passer plusieurs heures par jour avec moi, à me suivre pendant que je flânerai dans les boutiques.

— Ce n'est pas réaliste, et vous le savez ! rétorquai-je sèchement.

— Évidemment, acquiesça Zaira en cessant son numéro. Ce qui est réaliste, c'est qu'une fois par jour, peut-être, vous prendrez un instant pour vous demander comment je vais, et une ou deux fois par mois vous viendrez me chercher pour passer un après-midi ennuyeux en ville. Et je devrai faire semblant d'aimer ça, parce que quand vous crevez de faim, vous êtes prêt à manger de la merde en prétendant que c'est délicieux.

— Je… j'espère que les choses ne se passeront pas ainsi.

J'aurais aimé pouvoir lui faire des promesses, lui dire que je viendrais la voir chaque jour, et que nous pourrions aller partout où elle le souhaiterait. Mais je sentais le regard de ma mère posé sur moi, depuis l'autre rive de la lagune. « Ne fais jamais de promesses, disait toujours la Contessa, à moins d'être certaine de pouvoir les tenir. Et même dans ce cas, si possible, ne fais cette promesse qu'à toi-même, dans le secret de ton cœur. »

— J'espère pouvoir faire mieux pour vous que cela, dis-je simplement.

— Les bonnes intentions n'ont jamais nourri personne.

— C'est entendu. Mais qu'avez-vous à faire de si important pour vouloir à ce point quitter ces lieux ? demandai-je. Pardonnez-moi, mais j'ai eu le sentiment que vous n'étiez pas particulièrement heureuse là d'où vous veniez.

Zaira détourna les yeux, le corps crispé par la colère. Son regard s'attarda sur l'unique fenêtre de la chambre et, à travers la vitre, sur les eaux de la lagune et la ville qui s'élevait sur l'autre rive.

— Il y a ce vieil homme, marmonna-t-elle à contrecœur.

— Qui est-ce ? Votre grand-père ?

— Par les Enfers, non, protesta-t-elle en écartant l'idée d'un geste de la main. Si jamais j'ai encore de la famille, elle ne s'est pas manifestée pour me le faire savoir, alors qu'elle crève. Non, c'est juste un vieux chiffonnier. J'ai une dette envers lui.

— Vous désirez le voir ?

Je m'imaginai rendre visite à un chiffonnier, et devoir ensuite l'expliquer à ma mère.

Zaira secoua la tête.

— Ne soyez pas idiote. Je vous l'ai dit, j'ai une dette ; je veux la payer.

— Bon. (Je luttai pour faire sortir les mots de ma bouche.) J'imagine que si c'est là ce que vous souhaitez vraiment, dans ce cas, quand le lieutenant Verdi nous donnera sa permission…

Zaira émit un bruit de haut-le-cœur.

— Arrêtez ça, avant de vous mettre à mentir. (Elle me dévisagea des pieds à la tête.) Vous avez effectivement pris ma défense face aux hommes d'Orthys. Je ne vous dois rien, mais en retour de vos bonnes intentions, je vais vous confier les miennes.

Zaira se rapprocha, et sa voix se réduisit à un sifflement.

— Voilà ce que je prévois de faire, madame la geôlière : à la seconde où vous me libérerez de cette stupide entrave, je m'ouvrirai un chemin de flammes pour me tirer d'ici. Et si quelqu'un tente de m'en empêcher, je transformerai les Mues en un tas de cendres. Vous m'avez bien comprise ?

— Oui, vous avez été on ne peut plus claire.

— Parfait, sourit Zaira. Alors, rappelez donc votre chien de garde. Cette petite discussion est terminée.

Verdi soupira.

— Je suppose que c'était trop demander que d'espérer qu'elle se montre plus chaleureuse avec vous.

— Il est difficile d'imaginer qu'elle se montre chaleureuse avec qui que ce soit, sauf si vous comptez les cas où elle fait brûler des gens.

J'étais assise sur un banc, dans le jardin des Mues. Le lieutenant Verdi s'appuyait contre la tête d'un lion en pierre et affichait un sourire désabusé. Nous étions entourés d'arbustes de miellier qui embaumaient l'air de leur odeur suave. Les cris assourdis d'une unité à l'entraînement, qui nous parvenaient depuis une autre cour de l'édifice, venaient seuls démentir l'impression de quiétude émanant de ce coin de jardin.

— Je suis désolé de vous avoir fait perdre votre temps, ma dame.

— Elle ne m'a même pas laissé une chance. (J'arrachai une feuille à un inoffensif arbuste.) Mais le pire, c'est qu'elle n'a pas tort sur tout. Zaira va être enfermée ici la plupart du temps, contrairement aux autres Faucons dont les Fauconniers ont pour seules obligations de rester auprès d'eux et de veiller à leur sécurité. Et les choses ne feront qu'empirer le jour où je devrai succéder à ma mère au Conseil des Neuf.

Verdi examina sa main ouverte comme s'il espérait y trouver une réponse.

— Vous pourriez essayer de vivre aux Mues, suggéra-t-il finalement avec délicatesse. Au moins quelques jours par semaine. Notre compagnie n'est pas si ennuyeuse, je vous l'assure.

Je secouai la tête.

— C'est impossible. La qualité de la compagnie n'est pas en cause, croyez-le bien. Je ne peux rien faire qui me placerait, même symboliquement, sous l'autorité de votre colonel. Ce qui inclut de résider aux Mues.

Il posa les mains sur ses genoux.

— Vous êtes donc en train de me dire que vous ne pouvez rien faire qui risquerait de laisser penser que vous accordez autant d'importance à vos devoirs de Fauconnière qu'à celui qui vous échoit en tant qu'héritière de votre mère ?

— C'est tout à fait ça.

— Je vois.

Ses épaules se raidirent sous le coup de la frustration. L'espace d'un instant, j'eus l'impression qu'il allait me hurler sa colère au visage, mais il exhala un long soupir qui disait toute l'ampleur de sa déception.

— Cela complique singulièrement les choses, ma dame.

J'aurais presque préféré qu'il crie. La culpabilité me laissa un goût amer.

— J'en suis navrée.

— Si un Fauconnier ne peut pas vivre aux Mues et accompagner son Faucon, tout le système s'effondre. La paix de l'Empire dépend de la loyauté des Faucons, et nous ne pouvons gagner leur loyauté sans leur accorder la liberté. (Il leva ses yeux las pour croiser mon regard.) J'ai déjà dû affronter les remontrances du colonel Vasante sur le fait que c'est une aberration sur le plan militaire que vous résidiez de l'autre côté de la lagune, et non ici, en compagnie de votre Faucon. Mais pour Zaira elle-même, cela revient à une condamnation à la prison à vie.

— Je refuse de lui infliger ça, me désolai-je en réduisant la feuille en miettes. Si le jet réprime la magie de Zaira, elle ne représente plus une menace, n'est-ce pas ? Ceux dont la magie est trop faible pour que la marque des mages apparaisse dans leurs yeux n'ont pas obligation de résider aux Mues ; ils peuvent mener leur vie selon leur bon vouloir. Avec le jet à son poignet, Zaira a encore moins de pouvoir qu'eux. Ne pourriez-vous la laisser libre, lieutenant ?

— Je vous en prie, ma dame, appelez-moi Marcello.

— Marcello.

Je sentis mon visage s'empourprer. Cette propension à rougir me venait de mon père callamornien, que j'avais à peine connu ; je rougissais bien plus facilement que les pures Raverraines à la peau plus mate, couleur de bronze sombre.

— J'aimerais que nous puissions lui accorder sa liberté de mouvement, je vous assure, mais ce n'est pas aussi simple. (Sa voix se fit plus sérieuse.) Que croyez-vous qu'il arriverait si elle errait dans la ville seule, sans que vous soyez là pour libérer son pouvoir au cas où elle devrait se défendre ?

— J'imagine que la réponse n'est pas : « et elle vécut heureuse jusqu'à la fin de ses jours ».

— C'est une sorcière. Même les façonniers et les alchimistes doivent craindre le risque d'être enlevés. Des tentatives d'assassinat visent nos deux sorciers d'orage au moins une fois l'an. Si nous laissons Zaira partir, elle finira morte ou capturée en moins d'une semaine. Et si quelqu'un trouvait le moyen de lui ôter son jet, il pourrait la contraindre à tourner ses flammes contre Raverra.

— Je croyais que tout l'intérêt des jets résidait dans le fait qu'il était impossible de les enlever ? Du moins, pas sans la permission du Fauconnier, et l'aide d'un maître façonnier ?

C'était la clef de la puissance de l'Empire Sérénissime. Des siècles auparavant, alors que les nations et les cités-États d'Eruvia traquaient les mages ou tombaient sous leur domination, l'invention des jets offrit à Raverra une alternative :

celle de garder les mages sous l'autorité de la loi et d'empêcher qu'ils soient utilisés contre leur propre pays par des gens sans scrupules, au prix toutefois de leur indépendance. Les minces bracelets d'or étaient restés depuis lors un des secrets les mieux gardés de l'Empire.

— Aucune magie n'est infaillible, ainsi que vous avez pu le constater quand le feu de Zaira a soudé le métal de son jet. Ces bracelets sont normalement indestructibles ; je n'ai jamais entendu parler d'un jet endommagé au-delà d'une simple éraflure. (Marcello secoua la tête.) Nous ne pouvons pas courir le risque que quelqu'un découvre le moyen de les enlever ou de les circonvenir. Pas avec une sorcière du feu.

Je tournai la tige de la feuille, réduite à son faisceau de nervures, entre mes doigts poisseux de sève.

— Il me semble que cela reste tout de même mal de la garder ici contre sa volonté.

— Peut-être. Peut-être n'est-ce qu'un moindre mal de garder les Faucons ici, à l'abri, et non un acte juste et bon, comme j'aimerais le croire. (Il se leva et commença à faire nerveusement les cent pas.) Vous avez mis le doigt sur ce qui est au cœur de tous les désaccords qui m'opposent au colonel. J'estime que le devoir premier des Fauconniers est de protéger et de veiller au bien-être des mages. Ou du moins, c'est ainsi que je voudrais que soient les choses. Mais rien de ce que je peux faire, quelle que soit la compassion que j'éprouve pour eux, ne changera le fait qu'il s'agit d'une unité militaire. Les Faucons sont des soldats. (Un rire aigu éclata quelque part dans le jardin, et il grimaça.) Même les enfants.

— Et ils n'ont pas le choix. (C'était ce point qui me taraudait, avec l'insistance douloureuse d'une écharde sous un ongle.) Dès leur naissance, ils sont condamnés à cette vie.

— Ceux chez qui apparaît la marque des mages n'ont guère de chances de pouvoir faire leurs propres choix, même si les Fauconniers ne les trouvent jamais.

Sa voix était lourde du fruit amer de l'expérience. J'avais entendu de nombreux récits des tragédies qui frappaient les mages : il arrivait qu'ils soient assassinés par une populace superstitieuse, ou forcés d'utiliser leurs pouvoirs pour accomplir des actes infâmes, ou encore chassés de leur famille à cause de la peur qu'ils inspiraient. Ceux chez qui la marque des mages ne se manifestait pas pouvaient au moins dissimuler leurs capacités ; certains s'en sortaient même très bien sans avoir à se cacher, et ouvraient des boutiques d'articles de magie ou se mettaient au service de quelque riche protecteur. Mais la magie mineure de ceux qui ne portaient pas la marque des mages représentait une tentation ou un danger bien moindre. Une personne sur cent environ possédait la capacité innée de manipuler l'énergie magique ; mais sans la marque des mages, ce pouvoir demeurait limité, ainsi que l'habileté à le contrôler efficacement.

Les mages marqués étaient cent fois plus rares et pouvaient canaliser beaucoup plus de puissance ; cela leur était aussi naturel que de respirer, grâce à leur capacité supérieure à percevoir et à manipuler les forces magiques, qui se manifestait par ce cercle supplémentaire autour de leurs pupilles. Ils n'en restaient pas moins des êtres humains comme les autres, qui aimaient, rêvaient et souffraient, qui avaient des familles et une vie. Mais leur pouvoir représentait une ressource inestimable, et certains ne voyaient en eux que cela. Je ne pouvais qu'imaginer les histoires horribles dont Marcello avait été témoin durant ses années de service dans les rangs des Fauconniers.

— Marcello, hasardai-je, en retournant ma question dans ma tête pour trouver la meilleure façon de la formuler. Avez-vous déjà eu à libérer votre Faucon pour… pour vous en prendre à quelqu'un ?

— Non, me répondit-il doucement. Mon Faucon est une façonnière ; son pouvoir se limite à la création d'objets enchantés. Donc non, je n'ai jamais eu à affronter cette décision. Mais en cinq années de service chez les Fauconniers, j'ai eu l'occasion de voir ce dont la magie est capable. Une fois, à Osta, j'ai donné l'ordre de libérer un vivomancien, qui a envoûté un lion et l'a fait attaquer trois brigands. Ce fut… un vrai carnage. Et j'ai eu aussi à ordonner à un sorcier d'orage de couler un vaisseau pirate avec tout son équipage. (Il secoua la tête.) Quand la magie sème la mort, ce n'est jamais beau à voir.

J'écrasai les restes de la feuille dans ma main.

— Je suppose que ce n'est guère différent quand le Conseil des Neuf émet une sentence de mort. Il va falloir que je me fasse à cette idée.

— Peut-être pas. Peut-être devriez-vous au contraire veiller à ne jamais vous y faire. (Il m'adressa le sourire désolé de quelqu'un surpris à faire une chose stupide.) Pardon. Le colonel me trouve trop doux. Elle dit que je dois m'endurcir si je veux un jour prétendre à commander les Fauconniers.

— C'est ce que vous ambitionnez ?

J'essayai de l'imaginer à la tête de la plus importante unité de l'armée impériale. Une ou deux fois par mois, j'assistais à des conseils militaires à l'instigation de ma mère, qui considérait cela utile à mon apprentissage ; ces réunions rassemblaient des hommes et des femmes âgés, impavides et froids, au regard sévère. Le visage jeune et pur de Marcello était bien trop expressif et trop chaleureux pour ce genre de cénacles.

Mais il hocha la tête d'un air résolu.

— Oui. Il n'y a pas de meilleure place pour défendre les intérêts des Faucons. Je suis déjà le commandant en second de la forteresse des Mues. Enfin, malgré ce titre ronflant, mes fonctions restent limitées, puisque la place forte n'a jamais eu à subir de siège ; pour l'essentiel, je suis en charge de l'entraînement. Mais je pourrais faire davantage de choses si j'étais le colonel. (Il sourit, et la douleur qui habitait son sourire remua quelque chose au fond de ma poitrine.) De plus, d'aussi loin que je me souvienne, mon père et mon frère ont toujours laissé entendre que j'étais voué à décevoir les espoirs de ma famille. Je ne vois pas de meilleure façon de leur prouver qu'ils avaient tort.

— Vraiment ? Votre propre famille pense cela ? (L'idée me parut aussi saugrenue qu'inquiétante.) Je déçois ma mère en permanence, mais c'est parce qu'elle en attend toujours davantage de moi, et non le contraire.

Verdi se rassit contre la tête de lion. Une douleur ancienne et amère lui voila le regard.

— Mon frère est l'enfant chéri, l'héritier, né de la première et bien-aimée épouse de mon père. Ma sœur cadette et moi sommes les fruits non désirés d'un second mariage avec une femme inconstante qui s'est enfuie en nous abandonnant pour rejoindre une troupe de comédiens itinérants.

— C'est bien cruel d'abandonner ses enfants ainsi.

Marcello haussa les épaules.

— Je ne l'en blâme pas. Enfin, pas trop. Mon père peut se montrer très difficile à vivre. Quitter la demeure familiale faisait partie des raisons qui m'ont poussé à devenir Fauconnier, quand j'avais quatorze ans.

Je le dévisageai. Une gravité mélancolique était descendue sur son visage pensif. Depuis l'instant où j'avais fait sa connaissance, j'avais remarqué chez lui une qualité indéfinissable sur laquelle j'échouais à mettre un nom, comme une chanson que l'on reconnaît sans parvenir à se souvenir du titre. C'était quelque chose que je n'avais jamais rencontré dans l'univers de ma mère, où chaque mot était soupesé avec soin et les sentiments dissimulés derrière un masque de courtoisie affectée. Mais je comprenais à présent de quoi il s'agissait : c'était de la vulnérabilité.

Pendant un moment, je ne trouvai rien à dire qui n'ait pas l'air stupide, et je me donnai une contenance en tiraillant sur un fil défait de ma veste.

— Marcello, demandai-je finalement, qu'allons-nous faire pour Zaira ?

Il laissa échapper un long soupir.

— Nous réessaierons demain. C'est la seule chose à faire.

À mon retour des Mues, à peine avais-je pénétré dans le hall d'entrée de notre palais que la Contessa m'attirait à part pour me parler.

— Ça ne s'est pas bien passé, c'est ça ? me demanda-t-elle après m'avoir examinée d'un rapide coup d'œil.

— Elle est fâchée contre moi, mère.

— Je veux entendre tous les détails. Mais pour l'instant, je reçois quelques membres du Conseil pour discuter d'informations récentes qui me sont parvenues. Attends-moi dans la bibliothèque ; je suis sûre que tu trouveras de quoi te distraire pour patienter.

La nouvelle m'intrigua. Ce n'était pas le jour habituel pour la réunion des services d'espionnage, ce qui signifiait qu'un événement avait provoqué cette rencontre.

— Cela a-t-il quelque chose à voir avec mon Faucon ?

— Possible. Je ne l'espère pas. Et maintenant, va à la bibliothèque, et je t'y retrouverai dès que j'en aurai terminé ici.

— Entendu, mère.

La Contessa retourna dans le salon d'où elle était sortie, aspirée de nouveau par le puissant courant qui la ramenait toujours au centre des intrigues. Je me dirigeai avec obéissance vers la bibliothèque, même si après ma rencontre désastreuse avec Zaira et le sous-entendu inquiétant de ma mère, j'étais plus d'humeur à broyer du noir qu'à me plonger dans la lecture.

La voix de la Contessa me parvint, à travers la porte du salon qui se refermait.

— Revenons au problème d'Ardence.

Je me figeai brusquement, comme si elle avait prononcé mon nom. Ardence, encore une fois. Et pour une affaire qui, elle l'espérait, n'impliquerait pas mon Faucon…

Cela ne pouvait signifier rien de bon pour la ville où j'avais passé une année entière de ma vie, de retenir ainsi l'attention du Conseil des Neuf, dont les égards étaient rarement de bon augure, même quand une sorcière du feu n'entrait pas dans la discussion. Mais avant que je puisse en entendre davantage, Anzo, un de nos plus vieux domestiques, arriva avec un plateau chargé de verres et d'une carafe de vin, et me jeta un regard en coin alors que je m'attardais dans le hall d'entrée. Je n'avais aucune raison légitime de rester ici, et s'il me trouvait encore là en ressortant du salon, il me chasserait gentiment, mais fermement.

Je me souvins soudain que la bibliothèque comportait une cache secrète permettant d'espionner le salon, et je me hâtai de m'y rendre.

L'odeur du cuir et du vieux parchemin qui émanait de la bibliothèque apaisa immédiatement la tension de mes épaules, et ma méridienne favorite me fit de l'œil, éveillant en moi l'envie de m'étendre avec un bon livre et de me faire apporter un verre de vin doux accompagné de biscuits. Mais au lieu de succomber à l'attrait de mes ouvrages d'histoire, de science et de théorie magique, je me dirigeai sans attendre vers une certaine partie de la bibliothèque, au niveau du mur qui séparait cette pièce du salon. Je glissai les doigts derrière une vigne vierge du décor végétal sculpté sur les montants du meuble pour déclencher le mécanisme d'ouverture de la porte secrète, et je pris soin de ne pas la tirer trop brutalement afin de ne pas faire tomber les livres des étagères comme cela m'était arrivé une fois, dans mon enfance.

Le petit renfoncement ne contenait rien d'autre qu'un banc capitonné de velours écarlate, à peine assez large pour moi, et un cercle d'Artifice dessiné sur le mur donnant dans le salon. Les runes et les cercles concentriques du motif amplifiaient les sons qui parvenaient du salon, tout en assourdissant ceux en provenance du recoin secret.

Je m'assis, tirai la porte derrière moi et les ténèbres m'engloutirent. Immédiatement, la voix du doge résonna autour de moi.

— … nouveau duc est allé trop loin. Quelques nobles pleurnicheurs qui se bercent du doux rêve de l'indépendance d'Ardence sont une chose, mais si le duc Astor Bergandon lui-même décide de lever une taxe sur les marchands de Raverra, cela constitue une violation directe des Accords

Sérénissimes. Je ne peux tolérer une remise en cause aussi scandaleuse du pacte qui fonde l'Empire.

J'agrippai nerveusement le bord du banc. L'affaire était grave. À quoi pensait donc le duc d'Ardence ? Raverra concédait à ses États vassaux une liberté presque totale dans leur gouvernement ; mais les Accords Sérénissimes, le traité qui définissait les principes fondamentaux des relations entre Raverra et les cités et pays tributaires de l'Empire, étaient inviolables.

— Cela ne fait que prouver que j'avais raison. Nous accordons aux cités-États, et à Ardence en particulier, beaucoup trop de liberté, renchérit une autre voix masculine, aiguë et nasillarde, que je reconnus comme celle du baron Leodra, qui avait la prétention de se croire le rival de ma mère. La Cité Sérénissime devrait prendre le contrôle direct d'Ardence afin de tuer dans l'œuf cette ineptie.

— Le duc Astor ne s'est pas vu accorder plus de liberté que son père, ou que tous ses ancêtres avant lui, qui ont tous respecté sans récriminer les Accords Sérénissimes au cours des deux cents dernières années. (Le ton de la Contessa exprimait clairement sa désapprobation des vues de Leodra.) Le problème n'est pas qu'Ardence se gouverne elle-même, mais que le nouveau duc soit un sot.

— Et pourtant l'Envoyé Sérénissime à Ardence, votre propre cousin, a réclamé voici plusieurs semaines que nous l'investissions de l'autorité de casser les décisions prises par le duc Astor. (La voix de Leodra se fit plus aiguë et plus forte.) Je dis que nous devons aller encore plus loin et déposer le duc d'Ardence.

— Voulez-vous vraiment voir tous nos États vassaux se rebeller ? demanda ma mère sur un ton acide. Parce que c'est exactement ce qui se produira si vous déposez un souverain pour un motif aussi futile. J'ai travaillé trop dur pour amener la nation de Callamorne dans le giron de l'Empire pour risquer de la perdre à cause d'un désaccord mineur avec une seule cité. Et quant à mon cousin… (J'entendis un froissement de soie.) Ignazio jouissait d'excellents rapports avec l'ancien duc et, en tant qu'Envoyé sérénissime, il a réussi à maintenir d'excellentes relations avec Ardence au cours de ces dix dernières années. Il semble toutefois que le nouveau duc soit trop présomptueux pour écouter les subtiles exhortations d'Ignazio, et qu'il peine à comprendre la gravité de sa provocation envers la Cité Sérénissime. Nous avons besoin d'une main plus ferme sur le gouvernail, le temps qu'Astor Bergandon s'assagisse.

— Vous proposez de retirer à votre cousin un poste aussi convoité ?

La surprise manifeste du doge fit écho à ma propre stupéfaction.

— Rappelez-le à Raverra et accordez-lui un autre titre prestigieux, suggéra ma mère d'une voix dédaigneuse. Nommez-le chancelier du Trésor, par exemple. Il a toujours été très doué pour les chiffres.

— Nous devons répondre à la trahison d'Ardence par un châtiment capital, et non en changeant sa nourrice, objecta le baron Leodra. De plus, nous avons déjà une chancelière du Trésor ; je l'ai nommée moi-même au printemps dernier.

— Et c'est une créature terne, sans talent ni imagination, qui accumule les erreurs. (Un verre tinta.) Nous ne perdrons rien à la remplacer.

— Très bien. (La voix du doge intervint alors que le baron Leodra s'apprêtait à répliquer.) Nous pourrons décider du successeur d'Ignazio au poste d'Envoyé sérénissime ce soir, à la réunion générale du Conseil. Avez-vous d'autres informations nouvelles à nous communiquer sur la situation d'Ardence ?

— Encore une chose. (La Contessa baissa lugubrement la voix.) Une chose qui risque de nous causer beaucoup plus de problèmes qu'une violation des Accords Sérénissimes, si nous n'agissons pas rapidement pour y mettre bon ordre.

Je me penchai en avant, l'oreille tendue.

Une lumière tomba sur moi, illuminant le cercle d'Artifice sur le mur, et les voix se turent soudain. Je me tournai pour découvrir Ciardha dans l'encadrement de la porte secrète, un sourcil relevé en une élégante expression de désapprobation.

Chapitre 5

— Je peux vous expliquer ! (Je bondis sur mes pieds, et me cognai la tête contre le plafond bas du recoin secret.) Je voulais juste…

Ciardha leva un doigt devant ses lèvres.

— Une Cornaro n'a pas à se justifier, ma dame. Mais votre mère sera déçue.

La honte me fit monter la chaleur au visage.

— Je n'aurais pas dû écouter aux portes.

— Au contraire, ma dame. Écouter aux portes est une tradition respectée de l'élite raverraine. Mais vous n'auriez pas dû vous faire surprendre. (Elle s'écarta d'un pas en m'invitant du geste à sortir de la pièce secrète.) Vous devez davantage prêter attention à votre environnement, ma dame. Pour votre sécurité.

— Ah, dis-je d'une voix embarrassée. Je tâcherai de m'en souvenir.

— Au demeurant, la Contessa se réjouira de vous voir enfin manifester de l'intérêt pour les affaires politiques.

Ciardha me regarda avec l'air d'attendre que je réponde à la question qu'elle n'avait pas exprimée.

Je m'affalai dans un fauteuil devant la cheminée de la bibliothèque.

— Je suis davantage inquiète pour Ardence qu'intéressée par la politique.

Ciardha hocha la tête.

— Vous avez des amis là-bas.

— Oui. Tous mes amis rencontrés à l'université. (Je joignis les mains, et les serrai.) Mon ancienne camarade d'études, Venasha, vient d'avoir un enfant. Sa famille risque de se retrouver en danger à cause de cette histoire absurde.

Venasha avait une théorie : un changement d'environnement stimulait la réflexion. Aussi avions-nous passé des heures à étudier nos livres dans toutes sortes d'endroits improbables : une boutique d'amulettes, un bateau amarré à la berge de l'Arden, le toit de l'université. Une fois, nous y avions découvert des sous-vêtements en dentelle, et Venasha s'était persuadée qu'ils appartenaient à son professeur de philosophie ; depuis ce jour, je n'avais plus jamais été capable de regarder ledit professeur dans les yeux.

— Et puis il y a Domenic, qui est le cousin du duc, ajoutai-je, et donc susceptible d'être éclaboussé par les conséquences de cette affaire. Sans parler d'oncle Ignazio, bien sûr. (Mes épaules s'affaissèrent en repensant à la manière désinvolte avec laquelle ma mère avait suggéré de lui retirer son poste.) Le doge m'a pour ainsi dire déclaré qu'il comptait utiliser mon Faucon pour menacer quiconque s'opposerait à l'Empire Sérénissime. Donc en ce qui me concerne, ce n'est pas politique. C'est personnel.

Ciardha afficha un petit sourire.

— Toute affaire politique est une affaire personnelle, ma dame.

— Je n'aime pas l'idée d'être utilisée contre mes amis.

— Dans ce cas, dame Amalia, permettez-moi de vous donner un conseil. (Ciardha planta ses yeux noirs dans les miens.) Ne les laissez pas se servir de vous.

— La Grâce de la Sagesse doit me détester, pour m'infliger une pareille bande d'abrutis.

Zaira faisait face à Marcello et moi, les bras croisés, dans une salle de classe aux murs nus. Un demi-cercle de chaises en bois entourait une grande estrade à une extrémité de la pièce. Marcello et moi nous étions assis, séparés par une chaise vide, mais Zaira avait préféré rester debout.

— Si malgré tout vous daigniez nous parler, reprit Marcello d'un air las, nous pourrions en terminer avec l'entretien réglementaire, par où en passent tous les nouveaux Faucons, afin de nous consacrer à l'entraînement qui est la raison de la présence de dame Amalia aux Mues. Je n'ai qu'une heure avant de prendre un bateau pour aller enquêter sur une accusation d'envoûtement d'un troupeau.

Zaira renifla d'un air méprisant.

— Contente de savoir que pour vous, je passe après les vaches.

Oh, par les Grâces. Je n'aurais pas dû m'étonner de voir que les choses s'engageaient mal, mais le lieutenant Verdi s'était laissé piéger bien naïvement.

Marcello donna un instant l'impression de vouloir protester, mais il soupira et poursuivit.

— Bon. Zaira, bienvenue chez les Faucons. Notre priorité après avoir assuré votre sécurité est de nous occuper de celle de votre famille. Y a-t-il quelqu'un qui pourrait s'inquiéter de votre sort ?

— Vous me l'avez déjà demandé.

Son visage était aussi fermé qu'une porte de geôle.

— Et vous ne m'avez pas répondu. C'est pourquoi je vous repose la question.

Zaira haussa imperceptiblement les épaules.

— Je n'ai pas de famille.

Elle avait dit cela comme si posséder une famille était une chose honteuse à laquelle elle refusait d'être associée.

La voix de Marcello se fit plus douce.

— Même une famille dont vous ne voulez plus entendre parler, ou dont vous pensez qu'elle ne s'intéresse pas à vous ?

— Personne, lâcha Zaira d'un ton définitif.

— Des amis ? insista Marcello. Des partenaires de travail ? C'est important pour nous de connaître vos liens. Non seulement parce que nous voulons pouvoir agir comme il convient envers vous, mais aussi pour nous assurer que les ennemis de Raverra ne pourront pas utiliser ces personnes pour vous nuire.

Zaira se pencha pour examiner le visage de Marcello d'un air faussement concentré.

— Votre coquart est en train de disparaître, dites-moi. Si vous continuez à me poser la même question encore et encore, je peux toujours lui redonner un peu de couleur.

Marcello grimaça.

— Bon. Et qu'en est-il de vos ennemis ?

— Orthys, répondit-elle immédiatement. Que le démon de la Corruption lui fasse pourrir les entrailles.

— Ses hommes, ceux qui s'en sont pris à vous, ont dit quelque chose à propos d'un contrat de servitude.

— Ce vieux rat d'égout prétend posséder un morceau de papier disant qu'il m'a achetée à ma mère, et que je dois travailler pour lui. (Elle afficha une expression furieuse, celle d'un chien montrant les crocs.) Mais je n'ai pas de mère. Et je ne sais pas lire. De toute façon, le papier, ça brûle.

— Ah. (Je pris un instant pour apprécier la valeur légale de cet argument.) Quoi qu'il en soit, je suis heureuse qu'il n'ait pas pu mettre la main sur vous.

Zaira m'adressa un regard méprisant.

— Ne soyez pas assez sotte pour croire que vous m'avez sauvée. Un jet au poignet est pire que n'importe quel foutu contrat de servitude.

Marcello se passa la main sur les yeux, mais se refusa à réagir à sa provocation.

— Donc, vous étiez tenue de le servir par ce contrat, et vous avez décidé de vous enfuir ?

— Il ne m'a jamais eue à son service. J'étais aussi libre que les mouettes qui chient sur le palais impérial, jusqu'à ce que vous, vous m'emprisonniez.

Elle cracha sur le sol. Marcello se crispa au claquement humide du crachat sur le plancher lustré et détourna les yeux.

— Je n'avais jamais entendu parler de ce contrat jusqu'à il y a cinq ou six ans, poursuivit-elle. Ma chère mère, qui m'a abandonnée juste après ma naissance, n'a pas cru bon de m'en informer. Orthys ne revient en ville que tous les deux ou trois mois ; il me suffisait d'éviter ses gros bras quand son navire était à quai.

— C'est un contrebandier ? demandai-je.

— Non, je suis sûre que c'est un respectable et honnête citoyen qui paie ses impôts à l'Empire ; après tout, quoi de plus normal que d'essayer d'enlever une fille contre sa volonté ?

Marcello ignora sa remarque acerbe.

— Dans ce cas, qui vous a élevée, si vous n'avez pas de famille et que vous n'avez pas grandi en travaillant pour Orthys ?

Zaira se décida enfin à s'asseoir, aussi loin de nous que possible, avec un air de lassitude excédée.

— Personne. Ça n'a pas d'importance. Par les mamelles de la Grâce de la Fortune, on ne pourrait pas laisser tomber le récit de ma vie ? Il était une fois une fille prénommée Zaira, qui se débrouillait très bien pour vivre dans les Suifs jusqu'au jour où des crétins prétentieux l'enfermèrent aux Mues et l'épuisèrent tant avec leurs questions stupides qu'elle finit par mourir d'ennui. Fin de l'histoire.

— Entendu, soupira Marcello. J'en aurais encore à vous poser, mais nous allons passer à l'entraînement, pour le moment.

Zaira se redressa, les yeux brillants.

— Oh ? Vous allez devoir libérer mon feu, si vous voulez que je m'entraîne à le contrôler.

Je lançai un regard inquiet à Marcello. Cela me paraissait la plus dangereuse des idées, surtout quand Zaira l'évoquait avec autant d'impatience.

Marcello se pencha, les coudes appuyés sur ses genoux, et fixa Zaira dans les yeux.

— Avant d'effectuer le moindre entraînement pratique, nous devons d'abord construire un partenariat entre votre Fauconnier et vous.

— Un partenariat, répéta-t-elle d'une voix neutre. Vous appelez ça comme ça, vous ?

— Un partenariat à égalité, poursuivit Marcello. Votre Fauconnier n'a pas à vous donner d'ordres. Seuls vos officiers supérieurs sont habilités à le faire. Et certains d'entre eux, permettez-moi de vous le faire remarquer, sont eux-mêmes des Faucons.

— Oh, donc je suppose qu'ils peuvent ordonner à leurs Fauconniers de les accompagner chaque fois qu'ils veulent quitter les Mues ? demanda Zaira d'un ton sceptique.

— Ils n'ont aucunement besoin de leur en donner l'ordre. Ils peuvent partir quand ils le souhaitent, et leurs Fauconniers les accompagnent tout naturellement. Parce qu'ils se font mutuellement confiance. (Marcello posa une main sur son cœur en se penchant en avant, toute sa force de volonté tendue dans l'effort de convaincre Zaira de sa bonne foi.) La première chose qu'un Faucon et un Fauconnier doivent apprendre est la confiance. C'est là la chose essentielle, le fondement de tout véritable partenariat. Sans elle, tout le reste est impossible.

Zaira fit la moue.

— Et j'imagine qu'à présent vous espérez que je vais vous écouter sagement m'expliquer à quel point on ne peut se fier à une morveuse des Suifs dans mon genre.

Marcello fronça les sourcils et, l'espace d'un instant, je crus qu'il allait entrer dans son jeu. Mais au lieu de cela, il se contenta de secouer la tête.

— Au contraire, ce que j'essaie de vous dire, c'est que je ne peux attendre de vous que vous accordiez votre confiance à quelqu'un qui vous a amenée ici de force. Il nous faudra la gagner. Et le temps que cela se fasse, nous saurons si nous pouvons nous aussi vous accorder la nôtre.

— Eh bien, c'est pas de chance pour vous, parce que je ne fais confiance à personne.

Zaira se leva et nous tourna ostensiblement le dos pour regarder la mer par la fenêtre.

— Vous pourriez apprendre, dis-je.

— La leçon est terminée, assena-t-elle d'une voix aussi tranchante qu'un poignard. Si c'est de la confiance que vous voulez, allez donc en acheter au marché avec votre montagne d'or, mademoiselle la riche héritière. La mienne n'est pas à vendre.

Quand nous quittâmes la salle pour regagner le couloir, Marcello se laissa aller contre le mur avec la mollesse d'une voile qui s'affale quand le vent tombe.

— Elle est impossible. Je ne sais plus quoi faire.

— Vous avez forcément déjà eu ce problème. (J'hésitai un moment, puis m'adossai à mon tour contre les belles boiseries en chêne du couloir, juste à côté de lui.) Tous les Faucons ne sont pas ravis de venir aux Mues, j'imagine ?

— Ils sont encore petits quand ils arrivent ; la situation est très différente. Notre plus grand souci est de convaincre les parents que c'est la meilleure solution pour leur enfant, et de décider si la famille va s'installer elle aussi aux Mues, ou si elle se contentera de lui rendre visite. (Une ombre passa sur son visage.) Il arrive qu'un enfant soit orphelin, mais dans ce genre de cas, en général, nous le sauvons d'une vie de misère et il se réjouit de venir ici. Je n'ai encore jamais eu affaire à un nouveau Faucon adulte et rebelle.

— Jamais en cinq ans de service ?

— D'ordinaire, la marque des mages a fini de se former autour de quatre ans. Elle est presque impossible à dissimuler, et nous trouvons rapidement les enfants qui en sont porteurs, si personne d'autre ne les repère avant nous. Mais vous avez vu ses yeux : sa marque est noire, à peine discernable de sa pupille. C'est pourquoi elle a réussi à la cacher toutes ces années.

Je laissai échapper une longue expiration.

— Et c'est pour ça qu'elle n'a personne de proche dans sa vie. Pas d'amis, pas de partenaires, pas d'amoureux. Personne qui puisse la regarder de près, dans les yeux.

— Par la Grâce de la Miséricorde, s'exclama-t-il en se passant la main sur le visage, que c'est triste !

— Oui, voilà une façon bien pénible de vivre, acquiesçai-je.

— Je ne sais pas comment nous allons pouvoir vaincre ses réticences et créer un lien de confiance entre vous. (Il tourna la tête pour m'adresser un petit sourire désabusé. Une fossette dessina une virgule sur sa joue, et soudain, l'espace qui nous séparait me sembla trop étroit et trop chaud.) Surtout compte tenu du fait que vous ne pouvez venir ici qu'occasionnellement, pour de brèves visites.

Je voulus protester, mais il n'avait fait qu'énoncer la vérité. Je tambourinai des doigts contre le mur en retournant le problème dans ma tête.

— Je devrais l'emmener en ville, pour la sortir un peu des Mues.

L'idée était intimidante.

Il se passa la main dans les cheveux d'un air inquiet.

— Oui. Que les Grâces nous viennent en aide, mais je crois que ça pourrait être une bonne chose.

Exsolvo n'était pas un mot qui risquait de surgir au détour d'une conversation banale, mais je me retrouvais tout de même terrifiée à l'idée de le laisser échapper par mégarde.

Le fait que Zaira ne cessait de jeter autour d'elle des regards rageurs, en me donnant l'impression qu'elle aurait aimé voir le marché s'embraser de flammes bleues, ne faisait rien pour m'apaiser. Entre les étals protégés d'auvents qui regorgeaient de fruits et de légumes, et la foule des passants qui circulaient entre eux, il se trouvait là un nombre inquiétant d'objets inflammables. Je me consolai en me disant qu'au moins, si Raverra finissait aujourd'hui dans les flammes, je n'aurais plus à me soucier de la perspective angoissante d'avoir un jour à libérer le pouvoir de Zaira contre Ardence.

— Qu'est-ce qu'on fait ici, maugréa Zaira en montrant du doigt une pyramide de mielliers sur un étal. (Le vendeur, occupé à marchander avec un autre client, jeta un regard nerveux à l'uniforme écarlate de Zaira.) J'ai l'air de vouloir acheter des légumes pourris ? Je veux aller aux Suifs, retrouver le vieux chiffonnier.

Les légumes n'avaient rien de pourris, bien au contraire. Le marché n'était pas un lieu que je fréquentais souvent – mon rapport à la nourriture ne commençait que lorsqu'elle était servie à ma table, déjà préparée –, mais les produits sur les étals, qui offraient aux regards une vaste palette de verts et de rouges éclatants, luisaient telles des pierreries dans la lumière matinale. Le parfum des pêches et des figues me mettait l'eau à la bouche, et les cris des marchands qui interpellaient le chaland formaient une musique joyeuse et pleine de vie. Le temple de l'Abondance dressait sa silhouette bienveillante au-dessus de la place, avec ses chapiteaux sculptés de fruits et de fleurs ; sur les marches du perron, les gardiens du sanctuaire distribuaient aux nécessiteux des fonds de sacs de céréales et des fruits abîmés dont les marchands leur avaient fait don.

Il fallait que je rende cette journée profitable, même si Zaira n'y mettait pas du sien. Je ne doutais pas un instant que ma mère et le doge recevraient un rapport détaillé sur le déroulement de notre sortie.

— J'avais demandé au lieutenant si nous pouvions aller chercher votre ami le chiffonnier. (Je tournai la tête vers Marcello, qui se trouvait à quelques pas de là. Il était resté avec nous toute la matinée, pour veiller à notre sécurité.) Il a estimé que nous devions commencer par quelque chose de plus simple.

Zaira ricana.

— Vous voulez dire qu'il pense que si nous allons aux Suifs, je risque de vous poignarder tous les deux et de jeter vos cadavres dans le canal.

— Peut-être, oui.

— En tout cas, je remarque que vous n'avez eu aucun problème à lui désobéir quand il vous a demandé de porter un uniforme.

Le cercle noir autour des pupilles de Zaira rendait son regard encore plus acéré.

Je baissai les yeux sur la broche dorée en forme de tête de faucon qui ornait mon épaule, la seule concession que j'avais accordée à ce pauvre Marcello.

— Mais sur cette question, il affronte un adversaire invisible : ma mère. Un adversaire qui devient au contraire son allié quand il s'agit de refuser de nous laisser aller aux Suifs.

Zaira afficha une moue sceptique.

— Ah bon, votre mère peut se rendre invisible, maintenant ?

— Bien sûr que non ! Ce n'est pas ce que…

— Je sais que ce n'est pas ce que vous vouliez dire, bon sang ! Vous vouliez dire que vous avez du sang de navet et que vous faites toujours ce que veut maman. Et le lieutenant Coquart ici présent ne vaut pas mieux, grommela-t-elle avec un signe de tête en direction de Marcello.

— C'est totalement faux ! me récriai-je.

Je faillis ajouter « et si vous connaissiez ma mère, vous comprendriez », mais elle aurait pu prendre cela pour une invitation à la rencontrer, et je n'étais pas certaine de pouvoir survivre à ces deux femmes réunies dans la même pièce.

Zaira se détourna de l'étal de fruits d'un air maussade.

— Non, c'est la stricte vérité. Sinon, nous serions déjà dans les Suifs, à parler au chiffonnier. Venez, j'ai vu un vendeur de brochettes de viande, là-bas.

Je me forçai à masquer ma contrariété et la rejoignis pour marcher à sa hauteur, et non derrière elle comme si j'étais sa domestique. Marcello se mit à son tour en mouvement et prit place de l'autre côté de Zaira. Elle choisit trois brochettes de poulet aux champignons, et Marcello sortit quelques pièces de sa bourse brodée du cheval ailé de Raverra afin de payer le vendeur.

Un accent ardentin dans la foule raviva mes souvenirs, et des images d'Ardence se déversèrent du chaudron d'inquiétude qui bouillonnait au fond de mon esprit depuis que j'avais espionné cette réunion chez ma mère. Les vieux pêcheurs du pont du Couchant, qui nous racontaient à Venasha et moi des histoires effrayantes sur la bataille de l'Arden, un épisode célèbre de la guerre de Trois Ans, au cours duquel l'infanterie impériale avait attiré les troupes du Vaskandar dans un piège mortel. La saveur incomparable et la texture aussi légère qu'un nuage des gâteaux aux noix d'été de la pâtisserie au coin de la rue, en face de la bibliothèque de l'université. Les pièces que l'on jetait dans la fontaine aux Souhaits devant le temple de la Grâce de la Fortune ; Venasha avait fait le souhait d'accoucher d'une fille, et moi que Domenic me prête enfin attention. Aucune de nous n'avait obtenu ce qu'elle voulait, sans que cela entache pour autant notre bonheur.

Ma chambre baignée de soleil dans le palais de l'Envoyé Sérénissime, avec sa fenêtre donnant sur les jardins. Ignazio allait devoir quitter les lieux, pour céder la place au nouvel envoyé. Un qui aurait la « main plus ferme sur le gouvernail », avait insinué ma mère, même si j'ignorais ce qu'elle voulait exactement dire par là.

Rien de bon, à n'en point douter, pour les gens et les lieux que j'aimais.

— Restez sur vos gardes, murmura Marcello, et son souffle vint chatouiller mon oreille, me ramenant brutalement à Raverra et à son marché animé. La foule peut dissimuler des voleurs à la tire.

— Oui, merci, répondis-je en rougissant malgré tous mes efforts de volonté pour l'éviter.

— Et notre protégée pourrait bien faire partie du lot.

J'observai attentivement Zaira. Même au milieu du marché bondé, la plupart des gens s'arrangeaient pour s'écarter devant son uniforme de Faucon d'un rouge éclatant. Un couple de patriciens vêtus de brocart me dévisagea moi aussi, à une certaine distance, et la dame chuchota à l'oreille de l'homme en se couvrant la bouche de la main, contribuant sans doute à répandre la rumeur que la fille de la Contessa Cornaro était devenue Fauconnière. Voilà qui plairait à ma mère. À moins que la femme ne se contente de faire remarquer à son époux que je portais des chausses, ce qui réjouirait moins ma mère, mais au moins ma veste était-elle à la dernière mode cette fois-ci, en velours d'un vert éclatant, ornée de broderies dorées aux motifs baroques.

Tous les badauds ne s'écartaient pourtant pas du chemin de Zaira. Elle frôla une aristocrate à la tête couverte d'un châle, qui contemplait rêveusement des piles d'abricots dorés sur un étal.

Un instant plus tard, j'avisai une masse sombre entre les doigts de Zaira.

Marcello s'avança pour lui saisir la main et la tourna paume en l'air, révélant une petite bourse en cuir.

— Allez lui rendre, cracha-t-il d'un ton furieux.

Zaira se dégagea le bras d'une secousse et lança la bourse sur la poitrine de Marcello.

— Faites-le vous-même.

Personne dans la foule n'avait remarqué le larcin, mais à voir les épaules crispées de Marcello et les mâchoires serrées de Zaira, l'incident risquait d'exploser en une véritable scène d'une minute à l'autre. La dernière chose dont j'avais besoin était de nouveaux ragots disant que le Faucon de la Cornaro était une voleuse.

— Je vais le faire, intervins-je en récupérant la bourse des mains de Marcello avant qu'il puisse protester.

Je me dépêchai de rejoindre la dame que Zaira avait dépouillée, qui examinait à présent une botte d'aigrelles à la pointe violette, et lui touchai le bras.

— Excusez-moi. Je crois que vous avez perdu ceci.

La femme écarquilla les yeux en reconnaissant sa bourse et se confondit tant en remerciements que j'eus toutes les peines du monde à me libérer d'elle. Le temps que je retourne auprès de Zaira et de Marcello, je les retrouvai en pleine dispute.

— Vous auriez peut-être dû réfléchir à savoir si vous vouliez que quelqu'un comme moi porte votre uniforme avant de me forcer à l'enfiler, gronda Zaira.

Marcello se tourna vers moi, le visage aigri.

— Je vous fais mes excuses, dame Cornaro. Vous embarrasser ou vous mettre en danger était vraiment la dernière chose au monde que je souhaitais. Je crois que nous devrions rentrer aux Mues.

Les yeux noirs de Zaira scintillèrent et son corps se raidit. J'eus le sentiment qu'elle était sur le point de se jeter dans la foule pour s'enfuir.

Marcello avait sans doute eu la même impression, car il leva la main, et aussitôt quatre hommes robustes vinrent encadrer Zaira. Un instant auparavant, ils étaient mêlés à la foule, des fermiers et des ouvriers qui ne différaient pas des autres et ne semblaient pas nous prêter attention. Ils ne firent aucun mouvement pour menacer Zaira : l'un faisait mine de montrer les flèches du temple de l'Abondance à son ami, tandis que les deux autres comparaient les fruits qu'ils avaient achetés, mais ils étaient venus se placer autour d'elle, prêts à réagir pour l'empêcher de prendre la fuite.

Zaira éclata de rire.

— Et vous disiez que je n'étais pas prisonnière, c'est ça ?

— Apparemment, vous devriez l'être, à en croire votre comportement, rétorqua Marcello.

— J'ai fait ça pour les obliger à se dévoiler. (Les mains sur les hanches, Zaira dévisagea les quatre soldats déguisés.) Et ça a marché. Bon, j'en avais déjà repéré trois. Ils ont encore des progrès à faire.

Je n'avais pas remarqué un seul de ces hommes. Je me tournai vers Marcello, en m'efforçant de contenir ma colère.

— Lieutenant Verdi, je croyais que nous étions là pour essayer de bâtir une relation de confiance. Était-ce vraiment nécessaire ?

Il afficha un air contrit.

— Oui, ça l'était, pour votre sécurité, ma dame.

Je serrai les poings et gardai le silence, de peur de ce que je pourrais dire.

Zaira n'avait pas les mêmes scrupules.

— Bien sûr, se moqua-t-elle en levant les yeux au ciel, parce que je suis tellement dangereuse, surtout avec votre stupide bracelet pour étouffer mon feu.

— Je suis désolée que nous en soyons arrivés là, dis-je en m'efforçant de conserver un ton égal. Peut-être pourrons-nous réessayer bientôt, avec plus d'honnêteté de part et d'autre.

— J'ai quelque chose qui a plus de prix que l'honnêteté, répliqua Zaira. J'ai la vérité. Je sais à présent quelle valeur accorder à vos beaux discours sur la confiance et le partenariat.

— Et nous avons pris nous aussi votre mesure, siffla Marcello entre ses dents. Nous savons désormais comment vous avez survécu dans les Suifs.

Il ne prononça pas le mot, mais celui-ci flotta dans l'air entre eux : « voleuse ».

Nous rentrâmes aux Mues dans deux barques séparées, une pour Marcello et moi, l'autre pour Zaira et les gardes déguisés. Marcello craignait sans doute que Zaira tente de nous pousser dans la lagune si nous montions dans la même embarcation qu'elle, et à voir son visage fulminant, je ne pouvais l'en blâmer.

Au début, Marcello demeura silencieux tandis que le batelier en uniforme nous faisait descendre le Canal impérial, en veillant à rester à hauteur de la barque où se trouvait Zaira. Leurs autres embarcations s'écartaient devant les deux barques rouge et or, et leurs passagers jetaient à Zaira des regards incertains en voyant son habit. Personne ne voulait emmêler ses rames avec celles de la barque d'un Faucon.

Et après la journée que nous venions de connaître, je n'étais pas moi-même très désireuse de me frotter à elle. Pourquoi n'avais-je pas pu passer le jet au poignet d'un façonnier ou d'un alchimiste aimable et bien disposé, avec qui j'aurais pu discuter théorie de la magie et entreprendre des recherches ? Mais non, voilà que j'étais liée pour la vie à une sorcière du feu revêche, doublée d'une voleuse, avec qui je ne partageais qu'une chose : le spectre d'avoir un jour à semer la dévastation sur une ville que j'aimais profondément.

— Je n'ai pas su m'y prendre, n'est-ce pas ? dit Marcello au bout d'un moment, le front plissé par l'inquiétude.

— Non, effectivement.

J'ignorais ce qui m'irritait le plus : ne pas avoir été avertie de la présence de ces gardes, ou qu'elle ait été nécessaire.

Il soupira.

— Je n'aurais pas dû vous cacher que des gardes nous accompagnaient, ni à elle non plus, d'ailleurs. Je vous présente mes excuses. J'espérais que Zaira ne remarquerait rien et que par conséquent, elle aurait moins l'impression d'être une prisonnière, mais mon plan a eu l'effet inverse.

— De quoi aviez-vous donc peur ? Saviez-vous que Zaira était une voleuse ?

— Non, répondit Marcello en baissant les yeux. (Il portait à la ceinture un pistolet à silex d'un côté, et une rapière de l'autre. Il devait falloir de longues années de pratique pour monter avec aisance dans une barque ainsi encombré d'une épée.) Les soldats n'étaient pas là pour l'empêcher de commettre un larcin. Ils étaient là pour vous protéger.

— Pour me protéger moi ?

— Pour vous protéger toutes les deux.

— Marcello, je me promène en ville sans escorte tout le temps. Je trouve insultant que vous supposiez que j'aie besoin de quatre gardes – quatre gardes dissimulés, qui plus est – pour me rendre sur un marché en plein jour.

— Je comprends, ma dame. C'était excessif. (Il se frotta l'arrière du crâne.) Mais votre sécurité est ma priorité. Si jamais il vous arrivait quelque chose…

Il laissa sa phrase en suspens, et détourna les yeux sur les eaux du canal. La fin de sa phrase m'importait, et je l'incitai à la terminer.

— Eh bien ?

— Eh bien, pour commencer, je perdrais mon poste. (Il rit, mais d'un rire contraint, différent de son rire habituel.) Je n'ose imaginer ce qui m'arriverait si je laissais l'héritière des Cornaro se faire blesser. Et la sécurité de Zaira est déterminante pour l'Empire. Le doge harcèle déjà le colonel pour s'assurer que notre nouvelle sorcière du feu est bien protégée, qu'elle s'habitue à sa nouvelle vie et se tient prête à accomplir son devoir. Et à son tour, le colonel me fait régulièrement la leçon pour me rappeler que toute la responsabilité retombera sur moi si jamais ce n'est pas le cas. Si quoi que ce soit arrivait à l'une de vous, il ne me resterait plus qu'à retourner chez mon père et mon frère pour leur dire qu'ils avaient raison à mon sujet, et que j'ai échoué.

Je serrai les lèvres, un goût amer dans la bouche.

— Je vois.

Un silence gêné s'installa entre nous, aussi lourd et inconfortable qu'une couverture de laine humide.

Finalement, il leva les yeux pour croiser mon regard.

— Et puis, ma dame, il y a aussi que je vous considère comme une amie. Si vous ne me trouvez pas trop présomptueux.

La tension se relâcha dans mes épaules.

— Pas du tout, lieutenant.

Cette fois, le silence qui revint se fit plus doux, ponctué par le battement de la rame et le glissement de la proue sur les eaux vertes de la lagune.

— En tout cas, dit-il après un moment, il y a au moins une chose sur laquelle Zaira et vous pouvez être d'accord.

— Laquelle ?

Sa bouche s'éclaira d'un mince sourire.

— Qu'un certain lieutenant de votre connaissance est un irrémédiable sot.

— Parfois seulement. (Je souris, afin qu'il ne le prenne pas trop mal.) Le reste du temps, je crois que nous serions en total désaccord quant à votre personne.

Les dernières bribes de ma colère s'évanouirent alors que nous quittions le Canal impérial pour traverser la lagune en direction de l'île du Rapace. Mais quelque chose se glissa dans le vide laissé par ma colère, quelque chose qui s'insinua avec le froid inexorable des ombres qui engloutissaient les canaux à la tombée de la nuit.

« Le doge harcèle déjà le colonel pour s'assurer que notre nouvelle sorcière du feu est bien protégée, qu'elle s'habitue à sa nouvelle vie et se tient prête à accomplir son devoir », avait-il dit.

« Accomplir son devoir. »

Pour Marcello, cela signifiait suivre les ordres du colonel et veiller à la sécurité des Faucons. Pour moi, cela signifiait remplir mes obligations sociales et apprendre à gouverner l'Empire. Mais pour Zaira, « accomplir son devoir » signifiait répandre la destruction et la mort.

Ce n'était qu'une jeune femme toute maigre, assise dans sa barque avec un air maussade, qui fixait d'un regard hostile la forteresse des Mues se profilant devant nous. Il paraissait impossible de croire qu'une silhouette aussi frêle puisse abriter un feu aussi dévastateur.

Revenue chez moi après notre désastreuse sortie au marché, je ne désirais plus qu'une seule chose : me faufiler jusqu'à ma chambre et me cacher sous les couvertures avec mon Muscati sur les genoux, pour me consoler en me plongeant dans la théorie de l'Artifice, en grignotant peut-être un biscuit au romarin. Mais le vieil Anzo m'attendait dans le hall et me détourna de l'escalier d'un toussotement discret.

— La Contessa vous demande au salon, dame Amalia.

Un mauvais pressentiment me serra la gorge. La porte du salon était fermée. Cela signifiait qu'on y parlait d'affaires relevant du Conseil.

— Dois-je d'abord aller me changer, Anzo ?

Il secoua la tête, avec un air compatissant qui adoucit son geste.

— J'ai cru comprendre qu'elle souhaitait vous voir dès votre retour, ma dame.

Peut-être voulait-elle simplement me demander comment s'était déroulée ma journée, et la porte du salon était-elle close parce qu'elle avait une migraine ? J'arrangeai ostensiblement la dentelle de mes manches, pour me donner le temps de prendre une profonde inspiration.

— Allons-y, je suis prête.

Chapitre 6

Je n'étais pas prête du tout. Et si ma mère avait une migraine, celle-ci n'était pas la cause de cette porte fermée. Les quelques personnes réunies dans la pièce aux boiseries de chêne détenaient le pouvoir d'ordonner des exécutions, de mobiliser des armées d'espions, ou d'entamer une guerre. Enfant, j'avais souvent entendu le murmure de leurs voix monter du rez-de-chaussée, tard dans la nuit, alors qu'une lumière dorée filtrait à travers la fenêtre de ma chambre depuis le salon au-dessous. Parfois, quand leurs voix m'empêchaient de m'endormir, je me glissais sur le grand palier de l'étage et je collais mon visage contre la balustrade de marbre froid pour les écouter. Je ne parvenais qu'à saisir des bribes de leurs conversations, qui parlaient d'espionnage et d'assassinat, de machinations et d'intrigues, de négociations et de jugements. À mes oreilles d'enfant, ces mots qui gouvernaient et façonnaient l'Empire avaient l'effet d'une berceuse, un brouhaha monotone et incompréhensible qui m'apaisait.

Un des rares souvenirs que j'avais de mon père était ce jour où il m'avait trouvée là, à moitié endormie sur le sol du palier ; en riant, il m'avait prise dans ses bras et ramenée dans mon lit. « Ces conversations ne sont pas pour toi, ni pour moi, ma petite », m'avait-il glissé à l'oreille. « Laisse donc cela à ta mère. »

Mais aujourd'hui, ma mère me faisait signe d'entrer pour prendre part à ces conversations. Des yeux âgés et indifférents me jaugèrent, certains se tournant fugitivement vers la Contessa pour nous comparer, en se demandant sans doute comment il était possible que nous soyons apparentées.

Le doge en personne avait pris place dans mon fauteuil favori, et la marquise de Palova était assise à côté de ma mère. Cette femme aux cheveux blancs avait jadis ordonné l'assaut le plus meurtrier de la guerre de Trois Ans, et elle occupait au Conseil des Neuf un des sièges électifs – renouvelés tous les cinq ans – pour son sixième mandat consécutif. Elle faisait tourner le vin dans son verre, le petit doigt relevé pour tracer dans l'air les entrelacs de ses pensées. Le baron Leodra accueillit mon arrivée avec un reniflement de dédain.

— Je suppose qu'elle fera l'affaire, commenta la marquise.

Voilà un début de conversation guère rassurant. Je déglutis, la bouche soudain sèche.

— Connaissez-vous le prince Ruven du Vaskandar ? me demanda le doge.

Je m'attendais à tout sauf à une question de ce genre.

— Heu…

Était-ce ce général qui avait mené l'invasion vaskandrienne de la Loreice au cours de la guerre de Trois Ans ? Non, il s'appelait Halven. Je m'efforçai de me souvenir des noms des dix-sept Hauts Ensorceleurs du Vaskandar, mais avec la moitié du Conseil qui m'observait, je ne parvins à en retrouver que six.

— Non, Votre Sérénité. Le devrais-je ?

Ma mère me montra une enveloppe couleur crème qu'elle tenait à la main.

— L'ambassadeur du Vaskandar t'invite à venir rencontrer le prince, qui est actuellement son hôte en ville. Il donne une réception.

Je sentis naître en moi une bouffée de colère lasse.

— J'ignorais avoir été conviée.

Parce que vous avez intercepté mon courrier.

— Je lui ai fait part de ton acceptation. (Si ma mère avait noté la pointe de colère dans ma voix, elle feignit de n'en rien remarquer.) Nous avons certaines inquiétudes quant aux raisons de la présence du prince Ruven à Raverra. Sa visite est intrigante ; la paix avec le Vaskandar demeure fragile, même cinquante ans après la guerre, et le père de Ruven est loin d'être le plus pacifique des Hauts Ensorceleurs. Cette invitation nous offre une chance de découvrir ce qu'il manigance.

Tout cela était absurde. Ma mère savait parfaitement que je n'avais rien d'une espionne.

— Je ne comprends pas. Vous attendez de moi que je l'interroge sur la raison de sa présence à Raverra ?

La marquise de Palova se mit à rire.

— Il en a déjà offert une, qui vous qualifie parfaitement pour aller le rencontrer.

Ma mère réprima un sourire involontaire.

— Il prétend être ici en quête d'une épouse.

— Oh, non. (Je secouai la tête et reculai d'un pas.) Vous ne pouvez tout de même pas attendre de moi que…

— Que tu assistes à une innocente réunion mondaine ? m'interrompit ma mère. Nous ne te demandons pas de chercher à le séduire, Amalia. Laisse-le parler, écoute ce qu'il dit et, si l'occasion se présente, oriente subtilement la conversation dans une direction intéressante.

— Personne d'autre ne pourrait le faire ? J'ignore pourquoi il m'a invitée. Je ne le connais pas, et c'est à peine si j'ai rencontré l'ambassadeur.

Sans parler du fait que tout ce que je savais du Vaskandar provenait de mes lectures sur l'histoire de sa brutale et sanglante expansion sur le nord d'Eruvia. Les princes du Vaskandar semblaient difficilement répondre aux critères du gentilhomme rompu à l'art de la conversation mondaine.

Le doge posa ses yeux pénétrants sur moi.

— Le prince Ruven est l'héritier d'un des Hauts Ensorceleurs du Vaskandar. Ces derniers s'enorgueillissent, non sans quelque exagération, du prestige de leur ascendance ; ils n'envisagent donc d'unions qu'avec les meilleures familles, et celles où des pouvoirs magiques se sont déjà manifestés. (Il fronça les sourcils d'un air désapprobateur, comme si la pratique d'introduire du potentiel magique dans des lignées royales était une habitude aussi fâcheuse que celle de décortiquer des noix d'été au lit.) L'arbre généalogique de votre père comporte des façonniers et des vivomanciens, et Ignazio, le cousin de votre mère, possède quelques dons d'alchimiste. Votre ascendance est des plus éminentes, riche de doges et de princes, et vous hériterez du siège de votre mère au Conseil des Neuf. Il aurait du mal à trouver plus beau parti que vous.

— Cela signifie que vous avez quelque chose qu'il désire, conclut la marquise, ce qui vous donne par conséquent de meilleures chances de lui soutirer des informations utiles.

Le baron Leodra grommela.

— Je continue à penser que Ruven ne mérite pas notre attention. Ce n'est qu'un petit prince désœuvré qui se paie du bon temps loin de chez lui. Si sa visite dissimulait des projets plus sinistres, je ne doute pas que nos services d'espionnage auraient déjà relevé certains indices troublants. Ou doit-on en conclure qu'ils ne sont pas aussi fiables que nous le croyons ? insinua-t-il en se tournant ostensiblement vers la Contessa.

— Nous avons quelqu'un chez les domestiques de l'ambassadeur, répondit ma mère. Jusqu'ici, il n'a pu découvrir la véritable raison de la présence de Ruven à Raverra. En revanche, il a appris que le prince avait fait étape à Ardence, un peu avant que ce problème de taxes n'éclate. Apparemment, il y est resté quelque temps et s'est attiré une certaine influence auprès de la noblesse locale, dont une faction fait désormais pression à la cour d'Ardence en faveur d'un rapprochement avec le Vaskandar.

— Cela frôle la trahison, releva la marquise de Palova.

Le doge tambourina des doigts sur son accoudoir.

— Beaucoup de choses frôlent la trahison à Ardence, ces derniers temps.

Ce prince Ruven avait donc contribué à fomenter des troubles dans la ville que j'affectionnais le plus après Raverra. S'il en était ainsi, je voulais moi aussi savoir ce qu'il manigançait, après tout.

— Très bien, dis-je. J'irai le rencontrer. Quand cette réception doit-elle avoir lieu ?

— C'est une invitation à prendre le thé, l'après-midi. Une tradition vaskandrienne. (Ma mère me tendit le carton d'invitation.) Mardi prochain.

— Je devais aller aux Mues m'entraîner avec Zaira cet après-midi-là.

— Zaira ? demanda sèchement le baron Leodra.

— Mon Faucon, répondis-je sans réfléchir.

Le baron Leodra se renfrogna.

— Le Faucon de l'Empire, voulez-vous dire.

— Peu importe, intervint le doge pour ne pas laisser la conversation dériver vers un autre sujet. Zaira peut attendre.

Formidable. Je devais donc annuler mon entraînement, décevoir Marcello et confirmer tout ce que Zaira pensait de moi, et tout cela pour le plaisir d'aller faire du charme au fils d'un tyran à moitié fou.

Ma mère semblait aussi satisfaite qu'un chat se pourléchant les babines.

Au premier abord, le prince Ruven ne donnait pas l'impression d'être fou.

Je n'avais encore jamais rencontré de fils de Haut Ensorceleur, mais les souverains du Vaskandar jouissaient d'une réputation peu engageante. L'histoire des Hauts Ensorceleurs avait débuté longtemps avant la naissance de l'Empire, dans le Nord lointain, avec un petit groupe de mages redoutables et universellement craints qui, tous les trente ou quarante ans, se lançaient dans la conquête sanglante de nouvelles terres, qu'ils plaçaient alors sous l'autorité d'un des leurs. Les choses durèrent ainsi, jusqu'à ce que leur expansion se retrouve bloquée par la barrière naturelle des Pics Sorciers, voilà un siècle.

Ils tentèrent à deux reprises de s'emparer de la Loreice, dont la frontière nord était délimitée par l'extrémité orientale des Pics Sorciers, où les montagnes s'amenuisaient pour laisser place à une région de collines. La première fois, la Loreice était encore une nation indépendante, et son roi avait imploré l'aide de Raverra. L'invasion avait été repoussée, mais au prix de l'indépendance de la Loreice, qui était passée sous la tutelle de l'Empire Sérénissime. La deuxième tentative de conquête fut à l'origine de la guerre de Trois Ans, qui avait éclaté voilà cinquante ans. Les Hauts Ensorceleurs avaient laissé un souvenir cuisant à la génération de mes grands-parents en raison de la cruauté impitoyable dont ils avaient fait preuve durant la guerre ; et même les diplomates et les marchands vaskandriens que j'avais eu l'occasion de croiser ne parlaient de leurs souverains qu'en baissant la voix, et en faisant de la main ce vieux geste superstitieux de paysan, censé repousser les démons.

J'avais si souvent entendu dire que les maîtres du Vaskandar étaient déments que je m'étais préparée à prendre le thé en compagnie d'un fou dangereux.

Mais le prince Ruven accueillait ses invités avec un parfait savoir-vivre et une civilité irréprochable. Avec ses cheveux blonds ramenés en une queue-de-cheval impeccable et sa veste souple en cuir noir à col relevé, il avait tout du parfait gentilhomme. Les motifs anguleux des broderies violettes de son pourpoint faisaient ressortir l'anneau de couleur similaire qui marquait ses yeux gris orage.

L'ambassadeur du Vaskandar l'entourait de mille prévenances avec la servilité d'un domestique craintif. Deux dizaines d'invités, composées à parts à peu près égales de jeunes Raverrains des familles patriciennes et de nobles d'autres cités de l'Empire en visite à la capitale, déambulaient dans le grand hall de réception de l'ambassadeur. Avec ses poutres sombres et son haut plafond voûté, il présentait une architecture plus austère que celle des demeures de la noblesse raverraine. Des chandelles éclairaient de petites tables rondes recouvertes d'une nappe de brocart violet et y faisaient scintiller l'argenterie.

Je n'avais aucune envie de me trouver là. Des rires forcés s'élevaient pour disparaître dans les hauteurs obscures de la voûte, et malgré le soutien des chandelles tremblotantes, les pâles rayons du soleil qui perçaient par les hautes fenêtres ne parvenaient pas à dissiper tout à fait la pénombre du lieu. L'endroit avait beau ne pas ressembler aux salons raverrains que je connaissais, ce n'était en définitive qu'un autre événement mondain auquel ma mère me forçait à assister, et dont les invités étaient pour ainsi dire des inconnus, avec qui je ne me sentais aucune affinité.

Et dire que c'était pour ça qu'il m'avait fallu annuler ma séance d'entraînement aux Mues. Je m'étais rendue sur l'île du Rapace dans la matinée pour rattraper un peu les choses, mais Marcello se trouvait à une réunion des officiers du régiment, et Zaira avait refusé de me voir.

— Dame Amalia Cornaro. (C'était le prince lui-même, qui parlait un raverrain parfait, avec seulement une pointe d'accent.) Il est temps de nous asseoir pour prendre le thé. Me ferez-vous l'honneur de vous joindre à moi ?

Il effleura respectueusement mon coude de sa main afin de me guider à sa table.

Le temps était venu de se montrer charmante. Que faisaient donc les gens charmants ? Je tentai un sourire.

— Avec grand plaisir.

Les tables avaient été dressées pour quatre convives, mais personne d'autre ne s'assit à la nôtre. Un jeune seigneur se dirigea vers nous en voyant un siège vide, mais l'ambassadeur du Vaskandar se chargea lui-même, avec courtoisie, de le placer ailleurs.

J'observai cette interception puis ramenai le regard sur Ruven, dont les yeux cerclés d'un anneau violet s'éclairèrent d'une lueur avide, et j'eus soudain le sentiment viscéral de me retrouver prise au piège.

— Ainsi, commença Ruven en me dévisageant, le menton posé sur ses mains croisées, voici l'inattendue Fauconnière dont j'ai tant entendu parler ces derniers jours. Celle qui a contrevenu à la loi.

Je m'agitai inconfortablement sur mon siège, gênée par mon corset.

— Je puis vous assurer qu'il n'a jamais été dans mes intentions de devenir Fauconnière.

— Ha ! s'exclama-t-il avec un sourire rusé. Vous et moi sommes au-dessus des règles communes. N'êtes-vous pas d'accord ?

Je doutais en tout cas que le doge partage cette opinion.

— D'aucuns objecteraient que les lois sont les fondations sur lesquelles l'Empire Sérénissime s'est bâti.

Ruven rit doucement.

— Les lois ! Les lois ne sont qu'une armure de mots dont se harnachent les sots. Elles n'offrent pas plus de protection que l'air expiré pour les énoncer.

Un serviteur vaskandrien s'approcha avec une théière en porcelaine pour remplir nos tasses, et le prince ne prit pas la peine de se redresser afin de lui laisser la place de faire le service.

— Au Vaskandar, poursuivit-il, le moindre désir d'un Haut Ensorceleur a plus de poids que la loi. La relation d'un Haut Ensorceleur à son fief s'apparente à celle d'une main à son gant : la terre elle-même se plie à sa volonté. C'est la raison pour laquelle votre Empire ne nous a jamais conquis.

Il avait accompagné sa phrase d'un geste de la main, qui heurta le coude du serviteur, et quelques gouttes de thé tombèrent sur la nappe. Le serviteur laissa échapper un hoquet vite réprimé.

Aussi vif qu'une vipère, Ruven lui saisit le poignet, et le serviteur lâcha la théière, qui se fracassa sur le sol.

— Votre Altesse, bredouilla-t-il, soudain blême, j'implore votre pardon.

Les conversations s'interrompirent un instant dans la salle, avant de reprendre. Ruven continuait à tenir le bras de l'homme.

— Par exemple, poursuivit-il sur un ton léger, sans cesser de me regarder, mon père est un ensorceleur des bêtes. On le surnomme le Seigneur Loup de Kazerath. Si ce maladroit avait renversé du thé à sa table, la meute de loups qui garde notre château l'aurait déchiqueté aussitôt.

La main du serviteur se crispa de douleur et une grimace terrifiée déforma les traits de l'homme, mais il n'émit aucun son. Je me levai à demi de mon siège.

Ruven continua à serrer le poignet de l'homme.

— Ma tante est une ensorceleuse du bois, aussi l'aurait-elle plutôt transpercé d'épines acérées. En ce qui me concerne, je suis un ensorceleur de chair. Vous nous désigneriez tous trois sous le terme générique de vivomanciens, mais au Vaskandar, nous considérons qu'il est important de distinguer les pouvoirs. Les êtres humains sont ma spécialité, pas les animaux ni les plantes. Je pourrais donc faire fondre les os de son bras, ou putréfier sa chair, ou arrêter les battements de son cœur…

J'étais incapable de supporter plus longtemps la terreur abjecte qui se lisait sur le visage du serviteur.

— Mais vous n'êtes pas au château de votre père. Vous êtes à Raverra, lançai-je à Ruven de mon ton le plus glacial.

Un sourire amusé éclaira ses traits.

— Ce qui n'a pas la moindre importance, voyez-vous. Le pouvoir reste le pouvoir. Je suis un sorcier de chair, et je ne porte pas le stupide bracelet doré de vos Faucons domestiqués. Personne ici ne pourrait m'empêcher d'agir à ma guise. De plus, je suis un prince du Vaskandar ; je ne dépends pas de l'autorité de votre Conseil ou de votre doge. Croyez-vous vraiment qu'ils auraient le front de m'arrêter pour une brouille pareille, pour la mort d'un vulgaire serviteur ?

Le malheureux remuait éperdument les lèvres en articulant « pitié, pitié, pitié », mais aucun son ne sortait de sa bouche. Ruven ne semblait pas serrer si fort le bras de l'homme, mais un filet de sang se mit à couler le long de son poignet.

Je me forçai à prendre une attitude détendue, feignant l'indifférence quant au sort du domestique.

— Les cimetières d'Eruvia regorgent d'hommes puissants qui ont eu la présomption de croire qu'ils pouvaient prédire les réactions du doge et du Conseil. (Je haussai mes épaules raidies par la tension.) Mais tout ceci est hors de propos. Vous ne ferez rien, tout simplement parce que cela serait grossier. Un gentilhomme ne s'abaisserait pas à faire une scène qui ruinerait une réception donnée en son honneur.

— Ah. (Ruven hocha la tête d'un air pensif.) Une remarque fort judicieuse, dame Amalia.

Il relâcha enfin le bras du serviteur. J'aperçus l'empreinte rouge de sa main sur le poignet de l'homme avant que celui-ci ne tire sur sa manche pour la dissimuler. Puis il s'inclina devant le prince et s'accroupit pour ramasser les morceaux de la théière, comme si les menaces de mort faisaient partie des aléas ordinaires de son travail.

Peut-être était-ce le cas. Je me fis la promesse de ne jamais me rendre au Vaskandar, même si Raverra sombrait dans la mer et que le reste de l'Empire était la proie des flammes.

— Expliquez-moi donc, demandai-je d'une voix enjouée, prête à tout pour retenir son attention le temps que le serviteur puisse s'éclipser, mes lectures m'ont laissée entendre que la plupart des vivomanciens ne peuvent affecter que les végétaux et les animaux, et que même ceux dont les pouvoirs agissent sur les êtres humains demeurent limités dans ce domaine. Et vous avez pourtant choisi de vous spécialiser dans cette branche de la vivomancie ?

— Tout à fait. (Ruven se redressa sur son siège, avec l'air de satisfaction d'un chat qui s'étire.) Ce que vous appelez la vivomancie est une magie qui tire son origine du Vaskandar. Les autres types de mages y sont peu représentés ; une poignée d'alchimistes et de façonniers, peut-être, et aucun sorcier. Mais concernant la magie de la vie, nous sommes plus riches que n'importe quelle autre nation d'Eruvia, et nous approfondissons notre pouvoir en nous spécialisant. Les ensorceleurs des bêtes et ceux du bois possèdent une affinité avec les formes de vie inférieures et ressentent souvent une sorte de malaise, voire un véritable dégoût, à exercer leurs talents sur des hommes. Mais pour ma part, je trouve qu'agir sur le corps humain comporte certains… avantages.

Était-ce une lueur lubrique qui s'allumait dans ses yeux ? Je résistai à l'impulsion de reculer ma chaise de quelques centimètres.

— L'application de vos pouvoirs à des êtres humains relève donc davantage d'un choix, ou d'une vocation, plutôt que d'un don comme c'est le cas pour un sorcier d'orage ou un sorcier du feu ?

— Ah, oui, les sorciers du feu. (Ruven plissa les yeux.) Il semblerait que votre sorcière du feu soit seule connue dans tout Eruvia à l'heure actuelle. Quelle heureuse prise !

Je ne me sentais pas vraiment chanceuse.

— L'Empire Sérénissime se réjouit évidemment de la compter au nombre de ses Faucons.

— Je crains qu'elle ne puisse pas en dire autant, malheureusement. Si seulement elle était née dans mon pays, soupira-t-il. Nous ne sommes pas aussi arriérés que votre Empire. Chez nous, les mages ne sont pas des esclaves ; au contraire, ce sont des souverains.

— Les Faucons ne sont pas des esclaves. À moins que vous ne considériez les soldats comme tels. Raverra leur donne des ordres, ainsi qu'à tous les soldats de son armée. Leurs Fauconniers ne sont pas leurs maîtres, pas plus qu'ils n'ont un grade supérieur au leur. Ils restent avec leurs Faucons pour les protéger.

Ruven afficha un sourire narquois.

— Vous exceptée.

Mes pensées volèrent vers Zaira, coincée aux Mues parce que j'étais ici au lieu de me trouver avec elle, et la culpabilité me noua le ventre. Je hochai la tête à contrecœur.

— Moi exceptée, c'est exact. Ce dont je ne me réjouis guère, pas plus que les autres personnes concernées.

Il passa le doigt sur le bord de sa tasse de thé, qu'il n'avait pas encore touchée.

— Je suis sûr que vous comprenez que cela fait aussi de vous une prise de choix.

Je laissai échapper un petit rire nerveux. Un autre serviteur arriva pour poser un plateau de gâteaux sur la table, m'offrant un court répit, le temps de ravaler ma bile et de réfléchir à une réponse.

— Une Cornaro n'est pas un poisson que l'on peut pêcher, dis-je finalement en portant ma tasse à mes lèvres pour empêcher mes mains de trembler. Nous sommes plutôt les maîtres de la flotte.

L'étincelle amusée dans les yeux de Ruven se fit plus dure.

— Il n'y a rien de plus séduisant que le pouvoir, décréta-t-il en tendant la main pour prendre un gâteau.

« Boum ! » Un pesant volume relié de cuir atterrit sur la table à côté de moi.

— Amalia ! Quelle heureuse surprise ! Je n'aurais jamais imaginé te croiser ici !

Je me retournai sur mon siège en m'étranglant avec mon thé.

— Domenic ?

Il était là devant moi, tel un miracle inespéré : Domenic Bergandon, superbe dans son pourpoint à crevés, se laissa tomber avec une séduisante désinvolture sur une des chaises libres à notre table, avec l'assurance d'un homme persuadé d'être toujours le bienvenu. Les boucles crépues de sa chevelure et sa peau brun sombre – héritages de sa mère, une princesse ostanienne – offraient un contraste saisissant avec la pâleur et les cheveux lisses de Ruven.

— Je vous adresse mes plus plates excuses pour mon retard, dit Domenic, une main sur le cœur, en s'inclinant à l'intention de Ruven. Mon coche a perdu une roue sur la route depuis Ardence, et je ne suis arrivé à Raverra que ce matin même. J'ai bien failli ne pouvoir honorer votre invitation.

— Vous m'en auriez vu affreusement déçu, répondit Ruven en lançant un regard noir en direction de l'ambassadeur du

Vaskandar qui, en pleine conversation avec un autre invité retardataire, n'avait pas remarqué l'intrusion de Domenic à la table du prince.

— J'ignorais que tu devais venir à Raverra, m'étonnai-je en m'efforçant de mettre toute ma gratitude dans mon sourire. Quelle délicieuse surprise !

— J'aime faire une entrée théâtrale, et à point nommé. (Il m'adressa un discret clin d'œil. Il avait donc compris ma détresse et s'était intentionnellement porté à mon secours.) Mais à dire la vérité, j'ai pris cette décision sur un coup de tête ; je me suis levé un matin, et me suis mis en route quelques heures plus tard. Les chamailleries du Conseil des Pairs ont eu raison de moi, et j'ai éprouvé le besoin de m'éloigner un peu de ces vieilles badernes pédantes.

— Je constate que vous vous connaissez, nota le prince Ruven avec un sourire déplaisant. J'ignorais ce fait. J'ai eu le plaisir d'être présenté au vicomte durant mon séjour dans sa charmante cité, qui m'a fourni une agréable étape dans mon long voyage depuis le Vaskandar.

Domenic hocha la tête.

— Nous nous sommes rencontrés à la bibliothèque ducale. Savais-tu que le prince Ruven est un remarquable érudit ?

— Vraiment ? (Je bondis sur l'occasion de parler d'autre chose que de ma qualité de bon parti ou des différentes façons de punir un serviteur maladroit.) Avez-vous étudié à l'université ?

Ruven secoua modestement la main.

— Mes connaissances et mes intérêts se limitent aux applications pratiques de la magie. Nous n'avons pas d'universités au Vaskandar. C'est une terre sauvage et magnifique, où nous apprenons les rudes leçons que nous enseignent les forêts et les montagnes. Mais cela implique toutefois que je doive voyager à travers l'Empire pour satisfaire mon goût des livres et de l'étude.

— Nous avons alors une chose de commun, dis-je. Je suis moi-même très portée sur les livres, avec un intérêt particulier pour les sciences magiques.

— Dans ce cas, vous adoreriez notre bibliothèque de famille, à Kazerath. (Ruven garda les yeux rivés aux miens.) J'y ai rassemblé la plus importante collection d'ouvrages sur la magie de tout le Vaskandar. Il faudra absolument que vous veniez la voir.

— En parlant de livres qu'Amalia adorerait… (Domenic tapota des doigts le volume posé sur la table, en affichant un sourire satisfait.) Tu ne vas jamais croire ce que j'ai trouvé dans une librairie de Palova.

— Quoi donc ? demandai-je, intriguée.

J'aurais aimé lui raconter à mon tour ma découverte du Muscati, mais la présence de Ruven aurait gâché le plaisir de cette révélation. Mieux valait attendre d'avoir l'ouvrage en main pour le lui montrer.

— Le premier volume des *Interactions de la magie* ! s'exclama-t-il en ouvrant les bras, dans un geste de comédien invitant à l'applaudir.

Je fouillai ma mémoire, les sourcils froncés.

— La bibliothèque ducale d'Ardence possède le deuxième tome, n'est-ce pas ?

— Tout à fait ! Mais il ne cesse de faire référence au premier, ce qui le rend difficilement compréhensible. C'était horripilant, parce qu'il présente d'intéressantes propositions pour combiner des formes de magie censément incompatibles – des alchimistes et des vivomanciens conjuguant leurs talents, par exemple– , mais impossible de se faire une idée précise sans disposer de l'ouvrage complet.

Ruven se pencha en avant.

— Ce livre m'intéresse moi aussi. J'en ai entendu parler.

— Et maintenant, tu as trouvé le premier tome ! le félicitai-je en examinant le livre avec plus de gourmandise que je n'en avais manifesté pour les gâteaux. As-tu déjà eu la chance de le lire ?

— Je l'ai seulement parcouru un peu. Quand je retournerai à Ardence, je compte lire les deux volumes en même temps.

— Peut-être pourrais-je alors me joindre à vous à la bibliothèque ducale lors de mon voyage de retour vers mon cher Vaskandar. (Ruven avait les yeux rivés sur le livre, et je sentis un intense soulagement à voir son attention détournée vers un autre objet que moi.) Ardence est une ville magnifique qui mérite que je lui accorde davantage de temps.

À partir de ce moment, la conversation tourna autour des mérites comparés de la bibliothèque de l'université et de la bibliothèque ducale. Ruven continua à se comporter en parfait gentilhomme, sans plus montrer de signes de violence. Je me détendis assez pour grignoter deux gâteaux aux pommes et une tartelette aux noix d'été, tout en trouvant qu'une réception mondaine où l'on ne servait pas de vin faisait injure à la Grâce de l'Abondance.

Quand il fut l'heure de prendre congé, je parvins à esquiver la tentative de Ruven de me baiser la main et le remerciai, ainsi que notre hôte l'ambassadeur, pour leur invitation.

— Ce fut un plaisir de faire enfin votre connaissance, ma dame. (Ruven plaça sa main sur son cœur, au lieu de s'incliner.) Je suis sûr que nous nous reverrons bientôt.

« Enfin » ? Que voulait-il dire par là ? Troublée, je ne réussis à lui répondre que par un sourire poli.

Alors que Domenic et moi nous frayions un chemin parmi les autres convives pour sortir du salon, je sentis ses yeux au cercle violet posés sur moi jusqu'à ce que nous franchissions les portes.

Chapitre 7

Arrivés au ponton flottant où nous attendaient nos bateaux, Domenic et moi prîmes le temps de nous dire au revoir. Le soleil déclinant allumait des reflets roses et dorés sur une partie du canal, tandis que les ombres enveloppaient progressivement l'autre berge.

— Merci, murmurai-je à Domenic.

Je ne pus m'empêcher d'admirer la façon dont la lumière caressait ses larges épaules et faisait ressortir ses pommettes. J'avais cessé depuis longtemps d'espérer qu'il se passe quelque chose entre nous, mais il n'en restait pas moins un très bel homme ; l'inclination que j'avais naguère ressentie à son égard m'offrait un sentiment de confortable chaleur, telle la petite flamme brillante d'une lampe de lecture.

Domenic s'esclaffa.

— J'ai pensé que tu avais sans doute besoin de compagnie. Moi non plus je ne tiendrais pas à me retrouver tête à tête avec le prince Ruven. C'est un homme mauvais.

— Que faisait-il à Ardence ?

— Il fomentait des troubles, répondit Domenic d'un air contrarié. Une partie de la cour d'Ardence est fascinée par le personnage, et c'est aussi le cas de mon jeune frère Gabril, à mon grand regret. Cette faction a commencé à promouvoir au Conseil des Pairs l'idée que nous devrions nous éloigner de Raverra pour nous rapprocher du Vaskandar, ce qui a donné lieu à des discussions animées, où l'on a bien failli en venir aux mains. C'est pour cette raison que je suis parti ; je refuse de me laisser entraîner là-dedans. Depuis que cette vipère de Ruven a séjourné à Ardence, ses nouveaux amis au Conseil des Pairs semblent penser que le Vaskandar est la réponse magique à tous les problèmes financiers de la cité.

L'image de la marque rouge imprimée par la main de Ruven sur le poignet du serviteur s'imposa à mon esprit.

—Je n'aimerais pas être en dette auprès du Vaskandar, pour quoi que ce soit.

—C'est parce que toi, tu n'es pas stupide, Amalia. (Domenic s'ébroua.) Bah ! Ne parlons plus de ça. La politique ! Je ne suis vraiment pas fait pour siéger au Conseil des Pairs.

—Pourtant, tu débordes de bonnes idées, dis-je en le poussant du coude. Je me rappelle cette fête où tu avais disserté longuement – tu étais plutôt éméché, si je me souviens bien – sur le fleuve Arden en tant que sang irriguant la cité et… tu avais exposé des vues intéressantes sur les effets d'une réduction des droits d'amarrage.

—Je n'étais pas soûl ! Enfin, juste un peu. (Il soupira avec nostalgie.) Je me souviens de cette soirée. J'avais subtilisé une bouteille d'un grand cru de Loreice – un vin blanc exceptionnel – dans les caves du palais fluvial pour célébrer la naissance du fils de Venasha.

—C'était une belle fête, oui. J'ai toujours pensé que lorsque tu aurais atteint ta majorité et que tu occuperais le siège laissé vacant par ton père au Conseil des Pairs, tu allais changer le monde.

— Je l'ai cru aussi, dans les brefs moments où j'avais à cœur d'assumer mes responsabilités. Mais les pairs du Conseil ne veulent pas changer le monde, Amalia. Ce sont des égoïstes et des cyniques, dont l'unique objectif est d'accroître leur prestige et leur richesse. Ils conduisent la cité à sa ruine en détournant les yeux de ses problèmes, au point que cela en devient désastreux. (Il donna un coup de pied dans un poteau d'amarrage.) Je remercie les Grâces que mon père ait abdiqué avant que le trône ducal ne lui échoie, sinon ça aurait été à moi et non à Astor de me débattre dans ce panier de piquecrelats.

Je lui adressai un regard étonné.

— Je n'avais jamais pris conscience que ton père était en ligne directe de succession. Tu aurais pu être l'héritier du duc d'Ardence ?

— En effet, opina Domenic, qui avait retrouvé son sourire insolent. Mais j'ai évité ce couperet, grâce à la prévoyance de mon défunt père qui a renoncé à ses prétentions au trône en faveur de son frère cadet. Je jouis donc de la liberté de m'enfuir pour rendre visite à mes amis quand rester assis en compagnie de mes pairs finit par m'irriter le fondement autant qu'une journée à cheval.

Je me forçai à rire à sa plaisanterie, sans pouvoir toutefois m'empêcher de penser que si Domenic avait été duc, il n'y aurait pas autant de problèmes à Ardence.

— Tu dois absolument venir me voir bientôt, et apporter ton nouveau livre avec toi, dis-je. Moi aussi, j'en ai un à te montrer.

— J'en serais vraiment enchanté, déclara Domenic avec une révérence moqueuse. J'ai hâte de parcourir avec toi *les Interactions de la magie*. Certaines de ses théories sont brillantes, et d'autres sont… Comment les qualifier ? Ambitieuses ?

— Vraiment ? Comme cette fois où tu avais essayé de concevoir un instrument d'Artifice capable de rédiger tes devoirs à ta place ?

— Peut-être pas aussi ambitieux que ça, répondit-il avec un grand sourire. L'auteur expose quelques hypothèses tout à fait renversantes. Comme d'utiliser une combinaison de vivomancie et d'Artifice pour soumettre des forces qui échappent habituellement au contrôle de l'une ou l'autre forme de magie. Il a noirci des pages et des pages sur l'idée d'inscrire de gigantesques cercles magiques autour d'une forêt entière, ou d'une montagne. (Domenic renifla dédaigneusement.) Mais je ne vois pas comment il est possible de conserver la précision nécessaire à une telle échelle. Cela deviendrait aussi instable que la perruque d'un Loreicien ivre. As-tu jamais entendu pareille folie ?

« *Folie* ». Je plantai mon regard dans le sien.

— Domenic… peu importe, ne montre cet ouvrage au prince Ruven sous aucun prétexte.

— Je ne vois pas comment cette technique pourrait marcher. (Domenic fronça les sourcils.) Mais tu n'as pas tort ; Ruven a clairement indiqué que ce livre l'intéressait. J'éviterai de lui montrer.

Ce ne fut qu'une fois dans ma barque pour retourner chez moi, alors que les eaux du canal clapotaient contre la proue et que le soleil s'inclinait jusqu'à toucher les toits des bâtisses, que je me rappelai soudain ma mission : découvrir pourquoi le prince Ruven se trouvait à Raverra. Aussi me sentis-je bien stupide, même si Domenic m'avait affirmé le contraire, quand ma mère rentra du palais impérial et me fit appeler dans le salon pour entendre mon rapport.

Je lui racontai tout ce que Ruven avait dit et fait. Elle soutira de ma mémoire bien d'autres détails par ses questions précises, et tandis que je parlais, Ciardha vint lui apporter un verre de vin et un plateau d'argent sur lequel étaient disposés du papier et un encrier. Tout en m'écoutant, la Contessa rédigea une note qu'elle confia à Ciardha.

Celle-ci lut le petit mot et hocha la tête.

— Ce sera fait, Contessa, dit-elle en quittant la pièce.

Parlaient-elles de faire apporter des tartines grillées ou d'assassiner le roi d'Osta ? Cela pouvait aussi bien être l'un que l'autre, sans que cela change pour autant l'air de confiante efficacité avec lequel Ciardha se mouvait en toutes circonstances.

— J'avais l'espoir que tu en apprennes davantage, soupira ma mère quand j'eus terminé mon exposé.

La honte m'empourpra les joues.

— J'ai fait de mon mieux, mère.

— Peu importe, dit-elle en tapotant sa plume contre le bord du plateau. Il montre beaucoup trop d'intérêt pour toi. Pour toi et pour ta sorcière du feu. Et je suis certaine qu'il n'est pas le seul. À partir de maintenant, je veux que tu aies toujours sur toi une arme et un médaillon ardent.

— Je n'ai pas de médaillon ardent.

— Tu en auras un demain matin. Si jamais tu devais avoir besoin de l'ouvrir, n'oublie pas de fermer les yeux, puis fuis sans attendre : l'éclair de lumière n'aveuglera tes ennemis que durant quelques secondes. (Ma mère réfléchit un instant, l'air songeur.) Et je demanderai aussi à Ciardha de revoir ton instruction au maniement de la dague. Tu prendras des leçons quotidiennes avec elle, tous les matins.

J'aurais voulu lui dire que c'était absurde, que personne ne s'attaquerait à moi. Mais l'élixir que je prenais deux fois par jour pour neutraliser les effets d'un ancien empoisonnement plaidait le contraire, de même que la cicatrice pâle au dos de mon poignet droit, laissée par le poignard d'un assassin lors d'une réception dans les jardins de Palova, trois ans auparavant. Ma mère était intouchable, protégée par le pouvoir qui émanait d'elle comme le nimbe de flammes de Zaira. En revanche, ses ennemis m'estimaient plus vulnérable.

J'acquiesçai donc docilement en baissant la tête.

— Oui, mère.

Elle se leva, son verre de vin à la main, et posa son autre main sur ma tête, dans un geste qui ressemblait à une bénédiction.

— Tu ne dois pas avoir peur, Amalia. Si tu ne montres aucune peur, ils penseront qu'il y a une raison à cela, et ils hésiteront. Et la Grâce de la Victoire te sourira.

Tant qu'à faire, j'aurais préféré que la Grâce de la Fortune me sourie, et m'épargne toute situation de danger. Mais ces derniers temps, elle ne m'avait pas manifesté beaucoup d'affection.

— Tu devrais aller te changer et mettre une tenue qui convient à un dîner familial. Ton oncle Ignazio sera là d'ici deux heures.

Sans le vouloir, je coulai un regard vers le mur qui dissimulait le recoin secret de la bibliothèque.

— Il… n'est plus à Ardence ?

Mon geste n'avait pas échappé à la Contessa.

— Inutile de faire semblant, mon enfant. Je t'avais envoyée ce jour-là à la bibliothèque pour une bonne raison : je voulais que tu saches. Et oui, Ignazio revient pour prendre ses nouvelles fonctions de chancelier du Trésor.

— Ce n'est pas… (J'hésitai à exprimer le fond de ma pensée.) Cela ne semble pas très juste, mère.

— Là n'est pas la question. Nous ne pouvons pas risquer de voir éclater une rébellion dans une ville à trois jours de cheval de Raverra au simple motif de ne pas froisser l'amour-propre de mon cousin. Le fait qu'Astor Bergandon ait osé instituer ces impôts illégaux prouve qu'Ignazio n'est plus l'homme de la situation.

« *Une rébellion* ». Un frisson me parcourut l'échine. Durant mon séjour à Ardence, j'avais parfois entendu de jeunes nobles se lamenter – avec cette passion propre aux Ardentins – que leur fière cité soit la vassale de Raverra. Mais dans la bouillonnante Ardence, cela m'avait toujours paru n'être que des conversations de salon, sans l'étincelle d'une véritable sédition. Quelque chose avait dû changer.

La Contessa baissa la voix.

— Pour ce qu'en sait Ignazio, murmura-t-elle, la décision de le remplacer a été prise par le doge, et par lui seul. Nous pouvons au moins lui épargner la vérité.

Je n'aimais pas l'idée d'aider ma mère à tromper Ignazio, même si c'était pour ménager sa fierté, mais j'acquiesçai néanmoins.

— Il va venir à la maison ?

— Oui. Je l'ai invité à prendre un verre de vin, pour son retour à Raverra. Ne parle pas d'Ardence à moins que ce ne soit lui qui aborde le sujet le premier. Contente-toi d'écouter, et laisse-lui, ainsi qu'à moi, l'initiative de la conversation.

Ignazio étant un membre de la famille, ma mère le reçut dans le petit salon. Ses larges fenêtres donnaient sur le spectacle féerique des lumières de la ville se reflétant à la surface du Canal impérial à la nuit tombée. Des peintures pastorales aux couleurs vives ornaient les murs, et un clavecin occupait un coin de la pièce.

Un verre de vin à la main, Ignazio se leva quand nous entrâmes. Il était vêtu de son habituel pourpoint d'un gris sobre, au large col de dentelle blanche qui retombait sur ses épaules. Son visage mince et pâle ne possédait pas la beauté épanouie de celui de ma mère, mais ses yeux pétillaient de l'étincelle d'intelligence et d'énergie propre aux Cornaro.

—Amalia, me salua-t-il de sa voix enrouée. Je suis heureux de te voir.

Ignazio n'était pas le genre d'homme que l'on serrait dans ses bras, et puisque ma robe n'était pas de celles à permettre une révérence dans les formes, je me contentai de m'incliner.

—Moi de même, oncle Ignazio.

—Tu me sembles en bonne forme. Où en sont tes réserves d'élixir ? As-tu besoin que j'en prépare ?

—Non, ce ne sera pas nécessaire, répondis-je, embarrassée, mais mère ne me laissa pas le temps d'achever ma phrase.

—Quelques bouteilles supplémentaires ne seraient pas de trop, dit-elle en nous offrant un de ses fameux sourires. Je crois qu'il n'en reste plus que quatre d'avance. Merci mille fois, Ignazio. Je ne sais ce que nous ferions sans vous.

Il ne faisait guère de doute que ma mère aurait les moyens de trouver quelqu'un d'autre avec le talent alchimique requis pour préparer l'élixir qui me maintenait en vie, si le problème se présentait un jour. Mais Ignazio lui adressa un sourire satisfait, comme s'il la prenait au mot. J'ajoutai donc mes remerciements à ceux de ma mère, même s'il me restait cinq bouteilles et demie d'élixir, et non quatre.

Nous nous assîmes et parlâmes de la pluie et du beau temps pendant que les domestiques nous servaient des tartelettes au citron. Le sujet d'Ardence, que nous évitions soigneusement d'aborder, raidissait les épaules d'Ignazio et semblait résonner dans chacune de ses phrases. La tension qui émanait de lui finit tant par me gagner, que je dus me fourrer une tartelette dans la bouche pour m'empêcher de lui demander pourquoi donc les choses allaient si mal dans cette ville que j'aimais tant.

— J'espère que vous n'avez pas eu de souci pour louer un coche ? s'enquit ma mère, en regardant Ignazio droit dans les yeux. J'ai entendu dire que le duc d'Ardence, non sans une certaine inconséquence, s'était mis à rendre la vie difficile aux Raverrains qui résident dans sa ville.

Ardence, enfin. Je me raidis, tous les sens en éveil.

Ignazio soupira.

— Le duc Astor Bergandon possède l'ambition de ses illustres ancêtres, mais il n'en a pas la modération. Son père écoutait mes conseils, mais Astor et sa cour semblent déterminés à mener la cité à sa perte. (Il but une gorgée de vin.) Si le doge m'avait accordé les pouvoirs que je demandais, cette déplorable crise des taxes illégales n'aurait jamais vu le jour.

— Mmm, se contenta de répondre la Contessa.

Je savais qu'elle s'opposait fréquemment au baron Leodra sur la question du respect de la souveraineté des États vassaux de l'Empire. Je n'aurais pas été surprise d'apprendre que c'était cette requête de pouvoirs exceptionnels qui avait scellé le sort d'Ignazio et provoqué son renvoi.

Ignazio observa son verre vide d'un œil morose.

— Et même sans disposer du pouvoir d'outrepasser l'autorité d'Astor, j'étais sur la bonne voie. J'avais passé des accords avec certaines personnes de confiance dans l'entourage du duc et je travaillais à le ramener de notre côté. Si j'avais eu encore deux semaines devant moi, j'aurais pu remettre les choses en ordre.

— Bien sûr, murmura ma mère, en indiquant d'un geste aux domestiques de remplir le verre d'Ignazio. Mais vous connaissez le doge. Il exige des résultats immédiats.

— Oh, il les aura, prédit Ignazio d'une voix lugubre. Il m'a remplacé par dame Terringer, un général à la retraite, et non une diplomate. Elle sera l'étincelle qui embrasera le baril de poudre de Bergandon. Nommer Terringer, c'est aller à la guerre.

J'avalai avec difficulté mon morceau de tarte, la gorge soudain serrée.

— Les choses n'iront sûrement pas jusque-là ?

— Je l'espère.

Ma mère se mit à rire.

— Ne soyez pas aussi dramatique, Ignazio. Vous êtes en train d'effrayer cette enfant. (Si ma mère me vit me raidir, cela ne l'empêcha pas de poursuivre comme si de rien n'était.) Ils n'en sont pas encore à prendre les armes contre l'Empire.

— Sauf si la Noblesse de l'Ombre parvient à ses fins.

Je n'avais jamais entendu ce nom auparavant.

— La Noblesse de l'Ombre ? Qu'est-ce donc, une guilde d'assassins ?

— Pas du tout, répondit Ignazio avec un petit rire, même si avec un nom pareil, on pourrait effectivement le penser. Il s'agit d'une société secrète d'aristocrates ardentins qui ne cesse de placarder des déclarations contre Raverra et appelle à revenir aux jours anciens d'indépendance et de gloire. (Il secoua la tête.) Je suis presque sûr que c'est à leur instigation que le duc a décidé de mettre en place ces taxes sur les marchands raverrains.

— On se demande comment une faction aussi séditieuse est parvenue à gagner suffisamment d'influence auprès du duc pour le convaincre de rompre les Accords Sérénissimes.

Je connaissais assez ma mère pour entendre la conclusion silencieuse qui accompagnait cette remarque : *« Et comment se fait-il que vous n'ayez pas détecté le problème à temps pour y mettre bon ordre ? »*

Mais oncle Ignazio sembla rester sourd à ce reproche implicite.

— Ils étaient à peu près inoffensifs quand ils se contentaient de murmurer contre Raverra dans les coins sombres, vêtus d'un masque et d'une cape grise pour paraître mystérieux. Mais ils sont plus audacieux et plus vindicatifs à présent qu'Ardence doit faire face à de lourdes difficultés économiques, que le duc cherche désespérément à résoudre. Nous avons de la chance qu'il n'ait pas consenti à contracter d'importants emprunts auprès du Vaskandar, à l'imitation de certains de ses nobles. (Il soupira de nouveau.) Par ailleurs, il est aisément influençable. Le tempérament passionné du jeune duc fait qu'il s'enflamme facilement, j'en ai peur.

— Espérons alors qu'il soit aussi facile de le refroidir que de l'enflammer, commenta ma mère.

— J'aurais pu le faire, si ce maudit doge ne m'avait pas rappelé. (Ignazio secoua la tête.) Envoyer un vieux fossile de l'armée comme Terringer ne va rien faire pour apaiser le duc. C'est insinuer l'idée d'un règlement du conflit par la violence, alors que la situation n'en est pas encore là.

— Je crois que le doge est parfaitement conscient du message qu'il adresse, remarqua ma mère en faisant tourner le vin dans son verre.

Le paradoxe de la force. Garantir la paix par la menace implicite de la guerre. Je reposai mon verre, la main engourdie.

— Ils devront faire machine arrière, dis-je. Le duc n'est sûrement pas stupide au point de mettre sa cité en péril pour un problème aussi trivial que de taxer ou non des marchands… N'est-ce pas, oncle Ignazio ?

Celui-ci prit un instant pour considérer la question, en observant les reflets de la lumière sur son verre.

— Non, concéda-t-il enfin. Même si la Noblesse de l'Ombre l'incitera à ne pas céder. Si rien d'autre ne vient dresser la cour d'Ardence contre Raverra, il renoncera certainement plutôt que de risquer la guerre.

Mais le ton de sa voix, grave et sérieux, disait assez le danger que laissait planer ce « si ».

Le lendemain, je revins à la maison après un entraînement aux Mues avec une Zaira toujours aussi peu coopérative et un arrêt trop rapide à la bibliothèque impériale, pour trouver Ciardha qui m'attendait dans le hall d'entrée. D'un maintien impeccable comme à son habitude, elle se tenait là, mon plus beau manteau de velours vert drapé sur son bras, une bouteille de mon élixir à la main.

— Bienvenue, ma dame, dit-elle en s'inclinant. Je suis au regret de devoir vous demander de ressortir immédiatement. La Contessa requiert votre présence au palais impérial, afin d'assister à une réunion stratégique.

Mes épaules fléchirent sous ce nouveau poids qui s'ajoutait à celui des livres empruntés à la bibliothèque que je serrais contre moi. Évidemment. Il importait peu que la nuit soit tombée sur la ville, et que j'avais espéré une soirée paisible de lecture, pour la première fois depuis que j'avais passé le jet au poignet de Zaira.

— Maintenant ?

Ciardha hocha la tête et me tendit mon élixir.

— Je le crains, ma dame.

— J'aurais aimé qu'elle prenne la peine de me demander si j'avais des projets avant de décider à ma place. (Je bus une gorgée d'élixir et son puissant goût anisé m'envahit la bouche.) Elle n'a pas besoin que j'assiste à cette réunion. Je pourrais tout autant écouter et apprendre une autre fois.

Ciardha récupéra la bouteille ainsi que mes livres et les posa sur une table, avant de me tendre mon manteau.

— La Contessa n'a peut-être pas besoin que vous y assistiez, ma dame, mais d'autres pourraient profiter de votre présence.

Je m'immobilisai, un bras à moitié passé dans la manche de mon manteau.

— Que voulez-vous dire ?

— Il s'agit d'une réunion pour discuter de stratégie militaire, ma dame, et notamment de la meilleure façon de déployer les Faucons de l'Empire contre de possibles menaces. J'ai cru comprendre que le lieutenant Verdi serait là, lui aussi.

Un froid soudain m'envahit. Si ma mère souhaitait ma présence, c'était sans doute parce qu'ils risquaient de parler de déployer mon Faucon.

— Quelles menaces ?

Les yeux de Ciardha luisirent à la lumière des lampes.

— Ce n'est pas à moi d'en parler, ma dame. Mais je pense que vous savez déjà de quoi il s'agit.

La Salle des Cartes du palais impérial portait bien son nom : des fresques représentant la Cité Sérénissime et l'Empire ornaient ses murs, et le sol lui-même était décoré d'une carte réalisée en marbres de différentes teintes et incrustations de métaux précieux. Quant à la carte déroulée sur la grande table au centre de la salle, elle montrait le continent d'Eruvia dans son ensemble, parsemée de pierres colorées indiquant les positions de troupes. Réunis autour de la table, éclairés par les lampes du plafond qui projetaient leurs ombres sur le monde déployé devant eux, se trouvaient le doge, le Conseil des Neuf au complet, ainsi qu'une poignée de généraux et autres officiers supérieurs, dont le colonel Vasante des Faucons et un Marcello des plus nerveux.

Je me glissai à côté de lui, un pas derrière son colonel, une femme aux cheveux déjà gris qui s'appuyait des deux mains sur la table. Marcello me lança le regard d'un homme en train de se noyer qui verrait un ami lui tendre une rame à laquelle s'accrocher.

Personne d'autre ne prêta attention à mon arrivée. Même ma mère ne leva pas les yeux de la carte qu'elle examinait d'un air concentré.

— Nous disposons des troupes nécessaires pour renforcer discrètement tous les forts des cols de montagne le long de la frontière du Vaskandar, disait le doge. Et nous pouvons ramener des navires d'Osta pour positionner notre flotte au nord, afin de pouvoir attaquer le Vaskandar par la côte sur ses deux flancs si les Hauts Ensorceleurs étaient assez fous pour tenter quelque chose. Mais nous ne disposons pas de suffisamment de Faucons pour couvrir toute la frontière, ainsi qu'Ardence. Il nous faut donc faire des choix.

Étonnée par ce discours, je scrutai attentivement la carte. La frontière nord de l'Empire était délimitée par la longue chaîne montagneuse des Pics Sorciers. Au-delà des montagnes s'étendait le Vaskandar, vaste contrée sauvage de landes et de collines voilées de brume, aux forêts sombres et profondes, sur laquelle les Hauts Ensorceleurs régnaient sans partage. Des pierres colorées indiquaient les emplacements des forteresses gardant les cols de montagne : vert foncé pour les châteaux vaskandriens, bleu mer pour les forts raverrains. Mais un groupe de pierres vertes était disposé sur un des cols, amas aussi funeste qu'une nuée de fourmis sur le cadavre d'un scarabée.

— Le Vaskandar a lancé une nouvelle invasion ? chuchotai-je à Marcello, soudain inquiète.

Il secoua la tête.

— Non, les Grâces soient louées. Mais ils ont massé des troupes à la frontière.

— Ils seraient fous de nous attaquer, après la défaite cinglante qu'ils ont subie lors de la guerre de Trois Ans.

Les Hauts Ensorceleurs régnaient en maîtres absolus sur leurs terres, mais ils manquaient de puissance militaire pour lancer une véritable offensive contre l'Empire protégé par ses Faucons, et ils n'avaient pour ainsi dire pas de flotte de guerre.

— Certainement, mais on ne peut pas dire qu'ils soient réputés pour leur sagesse, me chuchota Marcello.

— Je ne crois pas que nous puissions ignorer Ardence, déclara ma mère, en tapotant d'un ongle élégant la position de la ville. Même si les derniers rapports semblent indiquer que dame Terringer a fait des progrès significatifs pour ramener le duc à la raison. L'agitation qui règne à Ardence en fait un point faible pour l'Empire, et le fleuve Arden prend sa source dans les Pics Sorciers, non loin de l'endroit où les forces vaskandriennes sont en train de se rassembler. L'Arden forme une route d'invasion évidente, que les Vaskandriens ont d'ailleurs déjà utilisée par le passé, durant la guerre de Trois Ans. Et nous savons que le prince Ruven est venu se mêler des affaires politiques d'Ardence. Quel que soit le stratagème que le Vaskandar a en tête, Ardence en fait manifestement partie.

— N'essayez pas de protéger Ardence des conséquences de ses actes en reportant le blâme sur le Vaskandar, intervint le baron Leodra d'une voix dédaigneuse. Si les troubles à Ardence nous affaiblissent, répondons-leur par la force. Si nous occupons Ardence, nous pouvons évincer les rebelles de la cité et jouir d'une position intéressante sur le plan stratégique pour nous défendre si le Vaskandar lance une attaque.

La Contessa secoua la tête.

— C'est votre inexpérience qui parle, Leodra.

Le baron chercha à masquer derrière son air renfrogné que la pique avait porté. C'était son premier mandat au Conseil des Neuf, ce que ma mère ne se privait jamais de lui rappeler.

— Et pourquoi ça ? Ce n'est que bon sens de vouloir garder la mainmise sur une position aussi vitale.

— Ils cherchent à nous y attirer. (Ma mère jeta un regard las sur la carte.) Cette force massée à la frontière est trop démonstrative ; il ne peut s'agir que d'une diversion ou d'une provocation. C'est la Loreice qu'ils ont attaquée les deux dernières fois qu'ils sont partis en guerre, pas Ardence. Cela m'a tout l'air d'un piège. Ils n'ont pas encore dévoilé leurs véritables intentions. Nous devons éviter d'abattre nos cartes, tout en nous préparant à réagir promptement le moment venu.

Le colonel Vasante se redressa, et la lumière des lampes souligna les lignes dures des contours de sa bouche.

— Je suis d'accord, dit-elle. C'est pourquoi je considère qu'il est encore trop tôt pour déployer plus d'une dizaine de Faucons.

— Nous parlons d'une cité-État qui a rompu les Accords Sérénissimes, reprit le baron Leodra d'une voix ferme. Chaque cité vassale de l'Empire attend de voir quelle va être notre réaction. Si nous ne répondons pas avec la plus grande sévérité à une pareille mise en cause de notre souveraineté, d'autres voudront essayer de savoir à leur tour ce qu'elles peuvent obtenir. Si Ardence n'est pas ramenée rapidement à l'obéissance, nous devons nous tenir prêts à la châtier avec la plus extrême rigueur.

— Je suis parfaitement consciente de la gravité de la situation, rétorqua Vasante, les mâchoires serrées, comme si elle broyait sous ses dents les objections de Leodra. Et je réitère ma position : quelques Faucons suffiront.

— Et que pourrait faire une poignée de Faucons ? railla le baron Leodra.

— Si ce sont les bons Faucons ? (Le colonel posa le doigt sur une île au large de la côte d'Osta, sur laquelle étaient représentées les ruines calcinées d'une ville. *Celantis.*) Tout, ou presque.

Tous les regards se tournèrent soudain vers moi, et j'aurais souhaité pouvoir me cacher derrière Marcello. Je restai immobile, en priant pour avoir l'air impassible plutôt qu'intimidée.

— Eh bien ? demanda le doge, tandis que ses yeux aiguisés passaient de Marcello à moi. Puis-je compter sur notre sorcière du feu, si la paix de l'Empire est menacée ?

Non. Si je libérais Zaira maintenant, il y avait plus de chances qu'elle se fraie un chemin de cendres à travers Raverra dans une spectaculaire démission du corps des Faucons, plutôt qu'elle suive docilement les ordres du doge. Mais si je disais cela, ce serait humilier Marcello devant le Conseil des Neuf au grand complet, en fragilisant également ma position – déjà précaire – de Fauconnière indépendante. Il n'existait pas de bonne réponse à cette question.

Je ne pus m'en empêcher. Je tournai un instant les yeux vers ma mère.

Elle affichait son visage du Conseil, froid et royal, aussi inexpressif qu'une porte close. Elle ne pouvait pas m'aider ici, pas quand je me trouvais ainsi sous le feu de tous les regards.

Marcello s'éclaircit la voix.

— Votre Sérénité. (Il s'inclina, puis croisa les mains dans son dos. Moi seule pouvais voir qu'elles tremblaient.) Zaira commence à peine à s'habituer à sa nouvelle vie aux Mues. Nous sommes dans une période délicate de transition. Je suis toujours réticent au déploiement d'un Faucon tant que celui-ci n'a pu s'adapter et recevoir un entraînement complet.

Le doge haussa les sourcils.

— Colonel ? Ce n'est pas ce que vous m'avez dit.

Vasante se tenait devant moi, aussi raide qu'une baïonnette.

— Les sorciers ne requièrent pas tant d'entraînement que cela, Votre Sérénité. Ils utilisent leurs pouvoirs de manière instinctive. Le lieutenant Verdi a raison d'expliquer que notre procédure normale en temps de paix est de laisser aux Faucons le loisir de s'habituer à leur nouvelle situation, mais si la guerre éclate, son malefeu est à vos ordres.

— Êtes-vous d'accord, lieutenant Verdi ?

La voix du doge était douce, mais son regard aurait pu transpercer la pierre.

Je vis Marcello crisper les mains dans son dos, à s'en faire blanchir les phalanges. Les secondes s'étirèrent indéfiniment.

Le colonel bougea imperceptiblement les pieds et, passant son poids sur ses talons, écrasa l'orteil de Marcello.

Celui-ci eut un léger sursaut, puis s'inclina.

— Tout à fait, Votre Sérénité.

Je serrai les lèvres pour étouffer un hoquet de surprise ou de protestation. L'idée que Zaira suive dès maintenant les ordres de qui que ce soit était insensée.

— Et vous, dame Amalia ? (Le doge se tourna vers moi, et je m'efforçai de ne pas tressaillir.) Êtes-vous prête à être déployée et à libérer votre Faucon si cela s'avère nécessaire ?

Je pouvais sentir le regard de ma mère qui pesait sur moi. Ici, devant le Conseil réuni, il suffisait d'un mot de travers, d'une parole de soumission ou au contraire de rébellion, et le cours de ma vie pouvait en être bouleversé.

— Votre Sérénité, dis-je prudemment, pardonnez-moi, mais je n'ai pas clairement compris où vous suggérez de déployer ma sorcière du feu.

Quelqu'un laissa échapper un souffle bref, de surprise ou de soulagement, mais je ne pus dire de qui il s'agissait.

La marquise de Palova fronça les sourcils.

— Oui, il est encore trop tôt pour envoyer une sorcière du feu en première ligne, n'est-ce pas ? Nous ne sommes pas en guerre. (Elle désigna d'un geste le groupe de pierres vertes sur la carte.) Ce mouvement de troupes peut n'être que la démonstration de force d'un Haut Ensorceleur désireux d'impressionner un rival, ou une tentative d'intimidation envers l'Empire. Un chien qui montre les crocs, en somme. Le Vaskandar fait quelque chose du genre tous les trois ou quatre ans, et généralement cela ne va pas plus loin.

Ma mère se pencha en avant, les poings appuyés sur la table.

— Je propose que nous gardions les Faucons en réserve pour le moment. Accordons à notre nouvelle Envoyée sérénissime une chance de ramener Ardence dans le droit chemin, et attendons d'autres rapports de nos espions pour estimer les véritables intentions du Vaskandar. Les Faucons sont notre meilleur atout ; mieux vaut le laisser dans notre manche.

Un brouhaha d'assentiment s'éleva des généraux et d'une partie du Conseil. Le doge hocha la tête.

— C'est entendu. Nous attendrons avant de déployer nos Faucons. Mais je veux qu'ils se tiennent prêts à partir sur-le-champ si l'ordre leur en est donné.

Le colonel Vasante salua.

— À vos ordres, Votre Sérénité.

Les épaules de Marcello se détendirent et il tituba comme si seule la tension nerveuse l'avait maintenu debout. Sans réfléchir à ce que je faisais, je lui attrapai le coude pour le soutenir.

Ses yeux surpris plongèrent dans les miens, et je le relâchai aussitôt en rougissant, mais il m'adressa un sourire chaleureux.

— Je vous remercie, murmura-t-il.

Il me fallut quelques instants pour comprendre qu'il ne parlait pas de mon geste inconvenant. Je lui rendis son sourire, mais avec moins d'enthousiasme. Je nous avais gagné un peu de temps, rien de plus.

Si le duc d'Ardence ne revenait pas rapidement à la raison, le doge risquait de faire appel au malefeu de Zaira pour l'en persuader.

Chapitre 8

— Tu ne peux pas te cacher éternellement derrière tes livres, Amalia.

Ma main sursauta, barrant d'un trait de plume malheureux mon diagramme soigneusement dessiné. Je me tournai face à ma mère, en luttant pour ravaler un accès de colère.

— Bonjour, mère. Je ne vous avais pas vue entrer dans ma chambre.

Elle plissa les yeux d'un air contrarié.

— Alors tu dois exercer ta vigilance, ma fille. Malgré les protections magiques et la présence de Ciardha, notre palais n'est pas à l'abri des assassins.

— Et je ne me cachais pas. (Ce n'était que partiellement vrai, car j'avais besoin de me retrouver un peu seule après l'alarmante réunion militaire de la veille.) Je suis en train de mettre au point un moyen plus efficace de transmettre l'énergie solaire au travers d'une bobine de fil d'Artifice pour alimenter un cristal luminaire.

Ma mère ne parut pas le moins du monde impressionnée. Elle glissa un regard à la lettre qu'elle tenait à la main, puis releva les yeux vers moi.

— Sais-tu danser le menuet ?

Je pestai.

— Vous comptez encore m'obliger à assister à une fête déplaisante en compagnie de gens détestables, c'est ça ?

— Non, ce n'est pas moi. (Elle jeta l'invitation sur mon bureau, pile sur mon schéma. Le cheval ailé de Raverra se cabrait dans son sceau de cire.) Le doge réclame ta présence à la réception donnée en l'honneur des nouveaux envoyés diplomatiques d'Ardence.

— Pas encore une ennuyeuse… Une minute. Les envoyés diplomatiques d'Ardence ?

— Oui.

— Et le doge réclame ma présence ?

— « Exige » serait plus exact, rectifia la Contessa. Il exige ta présence, et celle de ton Faucon.

— Il veut que Zaira vienne ? (La plume me tomba des mains et je m'affaissai sur ma chaise.) Il cherche vraiment à déclencher une guerre, c'est ça ?

— Non, mais il est possible que d'autres aient cette intention. (Ma mère s'assit sur le tabouret de ma coiffeuse et me regarda droit dans les yeux.) Le doge veut pousser les factieux dans leurs retranchements afin de les forcer à se trahir, et prendre ainsi la mesure de l'étendue du problème. Comprends-tu ?

— Non. (Ce que je comprenais fort bien en revanche, c'était la peur glaciale qui me nouait les entrailles.) Je ne vois pas ce que Raverra aurait à gagner à agiter une sorcière du feu sous le nez d'Ardence en une période pareille.

— L'explication la plus probable de l'attitude provocatrice d'Ardence envers Raverra est qu'elle cherche à estimer ses marges de manœuvre, à jauger si la Cité Sérénissime s'est amollie au point de relâcher son emprise sur l'Empire. C'est un comportement fréquent chez les jeunes dirigeants ambitieux, et cela n'a rien de bien inquiétant en soi. (D'un geste de la main, elle balaya le duc Astor Bergandon comme s'il ne s'agissait que d'un insecte agaçant.) Si tel est le cas, offrir un accueil chaleureux au nouvel ambassadeur ardentin manifestera clairement que nous sommes toujours désireux d'être en bons termes avec Ardence, mais la présence d'une sorcière du feu rappellera sans ambiguïté les conséquences possibles d'une violation des Accords Sérénissimes.

— Et vous pensez que le duc battra alors en retraite.

Elle haussa les épaules.

— Oui, s'il n'est pas totalement stupide. Mais si tout cela représente davantage qu'une simple façon d'éprouver les limites de notre patience, nous en apprendrons beaucoup de la manière dont réagira le duc, ainsi que les personnes qui cherchent sans doute à l'influencer.

— Vous voulez parler du Vaskandar.

— C'est possible. Cela paraît l'option la plus probable. Le Vaskandar augmenterait ses chances de conquérir des territoires en Loreice si l'Empire se trouvait déjà empêtré dans une guerre. Mais il est encore trop tôt pour ce genre de conjectures.

Je dévisageai ma mère d'un air incrédule.

— Mais qui d'autre cela pourrait-il être ? L'Empire est en paix. Combien d'ennemis pouvons-nous avoir ?

La Contessa me fixa d'un regard incisif, les yeux plissés.

— Le pouvoir a toujours des ennemis.

Je baissai les yeux sur la cicatrice au dos de mon poignet.

— Je suppose, oui.

— À ce propos, durant la réception, méfie-toi du baron Leodra. Il pourrait essayer de t'impliquer dans ses manigances.

Il use de toute son influence pour promouvoir l'idée d'écraser les velléités d'indépendance d'Ardence avec brutalité, ce qui détruirait tous nos espoirs de paix.

— Pourquoi voudrait-il une chose pareille ?

Cela me semblait à la fois cruel et stupide.

— Il fait un pari, en espérant y gagner en influence. (Ma mère exprima d'un soupir son mépris pour ce genre de stratagèmes.) À l'heure actuelle, le doge m'écoute. Leodra voit dans l'affaire d'Ardence une faille qu'il peut exploiter contre moi, puisque mes services d'espionnage, ainsi que ton oncle Ignazio, ont échoué à nous avertir de la rébellion du duc Bergandon, ainsi qu'à la prévenir. Leodra a toujours été partisan d'un contrôle impérial accru sur les États vassaux, et il veut pousser le doge et le Conseil à adopter son point de vue au lieu du mien.

Je crispai les doigts sur mon diagramme et la feuille se froissa dans ma main.

— Ce serait terrible pour Ardence.

— Ne t'en inquiète pas outre mesure, me rassura la Contessa avec un sourire félin. Le baron Leodra ne va pas tarder à apprendre à rester à sa place. Tout le monde a ses petits secrets, et j'ai découvert le sien : il est le père d'un bâtard dont il souhaite cacher l'existence. Nous aurons une discussion à ce bal, ensuite de quoi il fera tout ce que je lui dirai.

— Charmant.

Son triomphe ne m'inspirait pas le moindre enthousiasme.

Ma mère se leva et posa une main sur mon épaule.

— Fais attention durant la réception. Tes actes pourraient devenir des mouvements sur l'échiquier, et j'aimerais autant que tu fasses partie des joueurs plutôt que des pions. (Sa voix ainsi que sa main se firent étonnamment douces, presque tendres.) Comme je te le disais, tu ne peux pas te cacher éternellement dans tes livres.

La Contessa quitta ma chambre dans un bruissement de soie et referma la porte derrière elle, aussi silencieusement qu'elle l'avait ouverte. Je baissai les yeux sur mon dessin ruiné, prise d'un sentiment de malaise qui m'envahit avec l'aisance d'une tache d'encre s'étendant sur une feuille de papier.

Je n'étais même pas capable d'empêcher Zaira de commettre un larcin sur le marché, et voilà que j'allais être responsable de son comportement à un bal auquel assisterait le doge lui-même, et où le moindre faux pas risquait de déclencher une guerre.

—Je suis invitée à un bal au palais impérial ? demanda Zaira avec une moue méprisante. Elle est bien bonne, celle-là. Qui a eu une idée pareille ?

—Le doge en personne.

Zaira ne releva même pas la tête. Elle était assise sur un balcon du deuxième étage qui surplombait la lagune. Elle piocha une noix d'été dans le bol à côté d'elle et la lança sur une mouette qui s'apprêtait à se poser sur la jetée. L'oiseau s'écarta d'un coup d'ailes et Zaira s'esclaffa.

—Je ne plaisante pas, insistai-je, vexée par son indifférence.

—Oh, je le sais bien ; un caillou a plus le sens de l'humour que vous. (Elle lança une autre noix vers les eaux d'un vert profond et la regarda crever la surface dans une éclaboussure.) Je suis sûre que cette vieille crapule de doge doit manigancer quelque chose, mais bon, tant qu'il y a un buffet…

J'hésitai à lui dire qu'on se servait d'elle pour menacer implicitement Ardence, mais cela me vaudrait sans doute de nouvelles moqueries, aussi décidai-je de tenter une autre approche.

— C'est une situation délicate. Il est essentiel de veiller à n'offenser personne.

Elle tourna vers moi des yeux emplis d'un mépris incrédule.

— Vous me croyez à ce point stupide ?

— Absolument pas.

— Vous avez peur que je fasse quoi ? Que je pisse dans le vin du doge ? Je ne suis pas idiote.

— C'est juste que… (Je cherchai la meilleure manière de le formuler.) Jusqu'ici, dans votre comportement, vous vous êtes parfois montrée… quelque peu directe…

Elle haussa les épaules.

— C'est parce que je n'en ai rien à faire de vous.

— Bien, je suis heureuse que nous ayons clarifié ce point, rétorquai-je sèchement.

— J'aurais pensé que vous l'aviez déjà compris.

Je serrai les dents pour empêcher d'autres paroles hâtives de franchir mes lèvres. *Amies*, me rappelai-je à moi-même. *Il faut que l'on devienne amies.*

— Avez-vous une tenue appropriée pour ce genre d'événement ? demandai-je.

— Comment voulez-vous que je le sache ? Vous croyez quoi ? Je n'ai pas passé ma vie à courir les bals, moi.

J'avais vu sa garde-robe étalée sur le sol de sa chambre et je ne me souvenais pas d'une toilette qui puisse convenir. Raverra s'occupait bien de ses Faucons, mais ceux-ci n'avaient généralement pas besoin d'une tenue de cour.

— Je pourrais vous prêter quelque chose, proposai-je. (Elle était plus petite et plus maigre que moi, mais mes servantes pourraient reprendre l'ourlet et serrer le corset au maximum.) J'ai une robe amarante qui serait magnifique sur vous.

L'indifférence moqueuse dans ses yeux vacilla un instant. Je me rappelai ce moment où je l'avais surprise en train d'essayer sa robe bleue. Dans sa vie, elle n'avait sans doute guère eu l'occasion de porter de beaux vêtements.

J'envisageai d'envoyer une servante lui apporter la robe, mais…

— Vous plairait-il de venir à mon palais avant le bal ? Nous pourrions nous préparer ensemble ? lançai-je d'une voix précipitée, avant de pouvoir changer d'avis. J'ai une femme de chambre très douée pour les coiffures, et vous aurez besoin d'aide pour enfiler le corset.

Les émotions défilèrent sur son visage comme les ombres mouvantes des feuilles agitées par le vent, puis elle releva le menton avec un air de défi.

— Oh, d'accord. Faisons ça, puisque vous craignez que je vous embarrasse à m'habiller moi-même.

Je nourrissais le soupçon qu'elle était de toute façon bien décidée à me mettre dans l'embarras, mais je décidai de garder mes réflexions pour moi.

— Je m'en réjouis d'avance.

Je me gardai également d'ajouter que j'aurais préféré qu'elle pisse dans le vin du doge plutôt que de provoquer une guerre avec Ardence ; qui sait, elle aurait pu prendre cela pour une invitation.

— Ridicule, déclara Zaira. Tout cet endroit est ridicule.

Je me détournai de la grande fenêtre donnant sur le Canal impérial où j'étais allée tirer les rideaux, pour me retrouver face à Zaira qui examinait ma chambre avec une expression d'effarement et de dégoût mêlés.

— Oui, enfin, soyez la bienvenue chez moi, bafouillai-je.

Je n'avais pas songé à l'effet que mon palais pourrait avoir sur une jeune femme qui avait passé sa vie entière dans le quartier des Suifs. Les dorures qui étaient pour moi chaudes et lumineuses, qui me faisaient me sentir chez moi, devaient lui paraître totalement outrancières. Les belles peintures et les riches tentures, les luminaires et les sceaux magiques de protection, tout ce qui nous entourait devenait à ses yeux l'expression d'un luxe décadent.

Elle pensait sans doute que je l'avais invitée ici pour étaler ma fortune. Une chaleur grimpa de ma nuque et je sentis mes joues rosir.

Zaira secoua la tête.

— Je pourrais faucher assez de babioles pour nourrir la moitié des Suifs pendant un an, et vous ne vous apercevriez même pas de leur disparition.

Ma bonne, Rica, m'épargna la redoutable perspective de répondre à cela en arrivant avec la robe amarante pour Zaira. Elle étala les différentes pièces de la toilette, jupons, corset, jupes et bas, tout en examinant Zaira d'un œil expert pour voir comment arranger tout ça sur sa silhouette menue. Zaira lorgna cet impressionnant déploiement de tissus non sans une certaine appréhension.

— Quand va-t-elle partir que je puisse m'habiller ? me chuchota-t-elle, avec un geste du menton en direction de Rica.

Je toussotai.

— Elle ne va pas partir. Elle est là pour nous aider.

— Je n'ai pas besoin qu'on m'aide à m'habiller !

— Pardonnez-moi, mais pour cette tenue, si. C'est impossible à enfiler seule.

Elle me dévisagea avec incrédulité.

— Vous êtes sérieuse, en plus. Par les Grâces. Qu'est-ce que c'est encore que cette folie ? L'Empire est donc gouverné par une bande d'imbéciles même pas capables de s'habiller tout seuls ?

— Pourquoi croyez-vous que je préfère porter des chausses ? dis-je en regardant avec un peu de réticence la seconde toilette que Rica préparait à mon intention, une robe extravagante dans des tons bronze et champagne.

— Oui, des chausses en or massif, je parie. Par la Grâce de la Miséricorde ! Pas étonnant que vous soyez aussi bonne à rien. (Le ton de Zaira était glacial de mépris.) Vous ne savez rien du monde tel qu'il est vraiment. Vous ne l'avez jamais connu.

— Si vous le dites, répondis-je d'une voix lasse. Voulez-vous porter cette robe, oui ou non ?

Zaira regarda le riche étalage de soie et de velours, un désir amer au fond des yeux.

— Pourquoi pas ? Après tout, même les prisonniers ont besoin de s'amuser une fois de temps en temps.

Rica m'aida d'abord à me vêtir, avant de s'occuper de Zaira avec un enthousiasme évident, comme si elle se réjouissait de la transformation à venir. Zaira se laissa habiller, non sans tenter de faire certaines choses par elle-même, ce qui compliquait chaque fois la tâche de Rica. Je m'assis au bord de mon lit dans un grand nuage de jupons champagne pour observer la scène.

— Est-ce que j'aurai une dague ? Elle, elle a une dague, fit remarquer Zaira en montrant le fourreau orné de pierreries à ma taille.

Rica se tourna vers moi.

— Ma dame ?

— Je ne sais pas trop, hésitai-je. Portez-vous une dague, d'habitude ?

Zaira renifla dédaigneusement.

— Tous les gamins des Suifs se baladent avec un couteau en poche s'ils veulent survivre plus d'une semaine. Mais votre lieutenant a refusé de m'en donner un.

— Pourquoi ça ? Y a-t-il un règlement qui interdise aux Faucons d'être armés ?

Cela semblait absurde ; les Faucons étaient des soldats. Et je me souvenais d'avoir vu aux Mues des Faucons armés.

Zaira haussa les épaules.

— Il a dit qu'un poing dans l'œil lui suffisait et qu'il préférait éviter que ce poing tienne une dague.

Je me mordillai la lèvre inférieure. Si Marcello avait refusé de lui donner une arme, cela semblait peu judicieux, et peut-être même dangereux, d'aller à l'encontre de sa décision. Mais les yeux de Zaira me lançaient un défi ; elle me testait.

— Eh bien, tant que vous ne prévoyez pas de poignarder l'œil d'un invité – ou toute autre partie de son corps, d'ailleurs –, je ne vois pas où est le mal, lançai-je avec légèreté.

Après tout, il y aurait une troupe entière de gardes impériaux pour veiller à la sécurité des invités.

— Ah bon ? s'étonna Zaira en relevant le menton, surprise de ma réponse. (Rica lui remit gentiment la tête droite pour commencer à la coiffer.) Vous n'avez pas peur de me donner une arme ?

— C'est que je ne vous crois pas assez stupide pour faire n'importe quoi avec.

Zaira éclata d'un rire franc et éraillé.

— Ça me va.

Rica lui trouva une petite dague ornementale ; Zaira l'examina d'un œil dédaigneux, mais l'accepta tout de même. Le mince fourreau doré de l'arme venait rehausser de manière spectaculaire le rouge flamboyant de sa robe. À n'en point douter, la lame de la dague se briserait en deux si elle tentait de poignarder quelqu'un, mais Zaira sembla pourtant s'en satisfaire, et laissa docilement Rica lui appliquer une subtile touche de couleur sur les lèvres et les joues. Je remarquai que Zaira effleura à une ou deux reprises sa dague du bout des doigts, comme pour se rassurer.

— Et voilà, annonça Rica d'une voix vibrante de fierté. Venez donc vous regarder dans le miroir. Vous êtes l'incarnation de la Grâce de la Beauté.

Elle n'exagérait qu'à peine. Avec sa chevelure piquetée d'épingles ornées de pierreries, dans cette robe de soie rouge qui faisait ressortir ses boucles noires et luisantes et son teint mat couleur de bronze, Zaira était absolument magnifique.

Rica l'amena devant le grand miroir installé dans un coin de la pièce et Zaira observa son reflet d'un air stupéfait. Elle toucha d'une main hésitante une mèche de cheveux qui cascadait délicatement de l'élégant chignon bouclé que Rica lui avait confectionné, puis effleura sa joue pour s'assurer que c'était bien son image qu'elle voyait. Elle virevolta en regardant ses jupes se soulever, et gloussa d'un rire d'enfant.

— Vous allez faire tourner bien des têtes à ce bal.

J'adressai à Rica un sourire approbateur et elle me sourit à son tour, satisfaite de son ouvrage.

— Oh, ça oui ! se rengorgea Zaira en continuant à s'admirer.

Puis l'expression de son visage changea, pour se faire plus sérieuse.

— Et qui sont ces pauvres diables à qui je dois faire peur ?

— Comment ça ?

— En assistant à cette soirée.

Elle se détourna du miroir pour me faire face. La lumière des lampes se reflétait dans ses yeux marron sombre, en faisant ressortir le cercle noir de jais de sa marque des mages.

— Je croyais que cela vous importait peu, relevai-je d'un air surpris.

— Je me fiche de savoir si le doge a pour grand projet de conquérir le monde ou de se taper une chèvre. Mais s'il compte utiliser *mon* feu pour faire mouiller ses chausses à quelqu'un, j'aime autant savoir de qui il s'agit.

Rica se retira discrètement de la chambre avec une révérence et une grimace compatissante.

— Ardence, répondis-je en soupirant.

— Quoi, la cité entière ?

— Évidemment. S'il avait voulu envoyer un avertissement à une seule personne, c'est un assassin qu'il aurait convié à cette soirée, pas une sorcière du feu. (Mal à l'aise, je me levai de mon lit, incapable de rester en place.) Je sais que c'est une raison déplaisante d'être invitée. Mais ni vous ni moi n'avons le choix en la matière, alors autant essayer de nous amuser.

— Oh, ça, je compte m'amuser. (Zaira lissa le devant de sa robe en se regardant de nouveau dans le miroir.) Quand je pense que je vais à un bal, moi, et au palais impérial ! C'est une farce trop drôle pour ne pas en rire. Et nous verrons bien à la fin qui en sera le dindon.

Son sourire mauvais ne fit rien pour me rassurer.

Cela faisait déjà une heure que nous étions au bal, et Zaira n'avait encore poignardé personne.

Leur verre à la main, Raverrains et Ardentins se côtoyaient dans cette soirée mondaine, mais les corps étaient rigides, leurs épaules tendues. Je m'isolai derrière une statue et observai la salle de bal afin d'essayer de me faire une idée de la situation avant de replonger parmi la foule.

Zaira donnait l'impression de beaucoup s'amuser. Elle était splendide dans cette robe amarante et elle le savait, avec le corset qui flattait sa silhouette et les bijoux qui brillaient à son cou. Elle était entourée d'un groupe de jeunes courtisans empressés. Son rire charmeur s'élevait au-dessus du brouhaha, plus délicat que d'habitude, et chacun de ses gestes, quand elle parlait ou portait son verre à ses lèvres, s'enjolivait d'une arabesque maniérée. Je la soupçonnais d'être parfaitement consciente que son attraction provenait en partie du fait qu'elle représentait une curiosité pour ces gens, mais je doutais en revanche que ces derniers se rendent compte qu'elle se moquait d'eux avec ses gestes faussement précieux. Ignazio se tenait non loin de là, louées soient les Grâces, et s'appliquait à garder un œil sur elle.

Au bout de la salle, le doge présidait aux festivités, entouré des membres de sa suite et de ses conseillers qui formaient une sorte d'écran autour de lui afin de le protéger des solliciteurs. Ma mère fendait la foule avec l'aisance d'un requin, aussi fascinante qu'inquiétante. Les Ardentins se rassemblaient en petits groupes pour se disperser à nouveau, en un ballet fébrile qui m'évoquait celui d'un vol de corbeaux. Je scrutai les visages des diplomates en quête d'une personne que j'aurais pu rencontrer durant mon séjour à Ardence, quand j'accompagnais Ignazio à des réceptions officielles où il était invité en tant qu'Envoyé sérénissime.

Un éclat de rire franc me fit tourner la tête, et j'aperçus Domenic, à l'autre bout de la salle de bal. Difficile de ne pas le remarquer : il avait fort belle allure, ce soir. La coupe de son pourpoint à crevés soulignait avantageusement ses larges épaules et sa taille fine, et il se déplaçait avec cette grâce et cette assurance qui lui avaient valu d'attirer bien d'autres regards que le mien à la cour d'Ardence. Je traversai rapidement la salle, en piochant au passage un verre de vin sur le plateau que tenait un serviteur.

— Domenic ! l'appelai-je en arrivant près de lui. J'ignorais que tu serais là.

Il se tourna vers moi, et son sourire alluma une étincelle chaleureuse dans ses beaux yeux marron.

— Amalia ! Cette soirée a finalement une chance d'être agréable.

— Je suis surprise de te voir à l'une de ces ennuyeuses réceptions diplomatiques, me moquai-je malicieusement. Ne me dis pas que tu n'es venu que pour le buffet ?

— Si seulement ! Encore qu'on y serve ces petits poissons, les spalières, au beurre citronné que personne à Ardence ne sait préparer convenablement. (Il soupira, et une ombre passa sur son visage si expressif, le figeant en un masque inquiet.) Je suis ici à cause de l'incident de la nuit dernière avec les Fauconniers.

— Quel incident ? demandai-je en portant inconsciemment la main à ma broche à tête de faucon.

— Tu n'en as pas entendu parler ? J'ignore tous les détails de l'histoire, mais la nouvelle est arrivée par les lampes-courrières, juste avant le bal. (Il tourna un instant la tête vers l'endroit où l'ambassadeur était en grande conversation avec le doge.) Mais ce n'est peut-être pas le lieu pour en discuter. Remettons ça à plus tard. En attendant, dis-moi quelque chose dont je pourrai me réjouir ! Nous n'avons pas encore eu le temps d'évoquer tes projets. Tu travailles sur quelque chose de nouveau en ce moment ? J'aimerais que tu me…

Domenic s'interrompit brutalement et se raidit, le regard fixé sur un point par-dessus mon épaule.

— Qui est votre ami ? demanda Zaira en me poussant de côté avec son ample robe.

Je soupçonnai que le verre de vin qu'elle tenait à la main n'était pas son premier.

Oh, oh. Je me forçai à sourire.

— Zaira, je vous présente le vicomte Domenic Bergandon, cousin du duc Astor Bergandon. Domenic, voici…

— Mais oui ! Vous êtes dame Zaira, la salua-t-il en s'inclinant de manière exagérée.

— Tu as entendu parler d'elle ? m'étonnai-je, en songeant que cela n'augurait rien de bon.

Zaira se contenta de lever son verre à son adresse, plutôt que de lui faire la révérence.

— Évidemment. Je suis célèbre dans tout Eruvia. Mais je ne vous dirai pas pourquoi.

Domenic s'esclaffa.

— Je dois vous confesser que je n'ai entendu parler de vous que ce matin, chez l'ambassadeur, ma dame. Mais en plus de m'avoir laissé dans l'ignorance de votre célébrité qui, je n'en doute pas un instant, doit être amplement méritée – et je serais ravi d'en découvrir la raison exacte –, l'ambassadeur a également négligé de mentionner votre esprit et votre beauté.

Une légère roseur monta aux joues de Zaira.

— Mais que voilà une bouche qui sait dire de jolies choses. J'apprécie qu'un homme ait la langue agile. Mais si votre ambassadeur a oublié de vous parler de mes meilleurs atouts, qu'a-t-il bien pu vous raconter à mon sujet ?

Je bus longuement à mon verre pour masquer mon embarras. Je n'avais jamais fait de cauchemar où Zaira s'invitait dans une conversation avec Domenic pour faire des commentaires aussi impudiques, mais apparemment, ce n'était que parce que je manquais cruellement d'imagination.

— Eh bien…

Le visage de Domenic passa d'une expression d'appréciation enjouée à quelque chose de plus sombre. Il me jeta un regard en coin, l'air gêné.

— Pour être honnête, ma dame, j'ai entendu dire que vous avez été intégrée contre votre gré chez les Faucons. Mais j'ai également cru comprendre que mon amie Amalia ici présente serait votre Fauconnière, ce qui me paraît inimaginable. Je vous avoue que j'ai quelques difficultés à dénouer les fils de cette affaire. Auriez-vous l'amabilité de m'éclairer en la matière ?

Zaira tendit son verre vers moi, et le vin clapota à l'intérieur, menaçant de déborder.

— Demandez-lui.

Domenic se tourna vers moi, avec un geste d'invitation.

— Amalia ? Apparemment, tu as une histoire des plus étonnantes à raconter. Que s'est-il passé ?

— Je, ah, oui. (Je sentis la chaleur me monter au visage. Les Grâces seules savaient quelles rumeurs il avait dû entendre à ce sujet.) Quand j'ai rencontré Zaira, elle se trouvait dans une situation délicate, et elle avait dû faire appel à ses pouvoirs. Dans le but de protéger Raverra du malefeu, et étant donné qu'elle n'était plus en mesure de l'arrêter elle-même… (Je ne m'attardai pas sur le fait qu'elle n'avait pas manifesté la moindre velléité d'y mettre un terme.) … je me suis retrouvée, comment dire, enrôlée pour lui passer un jet au poignet.

Domenic écarquilla les yeux.

— C'est donc vrai, alors ? Tu l'as capturée pour les Faucons ?

— Je n'avais pas d'autre choix, expliquai-je. Crois-moi, je ne voulais pas plus devenir Fauconnière qu'elle ne voulait devenir Faucon. Mais j'ai dû le faire pour sauver Raverra des flammes.

Même si personne ne semblait faire grand cas de cette partie de l'histoire.

Domenic se tourna vers Zaira, l'air perplexe.

— Vous auriez vraiment incendié la ville entière ?

Zaira haussa les épaules avec désinvolture.

— Je crois que c'était mon intention à ce moment-là. Mais je ne me rappelle plus très bien.

Domenic se frotta la tempe.

— Oui, bon, je suppose qu'il nous est arrivé à tous d'avoir un jour l'envie de brûler Raverra. (Il m'adressa un regard de sympathie.) Je suis désolé que tu te sois retrouvée impliquée dans tout ceci, Amalia. On dirait qu'il n'y a pas que les Faucons qui soient enrôlés de force, désormais.

— Notre cas est tout à fait inhabituel, tempérai-je.

— Mais avec ce qui vient de se passer à Ardence…

Ses yeux s'éclairèrent d'une lueur que je connaissais. C'était ce même éclat ardent qui s'était allumé dans son regard le jour où il avait vu un marchand décocher un coup de pied à une mendiante sur la place des Six Fontaines. Il s'était interposé et avait rossé le misérable.

— Je ne peux ignorer la situation, Amalia. Peut-être que mon frère Gabril et ses amis ont raison, après tout. Il y a forcément une meilleure façon de faire.

Ce sous-entendu de rébellion me donna la chair de poule.

Zaira ricana.

— Meilleure pour moi ? Ça, c'est sûr. Mais j'ai l'impression que ça marche plutôt pas mal pour Raverra, d'avoir toute cette puissante magie soumise aux caprices du doge.

— Et c'est là le cœur du problème, opina Domenic. Vous avez le courage de l'exprimer sans ambages, Zaira. J'admire cela. (Son regard dériva de nouveau vers le doge.) Mais il serait sans doute préférable de poursuivre cette conversation à un autre moment, et en un autre lieu. Demain, peut-être ?

— Avec plaisir, répondis-je machinalement, avant de comprendre que mon acceptation pouvait relever de la trahison.

Une Ardentine sobrement vêtue, de petites lunettes dorées pendues autour de son cou à une chaînette, apparut à côté de Domenic.

— Puis-je vous prendre un instant de votre temps, vicomte ? murmura-t-elle.

— Bien sûr, dame Savony. (Il s'inclina vers nous.) Si vous voulez bien m'excuser.

Zaira le regarda partir.

— Que voilà une belle vue ! Ce doit être un escrimeur, pour être aussi musclé des…

— Zaira ! l'interrompis-je en manquant de renverser mon verre. Je ne pense pas qu'il soit convenable que vous lorgniez ainsi un vicomte !

— J'allais dire : aussi musclé des jambes. (Elle afficha un air goguenard.) Et puis, pourquoi pas, d'abord ? Vous le reluquiez bien, vous aussi.

— Mais c'est faux !

— C'est ça, c'est ça. Ah ! (Elle soupira théâtralement.) Que dirait le pauvre lieutenant ?

Mon visage tout entier se mit à me brûler comme si je m'étais penchée au-dessus d'un feu ronflant.

— Je ne vois pas du tout ce que vous voulez insinuer.

— Vraiment ? commenta Zaira avec un sourire narquois.

— C'est-à-dire, le lieutenant Verdi n'est pas… J'ignore s'il… (Je ravalai les mots qui sortaient sans ordre de ma bouche et me drapai dans ma dignité.) Toujours est-il que Domenic et moi sommes de vieux amis, et je ne nourris plus ce genre de sentiments à son égard, et… et… il n'y a rien de mal à regarder.

— Ah ! s'exclama Zaira avec un sourire de victoire. Et pour ce qui est de se rincer l'œil, on peut dire qu'on est gâtées ce soir. Vous avez vu cette fille en robe jaune ? (Elle porta les mains à sa poitrine d'un geste éloquent.) Des pêches plus belles que celles du marché, et sacrément bien mises en devanture. Je devrais aller à ce genre de fêtes plus souvent.

— Par les Grâces, Zaira, c'est la nièce du doge, l'implorai-je.

— Ben, ils ne pouvaient quand même pas être tous moches dans la famille, gloussa Zaira.

Ignazio apparut soudain près de nous, tel un don de la Grâce de la Miséricorde, pour offrir à Zaira une petite assiette de fromage et d'olives.

— J'ai vu que vous parliez avec le jeune vicomte. Avez-vous rencontré d'autres membres de la délégation d'Ardence ?

— Non, répondit Zaira en gobant une olive. Mais s'ils sont tous bâtis comme lui, je ne demande qu'à leur être présentée.

— Je crains de ne pas être le meilleur juge en la matière, répondit Ignazio d'une voix impassible. Mais je vous parie un ducat que vous ne devinerez jamais lequel d'entre eux s'enorgueillit d'avoir une demi-douzaine de maîtresses.

— Je n'ai pas un ducat en poche, mais j'accepte votre défi ! s'exclama Zaira en glissant son bras sous le sien.

Il l'entraîna vers un autre groupe d'admirateurs, en répondant d'un clin d'œil à mon regard de remerciement. Le rire de Zaira à un de ses commentaires flotta dans l'air tandis que la foule se refermait sur eux. Louées soient les Grâces, ces deux-là semblaient bien s'entendre, au moins.

J'examinai les invités à la recherche de gens que je connaissais. Ma mère se trouvait dans un coin de la salle, en compagnie du baron Leodra. D'après la satisfaction qui se lisait sur le visage souriant de la Contessa et l'air abasourdi et désespéré qu'affichait le baron, elle était en train de lui révéler qu'elle était informée de l'existence de son fils illégitime, et lui expliquait comment les choses allaient désormais se passer s'il tenait à ce que le reste de la bonne société raverraine continue à ignorer son secret honteux. Je remarquai également une poétesse dont j'appréciais habituellement la compagnie, mais elle était déjà entourée d'un cercle d'admirateurs qui riaient à son dernier mot d'esprit.

En parlant d'admirateurs… J'avais commis l'erreur de rester immobile trop longtemps. Un essaim de jeunes bellâtres s'abattit sur moi, les yeux brillants de cupidité à la pensée de la fortune des Cornaro.

J'endurai avec force sourires et hochements de tête polis vingt minutes d'une assommante surenchère de vantardises, en m'efforçant de faire mine de trouver passionnant de savoir lequel possédait le cheval le plus rapide ou le bateau de plaisance le plus luxueux. La conversation n'aurait pas été aussi ennuyeuse si l'un d'eux avait manifesté un tant soit peu d'intérêt pour les circonstances qui entouraient cette soirée, ou avait réellement sollicité mon opinion au lieu d'attendre de moi un simple acquiescement à ce qu'il venait de dire.

— Dame Amalia, votre famille est renommée pour son généreux patronage des arts musicaux. Je dois avouer que je me débrouille plutôt bien au clavecin...

— Le clavecin ! Dame Amalia ne veut pas entendre parler de clavecin ; elle peut s'acheter tous les clavecins d'Eruvia, si elle le souhaite. Mais la noblesse du sang, voilà qui ne peut s'acheter. Vous ai-je dit que j'avais du sang royal dans les veines ?

Je me rappelai avoir un jour demandé à ma mère comment elle échappait à tous ces chasseurs de dot qui la courtisaient, elle, la plus riche veuve de Raverra. « Pense simplement au fait que tu n'aurais qu'un mot à dire pour que leur tête se retrouve sur le billot, m'avait-elle répondu. Ils le verront dans tes yeux, et te laisseront en paix. »

— Dame Amalia.

Je me tournai face au nouveau venu, et mon sourire de façade se fit sincère en découvrant Marcello, vêtu en grand uniforme.

— Oh ! Lieutenant.

Je sentis mes joues s'empourprer en repensant aux paroles de Zaira. La prochaine fois, il ne faudrait pas que j'oublie de me munir d'un éventail.

Il s'inclina devant moi de manière formelle, puisque nous étions en société.

— Puis-je vous dire un mot, ma dame ?

J'adressai d'insincères excuses à mes flagorneurs et m'éloignai en compagnie de Marcello.

— Je vous remercie d'avoir volé à mon secours, lui murmurai-je.

— En fait, j'étais venu vous parler pour des questions de sécurité, dit-il d'une voix sérieuse. Savez-vous pourquoi cette femme là-bas ne vous quitte pas des yeux ?

Il coula un regard de côté, que je tentai de suivre discrètement. La femme guindée qui était venue chercher Domenic discutait à présent avec Ignazio, tout en consultant un calepin relié de cuir, les yeux chaussés de ses petites lunettes à la monture dorée. Elle ne semblait pas me prêter attention, mais j'eus le sentiment que ses yeux venaient juste de se détourner de moi.

— Vous êtes sûr ?

— J'assiste à ce bal dans le seul but de veiller à votre sécurité, ainsi qu'à celle de Zaira. Je n'ai donc pas cessé de vous observer de toute la soirée. Et elle en a fait de même.

Je haussai les épaules d'un air désinvolte.

— Marcello, les gens me dévisagent à toutes les réceptions auxquelles j'assiste, simplement parce que je suis la fille de ma mère. C'est pour ça que je les ai en horreur.

— Les réceptions, ou les gens ? demanda-t-il avec l'esquisse d'un sourire.

— J'apprécie bien certaines personnes, répondis-je en lui souriant, au cas où il n'aurait pas compris qu'il en faisait partie.

— Mais avez-vous une idée de la raison pour laquelle cette femme vous observe ainsi ?

Je secouai la tête.

— Je ne sais même pas de qui il s'agit.

— C'est dame Colanthe Savony. Officiellement, elle occupe la charge d'intendante du duc Bergandon, mais, dans les faits, c'est elle qui gouverne Ardence au quotidien.

— J'ignore pour quelle raison elle s'intéresserait à moi. À moins qu'elle cherche à déterminer si Zaira et moi représentons une menace sérieuse de voir Ardence ravagée par les flammes, auquel cas elle sera rassurée de constater que nous ne sommes que deux jeunes écervelées, et qu'elle n'a rien à craindre pour sa cité.

— Nous ne connaissons même pas les raisons exactes de sa présence à Raverra, maugréa Marcello en se frottant le front. (J'ignorais s'il cherchait à chasser un début de migraine ou s'il s'agissait d'un signe à ses hommes dissimulés dans la salle. Après l'incident du marché, je me gardais de tirer des conclusions hâtives.) Elle est « la voix et la main » du duc d'Ardence, selon l'expression consacrée. Elle n'a rien à faire ici, dans la délégation diplomatique.

— Le duc souhaitait peut-être son avis personnel sur la position de Raverra ?

— À moins qu'elle ne soit là pour aider à la réalisation d'un plan destiné à neutraliser la sorcière du feu de Raverra. (Marcello se pencha vers moi et baissa la voix.) Soyez prudente, dame Amalia. Je vous en prie, n'allez nulle part seule ce soir.

Les quelques centimètres d'air qui nous séparaient se mirent à trembler, aussi vibrants que le fil torsadé d'un luminaire.

J'aurais pu compter les particules d'ambre dans ses yeux verts au regard si intense. Et alors que ma langue soudain engourdie peinait à formuler une réponse, un officier de la cour s'approcha de nous et s'inclina.

— Dame Amalia, lieutenant Verdi, je vous prie de m'excuser. Sa Sérénité souhaiterait vous parler.

Surprise, je tournai les yeux vers l'endroit où le doge présidait au milieu de sa cour informelle.

Niro da Morante avait le regard braqué sur nous, et il affichait un air contrarié.

Chapitre 9

— Lieutenant Verdi. (La voix du doge avait la douceur dangereuse d'un sifflement de vipère.) Y aurait-il eu un incident avec des Fauconniers à Ardence dont je devrais être informé ?

Les lourdes broderies dorées de ses robes scintillaient à la lumière des lampes, mais ses yeux restaient aussi sombres qu'un ciel d'orage. Les gens de sa suite avaient ménagé un espace autour de nous afin de nous permettre d'avoir une conversation privée, mais ce n'était certainement pas dans le but de préserver la fierté de Marcello et cela ne fit rien pour apaiser mes craintes : se retrouver mêlé à une affaire pour laquelle le doge souhaitait la discrétion n'était jamais bon signe.

Marcello s'inclina avec raideur.

— Non, Votre Sérénité. Pas à ma connaissance. Nous avons là-bas plusieurs Fauconniers et leurs Faucons, mais d'après leur dernier rapport, tout semblait en ordre. Le colonel en saurait sans doute plus que moi.

Le doge ramena ses mains jointes sous son menton.

— Le colonel n'est pas là. Et apparemment, l'ambassadeur d'Ardence contesterait avec force vos dires.

— Votre Sérénité, je ne sais que vous répondre. (Marcello s'inclina de nouveau avec nervosité, mais je savais que cela le desservirait plus qu'autre chose ; face à un homme tel que le doge, montrer un signe de faiblesse revenait à agiter une ficelle sous le nez d'un chat.) Je n'ai pas été averti d'un quelconque incident concernant les Fauconniers d'Ardence.

— Moi non plus, reprit le doge. Et voyez-vous, c'est bien là le problème. (Sa voix se durcit.) Tout ce que j'ai, c'est un rapport de dame Terringer m'informant que peu avant l'aube, la moitié des nobles de la cour d'Ardence ont envahi sa demeure en vociférant des protestations incohérentes. Et maintenant, ceci. Quand un ambassadeur vient me trouver pour se plaindre d'un incident dont j'ignore tout, lieutenant, je n'ai que deux options : subir la conversation en restant le plus évasif possible, ou admettre une défaillance de mes services de renseignements. Dans un cas comme dans l'autre, je me retrouve en position d'infériorité face à mon interlocuteur. (Il se renfonça dans son siège.) Et je vous laisse imaginer à quel point je goûte ce genre de situation.

La pomme d'Adam de Marcello tressauta.

— Je suis moi aussi très troublé de ne rien savoir de cette affaire, Votre Sérénité.

— Dans ce cas, trouvez ce qu'il en est. (Le doge avait détaché chaque mot avec une netteté qui évoquait le tranchant de la hache s'abattant sur le billot.) Et au plus vite, lieutenant. J'attends votre rapport avec impatience.

Marcello s'inclina une troisième fois.

— Oui, Votre Sérénité.

Le doge se tourna vers moi. Je me raidis, mais le ton de sa voix se fit courtois, aussi froid et gracieux que la lame d'une rapière.

— Dame Amalia. J'espère que vous appréciez la soirée ?
— Euh, tout à fait, Votre Sérénité.
— Avez-vous la moindre raison de soupçonner votre Faucon d'avoir des liens avec Ardence ? Connaît-elle quelqu'un présent à ce bal ?
— Non, Votre Sérénité. Je n'ai rien remarqué qui puisse le laisser penser.
— Hmm. Alors l'incident évoqué par l'ambassadeur ne peut pas concerner son enrôlement chez les Faucons. (Il chassa l'idée d'un geste, puis se pencha vers moi avec un regard aussi perçant que celui d'un hibou.) Je sais que vous avez des amis ardentins. Essayez donc de faire du meilleur travail, cette fois.
— Votre Sérénité ?
— Pour obtenir des informations. Même si je n'ai pas grand espoir, après votre échec retentissant avec le prince Ruven.
Je pris une brève inspiration, piquée au vif. Il n'aurait jamais eu le front de parler ainsi à ma mère.
Mais je n'étais pas ma mère. Je hochai la tête sèchement pour toute réponse, afin d'éviter un mot malheureux.
Le doge nous donna congé d'un geste nonchalant.
— Profitez bien du reste de votre soirée.
Tandis que Marcello et moi nous éloignions, je me raclai la gorge pour en chasser un goût amer, et lui demandai :
— Vraiment, vous n'avez aucune idée de ce dont il parlait ?
— Pas la moindre, répondit-il en ouvrant les mains dans un geste d'impuissance. Mais j'ai intérêt à vite découvrir le fin mot de cette histoire si je veux espérer garder mon poste.
Domenic avait mentionné des troubles avec les Fauconniers. Mais je ne pouvais pas rapporter notre conversation à Marcello sans éviter de révéler que Domenic avait tenu des propos qui frôlaient la trahison.

— S'il y avait eu un incident impliquant les Fauconniers à Ardence, en auriez-vous été averti ? demandai-je à la place.

— Absolument. Le colonel Vasante informe les officiers de ce genre de choses dès que la nouvelle lui parvient par les lampes-courrières. Je ne comprends pas.

Je ne possédais pas le flair de ma mère pour les intrigues, mais cela ne m'empêchait pas de sentir que cette affaire empestait les manigances.

— Ce n'est pas seulement un problème de communication. Les Ardentins savent tout de ce supposé incident, dont nous ignorons jusqu'à l'existence. Quelqu'un nous cache quelque chose, ou nous ment, ou pire encore.

— Ah, dame Amalia ! m'interpella une voix maniérée derrière moi.

Je me retournai, pour m'apercevoir avec horreur que je m'étais aventurée trop près de la piste de danse. Un courtisan entièrement vêtu à la mode loreicienne, dégoulinant de dentelles et arborant une braguette parée de bijoux, me tendit gracieusement la main.

— L'orchestre s'apprête à jouer un menuet. M'accorderiez-vous cette danse ?

Derrière lui, une demi-douzaine d'autres élégants dans son genre s'attardaient, guettant ma réponse. Paniquée, je saisis la main de Marcello.

— Hélas, j'ai peur d'avoir déjà promis cette danse au lieutenant Verdi.

J'adressai au courtisan mon faux sourire le plus éclatant. La main de Marcello tressaillit dans la mienne, mais il ne dit mot. Tournant mon visage vers le sien, j'articulai silencieusement : « Aidez-moi. »

Sans un instant d'hésitation, il s'inclina gracieusement et montra la piste de danse.

— Ma dame, si vous me permettez ?

— Merci, lui murmurai-je alors que nous allions nous mettre en place, vous me sauvez la vie. Mais je dois vous avertir que je suis une danseuse exécrable.

— Ce n'est rien. Je saurai me débrouiller d'un menuet.

Les premières notes délicates de musique résonnèrent dans la salle de bal. La main de Marcello était chaude contre la mienne. Son sourire détendu creusait ces fossettes charmantes. Au moins, il ne semblait pas m'en vouloir.

Je tournai sur moi-même et m'inclinai, en observant du coin de l'œil les autres couples ; j'avais l'impression ridicule d'être un pigeon, à sautiller comme ça au rythme de la musique. Heureusement, mes robes dissimulaient mes pieds ; aussi longtemps que je ne heurterais pas un autre danseur, cela importerait peu que mes pas ne soient pas parfaitement justes. Marcello me regardait avec des yeux rieurs, et je lui souris.

— J'ai remarqué que vous avez passé la moitié de la soirée à échapper à l'attention de jeunes hommes, me lança Marcello quand les mouvements de la danse nous rapprochèrent de nouveau.

Les cals de sa main habituée à tenir l'épée formaient de petites bosses dures contre ma paume, mais en dehors de cela, elle était douce et rassurante. Il me guida d'une légère pression de la main contre la mienne, pour que je tourne dans la bonne direction.

— Est-ce un problème récurrent pour vous ? me demanda-t-il.

— Apparemment, c'est une croyance répandue de penser que l'héritière d'une grande fortune a forcément le désir de se marier à la première occasion venue.

— Ah.

Il sembla sur le point d'ajouter quelque chose, mais la danse nous sépara de nouveau, et nous sautillâmes au gré de la musique. J'avais plus de mal à ne pas me perdre parmi les autres danseurs sans Marcello pour me guider, mais il ne me quitta pas des yeux et m'indiqua du menton la bonne direction à une ou deux reprises.

Quand la danse nous ramena l'un vers l'autre, il m'attira à lui d'un mouvement fluide, me faisant paraître gracieuse du simple fait de sa propre aisance. C'était vraiment un excellent danseur.

— Ce sont des idiots, me dit-il.

Il me fallut un instant pour comprendre qu'il parlait toujours de mes soupirants.

— Certes, oui. Mais pour quelle raison dites-vous cela ?

— Parce que votre fortune n'est que le moindre de vos attraits, Amalia.

C'était la première fois qu'il m'appelait par mon seul prénom. Une douce chaleur rayonna en moi.

— Oh, c'est vrai, j'oubliais. Voyons voir… Je suis aussi une excentrique, à moitié callamornienne par mon père, qui aime porter des chausses au lieu de robes, et s'adonne à l'étude de l'Artifice bien que ne possédant aucun talent inné pour la magie. À n'en point douter, je n'aurais aucune difficulté à trouver des prétendants si je n'étais pas fabuleusement riche !

— Et moi je vous assure que vous êtes brave, brillante, et belle.

Il ne souriait plus. Son expression s'était faite pensive, presque triste. Je manquai de peu de m'emmêler les pieds.

— Que voilà une charmante allitération.

Il était de nouveau temps de nous séparer, pour tourner autour des autres danseurs. Je gardai les yeux rivés sur Marcello, qui m'évita par deux fois de partir dans la mauvaise direction. Il s'en fallut de peu que je m'empêtre dans les jupes virevoltantes d'une noble dame. Mon cœur martelait contre les baleines de mon corset.

Il était sincère. Il pensait vraiment que j'étais belle. Et brillante, et tout le reste. Marcello était trop honnête pour n'avoir dit cela que par flatterie.

Une pointe d'inquiétude vint transpercer l'onde de chaleur qui s'épanouissait dans ma poitrine. Marcello avait sans nul doute un avenir prometteur chez les Fauconniers, mais il n'appartenait pas à la haute noblesse. À l'époque où je soupirais après Domenic, je m'étais souciée de ce que ma mère risquait de considérer qu'un vicomte n'était pas digne de moi et qu'elle lui refuse le droit de me faire la cour. Mais les questions de rang et de position sociale semblaient bien lointaines et futiles en cet instant, face à Marcello qui plongeait ses yeux dans les miens, au milieu du tourbillon des danseurs.

La musique nous ramena l'un vers l'autre.

— Amalia, commença-t-il avant de s'interrompre, le front plissé par l'incertitude.

— Oui ? l'encourageai-je, en m'efforçant de ne pas avoir la voix qui tremble.

Il secoua la tête, et je sentis qu'il renonçait à aller au bout de sa phrase.

— C'est une très belle réception. J'aurais aimé que nous soyons là pour nous divertir, et non par devoir.

Nous terminâmes notre danse, mais une ombre voilait son regard.

Je n'étais pas très à l'aise avec le lieu que Domenic avait choisi pour notre rendez-vous du lendemain matin. Le plafond bas du café abritait sous ses solives des ombres profondes et des murmures ; il n'y manquait plus qu'un panneau à l'entrée disant : « Comploteurs et factieux en tout genre, bienvenue ». Il avait été difficile de convaincre les gardes que Marcello nous avait attribués que nous désirions un peu d'intimité pour une conversation privée et qu'ils devaient nous attendre à l'extérieur.

Zaira, pas le moins du monde troublée, observa avec intérêt les lieux plongés dans la pénombre, tandis que nous passions entre les tables occupées par des fils cadets de riches marchands ou de petits nobles venus partager leur rancœur, pour rejoindre Domenic dans le coin le plus reculé de la salle. Au moins Zaira ne semblait-elle pas d'humeur à essayer de s'enfuir, cette fois-ci.

Domenic se leva pour nous accueillir d'un geste vif, empreint d'une énergie nerveuse.

— Dame Amalia, Zaira. Avez-vous déjà goûté au café ? demanda-t-il en nous désignant les tasses fumantes qui nous attendaient, posées sur la table.

Zaira fit « non » de la tête.

J'observai le liquide sombre avec réticence.

— Une fois. J'avoue que je n'ai pas trouvé ça à mon goût.

— Vous ne pouviez pas mieux me le vendre ! (Zaira s'empara de sa tasse et en but une gorgée. Différentes expressions passèrent sur son visage, pour s'achever sur de l'étonnement.) C'est chaud, mais j'aime ! s'exclama-t-elle en y plongeant de nouveau les lèvres.

— J'ai entendu dire que le café possédait des vertus médicinales, hasardai-je en jouant avec l'anse de ma tasse.

— Ce n'est rien, Amalia, rit Domenic. Ils servent aussi du vin.

Il appela une servante et me commanda un verre de vin, avant de se tourner vers Zaira.

— Alors, qu'avez-vous pensé de la réception d'hier soir ?

— Le buffet était excellent, répondit-elle en haussant les épaules.

— Et la compagnie ?

Ses yeux brillaient comme s'il se réjouissait par avance de la réponse de Zaira.

— Oh, les gens étaient charmants. (Elle prit une autre gorgée de café, et adressa un sourire narquois à Domenic par-dessus sa tasse.) Ils m'ont tous paru très satisfaits d'eux-mêmes.

— Ce qui pourrait s'appliquer à la noblesse de toutes les cours d'Eruvia, observai-je.

Domenic rit à ma remarque, sans quitter Zaira des yeux.

— Vous donnez le sentiment de ne pas avoir été plus impressionnée que ça.

— Il en faut beaucoup pour m'impressionner. Même si le doge était arrivé en chevauchant un éléphant et nu comme un ver, ça ne m'aurait pas fait plus d'effet. (Elle bascula sa chaise en arrière, appréciant manifestement l'attention de Domenic.) Une fille des Suifs qui se retrouve dans la même salle que la moitié de l'Assemblée a plutôt intérêt à ne pas se laisser impressionner ; c'est sa meilleure arme.

— Est-ce que tout doit toujours être un affrontement ? soupirai-je.

— La plupart d'entre nous n'ont pas le choix, Madame Je-dors-dans-des-draps-de-soie. Chaque jour de ma vie a été un combat.

Domenic posa le menton sur ses mains et fixa Zaira avec fascination.

— Je n'arrive jamais à deviner ce que vous allez dire. Mais c'est toujours la vérité, crue et sans fard.

— Parfois un peu trop crue, marmonnai-je.

Mon verre de vin arriva et je le portai à mes lèvres, heureuse de cette diversion. La serveuse repartit, et Domenic se pencha au-dessus de la table en tendant une main vers Zaira, dans un geste de quasi-supplication.

— Comme Amalia pourra vous le confirmer, il m'arrive souvent de me conduire en parfait idiot.

— Au moins, vous l'admettez, répliqua Zaira avec un petit sourire, en le laissant lui prendre la main.

— Mais je ne me suis encore jamais senti aussi stupide que maintenant. Jusqu'à hier soir, je n'avais pas pris conscience que tous les Faucons ne venaient pas aux Mues de leur plein gré. (Il grimaça de sa propre ignorance.) Je suis consterné de ce qui vous est arrivé.

Je masquai mon inconfort en buvant une autre gorgée de vin.

Zaira le regarda d'un air perplexe.

— Vous ne saviez pas que les mages n'avaient pas le choix ? Je suis une fille des Suifs qui n'a jamais vu l'intérieur d'une salle de classe, et même moi je sais que c'est inscrit dans les Accords Sérénissimes.

— Je connais la loi, mais je ne connaissais aucun Faucon personnellement ; je croyais donc que les choses se passaient toujours comme dans les histoires. (Domenic fit un geste désabusé.) Vous savez, la petite orpheline chassée de son village à coups de pierre, qui finit enfin par être découverte et est emmenée aux Mues où elle vivra heureuse, aussi choyée qu'une princesse.

— Je vous parie mes dents de devant que ces histoires n'ont pas été écrites par des mages, bougonna Zaira.

— Je ne tiens pas le pari, j'aime mes dents là où elles sont, plaisanta Domenic en plaçant une main sur sa bouche. Mais oui, je suis un idiot égocentrique qui, jusqu'à hier, ne s'était jamais posé la question de savoir ce qui arrivait aux mages qui ne voulaient pas rejoindre les Faucons. Et j'en suis désolé.

— Mieux vaut tard que jamais. (Zaira lui lança un regard incisif.) Et maintenant, que comptez-vous faire à ce sujet ?

— D'abord, en parler à mon frère. Il a des amis qui expriment la volonté de tenir tête à l'Empire, et ils ont connu ensemble quelques succès. Peut-être pourrons-nous commencer par protéger les enfants-mages d'Ardence, puis œuvrer à convaincre Raverra d'amender les Accords Sérénissimes.

Zaira et moi le dévisageâmes d'un air ébahi. À voir la surprise sur le visage de Zaira, elle ne s'était pas attendue à ce qu'il lui réponde avec sérieux ; et personnellement, je n'en revenais pas que Domenic parle de trahison devant moi, sans la moindre retenue.

— Souhaiter modifier la loi est un objectif à long terme des plus louables, dis-je prudemment. Mais qu'entends-tu par : « protéger les enfants-mages d'Ardence » ? Si tu penses à les protéger de ceux qui voudraient les manipuler ou les tuer, c'est déjà ce que font les Fauconniers.

— Je le croyais moi aussi, opina-t-il d'un air grave. Mais après ce qui s'est passé à Ardence l'autre nuit, je n'en suis plus aussi sûr.

L'inquiétude planta ses griffes dans mon cœur. *Nous y voilà.*

— Que s'est-il passé ? Je ne sais toujours rien de cette affaire.

— Des Fauconniers ont arraché à leurs demeures des enfants de nobles ardentins sans le moindre avertissement. (Domenic avala une longue gorgée de café, en donnant l'impression de vouloir se débarrasser du mauvais goût que ces mots avaient laissé dans sa bouche.) L'Empire les retient pour contraindre Ardence à l'obéissance.

— C'est impossible, m'exclamai-je aussitôt, incapable d'envisager une chose pareille.

— Quoi ? Que les Fauconniers puissent enlever des gens ? Mais oui, c'est totalement impossible, ironisa Zaira avec un éclat de rire amer.

— Bien au contraire. C'est déjà arrivé par le passé, presque de la même façon. (Domenic suivit du doigt le cercle humide laissé par sa tasse sur la table, comme s'il écrivait l'histoire.) Quand Raverra vainquit Ardence et l'intégra à son Empire, il y a deux siècles de cela, certains nobles refusèrent de se soumettre au joug raverrain. L'Empire prit leurs aînés en otage et les garda enfermés aux Mues avec les Faucons jusqu'à ce que toutes les velléités de rébellion s'épuisent. Je comprends qu'il ne s'agisse pour toi que d'une simple anecdote historique, mais personne à Ardence n'a oublié ce tragique épisode.

— Je ne prétends pas que l'Empire ne ferait jamais une chose pareille, concédai-je en adoucissant le ton de ma voix pour me montrer convaincante. Je dis seulement que les Fauconniers n'ont rien fait. Ils n'étaient pas au courant de cette affaire, ni le doge d'ailleurs.

— Ils le savent forcément, protesta Domenic. L'ambassade d'Ardence tout entière est en ébullition. Les lampes-courrières n'arrêtent pas d'envoyer des nouvelles. J'ai moi-même discuté via les lampes avec plusieurs personnes ayant une connaissance directe de cet incident, dont mon frère, et une amie dont l'enfant a été enlevé.

— Une amie ! Ne me dis pas que c'est Venasha ?

— Non, non, se récria-t-il en levant les mains dans un geste de démenti. Il n'est rien arrivé au fils de Venasha, rassure-toi. Je parlais d'une amie de ma famille ; tu ne la connais pas. Mais l'important est qu'il ne s'agit pas d'une fausse rumeur : cela s'est vraiment produit.

Je n'arrivais pas à accorder la conviction sincère de Domenic et la colère du doge – qui m'avait semblé tout aussi sincère – à ne pas être au courant d'un incident. Je pressai les mains sur mon front.

— Que s'est-il passé exactement ?

Domenic prit une longue inspiration.

— Durant un grand bal donné par le duc, auquel la plupart des membres de la haute noblesse d'Ardence assistèrent jusque tard dans la nuit, des groupes de Fauconniers et de soldats de l'Empire ont fait irruption dans les demeures de plus d'une dizaine de seigneurs parmi les plus influents, et ont emporté leurs enfants. Des enfants dont aucun ne portait la marque des mages. Les Fauconniers étaient munis d'un mandat frappé du sceau impérial, qu'ils présentèrent aux braves gouvernantes et nourrices qui tentèrent de s'opposer à eux.

Je le dévisageai intensément. Il paraissait si sûr de son fait !

— Il y a eu forcément une erreur, un ordre mal interprété.

— Aucunement. Les Fauconniers ont laissé des lettres sur les lits des enfants qu'ils ont enlevés, des lettres portant elles aussi le sceau de l'Empire Sérénissime, et déclarant que Raverra avait pris les enfants pour s'assurer de la loyauté de leurs parents. Et quand ces derniers ont fait irruption à l'ambassade pour exiger de voir leurs enfants, l'Envoyée sérénissime leur a opposé une fin de non-recevoir.

— Tout cela me paraît vraiment improbable. Qu'a-t-elle dit ?

Domenic ouvrit les mains dans un geste d'impuissance.

— Je ne sais pas précisément. Elle les a congédiés sans explication. Certains voulaient rassembler les gardes de leurs maisonnées pour investir par la force le palais de l'Envoyée et le fouiller, mais le duc Astor est arrivé sur place un peu avant l'aube et les a convaincus d'attendre qu'Ardence réclame des explications officielles avant qu'ils commettent un acte irréparable.

Le message de dame Terringer au doge avait fait état de demandes incohérentes. Si elle ignorait tout de l'incident et qu'elle avait été tirée du lit en pleine nuit par des parents furieux venus lancer des accusations à sa porte, elle n'avait sans doute rien compris à la situation.

— Ça ne colle pas, réfléchis-je en tapotant des doigts sur la table. Cela n'a pas été fait sur l'ordre du doge, et je ne peux pas croire que les Fauconniers de la garnison d'Ardence oseraient prendre une telle initiative. Et quand bien même, comment auraient-ils eu accès au sceau impérial ?

Zaira fronça les sourcils.

— Plutôt avaler ma langue que de dire du bien de ces ordures, mais je dois admettre que je n'ai vu aux Mues aucun gamin qui ne porte pas la marque des mages.

— Pour autant, c'est arrivé. Je connais personnellement certains des enfants qui ont été enlevés. (Domenic serra les doigts autour de sa tasse.) Je connais leurs familles. Peut-être que Gabril et cette Noblesse de l'Ombre avaient raison après tout, si le doge va jusqu'à prendre des enfants à leurs parents !

J'ai entendu dire que la Noblesse de l'Ombre se prépare à réagir. Je suis à moitié tenté de rejoindre ses rangs.

La Noblesse de l'Ombre : cette société secrète qu'avait mentionnée Ignazio, et qui se donnait pour but d'obtenir l'indépendance d'Ardence. Par la démone de la Discorde. Si le frère de Domenic en faisait partie, je craignais le pire. Et d'autant plus si la Noblesse de l'Ombre avait l'intention de passer à l'action.

— Domenic, fais preuve de prudence, l'avertis-je. Ne va pas te mêler à des actes de trahison. Nous ne savons pas quelle est la vérité dans cette affaire. Il y a ici une machination à l'œuvre.

— La vérité est que des enfants ont été enlevés, et que leurs parents sont fous d'angoisse et de colère. (Il haussa les épaules d'un air défait.) À part l'Empire, je ne vois pas qui aurait pu faire cela.

Zaira lui tapota le bras.

— L'Empire n'est pas le seul démon des Neuf Enfers, croyez-moi. Juste le plus gros et le plus laid.

Les mots de Zaira lui arrachèrent un sourire, et il lui pressa la main.

— Merci. C'est une grande consolation.

— Je t'aiderai à découvrir ce qui est arrivé aux enfants. (Je m'arrêtai juste à temps avant d'ajouter « je te le promets ».) Ma mère doit en savoir davantage...

Il se redressa brutalement et les pieds de sa chaise grincèrent sur le sol.

— Tu ne peux pas parler à la Contessa de notre discussion. Par les Grâces ! Je serais mort d'ici demain !

— Elle ne ferait jamais ça, voyons !

— Elle siège au Conseil des Neuf. Elle exécute une dizaine de traîtres avant son petit déjeuner.

— Jamais *avant* son petit déjeuner, objectai-je. Et elle ne les exécute pas. Elle se contente de les condamner à… oh, peu importe. C'est entendu, je ne lui dirai rien. Mais sans son aide, mes moyens d'enquête vont être des plus limités.

— Tant pis, je préfère ainsi. (Ses épaules se détendirent.) Je te remercie. Même si tu ne trouves rien, je suis heureux que tu aies accepté de m'écouter. Bon nombre de Raverrains auraient simplement crié à la trahison envers l'Empire et refusé d'admettre que le système des Fauconniers pouvait être mis en question.

Zaira croisa les bras.

— Si quelqu'un ne voit pas les problèmes de ce système, c'est qu'il a de la boue dans les yeux. Par les furoncles de la démone de la Folie, vous êtes en train de pinailler pour savoir s'ils ont enlevé ces mômes-là ou pas, en oubliant le fait que ce sont déjà des voleurs d'enfants !

— Ils ne volent pas les enfants, protestai-je.

— Non, vous avez raison. Ils les enrôlent de force dans l'armée. C'est *tellement* mieux.

Zaira me décocha un regard de défi par-dessus le bord de sa tasse alors qu'elle finissait son café.

— Tellement mieux, sans doute pas, admis-je, mais les Fauconniers représentent au moins une meilleure solution que celles qu'a connues Eruvia jusqu'ici. La Loreice condamnait au bûcher les mages avant que Raverra ne l'intègre à son Empire. Au Vaskandar, les mages sont devenus des conquérants sanguinaires qui règnent avec brutalité sur les gens ordinaires, soumis au moindre de leurs caprices. Il n'y a pas un pays, pas une période de l'histoire, où il a existé des lois pour protéger ou contrôler les mages ; ils étaient soit victimes, soit tyrans.

— Que ce soit mieux ne signifie pas que ce soit bien. Et je vais vous donner une autre solution : laissez-nous tranquilles, aboya Zaira. Je ne gênais personne avant que les Fauconniers ne me trouvent.

— Vous avez tué trois hommes et menacé de réduire la ville en cendres ! protestai-je. Si vous n'aviez pas intégré le corps des Faucons, à l'heure actuelle vous auriez sans doute été exécutée pour ce triple meurtre.

Zaira me lança un regard noir.

— Ils l'avaient mérité, et vous le savez.

— On dirait que votre recrutement chez les Faucons fut encore plus spectaculaire que l'incident d'Ardence, remarqua Domenic, qui avait suivi notre échange avec des yeux étonnés. Et pourtant, on parle d'une bande d'aristocrates furieux faisant irruption dans le palais de l'Envoyée sérénissime !

— Ça, c'est sûr. Moi, je ne fais pas les choses à moitié. (Zaira marqua une pause, les sourcils froncés.) Mais maintenant que j'y pense, l'Empire est pareil. Vous avez peut-être raison ; ce ne sont sans doute pas les Fauconniers qui ont enlevé ces gosses, après tout.

— Vraiment ?

— Je n'ai jamais vu les seigneurs de Raverra faire des manières quand il s'agit de proclamer qu'ils tiennent quelqu'un par les couilles. S'ils avaient fait un truc pareil, ils l'affirmeraient haut et fort plutôt que d'essayer de le nier.

Domenic se prit la tête entre les mains.

— Je ne sais si je dois espérer que vous ayez raison ou tort. Si les Fauconniers se sont mis à prendre des otages politiques, alors Gabril et la Noblesse de l'Ombre sont sans doute dans le vrai. Mais dans ce cas, je serais au moins assez confiant quant à leur sort ; je ne vois pas l'Empire Sérénissime aller jusqu'à exécuter des enfants. En revanche, s'il s'agit d'une machination perverse, il n'y a aucune garantie qu'ils soient bien traités, ni même qu'ils soient encore en vie.

Je n'avais pas pensé à ça.

— Puissent les Grâces veiller sur eux. Et prions pour que le duc Astor et le doge arrivent à s'entendre, afin d'associer leurs efforts pour les retrouver rapidement.

Domenic fit la grimace.

— Il va nous falloir prier avec ferveur. Je connais mon cousin, et j'ai le regret de dire qu'il n'écoute même pas ses propres conseillers.

Zaira grommela.

— Du moment qu'il a assez de jugeote pour attendre de savoir exactement ce qui s'est passé avant de jeter de la merde au visage du doge, et qu'il soit trop tard pour s'excuser…

La métaphore me fit grimacer, mais je partageais son sentiment. De tous les dons offerts par les neuf Grâces, Niro da Morante n'avait reçu qu'une piètre mesure de Miséricorde.

— Bon, c'était plus intéressant que la fois où vous m'avez traînée au marché, me lança Zaira alors que nous traversions une vaste place pour retourner à mon bateau.

En faisant abstraction des gardes qui marchaient à quelques pas derrière nous, déguisés en ouvriers, j'aurais pu imaginer que nous étions deux amies partageant une innocente promenade. Le soleil chaud éclairait d'une lumière crue les bâtiments autour de la place, et des parfums de vin et d'herbes aromatiques se mêlaient à l'odeur salée de la mer, omniprésente dans la ville.

C'était une journée trop belle pour se sentir aussi glacée et nauséeuse.

— Je ne sais pas quoi faire, Zaira.

— Je vais vous le dire, ce que vous devez faire. La prochaine fois que vous m'emmenez prendre un café avec votre ami, choisissez un sujet de conversation moins déprimant.

Je secouai la tête.

— Je voulais parler de ce que nous venons d'apprendre. Il faut que je transmette la nouvelle du rapt d'héritiers de la noblesse ardentine. Le doge doit en savoir plus sur l'incident désormais ; cependant, je doute que quelqu'un lui ait exposé clairement le point de vue des Ardentins. Mais d'un autre côté, si le Conseil des Neuf découvre que Domenic a des liens avec la Noblesse de l'Ombre, il pourrait avoir de sérieux problèmes.

— Je vous interdis de le mettre dans la panade. Je l'aime bien. (Un sourire gourmand s'épanouit sur ses lèvres.) Et il a vraiment une belle carrure, cet homme. Pas question de le faire passer pour un traître.

— C'est mon ami ! Jamais je ne ferais ça. En plus, ce n'est pas un traître. (Je baissai la voix.) Mais son frère l'est peut-être.

Zaira me jeta un regard en coin, le visage redevenu sérieux.

— Celui qui s'est acoquiné avec ce groupe au nom pompeux ?

— La Noblesse de l'Ombre, oui. (Je me mordillai nerveusement la lèvre inférieure.) D'après ce qu'Ignazio m'en a dit, ils sont clairement séditieux, et ils bénéficient certainement d'appuis au Vaskandar. Si Domenic se laisse entraîner, ou s'il est blâmé pour les agissements de son frère… Je ne peux pas laisser ça arriver.

— Non, acquiesça Zaira. On ne peut pas.

L'espace entre nous sembla se réchauffer de notre volonté commune de protéger Domenic. Nous avions enfin quelque chose en partage.

Zaira et moi devions revenir aux Mues pour une séance d'entraînement spéciale organisée par Marcello. Nous le retrouvâmes, un long fusil à silex sur l'épaule, au milieu d'un groupe de Fauconniers qui rentrait d'un exercice. Nous l'accompagnâmes alors qu'il allait ranger son fusil à l'armurerie, et discutâmes à voix basse de ce que nous venions de découvrir.

— Nous en avons appris davantage sur cet incident à Ardence qui aurait impliqué des Fauconniers, et sur ce que les Ardentins en pensent.

Je lui racontai tout, mais sans entrer dans le détail, et sans mentionner le nom de Domenic.

Marcello laissa échapper un long sifflement.

— Cela explique certaines choses. Nous avons reçu de nouveaux rapports par les lampes-courrières, mais nous n'y comprenions rien.

— Quels nouveaux rapports ?

Marcello jeta autour de lui un regard circonspect, alors que nous pénétrions dans l'armurerie. Quelques autres Fauconniers qui avaient participé à l'exercice déposèrent leurs fusils dans les râteliers contre le mur et sortirent en se moquant de l'un d'eux qui avait renversé sa poire à poudre. Marcello attendit qu'ils soient partis.

— Des rapports consignant les mêmes nouvelles que celles que vous venez de me donner : des nobles de la cour d'Ardence prétendent que des Fauconniers ont enlevé leurs enfants en pleine nuit, et le duc Astor Bergandon exige, de la manière la plus catégorique, qu'ils soient rendus sans délai à leurs familles.

— Mais ce n'est pas nous qui les avons, remarquai-je d'une voix qui se voulait convaincue, sans parvenir à m'empêcher tout à fait de donner à ma phrase l'intonation d'une question.

— Non, évidemment que non. (Marcello reposa son fusil sur le râtelier d'un geste inutilement brusque.) Ce n'est pas ainsi que les choses se passent. De plus, il est impossible qu'autant d'enfants manifestent la marque des mages en un même lieu et au même moment. Et de toute façon, nous ne pénétrons pas dans les maisons au milieu de la nuit pour les emmener de force. Nous parlons aux parents et nous leur laissons le temps de se faire à l'idée ; cela prend plusieurs jours, plusieurs semaines parfois, à moins d'une menace immédiate pour l'entourage.

Son regard dériva vers Zaira, qui lui adressa un salut moqueur.

— Menacer mon entourage, ça, c'est moi. Mon passe-temps favori.

— Seriez-vous au courant s'ils avaient enlevé ces enfants pour en faire des otages politiques ? Des enfants normaux, sans la marque des mages ?

Marcello se raidit.

— Une telle chose est absolument inconcevable. De toute façon, nous avons vérifié auprès des Fauconniers stationnés à Ardence. Ils n'ont rien fait de la sorte.

— Alors, c'est qu'il s'agit d'une machination montée de toutes pièces. (Une certitude glaciale se nicha au creux de mon ventre.) Quelqu'un a mis en scène cet incident, en utilisant des hommes déguisés en Fauconniers, et a utilisé un sceau impérial volé ou contrefait.

Marcello réfléchit, le front plissé.

— Ou les Ardentins nous mentent.

— J'ai rencontré mon lot de menteurs, intervint Zaira. Notre Ardentin ne mentait pas, j'en suis sûre.

— Vous pensez donc qu'Ardence est elle aussi une victime dans cette histoire ? (Marcello se mit à tourner comme un lion en cage entre deux rangées de râteliers.) Mais quel intérêt y aurait-il à kidnapper des enfants de la noblesse d'Ardence et à faire porter le blâme sur les Fauconniers ?

Je ne pouvais voir qu'une seule raison.

— Pour provoquer des tensions entre Ardence et Raverra.

— Des tensions ?

Je ne voulais pas énoncer à haute voix l'épouvantable certitude qui était en train de se former dans mon esprit de peur de lui donner réalité, mais je m'y forçai tout de même.

— Pour déclencher une guerre.

— Par la Grâce de la Miséricorde. (Marcello balaya des yeux les rangées d'épées et de fusils qui nous entouraient, soigneusement entretenus et prêts à servir.) Le Vaskandar. Cela répond exactement à l'hypothèse énoncée par votre mère, durant la réunion dans la Salle des Cartes. Les Hauts Ensorceleurs veulent nous distraire et nous affaiblir afin de pouvoir à nouveau envahir la Loreice.

— C'est possible, réfléchis-je en me mordillant la lèvre inférieure. Qu'a fait dame Terringer en réponse aux injonctions du duc ?

— Je suppose qu'elle a dû protester de l'innocence de Raverra, répondit Marcello avec un haussement d'épaules impuissant. Je ne connais de cette affaire que ce qu'en savent les Fauconniers ; j'ignore le contenu des échanges diplomatiques.

— Prions qu'elle réussisse à convaincre les Ardentins. (Je baissai la voix jusqu'à ce qu'elle ne soit plus qu'un murmure.) Et pas seulement pour que nous puissions unir nos efforts afin de retrouver ces enfants le plus vite possible. Je n'ai pas aimé entendre le Conseil parler de déployer des Faucons à Ardence si cela s'avérait nécessaire.

— C'est quoi cette histoire ? intervint brutalement Zaira.

Marcello et moi nous tournâmes vers elle, avec la mine d'enfants coupables.

Zaira nous dévisagea d'un regard furibond.

— Ils parlaient de moi, c'est ça ? Je refuse d'aller où que ce soit, sauf si c'est pour retourner aux Suifs !

— Non, bien sûr que non, répondit Marcello avec un sourire forcé. Personne n'envisage sérieusement d'envoyer des Faucons à Ardence, en tout cas pas pour le moment. C'est une mission pour des diplomates, non pour des soldats. Et de toute façon, nous n'envoyons pas au combat un Faucon qui n'a pas été entraîné. (Ses yeux s'écarquillèrent.) Par les Enfers ! L'entraînement !

— Que dites-vous ?

— Que les démons me maudissent, nous sommes en retard, se reprocha Marcello en se frappant le front de la paume de la main. Et il déteste attendre.

— Qui ça ? demanda Zaira d'une voix méfiante.

Marcello se dirigea vers la porte de l'armurerie, le regard éclairé d'une étincelle amusée.

— Venez donc le découvrir par vous-même.

— Ici, encore ? grogna Zaira dans le couloir aux murs lambrissés, quand nous arrivâmes devant la porte de la salle de classe où Marcello avait vainement tenté de l'interroger sur son passé. Vous n'avez toujours pas compris que c'est inutile d'essayer de me faire la leçon ?

— Oh, mais moi je ne vais rien faire, répondit Marcello avec un sourire réjoui qui chassa les dernières ombres d'inquiétude de son visage. Vous verrez ça avec *eux*.

Il ouvrit la porte. La même salle de classe s'offrit à nos regards, avec ses murs nus, ses chaises en demi-cercle et son estrade, mais cette fois-ci, elle n'était pas déserte.

Deux hommes vêtus d'uniformes écarlate et or, qui devaient avoir à peu près l'âge de ma mère, occupaient l'estrade. L'un était grand et sec, avec des touffes de cheveux blancs hirsutes ; il avait les bras croisés sur la poitrine, et une lueur d'impatience brillait dans ses yeux. L'autre, au physique musculeux, avait les cheveux coupés si ras que la peau de son crâne, d'un brun profond, se devinait au-dessous. Il affichait une posture moins rigide, les mains passées dans le dos, et se balançait sur ses pieds, comme s'il avait l'habitude d'attendre et ne s'en formalisait pas plus que ça.

— Enfin, lança l'homme maigre. C'est pas trop tôt !

Son compagnon salua Marcello.

— Lieutenant. À votre disposition.

— Merci, messieurs. (Marcello désigna de la main l'homme aux cheveux blancs, puis son partenaire à la lourde carrure.) Permettez-moi de vous présenter l'enseigne Jerith Antelles et son Fauconnier, Balos.

Jerith salua d'un petit geste de la main et Balos s'inclina.

— Son Fauconnier depuis vingt ans, et son époux depuis quinze.

— Bon, épouser votre Fauconnier est contraire au règlement, précisa Jerith, mais je l'ai harcelé jusqu'à ce qu'il accepte. Malgré ma rétrogradation, il en vaut la peine, la plupart du temps.

Balos grimaça d'un air coupable au mot de « rétrogradation », mais l'affection entre eux semblait aussi confortable et familière qu'une vieille paire de bottes. Je coulai un regard vers le visage renfrogné de Zaira, sans guère d'espoir que nous puissions jamais atteindre ne serait-ce que l'ombre d'une telle complicité.

Marcello s'éclaircit la voix.

— Et j'ai le privilège de vous présenter dame Amalia Cornaro et son Faucon, Zaira.

Balos s'inclina de nouveau, de manière plus formelle, à la mention de mon nom. Jerith toisa Zaira d'un bref regard et s'esclaffa.

— Inutile de me dire qui est qui. Si on avait joué à « trouve le sorcier » au milieu du marché bondé, j'aurais gagné sans problème.

Zaira se cabra avec un air de défi.

— Qu'est-ce que je dois comprendre ?

— Qu'il y a dans ton allure quelque chose de particulier, répondit Jerith avec un sourire innocent.

Zaira afficha une grimace dédaigneuse.

— Je suppose que vous êtes là pour m'expliquer que la vie aux Mues n'est pas si mal, que je vais finir par m'habituer et m'y sentir chez moi, et toutes ces autres fadaises que me servent depuis deux semaines tous les imbéciles qui vivent ici, tellement abrutis qu'ils se réjouissent de porter un jet ?

Jerith inclina la tête.

— Oh, toi, tu es une marrante. J'étais aussi soupe au lait que ça, Balos ?

— Pire, répondit ce dernier.

— Tu aurais dû me coller une bonne droite pour m'obliger à la fermer.

Zaira s'avança, les poings serrés.

— Viens donc essayer. Mais je te préviens : ce n'est pas moi qui nettoierai par terre quand j'en aurai terminé avec toi.

Balos coula un regard vers son partenaire.

— Je crois qu'elle est sérieuse, Jerith.

— Oh, je sais. C'est pour ça que je l'aime bien.

Marcello affichait un large sourire, réjoui par le spectacle auquel il assistait.

— L'enseigne Antelles, intervint-il, est un de nos sorciers d'orage.

Zaira écarquilla les yeux. Elle scruta Jerith un moment, et ses poings se dénouèrent. J'observai tour à tour les deux Faucons qui se faisaient face, et je compris la remarque de Jerith : ils avaient le même physique efflanqué, affûté comme la lame d'un stylet, et chacun de leur mouvement semblait animé d'une énergie puissante, contenue à grand-peine.

Zaira se laissa tomber sur une chaise et croisa les bras.

— Donc, vous êtes là pour me dire comment devenir un bon petit mage ?

— Non, répondit Jerith. Nous sommes là pour t'enseigner à devenir un mage efficace.

— Le premier et le principal problème des sorciers, énonça Balos d'une voix calme et profonde, est le contrôle.

— Mais ça, jeune fille, tu le sais déjà, non ?

Jerith lança un sourire moqueur à Zaira, qui se renfrogna.

Balos poursuivit, sans doute habitué à ignorer les interruptions de Jerith.

— Le défi pour un sorcier, c'est de garder le contrôle de sa magie. Celui de son Fauconnier, c'est de reconnaître le moment où son Faucon perd le contrôle, et d'estimer rapidement la situation pour savoir quand sceller de nouveau son pouvoir.

Zaira se rencogna dans sa chaise, curieusement silencieuse. Alors que je m'asseyais à mon tour deux places plus loin, Balos tourna vers moi ses yeux marron sombre.

— Il est fréquent que les sorciers perdent connaissance s'ils utilisent plus qu'une infime partie de leur pouvoir, car l'énergie provient d'abord d'eux-mêmes, jusqu'à ce qu'elle prenne la vie d'autres êtres vivants. Une fois que l'éclair – ou le malefeu dans votre cas – se met à tuer, il tire son énergie des corps qu'il consume et acquiert une vie propre. Et plus il tue, plus il grandit, jusqu'à ce qu'il échappe au contrôle du mage, qui se retrouve possédé par une sorte de folie destructrice, dominé par la faim dévorante du feu ou de l'éclair. (Une ombre de tristesse passa sur son visage.) Il est parfois nécessaire de laisser votre sorcier aller jusque-là et sombrer dans une rage meurtrière. Il y a des cas où plus de gens risquent de mourir si vous l'arrêtez trop tôt, avant que la menace n'ait été totalement éliminée. Mais si vous attendez trop, c'est votre propre vie que vous mettrez en péril. Et si vous êtes tuée, plus personne ne pourra stopper votre Faucon.

Je m'agitai inconfortablement sur ma chaise. *Cela n'arrivera jamais*, me rappelai-je à moi-même. Tant que l'Empire demeurait en paix, ce n'était rien d'autre que de la théorie.

Tant que ceux qui avaient envoyé de faux Fauconniers kidnapper les héritiers d'Ardence échouaient à déclencher une guerre…

— Tout ça est bien sinistre, dit Jerith d'une voix légère, les yeux toujours posés sur Zaira. Mais le point essentiel est là : dans le bon choix au bon moment. Et avoir un Fauconnier signifie que tu peux parfois te laisser aller sans t'inquiéter de blesser les mauvaises personnes.

Zaira grommela.

— Je sais contrôler mon feu, merci beaucoup. Je ne suis pas une gamine, moi. Je vis avec depuis dix-huit ans.

— Bien sûr, acquiesça Balos d'une voix patiente. Mais à présent que tu as une Fauconnière, les choses sont différentes. Et c'est encore plus vrai pour une sorcière, que pour, disons, un alchimiste ou un façonnier.

— Pourquoi ça ? demandai-je.

— Il existe des règles précises qui déterminent les cas où l'on peut faire appel au pouvoir d'un sorcier. (Balos invita du regard Jerith à intervenir, mais ce dernier haussa les épaules ; manifestement, il n'avait guère envie de se charger d'expliquer le règlement.) La magie d'un sorcier étant particulièrement meurtrière, nous ne sommes autorisés à la libérer qu'en cas de force majeure, ou si nous estimons que nous sommes en péril.

— Menacés par un assassin, par exemple. (Jerith continuait à fixer Zaira de ses yeux où le cercle d'argent de sa marque des mages s'apercevait clairement.) Tu vas devoir t'habituer aux assassins.

— Et évidemment, ajouta Balos, dans les cas où nous recevons l'ordre de libérer notre Faucon.

Zaira lui décocha un regard furieux.

— Vous êtes en train de me dire que je devrais laisser la très précieuse fifille à sa maman et un groupe de vieux débris pliés en deux sous le poids de leurs bijoux décider pour moi du moment où je pourrai utiliser mon feu, comme on donne l'autorisation à un chien de pisser ? Très peu pour moi, merci, je préfère prendre moi-même mes décisions.

Le langage cru de Zaira me fit grincer des dents.

— Croyez-moi, Zaira, je n'ai aucune envie de prendre les décisions à votre place.

— Le Fauconnier ne décide pas pour le Faucon, lui expliqua Balos. Ils sont tous les deux tenus par les mêmes règles, et c'est un choix qu'ils font ensemble. (Il ouvrit les mains.) La plupart des Faucons n'ont généralement qu'à demander quand ils souhaitent être libérés, et certains ont même par défaut librement accès à leur magie, notamment quand ils sont aux Mues. Mais étant donné que le pouvoir d'un sorcier est presque toujours mortellement dangereux, il existe des mesures de protection supplémentaires, pour la sécurité de tous. On ne vous laisserait pas tirer au canon au beau milieu de la Place impériale sans la moindre raison, si vous voyez où je veux en venir ?

— Ne me parlez pas comme si j'étais une gosse ! Ce n'est pas de déchaîner mon feu *sans* l'ordre de le faire qui m'inquiète, c'est l'inverse. (Zaira tapa du talon contre le pied de sa chaise.) Et en plus, tu n'es même pas sorcier. Je n'ai pas à écouter tes commentaires stupides.

La colère scintilla dans les yeux de Jerith, qui s'avança devant Balos, dans un mouvement presque protecteur.

— Oh, si, tu vas écouter. Tu sais pourquoi les sorciers sont si rares, et notamment les sorciers du feu ?

— Ferme-la, cracha Zaira entre ses dents.

— Parce qu'ils ont du mal à contrôler leur pouvoir quand ils sont enfants. (Le sorcier d'orage assena ses mots avec brutalité, et Zaira tressaillit sous leur impact.) Ils s'oublient, et tuent quelqu'un. Ou même plusieurs personnes, parfois. Et soit une âme courageuse abat le jeune sorcier avant que le carnage ne devienne incontrôlable, car c'est le seul moyen de l'arrêter en l'absence d'un Fauconnier…

— Tais-toi, l'interrompit Zaira d'une voix blanche de colère. J'ai pigé.

Jerith poursuivit, implacable.

— … soit personne ne l'arrête, et le pauvre môme est tellement dévasté quand il découvre à son réveil ce qu'il a fait, qu'il met lui-même fin à ses jours.

Zaira bondit de sa chaise, les poings serrés. Pendant un instant, je crus qu'elle allait se jeter sur Jerith.

Mais elle se détourna sans un mot et sortit de la salle à grandes enjambées, en claquant brutalement la porte derrière elle.

Balos soupira et passa un bras autour des épaules de Jerith.

— Tu as été un peu dur, tu ne crois pas ?

Jerith s'appuya contre Balos, et leva la main pour prendre la sienne.

— Tu sais ce qu'elle risque de faire si elle ne nous écoute pas. C'est une coriace. Elle s'en remettra.

Le soir venu, je ne pus chasser de mon esprit l'inquiétude que me causaient Ardence et les enfants disparus, et je me retrouvai incapable de travailler à mon schéma d'Artifice pour un nouveau type de luminaire. J'étais penchée sur mon bureau, où le livre de Muscati se partageait l'espace avec quelques pages de notes et ma bouteille d'élixir. Les accords d'une sonate s'élevaient d'une conque symphonique semblable à celle que j'avais vue chez le prêteur sur gages, mais ce soir, la musique ne parvenait pas à m'aider à me concentrer, comme elle le faisait habituellement. Mon dessin était aussi flou qu'une lampe-courrière défectueuse.

Je me redressai contre le dossier de mon siège et me frottai le front. Il était ridicule de me tourmenter ainsi. Cet incident avait été monté de toutes pièces ; c'était un mensonge. Une fois que dame Terringer leur aurait expliqué la vérité, les nobles ardentins se calmeraient et comprendraient que coopérer avec l'Empire était la meilleure chose à faire pour identifier rapidement ceux qui avaient pris leurs enfants. Et avec ma mère qui tenait le baron Leodra en son pouvoir, il n'y avait plus personne du côté raverrain pour défendre l'idée d'une réponse brutale et expéditive aux revendications courroucées d'Ardence. Quelqu'un avait tenté un audacieux coup de dés pour dresser Ardence contre l'Empire, mais la vérité finirait par triompher.

Si le duc Astor écoutait dame Terringer. Si les parents morts d'inquiétude acceptaient de croire ce qu'elle leur disait plutôt que cette lettre laissée chez eux, cette lettre porteuse du sceau impérial. Si la Noblesse de l'Ombre ne se lançait pas dans quelque action stupide et irréparable, qui imposerait au doge de réagir.

Des pas résonnèrent dans le couloir et on frappa à ma porte.

— Dame Amalia ? m'appela la voix du vieil Anzo.

— Oui ?

— Un certain lieutenant Verdi désire vous voir, ma dame. Il dit que c'est urgent.

Voilà qui était de mauvais augure. Les façades des palais de l'autre côté du Canal impérial disparaissaient déjà dans les ombres ; la nuit allait bientôt tomber, et les luminaires ne tarderaient plus à s'allumer. Pour que Marcello soit venu ici à cette heure, ce ne pouvait qu'être grave.

Je levai la tête de mes calculs encore inachevés.

— Dites-lui que j'arrive tout de suite.

Marcello faisait les cent pas dans le hall d'entrée, ce qui signifiait qu'il avait dû refuser la proposition de Ciardha de m'attendre au salon. La cape courte de son uniforme flottait derrière lui, et la rapière à sa ceinture ainsi que son pistolet renvoyaient des reflets métalliques. Il avait fière allure, et si je n'avais pas senti l'urgence du moment, j'aurais peut-être marqué une pause pour l'admirer un instant.

— Zaira est partie, me lança-t-il avant même que j'arrive devant lui.

Ma main se porta instinctivement à ma broche de Fauconnier.

— Comment ça, « partie » ? Vous voulez dire qu'elle s'est enfuie ? Mais comment ?

— C'est entièrement ma faute. Elle s'est cloîtrée dans sa chambre après que Jerith l'a poussée dans ses retranchements ce matin. J'espérais gagner sa confiance, et j'ai demandé aux gardes qui la surveillaient de la laisser en paix. (Il se frappa la cuisse d'un poing rageur.) J'aurais dû réfléchir. Je pensais que les remparts et les protections magiques des Mues suffiraient, mais ils sont censés empêcher les ennemis d'entrer, pas les Faucons de sortir.

— Mais la forteresse des Mues se trouve sur une île !

— Elle a plongé dans la lagune, nagé jusqu'à une barque et jeté son propriétaire à l'eau. Nous l'avons appris en repêchant l'infortuné batelier.

Je ne pus réprimer un petit sourire. Cela ressemblait tellement à Zaira. Mais Marcello ne souriait pas. Je me souvins soudain de ce qu'il m'avait dit : si Zaira se retrouvait seule, livrée à elle-même, elle serait morte d'ici quelques jours.

— Vous pensez qu'elle est en danger ?

— Je me dois de le supposer, répondit-il. Surtout compte tenu de la situation d'extrême tension avec Ardence. Je déteste avoir à vous demander cela, car c'est moi qui ai commis une erreur, mais… accepteriez-vous de m'aider à la retrouver avant que des personnes animées de mauvaises intentions ne mettent la main sur elle ?

— Bien sûr. Que puis-je faire ?

— J'étais certain de pouvoir compter sur vous. Merci, ma dame. (Une lueur chaude éclaira son regard. Cela pouvait être de la fierté, ou de l'affection ; mais qu'il s'agisse de l'une ou de l'autre, cela me troubla, sans que je sache comment y répondre.) Vous pourriez être en mesure de détecter sa présence, si elle se trouve dans les environs, car vous êtes liées par le jet. Mais cela ne fonctionnera qu'à courte distance, et je n'ai aucune idée de l'endroit où nous pourrions commencer à la chercher.

— Moi, si, dis-je.

— Vraiment ? Où ça, à votre avis ?

— Nous devons nous rendre aux Suifs, et trouver un vieux chiffonnier.

Chapitre 10

La fraîcheur du début de l'automne s'insinuait dans les ruelles étroites alors que les ombres du soir descendaient sur les Suifs. J'étais heureuse d'avoir eu la présence d'esprit de mettre un manteau, même si son beau velours prune et ses dentelles au col et aux poignets me désignaient comme une étrangère dans ce quartier davantage coutumier de la laine et des vêtements ravaudés. Dans son uniforme écarlate, le lieutenant Verdi détonnait plus encore que moi parmi les ouvriers éreintés qui rentraient chez eux après leur journée de labeur, et j'eus l'impression cruelle que nous portions des costumes de mascarade.

Comment s'étonner alors que personne ne veuille répondre à nos questions ?

Nous fîmes une pause au niveau d'un pont et deux soldats vinrent informer Marcello qu'ils avaient fait chou blanc. Ils le saluèrent et repartirent continuer leurs recherches. Je n'avais pas entendu toute leur conversation, mais l'un d'eux avait prononcé un nom qui m'était familier.

— Avez-vous appris quelque chose de plus sur cet Orthys ? demandai-je à Marcello.

— Il importe clandestinement dans l'Empire du pavot des songes en provenance du Vaskandar. J'avais envoyé des hommes se renseigner sur lui après que nous eûmes récupéré Zaira. C'est un personnage peu recommandable, entouré d'acolytes brutaux.

— Du pavot des songes ! Je suis surprise que le Conseil ne l'ait pas encore fait appréhender.

Marcello me lança un regard en coin.

— Eh bien, la rumeur prétend qu'il fournit des informations utiles au Conseil qui, en échange, ferme les yeux sur son petit trafic. Mais il s'est cru intouchable et a commencé à s'impliquer dans d'autres affaires criminelles. Il force sa chance, et m'est avis que ses jours d'impunité arriveront bientôt à leur terme. (Marcello observa les barques qui passaient sous le pont.) Mais ce n'est pas ça qui sauvera Zaira ce soir, si Orthys cherche à se venger d'elle.

Je maudis l'impulsion irraisonnée qui l'avait poussée à s'enfuir des Mues pour revenir dans le dédale des Suifs, alors que tout le monde, des trafiquants de pavot aux patriotes ardentins, en avait après elle. Je scrutai le canal aussi loin que je le pouvais, mais il faisait un coude et disparaissait entre les bâtiments alignés le long de ses berges. Aucun signe de la crinière noire de Zaira dans les barques glissant sur les eaux. La plupart des bateliers avaient allumé une lanterne à présent, et leurs reflets scintillaient à la surface du canal. Dans cette partie de la ville, personne n'avait les moyens de s'offrir des luminaires, ces lampes magiques qui se mettaient à luire aussitôt la nuit tombée.

Je sentis le regard de Marcello posé sur moi et je me tournai vers lui. Il affichait une curieuse expression, à la lumière vacillante des lanternes.

— Quoi ? demandai-je. Quelque chose ne va pas ?

— Pas du tout, répondit-il en s'accoudant à la rambarde de pierre, à côté de moi. En tout cas, rien vous concernant, ma dame. Vous êtes exemplaire.

Je sentis mon cœur s'accélérer. Ce n'était probablement qu'un compliment creux, dicté par la politesse.

— J'ai du mal à le croire. On ne peut pas dire que je vous ai été d'un grand secours pour retrouver notre Faucon égaré, je le crains.

— Je m'excuse de vous avoir fait arpenter les Suifs de long en large, dit-il avec un sourire las. Et vous ne vous êtes pas plainte une seule fois.

— Je veux juste que nous la retrouvions avant qu'il lui arrive malheur.

— Tout ce désastre est entièrement ma faute, murmura-t-il, le regard perdu sur le scintillement des lumières sur l'eau. Mon père avait sans doute raison.

Je tendis la main vers lui, puis hésitai, avec la même appréhension que si j'allais poser les doigts sur un chaudron brûlant.

Mais j'avais déjà touché une fille qui était réellement en feu, alors j'osai poser la main sur son épaule. Ce n'était pas un geste dangereux, simplement un geste amical.

— Zaira est parfaitement capable de provoquer des catastrophes sans votre aide. Ne soyez pas aussi dur avec vous-même. Nous allons la retrouver.

Sa main vint couvrir la mienne. *Un geste amical*, me rappelai-je à moi-même.

— Vous avez raison.

Il ôta sa main un peu trop vite de la mienne, que j'enlevai à mon tour de son épaule. Nous restâmes là un instant en silence, à contempler le canal. Une douce chaleur rayonnait en moi, plus brillante que n'importe quel luminaire, et j'aurais pu rester ainsi sur ce pont durant des heures.

Mais ce n'était pas cela qui nous aiderait à retrouver Zaira, et nous traversâmes le pont pour emprunter une rue étroite, en marchant un peu plus près l'un de l'autre que nous ne l'avions fait auparavant. Autour de nous, les boutiquiers fermaient leurs volets pour la nuit.

— Sentez-vous quelque chose ? s'enquit Marcello.

Sa question me décontenança un instant, mais il ajouta :

— Un lien avec Zaira ?

— Que suis-je exactement censée…

Je m'interrompis, les yeux rivés sur la table dressée à l'entrée d'une échoppe. La propriétaire au visage potelé s'affairait à ranger diverses babioles, dont un collier d'ambre qui me sembla très familier.

Je m'allongeai presque sur la table pour pointer du doigt le collier au moment où elle le prenait.

— Excusez-moi. Où avez-vous eu ça ?

La femme le fourra dans un sac, et son expression se ferma aussi hermétiquement que les boutiques autour de nous.

— Je l'ai acquis honnêtement.

— Je n'en doute pas, la rassurai-je. La fille qui vous l'a vendu, elle était plutôt maigre, dans les dix-huit ans, avec de longs cheveux noirs bouclés, c'est ça ?

La femme plissa les yeux, qui disparurent presque, avalés par ses joues replètes.

— Si vous connaissez Zaira, pourquoi vous posez la question ?

— Nous la cherchons. Elle est en danger et nous voulons l'aider. Avez-vous une idée de l'endroit où elle est allée ?

J'entendis un petit tintement et vis que Marcello avait déposé une pièce sur le bord de la table, qui attira aussitôt le regard de la boutiquière.

— Je me rappelle peut-être quelque chose, hasarda-t-elle. Je crois qu'elle m'a demandé si j'avais vu dernièrement une certaine personne.

Une autre pièce tinta sur la table.

— Essayez de vous souvenir, l'encourageai-je.

— Oui, je me rappelle, dit la femme avec un sourire. Elle m'a vendu le collier il y a une heure environ. Elle voulait voir le vieux Gregor, le chiffonnier.

— C'est un ami à elle ?

La boutiquière laissa échapper un éclat de rire, aussi grinçant qu'un cri de corbeau.

— Zaira n'a pas d'amis.

Ma gorge se serra de l'entendre dire une chose pareille.

— Où vit ce chiffonnier ?

Marcello posa une autre pièce en guise de ponctuation.

— De l'autre côté du pont de l'Anneau Perdu, dans la rue des Ratiers. La porte bleue.

La femme ramassa les pièces ainsi que les dernières babioles encore exposées sur la table et rentra dans sa boutique sans plus rien ajouter.

Le ciel s'assombrit en teintes pourpres et les eaux du canal s'obscurcirent sous le pont de l'Anneau Perdu. Quelqu'un avait allumé un cierge devant le petit autel votif à la Grâce de la Fortune installé contre la rambarde du pont, sans doute dans l'espoir de retrouver quelque chose, peut-être l'anneau qui avait donné son nom au pont. Ou une sorcière en fuite.

— J'espère qu'elle va bien, m'inquiétai-je. Si j'avais de mauvaises intentions, j'attendrais la tombée de la nuit pour frapper.

— Il faut que nous la retrouvions maintenant. (Marcello laissa échapper un soupir nerveux.) Si jamais les choses en arrivent là et que nous n'avons pas d'autre choix, soyez prête à libérer ses pouvoirs, qu'elle puisse se défendre.

L'air frais de la nuit me sembla soudain sec dans ma bouche.

— Je comprends.

— Vous n'avez pas oublié le mot pour sceller à nouveau ses pouvoirs ? *Revincio.*

— *Revincio*, répétai-je. Oui.

— Uniquement en dernier recours, me rappela Marcello. Elle ne peut contrôler le malefeu, et celui-ci est capable de se répandre si vite qu'il pourrait vous tuer avant que vous prononciez le mot de commande. Mais si jamais, disons, une vingtaine de voyous se jetaient sur nous et que nous étions sur le point de mourir…

L'exemple de Marcello ne fit rien pour apaiser ma nervosité.

La rue des Ratiers était si étroite qu'en écartant les bras je pouvais toucher les immeubles de part et d'autre. Leurs façades nous engloutissaient dans leur ombre, pareille à celle d'un père furieux se penchant sur un garnement. Marcello toqua à la porte bleue avec une vigueur toute martiale.

Après un moment d'attente inconfortable, Marcello renouvela ses coups à la porte, et un vieil homme portant une chandelle nous ouvrit enfin. Son visage parcheminé était plus plissé que les manches de sa chemise, qui était étonnamment propre.

Il nous détailla du regard, prenant note de l'uniforme de Marcello et de mon manteau de velours.

— Oui ? Je peux vous aider ? demanda-t-il.

— Nous cherchons Zaira, expliquai-je avant que Marcello puisse répondre d'un ton autoritaire qui n'inciterait sans doute pas le vieil homme à la confidence. Nous sommes très inquiets pour elle. Est-elle passée vous voir ?

Le vieil homme nous adressa un regard suspicieux.

— Vous êtes des Fauconniers.

— Oui.

— Zaira ne voulait pas rejoindre les Faucons.

— Oui, ça, nous l'avions remarqué. (La bouche du vieux chiffonnier frémit, comme s'il réprimait un sourire. Je pressai mon avantage.) Nous n'avons aucun désir de la retenir contre son gré, mais maintenant que son secret est éventé, c'est le seul endroit au monde où elle sera en sécurité.

L'homme soupira.

— Je le lui ai dit, dame. Je lui ai dit qu'elle ne finirait pas la nuit si elle restait aux Suifs, avec Orthys qui veut lui faire la peau. Mais elle est obsédée par ce chien. J'aurais tout aussi bien pu lui parler vaskandrien.

— Orthys ? répéta Marcello.

Mais je retins le regard du vieil homme et ajoutai immédiatement :

— Un chien ? Quel chien ?

Il secoua la tête.

— Elle m'a forcé à accepter son argent, elle voulait payer sa dette, qu'elle m'a dit. Pourtant, je n'avais rien fait, vraiment. Il y a quelques semaines, les brutes d'Orthys l'ont retrouvée et l'ont coincée dans la blanchisserie abandonnée où elle dormait. Elle avait ce bâtard tout maigre qui la suivait partout.

Elle pouvait s'enfuir en sautant dans le canal par la fenêtre, mais son chien ne pouvait pas l'accompagner, et elle craignait que les hommes d'Orthys lui fassent du mal pour se venger d'elle. J'étais avec elle à ce moment, pour lui racheter des chiffons, alors je lui ai promis que je sortirais son chien de là pour qu'elle file sans attendre.

Une vague de pitié si forte qu'elle frôlait la nausée me serra l'estomac.

— Alors tout ça, c'était pour vous remercier d'avoir sauvé son chien ?

— Faut croire que c'est vrai quand on raconte que les mages sont tous un peu toqués, ma dame.

— Savez-vous où elle se trouve en ce moment ?

— J'imagine qu'elle est à la recherche de son chien, répondit-il avec la lassitude avisée des vieillards. Je lui ai dit que je ne savais pas où son chien avait pu aller après que je l'ai fait sortir du bâtiment. J'irais chercher en premier à la blanchisserie si j'étais vous, puisque c'est là qu'elle l'a vu pour la dernière fois.

Marcello avança d'un pas, entrant dans le cercle de lumière de la chandelle.

— Quand avez-vous parlé à Zaira ?

— Elle est partie il y a une demi-heure environ, un peu moins peut-être.

— Merci, lui dis-je, soulagée.

Marcello ouvrit sa bourse, mais le chiffonnier l'arrêta d'un geste.

— Prenez soin d'elle, messire. C'est tout ce que je demande. Elle n'a plus personne depuis que la vieille femme est morte.

— Quelle vieille femme ? demandai-je.

— Zaira n'a jamais eu de famille, mais une vieille balayeuse des rues avait pris l'habitude de veiller sur elle quand elle n'était encore qu'une enfant. La brave femme est morte dans le terrible incendie qui a ravagé l'immeuble où elle habitait. C'était, il y a quoi… huit ans, dans ces eaux-là ? Depuis ce jour, Zaira est restée seule, à l'exception du chien. (Le chiffonnier regarda Marcello dans les yeux.) Alors, retrouvez-la, Fauconnier, et protégez-la.

— Comptez sur moi, lui promit Marcello.

Le battant bleu se referma. Nous restâmes là, immobiles, devant la porte de la rue des Ratiers.

— La vieille femme est morte dans un incendie, dis-je avec une brève inspiration, la poitrine bloquée par un sentiment d'horreur. Marcello, vous pensez qu'elle…

— Cela n'aurait rien d'inédit, répondit-il, le visage grave. Vous avez entendu Jerith. Une fois qu'ils succombent à leur pouvoir, les sorciers en perdent le contrôle et ne peuvent plus choisir qui leur magie prend pour proie.

— Et Zaira a entendu Jerith elle aussi. (Je serrai ma broche à tête de faucon si fort qu'elle s'imprima dans la paume de ma main.) Nous devons la retrouver. Venez. Allons voir cette blanchisserie abandonnée.

La porte à l'arrière de la vieille blanchisserie pendait sur ses gonds ; à l'endroit où le bois avait éclaté, il présentait des fibres claires, indice que l'effraction était récente. Une odeur fétide de crottes de souris s'exhalait par l'ouverture. Avec ses fenêtres condamnées par des planches clouées, l'intérieur était aussi noir que l'âme d'un démon.

Marcello sortit de sa sacoche un luminaire de poche et secoua vigoureusement le petit globe de verre jusqu'à ce qu'une lueur pâle s'y allume.

— Cela ne nous donnera que quelques minutes d'éclairage, me prévint-il.

— Je sais.

Je retins mon souffle et le précédai dans la pièce.

La faible lumière projeta des ombres immenses derrière les cuves de la blanchisserie à l'abandon et fit scintiller quelques morceaux de verre brisé répandus sur le sol de pierre. Un tas désordonné de couvertures occupait un coin de la pièce, à côté d'un broc ébréché et d'un bout de chandelle. Un piquecrelat, dérangé par la lumière, s'enfuit dans les ombres.

L'angoisse planta ses griffes glaciales dans ma poitrine.

— Elle n'est pas ici.

Marcello leva son luminaire pour examiner les lieux, mais l'étincelle dans le globe s'amenuisait déjà.

— Vous avez raison. Inutile de nous attarder.

Revenus à l'extérieur, je restai plus proche de Marcello qu'il n'était réellement nécessaire, pour me raccrocher à cette sensation de solidité inébranlable qui émanait de lui et s'accompagnait de l'odeur chaleureuse du cuir et de la poudre noire.

— Comment est-ce possible qu'elle préfère *ça* à vivre aux Mues ?

— Ce n'est pas tant que ce soit mieux ici, dit-il. Le problème vient de ce qu'elle n'a pas eu le droit de choisir.

L'air froid de la nuit perçait mes bas. Je frottai mes chevilles l'une contre l'autre pour les réchauffer. Cela faisait des heures que nous marchions, et une fatigue sourde pesait sur tout mon corps.

— Et maintenant ? demandai-je.

— Nous continuons à chercher. Elle doit être quelque part dans le coin, à la recherche de son chien. Ressentez-vous sa présence dans une direction quelconque ?

Je tentai de me concentrer. L'eau du canal clapotait contre les murs ; quelqu'un chantait non loin, d'une voix avinée.

Je sentis une sorte de démangeaison au fond de mon esprit, semblable à ce sentiment d'avoir oublié quelque chose d'important.

— Peut-être, hasardai-je.

Marcello m'encouragea d'un hochement de tête.

— Où ça ? Dans quelle direction ?

— Je ne sais pas trop. (Mais s'il fallait que je choisisse…) Par là ? dis-je en pointant le doigt, sans véritable motif, à part cette impression de savoir que j'avais raison.

— Très bien, approuva Marcello d'une voix décidée. Trouvons Zaira avant que quelqu'un d'autre ne le fasse.

Nous traversâmes au pas de course le pont de l'Anneau Perdu. Mon intuition m'incitait à tourner ici, à aller par là, à travers le dédale des ruelles et des courettes, à m'engager dans la gueule sombre d'une venelle en passant sous des fenêtres derrière lesquelles brillait la lumière dorée de lampes à huile. J'étais essoufflée, mais je n'osai pas ralentir de peur de perdre cette trace fragile que j'avais sentie. Après tout ce que j'avais vu et entendu, j'étais plus décidée que jamais à retrouver Zaira.

Enfin, des voix résonnèrent non loin devant nous, et je reconnus le ton provocant de Zaira. J'échangeai un regard avec Marcello, et nous partîmes en courant dans la direction des voix.

Nous débouchâmes sur une petite place au moment où un homme aussi large qu'une porte de taverne jetait brutalement Zaira à terre. Quatre autres hommes les entouraient, et l'air vibrait de leur colère sourde.

— Sale démon, cracha un des hommes alors que Zaira se relevait péniblement. Orthys va te découper en morceaux pour te faire payer ce que tu as fait !

Par les Enfers. Ce n'était pas ainsi que j'avais espéré la retrouver.

— Arrêtez ! cria Marcello en dégainant sa rapière d'une main et en saisissant son pistolet de l'autre. Au nom des Fauconniers du doge, je vous l'ordonne !

Dénuée d'une meilleure idée, je tirai ma dague et m'avançai à côté de lui en essayant de paraître dangereuse dans mon manteau de velours prune. Le mot *exsolvo* vint me titiller la langue, mais je le retins pour le moment.

Les hommes ne semblèrent pas impressionnés par notre entrée théâtrale. Ils se déployèrent sur la place en dégainant leurs dagues ; deux étaient armés d'un pistolet, et la bouche sombre d'un canon se pointa vers moi. Je m'efforçai de tenir ma dague ainsi que Ciardha me l'avait appris et, en dépit du nœud qui me tordait les entrailles, me concentrai pour préparer mon attaque quand viendrait le moment où ils se jetteraient sur nous. Mon médaillon ardent pourrait nous offrir une chance de nous échapper, mais impossible de l'utiliser tant que nous n'avions pas récupéré Zaira.

— Eh bien, eh bien, Orthys avait donc raison, sourit la brute la plus impressionnante du lot. (Une curieuse cicatrice en étoile lui barrait la joue.) La harpie avait effectivement été capturée et soumise. Elle nous baladait, les gars. Elle ne pourrait pas allumer une bougie avec son jet au poignet !

Zaira bondit pour s'échapper, mais un des hommes la saisit. Elle lui cracha au visage une bordée de jurons alors qu'il lui tordait les bras dans le dos pour l'obliger à se tenir tranquille.

Cela laissait quatre hommes face à Marcello et moi. Ils avancèrent vers nous d'un air menaçant.

— Libérez-moi, espèce d'idiote, me hurla Zaira en se débattant vainement. Dites le mot, et je les réduirai tous en cendres !

— N'en faites rien ma dame, me chuchota Marcello. Elle est incapable de contrôler son pouvoir, et nous ne pouvons pas lui faire confiance.

— Faites-le ! me pressa Zaira. Je les tuerai tous !

Le grand gaillard se jeta sur Zaira, les poings levés.

— Ferme-la !

Un autre homme qui portait un bonnet de cuir hurla :

— Ne les laissez pas la libérer ! Tuez son Fauconnier !

Mon souffle se glaça dans mes poumons. Le truand qui pointait son pistolet sur moi tira.

Chapitre 11

Deux détonations me frappèrent les tympans et résonnèrent contre les façades de la place, et deux gerbes d'étincelles jaillirent, une dirigée vers moi et l'autre volant en sens inverse, crachée par le pistolet de Marcello. Un cri éclata depuis une fenêtre à l'étage d'un des immeubles entourant la place.

L'homme qui m'avait tiré dessus tituba, une fleur de sang s'épanouit sur sa poitrine, et il s'affala sur les pavés. Une volute de fumée s'éleva paresseusement du canon de l'arme de Marcello. Ce dernier s'avança d'un pas pour se placer en partie devant moi dans un geste protecteur.

La douleur que je m'étais attendu à ressentir ne vint pas. Le tir m'avait manquée, et je fus brièvement étourdie par la vague de soulagement qui me submergea.

— Lâchez notre Faucon et décampez tant que vous le pouvez encore, les menaça Marcello.

Ils hésitèrent, et je lus la peur dans leurs regards. Pendant un instant, je crus qu'ils allaient fuir.

Mais l'homme à la cicatrice intervint d'un ton autoritaire :

— Son pistolet est déchargé ! Tuez la fille, et on pourra ramener cette sorcière à Orthys !

— Maintenant ! rugit Zaira. Libérez-moi !

— Très bien.

La voix qui sortit de ma bouche était froide et claire, empreinte d'un ton de commandement calme et confiant. On aurait dit la voix de ma mère.

« Si tu crois, sans l'ombre d'un doute, que tu maîtrises la situation, m'avait-elle dit un jour, alors ce sera effectivement le cas. »

Ma déclaration porta. L'espace d'un instant, tous se figèrent, même Marcello et Zaira, et j'eus leur attention.

— Si vous voulez vraiment brûler comme les autres, qu'il en soit ainsi. Mais vous avez choisi une terrible façon de mourir.

Les hommes d'Orthys échangèrent des regards incertains.

— Et par ailleurs, ajouta Marcello, j'ai avec moi deux autres pistolets.

Je levai les bras au ciel et pris une profonde inspiration, sans savoir encore si j'allais hurler le mot de commande ou essayer de prolonger mon bluff.

Celui qui retenait Zaira n'en supporta pas davantage, sachant qu'il serait le premier à brûler. Avec un juron, il la poussa en avant loin de lui. Le deuxième homme au pistolet tenta de tirer, mais son arme fit long feu et il s'enfuit sans demander son reste, en maudissant l'humidité du soir.

Les autres le suivirent dans une débandade paniquée, et l'écho de leur cavalcade résonna sur les pavés.

En un instant, il ne resta plus que Zaira en face de nous sur la petite place, aussi méfiante qu'un animal acculé.

— Je vous en prie, Zaira, dis-je en lui tendant la main. Si vous nous fuyez, ils vous retrouveront encore. Et cette fois-ci, ils n'hésiteront pas à nous tirer dessus aussitôt qu'ils nous apercevront.

— Sans vous, je serais parfaitement capable de me défendre toute seule, cracha-t-elle.

— Oh, oui, en réduisant en cendres tout le quartier des Suifs, intervint Marcello. Dame Amalia, vous n'êtes pas blessée ?

— Non. Apparemment, les trafiquants de pavot ne peuvent rivaliser avec les Fauconniers du doge au tir au pistolet.

— Et j'en remercie les Grâces.

Sa voix tremblait un peu, mais il tenait sa rapière d'un bras ferme.

Zaira lança un regard suspicieux à Marcello.

— Vous aviez vraiment deux autres pistolets dans votre sacoche ?

— Nous aurons le temps d'en discuter aux Mues. (Cela voulait dire « non ».) Dame Amalia, je suis mortifié de vous avoir exposée à tant de danger. C'est absolument impardonnable.

Je haussai les épaules d'un air indifférent, comme si affronter la mort n'était pour moi qu'une chose banale. Ce qui n'était pas tout à fait faux, en un certain sens.

— Inutile de vous excuser, voyons. Mais je suis d'accord avec vous, il est temps de rentrer aux Mues.

Les yeux de Zaira scintillèrent à la lueur de la lune.

— Je n'ai pas fini ce que j'étais venue faire.

— Nous n'avons pas beaucoup de répit avant qu'ils reviennent avec des renforts, insista Marcello. Nous devons partir sur-le-champ. Nous ne sommes pas en sécurité.

— Je ne dis pas le contraire. Mais… (La voix de Zaira se réduisit à un murmure.) Mais je n'ai pas encore retrouvé Vaurien.

— Vaurien ? (Je compris soudain.) C'est votre chien, c'est ça ?

Marcello leva les yeux au ciel.

— Un chien ! Oh, c'est le bouquet ! Vous avez failli faire tuer dame Amalia pour un chien !

Des larmes brouillèrent les yeux de Zaira, qui les essuya d'un geste farouche.

— Très bien. (Une émotion puissante et amère glissa sous la surface de sa voix.) C'est bon. Vous m'avez rattrapée, pour le moment. Rentrons aux Mues. De toute façon, j'ai les crocs.

Assise dans la barque qui nous ramenait sur l'île du Rapace, je frissonnai. Le froid s'était insinué dans mes os, engourdissant mes membres ; j'avais trébuché en montant dans l'embarcation et j'en avais ressenti quelque embarras. Le sentiment d'avoir oublié quelque chose d'important me taraudait alors même que Zaira était juste là, devant moi, blottie au milieu de la barque, le visage fermé.

Je ne parvenais pas à effacer de mon esprit l'image du tas de couvertures dans le coin de la blanchisserie infestée de souris. Mon lit à baldaquin, aux confortables édredons de plume, me paraissait soudain d'un luxe obscène.

Je voulus tenter de lui parler, d'établir un lien de connivence avec elle, mais je n'osai pas mentionner la blanchisserie, et certainement pas la vieille balayeuse qui s'était occupée d'elle.

— Cet Orthys m'a l'air d'être la dernière des ordures.

Le mot me heurta la bouche, mais c'était pour moi une façon de lui offrir la paix.

Zaira me fusilla du regard.

— Il n'est pas pire que vous autres.

Elle me tourna le dos en se murant dans un silence rageur, et je renonçai à faire une nouvelle tentative.

Je levai les yeux vers les lumières des Mues qui brillaient au-dessus des eaux d'un éclat si trouble que j'avais du mal à en estimer la distance. Je me sentais écrasée par une chape de fatigue, alors que la nuit n'était pourtant guère avancée.

Par les Enfers. Je compris soudain ce que j'avais oublié.

Mon élixir. Je revis la bouteille posée sur mon bureau près de mes livres, attendant que je prenne ma dose du soir. Mais avec la disparition de Zaira, j'avais négligé de la boire, aussi bien que d'emporter une des petites fioles m'octroyant trois heures de rémission. Je n'avais pas imaginé un instant que je serais partie si longtemps.

Et voilà que ma dernière dose d'élixir commençait à se dissiper ; lentement, tel un bourgeon qui éclôt, le poison qui avait failli me tuer dix ans auparavant reprenait son œuvre là où il l'avait laissée.

Mon souffle se fit plus court, comme si j'avais essayé de courir dans une robe à corset. Je m'efforçai de calmer le rythme de ma respiration, sans grand succès. Ma vision se brouillait en périphérie, et se rétrécissait. Personne n'avait remarqué mon trouble – Marcello parlait avec le soldat qui maniait les rames, et Zaira marmonnait dans son coin –, mais je ne pourrais pas dissimuler les effets du poison très longtemps.

La situation n'était pas si critique, tentai-je de me rassurer. Il m'était déjà arrivé d'être en retard pour prendre mon élixir. J'avais encore quelques heures pour rentrer à la maison avant de ne plus être en état de marcher. Je devais simplement prendre congé le plus rapidement possible aussitôt que nous serions aux Mues, et repartir sans attendre. Ainsi, ma mère n'aurait pas besoin d'être informée de ma négligence.

La barque vint heurter le ponton et Marcello me tendit la main pour m'aider à débarquer. Je la fixai d'un air aussi concentré que si le simple fait de me lever et de descendre de l'embarcation s'apparentait à un problème mathématique complexe. Zaira, quant à elle, avait déjà rejoint la terre ferme.

Marcello me dévisagea d'un air soucieux.

— Dame Amalia ? Vous vous sentez bien ?

— Oui, parfaitement, répondis-je. Juste un peu fatiguée.

— Dame Amalia ! m'appela une autre voix.

Ce n'était pas possible que ce soit…

Mais si, c'était elle. Ciardha, impeccablement vêtue de la livrée des Cornaro, se tenait sur le ponton parmi les soldats, une bouteille en grès à la main.

— Votre mère s'inquiétait de vous savoir dehors si tard, dans le froid de la nuit. (Le mensonge de Ciardha avait la douceur et la perfection de la soie loreicienne.) Elle m'a demandé de venir attendre ici avec un vin chaud aux épices.

Elle leva la bouteille, en plongeant ses yeux dans les miens.

Marcello rit de bon cœur.

— Eh bien ! Le rang a décidément ses privilèges ! Moi aussi, j'aimerais bien que quelqu'un m'accueille avec du vin chaud au retour d'une soirée aussi mouvementée.

Ce n'était évidemment pas du vin dans la bouteille. J'aurais dû me douter que mon oubli n'aurait pas échappé à ma mère. Je descendis de la barque, les joues empourprées. Décidément, en matière d'ingérence dans ma vie, ma mère atteignait des sommets d'excellence.

— Merci, Ciardha.

Je pris la bouteille et la débouchai ; l'odeur familière de l'anis me monta aux narines. J'avalai l'élixir sans attendre, en m'efforçant de ne pas grimacer à son arrière-goût amer.

— La Contessa vous enjoint de faire ce que vous avez à faire ici, puis de regagner le palais pour vous reposer, me murmura Ciardha.

Je remarquai qu'elle portait deux dagues à sa ceinture, et j'aurais parié qu'elle en dissimulait d'autres dans ses manches et ses bottes. Elle devait déjà être au courant de nos mésaventures dans les Suifs.

— Il faut juste que je m'assure d'abord que tout est en ordre ici.

Et que je m'asseye le temps que l'élixir fasse effet et chasse mon vertige, ce que je me gardai d'avouer à Ciardha.

La voix furieuse de Zaira vint trancher avec force mes pensées.

— Rien à faire, disait-elle à Marcello. Je crève la dalle. Vous m'avez peut-être ramenée ici, mais vous ne pouvez pas m'empêcher d'aller aux cuisines pour trouver un morceau à manger.

Zaira tourna les talons avant que Marcello ait une chance de répliquer et disparut à l'intérieur des Mues. Celui-ci fit un signe de tête à deux soldats, qui emboîtèrent le pas à Zaira. À l'évidence, il ne voulait plus prendre le moindre risque avec elle.

Marcello me rejoignit en soupirant.

— Ma dame, puis-je vous demander quelques instants de votre temps ? Il est une chose dont je souhaiterais m'entretenir avec vous.

— Certainement. Peut-être pourrions-nous rentrer et nous asseoir pour discuter ?

— Bien sûr. (L'expression dure que son échange avec Zaira avait laissée sur son visage s'adoucit.) Je vous ai fait marcher toute la soirée. Je suis impardonnable.

Il s'inclina et je balayai ses excuses d'un geste, avant de m'avancer pour franchir les portes des Mues.

Au lieu de nous diriger vers le jardin comme la dernière fois, nous pénétrâmes dans une salle de réception imposante, aux murs décorés des portraits de célèbres Faucons et Fauconniers. Ma vision était encore trop brouillée pour que je puisse distinguer la fresque du plafond, mais le mouvement dynamique que j'y percevais ainsi que les couleurs me laissèrent penser qu'il s'agissait d'une scène tirée d'une des grandes batailles que les Faucons avaient gagnées pour Raverra.

À peine avions-nous franchi le seuil que nous vîmes le colonel Vasante fondre sur nous, sa longue tresse grise flottant derrière elle, d'un pas décidé qui claqua sur le sol de marbre avec le crépitement d'une salve de mousquets. Le pourpoint de son uniforme était empesé par l'abondance de ses broderies d'or.

— Un mot en privé, lieutenant, à propos de votre escapade du soir, ordonna-t-elle en m'accordant à peine un rapide coup d'œil.

Marcello m'adressa une grimace d'excuse.

— Ma dame, voulez-vous bien m'attendre quelques instants ? Je suis navré.

J'avisai un banc fort bienvenu, et m'y laissai tomber.

— Je vous attends ici.

Marcello et le colonel se retirèrent dans une pièce latérale. Je profitai d'être seule pour baisser la tête, le temps que la salle cesse de tourner autour de moi et que ma respiration se calme. J'avais toujours une sensation générale de faiblesse, qui persisterait probablement jusqu'au matin. Si je pouvais me fier à mes expériences passées, une migraine me guettait, et par principe, je devrais éviter de marcher au bord d'un canal dans les prochaines heures, mais je n'allais pas mourir.

Une fois que je me sentis reprendre figure humaine, je me levai pour me diriger vers la petite porte qu'avaient franchie Marcello et le colonel, avec l'intention d'y frapper pour demander si je pouvais enfin rentrer chez moi. Mais ils avaient laissé la porte entrouverte, et la voix du colonel Vasante me parvint par l'entrebâillement.

— … une sorcière du feu, par toutes les Grâces ! Le doge en personne a clairement signifié qu'il la considérait tout à la fois inestimable et redoutablement dangereuse. Et vous l'avez *perdue*, lieutenant.

Marcello marmonna une réponse. J'hésitai un instant, puis me souvenant de mon arrière-grand-père et de son opinion quant au respect de la vie privée d'autrui, je me plaquai contre le mur afin de mieux entendre leur échange.

— Je suis sûre que le doge se satisfera volontiers de vos excuses, rétorqua le colonel. Vous ne devez pas laisser une telle chose se reproduire, Verdi. Jamais. Elle n'a pas besoin de nous aimer, mais il faut qu'elle se montre suffisamment loyale et coopérative pour obéir aux ordres si le doge souhaite l'utiliser. Surtout dans la situation actuelle. Et nous devons être certains qu'elle ne risque pas de vouloir brûler la ville ou de faire défection pour passer à l'ennemi. Si d'ici un mois son attitude n'a pas changé, le doge pourrait estimer qu'elle représente un trop grand danger. Et vous savez ce qui arrivera alors.

— Oui, je le sais.

Le ton de Marcello me glaça le sang.

— Et par-dessus le marché, j'apprends que l'héritière de la famille Cornaro s'est fait tirer dessus ! (La voix de Vasante vibrait d'une incrédulité courroucée.) Vous êtes bien conscient que si la fille unique de la Contessa est tuée alors qu'elle était sous votre responsabilité, sa mère aura nos têtes sur le billot avant une semaine ?

— Je ne l'oublie pas, croyez-moi, répondit Marcello d'une voix blanche.

Pourquoi tous mes amis pensaient-ils ma mère capable de prononcer leur sentence de mort sans sourciller ?

— Faites ce qu'il faut pour leur éviter à toutes les deux le moindre problème, lieutenant. Me suis-je bien fait comprendre ?

— Oui, mon colonel.

Cela ressemblait à un point final à leur discussion. Je me repliai rapidement vers mon banc pour m'y rasseoir, minée par l'impossibilité de voir Zaira « changer d'attitude » d'ici un mois, et par le sous-entendu des conséquences funestes qui la guettaient si elle s'y refusait. Quelques secondes plus tard, Marcello ouvrit la porte et sortit de la pièce, seul.

— Tout va bien ? lui demandai-je.

— Oui, bien sûr, me répondit-il avec un sourire de façade.

— Vous êtes un menteur exécrable.

Il frissonna, rattrapé à son tour par le froid de la nuit, puis se laissa glisser sur le banc à mon côté et se prit le visage dans les mains.

— J'ai l'impression que tout ce pour quoi j'ai travaillé est en train de s'effondrer autour de moi, soupira-t-il. Et je ne sais pas comment réparer les choses. Ce soir, on vous a tiré dessus, par ma faute. Non seulement j'ai laissé Zaira s'échapper, mais, ce qui est pire encore, je n'arrive pas à gagner sa confiance malgré tous mes efforts. Je vais finir par perdre mon poste et par devoir retourner chez moi dans la honte, pour y subir le mépris de mon père. Et j'aurais échoué à sauver Zaira d'elle-même. Et j'aurais peut-être réussi à vous faire tuer dans l'intervalle, par-dessus le marché.

Je le fixai un moment en silence. Le poids de ses mots tomba sur mes épaules comme une lourde chape, moi qui affrontais déjà le poison et la fatigue de cette longue nuit d'angoisse.

Mais l'impatience alluma en moi une étincelle ardente, qui s'éleva en une flamme claire pareille à celle d'une chandelle.

— Si vous continuez à penser de cette manière, c'est exactement ce qui risque d'arriver.

Marcello releva la tête pour m'adresser un regard ébahi.

— Nous n'avons fait aucun progrès avec Zaira, vous avez raison, poursuivis-je. Cela signifie simplement que nous nous y prenons mal. Il nous faut une nouvelle stratégie.

— À quoi songez-vous ? demanda Marcello avec un geste d'impuissance.

— Je ne sais pas encore. Mais nous trouverons bien quelque chose.

Un groupe de soldats traversa la salle pour rejoindre leurs quartiers en ôtant leurs uniformes et en grommelant avec bonhomie contre la froidure des Suifs. Ils devaient faire partie de la troupe qui nous avait aidés à chercher Zaira.

— Elle est furieuse de se sentir prisonnière, entreposée ainsi qu'une arme dans l'armurerie, repris-je, et je ne peux l'en blâmer. Et d'autant plus après que nous l'avons ramenée ici contre sa volonté une deuxième fois, alors qu'elle voulait simplement retrouver son chien. (Une idée germa dans mon esprit.) Si nous souhaitons devenir ses amis, nous devons commencer à la traiter comme telle.

Une ombre s'appesantissait toujours sur le visage de Marcello.

— La gentillesse peut faire des merveilles, avec le temps. Mais même s'il y a de l'espoir pour elle, cela ne change rien au fait que j'ai mis votre vie en péril.

— Absolument pas. Je décide moi-même des risques que je prends, lieutenant. Ce n'était pas de votre responsabilité.

— C'est moi qui vous ai entraînée là-dedans.

— Ne me pensez-vous pas capable de prendre mes propres décisions ? rétorquai-je. Je connaissais les dangers. J'ai choisi de venir. Si vous endossez tout le blâme pour les risques que nous affrontons ensemble, par voie de conséquence vous réclamez aussi tout le crédit de nos succès. Et à ça, lieutenant, je me dois de protester.

Un sourire fugitif se dessina sur ses lèvres.

— Vous êtes trop forte pour moi, ma dame. Je suis mis en déroute, encore une fois.

— Bien, voilà qui est réglé. (Je devais le faire changer de sujet avant qu'il puisse revenir à la charge avec ses « mais » et ses « cependant ». Je lui posai donc la première question qui me vint.) Que se serait-il passé s'ils m'avaient tuée ? Quant à la magie du jet, je veux dire ?

— Votre mort aurait libéré les pouvoirs de Zaira, répondit Marcello, en butant inconfortablement sur le mot « mort ». Mais seulement temporairement. Si elle n'était pas retournée aux Mues dans les jours suivants pour y recevoir un nouveau Fauconnier, elle serait morte. La magie des jets a été pensée ainsi afin qu'il n'y ait pas d'intérêt à tuer un Fauconnier. Cela ne neutralise pas les pouvoirs de son Faucon ni ne lui donne la liberté de passer à l'ennemi.

— Cela laisse le Faucon dans une situation des plus précaires, par contre. (Je me demandai si Zaira comprenait que l'Empire préférait la savoir morte plutôt qu'au service de ses adversaires.) Mais je suppose que cela ne nous empêche pas de rester des cibles ?

—Malheureusement, ces brigands n'étaient pas assez éduqués pour savoir tout cela. Et vous êtes par vous-même une cible politique d'importance. Vous ne devez plus prendre de risques pour protéger Zaira ; c'est nous qui devons veiller sur vous. C'est de cela que je souhaitais vous parler.

Je n'aimais pas le tour de cette conversation.

—Marcello, je vous assure que je suis habituée au fait d'être une pièce de valeur sur l'échiquier, et aux dangers que cela implique. Vous n'avez pas besoin de me protéger.

Il fronça les sourcils.

—Même en mettant de côté mon souci purement personnel quant à votre sécurité – qui n'a rien de négligeable, croyez-le –, il est de mon devoir de veiller sur vous. Si vous consentiez à me laisser vous affecter un garde du corps…

—C'est hors de question. (Je n'avais pas de mal à imaginer ce que ma mère en aurait pensé. Elle aurait considéré qu'il s'agissait d'une manœuvre du doge pour introduire un espion chez nous, et elle n'aurait sans doute pas eu tort.) J'apprécie sincèrement votre sollicitude, mais j'ai peur que cela soit impossible.

—Au moins jusqu'à ce que les tensions avec Ardence s'apaisent, insista-t-il.

—Les Ardentins ne s'en prendraient jamais à moi, affirmai-je, non sans un certain malaise. J'ai des amis là-bas. (Si ma mère avait été présente, elle aurait sans doute levé les yeux au ciel en pestant contre ma naïveté.) De plus, la sécurité de Raverra relève des attributions de ma mère. Si elle estime que j'ai besoin d'un garde du corps, elle m'en fournira un.

—Vous avez raison, soupira Marcello. Mais je serais moins inquiet si la situation ne me donnait pas l'impression de pouvoir à tout moment basculer dans la guerre.

— Moi aussi, admis-je.

Pour l'heure, il n'était rien que je puisse faire pour ramener la paix avec Ardence ; cette tâche reposait entre les mains de dame Terringer et du doge. Mais par les Grâces, je pouvais au moins faire mon possible pour signer la paix avec Zaira.

Zaira ouvrit la porte de sa chambre d'un air renfrogné.

— Oh, c'est vous.

Je lui adressai un grand sourire ; en ce jour, aucune rebuffade de Zaira ne parviendrait à gâcher ma bonne humeur.

— Je suis heureuse de voir que vous vous êtes bien remise de nos mésaventures d'il y a quelques jours, la saluai-je.

Zaira leva un sourcil circonspect. L'hématome sur sa joue, souvenir de l'échauffourée avec les hommes d'Orthys, avait atteint sa pleine splendeur ; elle n'avait pas brossé ses cheveux, et la rougeur de ses yeux suggérait des pleurs récents ou un abus de vin la nuit précédente. Peut-être les deux.

— C'est ça, je suis gaie comme un pinson. Êtes-vous ici pour me dire que si je suis une gentille petite fille, vous m'emmènerez encore faire une ennuyeuse promenade au marché ?

— Pas du tout. (Je ne pus m'empêcher de sourire d'un air réjoui. Zaira dut croire que je perdais l'esprit.) Mais j'ai quelque chose pour vous, en bas, dans la cour.

Zaira fit la moue.

— Un autre cadeau ?

— Non. Pas exactement. Mais vous devriez venir voir.

Je lui tendis la main, confiante dans mon plan. Zaira ne se laissait pas facilement impressionner, mais je n'avais encore jamais rencontré quelqu'un qui puisse résister à un mystère.

Zaira négligea la main que je lui offrais et sortit dans le couloir.

— Oh, d'accord. Je n'ai rien de mieux à faire, de toute façon.

Je laissai Zaira me précéder dans l'escalier des dortoirs, puis la rattrapai à temps pour lui tenir la porte en l'invitant à la franchir avec un geste théâtral. Mon sourire était si large que j'en avais mal aux joues.

Elle me lança un dernier regard suspicieux, puis sortit dans la cour.

Et soudain, ils se virent.

Zaira émit un cri inarticulé et tomba à genoux, les bras grands ouverts. Ciardha lâcha la laisse, et le chien efflanqué au pelage brun bondit sur l'herbe pour se jeter sur Zaira en agitant sa queue si vigoureusement que son postérieur tout entier oscillait. Il posa les pattes sur ses épaules et lui lécha le menton avec une joie effrénée.

Zaira le serra dans ses bras en riant, et les larmes lui montèrent aux yeux.

— Vaurien ! Tu es vivant ! Je n'arrive pas à le croire !

J'échangeai un regard de satisfaction avec Ciardha, alors que le chien faisait la fête à sa maîtresse en la reniflant partout, et je fis semblant de ne pas voir Zaira s'essuyer la joue sur sa manche.

— Comment vous l'avez retrouvé ? demanda-t-elle finalement, un bras passé autour des épaules osseuses de Vaurien.

— Je me suis promenée dans les Suifs en criant son nom.

Son visage se figea en une expression mêlant scepticisme et amusement, alors qu'elle essayait de savoir si elle devait me croire ou non.

— Il est possible que j'aie également soudoyé une bande d'enfants pour m'assister. Ils sont étonnamment bien informés des chiens errants qui traînent dans leur quartier, et ils étaient contents de gagner une piécette ou deux. L'aide de quelques os à moelle n'a pas été inutile non plus.

L'éclair d'un moment, une joie amusée plissa ses yeux, mais la suspicion revint vite assombrir son visage, comme un nuage masquant le soleil.

— J'imagine que vous attendez quelque chose en retour, hein ?

— Je ne veux rien de vous, répliquai-je, exaspérée. J'essaie de devenir votre amie, Zaira. Les amis s'entraident, et ils n'attendent rien en retour.

Vaurien nous interrompit en fourrant sa truffe dans l'œil de Zaira. Elle se laissa tomber dans l'herbe en riant et son chien la lécha et la renifla frénétiquement, puis elle se redressa d'un bond et se mit à lui frotter vigoureusement les épaules et les hanches jusqu'à ce qu'il se tortille de plaisir.

— Amies, hein ? (Le sourire simple et lumineux qu'elle avait pour Vaurien se teinta de méfiance alors qu'elle relevait les yeux vers moi.) C'est facile à dire quand vous êtes celle qui tient les clefs de la prison.

— Je sais, admis-je en écartant les mains d'un geste d'impuissance. Je ne peux changer ce qui est arrivé. Je n'ai pas le pouvoir de vous rendre votre liberté. Mais étant donné que vous êtes coincée avec moi, oui, je voudrais sincèrement que nous soyons amies.

— Hum. (Vaurien se frotta la tête sous le menton de Zaira, qui le regarda avec des yeux plus doux que ceux qu'elle avait pour moi.) Je ne sais pas si nous pourrons devenir amies.

Les choses ne sont pas si simples, mademoiselle la précieuse héritière. Mais en tout cas, ça, je ne l'oublierai pas.

Je n'aurais su dire d'après le ton de sa voix s'il s'agissait d'une promesse ou d'un avertissement, mais, à les voir tous les deux réunis, je m'en moquais.

Pour l'heure, Zaira était heureuse, et je considérais cela comme un don des Grâces, qu'elle m'en apprécie davantage ou pas.

—Ardence est sur le point d'entrer en rébellion ouverte, le Vaskandar se presse à nos portes, et vous, vous utilisez la fabuleuse richesse et l'influence de la maison Cornaro pour retrouver un *chien* ?

L'amusement adoucissait l'incrédulité de Marcello alors qu'il se penchait par-dessus la table au bois patiné par l'âge afin que je sois la seule à entendre ses paroles.

—Regardez-la, et osez me dire que cela n'en valait pas la peine.

Il tourna les yeux vers le bout de la salle du réfectoire des Mues, presque déserte à cette heure à part quelques tables occupées par des soldats qui prenaient une rapide collation, pour regarder Zaira et plusieurs filles de son âge rassemblées autour de Vaurien. Elles caressaient le ventre du chien qui s'était couché sur le dos, en riant devant son air d'absolue béatitude. Cela faisait au moins une heure qu'elles étaient là à cajoler l'animal en bavardant avec animation.

—Vous avez raison. Elle parle à d'autres personnes sans les menacer ni les insulter, murmura Marcello. Je suis empli de fierté.

J'étouffai un éclat de rire.

— Vous exagérez, voyons. Manifestement, ce n'est pas la première fois qu'elles discutent ensemble.

— Elle s'est fait quelques amis parmi les Faucons, c'est vrai, reconnut Marcello. Et Terika et elle flirtent sans beaucoup de réserve.

Il me montra du doigt une des jeunes filles en compagnie de Zaira.

Domenic avait donc de la compétition. Je n'étais pas sûre de savoir si je devais m'en réjouir ou pas, mais de toute façon, Celantis renaîtrait de ses cendres avant que Zaira me demande un conseil sur ses affaires de cœur.

Je remarquai que Zaira portait un couteau à la ceinture à présent. Après l'incident aux Suifs, Marcello devait avoir décidé qu'il valait mieux lui donner un autre moyen de se défendre que de faire appel à son malefeu. Je vis les jets scintiller aux poignets de ses amies alors qu'elles éclataient de rire à quelque histoire qu'elle leur racontait, et l'une d'elles se couvrit la bouche d'un geste pudique.

Puis quelques bribes des paroles de Zaira me parvinrent aux oreilles à travers la salle, et je sentis mes joues s'empourprer.

— Mais qu'est-ce qu'elle est donc en train de leur raconter ?

— Ah… Je ne suis peut-être pas aussi fier d'elle que ça. (Marcello tira sur le col de son uniforme.) Navré, ma dame.

Je me raclai la gorge pour couvrir la chute de l'histoire de Zaira.

— Si ce n'est pas une question indiscrète, Marcello, comment se fait-il que je n'aie encore jamais rencontré votre Faucon ?

— Istrella n'est pas très sociable, j'en ai peur. Encore que je pense qu'elle ferait une exception pour vous.

— Oh, vraiment ? Elle est si timide que ça ?

— Pas exactement. Elle a simplement tendance à préférer la compagnie des livres à celle des gens. (Il leva une main vers une fenêtre dans les hauteurs du plafond voûté.) Elle quitte rarement sa tour. Je ne cesse de lui dire qu'elle devrait le faire plus souvent, mais elle est toujours en train de travailler à un projet ou un autre. Elle pourrait changer le monde si elle arrivait à aller au bout des choses.

Sa voix convoyait une exaspération empreinte de tendresse. Une jalousie à laquelle je ne m'attendais pas s'épanouit dans ma poitrine.

— Vous semblez avoir beaucoup d'affection pour elle.

— Évidemment ! C'est ma petite sœur.

— Ah ! dis-je, en m'efforçant de dissimuler mon soulagement.

— Je lui ai parlé de vous, et de votre courage durant notre mésaventure aux Suifs. Mais elle était davantage intéressée par le fait d'apprendre que vous étudiiez l'Artifice vous aussi, s'exclama-t-il en riant.

Exact, me rappelai-je, son Faucon était une façonnière.

— Je serais ravie de faire sa connaissance.

Le visage de Marcello rougit inexplicablement.

— Je serais très heureux de vous la présenter. Je pense que vous devriez vous entendre à merveille. (Il leva de nouveau les yeux vers la fenêtre, comme s'il pouvait voir sa sœur à travers le mur de pierre.) C'est à cause d'elle que je suis devenu Fauconnier, vous savez. Quand elle a dû venir s'installer aux Mues, je l'ai accompagnée afin qu'elle ne s'y retrouve pas seule. Mais la plupart du temps, je crois qu'elle oublie que je suis là.

— Regrettez-vous de vous être engagé ?

— Non. Je traîne un certain nombre de regrets, mais pas celui d'avoir intégré le corps des Fauconniers. Je peux faire beaucoup de bien ici. Je peux aider à ce que les enfants-mages y trouvent la paix et la sécurité.

Zaira s'affala sur une chaise à notre table avec un reniflement dédaigneux.

— La paix ? Vous êtes sérieux ? (Les filles avec qui elle parlait auparavant étaient en plein conciliabule et chuchotaient en gloussant. Zaira leur adressa un petit signe de la main.) Les Faucons font partie de l'armée. Si une guerre éclate, vous nous jetterez tous en première ligne. Que dites-vous de ça, Monsieur Je-viens-apporter-la-paix à ces pauvres enfants ?

Marcello grommela.

— Croyez-vous vraiment que si Raverra ne les protégeait pas, personne n'essaierait de les forcer à combattre ?

Zaira se renfrogna, mais resta muette.

— Vous connaissez Terika ? demanda Marcello avec un signe de tête vers la plus âgée des deux filles avec qui Zaira discutait avant de nous rejoindre, et qui était en train de dessiner quelque chose sur un bout de papier tandis que son amie s'étranglait de rire. Son don est l'alchimie. Elle est née dans un village reculé de Callamorne. Avant que les Fauconniers apprennent son existence, une guilde d'assassins est venue l'acheter à son père. Dès qu'elle a été assez âgée pour pouvoir concentrer sa magie dans des potions, ils l'ont mise au travail pour qu'elle leur fabrique des fioles de Larmes du Démon. Vous savez ce que c'est ?

Ma respiration se bloqua dans ma poitrine.

— Oui, murmurai-je, mais Marcello et Zaira ne m'entendirent pas.

— C'est un poison mortel, poursuivit Marcello. Il met plusieurs heures à tuer sa victime ; si vous avez la chance de trouver un alchimiste avant qu'il soit trop tard, ce dernier pourra préparer un contrepoison qui vous empêchera de mourir. Mais il vous faudra alors prendre cet élixir chaque jour du reste de votre vie, car les Larmes du Démon n'ont aucun remède connu. Sans élixir pour bloquer ses effets, c'est la mort assurée.

J'enfonçai les ongles dans la paume de ma main, cachée sous la table pour que les autres ne remarquent rien.

— Les poisons que cette malheureuse a fabriqués ont tué des dizaines de gens avant même qu'elle atteigne ses sept ans. (La voix de Marcello vibrait d'une colère contenue.) Elle l'ignore, nous ne lui avons jamais dit. Nous l'avons récupérée et ramenée ici, où elle prépare des potions curatives, et non des poisons. Donc oui, je peux parler de paix.

Je tournai les yeux vers la jeune alchimiste à l'autre bout de la salle. Elle riait et donnait des tapes amicales à son amie, qui devait avoir dit une énormité à voir le sourire malicieux qu'elle affichait. C'était peut-être elle qui avait préparé le poison qui courait encore dans mes veines. La chronologie permettait de le supposer. Nous n'avions jamais découvert l'identité de ceux qui avaient voulu m'empoisonner.

— Vous avez aidé cette fille, entendu, répliqua Zaira d'une voix moins assurée que d'habitude, avec un ton provocateur qui sonnait creux. Mais moi, je me débrouillais très bien sans vous.

— J'aurais des dizaines d'histoires similaires à vous raconter, croyez-moi, affirma Marcello. Mais parlons de vous, alors. Le jour où nous vous avons trouvée, était-ce la première fois que votre malefeu tuait quelqu'un ?

Le visage de Zaira pâlit, et elle pinça les lèvres. D'instinct, je voulus poser la main sur son bras, mais je me retins. Zaira n'était pas du genre à apprécier un geste de réconfort.

— Je sais que c'est difficile à contrôler, lança Zaira. C'est pour ça que je ne le libère pas souvent. Croyez-moi, si j'avais fait appel à mon feu contre chaque pauvre type qui l'aurait mérité, cela ferait longtemps que les Suifs ne seraient plus qu'un tas de cendres.

— Mais ça n'aurait été qu'une question de temps, insista Marcello. Vous n'auriez pas pu passer votre vie entière sans avoir besoin de vous défendre un jour ou l'autre. Et une fois votre secret connu, un nombre incalculable de gens auraient cherché à vous utiliser ou à vous assassiner. Vous avez déjà tué les hommes d'Orthys. Les choses n'auraient fait qu'empirer, jusqu'à ce que vous deveniez un ange de mort aux ailes de flammes, privée de toute humanité.

Zaira lui adressa un sourire provocateur.

— Vous dites ça comme si c'était forcément un mal, dit-elle avec un sourire provocateur, mais je vis Vaurien lui lécher la main avec un gémissement.

Pour autant, je n'avais pas besoin de cet indice pour lire au fond de ses yeux la souffrance qu'elle cherchait à cacher.

Marcello ignora sa remarque.

— C'est injuste, je suis d'accord. Et j'aimerais avoir une autre solution. Mais tâchez de comprendre que, malgré tout, ce que nous essayons de faire, c'est de vous protéger.

Différentes émotions défilèrent sur le visage de Zaira, une série de portes ouvertes et aussitôt refermées donnant sur de la colère, de la peine, de la douleur, pour revenir finalement à son cynisme viscéral.

— Oh, bien sûr, vous voulez me protéger, railla-t-elle. Pour que je sois prête à incinérer les pauvres abrutis qui refusent de se plier aux volontés de l'Empire.

Marcello se raidit.

— Ce n'est pas ce que moi je veux.

— C'est parce que vous faites partie du lot de tous ces naïfs stupides à qui je pouvais faire les poches six fois d'affilée sans même qu'ils s'en rendent compte. (Zaira se leva, et Vaurien sautilla autour d'elle en la regardant avec adoration.) Vous vous mentez à vous-même. Vous n'êtes pas un lieutenant, vous êtes un geôlier. Continuez donc à croire que l'Empire récupère pour leur bien tous les mages marqués, et pas pour renforcer son pouvoir. (Elle secoua la tête.) Votre conversation est ennuyeuse et déprimante. Je retourne voir Terika.

Zaira tourna les talons pour rejoindre les autres jeunes Faucons. Dès qu'elle fut hors de portée de voix, j'attirai le regard de Marcello et le fixai dans les yeux.

— Elle a raison, vous savez, dis-je doucement.

— De dire que je suis stupide ?

— De dire que vous risquez d'avoir un jour à les envoyer à la guerre. (Je repensai aux pierres vertes posées sur la carte du Conseil, et à la Noblesse de l'Ombre préparant une « réponse » à l'incident accusant faussement les Fauconniers.) Je n'aime pas non plus l'idée d'avoir ramené Zaira aux Mues pour tuer des gens sur ordre, Marcello. Mais cela pourrait arriver à tout moment.

— Je sais, acquiesça-t-il doucement. Certains d'entre eux, comme Jerith et Balos, je pourrais les envoyer au combat la conscience tranquille. Ce sont des soldats. Mais pour d'autres, oui, rien que l'idée me donne des cauchemars.

Un jeune homme en uniforme des Fauconniers traversa la salle à pas pressés pour se diriger vers nous. Arrivé à notre table, il salua, en serrant un morceau de papier contre sa poitrine.

— Lieutenant Verdi. Voici le rapport complet de la garnison d'Ardence.

Ardence. Mon cœur fit un bond dans ma poitrine.

Marcello se leva.

— Dites-moi.

— Nous avons vérifié ; aucune des forces militaires stationnées là-bas n'est impliquée dans ce rapt, ni les Fauconniers ni les autres soldats. Et personne ne sait d'où sortent ces ordres de mission et ces lettres censées émaner du pouvoir impérial. Cela ne vient pas de la garnison ni de l'Envoyée sérénissime. Nous n'avons aucune idée quant à leur provenance.

La tension qui me nouait les épaules reflua ; je m'étais préparée à des nouvelles pires que celles-ci.

— Quoi d'autre ? demanda Marcello.

Le Fauconnier posa le papier qu'il tenait sur la table. Une écriture élégante et officielle couvrait le vélin crémeux, et un cachet de cire rouge portant le sceau impérial – le cheval ailé de Raverra se cabrant au centre d'un cercle de neuf étoiles – pesait au bas du document.

— Voici une de ces lettres. Le sceau n'a pas été falsifié. (La voix du jeune Fauconnier trembla légèrement.) Un façonnier de la garnison d'Ardence l'a inspecté, et nous l'avons fait réexaminer dès que la lettre a été rapportée aux Mues. Il s'agit effectivement du sceau impérial.

Je m'agrippai au bord de la table, dans un geste futile pour stabiliser le monde qui me semblait basculer sens dessus dessous.

Marcello se tourna vers moi.

— Qui a accès au sceau impérial ?

— Le doge, le Conseil des Neuf, ainsi que toute personne à qui ils transmettent une délégation de l'autorité impériale, dis-je.

— Personne d'autre ?

— Pas que je sache.

Je fermai les yeux et évoquai l'image du sceau impérial de ma mère, aussi lourd d'or que d'autorité, reposant dans un tiroir secret de son bureau, verrouillé par Artifice. Elle le confiait parfois à Ciardha, quand cette dernière avait besoin de prouver qu'elle agissait au nom de la Contessa. Je ne l'avais moi-même jamais touché.

— Quand j'étais petite, ajoutai-je, ma mère m'a dit que si je tentais de prendre le sceau sans sa permission, les sortilèges qui le protégeaient me plongeraient dans le coma pour une bonne semaine et rendraient ma main toute verte. Mais j'ignore si c'est la vérité.

— Je vois. (Marcello se tourna vers l'autre Fauconnier.) Avez-vous averti le colonel ?

— Oui. Elle m'a ordonné de prévenir tous les officiers supérieurs.

— Dites-lui que je serai là dans dix minutes.

Le jeune Fauconnier salua, récupéra la lettre et partit. Marcello s'appuya lourdement des deux mains sur le dossier de sa chaise, comme s'il avait besoin de ce point de stabilité pour rester debout.

— Que vont faire les Fauconniers ? lui demandai-je.

J'eus du mal à formuler ma question, tant l'inquiétude m'oppressait.

Marcello secoua la tête.

— Cela n'est plus de notre ressort, désormais. Nous n'avons ni les informations ni l'autorité pour poursuivre l'enquête. C'est aux services d'espionnage de Raverra et au Conseil des Neuf de gérer cette affaire.

J'enfonçai les ongles dans le vernis de la table. Il ne serait pas si difficile de me replonger dans mes livres et de ne plus penser à tout ça, de laisser ma mère, le doge et les autres conseillers démasquer ce complot et apaiser Ardence pour maintenir la paix.

— Nous ne pouvons pas rester sans rien faire. Nous devons agir.

— Nous, vous voulez dire vous et moi ? (Marcello écarta les mains.) Mais que pouvons-nous faire ?

— Je ne sais pas. Nous pouvons forcément faire quelque chose. Vous dites que nous devons laisser cela au Conseil, mais je siégerai au Conseil un jour prochain. Je dois apprendre à gérer ce genre de situation. (Je pointai un doigt sur lui.) Et quant à vous, vous serez un jour à la tête des Fauconniers, donc vous ne pouvez pas non plus vous défiler.

— Soit, acquiesça-t-il gravement. Nous tirerons cette affaire au clair. Encore que j'ignore comment.

— Je ne le sais pas non plus. Pas encore, du moins.

Mais une idée commençait à prendre forme dans mon esprit. Je ne pouvais penser qu'à deux entités susceptibles de profiter d'une guerre entre Raverra et Ardence : la Noblesse de l'Ombre, qui souhaitait faire sécession d'avec l'Empire, et le Vaskandar, qui pourrait tirer parti d'une déstabilisation de l'Empire pour tenter une nouvelle fois de conquérir la Loreice.

Domenic pourrait sans doute en apprendre davantage sur les intentions de la Noblesse de l'Ombre. Quant au Vaskandar…

Il était temps pour moi de remettre mon corset et de retourner au combat.

Il était déjà tard dans la saison pour une garden-party, mais c'était une distraction suffisamment rare à Raverra, où les canaux occupaient une grande partie de l'espace urbain, pour que la demeure de dame Hortensia soit littéralement envahie par les invités. Ses jardins étaient parmi les plus beaux de Raverra : une enclave de verdure isolée du reste de la ville par de hauts murs en brique et foisonnante d'arbres, d'arbustes et de statues, soigneusement disposés pour créer des dizaines de recoins dans lesquels on pouvait s'isoler pour une conversation privée en se sentant coupé du monde. C'était le genre de réception où les jeunes couples se formaient et disparaissaient un moment derrière les haies habilement dessinées, et mieux valait toussoter pour annoncer sa venue avant de tourner à certains angles de ce labyrinthe végétal.

Mais la véritable raison de ma présence à cette réception tenait à ce que les informateurs de ma mère nous avaient appris que le prince Ruven devait y assister.

Alors que Ruven et moi déambulions dans les allées sinueuses du jardin, la cicatrice sur mon poignet me gratta, comme pour me rappeler que les garden-parties étaient d'excellentes occasions pour une tentative d'assassinat. Ruven aurait pu dissimuler une bonne dizaine de dagues sous son long manteau au col relevé, même si avec ses pouvoirs d'ensorceleur il n'avait nul besoin d'une arme pour être dangereux.

— C'est si habile cette façon que vous avez à Raverra de préserver quelques poches de verdure sur vos petites îles de pierre. (Ruven soupira.) J'aurais aimé pouvoir rester et jouir de votre ville plus longtemps, mais hélas, je dois repartir sous peu. Néanmoins, j'espère que vous viendrez me rendre visite au Vaskandar, dame Amalia. Vous pourrez y contempler la beauté véritable d'une forêt, dont certains arbres sont plus âgés que votre Empire.

— Vous partez déjà ! m'exclamai-je en m'efforçant de paraître déçue plutôt que soulagée. Ferez-vous étape à Ardence sur le chemin du retour ?

— Oui, j'en ai l'intention.

Un page vaskandrien portant la livrée de Ruven nous présenta un plateau de friandises, et je remarquai sur sa main les zébrures boursouflées d'une cicatrice de brûlure. Quelque chose dans la forme de cette cicatrice titilla ma mémoire, mais Ruven congédia d'un geste le serviteur avant que je puisse retrouver ce que cela m'évoquait. Le page s'éloigna aussitôt d'un air craintif.

— J'ai entendu dire que vous vous étiez fait de nombreux amis à Ardence, relevai-je d'un ton neutre, parmi le Conseil des Pairs, la Noblesse de l'Ombre…

Ruven s'esclaffa.

— Oh, vous savez, il est des plus aisé de gagner l'amitié des Ardentins. Accordez-leur une petite faveur, et ils vous assurent de leur reconnaissance éternelle la main sur le cœur. Ce sont des gens si sincères, et si passionnés !

Le nœud dans ma poitrine se serra douloureusement. Il n'avait pas nié ses liens avec la Noblesse de l'Ombre. Et si la moitié de la cour d'Ardence lui promettait effectivement son amitié, nous avions un problème bien plus grave que nous ne le pensions.

Je levai la main avec le geste consommé d'une dame masquant sa bouche pour rapporter la dernière rumeur à la mode.

— J'espère qu'aucun de vos amis n'est impliqué dans l'incident ?

Ruven haussa ses sourcils pâles comme les chaumes.

— Quel incident ?

Je jetai un regard à la ronde, puis l'entraînai dans un recoin fleuri, isolé du reste des jardins par un treillage recouvert d'une vigne. L'endroit était miraculeusement désert. Le prince Ruven me suivit avec la confiance d'un homme qui n'avait jamais eu à craindre les assassins.

— Des inconnus, déguisés en Fauconniers, ont kidnappé les enfants de plusieurs nobles d'Ardence il y a quelques jours, lui chuchotai-je. N'est-ce pas horrible ?

L'espace d'un instant, une expression de surprise sincère passa sur le visage de Ruven, assortie d'une autre émotion que je ne parvins pas à identifier clairement. Puis il plissa les yeux, et le cercle violet de la marque des mages luisit dans la fente de ses paupières.

— Quelle audace ! Au Vaskandar, personne n'aurait le front de remettre en cause l'autorité des Hauts Ensorceleurs. Ils finiraient enchaînés à flanc de montagne, leurs entrailles exposées pour que les vautours les dévorent.

Quelle délicieuse conversation, parfaite pour une garden-party.

— Laissez-moi vous assurer que le Conseil des Neuf les traitera avec toute la rigueur voulue quand ils seront pris.

Ruven se frotta le menton.

— Ces enfants... Il s'agissait de mages ?

— Non, et c'est bien le plus étrange dans cette affaire.

— Ah. (Le visage de Ruven s'éclaircit, comme si ma réponse apaisait le trouble qui s'était emparé de lui.) Dans ce cas, c'était sans nul doute une ruse pour s'emparer des enfants et réclamer une rançon. (Il secoua la tête d'un air désabusé.) Pitoyable. C'est l'acte de faibles ; le véritable pouvoir ne s'abaisse pas à des tactiques aussi veules, et il ne se laisse pas non plus déstabiliser par ce genre de manœuvres.

— Je suis entièrement d'accord avec vous.

La surprise qu'avait exprimée Ruven me semblait sincère, de même que son mépris. Soit il était excellent comédien, soit il n'était pas personnellement impliqué dans ce rapt. Et j'avais le sentiment qu'il n'était pas homme à s'embarrasser de fourberie, persuadé qu'il était de sa supériorité ; il n'avait même pas cherché à dissimuler ses liens avec la Noblesse de l'Ombre, quelques instants plus tôt.

— Évidemment. Nous sommes faits du même bois, vous et moi.

Il leva une main vers mon visage.

Je me détournai en faisant mine de ne pas avoir vu son geste, et cueillis une petite grappe de raisin sur la treille. Je croquai un grain pour gagner du temps, et le jus sucré se répandit sur ma langue. Allais-je oser le pousser à se révéler davantage ?

C'était ma seule chance de découvrir ce qu'il manigançait. Je ne pouvais pas reculer.

— Quel dommage, soupirai-je.

— Que voulez-vous dire ? demanda-t-il en repliant la main que j'avais esquivée, comme s'il essayait un nouveau gant.

— Il se racontait que vous étiez venu à la Cité Sérénissime en quête d'une épouse. (Je fis tourner un grain de raisin entre mes doigts.) Mais dans ce cas, je comprends mal pourquoi le Vaskandar masse des troupes à la frontière de l'Empire. Est-ce un mariage que vous souhaitez, ou la guerre ?

— Ah ! ricana-t-il. (Son rire avait un son désagréable, dur et métallique.) Non, nous ne voulons pas la guerre, voyons. Du moins, pas encore.

Je ris, à défaut de savoir quoi répondre. Ce « pas encore » ne présageait rien de bon.

— Non, non. (Un sourire releva les coins de sa bouche, comme si mon incompréhension était la chose la plus charmante qu'il ait entendue de la journée.) Nous ne sommes pas stupides. Les Hauts Ensorceleurs sont assurément puissants dans leurs terres, mais pour l'instant, leur pouvoir n'est pas en mesure de s'étendre au-delà des frontières du Vaskandar. Nous avons combattu l'Empire par le passé, et sans doute le ferons-nous à nouveau à l'avenir ; mais ce moment n'est pas encore venu.

— Oh, tant mieux !

La nervosité me fit avaler tout rond mon grain de raisin, qui se fraya un chemin douloureux dans ma gorge.

— De fait, nous avons beaucoup à apprendre de vous. J'ai un grand respect et une admiration sincère pour la puissance de Raverra.

D'un signe de tête, Ruven me demanda la permission de prendre un de mes grains de raisin. Sans réfléchir, je lui offris la grappe que je tenais en main.

Ses doigts effleurèrent les miens. Une décharge électrique fulgura dans ma main, puis remonta mon bras jusqu'à ma poitrine, et j'eus soudain la respiration coupée. Mes poumons avaient cessé de fonctionner, au beau milieu d'une inspiration.

Ruven m'adressa un sourire insolent.

— Le pouvoir du Vaskandar est, comme vous pouvez le constater par vous-même, d'une nature bien différente.

Je reculai d'un pas, la panique tiraillant mes poumons paralysés, et, instantanément, je pus à nouveau respirer.

Mon cœur martelait follement ma poitrine, me pressant de fuir, ou de le frapper, ou d'appeler à l'aide. Mais non. Si je lui montrais ma peur, il aurait gagné. Cela au moins, je le savais.

Je dégainai ma dague d'un geste vif.

— Donnez-moi une seule bonne raison de ne pas vous faire exécuter, lançai-je froidement.

— Oh, enfin, il ne s'agissait que d'une innocente plaisanterie ! Vous voyez ? Vous allez parfaitement bien. (Il écarta les mains en riant.) Personne n'a été blessé. Rien qu'un petit tour, voilà tout ; nous y sommes coutumiers, au Vaskandar.

— Votre plaisanterie n'a rien de drôle, rétorquai-je en lui adressant un regard courroucé.

— Peut-être, peut-être. (Son visage redevint sérieux.) Mais au moins à présent, vous savez que j'étais sincère en vous disant que je ne voulais pas la guerre.

— Et pourquoi ça ?

— Parce que j'aurais pu vous tuer. (Il tendit la main, paume en l'air, comme pour sentir des gouttes de pluie.) Parce que je pourrais encore vous tuer, simplement en vous touchant. Ce qui déclencherait à coup sûr la guerre, ne croyez-vous pas ?

J'acquiesçai, à mon corps défendant. Le Conseil des Neuf détenait le pouvoir de déclarer la guerre, et ma mère avait la mainmise sur le Conseil.

— Mais je ne l'ai pas fait. (Ruven sourit avec la fierté d'un enfant certain de récolter les louanges de son maître.) Vous êtes toujours en vie. Et vous savez donc que mon désir de paix est véritable. (Son expression changea, et il tendit sa main levée vers moi, en un geste d'invitation.) Comme l'est mon souhait de courtiser une dame issue d'une lignée illustre et offrant d'aussi brillantes promesses politiques et magiques que vous-même.

Je rengainai ma dague dans son fourreau, mais la colère qui se lisait sur mon visage était aussi tranchante qu'une lame d'acier.

— Vous avez encore beaucoup à apprendre sur la manière de courtiser les Raverraines.

Je tournai les talons sans un mot de plus et l'abandonnai là.

Je ne me mis à trembler qu'une fois en sécurité, assise dans la barque qui me ramenait chez moi.

Chapitre 12

Mes pensées s'agitaient en un ballet chaotique, semblable à celui des nombreuses embarcations qui se croisaient sur le Canal impérial, tandis que ma barque me ramenait chez moi. La nuit tombait sur la Cité Sérénissime, et chaque fois que la rame du batelier plongeait dans les eaux, elle brisait et fragmentait les reflets des luminaires et des lanternes de proue en un millier d'étoiles scintillantes. Des gens s'interpellaient d'une barque à l'autre, et des notes de musique flottaient dans l'air depuis la fenêtre d'un palais.

Je pouvais désormais tracer une ligne reliant presque tous les points de ma carte des troubles à Ardence : la visite du prince Ruven, et ses liens probables avec la Noblesse de l'Ombre ; les revendications du duc Astor, influencé par la Noblesse de l'Ombre ; l'utilisation illicite du sceau impérial dans l'enlèvement des enfants. Presque, mais pas tous. Il me manquait encore quelques connexions cruciales.

Ma barque glissa sous la façade illuminée de l'ambassade d'Ardence, et j'avisai une silhouette familière accoudée à la balustrade d'un balcon, les yeux perdus sur les eaux du canal.

Éclairé à contre-jour par les lumières des lampes, Domenic restait parfaitement reconnaissable à son épaisse chevelure et à ses larges épaules.

— Arrêtez-vous au prochain ponton, ordonnai-je à mon batelier tout en faisant de grands signes de la main à Domenic. Je dois faire une visite.

Un domestique de l'ambassade me guida jusqu'au balcon où Domenic m'invita d'un geste et d'un sourire à le rejoindre, en levant une bouteille de vin à moitié pleine.

— Amalia ! Viens donc près de moi. D'ici, je peux voir tous les crânes dégarnis des vieux aristocrates raverrains. C'est un spectacle charmant.

— Tant que tu ne leur verses pas d'encre sur la tête, ris-je en m'avançant vers lui.

— Une fois ! Je n'ai fait ça qu'une fois, et seulement sur le professeur Clopis, qui s'était montré si injuste avec Venasha pour ses absences répétées à cause des nausées matinales. (Il soupira.) Mais reconnais au moins que j'avais parfaitement visé : pile au milieu de sa couronne de cheveux, au centre de son petit crâne rose.

— Je me souviens qu'il avait fallu deux semaines pour que la tache d'encre disparaisse. Tu avais utilisé une encre permanente d'alchimiste ?

— Évidemment ! Venasha ne mérite que le meilleur.

Domenic me versa un verre de vin et nous trinquâmes.

— Alors, comment se fait-il que tu sois à l'ambassade ? lui demandai-je.

— C'est encore les lampes-courrières, soupira-t-il. J'ai raconté à mon frère ce que tu m'avais dit, que les Fauconniers qui ont enlevé les enfants étaient des imposteurs, malgré le sceau impérial sur l'ordre qu'ils ont brandi.

— Et alors ? (Son air maussade n'était pas fait pour me rassurer.) Tu as réussi à le convaincre ?

— Il estime que cela n'a pas d'importance. La Noblesse de l'Ombre a profité de la vague d'indignation soulevée par l'incident pour renforcer son influence à la cour, et ce nouvel élan lui permet de faire progresser sa cause.

— Domenic, il est possible que la Noblesse de l'Ombre ait noué des liens avec le Vaskandar. Le prince Ruven semble compter ses membres au nombre de ses amis.

— Cela ne m'étonne pas. (Domenic secoua la tête et se resservit du vin avec des gestes résolus.) Gabril m'a rebattu les oreilles avec Ruven quand ce dernier séjournait à Ardence. Je crois comprendre que la Noblesse de l'Ombre a dans l'idée qu'avec l'appui du Vaskandar, Ardence serait en mesure de se séparer de l'Empire et de proclamer son indépendance.

— Elle serait avalée et digérée par le Vaskandar, tu veux dire.

— Oui, toi et moi nous le savons. Mais apparemment, ils pensent tous que le prince Ruven est un gentilhomme prévenant qui n'a que leurs intérêts à cœur, tout ça parce qu'il a consenti quelques prêts et accordé quelques faveurs.

— Ton frère ferait bien de prendre ses distances d'avec la Noblesse de l'Ombre. (Je m'efforçai de conserver une voix légère, mais ma main se crispa sur mon verre de vin.) Si ce groupe propose de faire sécession, de surcroît avec le soutien du Vaskandar, il sera difficile de qualifier cela autrement que de trahison, tu sais.

— Qu'il prenne ses distances ? Pas la moindre chance, hélas. Il arbore son masque gris avec une grande fierté. Mais peut-être pourrions-nous trouver le moyen de les ramener à un degré de dissension un peu moins extrême.

— Tu envisages toujours de les rejoindre ?

— Quelqu'un doit parfois se dresser contre l'Empire, ne serait-ce que pour l'empêcher de sombrer dans la tyrannie. C'est un rôle que pourrait tenir la Noblesse de l'Ombre. (Il avala une gorgée de vin.) Mais menacer de quitter l'Empire et chercher l'appui du Vaskandar est une façon stupide de le faire.

— Stupide, c'est le mot.

Domenic promena son regard sur le canal.

— Je devrais peut-être rentrer à Ardence sans attendre, pour essayer d'empêcher Gabril de commettre une énorme erreur. Mais je ne suis pas encore prêt à quitter Raverra. Je n'ai pas eu mon diplomate au miellier.

— Viens à notre palais, et notre cuisinière t'en préparera. Ce n'est plus la saison des mielliers, mais quelques vivomanciens en cultivent, et je crois que nous en avons. (Appuyés tous les deux sur la rambarde, je le poussai gentiment du coude.) Ne pars pas maintenant. Tu me manquerais.

— Oh, je vais rester encore un peu. Bien que dame Savony reparte déjà à Ardence, en compagnie de quelques autres diplomates. J'ai cru comprendre que dame Terringer a ulcéré autant de gens à la cour qu'elle en a intimidés. Mon cousin aura besoin de Savony pour apaiser les orgueils froissés. Il ne l'admettrait jamais, mais il est perdu sans elle. Et jusqu'ici, les quelques réussites dont il peut se vanter en tant que duc sont plutôt à mettre à son crédit à elle.

— J'espère qu'elle parviendra à calmer les esprits. L'idée de nous voir dans les camps opposés d'une… d'un conflit me rend malade.

Domenic éclata de rire.

— Toi et moi ? Nous ne serons jamais dans des camps différents, Amalia. Et si nous ne trouvons pas de camp dans lequel être ensemble, alors nous le créerons.

J'aurais aimé partager la confiance de Domenic. Mais je descendis l'escalier de l'ambassade d'un pas pesant quand je partis pour reprendre mon bateau. Il était difficile d'imaginer que notre amitié survive si j'étais amenée un jour à libérer le feu de Zaira pour brûler Ardence.

Alors que je débouchais dans le hall de réception de l'ambassade, j'entendis le claquement de pas pressés sur le sol pavé de mosaïques. Le baron Leodra traversa le vestibule devant moi pour se diriger vers la porte donnant sur les quais, précédé d'un valet qui le raccompagnait à son embarcation. À son air renfrogné, on pouvait dire que l'affaire qui l'avait amené ici ne s'était pas bien conclue.

Je demeurai là, pensive, à regarder la porte de l'ambassade se refermer sur son manteau de brocart. Depuis que ma mère l'avait menacé de révéler l'existence de son fils illégitime, le baron avait cessé de plaider pour un contrôle impérial plus ferme sur Ardence, mais cela n'en restait pas moins un choix curieux de faire appel à lui pour mener des discussions diplomatiques avec la cité rebelle. Que faisait-il donc ici ?

Dame Colanthe Savony pénétra dans le hall par la même porte à l'encadrement doré qu'avait franchie Leodra, et ses lunettes qui se balançaient à leur chaînette renvoyèrent l'éclat des lampes. Elle croisa mon regard et hocha la tête, comme si elle avait espéré me trouver là.

— Dame Amalia. Auriez-vous un moment à m'accorder ?

— Certainement, répondis-je sans parvenir à dissimuler ma surprise.

Je n'avais pas oublié que Marcello avait remarqué au bal que dame Savony n'avait cessé de m'observer, mais j'ignorais toujours pourquoi l'intendante du duc d'Ardence s'intéressait à moi.

Elle m'invita à l'accompagner dans un coin du hall, à côté d'une plante en pot, et attendit qu'un domestique passe avant de prendre la parole.

— Êtes-vous informée des récents développements de la crise diplomatique entre nos cités ?

La gravité de son ton me serra le cœur.

— Pas s'ils datent de ces dernières heures, non. Y a-t-il eu du nouveau ?

— Le duc Astor a refusé d'accorder foi aux dénégations du doge quant à l'implication de Raverra dans l'enlèvement des héritiers d'Ardence. Il repousse donc toute coopération avec l'Empire en quoi que ce soit et a fait savoir qu'il ne recevrait plus l'Envoyée sérénissime au palais fluvial tant que les enfants n'auront pas été rendus à leur famille.

— Mais ce n'est pas nous qui les avons, je vous assure !

— Je le sais. Et Sa Grâce le sait sans doute aussi. (Dame Savony secoua la tête.) C'est une question de principe, pour montrer à sa cour qu'il est capable de rester ferme dans ses décisions.

— Mais c'est de la folie ! (Les mots jaillirent de ma bouche avant d'avoir pu en choisir d'autres, plus diplomatiques.) Refuser de recevoir l'Envoyée représente une nouvelle violation des Accords Sérénissimes, et c'est un affront que le doge ne peut ignorer.

— Ce n'est pas sans raison que je repars en toute hâte à Ardence, rétorqua sèchement dame Savony.

— Pensez-vous pouvoir faire quelque chose ? demandai-je d'une voix implorante.

— Peut-être. Et j'ai également l'espoir que vous puissiez vous aussi accomplir quelque chose pour Ardence, dame Amalia.

Dame Savony me dévisagea avec attention. Je n'avais pas l'habitude de devoir lever les yeux pour regarder une autre femme ; mon père callamornien m'avait transmis une haute taille avec laquelle peu de Raverraines pouvaient rivaliser, mais dame Savony me dépassait d'un peu moins d'une tête.

— Durant de longues années, votre famille a été l'amie sincère de notre cité. Si je peux me permettre de vous poser cette question, quelle est votre position quant aux tensions actuelles entre Ardence et Raverra ?

— Je les trouve des plus désespérantes, répondis-je aussitôt. Je suis impatiente de voir Ardence et Raverra revenir à des relations cordiales le plus tôt possible.

Dame Savony joua distraitement avec la chaîne de ses lunettes.

— Vous devez comprendre que je suis totalement dévouée au bien d'Ardence.

— Évidemment.

— Évidemment ? J'aimerais que cela soit aussi évident pour tout le monde, ma dame. Peu nombreux sont les dirigeants de notre cité à placer les intérêts d'Ardence avant les leurs, ce que ma famille peut s'enorgueillir d'avoir toujours fait. (Elle remonta ses lunettes sur son nez. À travers leurs verres, les yeux qui plongèrent dans les miens avaient la dureté de ceux d'un oiseau de proie.) S'ils étaient plus nombreux, nous n'aurions pas cette discussion. Connaissez-vous la raison à l'origine des difficultés présentes d'Ardence ?

J'hésitai, puis secouai la tête. J'avais mon idée, mais je préférais d'abord entendre ce qu'elle avait à dire.

— Il y a trois ans, le mont Enthalus, dans les Pics Sorciers, est entré en éruption. Presque personne à Raverra n'a relevé la chose. (Elle avait le regard perdu dans le vague, comme si au travers du mur de l'ambassade, elle était capable de voir cet événement éloigné dans l'espace et dans le temps.) Mais l'éruption a encombré le fleuve Arden de roches et de cendres, redessinant son cours. De nouveaux lacs et de nouveaux rapides ont fait leur apparition ; en certaines parties, le fleuve s'est ramifié, en d'autres, il s'est ensablé de hauts-fonds. Bref, il a cessé d'être cette parfaite voie de circulation entre le Vaskandar et l'Empire raverrain.

— Ah. (Je commençais à comprendre où elle voulait en venir.) Et la richesse d'Ardence dépend de ce commerce.

— Notre ville s'est proprement bâtie sur ce commerce, et elle a prospéré grâce à lui durant des siècles. Le trafic fluvial s'est brutalement amenuisé, puisque les navires les plus gros ne peuvent plus s'aventurer dans le cours supérieur du fleuve pour remonter vers la frontière. Ardence se retrouve confrontée à un véritable danger d'appauvrissement et de ruine. (Elle plissa les yeux, et j'eus le sentiment qu'il lui en coûtait d'admettre cela à haute voix.) Mais la noblesse d'Ardence, y compris notre duc actuel, s'obstine à vouloir poursuivre son train de vie dispendieux comme si de rien n'était. Ses excès aggravent dramatiquement la situation, sans que rien ne soit fait pour remédier au problème. Lorsque j'ai évoqué la question auprès de Sa Grâce et du Conseil des Pairs, je n'ai reçu que des quolibets.

Savoir que la cité était au bord de la banqueroute aidait à comprendre tout le reste : la volonté d'Ardence de solliciter l'appui du Vaskandar, le stratagème désespéré du duc de taxer les marchands raverrains, et même l'essor de la Noblesse de l'Ombre.

— C'est donc ce qui a incité les pairs à faire pression sur le duc pour qu'il lève des taxes sur les marchands raverrains, en violation des Accords Sérénissimes ? Pour récolter plus d'argent dans les caisses ?

— Hmm. Tous les membres de la cour font pression sur le duc. (Savony afficha une expression de dégoût.) Pour l'inciter à se dresser contre l'Empire, ou au contraire à apaiser le courroux du doge. Pour retrouver leurs enfants kidnappés et pour punir les responsables de cet acte odieux. Pour financer leurs dépenses outrancières. Pour trouver quelqu'un sur qui rejeter la faute. Pour refaire d'Ardence ce qu'elle était au temps de leur jeunesse. Tout le monde attend du duc qu'il soit ce grand homme capable de résoudre tous les problèmes. (Elle planta ses yeux dans les miens, me jaugeant du regard.) Mais le duc n'est pas cet homme. Par conséquent, cette responsabilité retombe sur moi.

— Cela paraît une tâche impossible à accomplir pour une intendante, admis-je.

— Et c'est pourquoi j'espère obtenir l'aide de Raverra, que les nobles d'Ardence n'ont pas d'autre choix que d'écouter. Et j'espère particulièrement obtenir l'aide de la riche et sage maison Cornaro. Votre cousin et moi avions un plan pour sauver la cité, en dépit de l'attitude du duc Astor. Mais Ignazio a été rappelé à Raverra.

Son ton désapprobateur indiquait clairement qu'elle préférait Ignazio à dame Terringer au poste d'Envoyé sérénissime.

— Je prie pour qu'une fois les difficultés actuelles surmontées, vos efforts communs rencontrent le succès.

Un sourire fugitif éclaira son visage.

— Je l'espère également. Je ferai tout ce qui est en mon pouvoir pour restaurer la paix et des relations cordiales entre nos cités, à la fois pour préserver le présent et préparer un meilleur avenir. Je vous demande de garder à l'esprit qu'aucune solution à la crise présente n'aura d'effet si elle ne prend pas en compte les problèmes cruciaux à l'origine de l'agitation qui règne à Ardence ; je veux parler de la menace de ruine financière et de l'incurie de ses gouvernants. Je souhaite obtenir l'aide de Raverra pour trouver un remède à cette crise, et j'espère que vous serez partie prenante de cette solution.

— Je serais certes heureuse d'aider Ardence à retrouver sa prospérité, répondis-je prudemment, soucieuse de ne pas me laisser piéger à donner aveuglément mon consentement à ses projets.

Dame Savony s'inclina avec raideur.

— Dans ce cas, il se peut que vous soyez celle qui sauvera ma cité, dame Amalia. Si vous n'êtes pas celle qui la détruira, bien sûr.

Le matin suivant, j'annulai toutes mes obligations et me fis emmener aux Mues par mon batelier. J'avais relaté à ma mère le détail de mes discussions avec Ruven et Savony alors qu'elle était sur le point de partir pour le palais impérial, mais j'avais profondément besoin de parler *vraiment* à quelqu'un des liens de Ruven avec la Noblesse de l'Ombre, du refus inconsidéré du duc Astor de recevoir l'Envoyée sérénissime, et de ce qui pouvait être fait pour empêcher que la situation ne continue à basculer vers l'enfer de la Folie.

Je passai devant les gardes à la porte principale et traversai le grand hall d'entrée plongé dans la pénombre, puis m'arrêtai un instant en arrivant dans les jardins, prenant soudain conscience que je n'avais aucune idée de l'endroit où se trouvait Marcello. Un Faucon chevronné donnait une leçon à quelques jeunes vivomanciens, et faisait prendre aux rosiers des formes chimériques ou menaçantes ; deux Fauconniers étaient assis contre un arbre, et discutaient tout en nettoyant leurs pistolets. Un Faucon en uniforme, accompagné de son Fauconnier, me croisa d'un pas rapide pour se diriger vers les quais. La sacoche d'outils qu'il portait en bandoulière, frappée du cheval ailé de Raverra, indiquait qu'il s'agissait sans doute d'un façonnier en charge d'un projet à réaliser pour l'Empire.

— Amalia !

La voix de Marcello résonna joyeusement à travers les jardins.

Je l'aperçus qui me faisait signe de la main, debout à la porte des quartiers des officiers, en compagnie d'un scribe occupé à noter quelque chose dans une sorte de grand livre. Marcello s'excusa auprès de l'homme et se dirigea vers moi ; le soleil luisait sur les boucles sombres de ses cheveux et faisait scintiller les fils d'or de son uniforme.

— Marcello, le saluai-je, êtes-vous libre ce matin ? J'aurais souhaité vous parler.

— Il se trouve que oui, répondit-il avec un grand sourire. J'avais réservé ma matinée pour discuter du remplacement d'un Fauconnier qui prend sa retraite, mais son Faucon a proposé quelqu'un qui me semble parfait, et l'affaire s'est réglée en à peine dix minutes, ce qui fait que je dispose du reste de ma matinée. J'étais justement en train de me dire que j'aurais aimé que vous soyez là !

Je baissai la voix, regardant autour de moi avec nervosité.

— Oui, nous avons beaucoup de choses à discuter.

— Tout à fait ! Et je vais pouvoir vous présenter ma sœur.

— Me présenter votre... (Je le dévisageai avec perplexité, mais il affichait un tel sourire que les mauvais présages que je venais lui annoncer moururent sur ma langue.) Oui, bien sûr. J'en serais ravie.

Marcello me conduisit dans un dortoir puis nous empruntâmes l'escalier en colimaçon d'une tour de pierre pour aboutir à un palier encombré d'un véritable bric-à-brac d'objets cassés, où je distinguai des manches à balai, des crémaillères, des coffrets à bijoux et tout un tas d'autres choses, empilés en deux monticules précaires de part et d'autre de la porte, qui laissaient à peine la place de l'ouvrir.

— C'est elle qui récupère tout ça, s'excusa Marcello. Elle ne cesse de dire que ça pourra lui servir dans son travail, mais je ne la crois qu'à moitié.

Une note était clouée sur la porte, griffonnée d'une écriture en pattes de mouche, mais qui ne manquait pas d'élégance :

FRAPPEZ AVANT D'ENTRER

Ou je ne saurais être tenue responsable
Des conséquences.

Merci

Marcello posa la main sur la poignée et je lui saisis le bras.

— Attendez ! Vous ne frappez pas ?

— Oh, oui, vous avez raison, soupira-t-il. C'est plus prudent, après ce qui est arrivé la dernière fois.

— Que voulez-vous dire ?

Il se contenta de grimacer et toqua à la porte.

Pas de réponse. J'entendis vaguement une voix qui fredonnait à l'intérieur, et un tintement occasionnel de métal. Marcello frappa de nouveau.

— C'est pour ça qu'en général je m'abstiens, m'expliqua-t-il.

— Voulez-vous que nous revenions à un autre moment ?

— Non, non. Elle sera ravie de vous rencontrer. (Il frappa une troisième fois.) Istrella ! C'est moi, Marcello !

— Je suis occupée, répondit une voix.

— Je peux revenir une autre fois, murmurai-je. Vraiment, ça ne me dérange pas.

Marcello sourit et leva un doigt pour m'interrompre.

— Istrella ! Dame Amalia Cornaro est avec moi.

La porte s'ouvrit avec une telle force qu'elle vint battre contre un des monticules d'objets entassés sur le palier, faisant voler une maquette de bateau cassée dans l'escalier.

— Pourquoi tu ne l'as pas dit plus tôt ? Entrez ! Faites attention au lustre.

La première chose que je remarquai était ses lunettes : un des verres était teinté en vert et l'autre en rouge, et la monture ronde, assez épaisse pour masquer en partie son visage menu et pointu, était surchargée de runes d'Artifice. Istrella ne devait pas avoir plus de treize ans, et elle était grande et filiforme, tout en articulations et longs membres. Ses doigts fins et délicats s'agitaient en un ballet incessant.

La pièce dans laquelle elle nous invita à entrer était jonchée de merveilles à demi achevées, assemblages de perles et de filigranes, d'engrenages et de verre, scintillant d'une promesse latente sous une couche de poussière d'une épaisseur variable. Une horloge éventrée répandait ses entrailles métalliques sur une chaise, et un pistolet à silex au canon entouré de bandes dorées gravées de runes reposait sur une autre, emmêlé dans un écheveau de fils de cuivre. Des tables de travail se disputaient l'espace contre les murs avec des rangées d'étagères qui ployaient sous les pièces détachées, les livres et les objets en cours de fabrication dans un joyeux désordre. Le lustre à propos duquel elle nous avait mis en garde pendait si bas dans la pièce que Marcello dut se baisser pour passer dessous ; les pendeloques de cristal cascadaient en élégantes grappes, mais des morceaux de quartz enveloppé d'un filigrane perlé étaient placés dans les douilles gravées de runes, normalement destinées à accueillir des chandelles.

— Ce lustre est une *lampe-courrière* ? m'exclamai-je d'une voix aiguë alors que j'admirais l'objet d'un air ébahi.

— C'est l'idée, oui, opina Istrella en contemplant le lustre d'un air rêveur. Ils me demandent tout le temps de fabriquer des paires de lampes-courrières, et j'ai pensé que ce pourrait être formidable de créer un lustre à connexions multiples pour changer. Ce serait beaucoup plus compact que les chambres de réception que l'on utilise actuellement… Mais j'ai été distraite par mon travail sur ma couronne d'invisibilité, et je ne l'ai jamais terminé.

— Une couronne d'invisibilité ? balbutiai-je.

— Oui ! Je vais vous montrer.

Elle bondit pour se précipiter vers une étagère où elle récupéra une sorte de bandeau aplati en filigrane et perles, prolongé de l'écheveau désordonné des extrémités des fils.

— Peu de choses ont été faites dans le domaine de l'illusion, parce que c'est si compliqué à maîtriser. Mais j'ai pensé que si je stabilisais le sort par un filigrane puis que j'ajoutais un voile tissé en fils d'argent pour distribuer l'énergie et que j'implantais d'autres perles dans le voile…

— Oui, ça pourrait marcher. (Istrella me tendit sa couronne et je l'examinai sous toutes les coutures. Le filigrane était presque aussi délicat et complexe que celui des jets, mais avec des entrelacs fiévreux et improvisés.) Mais si la personne se déplace, cela ne risque-t-il pas de désorganiser le motif du voile ?

— Si, il faudrait rester immobile. Mais mon souci était plutôt la source d'énergie.

— Vous pourriez utiliser du verre volcanique, suggérai-je.

Istrella remonta ses lunettes sur le haut de son crâne, en repoussant les mèches désordonnées de ses cheveux. L'anneau de sa marque des mages scintillait d'un éclat d'or autour de ses pupilles.

— Oh ! Je pourrais disposer des morceaux d'obsidienne sur la surface du voile afin d'assurer une égale répartition de l'énergie !

Elle afficha un sourire absent et ses doigts se mirent à danser, tressant un fil invisible.

— Voilà une brillante idée ! m'exclamai-je. Et j'ai aussi effectué quelques recherches qui pourraient vous servir dans la réalisation du cercle d'envoi de votre lustre. Ces derniers temps, j'ai lu Muscati, vous savez.

— Vous possédez un Muscati ? Oh, pourrais-je vous l'emprunter, un jour ?

— Avec plaisir.

Marcello éclata soudain de rire, et nous nous tournâmes toutes deux vers lui, alors que je sentais la chaleur me monter au visage.

— J'avais oublié que tu étais là, s'étonna Istrella.

— Oui, je m'en suis aperçu, remarqua-t-il avec un sourire radieux. Mais continuez, je vous en prie.

— Veux-tu t'asseoir ? lui proposa Istrella en cherchant désespérément des yeux une chaise qui ne soit pas envahie par ses créations.

Marcello la rassura d'un geste de la main et s'assit par terre, les jambes croisées.

— Ne t'inquiète pas. Je serai très bien comme ça. Quelque chose me dit que nous sommes là pour un bon moment.

Une demi-heure plus tard, il nous interrompit alors que nous étions penchées sur la couronne d'invisibilité, en pleine discussion sur la meilleure manière d'insérer le verre volcanique dans le voile.

— Vous savez, cela pourrait se révéler incroyablement précieux pour l'armée, même s'il n'est pas possible de se déplacer. Je parie que je pourrais obtenir le soutien financier de l'Empire sur un projet de ce genre.

Ma bouffée de joie se teinta rapidement d'amertume. Je n'avais pas pensé à l'éventualité d'une utilisation militaire de la couronne d'invisibilité. Devait-il toujours être question de la guerre ? Mais Istrella prit mes mains dans les siennes avec jubilation.

— Ce serait merveilleux ! Nous pourrions la faire fonctionner, Amalia. J'adorerais faire cela avec vous !

Je lui répondis par un grand sourire, incapable de résister à sa joie communicative.

— Et moi, je ne vois personne d'autre avec qui j'aimerais plus travailler.

Le temps que je réussisse à dire au revoir à Istrella, une tâche guère plus aisée que de l'aider à démêler les fils de deux objets d'Artifice qu'elle avait entassés sans précaution, le ciel qui s'apercevait par les fenêtres de la tour avait pris l'éclat brillant du midi. Mon estomac gargouilla.

Istrella nous salua de la main depuis le seuil de sa chambre alors que Marcello et moi nous engagions dans l'escalier.

— Merci de m'avoir amené Amalia, Marcello !

— Je n'avais pas le choix, c'était écrit, lui répondit-il en riant.

— Revenez quand vous voulez, dame Amalia, lança Istrella alors que la spirale des marches nous entraînait hors de vue. Mon frère et vous formez un très joli couple !

Par-dessus mon épaule, je jetai un regard interrogateur à Marcello qui descendait derrière moi, et il agita frénétiquement les mains en signe de désaveu.

— Je n'ai jamais… Amalia, je vous supplie de me croire : je ne sais absolument pas d'où elle tire cette impression.

Je haussai un sourcil.

— Que nous formons un joli couple ?

— Non, que nous *sommes* un couple. Je n'ai pas… Jamais je n'oserais…

Nous étions à mi-chemin de l'escalier, dans une zone de pénombre entre le palier d'Istrella et la prochaine fenêtre, et seule une luminosité diffuse nous éclairait. C'était un entre-deux, un endroit parfait pour les secrets, qu'il fallait traverser pour retrouver la lumière.

Je m'arrêtai et me retournai. Les ombres soulignaient ses traits purs et élégants. Quelque chose s'agita dans ma poitrine.

— Jamais vous n'oseriez quoi ?

Une marche au-dessus de moi, Marcello déglutit, et je vis les émotions défiler sur son visage tels des nuages de tempête glissant sur la mer.

— Je ne suis pas un de ces chasseurs de fortune, protesta-t-il d'une voix réduite à un murmure rauque.

— Je le sais bien.

Personne ne pouvait nous voir. Ce moment n'appartenait qu'à nous deux : Marcello et Amalia, pas le lieutenant Verdi et l'héritière Cornaro. L'air était lourd, comme à l'approche d'un orage, ou d'une révélation divine.

J'aurais pu rire et me retourner pour continuer à descendre l'escalier, et la chose serait restée sans conséquence. Marcello n'aurait rien ajouté. Il ne le pouvait pas, même si la tension que je lisais dans ses yeux signifiait bien ce que je croyais. La marche qui nous séparait était pour lui un océan infranchissable. Si quelqu'un devait le traverser, ce ne pouvait être que moi.

Que les Grâces me protègent. Je ne pouvais pas laisser passer cette chance ; elle risquait de ne jamais revenir.

Je lui pris les mains et le fis descendre sur la même marche que moi. Seules nos mains se touchaient, mais nous étions si proches que je pouvais sentir la chaleur qui émanait de lui dans cette cage d'escalier glaciale. Ses yeux verts scintillèrent et il pencha son visage vers le mien. Mon cœur se mit à battre à un rythme affolé dans ma poitrine.

— Lieutenant Verdi ? appela une voix au bas de l'escalier.

Je bondis sur la marche d'en dessous avec un petit cri, et Marcello se raidit.

— Oui ?

L'espace entre nous se refroidit immédiatement.

— Le colonel vous réclame, cria la voix. On vient de recevoir un rapport des Suifs.

Marcello laissa échapper une longue expiration.

— Je suis navré, ma dame, murmura-t-il.

La douceur de la pénombre se teinta d'un goût amer sur mes lèvres frustrées de son baiser.

— Ce n'est rien.

— J'arrive tout de suite, cria-t-il dans la cage d'escalier, avant de s'incliner devant moi, remettant entre nous la distance de la bienséance.

— Il se pourrait que ce soit important, ajouta-t-il en s'adressant à moi. Vous devriez demeurer aux Mues, que je puisse vous informer sans attendre des derniers développements. Dès que j'aurai parlé au colonel, je viendrai vous retrouver.

Cela pouvait signifier beaucoup de choses, ou rien du tout.

— Entendu.

Nous y étions presque ! Malédiction. Et que voulait-il dire par : « Je suis navré » ? Peut-être m'étais-je trompée sur ses sentiments, et n'était-ce que du soulagement qui donnait à présent à son visage cet air de distance polie ?

Des mots se formèrent dans ma bouche, piquants et acerbes, emplis de ce désir lancinant de franchir cette marche qui nous séparait. Mais les yeux de Marcello se détournèrent des miens, et il descendit l'escalier sans m'attendre.

Je partis à la recherche de Zaira et la trouvai au réfectoire, en pleine partie de cartes avec Terika, Vaurien roulé en boule à ses pieds. Le regard glacial qu'elle me lança en me voyant entrer dans la salle disait clairement qu'elle ne souhaitait pas ma compagnie ; je me servis une part de quiche aux aigrelles et m'installai dans la grande salle de l'administration pour grignoter, assise dans l'alcôve d'une fenêtre d'où j'avais vue sur la porte du bureau du colonel. Je m'efforçai de réfléchir à l'énigme de l'identité de ceux qui auraient les moyens et la motivation pour kidnapper les héritiers des nobles familles d'Ardence, mais mes pensées ne cessaient de me ramener à l'escalier et à cet instant suspendu entre ombre et lumière.

Je venais à peine de terminer ma quiche et j'en étais à me demander si j'oserais coller mon oreille à la porte du colonel, quand Marcello sortit du bureau, avec les yeux baissés de quelqu'un plongé dans ses pensées.

— Tout va bien ?

— Je suppose, répondit-il en se frottant la nuque. J'ai de nouvelles informations à digérer. Nous marchons un peu ?

— Si vous voulez.

Je vins prendre place à ses côtés, avec l'impression d'avoir des papillons dans le ventre.

Alors que nous traversions la grande salle, je ne cessai de lui jeter des regards furtifs, en me demandant s'il allait se rapprocher de moi, ou même me prendre la main. N'importe quoi pour me prouver que cet instant dans l'escalier d'Istrella s'était vraiment produit, et qu'entre nous les choses avaient changé.

Mais les yeux de Marcello se laissaient distraire constamment par les objets que nous croisâmes dans le long couloir : une vieille armure sur son présentoir, la porte d'une salle de jeux destinée aux petits enfants, un mot placardé exigeant le retour d'une jarre d'armoise qui avait disparu du laboratoire d'alchimie. Il ne donnait pas l'impression d'être conscient de marcher en compagnie de quelqu'un, et encore moins d'une femme qu'il avait failli embrasser près d'une heure auparavant.

Je n'avais pourtant pas inventé ce moment. Comment pouvait-il se comporter de manière aussi horripilante, en faisant comme s'il ne s'était rien passé ?

— De quoi vous a parlé le colonel Vasante ? demandai-je.

— Hmm, se contenta de répondre Marcello en regardant ses pieds.

Je me plantai devant lui et il s'immobilisa en levant vers moi des yeux surpris.

— Vous êtes distrait, l'accusai-je. Qu'est-ce qui vous trouble ainsi ?

Il soupira.

—Accompagnez-moi au réfectoire. Zaira doit entendre ça, elle aussi.

Nous retrouvâmes Zaira à une table en compagnie de Terika, côte à côte et penchées l'une vers l'autre au-dessus de leurs bols de bisque de spalière. Vaurien était assis à leurs pieds, les yeux levés vers le repas de Zaira avec un air d'intense dévotion. L'heure du déjeuner était déjà loin, mais des retardataires se trouvaient encore au réfectoire, et nous nous frayâmes un passage entre deux grandes tablées, l'une occupée par six enfants qui se lançaient des boulettes de pain en gloussant, l'autre par un groupe de soldats en uniforme qui s'efforçaient d'ignorer les bruyants garnements. Alors que nous nous rapprochions, Terika releva soudain la tête en riant aux éclats à un commentaire de Zaira.

Mais celle-ci remarqua alors la mine grave de Marcello, et son sourire effronté disparut.

—Ne me dites pas que vous avez encore de mauvaises nouvelles à propos d'Ardence !

—Vous vous souciez donc de ce qui se passe là-bas ? demandai-je, en m'efforçant de ne pas prendre un ton provocateur.

Zaira haussa les épaules.

—J'aime bien Domenic. Je ne voudrais pas qu'on lui chamboule sa géographie.

Terika gloussa et donna un petit coup de coude à Zaira, qui lui sourit en retour, mais d'un air faussement dégagé.

—Ce n'est pas à propos d'Ardence, précisa Marcello avec gravité. Cela concerne votre contrat de servitude.

Zaira se rencogna dans sa chaise et baissa la main pour toucher du bout des doigts le dos de Vaurien, comme si ce contact la rassurait. Vaurien fourra sa truffe dans la paume de Zaira, tout en gardant les yeux tournés vers son bol.

Marcello s'assit sur la chaise face à elle, et je pris place à côté de lui.

— Nous avons enquêté sur Orthys, après votre escapade aux Suifs. Et en particulier, nous avons examiné votre contrat. (Marcello marqua une pause.) Il s'agit d'un faux.

— L'ordure, cracha Zaira entre ses dents, les mâchoires serrées.

— Ça, c'est sûr. (La colère alourdissait la voix de Marcello.) Apparemment, il est coutumier du fait. Il fabrique de faux contrats de servitude pour récupérer des enfants qui n'ont personne pour les protéger. Il sévit aux quatre coins de l'Empire, de façon que personne ne s'étonne du nombre de contrats de servitude qu'il possède. Ensuite de quoi, il sort clandestinement ces enfants du pays pour les vendre au Vaskandar. Cela lui permet de ne pas faire le voyage à vide, quand il y va pour sa contrebande de pavot des songes.

— Que les asticots lui dévorent les yeux. (Zaira posa les mains sur la table, les poings serrés.) J'aurais dû le tuer quand j'en ai eu l'occasion.

Une pensée me vint soudain, et je me penchai vers elle.

— Vous comprenez ce que cela signifie ?

— Que mourir brûlé est encore trop doux pour lui ? ricana Zaira. Ne vous inquiétez pas. Je peux faire ça lentement.

— Que votre mère ne vous a pas vendue à lui, dis-je d'une voix conciliante. Votre famille ne vous a sans doute pas abandonnée.

Zaira grimaça comme si je l'avais giflée.

— Nous pourrions les retrouver, proposai-je. Vos parents. Et découvrir ce qui s'est vraiment passé.

— Non.

Zaira avait parlé d'une voix si basse que je crus avoir mal entendu.

— Je sais que cela fait longtemps, mais nous pourrions au moins essayer ? Ils sont peut-être encore en vie, et peut-être qu'ils vous cherchent ?

Terika glissa un bras autour des épaules de Zaira.

— Elle vous a dit non ! Vous ne voyez pas qu'elle ne veut pas en parler ?

Zaira se dégagea d'un geste brusque.

— Je suis capable de me défendre moi-même, lui lança-t-elle d'un air renfrogné.

— Il faudrait tout de même que l'on enquête à leur sujet, insista Marcello. Le règlement des Fauconniers stipule que…

— Vous pouvez vous le mettre où je pense, votre règlement. (À moitié levée de sa chaise, Zaira semblait prête à se jeter sur Marcello.) Si vous allez fourrer votre nez là où vous n'avez rien à faire…

Vaurien se mit à gémir en poussant de la tête la jambe de Zaira, qui leva les bras au ciel et se laissa retomber sur sa chaise.

— Ça va, ça va ! Tiens, voilà ! maugréa-t-elle en posant son bol sur le sol.

Le bruit vigoureux des lapements du chien atténua la colère qui lui déformait les traits.

— Je ne comprends pas, dis-je doucement. Vous ne voulez pas savoir ?

— Non, répondit Zaira d'une voix tendue, parce qu'il ne peut pas y avoir de fin heureuse à votre joli conte de fées.

— Mais vous pourriez avoir été enlevée à vos parents, ou vous être perdue, ou…

— Mais ouvrez donc les yeux, aboya-t-elle. Les Suifs grouillent d'orphelins qui font les poches des passants, qui mendient, ou qui mangent les ordures des autres pour survivre. Et aucun de nous n'est une princesse perdue de Celantis. (Elle secoua la tête d'un air incrédule devant tant de naïveté.) Vous pensez vraiment que je me sentirais mieux en sachant que mes parents sont morts d'une épidémie, ou qu'ils m'ont abandonnée au temple de la Miséricorde parce qu'ils ne pouvaient pas me nourrir, ou qu'ils se sont noyés durant une tempête ?

J'avais l'impression qu'un gouffre nous séparait. Moi, j'aurais voulu connaître la vérité. Mais la « famille », le « foyer » étaient des concepts étrangers pour Zaira, et ils possédaient pour elle une signification différente.

— Je suis désolée, balbutiai-je, incapable de trouver autre chose à dire.

Zaira repoussa sa chaise d'un geste brusque et se leva de nouveau.

— Vous ne savez même pas le vrai sens de ce mot.

Elle avait prononcé cette phrase sans rancœur, mais plutôt comme l'énonciation d'un fait.

Vaurien dansa autour de ses jambes, espérant qu'ils iraient jouer. Zaira soupira.

— Ça va, le chien, ça va. Allons au jardin te trouver un bâton.

Nous la regardâmes partir tous les trois, Vaurien gambadant à ses côtés.

— Vous n'auriez pas dû essayer de la forcer à parler, me reprocha Terika d'une petite voix où s'entendait un léger accent callamornien.

Je tournai la tête pour croiser son regard. C'était une jolie jeune fille potelée, aux cheveux bouclés couleur de miel encadrant un visage parsemé de taches de rousseur. J'avais vu Zaira lui sourire plus souvent qu'au reste du monde réuni, mais pour l'heure, la rieuse Terika affichait un air sérieux.

— Vous avez parfaitement raison, soupirai-je. Zaira n'aime pas qu'on lui force la main.

— Ce n'est pas seulement ça. N'essayez pas de réveiller son passé.

Entendre Terika prononcer de sa douce voix des paroles aussi lugubres me fit tressaillir.

— Que voulez-vous dire ?

Terika inclina légèrement la tête, le regard grave.

— Toutes ces années où elle a vécu aux Suifs, à souffrir et à lutter pour survivre… J'ignore quelles épreuves elle a connues exactement, mais je sais que la vie n'a pas été tendre. Et pourtant, elle aurait pu venir ici à n'importe quel moment pour avoir à manger, un lit chaud et douillet, et tout ce dont elle avait besoin. Elle le savait, mais elle a choisi de rester là-bas.

Je ne l'avais jamais envisagé sous cet angle. Marcello secoua la tête.

— Mais pourquoi ? C'est ça que je n'arrive pas à comprendre. Pourquoi aurait-elle choisi cette vie plutôt que les Mues ?

La Fauconnière de Terika lui fit signe à l'autre bout de la salle, avec le sourire d'une vieille tante indulgente. Terika lui répondit d'un geste de la main qui fit scintiller le jet à son poignet.

— Pour l'essentiel, je suis heureuse ici, dit-elle d'une voix douce et songeuse, même si j'aimerais pouvoir retourner plus souvent à la maison pour voir ma grand-mère. Mais c'est un long voyage pour se rendre en Callamorne, et Lienne, ma Fauconnière, le supporte mal. Je répugne à la traîner là-bas plus d'une ou deux fois par an, bien qu'elle prétende que ça ne la dérange pas. Zaira pourrait être heureuse ici, elle aussi. Mais imaginez de passer toute votre vie en sachant qu'il y a en vous un feu capable de tuer des milliers de gens. Imaginez que vous sachiez que le château où vous attendent ce lit douillet et toute cette nourriture n'est en fait qu'un appât, un piège tendu par des personnes qui convoitent votre feu, afin de pouvoir l'utiliser contre leurs ennemis.

— Ce n'est pas…, commença Marcello.

— Bien sûr que si, l'interrompit Terika d'un ton sans appel. Navrée, lieutenant, mais les choses sont bien ainsi.

Marcello pinça les lèvres, et baissa la tête. J'aurais aimé avoir des paroles de réconfort à lui offrir, mais cela n'aurait été que des mensonges.

— Et voilà maintenant qu'elle se retrouve ici, soupira Terika. Un Faucon, dans le confort et la sécurité des Mues. Les sacrifices de ces années passées, de toutes ces fois où elle est allée au lit le ventre creux, de toutes ces fois où elle a grelotté de froid, en sachant qu'un château l'accueillerait sur l'instant si elle le souhaitait… Elle a enduré tout cela en vain. (Terika haussa les épaules.) Normal qu'elle n'ait pas très envie d'en parler.

Je baissai les yeux sur mes mains, posées sur la table. Elles étaient douces et souples, sans cals dus aux longues heures de labeur, sans marques ni cicatrices à l'exception de la marque laissée par la dague de cet assassin. Après tout, si Zaira ne désirait pas me raconter ce qu'avait été sa vie avant le jour où j'avais passé un bracelet doré à son poignet, je pouvais au moins respecter son souhait.

Lienne s'approcha de nous, deux tasses fumantes à la main. Terika nous lança un sourire complice.

— Elle fait tellement d'efforts, nous murmura-t-elle, avant de se lever pour l'accueillir avec un air joyeux. Du chocolat chaud ! Lienne, tu es une perle !

— Préparé comme nous le faisons en Loreice, avec du lait et du miel, annonça gaiement Lienne. Je suis navrée, dame Amalia, lieutenant, mais je n'en ai que pour nous deux.

— Ne vous en faites pas, dis-je en me levant, avec l'étrange sensation de laisser une partie de moi sur cette chaise. J'étais de toute façon sur le point de partir.

Marcello se leva à son tour.

— Permettez-moi de vous raccompagner à votre bateau.

Cette fois, c'était nous deux qui marchions dans un silence distrait, sans nous regarder. Les Mues était la maison de Marcello ; les Faucons, sa famille. Je ne pouvais qu'imaginer les pensées qui l'agitaient après les paroles de Terika.

Alors que nous traversions le grand vestibule aux ombres profondes, avec ses colonnades de marbre et ses peintures représentant des scènes épiques de l'histoire des Fauconniers, nous croisâmes le colonel Vasante qui rentrait dans le château. Elle avait à la main une liasse de feuilles et sur le visage une expression d'intense détermination. Quand elle aperçut Marcello, elle se dirigea vers lui sans ralentir l'allure de son pas martial.

— Verdi ! l'appela-t-elle. Nous avons des ordres du doge.

Marcello s'immobilisa et se raidit.

— Quel genre d'ordres ?

— Des ordres de déploiement. Nous envoyons des Faucons sur la frontière du Vaskandar. (Vasante pinça les lèvres d'un air contrarié.) Ainsi qu'à Ardence.

Le colonel me lança un regard scrutateur quand je suivis Marcello dans la petite pièce sur le côté du hall, là où ils s'étaient enfermés pour parler la dernière fois, mais elle ne me demanda pas de partir, soit parce que j'étais la fille de la Contessa, soit parce qu'elle voulait que j'entende moi aussi ces ordres. Je n'aurais su dire exactement.

Aucun élément décoratif ne rehaussait les murs de plâtre blanc de la pièce, uniquement meublée de chaises en bois et d'une table en chêne. C'était le genre d'endroit où les soldats devaient s'installer quand ils servaient de réserve aux gardes en poste aux portes des Mues.

Le colonel Vasante referma la porte, puis laissa tomber sa liasse de papiers sur la table avec un claquement sonore.

— Rien de bien dramatique, lieutenant. Détendez-vous ; vous êtes crispé comme si vous vous attendiez à recevoir un coup. Un Faucon ou deux dans chacun des principaux forts frontaliers, à titre de précaution, et deux autres en renfort de la garnison à l'extérieur d'Ardence. Tous les détails sont notés ici.

Marcello étala les feuilles et commença à les consulter. Je captai le regard de Vasante.

— Pourquoi Ardence ?

Elle renifla avec dédain.

— Que croyez-vous ? Le duc Astor Bergandon refuse de recevoir l'Envoyée sérénissime. C'est une insulte que l'Empire ne peut ignorer. Si Ardence s'entête à défier l'autorité impériale, le doge veut en finir avec cette guerre avant même qu'elle n'éclate. Nous n'avons pas le temps de supporter les caprices d'Ardence quand le Vaskandar se presse à notre frontière, ma dame.

Je m'agrippai au bord de la table pour résister à la sensation que le sol se dérobait sous mes pieds, puis je me penchai à mon tour au-dessus des ordres de mission. Je ne savais que trop bien quel Faucon pouvait mettre rapidement fin à une guerre.

— Qui est sur la liste ?

— Pas vous. Vous n'êtes pas sous mes ordres.

La voix tranchante du colonel coupa la ligne de tension dans mon dos et je soupirai de soulagement. Au moins, les choses ne s'étaient pas aggravées au point que le doge se décide à utiliser le malefeu.

Avec un bruit sec, la paume de Marcello s'abattit sur la table et je sursautai.

— Istrella est sur la liste, dit-il d'une voix grave.

Alarmée, je scrutai la feuille posée devant lui ; le deuxième nom sur la liste était celui d'Istrella Verdi.

Chapitre 13

Le colonel Vasante se contenta de baisser un instant les yeux sur la liste.

— C'est exact. Du calme, Verdi. Vous serez bientôt de retour. Je lui ai dit que j'avais besoin de vous ici. (Le colonel souleva les ordres de déploiement pour récupérer quelques feuilles en dessous.) Le doge veut qu'elle effectue un court séjour à Ardence, afin d'y fabriquer quelques exemplaires de ceci. Quand ce sera fait, vous pourrez tous les deux revenir à la maison.

Le visage crispé de Marcello se détendit. J'examinai les schémas que Vasante avait produits, et étudiai le tracé des fils qui s'enroulaient autour d'anneaux de métal, les connexions pour assurer une importante alimentation en énergie, les ingénieuses lentilles de convergence.

— C'est destiné à un canon, constatai-je d'une voix lourde. De quoi accroître considérablement son pouvoir de destruction. Vous voulez qu'elle fabrique des armes.

Marcello ouvrit de grands yeux et se tourna vers le colonel avec un air furieux.

— Vous ne pouvez pas lui demander de fabriquer des instruments de mort ! Ce n'est qu'une enfant !

— C'est un soldat, rétorqua Vasante sur un ton qui ne tolérait aucune objection. Et il n'y a chez les Faucons qu'une dizaine de façonniers possédant le talent et le pouvoir nécessaires pour réaliser cela. Les autres sont envoyés à la frontière du Vaskandar avec la même mission, sont trop vieux ou trop infirmes pour quitter les Mues, ou sont encore plus jeunes que votre sœur. Vous préféreriez pour elle un fort des Pics Sorciers ?

Marcello s'empara de la liste et l'étudia attentivement en froissant le papier sous sa main crispée.

— Il n'y a pas que ma sœur. Vous envoyez Halmur à la frontière ; il est à peine plus âgé qu'Istrella, et des combats pourraient éclater là-bas à tout moment !

— Halmur est un puissant vivomancien, répondit sèchement Vasante. Nous avons besoin de moyens pour contrer les Hauts Ensorceleurs s'ils passent à l'attaque.

Marcello se redressa avec raideur.

— Je proteste, colonel. Envoyer des Faucons adultes sur un possible théâtre de guerre est une chose, mais nous ne pouvons pas approuver le déploiement d'enfants.

Vasante le dévisagea sombrement.

— Les ordres proviennent du doge de Raverra et du Conseil des Neuf. (Sa voix aurait pu trancher l'acier.) Vous n'êtes pas obligé de les aimer, mais vous devez y obéir.

Marcello tremblait de colère, les poings serrés. Le visage du colonel s'adoucit un peu, mais pas le ton de sa voix.

— Ce n'est pas à nous de décider. Nous avons nos ordres, et nous allons les exécuter. Est-ce clair ?

Marcello jeta la liste sur la table et resta muet. Je m'empêchai de tendre une main vers lui ; tout ce que je pourrais faire dans la situation ne ferait qu'empirer les choses.

Vasante plissa les yeux.

— J'ai dit : est-ce clair, lieutenant Verdi ?

— Oui, mon colonel, répondit-il d'une voix sourde, les mâchoires serrées.

— Bien. À présent, occupez-vous des préparatifs de départ de ces Faucons. Vous avez trois jours.

Marcello salua avec des gestes mécaniques puis tourna les talons et quitta la pièce en silence.

Je le suivis dans la pénombre du grand hall aux peintures monumentales, le cœur empli de peine et de sympathie. Il s'approcha d'une colonne de marbre et la frappa du poing, puis ramena sa main à lui en se pliant de douleur.

— Damnation ! Pourquoi ai-je fait ça ?

— Parce que vous êtes contrarié, dis-je gentiment.

Il posa le front contre la colonne et ferma les yeux.

— J'aurais dû me battre pour elle. J'aurais dû dire non.

— Cela n'aurait rien changé.

— J'aurais pu au moins faire plus d'efforts pour essayer de convaincre Vasante. (Il tourna le visage vers moi, les traits tirés par l'angoisse.) Je ne veux pas qu'Istrella soit obligée de créer des engins de mort.

— Dans ce cas, nous ferons en sorte de ne jamais avoir à nous en servir. Si le conflit avec Ardence est résolu de manière pacifique, Istrella n'aura plus besoin de fabriquer des armes.

Une lueur d'espoir éclaira son visage assombri par l'inquiétude.

— Je n'ai pas ce genre d'influence, Amalia. Vous peut-être, mais moi je ne suis qu'un soldat. S'ils déclarent la guerre, ce sera à moi de la livrer. Je n'ai pas le pouvoir de faire la paix.

— Alors je la ferai pour vous. (Un besoin impérieux de le protéger s'embrasa en moi, plus brillant que les luminaires qui éclairaient le hall.) Nous la ferons ensemble.

Je posai une main sur son épaule pour le réconforter, ainsi que le ferait une amie. Mais je touchai accidentellement ses cheveux, et sans que je puisse m'en empêcher, j'aventurai mes doigts sur sa nuque en me perdant dans ses boucles brunes.

Marcello écarquilla les yeux de surprise.

— Amalia, dit-il dans un souffle.

Il passa ses bras autour de ma taille d'un geste hésitant, comme si j'étais quelque créature d'eau ou de flammes, capable de disparaître dans un éclair ou un éclat de rire au simple contact de ses mains. Il semblait davantage entourer de ses bras un symbole plutôt que de me serrer vraiment contre lui.

— Je ne voudrais pas que vous pensiez..., commença-t-il d'une voix fervente.

— Ce n'est pas le cas, lui promis-je.

Pour l'heure, je n'avais pas besoin d'évoquer l'avenir, de penser à autre chose que cet instant de douce pénombre, avec les luminaires s'éveillant autour de nous telles les étoiles naissantes au crépuscule.

Je posai ma tête au creux de son épaule et le serrai contre moi. Il était chaud, robuste et réel ; son pouls battait à sa gorge contre ma tempe, et ses bras m'entourèrent sans plus d'hésitation, avec la force d'une évidence.

C'était un moment magnifique. J'aurais voulu qu'il dure toujours, et oublier Ardence, Zaira, le Vaskandar et les armes fabriquées par des mains d'enfant. Mais chaque seconde où nous restions serrés l'un contre l'autre était une seconde où l'on pouvait nous surprendre.

— Est-ce…, balbutia Marcello. Sommes-nous…

Je posai l'index sur ses lèvres puis, avec la lente réticence du soleil se levant sur la mer, je m'écartai de lui.

— Ne dites rien, murmurai-je. Si vous parlez d'un rêve, c'est qu'il n'est pas réel.

Un éclat de rire résonna dans un couloir et des bruits de bottes se rapprochèrent. Il se passa une bonne minute avant qu'un groupe de Faucons et de Fauconniers pénètre dans le hall en bavardant, une minute durant laquelle Marcello et moi restâmes en silence, à un pas de distance l'un de l'autre, à nous dévorer des yeux.

Le lendemain matin me trouva inhabituellement distraite, alors qu'assise à la dernière rangée de sièges de la Chambre de l'Assemblée dans le palais impérial, j'assistais à une discussion complexe et sans intérêt concernant une proposition de nouvelles restrictions à l'importation des soieries loreiciennes. La suspension de séance du début d'après-midi apporta un répit bienvenu à mon esprit rongé par l'inquiétude, ainsi que par le souvenir lumineux et douloureux de cet instant d'intimité partagé avec Marcello.

Je retrouvai ma mère pour une collation de fromage et de vin sur un large balcon surplombant la cour principale du palais impérial, très animée à cette heure. Des membres de l'Assemblée circulaient ou se réunissaient en petits groupes sur le pavement en travertin pour poursuivre leurs discussions passionnées ou conclure des accords discrets, tandis qu'une file régulière de visiteurs, de requérants, de fonctionnaires et de serviteurs entrait et sortait par les portes du palais, sous l'œil vigilant des gardes. Chaque angle de la cour accueillait un gigantesque cheval de pierre qui se cabrait en déployant ses ailes, et des statues des Neuf Grâces installées en bord de toit posaient sur les lieux leur regard bienveillant.

Ma mère observait les allées et venues dans la cour d'un œil attentif, en grignotant du fromage et des crostinis. Je ne m'attendais pas à ce qu'elle se montre très loquace ; ce jour, le Conseil des Neuf devait siéger pour rendre la justice, et elle avait certainement l'esprit empli de peines de prison et d'exécutions, de décisions à prendre concernant le sort de traîtres et d'espions, toutes choses dont elle n'aimait guère parler avec sa fille.

Mais après un petit quart d'heure de silence, elle tourna les yeux vers moi.

— J'ai des nouvelles susceptibles de t'intéresser.

— Ah ? dis-je, en suspendant mon geste alors que je m'apprêtais à porter une olive à ma bouche.

Des nouvelles reçues un jour de jugement risquaient de ne pas être de nature réjouissante.

— Ce contrebandier avec lequel ton Faucon partage un pénible passé. Orthys. J'ai fait enquêter sur lui.

La Contessa prit une gorgée de vin.

— Le lieutenant Verdi m'a appris qu'il vendait des enfants au Vaskandar en échange de pavot des songes.

— Pas n'importe quels enfants. (Le visage de ma mère se fit aussi terrible que la hache du bourreau.) Des enfants avec un potentiel magique.

Je reposai mon olive dans le plat.

— Donc ce n'était pas un hasard s'il en avait après Zaira.

Elle hocha la tête.

— En général, il cible des enfants possédant des pouvoirs trop faibles pour manifester la marque des mages. Mais notre enquête a découvert qu'à au moins une ou deux occasions, il s'est emparé d'un enfant-mage avant les Fauconniers, et l'a vendu au Vaskandar.

Une pensée terrible me frappa.

— Serait-il possible que ce soit lui qui ait enlevé les enfants d'Ardence ? Les héritiers des familles nobles ?

— Ce n'est pas impossible. Il était effectivement de passage à Ardence à cette période. S'il est impliqué dans cette affaire, il vaudrait mieux pour lui qu'il commence dès maintenant à prier la Grâce de la Miséricorde. (Ma mère vida son verre de vin d'un trait, puis se leva.) Mais pour autant, cela ne le sauvera pas. Nous prenons très au sérieux cette affaire de kidnapping de mages. J'ai lancé une enquête poussée sur ses activités. Il sera bientôt amené dans les geôles du palais pour y être interrogé.

Cette perspective me fit presque ressentir de la compassion pour lui.

— Je le dirai à Zaira quand je la verrai. Je compte me rendre aux Mues cet après-midi.

La Contessa s'immobilisa.

— Ah, oui, les Mues. Une dernière chose.

— Oui ?

Ma mère m'adressa un regard froid, scrutateur.

— Je me suis laissé dire que tu passais beaucoup de temps en compagnie du lieutenant Verdi. Y aurait-il quelque chose entre vous ?

Je manquai de m'étrangler avec le vin que je venais de boire.

— Non, pas du tout, réussis-je à protester. Nous sommes amis, mère, voilà tout. Et j'ai du respect pour lui. Rien de… romantique.

— Tant mieux. (La Contessa se rassit un instant, et le ton de sa voix se fit d'une douceur effrayante.) Parce que c'est impossible, Amalia. Et ça le restera toujours. Tu en es bien consciente, n'est-ce pas ?

Oui, je le savais. Je le savais, car cela faisait quatre ans que ma mère me répétait qu'aucun des soupirants de la cour qui m'entouraient de leurs prévenances n'était assez bien pour l'héritière des Cornaro. Je le savais pour avoir surpris des discussions du Conseil des Neuf dans le salon du rez-de-chaussée durant lesquelles la question de cimenter des alliances par des mariages était évoquée avec un art consommé du calcul politique. Je le savais depuis que j'étais née d'un père qui avait renoncé à ses prétentions au trône en tant que fils cadet de la reine de Callamorne pour venir à Raverra épouser ma mère, afin que son pays puisse entrer dans le giron de l'Empire sans perdre la face. Mais cela restait abstrait, une dague au fourreau pour me protéger de damoiseaux inconséquents et m'empêcher de faire de mauvais choix. Désormais, la dague était dégainée et sa lame pressée contre ma gorge.

Je n'avais qu'à hocher la tête et dire « Oui, mère », ainsi que je l'avais toujours fait.

Mais la colère enfla dans ma poitrine, un tourbillon de frustration face à toutes ces règles et ces obligations qui asphyxiaient mon existence, et d'autres mots franchirent mes lèvres.

— Par la Grâce de l'Amour, si je ne peux même pas me faire un nouvel ami sans que vous sortiez les crocs à la simple idée que l'on puisse me courtiser, vous feriez mieux de renoncer tout de suite à l'ambition de devenir un jour grand-mère !

Ma mère avança le bras au-dessus de la table comme si elle allait me prendre la main. Son alliance brilla à son doigt :

un saphir pour Raverra et un diamant plus petit pour Callamorne, unis sur un anneau d'or délicatement ouvragé.

— Les personnes avec qui tu passes du temps, celles avec qui tu danses, celles dont tu te tiens un peu trop près dans un jardin public, tous ces comportements sont surveillés, relevés, et ont de grandes chances de finir imprimés dans les gazettes, avec les autres ragots. Le simple fait de supposer que tu nourris un intérêt pour cet homme pourrait ruiner une manœuvre politique basée sur l'idée que tu demeures sans attaches sentimentales et disponible. À moins de pouvoir m'expliquer quel avantage tel ou tel parti apporterait à notre famille ou à l'Empire, tu ne peux manifester aucune attention particulière envers qui que ce soit. Tu me comprends ?

— Donc je ne dois même pas penser à avoir des sentiments pour quelqu'un ? (Je ne pus m'empêcher de prendre un ton amer.) Vous n'avez pas besoin de contrôler le moindre de mes actes, mère. Et vous ne pouvez commander à mon cœur.

Aucun signe de colère ne vint perturber le visage de ma mère. Des gens bien plus vieux et bien plus rusés que moi essayaient chaque jour de lui faire perdre son sang-froid, et ils échouaient invariablement.

La Contessa se leva. La douceur était toujours là, mais c'était du duvet de cygne sur un poing de fer.

— Mets-moi à l'épreuve en ceci, Amalia, me dit-elle, et tu découvriras à quel point tu te trompes.

Je bouillais toujours de colère durant ma leçon aux Mues cet après-midi-là, ce qui était particulièrement dommageable puisqu'il s'agissait d'un entraînement au combat.

Me munir d'un pistolet semblait malavisé dans mon cas, attendu que la poudre et le malefeu ne formaient pas une combinaison des plus heureuses, aussi Marcello avait-il décidé que je recevrais une instruction à la rapière. Balos se montrait d'une patience infinie avec moi, mais les seules leçons d'escrime que j'avais suivies concernaient le maniement de la dague, et je ne savais que faire d'une arme de près d'un mètre de long. Et cela n'arrangeait pas mes affaires que Zaira et Jerith nous observent depuis un banc sur le côté de la cour d'exercice et se livrent à des commentaires tout en faisant lentement un sort à un plateau de petits gâteaux.

Balos décida enfin de faire une pause, et frotta son crâne presque glabre tout en secouant la tête. Je me gardai d'ouvrir la bouche et allai ranger mon épée d'entraînement sur son râtelier.

— Je ne comprends pas pourquoi vous vous embêtez avec ça, lança Zaira, étendue paresseusement sur le banc, en picorant des biscuits aux amandes. (Vaurien était couché à ses pieds et engloutissait la moindre miette qui tombait au sol.) Ces leçons ne riment à rien sans la magie. Si la seule chose utile que puisse faire dame Précieuse ici présente dans un combat est de prononcer le mot de libération, pourquoi ne pas l'entraîner à ça ?

Balos et Jerith échangèrent un regard.

— Parce que le malefeu est si effroyablement dangereux et destructeur que le plus petit accident pourrait nous tuer tous ? suggéra Jerith.

Balos acquiesça.

— Le malefeu n'est pas un pouvoir que l'on peut libérer à des fins d'exercice. Du moins, pas quand il y a du monde alentour. Il se répand trop rapidement. Vous ne devez le libérer que lorsqu'il s'agit d'une question de vie ou de mort ; en clair, quand il n'y a plus aucune autre solution.

Zaira grommela.

— Dis-le donc au doge.

J'avisai Marcello à l'autre bout du terrain d'exercice, affalé sur un banc, la tête baissée. Je n'avais pas vu qu'il était là. Au début de ma leçon, il était parti en ville enquêter sur une affaire d'alchimiste clandestin. Il avait dû revenir et nous rejoindre sans se faire remarquer durant mon entraînement avec Balos. Je traversai la cour d'un pas lourd, en colère contre ma mère et contre mon manque de talent à la rapière, en m'apprêtant à lui demander si c'étaient mes piètres performances qui le conduisaient au désespoir.

Mais il garda la tête basse quand je m'approchai de lui, et ses épaules s'affaissaient sous le poids du plus profond abattement.

— Qu'est-ce qui ne va pas ? demandai-je doucement en m'asseyant à côté de lui sur le banc. Les choses se sont mal passées avec l'alchimiste ?

Il releva la tête, mais son regard resta vague et distant.

— Quoi ? Oh, non. Il n'y avait pas d'alchimiste. Juste un amoureux éconduit qui a empoisonné son rival, sans l'aide d'aucune magie.

— Qu'y a-t-il, alors ? Vous semblez préoccupé.

Marcello soupira.

— C'est Istrella. Il faut que je lui dise pourquoi nous allons à Ardence.

— Comment ? Vous ne lui avez toujours pas parlé des canons ? m'exclamai-je, incapable de masquer ma surprise.

— Je sais, dit-il en passant les deux mains sur son front pour plaquer ses cheveux en arrière. Je suis allé la voir dans sa tour hier soir pour le lui dire, mais je n'ai pas pu m'y résoudre. Elle était si heureuse, absorbée dans son travail sur sa couronne d'invisibilité, que je n'ai pas eu le cœur de lui gâcher ce moment.

— Cela ne vous ressemble pas de laisser la peur vous empêcher d'agir.

— J'ai promis de veiller sur elle, expliqua-t-il avec un demi-sourire d'impuissance. Ma mère nous a abandonnés alors qu'Istrella était à peine en âge de marcher, et mon père se désintéressait d'elle. J'avais sept ans, mais je l'ai pratiquement élevée en compagnie de sa nourrice, jusqu'à ce que la marque des mages apparaisse dans ses yeux quelques années plus tard.

— Cela a dû être très dur.

— Non, pas vraiment. Cela m'a donné un but, quelque chose d'utile à faire, qui faisait mentir mon père et mon frère quand ils me traitaient de bon à rien. (Un sourire ironique se dessina sur ses lèvres.) Le colonel est venu en personne pour amener Istrella aux Mues, étant donné qu'il s'agissait de la fille d'un patricien. Je lui ai dit que j'accompagnerais ma sœur, et que je deviendrais son Fauconnier quand je serais assez âgé pour ça.

Je m'imaginai le colonel Vasante de dix ans plus jeune, baissant les yeux sur ce petit garçon obstiné.

— Et donc vous l'avez accompagnée ? Vous avez passé votre enfance aux Mues ?

— Seulement une partie du temps, jusqu'à ce que j'aie quatorze ans et que je puisse devenir le Fauconnier d'Istrella. Le colonel avait statué que puisque le reste de notre famille avait décliné l'offre de s'installer avec nous aux Mues, je pouvais y vivre la moitié de l'année. Elle nous renvoyait, Istrella et moi, à la maison aussi souvent que possible, étant donné que mon père et mon frère ne venaient jamais nous rendre visite aux Mues. Mais ils n'étaient pas heureux de nous voir. Nous leur rappelions trop notre mère, et ils considéraient que la marque des mages était une malédiction qu'elle leur avait laissée en cadeau d'adieu. Nous étions bien mieux aux Mues.

— Vous êtes donc sa seule véritable famille, et vous voulez la protéger, résumai-je.

Il hocha la tête d'un air misérable.

— Je me suis toujours dit que je n'étais pas réellement un bon à rien tant que je continuais à veiller sur ma sœur. Je ne peux pas lui demander de fabriquer ces canons, Amalia. Ce n'est encore qu'une enfant.

— Ne prenez donc pas Istrella pour une idiote, le grondai-je gentiment en lui secouant l'épaule.

Marcello tourna la tête vers moi, surpris.

— Comment ça ?

— C'est un Faucon. Elle a grandi aux Mues. Elle sait ce que l'on attend d'elle.

— Ils envisagent d'utiliser le fruit de ses talents pour attaquer une ville pleine de citoyens innocents.

L'angoisse qui perçait dans sa voix ne concernait pas uniquement Istrella. Je ne le comprenais que trop bien ; la même inquiétude me labourait le cœur de ses griffes.

— Inutile de s'en rendre malade tant que ce ne sont encore que des mots. (J'étais douloureusement consciente du peu de distance qui nous séparait, de l'orientation de son corps qui penchait vers le mien.) Tout le monde souhaite une solution diplomatique. Nous avons du temps.

Une des portes de la cour d'entraînement s'ouvrit brusquement. Un carillon sonna, pour avertir de la présence d'un visiteur ceux qui seraient en train d'utiliser une magie dangereuse. Le colonel Vasante traversa la cour d'un pas volontaire.

— Fini de jouer, appela-t-elle. Nous avons une mission.

Marcello et Balos se raidirent et Jerith se leva en se frottant les mains pour les débarrasser du sucre des gâteaux. Je serrai nerveusement mon médaillon ardent.

— Je vous en prie, dites-moi que cela ne concerne pas Ardence.

Vasante m'adressa à peine un regard.

— Rien d'aussi grave. Ils ont retrouvé ce contrebandier, Orthys.

Zaira se releva d'un bond et le plateau de gâteaux tomba au sol avec fracas. Vaurien lança un bref aboiement, surpris par le bruit.

— Pourquoi les Faucons sont-ils concernés ? demanda Marcello d'une voix perplexe. Ils n'ont quand même pas besoin de magie pour arrêter un vulgaire contrebandier et ses complices.

— Ils ont obtenu des renseignements d'un complice d'Orthys qui a été capturé et interrogé. (Au ton de la voix du colonel, je n'avais aucune envie de savoir ce qu'ils avaient fait à cet homme pour l'obliger à parler.) Il leur a appris qu'Orthys avait quelques surprises en réserve : des pièges de façonnier dans son repaire, des poisons alchimiques, un ou deux sous-fifres possédant quelques talents magiques. Il faut des Faucons pour s'occuper de ça.

Marcello vérifia la rapière et le pistolet à sa ceinture.

— À vos ordres. J'emmènerai un alchimiste et un façonnier, pour s'occuper de pièges éventuels.

— Je rassemble deux escouades pour vous escorter. Antelles. (Le colonel désigna du doigt Jerith et Balos.) Vous y allez aussi.

Jerith s'inclina, l'air grave. Balos se débarrassa de son épée d'exercice pour s'équiper d'une vraie rapière.

Le colonel repartit comme elle était venue, et la clochette sonna à nouveau quand elle claqua la porte derrière elle avec force.

— J'en suis, moi aussi, annonça Zaira, les poings serrés à s'en faire blanchir les jointures.

Marcello secoua la tête.

— Hors de question. Nous ne pouvons risquer votre vie ni celle de dame Amalia.

Zaira s'avança vers lui d'un air farouche.

— Vous le lèche-bottes, je ne vous demande pas votre permission. C'est d'Orthys qu'on parle. Je viens !

— Vous n'irez nulle part sans dame Amalia, décréta Marcello, et elle reste ici.

Toute la colère et la frustration qui bouillonnaient en moi depuis que j'avais eu cette conversation avec ma mère se cristallisèrent en une détermination glaciale.

— Non, je vous accompagne.

Marcello pivota sur lui-même et me lança un regard incrédule.

— Ma dame, vous n'êtes pas sérieuse !

— Lieutenant, ce n'est pas à vous de me dicter mes actes.

La voix qui sortit de ma bouche me surprit par son assurance et sa dureté. On aurait dit celle de ma mère.

Marcello se redressa pour adopter une posture guindée, et son ton se fit distant.

— Certes non, ma dame, vous avez raison. Mais je commande cette opération militaire, et c'est à moi de décider quelles forces y engager ou pas. Et en aucune circonstance je ne courrai le risque qu'une sorcière du feu se déchaîne au beau milieu de la ville. (Il s'inclina avec raideur.) Bonne journée, ma dame.

Marcello quitta la cour. Jerith adressa un regard de sympathie à Zaira, puis il prit Balos par la main et ils disparurent à la suite du lieutenant. La clochette tinta d'un son joyeux qui avait quelque chose de moqueur.

Zaira bouillait d'une rage furieuse.

— Que la démone de la Folie te fende le crâne, espèce de salopard arrogant et…

— Zaira, l'interrompis-je. Allons-y.

Ma détermination froide était toujours là, et j'en avais assez d'obéir à tout bout de champ.

Surprise, Zaira écarquilla les yeux, avant de me scruter d'un air méfiant.

— Vous l'avez entendu. Il ne veut pas de nous. Et votre petite maman ne veut pas non plus que vous risquiez de vous casser un de vos précieux ongles dans un combat.

— En fait, je suis plutôt d'humeur à faire quelque chose qui déplaira à ma mère. Et quant au lieutenant Verdi, je n'ai jamais parlé d'interférer dans sa mission, lui expliquai-je avec un sourire. Vous et moi allons juste faire une innocente promenade en ville. N'est-ce pas ?

Zaira me dévisagea des pieds à la tête, un peu comme si elle estimait combien elle pourrait obtenir pour mes bottes sur le marché noir.

— Nous ne pourrons jamais nous approcher assez pour mettre une raclée à Orthys, dit-elle pensivement. Nous ne savons même pas où il se trouve. Mais d'accord, ça vaut toujours mieux que de rester assises ici à attendre.

— Où allons-nous ? demandai-je à Zaira.

J'avais ordonné à mon batelier, au cas où il informerait la Contessa de mes allées et venues, de nous déposer dans un respectable quartier marchand, mais qui n'était guère éloigné des Suifs. Trois ponts plus tard, nous avions rejoint le dédale de ruelles étroites aux façades de plâtre écaillées qui laissaient apparaître les briques des murs, avec son linge suspendu à des fils entre les fenêtres des étages. Les passants étaient en majorité d'honnêtes travailleurs rentrant chez eux après leur journée de labeur ; cette partie des Suifs n'était pas aussi malfamée que celle où j'avais rencontré Zaira pour la première fois.

— Les chantiers navals. (Elle scrutait le visage de chaque personne que nous croisions comme si elle espérait repérer Orthys sous un quelconque déguisement.) Il n'est pas idiot. S'il a appris qu'il est recherché, il ne va pas attendre qu'un peloton de soldats en uniforme vienne l'arrêter ; il filera à son navire.

Cela tenait du bon sens. Mon espoir que nous puissions trouver Orthys à temps pour contribuer à sa capture enfla, de même que ma nervosité. Je n'étais pas vraiment taillée pour une confrontation qui risquait de tourner à l'affrontement à mort. Marcello avait eu raison de refuser notre présence. Nous étions en train de commettre une énorme erreur.

— Zaira…, commençai-je.

Elle m'interrompit en portant l'index à ses lèvres et continua à marcher d'un pas égal, mais la tension lui crispa les épaules.

— L'air de rien, jetez un coup d'œil derrière, me chuchota-t-elle. Vous voyez le type avec le bonnet noir ?

Je regardai derrière moi.

— Non.

— Aussi discrète qu'un sac de briques, grommela Zaira. Je vous ai dit : « l'air de rien ». Maintenant il sait qu'on l'a repéré.

— Que *vous* l'avez repéré, rétorquai-je, piquée au vif. Je ne l'ai pas vu.

— Parce que vous êtes aveugle. Peu importe. Nous sommes suivies.

Instinctivement, je tournai la tête pour regarder de nouveau par-dessus mon épaule.

— Par les tétons de la Grâce de la Miséricorde ! pesta Zaira.

— Désolée. Je n'ai pas pu m'en empêcher, m'excusai-je en rougissant.

— Vous êtes désespérante.

Je la croyais, enfin quand elle disait que quelqu'un nous suivait ; pour ce qui était de mon cas, je conservais encore un peu d'espoir. Il ne manquait pas de gens avec des raisons de nous faire suivre, à tel point qu'il aurait été miraculeux que nous ne traînions pas derrière nous une cohorte d'espions, de gardes et d'assassins, collés à nos basques comme des canetons à leur mère. Je pressai cependant le pas, et Zaira m'imita sans protester.

Devant nous, un marchand vêtu d'un tablier de cuir émergea au coin de la rue, et son visage anguleux s'éclaira en nous apercevant. Il se précipita aussitôt vers nous, et Zaira baissa la main sur la poignée de sa dague.

Mais l'homme s'approcha en tendant vers nous non une arme, mais un sceau de cire apposé sur un morceau de beau parchemin. Il jeta un coup d'œil méfiant à la ronde, pour s'assurer que personne ne nous observait.

— Dame Amalia, me salua-t-il en inclinant brièvement la tête. J'ai un message à vous remettre, de la part de votre mère.

Il leva devant moi le parchemin au sceau de cire bleue frappé du cheval ailé de Raverra entouré de neuf étoiles.

— Un message du Conseil ? demandai-je.

Méfiante, Zaira garda la main sur la poignée de son arme.

L'homme acquiesça en rangeant le sceau dans sa poche.

— Nous venons de capturer un autre associé d'Orthys, et il nous a livré de nouvelles informations. Les Faucons ont été envoyés sur une fausse piste. Et il est fort possible qu'ils se dirigent tout droit dans un piège.

— Par la Grâce de la Miséricorde ! (Marcello et les autres étaient déjà en chemin ; ils risquaient à tout moment de tomber dans une embuscade.) Quelqu'un est allé les prévenir ?

— Bien sûr. Mais nous ignorons si cette information est réellement fiable. La Contessa espère que votre Faucon pourra nous confirmer si cet homme travaille effectivement pour Orthys, afin d'annuler ou pas l'opération en cours.

— Une minute, intervint Zaira d'une voix suspicieuse. Comment la Contessa sait-elle que nous sommes là ?

J'éclatai d'un bref ricanement qui n'était pas exempt d'une pointe d'amertume.

— Elle sait toujours où je me trouve, et rien de ce qui se passe dans cette ville ne lui échappe.

L'homme au tablier de cuir s'inclina avec un sourire malicieux.

— Ma dame parle d'or. Nous retenons notre informateur non loin d'ici. Pourriez-vous m'accompagner afin de l'identifier ?

J'échangeai un regard avec Zaira, qui hocha la tête.

— Soit. Menez-nous à lui.

L'homme nous guida dans le dédale sinueux des Suifs et nous fit franchir plusieurs ponts, avant de s'arrêter devant un petit théâtre miteux, à la porte surmontée de masques colorés dont la peinture s'écaillait. L'endroit était fermé pour la journée, mais notre guide ouvrit les portes de bois avec une clef et nous invita à entrer.

Le silence régnait dans la grande salle du théâtre. Des rangées de sièges vides faisaient face à l'avant-scène, fermée d'un rideau rouge. Le bruit de nos pas troubla le silence pesant, nous donnant le sentiment de pénétrer dans un temple abandonné. Quelques faibles rayons de soleil filtraient par l'embrasure de la porte, que notre guide referma doucement derrière nous ; la salle ne possédait aucune fenêtre, et seules les deux lampes tremblotantes qui encadraient la scène atténuaient quelque peu l'obscurité du lieu.

— Où est votre informateur ? demandai-je à l'homme alors qu'il nous invitait à descendre l'allée entre les rangées de sièges.

Notre guide resta coi et Zaira se figea soudain.

— Bordel ! C'est nous qui sommes tombées dans un piège, pas les Faucons.

— Tout à fait exact, Zaira, dit une voix. Tu as vu juste.

Chapitre 14

Une demi-douzaine d'hommes armés de gourdins et de couteaux, cachés entre les rangées de sièges, se levèrent autour de nous. Deux autres apparurent au balcon, leurs pistolets pointés sur nous.

Tous affichaient une mine patibulaire ; l'un d'eux portait une curieuse cicatrice le long de la mâchoire, qui ressemblait presque à l'empreinte d'une main. Cela me rappela quelque chose, mais la situation était trop critique pour que j'aie le loisir de fouiller ma mémoire.

Un homme aux longs cheveux, vêtu d'un manteau écarlate, écarta le rideau pour s'avancer sur l'avant-scène et nous saluer à la manière d'un acteur.

— Bienvenue, dame Amalia.

Zaira dégaina sa dague.

— Orthys, siffla-t-elle entre ses dents.

Mon cœur battait la chamade contre mes côtes, aussi désireux que moi de s'échapper de ce théâtre. Je levai une main sur ma poitrine, pour effleurer du bout des doigts le fermoir de mon médaillon ardent.

— Le grand méchant de la pièce, en personne.

— Oh, rien d'aussi grandiose, réfuta Orthys modestement. En réalité, tout ce que je souhaite, c'est faire ma sortie de scène. Mais la Contessa m'a compliqué la tâche.

— Tu l'auras ta sortie, cracha Zaira. Dans un corbillard.

Orthys éclata de rire. C'était un rire cultivé et sarcastique ; d'ailleurs, l'homme s'exprimait d'une façon qui n'aurait pas dénoté dans les salons de l'élite, sans le moindre accent populaire évoquant les quais ou les Suifs. Et il y avait quelque chose de familier dans sa voix, que je ne parvenais pas à identifier.

— Oh, mais *toi*, ma petite sorcière du feu, tu viens avec moi. J'ai un acheteur qui patiente pour toi depuis des années.

— Libérez-moi, me murmura Zaira d'un ton pressant. Je les ferai tous brûler.

L'avertissement de Balos me revint en tête. La situation n'était pas encore désespérée.

— J'éviterais d'ôter le chaperon à votre Faucon, si j'étais vous, me lança Orthys. Elle n'est pas très regardante quand il s'agit de tuer les gens qui lui sont proches.

Zaira fit un pas en avant.

— La ferme !

— Zaira, non, chuchotai-je. Vous ne voyez pas qu'il cherche à vous provoquer ?

Orthys haussa des sourcils parfaitement dessinés.

— Mais comment crois-tu que je t'ai trouvée ? J'ai entendu parler de cette triste, si triste histoire de l'incendie d'un immeuble où avait péri une vieille femme, et de cette pauvre petite fille miraculeusement épargnée par les flammes.

Zaira émit un bruit étranglé. Les crapules autour de nous gardèrent leurs distances, attentifs, leurs armes levées. Ils ne nous attaquaient pas, mais nous bloquaient toute possibilité de fuite.

— Mais cela ne suffisait pas, poursuivit joyeusement Orthys. Je n'étais pas sûr, tu vois, parce que tu avais si bien réussi à ne pas te faire remarquer durant toutes ces années. Alors j'ai entrepris quelques recherches, et je suis tombé sur un autre incendie tragique, sept ans plus tôt. Tu avais quoi à l'époque, quatre ans, dans ces eaux-là ? Et de même, tout le monde était mort, sauf une petite gamine qui en avait réchappé miraculeusement, et que l'on avait retrouvée en train de pleurer sur les cendres de son père et de sa mère.

Par les larmes des Grâces.

Zaira poussa un cri de fureur digne d'un démon des Neuf Enfers. Elle se précipita dans l'allée vers la scène, le couteau levé. Orthys l'attendit calmement, un léger sourire sur les lèvres.

Avant que j'aie pu ouvrir mon médaillon ardent ou prononcer le mot de libération, ou faire quoi que ce soit d'autre que de hoqueter d'horreur devant la révélation d'Orthys, un cercle de lumière flamboya autour des pieds de Zaira, qui se figea brutalement.

Elle avait foncé tête baissée dans un cercle d'Artifice, tracé sur une carpette posée sur le tapis de l'allée, et se retrouvait soudain clouée sur place.

— Te voilà prisonnière, déclara Orthys d'un air réjoui.

— Que tu crois, pourriture !

Zaira s'accroupit pour bondir, luttant de toutes ses forces contre la magie du cercle qui l'empêchait de bouger.

— Qu'est-ce que vous attendez ? me lança-t-elle sèchement par-dessus son épaule. Libérez-moi, maintenant !

— J'éviterais, à votre place, me prévint Orthys avec un geste d'avertissement, le doigt levé. Elle est déjà hors d'elle, alors même que son feu est toujours sous clef. Si vous la libérez maintenant, vous mourrez avec nous, et toute la ville brûlera.

— Et cela en vaudrait encore la peine ! hurla Zaira en crachant au sol. Faites-le, espèce de lâche !

Orthys avait raison ; il avait planifié tout cela trop soigneusement. Et quand bien même Zaira parviendrait à garder le contrôle, certains des acolytes d'Orthys se trouvaient derrière mon dos ; ses flammes ne pouvaient les atteindre sans passer d'abord par moi.

Et vu l'état de rage dans lequel elle se trouvait, je doutais que cela l'arrête.

« Tu ne dois pas avoir peur, Amalia. Si tu ne montres aucune peur, ils penseront qu'il y a une raison à cela, et ils hésiteront. Et la Grâce de la Victoire te sourira. »

— Vous êtes un sot, Orthys, déclarai-je d'une voix empreinte d'un mépris calme et froid. Vous ne faites qu'aggraver votre cas. Vous auriez peut-être pu encore marchander votre salut, mais à présent que vous vous en êtes pris à un Faucon de Raverra ainsi qu'à l'héritière des Cornaro, et que vous avez volé le sceau impérial…

Le sourire d'Orthys s'élargit.

— Oh, mais je n'ai pas volé ce sceau, il m'a été remis par mon père, de manière tout à fait légitime. (Il ricana.) Enfin, *illégitime*, devrais-je plutôt dire.

Il m'avait fallu un moment, mais je finis par comprendre pourquoi sa voix me paraissait familière. Je l'avais déjà entendue à maintes reprises dans notre salon de réception, encore que plus rarement ces derniers temps, depuis que ma mère l'avait muselée par son chantage.

— Vous êtes le fils bâtard du baron Leodra.

— C'est exact. (À l'évidence, cela le réjouissait de pouvoir enfin revendiquer haut et fort son ascendance.) Et mon cher père ne peut laisser sa rivale au Conseil des Neuf découvrir que son fils illégitime a vendu des enfants-mages au Vaskandar. Vous imaginez les dégâts que cela causerait à sa réputation ? (Il joignit pieusement les mains devant lui, avant de retrouver son sourire cynique.) Mon père a de grandes ambitions et un avenir prometteur ; mais il lui serait bien difficile de se faire élire doge après avoir été dépossédé de son rang et accusé de trahison.

Il m'en disait trop. Cela ne pouvait signifier qu'une chose, et une vive certitude me glaça les os : jamais il ne me laisserait quitter ce théâtre vivante.

Orthys ouvrit grand les bras, un masque de bal gris dans une main : le déguisement de la Noblesse de l'Ombre.

— Mon père a pris des dispositions pour me sortir de ce mauvais pas ; plus par crainte pour sa propre peau que par affection pour moi, j'en ai peur. Alors même que nous parlons, les Faucons ont déjà dû découvrir dans mon repaire le cadavre d'un homme qu'ils prendront pour moi, et ils cesseront donc de me traquer pour un temps, ce qui me permettra de disparaître. Et les preuves que j'ai laissées là-bas dirigeront les soupçons vers Ardence. (Sa voix devint glaciale, et les hommes au balcon pointèrent leurs pistolets sur moi.) Avec votre mort, mon père sera vengé de ce que la Contessa lui a fait. Et elle sera trop bouleversée pour enquêter plus avant, endeuillée par la perte de sa chère fille unique…

— *Exsolvo.*

La conflagration qui s'ensuivit me prit totalement au dépourvu.

Un souffle brûlant me balaya avec force, et je reculai en titubant face au globe de flammes pâles et éblouissantes qui jaillit autour de Zaira, comme si le jet avait retenu en elle un soleil à la terrible radiance.

Des cris et des jurons apeurés éclatèrent dans la salle. Les deux hommes sur le balcon tirèrent sur Zaira, mais le malefeu dévora les balles avant qu'elles l'atteignent. En un clin d'œil, la sphère de flammes enfla jusqu'à être aussi haute que le balcon du théâtre et aussi large que le portail d'entrée des Mues, en engloutissant les rangées de sièges dans son expansion.

D'ici une seconde, elle m'avalerait à mon tour. Recroquevillée face à la chaleur insoutenable, je m'époumonai :

— *Revincio ! Revincio ! Revincio !*

Aussitôt le mot prononcé, les flammes vacillèrent et disparurent, laissant derrière elles quelques phosphènes dans mon champ de vision.

Le feu ravageur avait consumé le cercle d'Artifice qui emprisonnait Zaira, et elle bondit sur la scène alors qu'Orthys était encore sous le coup de la surprise et du choc de l'apparition du malefeu. Ses hommes au balcon s'empressèrent de recharger leurs pistolets, mais il était déjà trop tard.

Le couteau de Zaira s'abattit en un arc mortel et trancha la gorge d'Orthys, qui s'effondra sur la scène avec un cri étouffé par le sang qui jaillit à flots.

Zaira pivota sur elle-même pour faire face à la salle, et la lame de son couteau projeta dans l'air une traînée sanglante.

— À qui le tour ? rugit-elle.

Les complices d'Orthys hésitèrent. L'homme qui les payait était mort, ou le serait d'ici une minute. Mais la colère et la peur rendaient leur réaction imprévisible. Nous n'étions pas encore hors de danger.

Je fermai les yeux et ouvris mon médaillon ardent.

Des cris de surprise et de rage éclatèrent un peu partout, y compris depuis la scène, devant le brusque éclair de lumière éblouissante.

— Bon sang, Cornaro ! ragea Zaira, affectée elle aussi.

Je courus jusqu'à la scène pendant que les hommes d'Orthys, momentanément aveuglés, titubaient et juraient, et attrapai Zaira par le bras pour m'enfuir avec elle par la porte des coulisses. À son poignet, le jet était froid et dur sous mes doigts.

Je m'enfuis à toutes jambes à travers les rues en traînant Zaira par la main, tournai à deux croisements et franchis un pont, la vision encore troublée par la lumière résiduelle du malefeu. Zaira me tira le bras pour m'obliger à m'arrêter alors que nous arrivions à un carrefour qui s'élargissait en une petite place, décorée d'une statue de la Grâce de la Fortune.

— Pourquoi est-ce qu'on court ? demanda-t-elle. C'est la ville de votre mère, non ?

— Parce que le baron Leodra siège au Conseil des Neuf lui aussi, et que s'il découvre ce qu'il vient de se passer avant le doge, il pourra ordonner au guet, aux assassins impériaux, et même à l'armée entière de se lancer à notre recherche.

Les pensées tournoyaient dans mon esprit, encore plus fébriles que les battements affolés de mon cœur. Tout représentant de l'Empire auquel je pourrais demander de l'aide risquait d'être un homme loyal à Leodra.

— Dans ce cas, *marchez*, espèce d'idiote, sinon on ne verra que vous, à courir partout comme si vos cheveux étaient en feu.

— Oh, d'accord, je comprends.

J'examinai Zaira d'un œil attentif.

— En parlant de feu, comment se fait-il que vous n'ayez pas perdu connaissance ?

Elle avait bien les traits un peu tirés, et le pas moins vif qu'à l'ordinaire, mais elle ne semblait pas sur le point de défaillir.

— Parce que vous n'avez libéré mon pouvoir qu'à peine une demi-seconde ! s'irrita Zaira avec un grand geste des bras.

— Oui. Parce qu'une seconde plus tard, je serais morte.

Zaira cligna des yeux.

— C'est vrai, vous étiez juste derrière moi. (Elle se figea.) Oh.

Je pouvais voir qu'elle repensait à ce qu'Orthys avait dit à propos de ses parents tués eux aussi par le malefeu. Il était déplaisant de constater qu'elle ne semblait pas plus troublée que ça à l'idée d'avoir failli me tuer, mais je décidai de garder mes remarques pour moi.

— Nous devons retrouver Marcello, déclarai-je. (Il ne pouvait pas être très loin.) Il nous fournira une escorte armée.

— Pour retourner aux Mues ?

— Non. Nous ne pouvons pas laisser à Leodra le temps de préparer une contre-attaque.

— Où irons-nous, alors ?

Je me remis à marcher, d'un pas décidé, étrange et nouveau pour moi, à grandes enjambées implacables, arpentant un chemin qui mènerait à la perte de Leodra.

— Chez ma mère.

Nous retrouvâmes Marcello et les autres Faucons en suivant la rumeur qui courait le quartier au sujet d'une troupe militaire en opération dans les Suifs. Quand nous repérâmes enfin des uniformes écarlates au bout d'une rue incurvée, derrière un attroupement de badauds, les derniers feux du couchant faisaient rougeoyer le crépuscule et des ombres profondes commençaient à descendre sur les rues et les canaux.

Un soldat bloquait l'entrée de la voie et tenait les passants à distance. Derrière lui, j'aperçus Jerith et Balos devant une taverne en compagnie d'une dizaine de soldats qui discutaient entre eux, l'air mécontent.

— Interdiction de passer par là, nous arrêta le soldat en levant une main, alors que Zaira et moi approchions. Vous pouvez faire le tour par le pont des Trois Duels, à moins que vous ne préfériez attendre. Cela ne devrait plus durer très... Oh ! Dame Cornaro !

Le soldat s'inclina, et les gens autour de moi se mirent à murmurer en échangeant des regards.

— Où est le lieutenant Verdi ? demandai-je.

— Dans la taverne, ma dame. Vous pouvez y aller, les combats sont terminés, il n'y a plus de danger, dit le soldat en nous faisant signe de passer.

Jerith ne parut pas surpris de nous voir, mais Balos secoua la tête d'un air de dire : « *J'aurais dû m'en douter.* »

— Si tu voulais pouvoir botter toi-même les fesses d'Orthys, tu arrives trop tard, lança Jerith à Zaira. Le temps qu'on se pointe, un de ses hommes lui avait déjà réglé son compte d'un coup de pistolet en plein visage.

— Oh, je suis arrivée pile à temps, répondit Zaira avec un sourire carnassier. Et j'ai fait mieux que lui botter les fesses.

— Il faut que je parle à Marcello. (Je sentais que je perdais ma contenance de seconde en seconde, inexorablement, comme un glaçon en train de fondre.) Il y a un problème.

Balos scruta mon visage d'un long regard, puis acquiesça.

— Je vais le chercher.

Tandis qu'il entrait dans la taverne, d'où sortait la voix de Marcello posant des questions à quelqu'un qui marmonnait des réponses, j'observai Zaira du coin de l'œil. Quelques gouttes du sang d'Orthys parsemaient son visage, semblables à de petites taches de rousseur, et ses yeux étaient marqués de cernes profonds.

— Vous allez bien ? lui murmurai-je.

— Très bien, rétorqua-t-elle comme si je l'avais insultée, mais son menton tremblait. Je vous avais dit que je ne voulais pas savoir ce qui leur était arrivé.

— Je suis profondément désolée, dis-je, la gorge serrée à l'idée de cette fillette sanglotant au milieu des décombres calcinés.

Zaira haussa les épaules d'un air revêche.

— Je ne me souviens même pas d'eux. Gardez votre pitié pour vous.

Jerith ne dit rien, mais il plissa les yeux et je vis qu'il avait compris de quoi nous parlions.

Marcello sortit de la taverne en se baissant pour franchir le linteau de la porte basse. Il s'avança vers nous, la mine désapprobatrice.

— Ma dame, Zaira. Que faites-vous là ?

Sa question frappa droit au cœur du malaise qui m'habitait.

— Ce n'était pas la meilleure des idées, je vous le concède, répondis-je en pressant les doigts sur mes tempes.

— Nous sommes venues finir le boulot pour vous, rétorqua Zaira.

— Là n'est pas la question, mais le fait est que nous avons découvert une trahison. (Je relevai la tête en prenant une grande inspiration.) Marcello…

Celui-ci écarquilla soudain les yeux, et j'eus à peine le temps de penser : *Mais je ne lui ai encore rien dit*, qu'il s'écriait :

— Amalia, attention !

Il se précipita sur moi et me poussa si violemment que j'allai buter contre Jerith.

Un tir claqua dans l'air et une balle ricocha sur les pavés, projetant un éclat de pierre contre ma cheville.

Marcello laissa échapper un sifflement de douleur et plaqua une main sur son flanc.

— Marcello !

Je lui saisis la main et écartai ses doigts pour découvrir le trou dans son pourpoint, auréolé d'une tache sombre.

— Par les Grâces, vous êtes touché !

Il passa son autre bras autour de moi et tourna le dos à la direction d'où était parti le coup de feu, pour me protéger de son corps. Je me dégageai, furieuse, et vis Jerith lever les yeux vers une fenêtre du premier étage, un peu plus loin dans la rue.

— *Exsolvo,* murmura Balos.

Jerith claqua des doigts. Une étincelle d'un blanc violacé jaillit de ses doigts et se transforma en mince éclair de lumière. Un autre claquement sourd fit vibrer mes tympans, plus fort que la détonation du pistolet, et une silhouette inerte tomba par la fenêtre pour s'écraser dans la rue avec un bruit mat écœurant. Une volute de fumée s'échappa du tablier de cuir que portait l'homme, et un pistolet glissa de sa main pour tinter sur les pavés.

— *Revincio*, dit Balos en baissant la tête.

— Amalia ! (Marcello me prit par les épaules.) Vous n'avez rien ? Il vous a touchée ?

— Non, mais il vous a touché, vous !

Je regardai le trou qui déchirait son pourpoint, mais la tache sombre ne semblait pas s'étendre.

— Ce n'est qu'une éraflure. Les Grâces soient louées, vous êtes sauve.

Il n'avait pas ôté ses mains de mes épaules. Il scrutait mon visage avec intensité, comme pour y lire des signes qui le rassureraient sur mon état. Je pris conscience que ma main était toujours posée sur ses côtes, mes doigts humides de son sang, et je la retirai précipitamment.

— Marcello…

Je voulais le remercier – et le réprimander aussi – d'avoir voulu me protéger. Il fallait aussi que je vérifie si l'homme au tablier de cuir était encore en vie et, le cas échéant, m'assurer qu'il soit appréhendé pour être interrogé. Et je devais nous ramener tous en lieu sûr, le temps de veiller à ce que Leodra n'ait plus les mains sur les rênes du pouvoir. Mais le nom de Marcello s'attarda sur mes lèvres, et aucun autre mot ne voulait venir le remplacer.

Un bruit de pas sur les pavés me sortit de ma rêverie. Des pas durs, disciplinés, d'au moins une dizaine de personnes. Je me tournai vers la source de ce bruit, prête à engager un nouveau combat.

Une escouade de la garde impériale s'avançait en direction de la taverne. Au centre de leur formation, tel le vaisseau amiral d'une armada, voguait la Contessa, resplendissante dans une robe de brocart émeraude.

Son regard glissa sur les soldats assemblés, s'attarda un instant sur le corps au sol, et se posa enfin sur Marcello et moi. D'un mouvement délibéré, je m'écartai légèrement de lui, tandis que Balos s'inclinait, enclenchant une vague de révérences précipitées de la part de tous les autres. Ciardha se tenait auprès de la Contessa, attentive et prête à agir, telle une lame sortie de son fourreau.

—Au rapport, ordonna sèchement la Contessa.

Marcello la salua.

—Le colonel nous a envoyés ici pour capturer Orthys, sur la foi des informations arrachées à un prisonnier. Mais nous avons découvert que l'individu en question venait d'être tué, victime d'une querelle interne avec ses hommes.

Ma mère plissa les yeux.

—Je n'ai pas eu vent de l'interrogatoire d'un prisonnier. Qui a donné ces ordres au colonel Vasante ?

Marcello eut un mouvement de recul face à la colère irradiant de la Contessa.

—J'ai cru comprendre qu'ils émanaient du Conseil des Neuf, Votre Excellence.

—Je suis ici, déclara-t-elle d'une voix glaciale, pour savoir pourquoi un contingent de Faucons a atterri dans cette partie de la ville où selon notre enquête Orthys se terrait, et cela sans ordre de ma part, et *avant* que nous ayons pu le localiser avec précision.

—Mère, dis-je en baissant la voix afin qu'elle ne porte pas jusqu'aux curieux qui observaient la scène depuis les fenêtres ou le bout de la rue. C'était un piège.

—Cela ne me surprend guère. (Elle m'examina de son regard perçant, comme pour s'assurer que j'étais indemne.) Explique-moi.

Je m'exécutai et lui racontai tout ce que je savais. Le masque d'impassibilité de ma mère ne se fissura à aucun moment, même quand j'en vins à l'implication de Leodra, alors que la nouvelle déclenchait un hoquet de surprise chez Marcello. Elle m'interrompit une fois, le temps de faire signe à Ciardha, qui alla fouiller avec diligence l'homme au tablier de cuir pour lui rapporter le sceau du Conseil des Neuf. Ma mère le saisit d'une main détendue, mais son expression se fit lugubre, me rappelant qu'aujourd'hui était jour de jugement.

— Très bien, dit-elle une fois que j'eus terminé, en se tournant vers Marcello, puis vers l'officier de la garde impériale qui se tenait à ses côtés. Vous m'accompagnerez.

— À votre palais ? s'enquit Marcello.

— Non. Au palais impérial. (Elle glissa le sceau dans sa manche.) Toi aussi, Amalia. Je veux que tu restes avec moi tant que le cas du baron Leodra n'aura pas été réglé. Nous avons beaucoup de travail.

Chapitre 15

Nos embarcations formaient une véritable flottille voguant vers le palais impérial. Les gens s'accoudaient aux rambardes des ponts pour regarder passer avec de grands yeux étonnés la longue file de barques militaires, rouges pour les Fauconniers, bleues pour la garde impériale. J'étais assise en compagnie de ma mère dans son bateau personnel, au centre de la colonne. Sa proue dorée, qui représentait le cheval ailé de Raverra, fendait les eaux du canal avec le tranchant d'une lame acérée.

— Je n'arrive pas à croire que le baron Leodra soit un traître, dis-je.

La Contessa gardait les yeux fixés sur le palais impérial qui se profilait au bout du canal, le visage fermé.

— Je doute qu'il s'agisse d'un choix délibéré de sa part.

— Si Orthys vendait des enfants au Vaskandar, et que son père l'a laissé utiliser le sceau impérial…

— Je sais à quoi tu penses. (Ma mère me lança un regard en coin.) Aux enfants enlevés à Ardence, et au stratagème pour faire accuser les Fauconniers. Mais prends garde à ne pas tirer de conclusions hâtives.

— Cela ne me semble pas si hâtif que ça.

Tout prenait sens à présent. Leodra voulait voir l'Empire imposer plus durement son joug sur Ardence ; quelle meilleure manière de l'obtenir que de déclencher une guerre qu'Ardence n'avait aucune chance de gagner ?

— Leodra ne possède pas de réseau à Ardence, m'expliqua la Contessa. Il ne siège que depuis peu au Conseil, et la base de son pouvoir se trouve ici, à Raverra. Pour ce que notre enquête nous a permis d'apprendre jusqu'ici, Orthys s'arrêtait régulièrement à Ardence quand il remontait le fleuve pour gagner le Vaskandar, mais lui non plus n'y disposait pas de contacts significatifs. Aucun d'eux ne possédait à Ardence les ressources ni les relations nécessaires pour monter une opération aussi minutieuse et ambitieuse que le rapt des héritiers de la haute noblesse de la cité. Il reste possible que le baron Leodra soit impliqué, mais si tel est le cas, il n'a pu agir seul.

Cela semblait cohérent. Leodra n'avait pas pu employer des agents impériaux pour enlever les enfants, sinon le reste du Conseil en aurait été averti. Et s'il ne disposait pas de ses propres hommes à Ardence, cela signifiait que quelqu'un d'autre avait kidnappé ces enfants, et qu'il les retenait toujours.

Je contemplai ma main, crispée à m'en blanchir les jointures sur le mince poteau qui supportait le dais de brocart au-dessus de nos têtes. La cicatrice au dos de mon poignet ressortait clairement, me rappelant que j'avais encore une fois échappé de peu à une tentative d'assassinat.

Cicatrice. Cela me rappela autre chose, une chose qui m'avait intriguée quand Orthys nous avait piégées dans ce théâtre, et que j'avais oubliée dans le chaos qui s'était ensuivi.

— Que les Grâces nous protègent ! Je crois qu'Orthys travaillait pour le prince Ruven.

J'avais piqué la curiosité de ma mère, qui se tourna sur le banc garni de coussins pour me dévisager.

— Que veux-tu dire ?

— Un des hommes d'Orthys avait une cicatrice qui ressemblait à l'empreinte d'une main, expliquai-je en me touchant le visage. La moitié des serviteurs de Ruven portent des cicatrices semblables, laissées dans leur chair par ses pouvoirs d'ensorceleur. Je ne connais rien d'autre susceptible de faire ce genre de marque sur la peau.

La Contessa garda un moment le silence, puis elle laissa échapper une longue expiration.

— Que Leodra croupisse dans l'enfer de la Calamité. Nous n'avons pas fini de dénouer l'écheveau de ses manigances.

Nous nous engouffrâmes dans le palais impérial avec la force d'une bourrasque hivernale, laissant dans notre sillage des courtisans tremblants. Ma mère s'enferma dans la chambre du Conseil avec le doge et ceux des Neuf qui se trouvaient alors au palais – Leodra n'était pas parmi eux –, tandis que Ciardha, Marcello et moi montions la garde à l'extérieur.

Nous n'eûmes pas à attendre bien longtemps. Il se passa à peine un quart d'heure avant que ma mère nous fasse entrer, Marcello et moi, afin que nous racontions ce dont nous avions été témoins. Assis sur un trône sans prétention, encadré par deux autres membres du Conseil au visage blême et aux lèvres pincées, le doge nous écouta avec une lueur froide dans le regard. Quand nous eûmes terminé, il se leva, et ses robes richement brodées se déployèrent autour de lui comme les ailes d'une mouette.

— Nous devons procéder à l'arrestation du baron Leodra sur-le-champ. Il nous faut agir rapidement et discrètement, pour empêcher que cette querelle intestine s'étale au grand jour. Nous ne pouvons pas nous le permettre, pas avec Ardence et le Vaskandar guettant le moindre signe de faiblesse, et tous les yeux de l'Empire tournés vers nous.

— Je me chargerai avec plaisir de régler cette affaire, proposa la Contessa.

Le doge acquiesça d'un bref hochement de tête.

— Vous avez ma bénédiction et toute autorité en la matière.

Nous retrouvâmes Ciardha dans le couloir, et ma mère commença immédiatement à donner des ordres.

— Réunissez une section de gardes impériaux. Envoyez nos espions chercher Leodra. Demandez à nos officiers de renseignement les plus fiables de déterminer qui sont les personnes dévouées au baron ; qu'ils fassent arrêter ses gens et saisir ses documents, et qu'ils étudient toutes les intrigues dans lesquelles il aurait pu tremper. Nous devons bloquer tout plan de secours qu'il aurait prévu avant même qu'il puisse le mettre en action. Et cherchez tout particulièrement des indices à propos du rapt des enfants ardentins.

Ciardha s'inclina sans ralentir le pas.

— Ce sera fait, Contessa.

Nous quittâmes le palais quelque temps après, à la tête d'une troupe de soldats aux visages sévères. Je me sentais toute petite parmi eux alors que nous traversions la ville telle une vague, pour déferler sur le palais de Leodra avec l'inévitabilité de la marée montante. J'avais mis ces événements en branle en survivant au piège que Leodra m'avait tendu et en informant ma mère de son implication ; à présent, ils m'échappaient pour se déployer autour de moi, en me laissant simple spectatrice du funeste destin promis à Leodra.

Mais lorsque nous arrivâmes au pied des marches de marbre du somptueux palais du baron, Ciardha nous y attendait déjà et elle nous accueillit en secouant la tête.

— Il a fui, Contessa. Quelqu'un a dû l'avertir.

La Contessa ferma les yeux une seconde en murmurant un juron. Puis elle les rouvrit, et son regard se fit aussi inflexible qu'à l'accoutumée.

— Je veux que sa demeure soit fouillée de fond en comble.

— Bien sûr, Contessa. Nous avons déjà commencé, et il a été trouvé ceci.

Ciardha tendit à ma mère un papier à l'allure de document officiel.

Je jetai un coup d'œil par-dessus l'épaule de celle-ci. Le message familier était rédigé dans une écriture élégante, déparée par quelques ratures. Il s'agissait à l'évidence d'un brouillon de la lettre laissée aux parents des enfants d'Ardence enlevés, qui leur enjoignait de se soumettre à l'autorité de Raverra.

— Par l'enfer de la Discorde, soufflai-je, si Ardence apprend ceci…

Cela viendrait confirmer les pires soupçons de la Noblesse de l'Ombre, et je ne pourrais plus les blâmer d'accuser Raverra. Certes, il manquait encore des pièces au puzzle, mais cette lettre était un indice clair : un membre du Conseil des Neuf de Raverra était impliqué dans cet enlèvement.

Ma mère rendit la lettre à Ciardha.

— Nous devons réunir le Conseil, décréta-t-elle. Il nous reste un jugement à prononcer aujourd'hui.

Un tourbillon incessant d'activité régna toute la nuit au palais Cornaro, et aussi le jour suivant : des espions et des messagers entraient faire leur rapport, Ciardha allait et venait le visage grave et les yeux cernés par le manque de sommeil, le doge et une partie des membres du Conseil se succédaient pour voir la Contessa, durant les brèves périodes où elle n'était pas elle-même au palais impérial.

Ma mère me demanda instamment de rester cloîtrée chez nous le temps qu'elle s'assure que le baron Leodra n'avait pas laissé derrière lui des assassins chargés de m'éliminer puisque Orthys y avait échoué. Quelques semaines auparavant, j'aurais été parfaitement heureuse de lui obéir et de m'enfermer dans la bibliothèque pour lire ou dans ma chambre pour dessiner des projets d'Artifice, mais je n'avais plus l'esprit à tout cela. Je faisais les cent pas dans la bibliothèque ou j'observais le Canal impérial par les fenêtres du palais, en m'efforçant de tendre l'oreille à la moindre nouvelle que je pouvais glaner, inquiète de l'impact que pouvait avoir la révélation de la trahison de Leodra sur la crise diplomatique avec Ardence.

Apparemment, la fouille minutieuse du palais du baron Leodra, ainsi que l'étude de sa correspondance et les interrogatoires de ses plus fidèles lieutenants et conseillers, n'avait pas permis de relever d'autres indices relatifs au rapt des enfants ardentins. Si Leodra avait fait davantage que de fournir le mandat et le sceau impérial aux kidnappeurs, il avait pris soin de faire disparaître toute trace de son implication. J'avais caressé l'espoir qu'une fois Leodra démasqué, l'enquête conduirait à la libération des enfants et à la fin de cette menace de guerre. Mais cet espoir s'évanouissait à mesure que la vérité se dévoilait : s'il avait bien participé à cette terrible machination, Leodra n'en était manifestement pas la tête pensante.

Le soir qui suivit la trahison de Leodra, Domenic me fit le plaisir de passer me voir. Mais à peine avions-nous pris place dans le petit salon devant un plateau de crostinis au fromage parfumés au romarin qu'il m'avouait l'objet véritable de sa visite.

— Je repars pour Ardence demain matin, m'expliqua-t-il avec un soupir résigné. Mais je n'ai aucune envie de rentrer. D'après toutes les nouvelles que j'ai reçues, la cour est plus que jamais noyée dans un brouhaha d'invectives et d'idées malheureuses. Mais je dois au moins essayer de persuader mon cousin le duc de rouvrir sa porte à l'Envoyée sérénissime. Et parler à mon frère pour l'empêcher de commettre des erreurs susceptibles de mettre en péril l'avenir de ma cité.

— Tu n'envisages donc plus de rejoindre les rangs de la Noblesse de l'Ombre ? le raillai-je. J'étais pourtant prête à t'offrir un loup gris et une longue cape mystérieuse.

Je tentai de parler d'une voix légère et moqueuse, mais j'étais incapable de masquer tout à fait la tension qui m'habitait, et je ne doutais pas que Domenic la sentait lui aussi.

— Bien que je sois persuadé que j'aurais fière allure dans cette tenue, tu devrais encore attendre pour l'acheter. (Domenic tourna un crostini entre ses mains comme s'il examinait un objet précieux.) Ils ont tout de même raison sur certains points, tu sais, et notamment sur le recrutement forcé des Faucons. Mais Gabril… Notre père était un historien, je te l'ai déjà dit ?

— Oui, je sais. Je possède d'ailleurs un exemplaire de ses *Chroniques de l'âge d'or d'Ardence.*

Le visage de Domenic s'éclaira brièvement.

—Ah, oui ? C'est son meilleur ouvrage ! C'est en partie pour l'écrire qu'il a renoncé au trône ducal. Gabril adorait ce livre. Cette partie de l'histoire d'Ardence le fascinait, avec tous ces récits d'illustres victoires et de stratagèmes ingénieux. (Il grignota son crostini d'un air pensif.) Mais il oublie une chose : si l'histoire d'Ardence au temps de son indépendance, avant que Raverra la soumette et l'intègre à son Empire, fourmille de tant de glorieuses batailles, c'est que la cité se retrouvait constamment en guerre. Elle connaissait une succession sans fin de conflits sanglants avec les autres cités-États de l'Eruvia centrale, dans de vaines luttes de pouvoir qui ne profitaient à personne. (Domenic secoua la tête.) Il nous arrive de pester contre Raverra, et parfois même de fulminer contre sa domination, mais l'âge d'or d'Ardence n'est venu qu'après son annexion par l'Empire. Nous sommes en paix, nous sommes forts, et libres de nous consacrer au commerce, aux arts et à l'innovation, ce qui fait d'Ardence une ville vraiment bénie des Grâces. Je ne peux pas les laisser jeter tout ça aux orties.

—Tu crois que c'est ce qu'ils ont l'intention de faire ?

—À moins que nous réussissions à les convaincre que Raverra n'a pas enlevé leurs enfants, oui, ils semblent déterminés à faire sécession.

J'effritai le crostini entre mes doigts. J'aurais voulu lui parler de Leodra, mais il s'agissait d'un secret d'État, et par ailleurs, je n'étais pas sûre de sa réaction face à une telle révélation.

—Je prie pour que ces enfants soient très vite retrouvés.

Domenic hocha la tête d'un air grave.

—Je ne cesse de penser à eux. J'espère qu'au moins ils sont sains et saufs. Et si nous pouvions les retrouver… eh bien, cela aiderait vraiment à apaiser la situation. (Il se frappa soudain la cuisse.) Oh ! Et je voulais aussi te demander, car il n'y a pas que ces enfants qui ont disparu. Est-ce que par hasard j'aurais laissé ici le traité des *Interactions de la magie* ?

— Ne me dis pas que tu l'as perdu ! m'étranglai-je.

Domenic grimaça.

— Honnêtement, je n'arrive pas à comprendre. C'est en faisant mes malles que je me suis aperçu que je ne le trouvais plus.

— As-tu vérifié que tu ne l'as pas rendu accidentellement à la bibliothèque avec des livres que tu aurais empruntés ? Comme la fois où tu avais remis par erreur à la bibliothèque de l'université l'exemplaire de Venasha de *l'Art de l'ancien Artifice ostanien : sceaux de garde des tombeaux et peintures murales des temples*, et que j'avais dû la dissuader de te raser la tête pendant ton sommeil ?

Domenic m'adressa un clin d'œil.

— J'ai retenu la leçon. Mais maintenant que j'y pense, un de mes amis de la bibliothèque impériale m'a rendu visite et demandé s'il pourrait me l'emprunter un jour, ce à quoi j'ai évidemment consenti. Il est possible qu'il ait compris qu'il pouvait le prendre « maintenant » et non pas « certainement, dans quelques mois, quand j'aurai terminé de le relire pour la septième fois et de le feuilleter négligemment en m'extasiant », et qu'il l'ait emporté avec lui.

— Je vais le faire chercher. J'enverrai quelqu'un vérifier qu'il n'a pas atterri par erreur à la bibliothèque impériale.

— Et moi, j'interrogerai mon ami. Merci. (Domenic me fit la grâce de son magnifique sourire.) Tu vas me manquer, Amalia.

— Dans ce cas, il te faudra revenir me voir aussitôt que possible, dis-je, d'un ton faussement enjoué.

— Évidemment. Rien ne pourra m'en empêcher.

Mais sa voix joyeuse avait elle aussi quelque chose qui sonnait faux. Nous savions lui et moi que les voyages entre nos deux cités risquaient de devenir bien plus compliqués à l'avenir, si la situation politique continuait à se dégrader.

Peu après le départ de Domenic, ma mère rentra du palais impérial, les épaules lourdes de fatigue. J'étais presque sûre qu'elle n'avait pas dormi depuis la découverte de la trahison de Leodra. Elle demanda du vin chaud épicé, abandonna avec négligence ses chaussures au beau milieu du vestibule comme aurait pu le faire une enfant, et se retira dans le salon pour parler avec Ciardha.

Je m'attardai discrètement près de la porte du salon, restée entrebâillée, pour tenter de surprendre leur conversation. Mais le temps que je commence à saisir quelque chose du murmure indistinct de leurs voix, elles se turent. Je me rapprochai encore, en essayant d'imaginer ce qui se passait dans la pièce. Ma mère s'était-elle assoupie ?

— Entre, mon enfant, m'appela la Contessa. La porte est ouverte.

Ciardha me tint la porte pour m'inviter à entrer, avec un petit sourire amusé. Les joues en feu, je pénétrai dans le salon. Ciardha s'inclina et nous laissa.

Loin de somnoler dans un fauteuil, ma mère était adossée au manteau de la cheminée, son verre de vin chaud à la main. Des ombres profondes cernaient ses yeux.

— Il n'est plus nécessaire que tu restes au palais, m'annonça-t-elle. Il n'y a plus de danger. Enfin, pas plus que d'habitude.

— Vous avez arrêté Leodra ?

— Non. Il s'est volatilisé, pour le moment en tout cas. Mais je suis à peu près certaine que nous avons découvert et neutralisé tous les moyens de nuire dont il disposait encore. (Elle sirota une gorgée de vin, qu'elle garda en bouche un instant, avec la lente délectation de quelqu'un qui connaît son premier moment de délassement depuis de longues heures.) Nous avons plus de preuves qu'il n'en faut pour pendre ce traître. Il semble qu'il ait fait parvenir à Ardence les lettres frappées du sceau impérial et les faux mandats par l'entremise d'Orthys ; nous avons retrouvé une autre copie du mandat sur son navire. J'imagine que ce vaurien avait décidé d'en garder une pour son propre usage. Mais nous ignorons toujours à qui Orthys a remis ces documents à Ardence.

— Peut-être que la traque de Leodra révélera de nouvelles pistes, espérai-je. Il existe forcément un moyen de découvrir ce qui est arrivé à ces enfants.

— Dans ce cas, nous ferions mieux de le trouver le plus tôt possible. (Ma mère pinça les lèvres en une expression lugubre.) Le doge exige que le problème d'Ardence soit réglé avec la plus grande diligence. Même si nous prenons toutes les précautions possibles pour dissimuler la présence d'un traître au Conseil des Neuf, la rumeur finira par se répandre. L'Empire Sérénissime doit apparaître plus uni que jamais si nous voulons surmonter cette crise sans que sa réputation soit entachée.

L'analyse que m'avait livrée Domenic des événements vus depuis Ardence me laissait à penser qu'une résolution rapide de la situation relevait du vœu pieux, à moins d'un retour des enfants disparus.

— Et comment Sa Sérénité compte-t-elle rappeler Ardence au respect des Accords sérénissimes aussi rapidement ?

La Contessa posa son verre vide sur la tablette de la cheminée.

— C'est une question qui fait encore l'objet de discussions. Nous devrions aboutir à une décision demain, je pense.

Sa voix était lourde d'un présage funeste.

— Dois-je m'en inquiéter ?

— Cela dépendra de ce que nous déciderons. Ce qui me rappelle que le doge réclame ta présence demain, au palais impérial.

— Pour quel motif ? demandai-je, même si je ne voyais aucune réponse à cette question susceptible de soulager le poids sur mon estomac.

— Il souhaite t'en parler lui-même. (Ma mère s'apprêta à quitter le salon, mais elle s'arrêta un instant auprès de moi pour poser brièvement la main sur ma tête en une caresse aussi rapide et légère que le frôlement d'une aile de colombe.) Assure-toi d'avoir une copieuse réserve d'élixir à ta portée, Amalia, et annule tes invitations pour la semaine prochaine. Tu dois te préparer à partir en voyage.

— Ardence. Oui, naturellement, vous m'envoyez à Ardence.

Je me laissai aller contre le dossier de ma chaise autant que me le permettait mon corset, sans me soucier de ce que le doge pourrait penser de mon attitude. C'en était fini de mes espoirs de trouver le moyen d'apaiser les tensions avec Ardence. En réalité, j'avais même contribué à empirer les choses.

Assis à son bureau, Niro da Morante m'observa de ses yeux à l'éclat inflexible. J'avais compris que cette rencontre n'apporterait rien de bon à l'instant où l'on m'avait informée que le doge me recevrait dans son cabinet d'études. La pièce ne possédait aucune fenêtre, et les quelques lampes qui éclairaient les lieux échouaient à en dissiper totalement la pénombre, même si elles allumaient par moments des reflets dorés dans les recoins sombres.

— Vous, et votre Faucon. (Il fit rouler une plume entre ses doigts.) Pouvez-vous la contrôler ?

— Votre Sérénité, je doute que *quiconque* puisse la contrôler.

La plume s'immobilisa entre ses doigts.

— Réfléchissez bien à votre réponse, me dit-il d'un ton d'avertissement.

Une aiguille de peur glaciale me transperça le cœur.

— Que voulez-vous dire, Votre Sérénité ?

— Une sorcière du feu incontrôlable représente un danger inacceptable pour l'Empire. Et il est de mon devoir solennel d'éliminer toute menace qui pèse sur la Cité Sérénissime. (Sa voix avait conservé un calme implacable ; c'était la voix qui avait condamné si souvent des gens à mort qu'elle n'éprouvait plus aucune difficulté à prononcer la sentence.) Je vous repose donc la question : pouvez-vous la contrôler ?

Je déglutis péniblement.

— Oui, je peux inhiber son pouvoir, Votre Sérénité. Et je la crois capable de se maîtriser. Si nous parvenons à gagner sa loyauté, il ne devrait pas y avoir de problème.

Le doge me dévisagea un long moment. Je ne détournai pas les yeux, même quand le silence devint insupportable au point que j'eus l'envie de lui hurler de dire quelque chose.

— Comprenez-vous, me demanda-t-il finalement, pourquoi je vous envoie à Ardence ?

— Le paradoxe de la force, murmurai-je.

— Exactement. (Il joignit les mains en cloche devant lui.) J'ai l'espoir, dame Amalia, que nous n'aurons pas besoin d'en appeler au feu de votre Faucon, et que la menace implicite de votre présence suffira à ramener le duc Bergandon a plus d'humilité. Mais si cet espoir venait à être déçu, il me faut être certain que je pourrai mettre à exécution ma menace. Et d'autant plus à présent, quand l'Empire a tant d'autres problèmes à régler. Me comprenez-vous ?

— Certes. Toutefois, Votre Sérénité, il est clair que quelqu'un s'efforce de pousser Raverra et Ardence à l'affrontement. Toutes ces autres forces qui perturbent l'Empire – Leodra, le Vaskandar – ont contribué à créer cette crise. (Les baleines de mon corset se pressèrent contre mes cuisses alors que je me penchais au bord de ma chaise.) Vous en êtes forcément conscient.

— Évidemment.

— Assurément, vous ne voudriez pas réduire Ardence en cendres sur la base d'un conflit insensé, déclenché par quelque machination malveillante ? Nous devons découvrir la vérité sur cet incident impliquant faussement les Fauconniers, et non nous laisser entraîner à la guerre.

Le doge haussa un sourcil.

— Ma dame, vous vous méprenez sur la situation, ainsi que sur mes intentions.

— Vraiment ?

— Ce n'est pas une question de vérité, mais de souveraineté.

Mes épaules se raidirent.

— Vous ne souhaitez donc pas découvrir l'identité de ceux qui ont enlevé ces enfants et manigancent pour déclencher une guerre ? Tout ce que vous voulez, c'est qu'Ardence se soumette ?

— Au contraire, dame Amalia, je le souhaite ardemment. Je veux voir ces enfants rendus à leurs parents, et ceux qui ont tenté de faire accuser l'Empire Sérénissime traduits en justice. (Il ouvrit les mains.) Si vous voulez chercher la vérité, faites donc, avec ma bénédiction. Vous avez la réputation d'être une femme intelligente, et vous jouissez de nombreuses relations à Ardence ; vous êtes parfaitement armée pour cette tâche. Et si la vérité peut empêcher la guerre, je ne saurais que m'en réjouir. (Sa voix avait la dureté d'une lame tout juste sortie de la forge.) Mais cette vérité ne pourra à elle seule préserver Ardence des graves conséquences de ses choix. La cité a violé à deux reprises les Accords Sérénissimes. L'unique chose qui puisse à présent la sauver est de faire acte de soumission à l'autorité de Raverra.

Je n'osai lui répondre. Les mots qui me venaient étaient par trop amers.

Le doge se pencha vers moi.

— Je n'ai qu'une priorité : préserver la force et l'unité indéfectible de l'Empire Sérénissime. Si Ardence persiste à nous provoquer, si elle se rebelle ouvertement contre Raverra, alors oui, dame Amalia. Elle brûlera. Et pour être parfaitement clair, c'est à vous qu'il appartiendra de prononcer le mot qui la condamnera aux flammes.

Je le fixai d'un air incrédule, la gorge nouée. Il attendit, aussi patient qu'un léopard à l'affût.

Je finis par hocher la tête.

— Je comprends, Votre Sérénité.

Chapitre 16

Après mon rendez-vous avec le doge, ma mère réclama que j'assiste à une réunion stratégique du Conseil des Neuf. Cela ne fit rien pour dissiper les nuages menaçants que les paroles du doge avaient accumulés au-dessus de ma tête, et je n'essayai même pas de me convaincre que je venais simplement pour observer et apprendre. Ma présence était requise en tant que Fauconnier de la sorcière du feu, non en tant qu'héritière Cornaro.

Les membres du Conseil, réunis autour de la table dans la Salle des Cartes, étaient au nombre de huit. Le baron Leodra occupait un des cinq sièges électifs du Conseil des Neuf, et l'Assemblée ne lui avait pas encore choisi de successeur. Différents généraux et conseillers se pressaient autour d'eux, dont le colonel Vasante. Marcello se tenait derrière elle, mal à l'aise, en compagnie de l'autre lieutenant du régiment, le Faucon le plus gradé des Mues. Mon regard se dirigea droit sur Marcello, qui esquissa un petit sourire nerveux.

Je fis un pas vers lui, mais je vis ma mère qui m'observait, d'un air froid et distant.

Très bien. Si elle était si soucieuse que je ne m'affiche pas en compagnie de Marcello, dans ce cas je n'irais pas non plus auprès d'elle. Je me glissai dans un espace vide entre la marquise de Palova et l'amiral de la flotte.

Le doge balaya du regard les dignitaires assemblés, puis frappa la paume de sa main sur la carte. Marcello sursauta.

— Parlons d'abord du Vaskandar, annonça-t-il. Leurs forces à la frontière ont fait mouvement, mais pas pour franchir le col. Apparemment, elles ont pris position sur les pentes du mont Chenu. (Les pierres vertes sur la carte avaient effectivement été déplacées et formaient un amas épars au cœur des Pics Sorciers. L'endroit ne semblait pas particulièrement avantageux sur un plan stratégique pour lancer une attaque.) Quelqu'un aurait-il une explication à ce non-sens ?

Les généraux se penchèrent sur la carte en fronçant les sourcils. Quelque chose vint titiller ma mémoire.

— Le verre volcanique.

Les mots s'échappèrent de mes lèvres alors que je n'étais pas censée prendre la parole à ces réunions, à moins d'y avoir été invitée.

Le doge se tourna vers moi.

— Vous dites ?

— C'est une source d'énergie pour l'Artifice. Les volcans contiennent d'extraordinaires quantités d'énergie, même ceux qui ne sont plus entrés en éruption depuis des siècles, comme le mont Chenu. L'Artifice est capable d'extraire une partie de cette énergie du verre volcanique.

J'avais capté leur attention ; le colonel Vasante m'adressa un hochement de tête, et les généraux s'absorbèrent dans un silence pensif. Le doge tambourina des doigts sur la table.

— Mais les façonniers sont rares, pour ne pas dire inexistants, au Vaskandar.

— Les Hauts Ensorceleurs n'ont encore jamais manifesté le moindre intérêt pour l'obsidienne, releva la marquise de Palova. La remarque de dame Amalia est pertinente, et nous devrons la garder à l'esprit. Mais je m'inquiète davantage du fait que le mont Chenu offre une position avantageuse pour attaquer les défenses frontalières centrales, et descendre sur Ardence. S'ils ont l'intention de lancer un assaut magique qui nécessite une ligne de vue dégagée, les hauteurs du volcan sont parfaites pour cela.

Le doge me dévisagea un instant d'un air concentré, puis se tourna vers la marquise, et enfin vers la carte.

— Le mont Chenu se situe de leur côté de la frontière ; si nous intervenons pour les chasser de cette position, c'est nous qui déclencherons une guerre.

— Le moment serait mal choisi, glissa ma mère.

La marquise de Palova acquiesça.

— Il nous faut découvrir ce qu'ils manigancent, les surveiller étroitement, et déployer des forces capables de s'interposer si nécessaire. Mais nous devons d'abord stabiliser la situation à Ardence, et sans délai. Nous ne pouvons pas risquer une rébellion au cœur de l'Empire quand le Vaskandar manifeste des intentions belliqueuses.

Le doge opina de la tête.

— Oui, Ardence. Nous devons effectivement régler ce problème au plus vite. Nous ne pouvons pas nous permettre d'apparaître faibles alors que nous sommes confrontés à certaines… difficultés internes.

Un silence tendu se répandit dans la salle, et tous évitèrent de tourner les yeux vers la place occupée d'ordinaire par le baron Leodra.

Ce fut la Contessa qui prit l'initiative de briser ce silence.

— Nous devons montrer notre unité autant que notre force. Notre action à Ardence doit donner le sentiment que nous agissons avec aisance, sans peine ni effort. Et si la cité peut être ramenée dans le rang par la voie diplomatique, tout le monde y gagnera.

— Difficile de s'en remettre à la diplomatie quand le duc Astor refuse de recevoir l'Envoyée sérénissime, sans parler de ses exigences inconsidérées, remarqua froidement le doge.

— Il prête trop l'oreille aux opinions insensées de cette Noblesse de l'Ombre, dit ma mère. Je suis certaine que nous verrons un changement d'attitude dans les prochains jours, quand dame Savony sera de retour auprès de lui.

— Peut-être sera-t-il plus enclin à rétablir des relations cordiales avec l'Empire quand il aura une sorcière du feu dans sa ville. (Les mots du doge avaient la dureté de l'acier.) Pour l'heure, nous n'y déploierons pas de troupes supplémentaires, afin de préserver la sérénité de l'Empire.

Vasante se racla la gorge.

— Et que se passera-t-il exactement si Ardence refuse toujours de recevoir l'Envoyée, Votre Sérénité ? Si cette ultime tentative diplomatique échoue ?

Le doge s'appuya du bout des doigts sur la table, et se pencha en avant dans la lumière des lampes.

— S'ils refusent de respecter les Accords Sérénissimes, il s'agit d'un acte de rébellion contre l'Empire. Nous cesserons de les rappeler poliment à leurs devoirs, pour leur donner le choix qui fut jadis offert à Celantis : se soumettre ou brûler.

L'atmosphère dans la salle devint pesante, comme si les mots du doge en avaient chassé l'air.

— C'est une solution des plus extrêmes, objecta la marquise de Palova en haussant ses sourcils blancs.

— La Noblesse de l'Ombre affiche par toute la ville des placards pressant le duc de proclamer l'indépendance d'Ardence, et Astor ne fait rien contre ce groupe séditieux, s'irrita le doge. Il continue à taxer les marchands raverrains et rejette l'autorité impériale. Je conçois la douleur des familles dont les enfants ont été enlevés, mais si elles refusent de nous croire quand nous leur assurons que Raverra n'a rien à voir dans cette affaire, ma compassion va finir par s'épuiser. Ainsi que ma patience.

— Pour autant, une fois que vous aurez émis cet ultimatum, toute illusion d'unité tombera en poussière, le prévint la Contessa. Nous affirmerons notre force, mais en imposant la tyrannie. Ardence ne sera plus notre amie ni un sujet se soumettant de bonne grâce à l'autorité de l'Empire.

Le doge hocha lentement la tête.

— Vous dites vrai. Et c'est la raison pour laquelle la menace d'un ultimatum ne sera utilisée qu'en tout dernier recours. Si la venue de dame Amalia à Ardence prend l'aspect d'un voyage d'ordre privé, notre menace restera implicite et laissera à Ardence une chance de réfléchir aux bénéfices d'un dialogue pacifique.

— Ma fille possède de nombreux amis là-bas, acquiesça ma mère. Et mon cousin Ignazio me parlait d'y retourner bientôt pour y régler quelques affaires commerciales. Elle pourrait l'accompagner, et aller présenter ses respects au duc avec toutes les apparences d'une visite purement mondaine.

Je n'aimais pas les entendre discuter d'utiliser mes amis comme un prétexte pour dissimuler le but véritable, et bien plus sinistre, de ma venue à Ardence. Mais je me gardai d'exprimer ce sentiment. Je devais choisir soigneusement mes batailles, surtout quand mes adversaires se trouvaient être ma mère et le Conseil des Neuf.

—Avec tout mon respect, intervint le colonel Vasante, si dame Amalia doit prétendre voyager avec son oncle pour rendre visite à des amis, vous suggérez donc qu'elle loge en ville plutôt qu'à la garnison impériale ?

La marquise de Palova s'esclaffa sèchement.

—Loger à la garnison risque de nuire gravement à la subtilité du message, ne croyez-vous pas ?

Ma mère plissa le front, l'air pensif.

—Envoyer notre sorcière du feu au cœur de leur ville, et qu'elle se prête avec le sourire aux mondanités de la bonne société, sera à la fois moins menaçant et plus équivoque. Cela indiquera que nous continuons à mettre l'accent sur la recherche d'une solution diplomatique plutôt que militaire. (Ma mère m'adressa un regard.) En revanche, cela pose effectivement certains problèmes de sécurité.

—Leur affecter un garde du corps risquerait là encore de brouiller le message, songea Vasante en se mordillant la lèvre inférieure. Je suppose que le lieutenant Verdi pourrait rester avec elles autant que possible, en se faisant passer pour un ami de la famille plutôt qu'un garde du corps officiel.

Ma mère haussa les sourcils.

—Ce serait une solution.

Le doge grommela.

—Prenez les mesures qui vous semblent nécessaires pour assurer leur sécurité, dit-il au colonel, mais honnêtement, je crois qu'une sorcière du feu n'a guère besoin de protection. Dame Amalia, si quelqu'un à Ardence vous attaque, Zaira ou vous, je vous donne l'autorisation de libérer votre Faucon pour vous défendre.

— Oui, Votre Sérénité, acquiesçai-je avec une brève révérence, trop nauséeuse pour ajouter autre chose.

Le doge se tourna vers Marcello.

— Lieutenant Verdi.

Marcello s'inclina, les yeux écarquillés par un sentiment de panique à voir le doge s'adresser directement à lui.

— Votre Sérénité.

— Vous serez l'officier supérieur des Faucons d'Ardence pour cette mission. Vous sentez-vous à la hauteur de la tâche ?

Marcello répondit d'un bref hochement de tête.

— Tout à fait, Votre Sérénité.

— Vous aurez la pleine responsabilité d'assurer la sécurité de dame Amalia et de notre sorcière du feu, d'enquêter sur l'enlèvement de ces enfants dont on accuse à tort les Fauconniers, et de superviser les projets d'Artifice à la garnison qui vous ont été transmis par le colonel.

Marcello inclina de nouveau la tête.

— Oui, Votre Sérénité.

Le doge leva un index.

— Si Ardence commet la moindre agression contre les Faucons, la garnison, nos diplomates ou l'Envoyée sérénissime, si elle déclare son indépendance ou s'engage dans n'importe quel acte de rébellion ouverte, vous devrez m'en informer sur-le-champ par les lampes-courrières de la garnison, si le déroulement des événements le permet. Mais en cas de situation pressante, inutile d'attendre de contacter le palais impérial. Vous pourrez considérer cela comme un acte de guerre et y répondre avec toutes les forces à votre disposition. Nous nous comprenons bien, lieutenant ?

Marcello déglutit péniblement.

— C'est très clair, Votre Sérénité.

— Vous avez également entendu ce que j'attends de vous si jamais, malgré tous nos efforts, le duc d'Ardence s'entête à refuser de recevoir l'Envoyée, de révoquer ses taxes illégales et de respecter les Accords Sérénissimes.

Marcello hocha la tête, le visage blême.

Le doge le fixa droit dans les yeux.

— Si cela s'avère nécessaire, êtes-vous prêt à assumer le fardeau d'entamer la guerre ?

J'aurais voulu prendre la parole pour soutenir Marcello, ou lui dire de refuser. C'était un poids trop lourd à accepter de porter. Le colonel aurait dû intervenir pour se proposer à sa place. Mais elle se contenta de l'observer, en restant dans l'expectative.

Une lutte intérieure se manifesta sur le visage de Marcello, pareille à l'ombre de nuages filant dans le ciel. Finalement, il hocha de nouveau la tête, avec une lenteur grave.

— Oui, j'y suis prêt.

Je touchai le métal froid de ma broche de Fauconnier. À présent qu'il avait accepté de plein gré d'assumer cette charge impossible, il ne pouvait plus reculer ; le sort en était jeté.

— C'est donc réglé pour Ardence, conclut le doge avec une satisfaction manifeste. Le colonel Vasante pourra vous donner un rapport complet de la situation sur le plan militaire, et dame Terringer vous informer en détail de nos efforts diplomatiques. Y a-t-il un autre sujet qu'il vous semble nécessaire d'aborder ?

La marquise de Palova coula un regard vers ma mère, puis s'éclaircit la voix.

— Les Faucons stationnés dans les Pics Sorciers vont avoir besoin d'un chef d'expérience. Peut-être qu'une fois l'affaire d'Ardence réglée, le lieutenant Verdi pourrait se rendre sur la frontière et y prendre le commandement de nos forces ?

Marcello pâlit. Je chancelai un instant, sous le coup de la surprise que me causa cette suggestion. Ni Marcello ni le colonel n'avaient jamais rien laissé entendre de tel.

Par l'enfer de la Folie. C'était une manœuvre de ma mère pour nous éloigner l'un de l'autre. Je lui lançai un regard noir par-dessus la grande table, qu'elle soutint sans ciller, avec une résolution froide, attendant de voir quelle serait ma réaction.

Vasante parut elle aussi surprise.

— Les forteresses se répartissent tout le long de la frontière, sur plusieurs centaines de lieues. J'avais pensé qu'un commandement coordonné aurait été assuré depuis les Mues, par l'utilisation des lampes-courrières ?

La marquise écarta les mains.

— Ne serait-il pas plus avisé d'avoir un officier de talent stationné sur place, à proximité du mont Chenu, prêt à répondre à toute situation imprévue ? Il est clair que nous avons toute confiance dans le lieutenant Verdi, pour le charger d'une mission aussi sensible que celle d'Ardence. Ne ferait-il pas un excellent choix ?

Son ton était plus interrogateur qu'affirmatif. La marquise évita de croiser mon regard, mais ma mère avait les yeux directement posés sur moi, un sourcil délicatement haussé.

Les lèvres de Marcello remuèrent, sans qu'un son en sorte, mais j'y lus un nom : « Istrella ». Il semblait sur le point de s'effondrer.

La colère et la peur s'entrelacèrent en moi comme deux serpents jumeaux.

— Le colonel Vasante a raison, intervins-je. Envoyer le lieutenant Verdi à la frontière du Vaskandar n'a pas vraiment d'intérêt. Même physiquement présent là-bas, il devra s'en remettre aux lampes-courrières pour coordonner la défense. Il sera plus utile à l'Empire s'il reste aux Mues.

Autour de la table, des visages cyniques tournèrent vers moi leurs yeux lourds d'un pouvoir trop ancien pour faire grand cas de mon intervention. Cette fois, je ne leur avais apporté aucune information nouvelle, à la différence de ma remarque au sujet du volcan. J'allais passer pour une petite écervelée, dont les intentions étaient transparentes.

Mais je lus dans les yeux de Marcello une supplique désespérée : *« Sortez-moi de là. »*

— Ma jeune dame, m'interpella la voix traînante et hautaine du seigneur Errardi, un des membres les plus âgés du Conseil, que j'avais déjà surpris à somnoler durant les réunions. Vous vous égarez. Votre désir manifeste de protéger votre soupirant est très touchant, mais il ne vous appartient pas de décider en cette affaire.

La chaleur me monta au visage.

— Ce n'est pas mon soupirant.

Merveilleux. Voilà qu'à présent, je paraissais complètement puérile. Mais sentant le regard de ma mère posé sur moi, je sus ce que j'avais à faire.

Je me redressai en prenant un air offensé.

— Au demeurant, seigneur Errardi, je me sens insultée que vous puissiez commettre pareille insinuation. Je suis l'héritière de la maison Cornaro. Le lieutenant Verdi, bien qu'il soit certainement un gentilhomme pétri de qualités, est tout à fait en dessous de mon rang. (Du coin de l'œil, je vis Marcello se raidir. *Oh, Marcello, pardonnez-moi.* Mais je croisai le regard de ma mère et pris une inspiration, avant d'enfoncer la dague jusqu'à la garde.) Jamais je ne caresserais l'idée d'une telle mésalliance. Je n'ai en tête que l'intérêt des Faucons et de l'Empire, comme nous tous ici, je l'espère.

Le seigneur Errardi ronchonna, en balayant une poussière imaginaire sur le devant de son pourpoint.

— Nul besoin de vous offusquer de la sorte, ma dame. Mon erreur était des plus sincères. Quoi qu'il en soit, c'est une question qu'il appartient au Conseil de trancher, et non aux observateurs.

La voix de ma mère s'éleva depuis l'autre côté de la table.

— J'estime toutefois que ma fille a fait là une judicieuse remarque. Nous jouirons d'une plus grande latitude de réponse aux évolutions de la situation au Vaskandar si nous ne déployons pas trop de forces en des points spécifiques de la frontière. Il ne m'apparaît pas nécessaire pour l'heure d'y envoyer le lieutenant Verdi.

Mes épaules se relâchèrent sous le coup d'un profond soulagement. Ma mère avait accepté mon sacrifice. Pour le moment, Marcello et Istrella échappaient à l'exil à cause de moi.

Mais Marcello avait détourné les yeux et je ne parvins plus à croiser de nouveau son regard. Sur sa joue, je vis le muscle de sa mâchoire se contracter douloureusement.

Je partageai un bateau avec ma mère pour retourner chez nous. Je m'absorbai dans la contemplation du canal, qui scintillait dans la douce luminosité du soir, propice à faire ressortir toute la beauté et le mystère des magnifiques façades bordant ses eaux. Marcello avait quitté le palais impérial sans m'adresser un mot, et je n'avais pas osé m'approcher de lui, pas devant le Conseil au grand complet.

— Tu as fait le bon choix, me dit ma mère d'une voix tendre.

Je me sentais incapable de la regarder en face.

— J'ai fait le choix que vous vouliez que je fasse.

— Je sais que ce n'est pas facile pour toi. Mais cela aurait été encore pire plus tard.

Je perçus un léger contact sur mes cheveux, comme si elle les avait effleurés du bout des doigts avant de se raviser, prenant conscience que ce n'était pas le bon moment.

— Il était préférable que tu ne caresses pas d'espoir à son sujet, plutôt que de devoir y renoncer quand la politique l'aurait exigé.

— Je ne nourrissais pas de tels sentiments. (Je me tournai enfin vers elle, en me redressant avec raideur.) Cela serait peut-être arrivé. Je ne le saurais jamais, à présent. Vous ne m'en avez pas laissé la chance.

Ma mère palpa le triple rang de perles noires du collier à son cou.

— Si tu avais la force et l'indifférence nécessaires, tu pourrais te permettre toutes les relations romantiques que tu souhaites, tant que tu serais prête à y mettre un terme quand la situation l'exigerait. (Elle semblait curieusement mélancolique.) Mais tu n'es pas aussi cruelle.

— Et je suppose que c'est une faiblesse de ma part ? demandai-je aigrement.

— Non. Bien sûr que non.

C'était un instant rare. Elle avait baissé le masque ; seules les ombres du soir s'étendaient entre nous. Mais même si son visage laissait enfin paraître des émotions sincères, je restais incapable de les comprendre. Son cœur parlait un langage complexe que je n'avais pas encore appris.

— Sois prudente à Ardence, Amalia. (Sa voix se réduisit presque à un murmure.) Quelqu'un joue là-bas un jeu mortellement dangereux, un jeu dont j'échoue pour l'instant à saisir tous les tenants et les aboutissants, mais je ne doute pas que cette personne soit prête à tuer pour protéger son identité. Je t'envoie dans une pièce obscure sans savoir ce qui s'y cache, en comptant sur toi pour trouver un moyen de faire la lumière.

Je laissai échapper une lente expiration, évacuant ma colère dans l'air salé.

— Je suis sûre que je vais me cogner partout, casser des choses et semer le désordre dans cette pièce, mais je ferai de mon mieux, mère.

Elle acquiesça, ses émotions de nouveau dissimulées sous son masque d'impassibilité.

— Cela sera donc l'occasion de voir de quoi tu es capable.

Le malaise au creux de mon estomac, exacerbé par les cahots du carrosse, ne cessait de grandir à mesure que les lieues s'étiraient entre Raverra et moi. Les champs ensoleillés et les fermes aux toits de tuiles qui s'étendaient de part et d'autre de la route n'avaient jamais vu la mer. C'était une plaine large et ouverte, baignée de soleil, une contrée sans secrets. J'aurais aimé retourner à mon dédale de murs de brique et de canaux, où les ombres étaient profondes, pour me pencher en compagnie d'Istrella sur des filigranes, des livres et des cristaux, ou pour tenter de percer le mystère du rapt d'Ardence avec Marcello, sans m'approcher de cette ville que je risquais d'avoir à condamner.

Marcello. Il m'avait à peine adressé la parole depuis la réunion du Conseil, la veille, et ses quelques mots, qui ne concernaient que les impératifs de notre voyage, avaient été formels et distants. Il chevauchait au côté du carrosse, monté sur une jument bai cerise, et dirigeait le petit détachement de soldats de notre escorte, mais il évitait soigneusement de se retrouver près de ma fenêtre.

Je savais qu'il fallait que je lui parle, mais que pouvais-je lui dire ? *Je suis navrée pour toutes ces choses cruelles que j'ai dites, même si je n'ai fait qu'exprimer la vérité ?*

J'ignorais comment lui expliquer que nous ne pourrions plus nous fréquenter alors que nous n'avions pas réellement commencé à le faire.

Istrella chevauchait à ses côtés en babillant et en pointant gaiement le doigt sur une chose ou une autre, ses lunettes d'Artifice relevées sur son front, qu'elle baissait parfois pour observer un détail du paysage ou un oiseau dans le ciel. La voix de Zaira me parvenait depuis le siège du cocher, à peine audible au milieu du grondement des roues et du claquement des sabots. Elle avait demandé à s'asseoir avec le cocher et ils semblaient bavarder plaisamment. Cela aurait pu être un agréable voyage, mais chaque fois que je repensais au but de notre visite, un gouffre s'ouvrait dans ma poitrine.

J'avais toujours espéré revenir à Ardence un jour ou l'autre, mais pas de cette façon.

Alors que je jetais un regard vers l'homme assis sur la banquette en face de moi, il me vint à l'esprit qu'il ruminait sans doute le même genre de pensées.

Peut-être pourrions-nous essayer de nous distraire mutuellement ?

— Oncle Ignazio ?

Il releva la tête et abandonna son masque maussade pour me sourire.

— Oui, Amalia ?

— Cela doit être difficile pour vous de retourner à Ardence si rapidement. J'en suis navrée.

Il rit brièvement.

— C'est davantage troublant pour dame Terringer que cela ne l'est pour moi. On pourrait avoir le sentiment que le doge m'envoie pour réparer ses erreurs.

— Risque-t-elle de s'en montrer irritée ?

Ce pouvait être un problème, puisque j'allais devoir collaborer avec elle. Difficile de croire qu'elle serait ravie de voir son prédécesseur venir regarder par-dessus son épaule.

Ignazio balaya la question d'un geste nonchalant.

— Je ferai en sorte de ne pas interférer. Je serai si discret qu'elle remarquera à peine ma présence à Ardence. Et si elle en est courroucée, de toute façon, elle serait malavisée de laisser cela affecter ses relations avec toi. Après tout, un jour viendra où ce sera toi qui lui donneras des ordres… si jamais ma chère cousine se mettait en tête de se retirer des affaires.

— Je mourrai de vieillesse avant que cela n'arrive.

Ce que j'espérais de tout mon cœur.

Le rire rauque de Zaira résonna par-dessus les craquements et les grincements du carrosse. Ignazio fronça les sourcils.

— Zaira est dangereusement exposée à voyager sur le siège du cocher. J'aurais préféré qu'elle accepte mon invitation à s'asseoir ici en notre compagnie.

— Oh, elle est bien protégée des assassins, lui confiai-je en baissant la voix. Le doge n'aurait pas envoyé sa seule sorcière du feu au cœur du danger sans prendre des précautions. Les baleines de son corsage et les épingles dans ses cheveux sont en acier runique artificé. Si un coup de mousquet la vise, la balle ricochera comme un caillou jeté contre un mur. La magie devrait pouvoir la protéger à deux ou trois reprises avant de s'épuiser.

— Vraiment ? (Une lueur d'intérêt s'alluma dans les yeux d'Ignazio.) Quelle est leur source d'énergie ? J'ignorais qu'il était possible de créer un bouclier cinétique assez petit pour être porté sur soi.

C'était pour cela que j'aimais oncle Ignazio : nous parlions le même langage. Sa connaissance de la théorie magique était certes superficielle, en dehors de l'alchimie bien sûr, mais il en comprenait néanmoins les principes généraux.

— Les sorciers sont leur propre source d'énergie. C'est le façonnier personnel du doge qui a fabriqué ces talismans de protection, et ils sont alimentés par l'énergie innée de Zaira. De ce que je sais, il n'est pas inhabituel que des Faucons de grande valeur bénéficient de protections de ce genre quand ils sont envoyés dans des endroits dangereux.

— Très impressionnant. Quel dommage que nous autres ne puissions les utiliser, faute de posséder le pouvoir nécessaire.

La voix d'Ignazio n'avait aucun accent d'amertume, mais son front se plissa un instant. Ma mère m'avait dit un jour qu'il avait toujours regretté que son modeste talent alchimique n'ait pas été suffisant pour cercler ses yeux de la marque des mages et lui permettre de rejoindre les Faucons.

— La création de pareils objets a dû réclamer beaucoup d'efforts et de compétence, poursuivit-il. Le doge doit faire grand cas de sa sécurité.

— C'est surtout son plan qu'il protège. (Je m'avachis sur ma banquette.) Je ne suis pas certaine qu'il se soucie réellement des autres.

Ignazio soupira doucement, comme à regret.

— Plus un dirigeant possède de pouvoir, plus il devient difficile pour lui, ou pour elle, de se préoccuper des destins individuels, Amalia. Après tout, le doge a la responsabilité de veiller au bien-être des millions de citoyens de l'Empire. Comment mettre cela dans la balance face au bonheur d'une seule personne ? Ou même de sa vie ?

— Je ne sais pas. Les deux choses sont-elles vraiment condamnées à s'exclure ? N'est-il pas possible de défendre les intérêts de l'Empire tout en gardant à cœur le destin de chacun de ses sujets ?

— Peut-être, concéda Ignazio, mais il est impossible de gouverner sans avoir du sang sur les mains. Quand tu accéderas au Conseil des Neuf, tu t'en rendras compte.

La compassion dans sa voix était lourde de sens, et je voûtais les épaules sous ce poids écrasant.

— Au rythme où vont les choses, si je parviens à accéder au Conseil sans avoir du sang sur les mains, je me considérerai comme bénie par la Grâce de la Fortune.

Dans l'après-midi, une pluie fine commença à tomber, incitant Zaira et Istrella à nous rejoindre dans le carrosse. Zaira s'assit à côté d'Ignazio et entreprit de lui répéter certains ragots que lui avait racontés le cocher. Istrella prit place sur ma banquette, posa une sacoche entre nous, en sortit une boîte remplie de filigranes en cours d'élaboration et se mit à tresser les fils sur ses genoux.

Je me penchai vers elle pour voir ce qu'elle faisait.

— Êtes-vous en train de fabriquer des *jets* ?

— Quoi, ça ? (Istrella leva une fine torsade de fils d'or. Son propre jet scintilla à son poignet.) Non, non. Pas encore. Mais j'apprends les principes de base. Le maître façonnier du doge pense que j'ai peut-être le potentiel de pouvoir en fabriquer un jour. C'est un grand honneur.

La voix de Zaira vacilla l'espace d'un battement de cœur, au beau milieu de son récit des frasques d'un gardien de sanctuaire ivre, et elle coula un regard perplexe vers Istrella.

— Je suis impressionnée, dis-je. Je croyais que seul le maître façonnier était habilité à fabriquer les jets.

— Je dois passer une année d'apprentissage auprès de lui et jurer de ne jamais divulguer les secrets de fabrication des jets – ils m'ont fait prononcer dix-sept ou dix-huit serments, je ne sais même plus –, et ensuite seulement il commencera à m'enseigner. (Istrella produisit un bout de fil d'or et se mit à le façonner soigneusement en une minuscule spirale.) Je devrai détruire ça après l'avoir terminé, même s'il ne s'agit que d'un exercice ; je ne dois rien laisser traîner qui risquerait de tomber en de mauvaises mains.

Je m'efforçai de déchiffrer du regard les entrelacs complexes sur lesquels elle travaillait.

— On dirait le filigrane central, celui qui inhibe la magie.

— Oui, c'est l'idée. Mais celui-ci n'est pas actif pour le moment. Les couches qui l'entourent sont encore plus intriquées, car elles gouvernent toutes les circonstances et les mots de commande que le jet doit prendre en compte. (Elle inclina la tête pour examiner son travail.) C'est si ordonné, si logique ! J'ai du mal à m'empêcher d'y introduire des improvisations, ou d'essayer des raccourcis, mais de toute façon ça échoue chaque fois. Le dernier que j'ai façonné, au lieu d'inhiber les pouvoirs magiques, rendait aveugle de l'œil gauche, s'esclaffa-t-elle.

— Et cela ne vous gêne pas, intervint soudain Zaira, de fabriquer ce genre de choses ?

Istrella haussa les épaules.

— J'ai grandi avec un jet au poignet. Il permet aux gens autour de moi de se sentir en sécurité, et puis Marcello me laisse libre d'utiliser mon pouvoir la plupart du temps. Mais je comprends que ce soit beaucoup plus déplaisant pour une sorcière d'avoir ses pouvoirs inhibés en permanence. Surtout pour vous, puisque j'ai entendu dire que vous ne vouliez pas devenir un Faucon.

— Parce que vous, vous le vouliez ? demandai-je.

Istrella sourit, et le cercle doré autour de ses pupilles lança un éclat scintillant.

— Oh, oui ! Je peux passer mes journées à bricoler mes projets d'Artifice, je dispose de tous les livres que je souhaite, et j'ai des amis qui me comprennent et n'ont pas peur de moi. C'est merveilleux.

Elle se mit à trier des perles d'un rouge profond sur un petit plateau posé sur ses genoux. Le carrosse heurta une bosse de la route et elle claqua la langue avec une moue réprobatrice.

Zaira la regardait d'un air à la fois perplexe et renfrogné.

— Mais vous ne pouvez pas sortir des Mues sans votre frère, qui est absent la moitié du temps, parti chercher de nouveaux Faucons, assister à des réunions, ou arrêter quelque pauvre crétin avec un petit talent de façonnier qui s'amuse à sculpter des sceaux explosifs sur toutes les portes d'un village pour empêcher les démons d'entrer. Cela ne vous rend pas furieuse ?

— Bien sûr, il m'arrive d'être en colère contre Marcello, quand il se comporte bêtement. C'est mon frère, après tout. (L'étincelle réjouie dans les yeux d'Istrella se dissipa, remplacée par une lueur plus contemplative.) Mais à l'époque où le colonel nous faisait passer la moitié de l'année avec notre famille, il veillait toujours sur moi. Quand mon père trouvait une de mes créations et voulait la réduire en miettes, ainsi qu'il en avait l'habitude, Marcello s'interposait pour lui dire qu'il s'agissait d'une propriété de l'Empire, et que sa destruction était un crime. Et si notre frère aîné levait la main sur moi quand Marcello n'était pas là, je pouvais lui montrer mon jet et lui rappeler que j'étais un Faucon à présent, et qu'il devait me laisser en paix. (Elle agita son poignet, et les perles rouges de son bracelet scintillèrent.) Mais Halmur m'a raconté qu'il avait parfois du mal à quitter les Mues, parce qu'alors ses pouvoirs de vivomancien étaient bloqués et que cela le perturbait de ne plus sentir la vie dans les choses et les êtres qui l'entouraient. Et je sais que vous, vous ne supportez pas d'être coincée aux Mues, sauf peut-être quand vous êtes avec Terika. Donc, j'imagine que les choses sont différentes pour chacun de nous.

Zaira eut un léger sursaut en entendant le nom de Terika, puis elle se laissa aller contre la banquette en poussant un soupir.

— Vous êtes désespérante. (Elle se tourna ostensiblement vers Ignazio pour signifier que cette conversation ne l'intéressait plus.) Alors, où j'en étais ? Oh, oui, le gardien du sanctuaire arrive à la plage, toujours sans ses chausses, et se rend compte qu'il n'y a aucun pont pour rentrer à Raverra, et voilà qu'il lui vient l'idée saugrenue de rejoindre la ville à la nage…

Istrella ajusta ses lunettes aux verres bicolores et choisit une perle.

— Et maintenant, la partie la plus délicate. Avez-vous déjà vu quelqu'un essayer de tresser une double hélice dans un carrosse en mouvement, Amalia ?

— Ce sera une première, répondis-je en souriant, les yeux baissés sur les doigts agiles d'Istrella.

C'était un vrai répit de me concentrer sur les entrelacs familiers de l'Artifice. Nous discutâmes des techniques qu'elle utilisait, nos têtes penchées sur le bracelet qu'elle fabriquait en guise d'entraînement ; de temps à autre, la confidentialité obligeait une Istrella contrite à rester muette quant à la théorie qui sous-tendait certaines ingénieuses torsades du fil, ou sur la fonction du positionnement de certaines perles. Zaira nous lançait parfois un regard à la dérobée, d'un air étrangement pensif.

Mais alors que j'observais Istrella travailler le fil d'or, je me remémorai la raison pour laquelle le doge l'envoyait à Ardence. Ces doigts industrieux étaient capables de libérer une force destructrice presque aussi puissante que le malefeu de Zaira, et il ne nous restait plus qu'une dernière chance d'empêcher que cette force soit dirigée sur une ville peuplée d'innocents.

La nuit venue, je peinais à trouver le sommeil. La chambre de l'auberge était d'un confort convenable ; on m'avait donné le meilleur lit de l'établissement, aux colonnes sculptées de vignes entrelacées, avec un épais matelas de plume et des oreillers qui sentaient la lavande. Mais je restais éveillée, à contempler une crevasse au plafond, jusqu'à ce que ses contours me deviennent aussi familiers que les courbes du Canal impérial. Mes pensées ne cessaient de suivre le même cours encore et encore, tandis que je parcourais du regard la fissure dans la pénombre : je devais trouver le moyen d'éviter qu'Ardence ne brûle.

Le duc Astor refusant de recevoir l'Envoyée sérénissime, j'avais peu d'espoir que cette dernière puisse le convaincre de l'innocence de Raverra. Pour réussir à déjouer le complot de notre ennemi inconnu, il nous fallait retrouver les enfants disparus. Et à moins que l'Empire ne parvienne à capturer et à interroger le baron Leodra, notre meilleure chance de progresser dans l'enquête serait sans doute de faire appel aux contacts de Domenic au sein de la Noblesse de l'Ombre, à condition que ses membres acceptent de me parler. Et que le frère de Domenic ne soit pas lui-même impliqué dans cette affaire…

Je me levai en rejetant le couvre-lit d'un geste agacé, et passai un manteau sur ma chemise de nuit. Si je continuais à fixer ainsi le plafond, j'allais devenir folle. J'avais besoin de voir le ciel.

Je descendis l'escalier en bois patiné et sortis de l'auberge emplie du silence lourd et vibrant d'une maison endormie. Je flânai dans la cour envahie par les mauvaises herbes et traversai le potager sous l'éclat scintillant et indifférent des étoiles, dans l'air où s'exhalaient les parfums du romarin et du basilic. Une brise froide ployait les herbes du champ qui s'étendait par-delà le muret du jardin, sous la clarté lunaire.

Je m'assis sur le muret, le regard perdu sur la ligne lointaine d'une rangée de cyprès, en m'efforçant de laisser l'éclat diamantin des astres apaiser le trouble qui agitait mon esprit.

Le canon glacé d'un pistolet se pressa contre mon dos.

— Pas un bruit, ou je tire, murmura le baron Leodra.

Chapitre 17

Tous les muscles de mon corps se pétrifièrent. Puis je hasardai une main vers ma dague, avant de la remonter à mon médaillon ardent, mais je les avais laissés tous deux dans la chambre de l'auberge, sur la table de nuit.

— Pas un geste.

Leodra se déplaça pour se tenir à côté de moi afin que je puisse le voir, et pointa le canon de son pistolet à silex sur ma poitrine. Ses cheveux d'un blanc neigeux étaient mêlés de brins de paille, comme s'il avait dormi dans une écurie, et une barbe naissante lui assombrissait les joues.

— Écoutez-moi, souffla-t-il d'une voix rauque et urgente. Je vous demande juste de m'écouter.

Je restai aussi immobile que le muret sur lequel j'étais assise, mais j'avais le cœur qui battait à un rythme effréné.

— Je vous écoute.

— Je ne suis pas un traître. (Le canon de son pistolet, qu'il tenait d'une main tremblante, vint heurter mes côtes.) Je suis loyal à l'Empire.

Je m'efforçai de prendre un air d'attention respectueuse cependant que mon esprit passait en revue les différents mouvements que Ciardha m'avait enseignés face à un adversaire me menaçant d'une arme à feu. Mais je n'étais pas Ciardha, et je doutais de réussir à le désarmer sans me faire tirer dessus.

Un spasme de colère crispa le visage de Leodra.

— Que les Grâces me maudissent, je devrais me contenter de vous tuer. Lissandra n'aurait que ce qu'elle mérite. Mais il y a des choses que le doge doit savoir. Pour le bien de Raverra.

Je captai son regard fuyant.

— Avez-vous enlevé les héritiers de la noblesse ardentine ?

— Jamais de la vie ! (Leodra semblait la proie d'une angoisse sincère.) J'ignorais qu'ils avaient l'intention de commettre un tel forfait. C'était censé être une ruse pour pousser l'Empire à l'action, pas un véritable kidnapping ! Ils m'ont entraîné dans leur complot et se sont joués de moi, pour que j'appose mon sceau sur ces mandats et ces lettres sans que je sache à quoi ils allaient réellement servir, ni qu'ils en modifieraient le texte à mon insu.

— De qui parlez-vous ? (Je serrai les doigts sur le rebord du mur, les ongles enfoncés dans le mortier.) À qui avez-vous donné votre sceau ?

Les yeux égarés de Leodra s'éclairèrent d'une lueur sournoise.

— D'abord, je veux la garantie d'un sauf-conduit.

— Voilà une chose étrange à réclamer, quand c'est vous qui pointez votre arme sur moi.

— Je ne connais que trop bien votre mère, maugréa-t-il avec la grimace d'un animal aux abois. Si je suis pris, elle me fera trancher la tête sans attendre, à moins que j'aie à lui offrir quelque chose qui lui soit utile. Et elle a besoin de ce que je sais, oh, ça oui !

Son pistolet tremblait tellement dans sa main que je craignais qu'il en presse accidentellement la détente.

— Je ne puis faire de promesse au nom de ma mère. Mais si vous me révélez qui complote contre Ardence et l'Empire, je ferai tout ce qui est en mon pouvoir pour vous garantir la vie sauve.

— Je ne vais pas tout vous dire. Pas maintenant. On ne peut pas gagner la partie si l'on n'a plus aucune carte à jouer. (Il passa une main fébrile sur son front.) Mais je vous en donnerai suffisamment pour vous montrer que je ne suis pas un traître. Dès que j'ai compris ce qu'ils manigançaient, j'ai refusé de continuer à les aider. Je suis ici pour vous avertir, parce que je suis loyal à Raverra. Dites-le à votre mère et au doge.

— C'est entendu. (Tant qu'il se contentait de parler plutôt que de me tirer dessus, je ne prendrais pas le risque de le contredire.) Racontez-moi.

— Ce complot n'est pas ce que vous pensez, bafouilla-t-il en s'humectant les lèvres. Si vous allez à Ardence, vous y serez en danger, dame Amalia.

Un frisson me parcourut.

— Moi ?

— Oui. (Il inspira profondément, et son pistolet dévia de côté.) Ils prévoient de…

Un claquement de tonnerre résonna dans la nuit. Leodra chancela et porta la main à son cou pour juguler le flot de sang noir qui jaillissait de la plaie, en ouvrant et en fermant la bouche sans émettre un son.

Je bondis sur mes pieds sans pouvoir retenir un cri, et avant que la peur ne me pousse à me retourner vers l'origine du coup de feu, Leodra s'affala sur le muret.

— Amalia !

Marcello traversa la cour au pas de course, en chemise de nuit, la main serrée sur la crosse de son pistolet au canon fumant.

— Vous n'avez rien ?

Des lumières tremblotantes apparurent aux fenêtres de l'auberge. Un chien se mit à aboyer frénétiquement et des cris alarmés éclatèrent.

— Pour l'amour des Grâces, Marcello, il était sur le point de me faire d'importantes révélations !

Les nerfs à vif, je me penchai sur Leodra. Le sang inondait son cou et son épaule. Tombé face contre terre en travers du muret, il bougeait faiblement, agité de spasmes incontrôlés.

J'ôtai mon manteau et le roulai en boule pour le presser sur son cou afin d'étancher le sang qui giclait de sa blessure, mais c'était peine perdue : il était en train de mourir.

Le visage blême, les yeux écarquillés, Marcello fixait Leodra.

— Il pointait un pistolet sur vous. J'ai cru qu'il allait vous tuer.

J'appuyai plus fort mon manteau contre la plaie au cou de Leodra, en m'efforçant de capter l'attention de ses yeux déjà voilés.

— Dites-moi qui a enlevé les enfants, le suppliai-je.

Son sang trempait mes mains et refroidissait rapidement dans l'air nocturne. Leodra leva une main tremblante vers moi et hoqueta dans un effort pour faire passer un son par sa gorge ravagée. Je lui pressai la main.

— Dites-moi comment les retrouver !

Mais l'étincelle de terreur et de désespoir qui éclairait encore son regard s'assombrit, et ses gestes faibles et spasmodiques cessèrent tout à fait.

Je courbai la tête, baissant les yeux sur mes mains tremblantes, poisseuses de son sang.

— Que…, balbutia Marcello. Qui était-ce ?

Un frisson me parcourut, et je me forçai à relever la tête.

— Le baron Leodra. Son sort était déjà scellé avant que vous lui tiriez dessus, Marcello. Le démon de la Mort ne l'avait pas encore pris, voilà tout.

La demi-douzaine de soldats de notre escorte se ruèrent dans la cour l'arme au poing. Marcello s'ébroua comme un chien mouillé et ordonna aux hommes de fouiller le périmètre de l'auberge pour s'assurer que Leodra n'avait pas de complices. Un des soldats me tendit un mouchoir en marmonnant une excuse pour n'avoir rien de mieux à m'offrir, tandis que deux de ses camarades se chargeaient d'emporter le corps de Leodra.

Je ne restai pas pour regarder. Je m'éloignai et franchis le portail du jardin pour me retrouver seule au milieu du pré sous la clarté argentée de la lune, face à la rangée de cyprès dressés telles des sentinelles devant les collines basses qui s'étendaient au-delà. J'essuyai mes bras et mes mains avec le mouchoir jusqu'à ce qu'il ne reste plus une seule trace de blanc sur le petit carré de linge, et le jetai au sol.

Les larmes pressaient mes yeux, mais je me refusai à les laisser couler. Je ne pouvais pas me sentir triste pour Leodra, pas en sachant qu'il avait essayé de me faire tuer. Mais cet homme avait été fréquemment l'invité de notre demeure. Assister ainsi à sa mort m'avait bouleversée.

Au bout d'un moment, les bruits et les cris s'apaisèrent. Les soldats regagnèrent leurs lits, le chien cessa d'aboyer, et le silence retomba sur la nuit, uniquement troublé par le chant des grillons qui montait vers la lune lointaine. Je frissonnai dans le froid qui se faisait plus vif, mais je ne pouvais pas retourner à ma chambre. J'avais toujours devant les yeux le sang bouillonnant de Leodra, et les mots qu'il n'avait pas prononcés flottaient silencieusement entre les étoiles.

Des pas dans l'herbe se firent entendre derrière moi. Je me retournai face à Marcello, dont les épaules affaissées montraient la lassitude. Il avait passé son ceinturon en bandoulière, de façon à garder sa rapière et son pistolet à portée de main.

— Amalia. Tout va… (Il s'interrompit. Ni lui ni moi n'allions bien, et il le savait.) Souhaitez-vous rentrer à l'auberge ?

— Il voulait me prévenir de quelque chose, dis-je en frottant mes bras transis.

Il était étrange de sentir mon corps chaud sous ma chemise alors que Leodra gisait froid et inanimé, lui qui était vivant et effrayé moins d'une heure auparavant.

— Il s'apprêtait à nous livrer l'identité de ceux qui ont enlevé les enfants, en échange de sa vie sauve. Et maintenant, il ne pourra plus jamais parler.

Je n'avais pas eu l'intention de dire cela comme un reproche, mais je vis Marcello pâlir.

— Par les Enfers. Je ne savais pas.

— Comment l'auriez-vous pu ?

Il s'accroupit en se prenant le visage dans les mains.

— Et je l'ai tué. Que les Grâces me pardonnent.

Je m'agenouillai dans l'herbe humide en m'efforçant de capter son regard, le ventre noué par l'angoisse.

— Ce n'était pas un homme innocent, Marcello. Je ne suis encore vie que parce que sa tentative pour m'assassiner a échoué. Vous ne pouviez pas savoir qu'il n'avait pas l'intention de me tuer.

— J'ai commis une effroyable erreur. (Il leva les yeux vers moi, et j'y lus un désespoir insondable.) Une erreur qu'il m'est impossible de réparer.

Il disait vrai, et cela aurait été le rabaisser que d'essayer de le nier.

— Je sais.

Il ferma les yeux et ploya la tête avec un soupir tremblant, proche d'un sanglot.

Je n'avais pas de mots pour le réconforter, rien en moi qui puisse apaiser sa peine. Alors je me penchai lentement vers lui jusqu'à ce que nos fronts se frôlent. Il émanait de sa personne une chaleur douce et rassurante : lui aussi, il était en vie.

— Je sais, murmurai-je de nouveau.

Notre carrosse cahotait sur la longue route qui traversait la campagne dorée. Les champs laissèrent place à une succession de collines aux pentes couvertes de hauts cyprès, alignés en longues rangées évoquant une procession de pèlerins en robe sombre. La brume matinale s'attardait dans les vallées nichées entre les coteaux, nimbant le paysage de grâce et de mystère.

L'avertissement informulé de Leodra transperçait mes pensées comme les serres acérées d'un rapace qui refusait de lâcher prise. Chaque lieue parcourue par les roues de notre voiture nous rapprochait d'Ardence, où nous attendait un ennemi inconnu. Je n'avais pas le moindre bout de fil sur lequel tirer pour commencer à dénouer cette toile, et l'araignée qui l'avait tissée restait tapie dans l'ombre, menace invisible.

Je tentai de me distraire de ces sombres pensées en parlant Artifice avec Istrella et en lui demandant quels endroits elle aimerait visiter à Ardence. Je surpris une ou deux fois Zaira à nous regarder à la dérobée, avant qu'elle détourne les yeux vers la fenêtre. Une fois, je la vis lisser les plis d'un autoportrait au fusain de Terika, que son amie avait dû lui donner avant notre départ des Mues.

Monté sur sa jument, Marcello restait à hauteur du carrosse et supervisait notre escorte, qui restait sur le qui-vive depuis la nuit précédente. De temps à autre, nos yeux se croisaient à travers la fenêtre de la voiture, et même à cette distance je pouvais lire la douleur et l'inquiétude sur son visage.

Lorsque nous nous arrêtâmes pour déjeuner dans une hôtellerie en bord de route, je me retrouvai un moment seule à table avec Marcello, pendant que Zaira, Ignazio et Istrella examinaient les talismans de protection que le propriétaire des lieux, qui possédait quelques talents de façonnier, vendait aux voyageurs de passage. Je rassemblai mon courage pour lui dire enfin ce que j'aurais dû lui dire depuis plusieurs jours.

— Je suis désolée, Marcello.

Il releva les yeux de la table de bois couturée d'entailles.

— De quoi parlez-vous ?

Je m'agitai inconfortablement.

— De ma déclaration lors de la réunion du Conseil.

Un étrange sourire triste éclaira son visage.

— Je ne peux vous tenir rigueur d'avoir énoncé une évidence. Un homme dans ma position serait fou de croire qu'il pourrait courtiser l'héritière de la maison Cornaro.

Les mots se bousculèrent dans ma gorge. Il y avait tellement de choses que j'aurais aimé lui demander, pour dévoiler un peu de ce territoire inconnu de possibles et de non-dits qui s'étendait entre nous.

Istrella se laissa tomber sur la chaise à côté de la sienne, en répandant sur la table une poignée de pendentifs en bois gravés de runes.

— Regardez ça ! Ne sont-ils pas adorables ?

Marcello leva les yeux au ciel.

— Il n'y a que toi pour penser que l'Artifice peut être adorable, Istrella.

— Serait-ce un défi ? (Elle leva un pendentif dont le cercle de runes dessinait une protection contre les moustiques, et l'examina rêveusement.) Je pourrais tresser un chaton en filigrane autour de ce médaillon. Là, il serait vraiment adorable, non ?

— Et ce chaton en filigrane ferait-il quelque chose ? (Marcello afficha un air inquiet.) Rappelle-toi ce qui s'est passé la dernière fois où tu voulais seulement t'amuser avec tes outils d'Artifice…

— Personne n'en a souffert de manière irrémédiable. (Istrella rangea les charmes dans sa sacoche de velours.) En plus, il faut bien que je trouve de quoi me distraire, puisque tu refuses toujours de me parler de ce projet secret sur lequel je suis censée travailler à Ardence.

Marcello sursauta, et je lui lançai un regard désapprobateur. Il observa autour de nous la salle bondée.

— Pas ici. Nous arriverons à la garnison demain soir. Je te le dirai là-bas, quand nous pourrons parler à l'abri d'oreilles indiscrètes.

Demain. Mon ventre se noua. J'avais rêvé de revenir à Ardence depuis le jour où ma mère m'avait rappelée à Raverra en m'arrachant à mes études et à l'université, mais désormais cette perspective ne suscitait en moi qu'une sombre appréhension.

Au troisième jour de notre voyage, nous quittâmes sans encombre les collines pour descendre dans la vallée verdoyante que traversait l'Arden en une arabesque scintillante. Ardence adornait le fleuve comme un joyau au cou d'une douairière, dans l'éclat de ses toits rouges luisant sous le soleil. À l'extrémité opposée de la vallée se dressaient de hautes collines qui prenaient des teintes violettes dans le lointain à mesure qu'elles s'élevaient pour former les piémonts des Pics Sorciers, à peine visibles à l'horizon.

À dire les choses clairement, la situation se résumait ainsi : nous venions pour menacer ce lieu de destruction, pour effondrer ses toits de tuiles rouges dans le brasier bleu du malefeu, pour réduire en cendres cette vallée fertile. Quand je distinguai les dômes dorés du palais fluvial parmi les toits de la ville, qui se pressaient contre lui ainsi que des poussins agglutinés à leur mère, j'eus soudain la vision de l'édifice brisé et calciné, gisant sous le ciel comme une carcasse à l'abandon, et cette image me fit tressaillir.

Plutôt que d'arriver à Ardence au crépuscule, nous fîmes une ultime étape à la garnison impériale qui dominait Ardence depuis les hauteurs d'une colline en bord de vallée. « Garnison » était un qualificatif bien modeste pour cette impressionnante forteresse, capable d'accueillir plusieurs milliers de soldats. Ses puissants remparts portaient encore les stigmates des incessants conflits qui avaient fait rage entre les cités-États de l'Eruvia centrale avant que Raverra ne les unisse sous la bannière de l'Empire Sérénissime. Mais depuis deux cents ans qu'Ardence faisait pacifiquement partie de l'Empire, les soldats cantonnés ici avaient pour mission de protéger la ville, et non de la menacer.

Désormais, les choses pouvaient changer du jour au lendemain. Une fois qu'Istrella aurait modifié les canons de la forteresse, ceux-ci seraient aisément en mesure de bombarder Ardence.

Je m'efforçai de ne plus songer à tout cela alors que je m'installais dans ma chambre et me lavais de la poussière de la route dans une baignoire chauffée par Artifice. Mais si je parvins à chasser les images des remparts de la ville criblés de trous fumants, elles furent vite remplacées par les derniers mots de Leodra, qui tournaient sans cesse dans mon esprit : *« Ce complot n'est pas ce que vous pensez. »*

Comprenant que je ne parviendrais pas à m'endormir tout de suite, j'allai chercher la compagnie d'Istrella et la distraction bienvenue de son babillage incessant, pour découvrir que Marcello se trouvait avec elle.

Ils avaient installé Istrella dans de grands appartements, puisqu'elle devait rester un certain temps à la garnison. Nous étions arrivés à peine deux heures auparavant, mais elle avait déjà transformé le petit salon en atelier. De l'équipement, des outils, des pinceaux et toutes sortes de pièces détachées étaient disséminés un peu partout sur les meubles. Istrella était assise sur le sol, penchée au-dessus d'une table basse où était posée une de ses créations. Cela ressemblait à un éventail de dame, mais constitué de lamelles de cuivre gravées de runes et entremêlées de fils perlés. Marcello était debout à côté d'elle et tournait une paire de pinces dans ses mains.

— Entrez, Amalia, m'invita Istrella. Ce projet n'avance pas aussi bien que je le voudrais, et votre aide sera la bienvenue.

— Zaira n'est pas avec vous ? demandai-je.

— Elle est aux cuisines. (Istrella releva ses lunettes sur son front.) En train de prendre son deuxième dîner, j'imagine. Je suis heureuse de ne pas être une sorcière. Je n'aurais jamais le temps de me consacrer à mes créations si je devais passer toute la journée à manger.

J'examinai son travail. Elle ne l'avait pas commencé depuis longtemps ; on ne distinguait pas encore un motif suffisamment clair dans les arabesques du fil pour que je puisse en deviner la fonction, même si les runes semblaient indiquer une magie défensive.

— Qu'est-ce donc ?

— Un éventail de protection. Mais il faut que je réfléchisse à certains détails avant de pouvoir le terminer. (Elle repoussa l'objet en soupirant théâtralement.) Si seulement j'avais quelque projet nouveau et intéressant pour tromper mon ennui ! Une tâche confiée par le doge, par exemple ?

Je dévisageai Marcello en ouvrant des yeux incrédules. Il grimaça et se racla la gorge.

— Oui, justement, à ce propos...

Istrella redressa joyeusement la tête.

— Oh, tu vas enfin me dire de quoi il s'agit ?

Marcello opina du chef d'un air misérable et, sans un mot, posa les schémas et les instructions de fabrication sur la table.

Istrella étudia un moment les documents en silence, et son front se barra d'un pli soucieux.

— C'est une arme, remarqua-t-elle.

— Oui, lui confirma Marcello.

Istrella suivit du bout de l'index les lignes du schéma.

— C'est un bon assemblage. Très efficace. Les miens réclament toujours trop d'énergie. Et regardez la précision de ces cercles runiques ! (Elle soupira.) Ce doit être l'œuvre du maître façonnier du doge, celui qui conçoit les jets. Je n'arriverai jamais à son niveau.

Marcello avança la main pour la poser sur l'épaule d'Istrella, puis s'arrêta à mi-chemin et laissa retomber son bras.

— Est-ce que tu… Cela ne te perturbe pas trop de devoir fabriquer une arme ?

Istrella inclina la tête de côté.

— Tout dépend. Contre qui veulent-ils l'utiliser ?

— Personne, grimaça Marcello. Du moins je l'espère.

Istrella afficha une moue dubitative.

— On ne forge pas des armes pour ne pas s'en servir.

— Vous avez raison. (Je lançai un regard interrogateur à Marcello, mais il semblait si perdu et anxieux que si je le laissais faire, il paniquerait et lui raconterait que les canons allaient tirer des arcs-en-ciel et que tout le monde serait heureux.) Le doge veut équiper la forteresse de ces armes pour le cas où Ardence se rebellerait. Mais ce n'est vraiment pas l'option la plus probable. Et si la crise actuelle se résout selon nos espoirs, les canons pourront rester ici pour protéger la ville, ou être transportés jusqu'aux Pics Sorciers afin d'y renforcer les défenses frontalières contre le Vaskandar.

— Je vois. (Istrella continuait à examiner les diagrammes, et ses doigts s'agitaient comme s'ils étaient déjà à l'œuvre pour torsader le fil.) J'imagine que je dois faire confiance à l'Empire pour qu'il les emploie avec sagesse.

— Je suis navré, Istrella, dit Marcello.

— Pourquoi ça ? demanda-t-elle en clignant les yeux d'un air surpris.

— Tu ne devrais pas avoir à faire une chose pareille, se désola-t-il en désignant les schémas de la main. Ce n'était pas ce que je souhaitais pour toi. Ce n'est pas… (Il hésita un instant, avant d'oser prononcer ces mots à haute voix.) Ce n'est pas bien.

Istrella haussa les épaules.

— C'est un projet intéressant. Et cela vaut mieux que de devoir fabriquer encore des lampes-courrières. L'Empire me donne tout ce que je désire, Marcello. Si c'est des canons qu'il veut en retour, je lui donnerai des canons.

L'acceptation indifférente d'Istrella ne fit rien pour apaiser mon malaise. Et à voir le visage dévasté de Marcello, je sus qu'il partageait mon sentiment.

Les portes d'Ardence étaient grandes ouvertes et la circulation franchissait l'immense muraille de brique qui entourait la ville avec l'aisance tranquille propre au temps de paix. Nous passâmes les portes sans aucune difficulté ; Ardence laissait entrer en son sein le couteau que la Cité Sérénissime lui mettait sur la gorge.

Notre cocher s'engagea sur les larges avenues noires de monde, où les riches marchands coudoyaient les modestes apprentis teinturiers. Les ruelles discrètes de Raverra et son réseau de canaux divisaient son espace en une mosaïque d'îles, dessinant une centaine de minuscules provinces. Ardence, au contraire, formait un ensemble où se mêlaient dans un joyeux désordre les expériences et les idées. Venir étudier ici m'avait fait quitter ma cage dorée pour m'envoler à la découverte du monde.

Nous passâmes devant la fontaine aux Souhaits ; une mère était assise sur la margelle où il nous arrivait de nous installer avec Venasha pour lire, et elle grondait son fils qui essayait d'y grimper. Au bout de l'avenue, j'aperçus la statue intitulée

« La Grâce de la Victoire abattant la Gorgone », que Domenic avait escaladée un soir d'ivresse, afin de poser un bonnet en tricot sur la tête de la Gorgone. Un peu plus loin, nous vîmes le grand portique de l'université d'Ardence, puis ce carrefour où se dressait le buste en bronze du premier duc Bergandon, décoré comme à son habitude de poèmes satiriques que les étudiants venaient afficher sur l'honorable statue. C'était une autre de ces choses que j'aimais particulièrement à Ardence : cette débauche d'œuvres d'art, si pleines de vie et de mouvement, qui ornaient chaque place et chaque carrefour, expression de la fièvre créatrice qui avait gagné Ardence un siècle auparavant, au temps de sa splendeur.

Mais cet âge d'or avait pris fin. Les façades des édifices étaient défraîchies et écaillées, leurs dorures ternies ; même les couleurs des enseignes des échoppes étaient fanées. Les somptueux palais où résidaient autrefois les seigneurs marchands qui contrôlaient le commerce fluvial étaient désormais loués aux Raverrains de passage, ou démembrés et reconvertis en boutiques et en auberges. Les détritus et les immondices souillaient les rues jadis parcourues par certains des plus célèbres artistes et penseurs d'Eruvia. Peut-être étais-je influencée par ma conversation avec dame Savony, mais il me sembla remarquer bien plus d'échoppes fermées et de mendiants que deux ans auparavant, du temps de mes études.

Au coin d'une rue, une poignée de commerçants s'attroupaient devant une affiche placardée sur le mur d'une hôtellerie et discutaient avec animation. Je cherchai à voir l'inscription en grosses lettres alors que notre carrosse passait, et je réussis à lire quelques mots : « SECOUONS LE JOUG DE L'EMPIRE ! POUR LE BIEN DE NOS ENFANTS ». Plus loin, quelqu'un avait peint sur les volets d'une échoppe d'amulettes à l'abandon :

« DEHORS, LES REQUINS DE RAVERRA », et dessiné sous ce slogan un masque de carnaval. Cela aussi était nouveau, et me laissa un goût de cendre dans la bouche.

Notre carrosse passa devant la rue où il était censé tourner, et je m'apprêtai à protester, avant de me rappeler la situation : évidemment, nous n'allions pas au palais de l'ambassade de Raverra, puisque Ignazio n'était plus l'Envoyé Sérénissime.

Et à le voir regarder par la fenêtre, les mâchoires serrées, mon oncle devait certainement ruminer les mêmes pensées que moi.

Si la demeure en brique qu'Ignazio avait louée pour nous le déçut par son air de splendeur fanée, il ne put en dire autant de l'accueil que reçut son retour à Ardence : le jour même de notre arrivée, nous assistions à une fête donnée en son honneur.

Ignazio n'appréciait guère la danse. Le seigneur Waldon, l'hôte de cette soirée, semblait le savoir, et la douce musique que jouait l'orchestre était davantage destinée à combler les blancs des conversations qu'à inspirer l'envie de danser. Radieux, Ignazio était entouré par les représentants de la noblesse ardentine qui voulaient tous échanger un mot avec lui. Ils affichaient des visages sérieux où, malgré leurs efforts, se lisait une certaine inquiétude. Alors que je m'attardais près de la table des vins en cherchant du regard des connaissances, j'entendais de temps à autre la voix de mon oncle, au milieu du brouhaha de la salle.

— Enfin, comme vous le savez, je ne suis plus en position de parler officiellement, mais…

— Je ne peux faire aucune promesse étant donné ma situation actuelle, mais certainement, je verrai si je peux…

— Naturellement, je n'ai plus accès aux rapports officiels, mais j'ai cru comprendre que…

Ignazio avait prétendu que dame Terringer ne s'apercevrait même pas de sa présence à Ardence; j'en doutai fortement. Terringer n'assistait pas à la soirée, mais j'avisai dame Savony, qui fendait la foule avec une démarche hautaine m'évoquant un échassier et un air revêche suggérant qu'elle aurait préféré rester à son bureau à travailler plutôt que de devoir se livrer à des mondanités. Aux regards noirs qu'elle lançait à certains nobles aux tenues extravagantes, qui arboraient assez de bijoux pour payer la rançon d'un roi, elle pensait certainement que les autres invités auraient dû eux aussi s'atteler à résoudre les problèmes d'Ardence au lieu de courir les réceptions. Certains d'eux s'esquivaient d'ailleurs en grimaçant quand ils la voyaient approcher, comme des enfants voulant échapper à leur gouvernante.

La salle bruissait d'une énergie impatiente, les voix s'élevaient et retombaient avec une agitation que je n'avais jamais vue à Raverra, où tout le monde jouait en gardant ses cartes serrées contre sa poitrine. Des mots et des bouts de phrase revenaient sans cesse à mes oreilles : « les enfants disparus »… « un outrage »… « la Noblesse de l'Ombre »… « le Vaskandar ». Et « Raverra » ou « l'Empire », toujours avec un soupir, un grognement ou un juron.

Je balayai la foule du regard, cherchant instinctivement la ligne familière des épaules de Marcello ou ses cheveux bouclés, mais il était resté à la garnison pour se coordonner avec les forces impériales locales et s'assurer qu'Istrella et les autres Faucons disposaient de tout ce dont ils avaient besoin pour s'acquitter des différentes tâches que le doge leur avait confiées.

Zaira flânait près du buffet et dévorait avec l'appétit d'un loup affamé tout en flirtant avec Domenic. Je brûlais d'envie d'aller saluer mon vieil ami, mais m'éloignai pourtant dans la direction opposée ; Zaira avait toujours tendance à monopoliser la conversation.

Une voix familière m'interpella.

— Amalia ! Je pensais bien que c'était toi.

Je tournai sur moi-même, au comble de la joie, pour me retrouver face à mon ancienne camarade d'études.

— Venasha !

J'eus à peine le temps de voir l'éclat de son sourire éblouissant avant qu'elle me serre contre elle affectueusement.

— Comment vas-tu ? lui demandai-je, presque étouffée par les lourdes boucles de sa chevelure.

— Bien, très bien ! (Elle se recula, en me tenant à bout de bras et en souriant de toutes ses dents.) J'occupe un nouveau poste à la bibliothèque ducale, et j'adore ça. Leur section sur la théorie magique est incroyable. Et j'ai même des étudiants qui vont chercher les livres pour moi ! Je n'ai qu'à m'occuper de mes recherches et de l'acquisition d'ouvrages pour la bibliothèque.

— Cela semble idéal ! Il faudra que je vienne t'y rendre visite.

(La pensée de tous ces livres qui m'attendaient suffit à me distraire de mes inquiétudes.) Comment vont Foss et le bébé ?

Son sourire vacilla.

— En pleine forme.

— Je serais très heureuse de les voir.

— Heu… oui, oui, bien sûr.

Je la pris par le bras.

— Venasha, il y a un problème avec ton bébé ?

— Oh, non ! Mais Aleki n'est plus vraiment un nourrisson, tu sais. Tu ne vas pas en revenir de voir à quel point il a grandi. Il marche et il parle à présent, et attrape tout ce qui passe à sa portée. (Sa voix redevint joyeuse, même si une sorte d'inquiétude se lisait toujours dans ses yeux.) Foss n'en peut plus de lui courir après quand je suis à mon travail à la bibliothèque. Aleki adore sortir les livres des étagères pour les jeter par terre. Un vrai petit barbare !

— J'ai hâte de le voir.

Venasha sembla hésiter, et j'ajoutai rapidement :

— Si tu n'y vois pas d'inconvénient, bien sûr.

— Non, non, évidemment que non, dit-elle dans un souffle. Je serais heureuse que tu le voies, il a tellement grandi. (Une lueur scintilla dans ses yeux, comme si elle venait de prendre une décision.) Si nous nous retrouvions dans les jardins publics près du palais fluvial, demain ? Foss y emmène Aleki presque tous les jours, et ainsi je peux m'esquiver de la bibliothèque pour passer un peu de temps avec eux.

— Parfait ! Je suis impatiente.

— Et toi, alors ? Qu'est-ce qui t'amène à Ardence ?

Ce fut à mon tour d'avoir du mal à garder le sourire.

— Eh bien…

— Laisse-moi deviner, s'exclama-t-elle en prenant un air mélodramatique. La « Situation ».

Je ris malgré moi.

— C'est ainsi que vous l'appelez ?

— C'est comme ça qu'ils disent au palais fluvial. J'y passe chaque jour pour me rendre à la bibliothèque, et les nobles de la cour ne discutent que de ça, et toujours avec une mine sombre et grave. Je m'efforce de les ignorer.

— Tu as bien raison.

Quelqu'un me tapota l'épaule.

—Amalia ! Te voilà donc !

C'était Domenic. Ses yeux, légèrement hagards, démentaient son sourire chaleureux.

—Puis-je te parler en privé un instant ?

Venasha prit un air faussement outré.

—Amalia a à peine remis les pieds à Ardence, et voilà que vous recommencez à filer tous les deux en m'abandonnant !

Je sentis mes joues s'empourprer. Il y avait d'autres raisons qu'une affaire de trahison pour souhaiter s'entretenir en privé avec une dame, et Venasha ne se rappelait sans doute que trop bien les sentiments que j'avais nourris envers Domenic durant mon séjour à Ardence, tant je lui en avais bassiné les oreilles à l'époque.

Domenic s'inclina vers Venasha.

—Si tu me laisses te l'enlever, je te montrerai cette nouvelle librairie où j'ai trouvé cette épopée callamornienne que tu cherchais.

—Prête-moi ton exemplaire des histoires d'Orsenne tant que nous y sommes, et j'y consentirai, répondit Venasha en riant.

Des murmures naquirent derrière nous alors que Domenic et moi sortions dans le petit jardin clos, qui réunissait sans goût aucun une collection hétéroclite de statues parmi ses haies d'arbustes soigneusement taillées. Les lumières de la fête tombaient sur la pelouse noire et des ombres passaient devant les arches lumineuses des fenêtres, accompagnées parfois de l'écho étouffé de rires.

Je frissonnai ; j'avais laissé ma cape de velours à l'intérieur, et l'ample décolleté de ma robe ne m'offrait guère de protection contre l'air froid de la nuit. Domenic ne remarqua rien, et je ne pus m'empêcher de penser que Marcello l'aurait vu, lui.

Domenic redressa le buste, avec l'air tendu de quelqu'un qui a une question délicate à poser.

—Amalia, je voudrais te présenter mon frère.

Je regardai autour de moi le jardin désert.

—Dois-je en conclure que ton frère est un buisson ?

Domenic s'esclaffa, mais son rire avait quelque chose d'un peu forcé.

—Oh, je ne te l'avais pas dit ? C'est un rosier. Ça lui vient du côté de notre mère. (Domenic me fit une grimace.) Enfin, certains jours j'aimerais bien que ce soit le cas. Il passe ses jours et ses nuits à intriguer à la cour, à expliquer à qui veut l'entendre comment nos amis du Vaskandar résoudront tous nos problèmes si nous nous dressons contre Raverra.

—J'en conclus donc que tu as échoué à le convaincre que c'était une idée désastreuse ?

—Eh oui, que la Grâce de la Sagesse me vienne en aide, répondit-il en soupirant. J'ai rencontré la Noblesse de l'Ombre hier soir et, je dois l'admettre, mes espoirs ont été déçus.

Les ombres qui couvraient le jardin me parurent soudain plus profondes et plus sinistres, lourdes de l'idée de la trahison. Je tentai de garder une voix détachée.

—Ah bon ?

—J'imagine que j'aurais dû m'en douter. (Domenic leva les yeux vers le ciel nuageux, comme s'il attendait que les Grâces le guident, mais aucune lumière n'apparut dans l'obscurité de la nuit.) Je continue à espérer que Gabril agit ainsi pour les bonnes raisons. Pour aider les mages, pour faire d'Ardence une ville meilleure. Et il est fort possible que certains membres de la Noblesse de l'Ombre poursuivent des buts aussi louables. Mais pour l'essentiel, ce que j'ai entendu à leur réunion se résumait à des déclarations dictées par l'orgueil et la colère.

L'orgueil et la colère pouvaient pousser les gens à commettre les pires actes. J'espérais de tout cœur que le nom de Gabril ne faisait pas partie de ceux que le baron Leodra avait voulu me révéler pour sauver sa tête.

— Tu m'en vois désolée.

— Gabril reçoit ses amis de la Noblesse de l'Ombre d'ici quelques jours. (Domenic baissa la voix.) Je crois qu'il serait bon qu'ils comprennent que tous les gens de Raverra ne sont pas hostiles à Ardence.

— Bien sûr que non ! Est-ce vraiment ce qu'ils pensent ?

— Pas tous, évidemment. Une moitié d'entre eux s'enivrent de l'idée de voir Ardence retrouver sa splendeur et son indépendance, persuadés que Raverra l'empêche de prendre son essor. Quant à l'autre moitié… (Domenic secoua la tête.) Tu ne peux t'en rendre compte ici, parce que c'est une réception en l'honneur d'Ignazio, mais la fureur gronde parmi la noblesse, depuis l'enlèvement des enfants. Ils pensent que Raverra leur a tout pris – d'abord leur fortune, et maintenant leurs enfants chéris –, et ils sont prêts à se battre pour recouvrer ce qui est à eux.

— Ce serait la pire des idées, remarquai-je en enroulant d'un geste machinal une boucle de cheveux autour de mes doigts. Nous devons résoudre cette crise par la voie diplomatique. C'est encore possible.

— Je l'espère. Peut-être pourras-tu m'aider à les convaincre qu'une solution pacifique existe, et que l'on peut encore éviter d'en venir au feu et aux épées. (Il tendit la main vers moi.) Accepterais-tu de m'accompagner à la réception donnée par Gabril ?

C'était donc bien d'une affaire de trahison qu'il s'agissait.

Je pouvais refuser son invitation, et préserver mon honneur. Il me suffisait de lui expliquer qu'en tant que loyale sujette de la Cité Sérénissime, il était inenvisageable que j'assiste à la réunion d'une société secrète qui complotait contre Raverra.

Mais ce faisant, je perdrais ma seule et unique chance d'infiltrer la Noblesse de l'Ombre.

Je pris la main qu'il m'offrait, avec une réticence gênée.

— Si cela peut aider à éviter la guerre, je serai heureuse de t'accompagner et de leur parler.

Domenic me serra amicalement la main avant de la relâcher.

— Parfait ! Et Zaira viendra avec toi, j'espère ?

— Il le faut. Nous devons rester ensemble tout le temps.

— Excellent. (Il sembla hésiter, et poursuivit d'une voix qui trahissait un manque d'assurance que je ne lui connaissais pas.) C'est une femme vraiment étonnante, n'est-ce pas ? Je n'avais encore jamais vu autant d'audace chez une dame. Elle énonce la vérité sans fard, et il y a en elle un feu qui ne tient pas qu'à la magie. Enfin, je trouve qu'elle… (Il se redressa pour adopter une attitude plus convenue.) J'ai beaucoup d'admiration pour elle.

La culpabilité que j'éprouvais à l'utiliser pour espionner son frère s'amenuisa soudain.

— Elle est unique en son genre, c'est certain.

— Sais-tu par hasard si… (Il prit un air embarrassé.) J'ai cru comprendre qu'elle n'est pas issue d'une famille de la noblesse.

— Pas vraiment, non.

— Enfin, cela ne devrait pas avoir d'importance. Après tout, pourquoi le cœur aurait-il à se soucier des questions de rang ?

Ses mots vinrent faire écho en moi à une douleur qui avait les traits de Marcello. Je ne parvins pas à lui répondre, pas même d'un hochement de tête. Les Grâces l'avaient-elles donc envoyé à cette réception uniquement pour me faire sentir à quel point j'étais un être méprisable ?

Domenic inspira profondément.

— Amalia, dis-moi honnêtement, en amie : qu'est-ce que Zaira pense de moi ?

J'aurais aimé être n'importe où ailleurs que dans ce stupide jardin. Je n'avais pas le cœur à d'autres mensonges. Zaira n'avait rien d'un bon parti ; en tant qu'amie de Domenic, je ne pouvais en conscience l'encourager dans ses sentiments.

Mais si je l'incitais à s'éloigner de Zaira en raison de leur différence de rang et de statut social, je ne me montrerais pas meilleure que ma mère.

— Elle… (*Elle te trouve musclé des… jambes.* Je réprimai un gloussement nerveux.) Elle te trouve charmant, Domenic.

Son regard s'illumina.

— Vraiment ?

— Comment pourrait-il en être autrement ? (J'adoptai un ton léger, malgré ma gorge serrée.) Tout le monde te trouve charmant. C'est que tu possèdes de nombreuses et remarquables qualités.

— Tu me flattes, Amalia, protesta-t-il en riant. Mais je te remercie. Et s'il en est ainsi, alors je suis d'autant plus impatient de la revoir, en ta compagnie, à cette réception.

— J'ai hâte moi aussi.

Je m'empêchai d'ajouter que ma hâte se mêlait d'anxiété, et à la pensée de cette rencontre à venir je me sentis soudain transie par la fraîcheur de la nuit.

Plus tard dans la soirée, quand les invités les plus âgés et les plus ennuyeux furent rentrés se coucher et que le buffet commençait à faire pâle figure, j'attirai Zaira à l'écart dans le hall d'entrée au marbre froid, qui était désert à ce moment-là.

— Alors, quel est votre avis ? lui demandai-je en baissant la voix.

Zaira afficha un sourire lubrique.

— La fille dans la robe bleu paon a tout ce qu'il faut dans le corset, mais je reste quand même sur Domenic. Il a le plus beau…

— Je voulais dire : avez-vous repéré des suspects ? l'interrompis-je.

— Oh, je ne doute pas qu'ils soient tous coupables de quelque chose.

— Je parle de ceux qui essaient de déclencher une guerre, rétorquai-je d'une voix irritée. Je vous le demande parce que vous êtes intelligente et observatrice, en dépit de tous vos efforts pour me convaincre du contraire.

— Je n'ai jamais cherché à vous convaincre de quoi que ce soit. Je me fous pas mal de votre opinion. (Elle fronça les sourcils.) Mais, non, je ne crois pas qu'il y en ait ici qui souhaitent que la guerre éclate. Ils se pissent dessus de trouille rien qu'à entendre le mot.

J'acquiesçai.

— Ils s'empressent auprès d'Ignazio, en espérant qu'il pourra résoudre leurs problèmes à leur place. Ils ne chercheraient pas son aide s'ils étaient déterminés à se battre.

— Qui est prêt à se battre ? lança une voix pâteuse derrière nous.

Je me tournai pour découvrir un des convives, un homme aux larges épaules, de l'autre côté du hall. Il tanguait comme un navire en perdition, la barbe hérissée, manifestement ivre. La rage brûlait dans ses yeux vitreux, et il avait les poings serrés.

— Moi en tout cas, je suis tout à fait prêt à me battre, ajouta-t-il, avec un regard appuyé vers Zaira.

Chapitre 18

— Excusez-moi ? dis-je d'un ton froid, censé décourager ce gentilhomme indiscret, mais il était trop ivre pour s'en rendre compte, ou pour s'en soucier.

— Vous êtes la sorcière, cracha-t-il, en foudroyant Zaira des yeux. La garce qui menace de réduire Ardence en cendres.

Zaira redressa le menton.

— Si jamais je vous menaçais, croyez-moi, vous le sauriez.

— D'abord, vos requins m'ont conduit à la banqueroute. Puis vous avez enlevé mon neveu. (Sa voix se fêla, prête à passer de la colère au sanglot.) Et là, vous voulez brûler ma ville.

Avec du retard, je finis par le reconnaître. Il s'agissait du seigneur Ulmric, un membre du Conseil des Pairs, auquel siégeait aussi Domenic.

— Personne ne veut brûler votre ville, intervins-je.

— Enfin, pas pour l'instant, marmonna Zaira.

— Moi, il me semble que si je vous brise la nuque ici et maintenant, nous n'aurons plus à redouter votre feu.

Il fit un pas menaçant vers nous.

Zaira dégaina sa dague d'un geste vif.

— Essayez donc, et je vous vide comme un poisson. Et je n'aurais même pas besoin de vous cuire.

— Il suffit ! m'exclamai-je en m'interposant entre eux les mains levées, tendue par la crainte de recevoir un mauvais coup.

L'homme n'était pas un vaurien des bas quartiers ; c'était un pair d'Ardence. Si Zaira le tuait, elle ferait périr avec lui notre dernier espoir de paix.

— Je vous en prie, plaidai-je en m'adressant à l'ivrogne. Nous ne sommes pas vos ennemis. Ayez la grâce de respecter votre hôte. Vous n'allez pas souiller sa maison en y versant le sang.

J'avais dans l'idée que si les choses en arrivaient là, ce serait son sang plutôt que celui de Zaira qui coulerait, mais autant le laisser penser ce qu'il voulait.

Son visage exprima la lutte intérieure d'émotions confuses, comme s'il ne parvenait pas à décider s'il devait me cracher dessus ou me frapper.

Finalement, ce fut le désespoir qui déforma ses traits.

— Rendez-moi mon neveu, implora-t-il d'une voix brisée.

— Ce n'est pas nous qui vous l'avons pris. (Je soutins le regard de ses yeux rougis, en mettant toute ma force de conviction dans ma voix.) Je suis là pour essayer de retrouver les enfants. Je vous le jure. Tout ce que nous voulons, c'est qu'ils soient rendus à leurs familles.

Il me dévisagea de ses yeux humides.

— Si ce n'est pas vous qui avez mon neveu, qui est-ce donc ?

— Je l'ignore.

Puissent les Grâces protéger cet enfant, où qu'il se trouve.

— Dans ce cas, vous ne nous servez à rien. (Il leva à demi le poing, avant de le laisser retomber et de se détourner.) Repartez donc à Raverra. Laissez-nous en paix.

L'homme retourna dans la salle de réception, en marmonnant dans sa barbe.

Zaira remit sa dague au fourreau.

— Vous voyez ? Même aussi soûls qu'un gardien de temple destitué, ils n'ont pas la volonté de se battre.

Zaira avait raison. Malgré les placards et les graffitis que nous avions aperçus en traversant Ardence, la ville n'était pas sur le point de basculer dans la rébellion. Le danger dont le baron Leodra avait voulu m'avertir ne concernait pas des foules en colère envahissant les rues en réclamant que coule le sang raverrain. Il s'agissait d'une menace plus insidieuse, une dague pointée sur mon dos depuis les ombres, non d'un rustre aviné se jetant sur moi au hasard d'une rencontre.

— Vous avez raison, acquiesçai-je. Ils n'ont pas la volonté de se battre. Mais quelqu'un essaie de la faire naître en eux, et nous devons le démasquer.

Alors que nous quittions la demeure du seigneur Waldon pour sortir dans la nuit éclairée abondamment par la lumière des lampes, j'aperçus une silhouette familière et inattendue qui patientait dans les ombres, au coin de la place : le prince Ruven du Vaskandar, accompagné de sa suite de domestiques, somptueusement drapé dans un manteau doublé de fourrure qui descendait jusqu'à ses chevilles. Des broderies du Vaskandar, au tracé anguleux, dessinaient des sortes d'éclairs dentelés sur sa poitrine, et une rapière à la garde ornée de pierreries pendait contre sa cuisse.

— Que fait-il à Ardence ? murmurai-je à Zaira.

— C'est votre soupirant du Vaskandar, c'est ça ? dit-elle en suivant mon regard. Jolies jambes.

— Ce n'est pas « mon » soupirant, merci bien ! (Je fronçai les sourcils.) Toutefois, j'aimerais savoir ce qu'il fait ici.

— Allons lui poser la question. Ça m'amuserait de faire sa connaissance.

Le sourire de Zaira ne fit rien pour me rassurer.

Mais l'enthousiasme que je lus sur le visage de Ruven quand nous nous approchâmes me perturba davantage. Il s'inclina de manière obséquieuse, me forçant à lui retourner la politesse d'une révérence.

— Dame Amalia ! Quel plaisir de vous revoir. Et vous devez être dame Zaira, je présume ?

— Je ne suis pas une dame.

Zaira ne fit ni révérence ni geste de salut. Je ne savais trop si ce manque de manières était délibéré, ou s'il tenait simplement aux lacunes de son éducation.

— Qu'est-ce qui vous amène ici à cette heure tardive, Votre Altesse ? m'enquis-je poliment.

Le regard de Ruven s'attarda sur la porte du palais du seigneur Waldon, d'où émergèrent d'autres invités, à différents degrés d'ébriété.

— Oh, j'attends quelqu'un. Mais la Grâce de la Fortune m'a souri, puisque cela me donne l'occasion de vous rencontrer.

— J'ai entendu dire que vous aviez de nombreuses connaissances à Ardence.

— Les Ardentins ne demandent qu'à se faire de nouveaux amis, ces derniers temps. (Ruven se tourna vers Zaira.) Et j'espère que vous aussi, dame Zaira, accepterez l'amitié que je vous offre, déclara-t-il en lui tendant la main.

J'eus l'impulsion d'intervenir, mais Zaira avait la situation sous contrôle. Elle lui adressa la révérence qu'elle avait négligé de faire précédemment et, tenant ses jupes des deux mains alors qu'elle fléchissait les jambes, évita ainsi de prendre celle que lui tendait le prince Ruven.

— Cela dépend, répondit-elle avec un rire de coquette. Je suis une fille à l'esprit pratique. Que faites-vous donc pour vos amis ?

— Eh bien, pour commencer, au Vaskandar, nous ne retenons pas prisonniers ceux qui portent la marque des mages. D'ailleurs, vous pouvez me rejoindre là-bas quand il vous plaira. Vous y trouverez bon accueil, et vous y aurez le rang d'une noble dame, au-dessus de la foule des gens du commun.

— Ce serait tentant. (Zaira montra son poignet, et le jet brilla à la lumière des lampes.) Mais je suis mariée à Raverra tant que je porte ceci.

Ruven haussa les épaules.

— C'est une chose que l'on peut régler.

Une expression avide bouleversa les traits de Zaira, et elle se pencha vers Ruven. Je me raidis.

— Vous pouvez me l'enlever ? demanda-t-elle d'une voix vibrante de tension.

— J'ai certains talents. Souhaitez-vous une démonstration ?

— Non, intervins-je. Pas de démonstration, merci.

Mais Ruven avait déjà levé une main nonchalante pour faire signe à un membre de sa suite d'approcher. Un homme d'armes, grand et pâle de peau comme tous les Vaskandriens, fit un pas en avant.

— Votre Altesse ?

— Ton poignet, lui ordonna Ruven.

Le soldat déglutit, le visage soudain pâle, mais il remonta sa manche et tendit le bras sans un mot.

— Non, je vous assure, dis-je levant les mains, ce n'est pas nécessaire.

Ruven émit un petit rire.

— Assurément. Mais enfin, dame Amalia, la vie serait d'un ennui mortel si nous ne faisions que des choses nécessaires.

Il saisit l'avant-bras de son serviteur d'une main, puis de l'autre dégaina une longue dague.

— Votre Altesse, bredouilla nerveusement le garde, avec tout mon respect, que…

L'homme s'interrompit brusquement. Sa poitrine se soulevait et s'abaissait au rythme de sa respiration affolée, et il fixait la dague avec la même lueur de peur dans les yeux, mais le prince lui avait ôté toute faculté de bouger et de parler, simplement en le touchant.

Ruven posa le tranchant de sa lame contre le poignet du garde.

— Ça suffit, lui intima Zaira d'une voix sèche. Je ne suis pas prête à perdre ma main juste pour être débarrassée de ce jet.

— Vous ne perdrez rien du tout, lui promit Ruven. Et cela ne fera même pas mal.

Il enfonça sa dague dans la peau du garde.

Je réprimai un cri. Aucun sang ne coula. Les yeux de l'homme étaient écarquillés et il luttait manifestement contre la paralysie qui l'affectait, mais je n'y lus qu'une terreur abjecte, pas de douleur. La lame de la dague plongea lentement dans son poignet, aussi facilement qu'un fil à couper dans une motte de beurre, et la chair se ressouda derrière elle. Elle émergea finalement de l'autre côté du poignet, vierge de toute trace de sang et scintillant dans les ombres. Aucune marque ne se distinguait sur la peau blanche du garde.

Le visage de Zaira avait pris un teint verdâtre. Je me rapprochai d'elle, au cas où elle défaillirait ou se mettrait à vomir. Je n'étais guère plus vaillante, et j'aurais plus volontiers avalé un bol de limaces vivantes plutôt que d'assister de nouveau à ce spectacle.

Ruven relâcha le garde, qui ramena aussitôt son bras contre son torse et s'éloigna de son maître en titubant, le souffle court.

— Vous voyez ? dit Ruven en ouvrant largement les bras, la dague toujours en main. As-tu eu mal ? Dis la vérité à ces dames.

L'homme se massait le poignet et frissonnait de tout son corps.

— C'était… Je n'ai rien senti, Votre Altesse.

Ruven remit sa dague au fourreau d'un geste théâtral, avec un sourire satisfait, comme s'il venait de nous offrir un merveilleux spectacle.

— J'espère que vous réfléchirez à ma proposition, dame Zaira.

— J'y penserai, promit-elle, puis elle me saisit le bras avec force, d'une main tremblante. Mais à présent, je dois reconduire madame la précieuse Héritière à sa demeure. Nous avons dépassé depuis longtemps l'heure de son coucher.

— Et je dois aller retrouver mon ami. Je vous souhaite une bonne nuit, mesdames.

Ruven s'inclina et je lui répondis d'une courte révérence avant de m'enfuir le plus dignement possible. Zaira était agrippée à mon bras, le visage nauséeux. Nos souliers battirent un staccato vif sur les pavés, alors que nous nous éloignions d'un pas rapide.

— Oh oui, j'y penserai, marmonna Zaira, quand j'essaierai de trouver le sommeil ce soir. Par la Grâce de la Miséricorde !

— Pas vraiment tentée par un séjour au Vaskandar, alors ? lui lançai-je, incapable de m'en empêcher.

Zaira haussa les épaules.

— Seulement si c'est pour aller brûler ce monstre.

Un sentiment lugubre m'envahit.

— Selon la manière dont les choses se passent à la frontière, cela pourrait bien s'arranger.

Le lendemain matin, Zaira et moi retrouvâmes Venasha et Foss dans les jardins publics en face du palais fluvial. Marcello, qui devait arriver de la garnison, avait promis de nous y rejoindre.

Le jardin luisait sous les rayons du soleil matinal. Le ciel était d'un bleu immaculé et une douce brise agitait les frondaisons, tavelant d'ombres mouvantes les allées sinueuses des jardins tandis que Venasha et moi déambulions côte à côte entre les gracieux arrangements de statues, de parterres fleuris et de fontaines. Foss allait et venait autour de nous, à la poursuite de son fils Aleki, qui courait en tous sens sur ses petites jambes potelées en agitant sa tête aux lourdes boucles. Zaira restait la plupart du temps auprès du garçonnet de deux ans et essayait de lui apprendre des tours en riant, comme on le ferait avec un chiot.

— Dis-moi, toi, que penses-tu de la « Situation » ? demandai-je à Venasha. Tu crois que la population est vraiment prête à se rebeller contre l'Empire après toutes ces années ?

— Par les Grâces, non, répondit Venasha, en chassant de la main un insecte posé sur son visage. Les gens ronchonnent, mais pas plus que d'habitude, malgré tous les efforts de la Noblesse de l'Ombre pour pousser la cité à la sédition. Il n'y a guère que le Conseil des Pairs et la noblesse qui y songent sérieusement, à cause de l'enlèvement des enfants. (Elle coula un regard inquiet vers son fils.) Et je ne peux totalement les en blâmer. Je serais prête à remuer ciel et terre s'il arrivait quelque chose à Aleki.

Les choses en revenaient toujours à ce rapt.

— As-tu une idée de l'identité de ceux qui auraient pu commettre un tel acte ?

— Eh bien, réfléchit-elle en penchant la tête, c'est forcément quelqu'un qui connaît parfaitement la ville, pour avoir réussi à disparaître avec les enfants sans la moindre trace alors que tout le monde les cherche. Quelqu'un qui dispose de beaucoup de ressources et de complicités, pour échafauder une tromperie aussi convaincante et faire accuser les Fauconniers. Je dois te l'avouer, moi aussi je pensais que Raverra jouait la comédie en affirmant n'y être pour rien, jusqu'à ce que tu m'expliques tout.

— Nous avons tellement la réputation d'être retors, que je suppose que ce n'est qu'un juste retour des choses, soupirai-je. Quand nous faisons preuve de franchise et d'honnêteté, plus personne ne nous croit.

Sans mentionner le fait qu'un membre du Conseil des Neuf avait effectivement mené un double jeu, mais c'était un secret que je ne pouvais confier à personne ici, pas même à Venasha.

Aleki trottina vers nous, en tenant devant lui d'un air concentré une poignée de fleurs en piteux état. Foss marchait derrière lui et sourit timidement en croisant le regard de Venasha ; je suspectai que c'était lui qui avait donné à Aleki l'idée d'apporter des fleurs à sa mère. Une douce chaleur fit fondre une partie de l'anxiété qui me serrait la poitrine, en voyant Venasha soulever son fils pour le serrer contre elle en le remerciant, et attirer aussi à elle Foss pour une joyeuse étreinte familiale.

— Ce serait vraiment une honte de brûler ces trois-là, me chuchota Zaira à l'oreille.

Je la dévisageai d'un air désespéré, et elle soutint mon regard avec une expression neutre, me défiant de trouver quelque chose à répondre.

— Amalia ! m'appela la voix de Marcello.

Il s'avançait vers nous sur l'allée incurvée du jardin à grandes enjambées, d'un pas fluide et énergique. Le soleil soulignait les lignes pures de ses traits et faisait luire les mèches sombres de ses cheveux. Par la Grâce de l'Amour, il avait fière allure.

— Navré, je suis en retard, dit-il en arrivant près de nous, d'une voix légèrement essoufflée.

Je sentis une odeur de cheval qui flottait encore autour de lui après sa chevauchée depuis la garnison.

Il se pencha vers moi en glissant un regard vers Foss et Venasha pour s'assurer qu'ils ne pouvaient pas l'entendre.

— J'ai été retardé par des discussions quant à la meilleure manière de retrouver la trace des prétendus Fauconniers et de déterminer l'identité de ceux qui portaient ces uniformes. J'ai eu une conversation avec un officier des services d'espionnage par les lampes-courrières.

— Avez-vous des pistes ?

— Pas encore. L'hypothèse la plus probable est qu'il s'agit de criminels embauchés pour cette opération, mais qui qu'ils puissent être, ils ont su rester discrets. (Il se débarrassa de son air sombre d'un haussement d'épaules, et se tourna en souriant vers Venasha, Foss et Aleki.) Mais assez parlé de tout ça. Pourquoi ne me présenteriez-vous pas vos amis, Amalia ? Je serais ravi de faire leur…

Il s'interrompit soudain, les yeux rivés sur Aleki.

Je suivis son regard. Venasha et Foss étaient en train de parler des fleurs à leur fils, et nous tournaient presque le dos. Le visage sérieux d'Aleki s'apercevait entre eux, alors qu'il leur expliquait quelque chose de sa voix fluette, en touchant les fleurs que sa mère tenait à la main. C'était la première fois que j'avais l'occasion de le regarder bien en face, puisqu'il n'avait pas cessé de gambader un peu partout.

Un cercle vermillon, léger mais clairement visible, entourait ses pupilles.

La marque des mages.

Chapitre 19

Une poigne de fer se referma sur mon poignet alors que Zaira nous tirait, Marcello et moi, à l'écart.

— Ne faites pas ça, intima-t-elle à Marcello d'une voix tendue.

— Vous avez vu ses yeux, Zaira, dit-il, le front soucieux. Vous connaissez la loi.

Complètement sous le choc, j'étais incapable de parler. Le bébé de Venasha avait la marque des mages ? Elle m'avait raconté tout un tas d'anecdotes charmantes sur son fils, sans jamais mentionner une chose aussi importante. Mais elle le savait forcément ; il était impossible qu'elle n'ait pas vu ce cercle rouge ni qu'elle ignore sa signification.

— Rien à faire, s'irrita Zaira. Vous ne pouvez pas prendre ce gosse à ses parents ! Regardez-les ! Regardez comme ils ont l'air heureux.

— Ils pourraient venir avec lui. (Marcello s'exprimait à voix basse, avec hésitation.) Nous n'enlevons pas les enfants à leur famille, Zaira. Nous les…

— … emportons pour les enfermer dans une forteresse, sur une île à des centaines de lieues de leur maison. Merci, je sais. (Elle pointa une main furieuse vers les autres. Venasha avait reposé Aleki au sol et lui montrait comment tresser les tiges des fleurs pour en faire un bracelet, tandis que Foss les observait en souriant.) Il ne fait de mal à personne. Ils ont une belle vie ici. Ne la détruisez pas.

Marcello glissa un regard navré vers Aleki, puis vers moi.

— Il doit rejoindre les Faucons, Zaira. Les Accords Sérénissimes ne prévoient aucune exception.

— Faites comme si vous ne l'aviez pas remarqué, le pressa Zaira.

Le visage de Marcello se ferma.

— Ce serait de la haute trahison !

— Et ça ne servirait à rien, intervins-je en laissant la douleur dans ma poitrine se libérer en un long soupir. Sa marque n'est pas aussi discrète que la vôtre, Zaira. Elle est à peine formée ; bientôt, avec une couleur pareille, on ne verra plus que ça. Il ne pourra pas se cacher.

— Il ne devrait pas avoir à le faire, cracha Zaira, les traits déformés par la colère.

— Euh, pardon de vous interrompre, mais je vous entends, intervint Foss.

Nous nous retournâmes tous les trois. Foss se tenait derrière nous, les mains dans le dos, l'air penaud.

— J'ai l'oreille fine, ajouta-t-il en guise d'excuse.

Venasha se trouvait derrière lui ; elle avait repris son fils dans ses bras et affichait un visage grave et anxieux.

— Vous avez vu, dit-elle en comprenant tout de suite ce qui se passait.

Je hochai la tête, les yeux brûlants.

— Je suis désolée.

— Ne le sois pas. (Elle rajusta la position d'Aleki, qui avait commencé à se tortiller contre elle ; le garçonnet se saisit d'une épingle à cheveux de sa mère et la fit tourner entre ses mains, fasciné par les reflets de la lumière sur les petites pierres qui l'ornaient.) Je voulais de toute façon te demander conseil, Amalia. Je ne sais pas quoi faire.

La peur dans sa voix me transperça le cœur. Je m'avançai pour poser une main affectueuse sur son épaule.

— Peu importe ce qui se passera, vous pouvez compter sur moi. Nous allons le protéger, et nous assurer que vous puissiez rester ensemble. Je te le promets.

Son épaule, aussi dure que de la pierre sous ma main, se détendit un peu.

— Ses yeux ont commencé à changer à peu près au moment où il y a eu ce rapt d'enfants. Je savais que ce n'était pas la façon de procéder des Fauconniers, mais tout de même… Je ne voulais pas admettre ce que cela signifiait. Surtout avec la Noblesse de l'Ombre qui ne cessait de proclamer par ses discours et ses affiches qu'il nous faudrait combattre l'Empire s'il venait encore prendre nos enfants. Mais à présent, je ne peux plus nier que ces petites taches dans ses yeux se sont réunies pour former un cercle.

Foss passa un bras protecteur sur les épaules de Venasha.

— C'est mon rayon de soleil, ce petit, dit-il tendrement. Je refuse de l'abandonner, peu importe la situation.

Zaira observait la scène les poings serrés, mais Marcello adressa à Venasha et Foss un sourire étonnamment compréhensif.

— Vous n'y êtes pas obligés. Vous êtes les bienvenus aux Mues, pour des visites ou pour vous y installer à demeure. Et si vous ne souhaitez pas venir vivre aux Mues, votre fils pourra rester avec vous à Ardence pour des visites de plusieurs mois, une fois qu'il aura un Fauconnier, et à condition que cela soit sans danger. Nous pourrions même nous arranger pour le mettre en poste ici, à la garnison, quand il aura l'âge.

À la mention d'un déménagement pour les Mues, je vis le visage de Venasha se fermer, et Foss lui glissa un regard inquiet.

— Venasha a travaillé dur pour obtenir ce poste à la bibliothèque ducale. C'était... Enfin, elle en rêvait depuis longtemps. Et nos familles ainsi que la plupart de nos amis sont ici, à Ardence.

— Mais tu ne voudras pas laisser Aleki, intervint Venasha d'une voix ferme. Et je refuse de vous quitter tous les deux.

— Si cela peut t'être d'un quelconque réconfort, je peux m'arranger pour te faire octroyer le poste que tu voudras dans une des bibliothèques de Raverra. (L'offre me paraissait bien fade au vu des circonstances, mais c'était le mieux que je puisse faire.) La bibliothèque impériale, le grand temple de la Sagesse, la bibliothèque de l'université de Raverra...

— Quel confort d'avoir tous les amis que l'argent peut acheter, railla Zaira.

Marcello ignora sa remarque.

— Nous sommes disposés à faire tout ce que nous pourrons pour votre famille. L'Empire prend soin de ses Faucons.

Zaira écarquilla les yeux et posa les poings sur ses hanches d'un geste rageur, mais après avoir jeté un regard aux visages anxieux de Venasha et Foss, elle garda le silence.

— Cela reste... (Venasha prit une inspiration tremblante, et serra son fils contre sa poitrine.) Cela fait beaucoup de choses à accepter. Et je ne peux pas dire que c'était ce que nous espérions pour lui.

Foss acquiesça d'un signe de tête. L'inquiétude digne qui avait remplacé la joie sur son visage me fendit le cœur.

Aleki restait heureusement inconscient du bouleversement que connaissait sa vie. Il avait laissé tomber l'épingle à cheveux par terre et cherchait à présent à en attraper une autre dans les tresses de sa mère, coiffées en une couronne qui se décomposait sous les assauts de ses petites mains. Marcello l'observa d'un air concentré.

— Avez-vous une idée du type de magie qu'il peut faire ?

Venasha et Foss échangèrent un regard, et Foss secoua la tête.

— Pas la moindre, répondit Venasha.

— Donc, ce n'est pas un vivomancien ni un sorcier, réfléchis-je, puisqu'ils utilisent leurs pouvoirs instinctivement et commencent à les manifester dès l'apparition de la marque.

Zaira se crispa, et je me sentis soudain la pire des maladroites. Ses pouvoirs à elle s'étaient révélés en tuant ses parents.

Marcello acquiesça.

— C'est donc un alchimiste ou un façonnier, ce qui signifie qu'il n'y a pas d'urgence à lui passer un jet au poignet. Il ne sera pas en mesure d'utiliser ses pouvoirs avant quelques années. Mais si j'étais vous, je resterais vigilant s'il s'amuse à mélanger des choses ou à dessiner des gribouillis.

Un éclair d'inquiétude brilla dans les yeux de Venasha.

— Oh, soupira Foss. Un nouveau moyen pour lui de semer la pagaille. Quand je pense que mon plus grand souci était de le voir se mettre à grimper partout.

— Prenez quelques jours pour réfléchir à tout ça, leur proposa Marcello. Et informez-nous sur-le-champ s'il se passe quelque chose d'étrange, comme des gens manifestant un intérêt inhabituel pour votre fils, ou si ses pouvoirs commencent à se révéler. Vous pouvez venir chercher de l'aide à la garnison à toute heure du jour ou de la nuit.

— Ainsi qu'auprès de moi, ajoutai-je.

Foss me regarda droit dans les yeux.

— Amalia, vous avez été aux Mues. Dites-moi, s'il vous plaît… En toute honnêteté, pensez-vous qu'il sera heureux là-bas ?

Je sentis tous les regards se poser sur moi. Venasha et Foss, emplis d'espoir et d'inquiétude, les yeux luisants de larmes ; Zaira, me défiant de leur mentir ; et Marcello, dont l'expression me pressait de vanter l'endroit qui était devenu sa maison.

— La plupart des Faucons que j'ai rencontrés m'ont paru heureux de leur sort, dis-je en choisissant mes mots. C'est un lieu confortable, où ils sont protégés. Les Fauconniers sont des gens bien.

Zaira laissa échapper un petit souffle méprisant, mais se garda de tout commentaire.

Venasha afficha un sourire hésitant.

— Et j'imagine que si nous déménageons pour les Mues, nous aurons l'occasion de nous voir plus souvent, Amalia.

Cela faisait trop pour Zaira.

— Un peu plus souvent, intervint-elle avec un grand sourire cynique. Une fois de temps en temps.

Je hochai la tête et serrai Venasha et Aleki dans une même étreinte. Mais j'avais la gorge nouée, et ce n'était pas de joie.

Même si je pensais sincèrement ce que j'avais dit sur les Mues, je ne pouvais prétendre qu'il s'agissait d'un heureux événement. Parmi tout ce qu'Aleki aurait pu devenir, parmi tous les avenirs que Venasha et Foss avaient pu rêver pour lui, parmi tous les chemins qu'il aurait pu emprunter dans sa vie, il n'en restait désormais qu'un seul devant lui.

Ce n'était pas forcément un mauvais chemin. Mais Aleki était trop petit pour comprendre qu'il y avait déjà posé le pied, et qu'il n'aurait plus jamais le choix.

Je pouvais sentir la colère irradier de Zaira alors que nous quittions les jardins en compagnie de Marcello.

— Je n'arrive pas à le croire, gronda-t-elle en nous foudroyant du regard. Vous allez vraiment enlever ce garçon à sa maison pour lui passer un jet au poignet et en faire un soldat !

Marcello s'arrêta avant le portail du jardin et se tourna pour lui faire face.

— Qu'attendiez-vous de moi ? Je ne peux pas changer les Accords Sérénissimes ! Le mieux que je puisse faire, c'est de m'assurer que les mages aient la meilleure vie possible aux Mues.

— C'est facile de dire que vous ne pouvez pas changer le monde, s'emporta Zaira en pointant le doigt sur lui. Ce sont les gens qui font changer le monde. Je ne connais peut-être pas bien l'histoire, mais ça au moins, je le sais. Ne prétendez pas que c'est impossible alors que vous êtes juste trop feignant pour essayer !

Le souvenir du cercle rouge dans les yeux doux et confiants d'Aleki me serra le cœur, et je serrai les poings sous le coup d'une colère impuissante.

— Vous ne pouvez pas changer la loi, dis-je à Marcello, mais moi je le pourrai. (Je me tournai vers Zaira.) Cela prendra des années, peut-être une vie entière. Et il nous faudra trouver une solution pour protéger les mages, ainsi que les gens autour d'eux. Mais je suis prête à essayer.

Zaira afficha une moue dédaigneuse.

— Raverra ne relâchera jamais son emprise sur les mages. Nous sommes la source du pouvoir de l'Empire.

— Nous pouvons trouver un compromis. C'est vous qui disiez justement…

Je m'interrompis brutalement.

Le portail du jardin ouvrait sur la place des Six Fontaines, dominée de l'autre côté par la grandiose façade en brique du palais fluvial. Les lieux bruissaient de l'agitation coutumière qui régnait aux abords du centre du gouvernement d'Ardence : des gens arrivaient et repartaient à pied, à cheval ou en carrosse ; des courtisans aussi bien que des domestiques discutaient au milieu de la place ou étaient assis sur les margelles des fontaines, qui grignotant un morceau, qui lisant un livre. Mais une silhouette se distinguait des autres : un homme qui portait la livrée de la maison de l'Envoyée sérénissime courait vers l'entrée des jardins en nous faisant de grands signes de la main.

— Lieutenant Verdi ! cria le serviteur en arrivant près de nous. Il faut que vous veniez de toute urgence !

Marcello se raidit.

— Que se passe-t-il ?

L'homme secoua la tête, alors qu'il tentait de reprendre son souffle.

— Je ne connais pas tous les détails. La garnison a envoyé un message par lampes-courrières au palais de l'Envoyée, réclamant que vous reveniez sans attendre. Un Fauconnier a été attaqué.

L'œil et le nez tuméfiés du jeune officier commençaient déjà à bleuir, et des bandages entouraient son avant-bras et sa poitrine. Allongé sur un lit de l'infirmerie de la garnison, l'homme se confondit en excuses auprès de Marcello, le regard vitreux à cause de la drogue qu'on lui avait administrée pour calmer la douleur. Marcello s'assit au bord du lit et le rassura en lui répétant que ce n'était pas sa faute. Zaira et moi demeurâmes quelques pas en arrière, en nous efforçant de garder une distance respectueuse tout en restant en mesure d'entendre la conversation.

— Lemi, j'ai besoin que vous me racontiez exactement ce qui s'est passé.

Marcello parlait d'une voix posée, mais je pouvais voir la tension qui lui nouait les épaules. Je savais qu'il pensait à la même chose que moi : le doge lui avait intimé de considérer toute attaque contre les Fauconniers comme un acte de guerre.

L'officier hocha faiblement la tête.

— Nous avons reçu un appel à l'aide juste après votre départ, lieutenant. Il provenait apparemment d'une famille de fermiers vivant en dehors d'Ardence. Leur fille avait manifesté des pouvoirs de vivomancienne, et perdu le contrôle. Mais en réalité, c'était un piège.

— Qui vous a attaqué ?

Lemi passa une main devant son visage.

— Ils portaient des masques gris. Et des capes.

— La Noblesse de l'Ombre, soufflai-je.

Dans quoi Domenic s'était-il donc fourré ?

Marcello s'assit sur la chaise près du lit et croisa mon regard.

— C'est terrible.

Zaira se renfrogna.

— Ça ne veut rien dire. On peut trouver n'importe où des masques gris. (À voir la pâleur de son visage, il était clair qu'elle comprenait elle aussi les conséquences de cette agression.) Ces pourris se sont déjà déguisés en Fauconniers, après tout. C'est peut-être encore un de leurs tours.

— Je crains que cela ne change rien pour le doge. (Je pressai les doigts contre mes tempes.) Et je ne suis pas si sûre qu'il s'agisse à nouveau d'une ruse pour faire accuser quelqu'un d'autre. Si la Noblesse de l'Ombre souhaite provoquer la guerre avec Raverra, s'attaquer à un Fauconnier est un moyen efficace d'obtenir ce qu'elle veut.

— Lieutenant… Je suis navré, mais il y a pire. (La voix de Lemi se réduisit à un murmure et son visage se tordit d'une grimace de culpabilité.) Ils ont pris ma bourse.

Zaira haussa les épaules.

— Ils t'ont volé, et alors ?

— Ce n'est pas ça. J'avais… (Lemi ferma les yeux.) Que les Grâces me pardonnent, je les ai crus, vous comprenez. Je me suis donc préparé à enrôler une nouvelle vivomancienne. J'avais un jet dans cette bourse.

— Par l'enfer du Cauchemar, jura Marcello.

Un poids me tomba sur l'estomac. C'était plus qu'il n'en fallait pour le doge. Les jets étaient un des secrets de l'Empire les plus jalousement gardés. Le fait que personne d'autre ne maîtrisait leur fabrication était un des fondements de la puissance de Raverra.

— Je crois que ceux qui veulent cette guerre vont finir par l'avoir, me désolai-je dans un murmure.

Marcello fit son rapport au colonel Vasante par les lampes-courrières. D'ordinaire, chaque fois que je pensais aux lampes-courrières, je me sentais remplie d'émerveillement : ce réseau de lampes de cristal qui communiquaient à des centaines de lieues de distance par des impulsions lumineuses était une prouesse de l'Artifice. Mais cette fois, l'image de ces impulsions saccadées volant jusqu'aux Mues – et de là jusqu'au palais impérial, j'en avais la certitude – ne provoquait en moi qu'une angoisse sourde.

Un message de retour arriva dans l'heure qui suivit : le doge avait réuni le Conseil des Neuf pour discuter de cet incident, et des instructions nous parviendraient le lendemain.

Nos adversaires inconnus – ce « ils » dont le baron Leodra s'apprêtait à me révéler l'identité – avaient joué leur coup. C'était au tour du doge. Mais les cases encore libres sur le plateau de jeu allaient en s'amenuisant.

Je restai éveillée un long moment dans mon lit cette nuit-là, dans la demeure qu'Ignazio avait louée pour notre séjour à Ardence. Et quand je m'endormis enfin, mon sommeil fut peuplé de rêves de cendres et de flammes.

Je fixai d'un œil maussade la tasse de liquide noir posée devant moi. Encore du café. Exactement ce dont j'avais besoin pour rendre plus détestable encore le petit déjeuner tendu que nous partagions avec l'Envoyée sérénissime.

Avoir Ignazio et dame Terringer à la même table était déjà une épreuve en soi. Nous avions programmé cette rencontre avant notre départ de Raverra ; c'était une visite qu'imposaient les convenances. Mais désormais, avec les terribles implications de l'agression du Fauconnier, ce petit déjeuner qui n'était à l'origine qu'une obligation sociale déplaisante à laquelle nous devions nous soumettre, avait pris la forme d'une véritable séance de torture.

Et, pour rajouter à mon bonheur, elle nous avait fait servir du café… Je m'astreignis à en avaler une petite gorgée sans faire la grimace.

— J'espère que vous êtes convenablement installés ? La demeure que vous avez louée vous donne-t-elle satisfaction ?

La voix de dame Terringer était aussi raide que son maintien. Elle porta sa tasse à ses lèvres, comme si elle espérait y puiser des forces avant la bataille.

Ignazio se força à rire en embrassant du geste le salon spacieux aux belles dorures qui avait été le sien durant toutes ces années.

— Ce n'est certes pas le palais de l'Envoyé, mais cela fera l'affaire.

Zaira leva les yeux au ciel.

— Non, mais écoutez-vous ! Vous devriez essayer de dormir une semaine ou deux à même le sol dans un immeuble abandonné. Vous arrêteriez peut-être alors de vous plaindre que votre matelas de plume n'est pas assez moelleux, ou qu'il n'y a pas assez d'or sur votre plafond.

J'échangeai un regard avec Marcello, et lus dans ses yeux qu'il pensait à la même chose que moi, à cette blanchisserie désaffectée dans les Suifs. Une douce chaleur me monta au visage à partager cet instant de complicité muette, et je ramenai les yeux vers notre hôtesse avant que mes joues s'empourprent de manière trop manifeste.

Dame Terringer émit un petit rire.

— Vous n'êtes pas du genre à mâcher vos mots, à ce que je vois.

Une ombre d'agacement passa sur le visage d'Ignazio, mais il la transforma aussitôt en un gracieux sourire, accompagné d'un geste d'indifférence.

— L'avant-veille, j'aurais dormi aussi profondément couché par terre que dans mon lit douillet, vu l'heure tardive à laquelle nous avons pris congé du seigneur Waldon.

Ce fut au tour de dame Terringer de paraître contrariée. Elle n'était sans doute pas très heureuse de constater combien les notables d'Ardence se réjouissaient du retour de son prédécesseur, et d'autant plus quand ils refusaient de la recevoir, elle.

J'en avais assez de supporter cet échange de politesses guindées et de piques voilées, alors que la crise était là devant nous, aussi menaçante que la gueule d'un canon pointé dans notre direction.

— Avez-vous eu des nouvelles du doge concernant la réponse de l'Empire à l'attaque d'hier ?

— Oui. (Dame Terringer prit le temps de se resservir du café au pichet d'argent avant de répondre, ménageant son effet.) Il donne à Ardence jusqu'au coucher du soleil, après-demain.

Je froissai entre mes mains la serviette posée sur mes genoux. Au moins n'était-ce pas une déclaration de guerre directe.

— Et qu'exige-t-il d'ici là ?

— Que nous soient livrées les personnes responsables de cette attaque, que le jet volé nous soit rendu, que l'Envoyée sérénissime soit de nouveau reçue à la cour, que les taxes illégales soient révoquées et les Accords Sérénissimes respectés à la lettre.

Marcello se pencha au-dessus de la table avec l'attitude d'un lutteur se préparant à encaisser un coup.

— Sinon, quoi ?

Dame Terringer affronta son regard sans sourciller.

— Avez-vous vraiment besoin de poser cette question, Verdi ?

Zaira avala bruyamment une gorgée de café, avec un plaisir non dissimulé.

— Sinon, moi. La grande menace. Le boute-en-train de vos soirées.

Je pris ma tasse au creux de mes mains, laissant la chaleur du breuvage me cuire les paumes.

— Cela fait beaucoup à accomplir en moins de trois jours. Avons-nous des gens pour enquêter sur cette agression et rechercher le jet dérobé ?

— Nous avons des enquêteurs qui arrivent de Raverra, et nos agents locaux, déjà à pied d'œuvre pour retrouver les enfants et déterminer quels étaient les contacts du baron Leodra à Ardence, ont été mis sur l'affaire. (Dame Terringer secoua la tête.) J'ai dans l'idée que c'est encore un coup de cette maudite Noblesse de l'Ombre. Si nous pouvions démasquer et appréhender ses membres, je suis sûre que cela suffirait à apaiser le doge, à condition bien entendu de récupérer le jet.

Ma gorge se serra. Domenic courait le risque d'être pris dans la vague d'arrestations, et son frère le serait à coup sûr. Sans parler du fait que, d'après ce que Domenic m'avait laissée entendre, appréhender les factieux de la Noblesse de l'Ombre reviendrait à emprisonner une partie conséquente de la cour ardentine. Le doge s'en satisferait peut-être, mais Ardence ne pourrait jamais accepter cela.

Je devais trouver le responsable de cette attaque. La réception donnée par Gabril était sans doute notre dernier espoir.

— Et pour ce qui concerne la question des taxes, et d'accorder à l'Envoyée le respect qui lui est dû ? Pensez-vous que nous pouvons inciter le duc Astor à se conformer de nouveau aux Accords Sérénissimes ?

— Hmm. Il serait déjà revenu à de meilleurs sentiments sans cette fichue affaire d'enlèvement. (Dame Terringer reposa sa tasse sur la table d'un geste brutal.) Jusqu'à ce que les enfants disparaissent, les choses étaient en passe de se régler en douceur. Je lui avais fait clairement comprendre que ses pitreries n'amusaient pas l'Empire, et le duc en avait rabattu, se déclarant prêt à abolir les taxes sur les marchands raverrains et à rentrer dans le rang. Puis ces enfants ont été enlevés, ses nobles sont devenus enragés, et la situation a basculé dans l'enfer de la Discorde. Le moment était parfaitement choisi pour réduire à néant tous mes efforts diplomatiques.

— Je sais l'effet que cela fait, murmura Ignazio par-dessus le bord de sa tasse, quand des gens s'escriment à détruire tout ce que vous avez accompli.

Un spasme agita la paupière de dame Terringer, et je repris rapidement la parole en ignorant la remarque acerbe de mon oncle.

— Que faudrait-il à présent, pour que le duc et sa noblesse redeviennent de loyaux sujets de l'Empire Sérénissime ?

— En dehors de retrouver les enfants et de traîner les coupables en justice ? Je ne vois pas. (Un pli soucieux barra le front de dame Terringer.) Plusieurs membres du Conseil des Pairs ont un de leurs enfants ou de leurs petits-enfants qui a été enlevé ; ils ne sont pas prêts à écouter ce que j'ai à leur dire ni à laisser le duc me recevoir. (Elle tourna la tête vers Ignazio, non sans une certaine réticence.) Mais il se pourrait qu'ils vous écoutent, vous. Seriez-vous disposé à nous prêter votre concours ?

Une émotion intense passa dans les yeux d'Ignazio, qui conserva une expression neutre et disciplinée.

— Je croyais avoir été démis de mes fonctions parce que mon approche de la diplomatie était trop lente et trop subtile, insinua-t-il avec une ironie mordante.

— Et c'était effectivement le cas, répondit Terringer, les mâchoires serrées, quand toute cette affaire n'était encore qu'une question de violation des Accords Sérénissimes. Il est désormais indispensable que les Ardentins nous fassent confiance autant qu'ils nous craignent, et ils n'ont pas le temps d'apprendre à me connaître et à se fier à moi. (Dame Terringer ravala sa fierté au point de s'en étouffer.) J'ai besoin de votre concours pour éviter la guerre, Ignazio.

Mon oncle huma la vapeur qui s'échappait de sa tasse et but une longue gorgée de café.

— Malheureusement, je ne suis plus l'Envoyé Sérénissime, déclara-t-il lentement. J'ai peur de ne pas pouvoir faire grand-chose pour vous aider.

Terringer le dévisagea fixement. On aurait dit que des nuages d'orage s'accumulaient sur son front, mais Ignazio se contenta de lui retourner son regard avec un sourire faussement naïf. Finalement, elle tapa du plat de la main sur la table, et les tasses en porcelaine tressautèrent sur leurs soucoupes.

— Soit. Si la vision d'Ardence en flammes peut apaiser votre orgueil blessé… (D'un signe de tête, elle lui désigna la porte.) Nous devons à présent discuter de ce qui se passera si nous sommes forcés d'en arriver là. Il s'agit d'une affaire militaire, je dois par conséquent vous demander de nous laisser.

Ignazio se leva.

— Oh, loin de moi l'idée de m'imposer, répliqua-t-il d'une voix blanche.

— Oncle Ignazio…

Je tendis la main vers lui. Il était allé trop loin avec dame Terringer, mais tout de même, se voir congédié ainsi devait être humiliant. Il n'y avait pas si longtemps, c'était lui qui aurait dirigé cette réunion, et voilà qu'aujourd'hui il s'en trouvait écarté. Dame Terringer le chassait du salon qui était encore le sien un mois auparavant.

Zaira se leva à son tour en s'étirant.

— Je viens avec vous. J'en ai assez de les entendre jacasser.

— Ces plans vous concernent, s'étonna dame Terringer. Vous ne souhaitez pas rester ?

Les yeux de Zaira scintillèrent avec l'éclat de l'acier.

— Pour vous écouter parler de m'utiliser comme une arme ? Non, merci. La barbante Cornaro me fera un résumé. (Elle prit Ignazio par le bras.) Venez. Vous allez me faire visiter ce palais. De toute façon, vous le connaissez mieux que cette vieille chouette, j'imagine ?

— Mieux que quiconque, acquiesça-t-il.

J'adressai des lèvres un silencieux « merci » à Zaira, heureuse de savoir qu'Ignazio n'errerait pas seul dans les couloirs de son ancienne demeure, et elle me répondit d'un clin d'œil.

— Zaira doit rester avec Amalia, intervint Marcello. La loi…

— Oh, desserrez les fesses, pour une fois ! soupira Zaira. Je ne vais pas sortir du palais. Cet endroit est sûr, non ?

— Il y a intérêt.

Le ton sec de dame Terringer ne laissait aucune place au doute.

— Dans ce cas, amusez-vous bien sans nous.

Zaira envoya un baiser à dame Terringer, et Ignazio et elle quittèrent le salon.

— Pas trop tôt. (Dame Terringer se pencha au-dessus de la table, et baissa la voix.) Écoutez. Nous espérons tous ne pas avoir à faire appel à son malefeu. Mais si l'ordre nous en parvient, nous devons être prêts.

Je hochai faiblement la tête, incapable d'imaginer que je puisse jamais être prête à cela.

Assis à côté de moi, Marcello crispa la main sur le bord de son accoudoir. Quelques centimètres à peine séparaient nos mains, et je pliai légèrement les doigts, comme s'ils enveloppaient la sienne.

— Le duc Astor Bergandon a-t-il été informé de cet ultimatum ? demandai-je.

Dame Terringer acquiesça.

— Je lui ai parlé par des voies non officielles. Ses nobles insistent pour qu'il continue à refuser de me recevoir à son palais, mais il a pris sur lui d'envoyer dame Savony me rencontrer. Je ne lui ai pas expliqué en détail ce qui arriverait s'il ne se soumettait pas aux exigences du doge, mais je crois qu'il comprend la situation.

— Et quelle est sa position ?

Dame Terringer m'adressa un regard étrange.

— À vous de me le dire. Il a demandé à vous voir cet après-midi.

— Moi ? Mais pourquoi ?

— Je l'ignore. Mais il souhaite vous parler en privé.

— Non, protesta Marcello en se levant d'un bond. C'est hors de question. Et au premier chef parce que Zaira doit demeurer en permanence avec Amalia.

— Elle peut rester à la garnison, suggéra platement Terringer. C'est autorisé pour les Faucons en voyage ou en poste dans l'Empire. Et si une situation d'urgence se présentait, dame Amalia pourrait toujours la libérer depuis le palais ducal.

— Ce pourrait être un piège, insista Marcello.

Dame Terringer afficha une moue dédaigneuse.

— Non, s'ils voulaient vraiment tendre un piège à un Raverrain, ils ne choisiraient pas de s'en prendre à une Cornaro. Malgré tout ce que la noblesse ardentine peut penser de Raverra, elle manifeste un grand attachement à la famille Cornaro. Je serais plus inquiète d'un piège si le duc avait demandé que vous soyez accompagnée de votre sorcière du feu.

— Il nous faut entendre ce que le duc peut avoir à dire, décidai-je. Et d'autant plus s'il a exprimé son souhait d'une solution diplomatique, même si pour l'heure il ne peut le faire ouvertement. Nous n'avons plus beaucoup de temps pour explorer les pistes d'un règlement pacifique de cette crise ; nous ne pouvons pas tourner le dos à cette chance qui s'offre à nous.

Debout, les bras croisés, Marcello affichait un visage fermé. Je savais que si j'avais été un Fauconnier ordinaire, soumis à son autorité, il m'aurait interdit de me rendre seule au palais du duc.

— Je ne risque rien, ajoutai-je d'une voix conciliante. Le duc n'a rien à gagner à me menacer, et beaucoup à perdre. Et franchement, j'aime autant que Zaira ne m'accompagne pas pour une rencontre diplomatique qui promet d'être délicate. (Je me tournai vers dame Terringer.) S'il vous plaît, veuillez informer Sa Grâce que j'accepte son invitation.

Malgré l'assurance que je tentais d'afficher, l'avertissement sibyllin de Leodra résonna à nouveau dans mon esprit : *« Si vous allez à Ardence, vous y serez en danger. »* Mais tant que j'ignorais où se trouvait ce danger, je ne pouvais pas sursauter à la moindre ombre, sinon je n'arriverais jamais à dénouer cette crise.

— Parfait, conclut dame Terringer. Et maintenant, nous devons parler du malefeu.

Je hochai la tête, la bouche aussi sèche qu'un vieux quignon. Je bus une gorgée de café faute de mieux, et ma langue se rétracta au contact du breuvage amer.

— Si l'ultimatum du doge vient à expirer, nous souhaitons leur laisser une toute dernière chance. (Le visage de dame Terringer se fit lugubre. Je me demandai si elle avait combattu durant la guerre de Trois Ans ; elle était assurément assez âgée pour s'en souvenir, et l'on pouvait lire dans ses yeux la trace de ce douloureux savoir.) D'abord, nous avertirons tous les Raverrains présents à Ardence de quitter la ville pour se réfugier à la garnison. Franchement, je doute que nous ayons à aller plus loin que ça : les Ardentins comprendront ce qui les attend en nous voyant évacuer. Et s'ils ne font pas marche arrière à ce moment-là, ils céderont au spectacle d'un mur de malefeu s'avançant vers leur cité à travers la vallée.

L'image était terrifiante.

— Je ne… (Je déglutis péniblement.) Très bien. Je comprends.

Dame Terringer reprit la parole d'une voix basse et grondante qui ressemblait au murmure d'un torrent.

— L'autre possibilité est qu'Ardence déclenche la guerre. Ils ont déjà agressé un Fauconnier. S'ils décident d'ouvrir les hostilités, leur première cible sera ce palais, ou Zaira. Si jamais cela se produit, si les forces d'Ardence nous attaquent, vous devrez libérer votre Faucon.

Je changeai de position sur mon siège, mal à l'aise, mais le ton catégorique de dame Terringer ne souffrait aucune objection.

— N'attendez pas d'en recevoir l'ordre. S'ils rejettent la paix et plongent l'Empire dans la guerre par une attaque déloyale, c'est tout ce qu'ils méritent. Laissez le malefeu se répandre à travers Ardence jusqu'à ce qu'ils implorent Raverra de leur faire grâce.

Chapitre 20

Zaira et Ignazio nous rejoignirent alors que nous sortions du palais de l'Envoyée sérénissime. Ils marchaient bras dessus bras dessous, un sourire narquois sur les lèvres. Ils étaient sans doute en train de faire des commentaires déplaisants sur dame Terringer. Leur air réjoui me sembla indécent après la discussion lugubre que nous venions d'avoir.

Quand le carrosse arriva et que nous avançâmes pour y monter, je tirai Ignazio par la manche.

— Vous pensiez vraiment ce que vous avez dit à dame Terringer ? Vous refusez d'apporter votre aide aux efforts diplomatiques ?

L'expression ironique de son visage disparut pour laisser place à de la tristesse.

— Bien sûr que non. Évidemment que je ferai ce que je peux.

— Je le savais, dis-je en le serrant contre moi en une étreinte rapide.

— Mais j'agirai comme je l'entends. (Je perçus quelque chose du caractère implacable de ma mère dans la dureté de sa voix.) À ma guise, et sans dame Terringer dans mes pattes. J'apporterai mon aide à mes conditions, et en m'assurant que le crédit n'en revienne pas à d'autres.

— Cela me paraît tout à fait légitime.

Les choses auraient été plus simples s'il avait accepté de travailler avec elle, mais ils s'entendaient tellement mal que c'était sans doute mieux ainsi.

— Oui, opina Ignazio, ça l'est.

Nous rejoignîmes ensemble le carrosse.

Je n'avais jamais trouvé de charme au palais fluvial, la résidence des ducs d'Ardence, à la lourde façade en brique. Il était certes imposant, mais ses ailes monolithiques manquaient de la grâce aérienne des arches du palais impérial de Raverra. Cependant, une fois que les domestiques en livrée m'eurent introduit à l'intérieur de l'édifice, le caractère très prosaïque de sa façade laissait place à plus de raffinement. Les hauts plafonds voûtés s'ornaient de bas-reliefs blanc et or, ainsi que de fresques grandioses, et les Bergandon n'avaient raté aucune occasion d'y afficher leur richesse et leur puissance.

Si, comme le suggérait la décoration de son palais, le duc accordait de l'importance aux apparences, je me félicitai d'avoir opté pour une tenue particulièrement recherchée. Une des femmes de chambre d'Ignazio, une certaine Beatrix aux grands yeux marron, m'avait aidée à m'habiller, mais j'avais regretté Ciardha, qui n'aurait pas manqué de me renseigner sur le caractère du duc ni de m'informer sur les personnages importants de sa cour tout en supervisant le laçage de mon corset et en choisissant mes bijoux. Il m'avait fallu opposer un refus catégorique à Beatrix qui, avec les meilleures intentions du monde, avait proposé de me poudrer le visage et de l'orner de mouches en forme d'étoile, mais je dus me résoudre à la laisser boucler mes cheveux en un arrangement des plus extravagants.

J'étais sans doute ravissante, mais j'aurais préféré avoir une idée de ce que le duc me voulait. Ignorant tout de la raison de cette invitation, je devais partir du principe que j'étais ici, dans ce palais au décor outrancier, en territoire ennemi.

Dans l'immense hall d'entrée du palais, je croisai quelques courtisans qui me jetèrent des regards emplis de curiosité ou d'espoir, mais d'autres se détournèrent ostensiblement, le dos raidi par la colère. Une dame âgée, engoncée dans un corset somptueusement orné de pierreries et à la robe tellement ample qu'elle n'aurait pas pu franchir la porte de ma chambre, marmonna « rapace raverrain » en me voyant passer. Un jeune seigneur à l'allure élégante, entièrement vêtu de gris – référence à peine voilée à la Noblesse de l'Ombre, j'en avais la certitude – toucha le pommeau de sa rapière en m'apercevant, et me dévisagea d'un regard sévère. La femme qui l'accompagnait, et dont la toilette se rehaussait d'un châle en soie grise, murmura le nom de « Cornaro » à l'oreille de l'homme qui, soudain adouci, s'inclina poliment tandis que je poursuivais mon chemin.

Un valet de pied me guida à travers une succession de pièces grandioses, jusqu'à la Salle de la Victoire. Le duc Bergandon m'attendait dans sa riche salle d'audience privée, au plafond agrémenté de fresques représentant les triomphes militaires d'Ardence. Au plus haut de la voûte, dominant les autres peintures, la Grâce de la Victoire flottait dans le ciel en brandissant son épée enflammée. Tout bien considéré, ce lieu à la décoration martiale n'était pas le choix le plus heureux pour notre rencontre.

Le duc se leva pour m'accueillir avec le dynamisme de sa jeunesse. Il ne devait avoir que quatre ou cinq ans de plus que moi, estimai-je après l'avoir observé au-delà de sa barbe taillée en pointe et des lourdes broderies d'or de son pourpoint qui attiraient d'abord le regard. Nous échangeâmes les politesses d'usage et prîmes place dans des fauteuils de part et d'autre d'une table basse sur laquelle s'étalait un impressionnant assortiment de hors-d'œuvre : petites tartelettes, fruits et olives, fromages fins, figues entourées de prosciutto, crostinis aux aigrelles. Tout avait l'air délicieux, mais même si ma nervosité ne m'avait pas coupé l'appétit, je n'aurais pu avaler que quelques bouchées, avec ce corset qui me comprimait la taille.

Après quelques banalités embarrassées, le duc s'enquérant de savoir si mon voyage s'était bien passé tandis que je louais le temps clément de ces derniers jours, il se pencha finalement en avant, les coudes posés sur ses genoux.

— Dame Amalia, j'ai demandé à vous parler pour une raison qui risque de vous surprendre.

— Vraiment ? dis-je, en espérant que cette surprise n'incluait ni dagues ni poison.

— Tout à fait, répondit-il en tournant distraitement un grain de raisin entre ses doigts. (L'ombre d'une hésitation voila son regard, une chose que je n'avais jamais vue chez le doge.) Car ce que je voudrais vous demander, c'est votre aide.

Ah.

— Vous étiez dans le vrai, Votre Grâce. Je ne m'attendais pas à cela.

— J'aimerais éviter que mon nom reste dans l'histoire comme celui du dernier duc d'Ardence, m'expliqua-t-il en plissant le front. Et pourtant, je me retrouve avec d'un côté l'Empire, qui exige que je rende un jet que je n'ai pas et lui livre les coupables d'une attaque dont je ne sais rien. De l'autre, j'ai ma noblesse, qui exige que je refuse de coopérer avec l'Empire tant que ce dernier n'a pas libéré les enfants, tandis que Raverra nie toute implication dans ce rapt. Et si je ne trouve pas le moyen de réconcilier et d'accomplir ces tâches impossibles, les deux camps me tiendront pour personnellement responsable du désastre qui s'ensuivra. (Il grimaça, les dents serrées.) Je suis pieds et poings liés, dame Amalia. Je ne peux me sortir seul de ce piège.

—J'aimerais vraiment vous aider, hésitai-je, en cherchant la meilleure manière de formuler les choses. Mais il s'avère que j'ai une, euh… mission particulière qui justifie ma présence à Ardence…

—Je sais parfaitement pourquoi vous êtes là, dit-il d'un ton soudain amer. Dame Terringer a été des plus claires en me transmettant le message du doge, il y a quelques semaines. La venue de votre sorcière du feu représente une menace inutile. Il en coûtera à la fierté ardentine de ployer le genou devant Raverra, mais notre puissance militaire est insuffisante pour que nous nous laissions gouverner par notre orgueil. Soyez assurée que ma présomption a déjà été suffisamment rabattue.

Je haussai un sourcil.

—Avec tout mon respect, Votre Grâce, j'aurais du mal à dire que l'attitude d'Ardence envers la Cité Sérénissime se soit vraiment assagie.

Il referma la main sur le grain de raisin et le broya entre ses doigts.

—Les choses évoluaient dans le bon sens avec dame Terringer. Même si je préférais l'approche plus conciliante de votre cousin, nous étions arrivés à nous comprendre, je crois. Mais les enfants ! Je ne peux plus reculer à présent, dame Amalia. Mes nobles réclament justice à cor et à cri.

— Pourtant, Votre Grâce, hasardai-je prudemment, Raverra n'a rien à voir dans la disparition de ces enfants. Assurément, dame Terringer a dû vous informer que les lettres déclarant que l'Empire les retenait comme otages étaient des faux.

— Certes. (Le duc Astor se leva pour faire les cent pas.) Mais il est difficile d'en convaincre le Conseil des Pairs alors que tout indique que le sceau impérial sur ces documents est véridique, et que nul n'a daigné nous expliquer comment une telle chose a pu se produire. Et Ardence n'a pas la mémoire courte : personne n'a oublié que Raverra a déjà agi contre nous de manière similaire, à l'époque où elle a conquis notre cité pour l'intégrer à son Empire. De surcroît, tout le monde sait que Raverra n'hésite pas à faire des déclarations publiques en contradiction avec la réalité de ses actes. Comme lorsque mon arrière-grand-oncle mourut accidentellement en tombant dans le fleuve, alors même qu'il s'efforçait de ne pas impliquer Ardence dans la guerre de Trois Ans en raison des accords commerciaux qui nous liaient au Vaskandar. L'Empire adressa ses condoléances à mon arrière-grand-père, qui comprit cependant le message et apporta ensuite son soutien plein et entier à Raverra dans sa guerre.

— Nous ne sommes pas dans ce genre de situation, réfutai-je.

Mais le baron Leodra avait délibérément apposé son sceau sur ces documents. Si les Ardentins apprenaient cela, il n'était pas évident qu'ils fassent vraiment la distinction.

— Certains de mes nobles en sont conscients, mais d'autres sont davantage enclins à attendre le pire de Raverra. (Le duc s'accouda au dossier du fauteuil sculpté qu'il venait de quitter.) D'autres pourraient entendre raison, s'ils parvenaient à penser calmement. Mais leurs enfants leur ont été enlevés. Avez-vous déjà eu affaire à un parent dont l'enfant est en péril, dame Amalia ?

Je me remémorai le sort de ceux qui avaient tenté de me kidnapper pour le compte d'un opposant politique de ma mère, alors que je n'avais que treize ans. La Contessa avait impitoyablement traqué toute personne impliquée de près ou de loin dans ce crime, et veillé à ce qu'elles soient toutes exécutées sans autre forme de procès.

— Oui, Votre Grâce.

— Tant que leurs enfants ne leur ont pas été rendus sains et saufs, ils ne pourront entendre raison ni accepter de conclure la paix. Ils préféreront voir la ville brûler plutôt que de se soumettre à ceux qui, ils en sont persuadés, ont enlevé leurs enfants.

— Je souhaite éviter la guerre et retrouver ces enfants tout autant que vous, l'assurai-je. Je ne peux vous forcer à me croire, mais c'est là le véritable but de ma présence.

— Si tel est le cas, alors aidez-moi. Je suis un homme fier, dame Amalia, et il m'en coûte de vous adresser une telle demande. Ne m'opposez pas un refus.

Sa barbe pointue se releva avec son menton. Il l'avait probablement laissée pousser pour paraître plus âgé.

J'écartai les bras en un geste d'invitation.

— Qu'attendez-vous de moi ?

— Je ne peux pas encore rouvrir ma porte à l'Envoyée sérénissime ; le Conseil des Pairs ne l'accepterait pas. Ignazio Cornaro est le seul Raverrain en qui mes nobles ont confiance, et ils considèrent son limogeage comme le tournant de cette affaire, le moment où tout est parti à vau-l'eau. Mais je ne peux engager des négociations avec l'ancien Envoyé sérénissime tout en refusant de recevoir celle qui lui a succédé. Cela ne ferait qu'aggraver l'affront aux yeux de l'Empire Sérénissime. (Le duc se rassit sur son siège, les coudes posés sur les genoux.) En revanche, je peux parler avec vous autant que je le souhaite. Le nom des Cornaro et vos liens avec Ardence vous assurent d'un *a priori* favorable auprès de mes nobles, bien que vous soyez une représentante officielle de l'Empire.

— Vous me demandez de servir d'intermédiaire entre l'Envoyée sérénissime et vous ?

Il secoua la tête.

— Non, je n'aurais pas le front de vous faire perdre votre temps à jouer les messagères, ma dame. J'ai d'autres moyens de communiquer avec dame Terringer quand je le souhaite. Je voudrais que vous soyez vue, ici, à ma cour. Passez du temps au palais fluvial, faites-y ce qu'il vous plaira : venez me rendre visite, allez à la bibliothèque, parlez aux courtisans. Que tout le monde, mes nobles aussi bien que le doge et le Conseil, constate que vous y êtes la bienvenue. Montrons à tous qu'Ardence peut encore être l'amie de Raverra, malgré les appels à la sédition que lance la Noblesse de l'Ombre. Accepteriez-vous de faire cette simple chose pour nous aider à préserver la paix ?

— J'en serai heureuse, acquiesçai-je en hochant la tête.

— Parfait. (Le duc laissa courir des doigts fébriles sur l'accoudoir de son fauteuil.) Et… une chose encore. Votre mère, la Contessa Lissandra Cornaro. On dit qu'elle a l'oreille du doge. Pensez-vous que vous pourriez la convaincre…

Je levai une main pour l'interrompre. Ce n'était pas la première fois qu'on m'adressait ce genre de demande.

— Ma mère n'est pas femme à remettre ses décisions au jugement d'autrui, Votre Grâce. Si vous souhaitez quelque chose de sa part, je vous suggère d'utiliser vos lampes-courrières pour prendre directement contact avec elle. De plus, ajoutai-je avec un soupir, le doge est encore moins susceptible que votre noblesse de tempérer ses exigences. Le monde entier nous observe, et il ne peut capituler face à des menaces mettant en péril les fondements de l'Empire, comme les Accords Sérénissimes, ou les Fauconniers.

Les épaules du duc s'affaissèrent.

— Dans ce cas, espérons que ces enfants seront vite retrouvés, dame Amalia. Car tant que leurs parents ne les auront pas récupérés sains et saufs, deux ans et demi ne suffiraient pas pour les convaincre de se soumettre de nouveau à Raverra, quand le délai qu'il nous reste pour ce faire est à peine de deux jours et demi.

Dame Savony m'intercepta alors que je m'apprêtais à quitter le palais, et chassa d'un regard le valet de pied qui me raccompagnait aux portes.

— Alors, dame Amalia, me demanda-t-elle sans préambule, que pensez-vous de notre duc ?

Son ton invitait à la franchise, et elle ne m'avait pas semblé être du genre à apprécier les politesses creuses.

— Il est fier, répondis-je, et désespéré.

— Trop fier. (Son regard dériva vers la profusion baroque des ornements du plafond avec un air désapprobateur.) S'il m'avait écouté et avait accepté de tempérer ses ardeurs, il aurait évité de se retrouver la proie d'un pareil désespoir. Je suis prête à tout pour sauver ma cité, dame Amalia. Même si c'est d'elle-même que je dois la protéger.

Cela me parut une critique bien directe du duc, pour celle qui était sa voix et sa main.

— Pourquoi me dites-vous cela, dame Savony ?

— Connaissez-vous l'histoire de ma famille ? me demanda-t-elle en jouant distraitement avec la chaîne dorée de ses lunettes.

Le nom des Savony m'était familier et je savais que je l'avais croisé au cours de mes lectures sur l'histoire d'Ardence, mais je ne me souvenais pas des détails. Je secouai la tête.

— Nous avons dirigé Ardence, autrefois. Avant que la cité intègre l'Empire. Mais les Bergandon ont trahi mes ancêtres et se sont emparés du trône ducal ; pour être juste, précisons que la famille Savony l'avait arraché à d'autres. C'était une époque troublée. (Elle leva les yeux vers la peinture d'une scène de bataille, pleine de mouvement et de chaos, où les chevaux roulaient des yeux effrayés.) Mais mes ancêtres firent preuve de sagesse. Au lieu de chercher à se venger, ils jurèrent de servir la cité sur laquelle ils ne régnaient plus, mais qu'ils pouvaient toujours protéger. Depuis lors, nous avons servi Ardence, au poste d'intendant ou en occupant d'autres charges plus laborieuses que prestigieuses. Nous n'avons jamais reçu la reconnaissance pour tout ce que nous avons accompli, et nous ne la recherchons pas ; la pérennité d'Ardence reste notre seule préoccupation. Nous avons dirigé cette cité tout autant que les ducs qui se sont succédé sur le trône, et elle a prospéré sous notre gouvernement. (Elle afficha un air pincé.) Aussi n'ai-je pas l'intention de laisser une bande de nobles dissolus ruiner ma cité par leur manque de pondération. Je préfère encore voir Ardence passer sous la tutelle directe de l'Empire plutôt que d'assister à sa destruction.

— Je ne tiens pas plus que vous à la voir disparaître, renchéris-je, en songeant que dame Savony connaissait probablement Ardence mieux qu'aucun de mes amis, ou que le duc lui-même. Pour sauver Ardence, il nous faut retrouver les enfants kidnappés. Soit ils sont retenus prisonniers dans la ville, soit ils ont été emmenés clandestinement en un autre lieu. Quoi qu'il en soit, l'affaire a réclamé l'implication de nombreux complices qui se sont déguisés en Fauconniers pour enlever les enfants, et qui connaissaient suffisamment bien la ville pour s'y volatiliser. Qui pourrait avoir accès à ce genre de personnes, à la fois immorales et discrètes ? Des maîtres espions ? Des barons du crime ? Quelqu'un à Ardence a forcément une idée de l'identité de ceux qui ont pu perpétrer un pareil méfait.

— Vous pensez en Raverraine, remarqua-t-elle en secouant la tête. (Ses cheveux noirs, ramenés en arrière en une coiffure stricte, bougèrent à peine.) Ardence est moins versée dans ce genre de manigances que ne l'est Raverra.

— Il y a nécessairement quelqu'un qui sait quelque chose.

Dame Savony me dévisagea un instant d'un air pensif, puis elle ouvrit son petit calepin et commença à griffonner.

— Nous ne possédons pas de service d'espionnage en tant que tel, mais je fais de temps à autre appel à certaines personnes qui enquêtent pour moi. Il y a cette gazette mondaine dont l'éditeur semble toujours remarquablement informé. Un ou deux contrebandiers et propriétaires de maisons de jeu nous fournissent à l'occasion des informations. Et la Noblesse de l'Ombre dispose sans doute de contacts intéressants.

Elle arracha la page de son calepin et me tendit la liste d'une dizaine de noms inscrits dans une écriture élégante, aux courbes déliées, chacun suivi de quelques précisions utiles.

— Naturellement, nous sommes déjà à la recherche des enfants, mais si vous souhaitez mener votre propre enquête, je vous suggère de commencer par ces individus. Certains pourraient vous orienter dans la bonne direction, et d'autres devraient figurer sur votre liste de suspects potentiels.

— Je vous remercie, dis-je en parcourant la feuille. (Mon cœur tressauta en lisant le nom de Gabril Bergandon.) Je vais entamer mon enquête sans plus attendre.

Je pliai le papier et le glissai dans le fourreau de ma dague, n'ayant d'autre endroit où le ranger.

— Il vous faudra faire bien plus que cela. (Dame Savony me serra le bras de ses doigts minces et puissants comme des câbles d'acier.) Vous avez rencontré le duc ; il ne parviendra jamais à mettre sa noblesse au pas en moins de trois jours. Très bientôt, il vous faudra faire un choix, Amalia Cornaro, et décider jusqu'où vous serez prête à aller pour sauver cette ville.

Je restai désemparée sous la sombre intensité de son regard.

— J'en suis parfaitement consciente, dame Savony.

Nous demeurâmes ainsi un moment, à nous dévisager, puis elle me relâcha le bras.

— Quand ce jour viendra, je prie la Grâce de la Sagesse que vous fassiez le bon choix.

Elle s'inclina brièvement devant moi, puis referma son calepin d'un geste sec et s'éloigna d'un pas vif qui claqua sur le sol de marbre.

Pour sortir du palais fluvial, je dus passer par le Hall de la Beauté, la majestueuse salle centrale où convergeaient toutes les ailes du palais. Les rayons du soleil filtraient par les hautes fenêtres qui s'ouvraient sur toute la circonférence de son dôme altier, encadrant une fresque extravagante de la Grâce de la Beauté alanguie sur un lit de nuages, entourée par les gens de sa suite, uniquement vêtus de longues écharpes qui dessinaient d'irréalistes volutes.

C'était là le cœur vibrant du palais fluvial, le lieu où circulaient toutes les informations et toutes les rumeurs. Des solliciteurs qui attendaient de parler au duc se mêlaient aux officiers du palais, des membres du Conseil des Pairs tenaient des conciliabules dans les recoins, des valets et des pages porteurs de messages traversaient l'immense salle en un incessant va-et-vient. Je scrutai les courtisans qui s'attardaient dans le Hall, en me demandant si je devais tenter d'écouter discrètement leurs conversations.

— Amalia !

Venasha s'avança vers moi, les bras chargés de livres. Je la saluai de la main et m'avançai à sa rencontre, soulagée de la voir sourire après la révélation de la veille.

— Venasha ! Je suis heureuse de te voir. Veux-tu de l'aide ?

— Oh, non, ça va, merci. Je viens d'acquérir ces livres pour la bibliothèque ducale, et je suis tout excitée ! Deux volumes de poésie ostanienne, un manuel d'escrime loreicienne, et une nouvelle traduction d'une vieille saga de Callamorne.

Venasha rayonnait de fierté.

J'aurais aimé lui raconter ma découverte d'un Muscati, mais je risquais de ne pas pouvoir lui parler très longtemps, aussi préférai-je me concentrer sur l'essentiel.

— Comment vas-tu ? Et comment vont Foss et Aleki ?

La joie déserta partiellement son visage.

— Nous allons tous bien. Nous… Enfin, ce n'est pas rien à accepter, de savoir qu'Aleki va devoir devenir un Faucon. Mais ça va, nous faisons face.

Je lui serrai l'épaule d'une main amicale.

— Si je peux faire quoi que ce soit pour vous aider, tu n'as qu'un mot à dire.

Elle empêcha un de ses livres de glisser et se mit à rire.

— Je veux bien que tu m'aides à apporter ces livres à la bibliothèque, après tout. Mais je dis ça surtout pour le plaisir de ta compagnie. Et puis, j'aimerais te montrer ces petites merveilles, ajouta-t-elle en soulevant un peu les livres qui lui encombraient les bras.

Dans deux jours, le doge me donnerait peut-être l'ordre de libérer les flammes de Zaira sur ce palais, et tous les livres si chers au cœur de Venasha finiraient en cendres. J'avais une douloureuse boule dans la gorge.

— J'adorerais y jeter un œil, répondis-je.

La plupart des parties publiques du palais fluvial étaient nommées en hommage à l'une des Grâces ; la bibliothèque ducale occupait le Pavillon de la Sagesse. Les murs de la grande salle au plafond élevé se couvraient de rayonnages sur les deux tiers de leur hauteur. Le sommet des meubles s'ornait de statues d'érudits ardentins célèbres, en train de discuter entre eux, de lire un livre ou d'examiner quelque instrument scientifique. Le plafond peint représentait la Grâce de la Sagesse tenant un rouleau de parchemin et adressant son sourire bienveillant aux tables jonchées de livres qui s'alignaient au-dessous d'elle, dans la partie centrale de la bibliothèque.

À peine en avais-je franchi les portes en compagnie de Venasha que je m'immobilisai soudain, comme si j'avais percuté un mur invisible.

— Que fait-il ici ?

Au fond du Pavillon de la Sagesse, j'avais aperçu parmi les visiteurs de la bibliothèque un homme en train de lire à une table, reconnaissable entre mille à ses cheveux blond pâle et à son manteau à haut col aux broderies violettes. Le prince Ruven.

Venasha suivit mon regard.

— Oh. Il ne cesse d'aller et venir depuis plusieurs jours. Hier, il a passé au moins deux heures ici, dans la section des ouvrages de magie. (Venasha afficha une moue de dégoût.) J'essaie de l'éviter autant que possible. Il s'adresse aux bibliothécaires comme si nous étions ses esclaves.

— Cela ne m'étonne pas de lui. (Je me mordillai la lèvre inférieure tout en réfléchissant.) Serais-tu prête à m'aider à découvrir ce qu'il lit ? J'ai le sentiment qu'il prépare un mauvais coup.

Venasha écarquilla les yeux.

— Comment ? Tu veux que je l'espionne ?

— Oui, enfin, juste pour savoir à quoi il s'intéresse.

Venasha sautilla d'excitation.

— Jouer les espionnes ! C'est tellement raverrain ! J'adore !

— Ah… (Venasha avait apparemment une image bien romantique des Raverrains.) Merci. Tu es une vraie amie.

Elle regarda autour d'elle d'un air exagérément méfiant.

— Suis-moi. Allons nous débarrasser de ces livres, que nous puissions nous mettre à conspirer.

Cachées derrière les rayonnages d'un meuble de rangement au fond de la salle de lecture, Venasha et moi observions le prince Ruven en respirant l'odeur des pages jaunies et des reliures de cuir des ouvrages qui s'entassaient sur les étagères. Ruven était penché sur un grand livre posé sur la table devant lui ; absorbé dans sa lecture, il s'interrompait de temps à autre pour prendre des notes. La lumière du soleil tombait directement sur lui depuis l'une des hautes fenêtres étroites de la bibliothèque ducale.

— Nous devons l'éloigner de sa table, murmurai-je. Je voudrais voir quelle page retient autant son attention avant qu'il referme le livre.

— Facile, dit Venasha en s'agitant, incapable de tenir en place. Il aime avoir de la lumière. Chaque fois que l'un de nous va fermer les rideaux pour protéger les livres du soleil, il se lève pour les rouvrir. Mais cela ne te laissera qu'une petite minute pour jeter un coup d'œil.

— C'est tout ce qu'il me faut. Merci, Venasha.

Elle s'inclina avec un sourire malicieux et s'éloigna. Quelques instants plus tard, le large faisceau de lumière dans lequel Ruven avait choisi de s'asseoir se mit à diminuer avant de disparaître complètement, bloqué par les rideaux que Venasha venait de tirer.

Ruven releva la tête d'un air contrarié et se leva de sa table de lecture.

Aussitôt qu'il eut le dos tourné, je surgis de derrière les étagères en m'efforçant d'avancer d'un pas lent et tranquille, afin de ne pas attirer l'attention. Mais j'eus soudain l'impression de ne plus savoir marcher normalement et, pour compliquer encore les choses, j'étais engoncée dans la robe luxueuse que je portais pour ma rencontre avec le duc. Je me sentais ridicule dans la solennité silencieuse de la bibliothèque.

Arrivée près de la table, je me penchai sur le livre de Ruven et le refermai pour déchiffrer le titre estampé sur le dos de la reliure, en plaçant une main sur la page afin de pouvoir le rouvrir au même endroit : *les Interactions de la magie, volume deux.*

Ruven avait fait part à Domenic de son intérêt pour le premier volume ; cela ne m'apprenait pas grand-chose. Je rouvris le livre et examinai les pages que Ruven était en train de lire.

La page de gauche présentait le dessin d'un grand cercle d'Artifice remarquablement détaillé. Des cercles plus petits marquaient les endroits où le diagramme interne rejoignait le diagramme externe. Je n'avais rencontré que rarement ce genre de cercles imbriqués. Quelle que soit la fonction de ce schéma, il devait s'agir d'une chose complexe et ambitieuse.

Je balayai du regard le paragraphe explicatif sur la page de droite, puis le parcourus une nouvelle fois, plus lentement, avec l'impression qu'un bloc d'obsidienne venait peser sur ma poitrine.

Le texte étudiait la possibilité théorique de provoquer l'éruption d'un volcan en utilisant les pouvoirs combinés de façonniers et de vivomanciens.

— Le mont Chenu, murmurai-je. L'armée du Vaskandar. Grâce de la Miséricorde !

Une main se posa sur mon épaule.

Une lumière dorée éclairait à nouveau les pages du livre ouvert devant moi. Troublée par ce que j'étais en train de lire, je n'avais pas prêté attention au changement de luminosité.

— Dame Amalia Cornaro, me salua le prince Ruven. Quelle agréable surprise !

Chapitre 21

Je tournai sur moi-même, en veillant à libérer mon épaule du contact de sa main.

— Prince Ruven, le saluai-je en me raidissant.

Et maintenant? pensai-je, affolée. Je pouvais prétendre avoir regardé ce livre par simple curiosité, sans savoir que c'était lui qui le lisait. Ou essayer de détourner rapidement la conversation sur un autre sujet. Ou encore fuir comme une enfant surprise à chiper des gâteaux. Que la Grâce de la Sagesse me vienne en aide, j'avais besoin d'une idée, et vite.

Il plongea ses yeux cerclés de violet dans les miens.

— Si vous vouliez savoir quel livre je lisais, il vous suffisait de me le demander.

J'étais fatiguée de me montrer amicale avec ce loup déguisé en homme, et je haussai les sourcils.

— Oh, vraiment? Et vous m'auriez alors expliqué simplement que vous cherchiez un moyen de déclencher l'éruption du mont Chenu?

Ruven prit un air surpris.

— Mais pas du tout, dame Amalia! Qu'est-ce qui a donc pu vous donner une pareille idée? Je faisais des recherches sur l'éruption du mont Enthalus.

— Le mont Enthalus. Le volcan qui s'est réveillé il y a quelques années et dont l'éruption a modifié le cours de l'Arden ?

— Celui-là même. (Ruven esquissa un sourire.) Savez-vous ce qui l'a provoquée ?

Un profond malaise monta en moi, telles les eaux noires s'écoulant d'un barrage rompu.

— J'imagine que vous ne voulez pas parler d'un feu jaillissant des entrailles de la terre sous l'influence des forces géologiques ?

— Certes non. En réalité, c'était l'œuvre d'un Haut Ensorceleur.

Mes doigts se refermèrent instinctivement sur mon médaillon ardent.

— Un Haut Ensorceleur ?

— Exactement. (Ruven hocha la tête, comme s'il me félicitait de comprendre enfin.) Le Seigneur du Chêne – je précise que je n'ai aucun lien de parenté avec lui – était en guerre contre l'un de ses voisins ; une situation fréquente au Vaskandar. C'est d'ailleurs une des raisons pour lesquelles nous préférons, quand nous le pouvons, tourner nos forces vers des ennemis extérieurs. Bref, à cette époque, il était en lutte contre la Dame des Aigles. Vous la connaissez, sûrement ?

Son regard se fit particulièrement acéré, comme si cette question revêtait une grande importance.

— Ce nom m'est familier. Mais je crains de n'être guère savante au sujet de l'identité et des fiefs des dix-sept Hauts Ensorceleurs du Vaskandar, répondis-je, en me promettant à part moi de combler rapidement cette lacune.

— Hmm. (Ruven parut déçu.) Bien, pour faire court, l'armée du Seigneur du Chêne se retrouva confrontée à des forces largement supérieures en nombre. Alors qu'il se préparait pour la bataille finale, au pied du mont Enthalus, qui se trouve justement sur ses terres, il voulut animer les forêts des flancs de la montagne, mais au lieu de cela son pouvoir toucha accidentellement autre chose : le cœur brûlant du volcan.

Par l'enfer du Carnage.

— Il a déclenché l'éruption du mont Enthalus ?

— Exactement ! Mais c'était une force trop considérable pour qu'il parvienne à la contrôler. Le volcan a englouti son armée au lieu de celle de son ennemie, et provoqué la mort du Seigneur du Chêne lui-même. (Ruven leva l'index.) Mais son trépas ne fut pas vain ! Car il y a une leçon à tirer de son infortune.

— Que c'est une très mauvaise idée de jouer avec les volcans et que vous risquez d'y laisser la vie si vous avez la folie de vous y essayer ?

— Non, au contraire. Que cela est possible. (Les yeux de Ruven brillèrent, et le cercle violet autour de ses pupilles luisit plus vivement encore.) Que l'on peut déclencher une éruption volcanique. Imaginez-vous le pouvoir que cela représente ? N'est-ce pas fabuleux ?

— Grâce de la Miséricorde, non. C'est le genre de force que nul ne devrait chercher à réveiller. Une éruption volcanique ne peut rien apporter d'autre que le feu et la ruine.

Ruven acquiesça joyeusement.

— Oui, précisément ! Un peu comme votre sorcière du feu, non ?

Je le dévisageai en serrant mon médaillon de métal froid dans ma main, incapable de trouver quoi répondre.

— C'est si incroyable qu'une fragile enveloppe humaine puisse contenir une puissance destructrice presque aussi cataclysmique que celle d'un volcan. (Ruven parlait d'une voix gourmande, les yeux mi-clos, comme s'il savourait cette idée.) J'en suis envieux, dame Amalia. Les sorciers du feu représentent assurément l'apogée du genre humain. Mais vous voyez, le problème est que nous n'avons pas de sorcier du feu au Vaskandar ; un volcan est donc le mieux que nous puissions faire. (Il sourit.) Nous sommes pareils, n'est-ce pas ? Vous avez passé le jet à Zaira pour détenir entre vos mains son pouvoir de dévastation ; nous ne cherchons pas autre chose. Vous gouvernez par la menace d'une puissance incontestable ; nous aspirons à cela, nous aussi. Nous sommes faits du même bois, ma dame. Et tout ce que j'entreprends, je l'ai appris de l'Empire Sérénissime.

Je secouai la tête en signe de dénégation. Les serviteurs avec des marques de doigts inscrites dans leur chair, ou le garde de Ruven observant avec horreur son maître plonger une dague dans son bras étaient des choses qui n'avaient pas cours dans l'Empire.

— Je ne nierai pas que l'Empire Sérénissime a l'ambition de présider aux destinées d'Eruvia, dis-je. Mais si vous ne voyez pas la différence entre le Vaskandar et Raverra, c'est que vous n'avez jamais regardé vos sujets en face.

Ruven inclina la tête de côté, d'un air perplexe.

— Et pourquoi le ferais-je ? Ce sont des êtres vulgaires, sans la moindre valeur, des outils dont on se sert. Nous qui sommes investis du véritable pouvoir n'existons que pour les dominer. (Il me tendit la main.) Venez au Vaskandar, ma dame. Vous verrez alors.

Je fixai sa main ; j'aurais eu moins d'hésitation à me saisir du bout enflammé d'un brandon.

— Un jour, peut-être, visiterai-je votre pays, dis-je en relevant les yeux pour le regarder bien en face. Mais j'espère que vous comprendrez ma réticence à accepter l'invitation d'un homme qui faisait appel aux services d'un trafiquant d'enfants notoire.

Ruven cilla, et je vis passer dans ses yeux cerclés de violet de rapides conjectures.

— Ma foi, je n'ai aucune idée de ce dont vous parlez, s'étonna-t-il finalement, en baissant la main qu'il m'offrait.

— Orthys. (La cicatrice en forme de main sur le visage d'un de ses sbires ne me laissait aucun doute.) Il travaillait pour vous, le nieriez-vous ?

— Ah, Orthys. (Ruven balaya ce nom d'un geste négligent.) Il n'était pas à mon service. Nous avons conclu quelques transactions commerciales ensemble, voilà tout. Mais vous voyez, c'est encore une chose qui nous réunit ! À l'image de l'Empire, je recherche moi aussi les mages marqués.

« Quelques transactions commerciales. » C'était certainement plus que cela ; une longue et fructueuse collaboration, au cours de laquelle Orthys lui avait livré des enfants en échange de pavot des songes. Je ne pus masquer le dégoût dans ma voix.

— Je crains, prince Ruven, de devoir vous contredire. Nous n'avons rien de commun.

— Ah, soupira-t-il. (L'espace d'un instant, je crus lire une peine sincère dans ses yeux, mais qui disparut rapidement au profit de sa morgue coutumière.) Vos mots me blessent, dame Amalia. J'avais espéré que nous puissions devenir amis, ou même plus que des amis. Mais à voir la façon dont vous me regardez, je comprends que vous me considérez comme un ennemi.

— Les circonstances pourraient nous amener à nous opposer, énonçai-je prudemment, si vous agissez en ennemi de l'Empire.

Le visage de Ruven s'éclaira.

—Ah, mais amitié et inimitié ne s'excluent pas forcément ! Au Vaskandar, il est fréquent que les Hauts Ensorceleurs partagent une longue et profonde amitié avec leurs ennemis les plus acharnés. Si c'est ce que vous souhaitez, ma dame, que nos rapports suivent donc leur illustre exemple !

—Ah…

La sueur me piquait le sommet du front, à la racine de mes cheveux. Par les Enfers, que pouvais-je répondre à *ça* ?

Ruven se pencha vers moi, et sa voix se réduisit à un murmure.

—Mais prenez garde, toutefois : quand un Haut Ensorceleur se choisit un ennemi, il ne recule devant rien pour s'assurer de la victoire. Il n'hésitera pas à exploiter la moindre de ses faiblesses, à tirer parti de chaque vulnérabilité. Même s'ils sont amis par ailleurs. (Il affichait l'air réjoui de quelqu'un parlant d'une coutume aussi charmante que celle de ceindre de couronnes de fleurs le front des fillettes à la fête du mois de mai.) Je suis ravi de devenir votre plus cordial adversaire, dame Amalia.

Il s'inclina respectueusement et quitta la bibliothèque, en laissant son livre ouvert sur la table, où l'œil du cercle d'Artifice semblait me toiser avec défi.

—Je parierais tout ce que j'ai que c'est le prince Ruven qui a volé ton livre, dis-je à Domenic.

Venasha et moi étions tombées par hasard sur Domenic qui cherchait à s'esquiver d'une réunion du Conseil des Pairs, et nous l'avions entraîné dans une arrière-salle de la bibliothèque ducale afin de discuter des lectures de Ruven.

— Le scélérat ! cracha Domenic, adossé au mur, entre des caisses contenant du matériel de reliure et une étagère où s'entassaient des manuscrits à différents stades de restauration.

Venasha prit appui des deux mains sur une table de l'atelier pour se soulever et s'y asseoir.

— Je me souviens du chapitre des *Interactions de la magie* concernant les volcans. Il était assez incompréhensible, et ne cessait de faire référence à des concepts du premier tome sans jamais les expliquer. Et, pour être franche, la conception du cercle d'Artifice me semblait hasardeuse.

— Cela aurait sans doute eu plus de sens si tu avais été en possession de ce fameux premier tome, maugréa Domenic.

— Cache ce livre, dis-je en me tournant vers Venasha. Ne laisse pas le prince Ruven remettre la main dessus.

Venasha hocha vigoureusement la tête.

— Je peux le ranger ailleurs qu'à sa place, en le dissimulant derrière d'autres livres. Dans la section consacrée à la poésie érotique, tiens.

— Parfait.

— Je n'ai jamais aimé cet homme. (Domenic arracha une écharde au rebord d'une caisse.) Même si Gabril ne cessait de vanter ses mérites et de m'expliquer qu'il pouvait sauver Ardence. Mon frère peut parfois faire preuve d'un manque de jugement incroyable.

Gabril. Je repensais soudain à son nom, inscrit sur la liste de suspects de dame Savony.

— Domenic, à quel point Gabril manque-t-il de jugement ?

Domenic haussa les épaules.

— Eh bien, une fois, il s'est accoutré d'une perruque loreicienne et d'une robe de style vaskandrien…

— Ouh, mauvais choix, commenta Venasha.

— Je ne plaisante pas. Se pourrait-il qu'il soit impliqué dans l'attaque du Fauconnier qui a eu lieu hier ? Non que je croie qu'il puisse faire une chose pareille, ajoutai-je précipitamment, mais ses assaillants portaient le masque et la cape grise de la Noblesse de l'Ombre.

Domenic jeta l'écharde au sol avec un soupir.

— Gabril prétend que la Noblesse de l'Ombre n'y est pour rien. Je lui ai posé la question dès que j'ai appris l'incident. Mais en toute honnêteté, il pourrait parfaitement s'agir de quelques membres de la Noblesse de l'Ombre ayant décidé d'agir par eux-mêmes. Certains se sont déjà laissés aller à des actions extrêmes par le passé, en agressant des marchands raverrains, ce genre de choses. Gabril n'est pas forcément au courant de tout ce que font ses compagnons.

Venasha serra les bras contre elle, le visage inquiet.

— J'ai entendu raconter que les Fauconniers s'étaient présentés pour prendre un nouveau Faucon et que la Noblesse de l'Ombre était intervenue pour les empêcher d'emporter l'enfant.

— Ce n'est pas du tout ce qui s'est passé ! m'indignai-je. Il n'y avait aucun enfant-mage. C'était un piège, sans doute dans le but de voler un jet.

— Toutes sortes de rumeurs circulent, tu sais. (Venasha se mordilla la lèvre inférieure.) Mais j'ai peur que cela donne des idées à d'autres, et qu'Aleki devienne l'enjeu d'un affrontement. Sa marque est un peu plus visible chaque jour qui passe.

Domenic ne manifesta aucune surprise ; Venasha avait déjà dû lui en parler.

— Tu devrais garder Aleki à la maison pour quelques jours, suggéra-t-il d'une voix triste qui ne lui ressemblait guère.

— C'est ce que j'ai dit à Foss, mais il m'a répondu que les enfants avaient besoin de prendre l'air. Il a prévu de le ramener aux jardins cet après-midi. (Venasha se tourna vers moi avec un regard implorant.) Amalia, toi, il t'écoutera peut-être. Accepterais-tu de lui parler ?

— Bien sûr.

Je détestais l'idée d'avoir à le convaincre de cacher son fils, mais je détestais encore plus l'idée qu'Aleki puisse être utilisé dans ce conflit.

Mais si nous ne parvenions pas à rétablir la concorde entre Ardence et Raverra avant l'ultimatum du doge, je représenterais pour la famille de Venasha un bien plus grand danger que la Noblesse de l'Ombre.

Je m'emparai d'une plume posée sur un bureau et la fis tourner entre mes doigts pour m'occuper les mains et m'empêcher de m'arracher les cheveux.

— Tu devrais suggérer à Gabril de prendre ses distances avec la Noblesse de l'Ombre, pressai-je Domenic. Que ses membres soient impliqués ou non dans cette attaque, ton frère risque de finir en prison, ou pire encore.

— Il refusera, se désola Domenic.

— C'est ton cadet. Il a forcément de l'admiration pour toi. Tu dois pouvoir le convaincre.

— Tu ne comprends pas, soupira Domenic en secouant la tête. Il ne voudra jamais, parce que c'est lui le chef de la Noblesse de l'Ombre.

Après ma conversation avec Domenic et Venasha, je profitai de ma présence au palais fluvial pour m'entretenir avec plusieurs seigneurs d'Ardence alors que je les croisais dans le Hall de la Beauté. Si je reçus quelques regards assassins, la plupart d'entre eux se montrèrent tout à fait disposés à échanger quelques mots avec la jeune cousine d'Ignazio, et presque tous m'exprimèrent leur regret qu'il ne soit plus l'Envoyé Sérénissime. Certains se déclarèrent prêts – et tout à fait favorables – à discuter d'un retour à des relations normales entre Raverra et Ardence, mais à la même condition pour tous : rien ne serait possible tant que les héritiers kidnappés n'auraient pas été rendus à leurs parents. Que Raverra soit ou non coupable de ce rapt, la libération de ces enfants était la priorité absolue, et l'Empire devait admettre ce fait. Tout le reste pouvait attendre.

Il était évident que le duc ne les avait pas informés de l'ultimatum du doge, constatai-je avec amertume. Ils parlaient des tensions avec Raverra comme d'un problème grave, mais sans en mesurer le péril. Dans leur esprit, le sort des enfants enlevés était la seule urgence. J'en grinçai des dents d'une colère impuissante. À un moment, je surpris dame Savony qui m'observait de l'autre côté du Hall de la Beauté alors qu'elle répartissait les tâches notées dans son calepin à différents pages et valets de pied. Elle croisa mon regard, avec l'air de dire : *« Vous voyez à quoi je suis confrontée ? »*

Après plusieurs heures de ce manège, je décidai que cela suffisait et allai chercher Venasha à la bibliothèque afin de partir ensemble retrouver Foss et Aleki. Nous sortîmes du palais et traversâmes l'immense place des Six Fontaines pour gagner les jardins publics. Des nuages gris masquaient le ciel, et promettaient la pluie. C'était aussi bien : cela nous éviterait la foule habituelle des promeneurs et de leurs chiens et nous offrirait un peu d'intimité dans les jardins.

—Je n'arrive toujours pas à le croire, marmonnai-je. Domenic n'est pourtant pas idiot ; comment se fait-il que son frère le soit à ce point ?

—J'ai eu l'occasion de le rencontrer, me répondit Venasha d'une voix où perçait l'anxiété. C'est loin d'être un sot, mais il se laisse facilement emporter par son tempérament passionné. Et il possède assez de charisme pour en entraîner d'autres avec lui.

—Nous n'avons vraiment pas besoin de ça en ce moment. Par la Grâce de la Miséricorde, Domenic ne me le pardonnera jamais si je dois faire jeter son frère en prison.

Ou le faire exécuter, mais je ne me sentais pas prête à évoquer à haute voix cette terrible éventualité.

—Et je ne pardonnerais jamais à Gabril ses actions inconséquentes si elles venaient à mettre mon fils en danger, renchérit Venasha.

Je m'arrêtai devant la grande fontaine au centre de la place, avec son cercle de vingt-quatre poissons sculptés qui crachaient leur jet d'eau sur une estrade où se tenaient dos à dos les Neuf Grâces tendant les mains dans un geste bienveillant pour bénir les passants. Mais sous ce ciel maussade, leurs yeux vides me semblèrent froids et indifférents.

—Je ne sais pas quoi faire, Venasha, me plaignis-je à mi-voix.

—À quel propos ?

—À propos de Gabril. (La liste de Savony glissée dans le fourreau de ma dague me donnait l'impression de peser une tonne.) J'aurais préféré que Domenic ne m'ait jamais révélé que son frère était à la tête de la Noblesse de l'Ombre. Il s'agit d'une information essentielle. Comment pourrais-je la dissimuler à dame Terringer ? À ma mère, et au doge ?

Venasha siffla entre ses dents.

— Oh, par les Grâces. Oui, c'est effectivement délicat.

Je tendis les mains pour sentir les gouttelettes d'eau que la brise arrachait aux jets de la fontaine.

— Si la Noblesse de l'Ombre est juste un groupe d'aristocrates désœuvrés qui se déguisent pour ruminer des théories séparatistes, cela n'a guère d'importance. Mais si elle est impliquée dans un complot visant à déclencher une guerre entre Ardence et Raverra, mon silence pourrait conduire à la mort de nombreuses personnes. Pourtant, si je parle, c'est Gabril qui risque de se retrouver aux mains du bourreau.

Venasha fronça les sourcils.

— Je ne peux pas dire que je me soucie vraiment de Gabril, mais Domenic en serait dévasté. Quand il s'agit de son petit frère, il a tendance à refuser de voir la vérité en face.

— J'avais remarqué, grognai-je en donnant un coup de pied dans un pavé descellé.

— J'imagine que tu vas pouvoir te faire ta propre opinion. Tu dois toujours le rencontrer ce soir, n'est-ce pas ?

— Oui. Domenic m'a invitée à la fête organisée par son frère pour ses amis les traîtres.

— Ne peux-tu attendre d'avoir parlé avec lui avant de décider de ce que tu dois faire ?

Il restait moins de trois jours. Mais cela n'avait guère de sens de dénoncer Gabril avant la réception, étant donné qu'il s'agissait de ma meilleure chance de découvrir si la Noblesse de l'Ombre était impliquée ou non dans le rapt des enfants.

— Je suppose que je peux attendre jusqu'à ce soir, oui.

Venasha posa la main sur mon épaule.

— Le choix ne sera pas forcément plus aisé, mais au moins tu auras de nouveaux éléments pour t'aider à décider.

— Merci, dis-je en la serrant dans une brève étreinte.

— Allez, viens, m'intima-t-elle en souriant. Allons retrouver mon mari, que tu puisses le convaincre de faire de meilleurs choix que ceux de Gabril.

Je ris de bon cœur.

— Dit comme ça, cela paraît simple.

Nous traversâmes l'autre moitié de la place et pénétrâmes dans les jardins, qui étaient presque déserts en raison du ciel menaçant.

Une goutte esseulée me tomba sur le nez, et j'espérais que ses sœurs n'allaient pas bientôt suivre.

— Tu crois que Foss sera quand même venu, malgré le temps ?

— Quand il pleut, en général il m'attend sous le pavillon.

Venasha me désigna à travers les arbres un édifice dressé sur un monticule, au toit supporté par des colonnes de marbre, ouvert sur ses quatre côtés.

Mais alors que nous approchions, un cri de colère et d'angoisse s'éleva du bosquet touffu qui nous séparait encore du pavillon.

Venasha pâlit.

— Mais c'est la voix de Foss ! Oh, par les Grâces. Aleki !

Elle se mit à courir dans une envolée de jupons et je me lançai après elle.

Pourquoi cela arrivait-il justement le jour où je me retrouvais étouffée par un corset et chaussée de souliers délicats, au lieu de bottes et d'une paire de chausses ? Ma poitrine se soulevait péniblement alors que je me précipitais sur les pas de Venasha en haletant, la taille trop compressée pour pouvoir respirer à pleins poumons. Au moins étais-je armée de ma dague, et mon médaillon ardent se balançait à mon cou.

L'allée contournait une haute haie avant de s'enfoncer entre les arbres. Foss apparut enfin devant nous, mais il n'était pas seul.

Il était affalé contre une statue ailée de la Grâce de la Victoire, une blessure sanglante au flanc, le visage livide. Un homme armé d'un long couteau lui faisait face ; d'un coup sec du poignet, l'agresseur chassa les gouttes de sang qui maculaient sa lame.

Venasha hurla et se jeta entre Foss et lui en écartant les bras pour protéger son époux. Je tirai parti de cette diversion pour frapper l'homme au cou, mais il se tourna à ce moment-là et ma dague creusa une profonde entaille dans son épaule. Il laissa tomber son couteau avec un juron et soutint son bras blessé.

— Qui êtes-vous ? lui lançai-je d'une voix autoritaire. Pourquoi attaquez-vous mon ami ?

— Aleki, gémit Foss, que Venasha serrait contre elle. Il y en avait un autre. Il s'est enfui en emmenant Aleki.

Le ruffian tenta de ramasser son arme de sa main valide, mais je l'en dissuadai en lui balafrant le poignet, et il recula, blessé désormais aux deux bras.

— Que les Enfers t'engloutissent, me cracha-t-il avant de prendre la fuite en courant.

Je me retournai vers Foss en serrant la poignée de ma dague d'une main tremblante. Venasha était agenouillée au milieu de ses jupes étalées et avait posé la tête de Foss sur ses genoux. Elle avait sorti son propre couteau et découpait un bout de jupon pour faire un bandage.

— Foss ! Ça va ?

— Je m'occupe de lui, me répondit Venasha d'une voix blanche. La plaie n'est pas très profonde, mais il faut que j'étanche le sang. Trouve Aleki ! Et ramène-le-moi !

— Je vous en prie, Amalia, balbutia Foss, les yeux embués de larmes. Faites vite.

Il m'indiqua de la main de continuer en direction du pavillon.

Je ne pouvais me dérober. D'un battement sec d'une jambe puis de l'autre, je me débarrassais de mes souliers à talons hauts, incrustés de perles, et partis en courant vers le pavillon.

Je suivis l'allée à travers les taillis, passai devant une fontaine aux dauphins, grimpai une éminence au milieu des rosiers et pénétrai dans le grand édifice, qui ressemblait davantage à un temple qu'à un kiosque de jardin.

Là, entre les rangées de colonnes de marbre couleur crème, se tenaient un homme et un petit garçon, main dans la main. Ils étaient immobiles et sereins, et l'homme affichait un large sourire. Cela aurait dû être une vision charmante et rassurante, sauf que l'enfant était Aleki et qu'il avait les yeux vitreux et perdus dans le vague, lui qui d'habitude était si plein de vie.

L'individu qui lui tenait la main n'était autre que le prince Ruven.

— Mais quelle heureuse surprise ! Dame Amalia ! (Le sourire de Ruven s'agrandit encore, comme s'il était réellement ravi de me voir.) Regardez qui j'ai trouvé. Quelqu'un a dû égarer ce petit bonhomme.

Je me figeai, la dague ensanglantée à la main, en haletant péniblement pour retrouver mon souffle. Je n'arrivais pas à détacher les yeux de la main de Ruven qui serrait celle d'Aleki. J'aurais été moins effrayée de voir un serpent lui avaler le bras.

— Quelle chance que nos chemins se soient croisés, poursuivit Ruven, une main sur le cœur. Je tremble rien que de penser à ce qui aurait pu arriver à cet enfant s'il était tombé entre de mauvaises mains. Nous étions justement sur le point d'aller à la recherche de ses parents. N'est-ce pas, mon garçon ?

Aleki hocha la tête, le regard fixe. La peur me glaça le cœur.

— Que lui avez-vous fait ?

— Je l'ai seulement aidé à se calmer. Il était effrayé, pauvre petit. (Ruven caressa du dos de la main la joue ronde d'Aleki, qui n'eut aucune réaction.) Quel charmant bambin. C'est si excitant de voir la marque des mages se révéler chez un jeune enfant, ne trouvez-vous pas ? Tant de potentiel ! Cela m'évoque un bourgeon commençant à peine à éclore, avant que vous ne puissiez dire à quoi ressemblera la fleur.

J'aurais voulu bondir à travers le pavillon pour écarter sa main du visage d'Aleki, mais je n'osai pas faire de mouvement brusque. Ruven pouvait à tout instant se décider à faire du mal à Aleki, à lui tordre le bras, ou pire encore.

— Que voulez-vous ? demandai-je de ma voix la plus dure.

Je refusais de jouer à ses petits jeux. Pas maintenant.

— Mais vous aider, tout simplement ! dit-il en ouvrant son autre bras. Voyez-vous, je repensais à la conversation que nous avons eue tout à l'heure, et j'ai songé qu'il serait sans doute utile de vous montrer tout le bénéfice que vous auriez à m'avoir dans votre camp. Quelle chance que ce garçon m'ait donné l'occasion de vous en faire la démonstration ! (Ruven tapota la tête d'Aleki.) En vous le rendant, bien évidemment.

— Laissez-le partir, dans ce cas, lui intimai-je, la mâchoire serrée.

Ruven se mit à rire doucement.

— Mes aïeux, quel regard assassin vous me lancez là ! Allons, reprenez donc l'enfant.

Il lâcha la main d'Aleki ; immédiatement, le visage atone du garçon se décomposa, et il se mit à hurler avec une expression de pure terreur.

Je me précipitai vers lui pour le soulever dans mes bras, en pensant au dernier moment à lâcher ma dague, tant j'étais impatiente de l'éloigner de Ruven. Aleki fourra son visage au creux de mon épaule en sanglotant bruyamment. Il était indemne, les Grâces soient louées.

— Je vais le ramener à ses parents, à présent, dis-je, autant au profit d'Aleki que de Ruven.

Ce dernier haussa les épaules, et s'apprêtait à me répondre quand la crapule qui avait attaqué Foss arriva par l'allée en titubant, les bras ensanglantés, le visage pâle et cireux. Je me reculai en faisant écran de mon corps pour protéger Aleki, mais l'homme s'avança jusqu'à Ruven et tomba à genoux devant lui.

— Seigneur, dit-il, je dois vous informer…

Ruven posa la main sur la tête de l'homme, comme pour le bénir.

Un spasme agita ce dernier, et il tressaillit des pieds à la tête en portant les mains à sa poitrine. Puis il s'affala au sol, face contre terre, raide mort.

Ruven recula d'un air faussement alarmé.

— Ça alors, ce pendard a voulu nous attaquer. Quel infâme scélérat. Je suis heureux d'avoir pu intervenir pour nous protéger tous.

— Vous l'avez tué. Vous avez tué votre propre complice.

— Ma dame, je vous assure que je ne comprends pas un mot de ce que vous dites. (Ruven haussa les sourcils.) C'est la première fois de ma vie que je rencontre cet homme. Je suis encore sous le choc de cette agression, croyez-moi.

J'en avais assez. Je tins Aleki contre moi d'une main, pour ramasser mon arme de l'autre.

— Prince Ruven. Je vais partir à présent. (Je nettoyai la lame de ma dague sur ma robe de soie et la rangeai au fourreau.) Je vous conseille de rester loin de mes amis à l'avenir, parce que si vous essayez à nouveau d'approcher cet enfant, j'utiliserai toutes les ressources de mon pouvoir – et il est considérable – pour vous faire appréhender.

Ruven s'inclina en souriant.

— Je ne manquerai pas de m'en souvenir, ma dame.

— Dans votre intérêt. Bonne journée, votre Altesse.

Je me détournai de lui et m'éloignai, en priant les Grâces que l'ampleur de mes robes dissimule le tremblement de mes genoux.

Chapitre 22

Je retrouvai Venasha qui avançait sur l'allée d'un pas incertain en soutenant un Foss titubant. Ils étaient tous les deux maculés de taches de sang et affichaient la même expression d'angoisse absolue. Dès qu'ils me virent avec Aleki, ils laissèrent échapper un cri de soulagement. Aleki bondit presque de mes bras pour se jeter au cou de sa mère, et Foss les enlaça sans se soucier de sa blessure. Leur émotion était si puissante que je dus détourner le regard.

— Nous devrions quitter les lieux, dis-je après leur avoir accordé un petit moment.

Je voulais éloigner Aleki de Ruven le plus vite possible.

— Oui, acquiesça Venasha. Foss doit voir un médecin.

— Je vais bien, protesta-t-il faiblement.

Venasha passa une main tendre dans les cheveux de son mari, en secouant la tête. Aleki voulut lui aussi caresser les cheveux de son père, et lui mit le doigt dans l'œil.

— Si vous êtes d'accord, dis-je, allons directement à la garnison. Je me sentirai plus sereine une fois qu'Aleki sera protégé du danger par d'épais murs de pierre et plusieurs centaines de soldats.

Foss hocha la tête d'un air grave.

— À présent que j'ai eu le temps d'y réfléchir, je pense que vous avez raison.

J'allai au palais fluvial et réclamai une voiture pour nous emmener à la garnison. Durant le trajet, Aleki s'endormit dans les bras de sa mère, bercé par les mouvements du coche, et Foss lui caressa doucement les cheveux d'une main tremblante, le visage si livide qu'il semblait sur le point de s'évanouir. Pâle elle aussi, Venasha leur murmurait des mots doux et apaisants, d'une voix étrangement calme.

Les guetteurs sur les remparts du château avaient dû nous observer à la longue-vue alors que notre coche grimpait la colline où se dressait la forteresse, car Marcello, Zaira, Istrella, une poignée de soldats et un médecin avec sa sacoche de remèdes alchimiques nous accueillirent dès le portail franchi. Dans une agitation efficace, la blessure de Foss fut rapidement soignée et proprement bandée, et la famille logée dans des appartements normalement destinés à recevoir les visiteurs de passage. J'attendis dans le salon, le temps que Venasha veille à ce que son fils et son époux soient confortablement installés dans leurs lits.

Elle sortit enfin de la chambre en refermant doucement la porte derrière elle.

— Merci, me dit-elle.

Ses mains se mirent à trembler, et elle les leva devant son visage pour les regarder d'un air incrédule.

— Toi aussi, tu devrais te reposer, lui suggérai-je.

— On est au milieu de l'après-midi… Mais tu as raison, je devrais aller m'allonger un moment. J'aurais bien aimé prendre un bain, mais je ne me sens pas capable de m'éloigner d'eux, ne serait-ce qu'un instant.

Le tremblement de ses mains remonta vers ses épaules, et elle jeta ses bras autour de moi. Je la serrai tendrement.

— Tout va bien aller, à présent. Le prince Ruven a fait sa démonstration. Il ne vous menacera plus.

— Mais quelqu'un d'autre le pourrait. La marque est si visible dans ses yeux, à présent. Ce n'est qu'une question de temps avant qu'on ne cherche à nouveau à s'en prendre à lui.

— Mais non, la démentis-je en la serrant plus fort, parce que nous veillerons sur lui.

Venasha inspira profondément, se détacha de moi, et lissa son corsage.

— Bien sûr, vous le protégerez. Car c'est ce que font les Fauconniers, n'est-ce pas ?

J'opinai de la tête, malgré le chagrin qui ouvrait un gouffre en moi.

— Tout à fait, répondis-je, c'est ce que nous faisons.

Je quittai Venasha et, une fois dans le couloir éclairé de lampes à huile, j'appuyai mon front contre le mur de pierre et fermai les yeux. Au moins étaient-ils désormais en sécurité à la garnison. Si Zaira brûlait la ville ou que les canons d'Istrella la bombardaient, Venasha et sa famille n'auraient rien à craindre.

Quelqu'un posa doucement la main sur mon épaule, et je sursautai avec un cri d'effroi. Istrella hurla elle aussi, surprise de ma réaction, alors que je me tournais pour me retrouver face aux verres rouge et vert de ses lunettes. Elle manqua de faire tomber la chose qu'elle tenait en main – une sphère en verre entourée de fil perlé – et la rattrapa de justesse. Agitée par ce mouvement brusque, la boule se mit à diffuser une lumière changeante et iridescente.

— Oh, c'est vous, Istrella, haletai-je en m'adossant au mur avec soulagement. J'ai cru que vous alliez m'assassiner.

— Jamais de la vie ! (Istrella ramena la sphère contre sa poitrine, et la lumière cessa bientôt.) Je ne saurais même pas comment m'y prendre pour assassiner quelqu'un. Non, je voulais juste vous demander si Aleki était réveillé. Je lui ai fabriqué un jouet !

Elle secoua de nouveau la boule de verre avec fierté, qui se remit à briller.

— Qu'est-ce que c'est ? Un luminaire portatif ?

— Plus ou moins. Cela produit une lumière plus colorée, et qui change selon la vitesse à laquelle vous l'agitez. Et avec une durée de vie largement supérieure aux luminaires de poche, précisa-t-elle en relevant ses lunettes pour mieux l'admirer. Mais, maintenant que j'y pense, il est peut-être trop jeune pour un jouet aussi fragile, non ?

Je hochai solennellement la tête.

— Je crois qu'il serait préférable d'ajouter quelques runes de résistance.

— Vous pensez toujours à tout ! s'exclama-t-elle en sautillant d'enthousiasme, et je n'eus pas le cœur de lui suggérer que le plus simple serait encore de refaire l'objet dans une matière plus solide.

Zaira surgit au bout du couloir, la dague à la main, et tempêta en nous voyant.

— Vous hurlez à la mort à cause d'un *jouet* ? J'ai cru qu'on était en train de vous égorger !

— C'est aussi ce qu'Amalia a cru. (Istrella prit un air songeur.) Apparemment, je suis absolument terrifiante.

Zaira rengaina sa dague en secouant la tête.

— Comme la démone de la Folie en personne.

— Enfin, si Aleki dort déjà, je ferais mieux de retourner travailler sur le projet que m'a confié le doge, soupira Istrella. Ils veulent que j'aie terminé pour demain. Bonne nuit !

Istrella nous salua d'un signe de la main et partit en gambadant, complètement inconsciente du malaise glacé que ses derniers mots avaient fait naître en moi.

Zaira grommela.

— Si j'étais aussi joyeuse à l'idée de cramer les gens, on m'aurait déjà noyée dans la lagune.

— Vous n'êtes jamais aussi joyeuse, remarquai-je, avant de prendre conscience que c'était faux. Enfin, sauf quand vous êtes avec Vaurien. Et Terika.

Zaira garda les yeux sur le bout du couloir où Istrella avait disparu.

— Oui, je m'amuse bien avec eux. Ça aurait été agréable d'emmener Vaurien, mais je sais que Terika prendra soin de lui.

— Ils vous manquent tous les deux, n'est-ce pas ? dis-je doucement.

Zaira haussa les épaules avec force, comme pour repousser un assaillant.

— Ce sont vos amis, insistai-je.

« Amis ». C'était un mot simple, mais il tomba de mes lèvres avec plus de poids que l'ancre d'un navire. Je me remémorai les paroles de la boutiquière des Suifs : *« Zaira n'a pas d'amis. »*

Zaira se crispa et me dévisagea en plissant les yeux, comme si je venais de la menacer.

Elle se détourna de moi, en croisant les bras.

— Vous croyez ça ?

— Vous n'avez désormais plus à craindre de vous attacher à eux. (Je choisis mes mots soigneusement, avec l'impression de m'aventurer sur une mince couche de glace qui pouvait céder à tout instant.) Grâce au jet, vous ne risquez plus de blesser les gens que vous aimez.

— Je n'aime personne, rétorqua-t-elle sèchement, avant de s'éloigner à grandes enjambées.

Dame Terringer en personne fit une étape à la garnison pour s'assurer que la famille de Venasha avait été accueillie convenablement. Quand elle apprit qu'ils étaient tous endormis, elle me prit à part pour m'informer qu'en raison des soupçons de plus en plus sérieux qui pesaient sur les activités du prince Ruven, ainsi que de ses liens avérés avec la Noblesse de l'Ombre, elle ferait fouiller discrètement ses appartements le lendemain, au cas où le jet disparu s'y trouverait.

L'idée que Ruven soit en possession d'un jet me glaça le sang. C'était peut-être lui le danger dont Leodra avait voulu m'avertir, ce nom qui était mort sur ses lèvres avant qu'il puisse le prononcer.

Après m'être entretenue avec dame Terringer, je ressentis le besoin de prendre l'air. Je découvris par hasard un jardin potager dans l'une des cours de la garnison, que la nuit tombante envahissait d'une pénombre profonde. De tardives fleurs d'aigrelles exhalaient un parfum âcre, et je m'affalai sur un banc de pierre, dans le doux froufrou de ma robe tachée de sang. La journée avait déjà été bien longue, et il me restait encore à assister à la réception donnée par Gabril.

Une des portes de la cour s'ouvrit, et Marcello s'avança dans la lumière crépusculaire.

Il s'immobilisa aussitôt le seuil franchi pour me regarder, les yeux masqués par les ombres du soir. Le temps sembla se suspendre. J'aurais aimé qu'il dise quelque chose, n'importe quoi, mais il se contenta de me dévisager sans bouger, alors que les derniers feux du couchant s'éteignaient dans le ciel.

— Vous allez vous contenter de me regarder, ou vous avez quelque chose à me dire ? lui lançai-je quand ce silence me devint insupportable.

Ma voix me parut frêle et stupide, à venir ainsi troubler la profondeur du silence vespéral.

Marcello s'ébroua, comme s'il se libérait d'un envoûtement, et il franchit la distance qui nous séparait. Sans un mot, il s'assit sur le banc à côté de moi et prit ma main dans la sienne.

Le contact de sa peau fit monter en moi une onde de chaleur. J'entrouvris les lèvres, mais la surprise et un trouble délicieux me laissèrent sans voix.

— Je vous en prie, dit-il, ne faites pas ça.

— Quoi donc ?

J'ôtai ma main de la sienne. Faisait-il exprès de me troubler ainsi ?

L'inquiétude traçait de lourds sillons sur son visage.

— Cette réception de la Noblesse de l'Ombre. N'y allez pas. C'est trop dangereux.

Je refrénai l'envie de lui adresser une réponse acerbe. Il n'avait pas tort. Un Fauconnier avait déjà été attaqué, et les tensions entre Raverra et Ardence étaient si vives désormais que la violence risquait d'éclater à tout moment.

— Je dois m'y rendre. C'est la meilleure piste dont nous disposons.

— Alors, laissez-moi au moins vous accompagner.

— C'est impossible, et vous le savez. Vous imaginez, un officier des Fauconniers se présentant à une réunion de la Noblesse de l'Ombre sans y avoir été convié ? Votre devoir vous dictera de les arrêter, et eux voudront s'en prendre à vous, et tout cela ne fera que créer un incident pire encore que ceux que nous essayons de régler.

Marcello baissa la tête, les mains crispées sur ses genoux.

— Toute cette situation bascule déjà dans l'enfer de la Discorde, dame Amalia. J'ignore s'il nous sera possible d'éviter la guerre. La nuit dernière, j'ai fait des cauchemars… à propos de ce soir.

Je jouai d'une main distraite avec mon médaillon ardent.

— Je suis parfaitement consciente que le moindre incident à cette soirée serait l'étincelle qui manque encore pour allumer le brasier d'Ardence, Marcello. Inutile de me le rappeler. Je compte bien veiller à ne pas déclencher une guerre, croyez-moi.

— Ce n'est pas cela qui m'inquiète. (Il tourna la tête vers moi, et ses yeux verts étaient deux puits ouverts sur les tréfonds de son âme.) Ce dont j'ai peur, c'est de vous perdre.

L'air sembla soudain vibrer autour de moi, comme à l'approche d'un orage.

— Amalia. (Sa voix devint grave, aussi profonde que la lagune, dangereusement profonde.) Je n'ai aucun talent pour cacher les choses ni pour faire semblant.

Ne le dites pas. J'aurais voulu plaquer ma main sur sa bouche. S'il mettait en mots ce qu'exprimait son regard, il serait impossible de revenir en arrière.

— Je suis une Cornaro, dis-je en feignant de rire, mais je ne parvins à émettre qu'un souffle frissonnant. Cacher les choses et faire semblant est une tradition de famille pour moi.

Il leva une main tremblante et effleura ma joue d'un geste aussi doux que la caresse d'un papillon. Un tressaillement me courut le long de l'échine.

Que la Grâce de l'Amour me vienne en aide. Si je ne l'embrassais pas maintenant, je le regretterais à jamais.

Mais je regretterais plus encore de le voir contraint de faire ses bagages pour un fort lointain des Pics Sorciers. Je posai ma main sur la sienne, aussi précautionneusement que s'il s'agissait d'un oisillon apeuré, et l'écartai doucement de ma joue, sans pouvoir toutefois me résoudre à la lâcher.

— Je vous promets d'être prudente.

Marcello ferma les yeux avec un air douloureux, comme si le fait de me regarder le faisait souffrir.

Je lui pressai la main.

— De plus, ajoutai-je, je ne serai pas seule : Zaira sera là.

— Oh, alors inutile de m'en faire. (Il avait adopté un ton léger et ironique, en s'efforçant de dissimuler les craintes qui le tenaillaient, mais je vis le coin de sa bouche tressaillir.) C'est vrai qu'avec Zaira, les choses ne tournent jamais mal.

— Il vaudrait vraiment mieux que tout se passe sans encombre. (La déception et le regret de devoir le repousser s'ajoutèrent au sentiment d'inquiétude qui pesait déjà lourdement sur moi.) Il ne nous reste presque plus de temps.

Nous ne disposions plus que de quarante-huit heures pour dénouer pacifiquement cette crise, ou l'Empire écrirait son argument final en lettres de feu.

— Bien, bien, bien… Ce sont donc eux vos amis d'université ? Décidément, j'ai raté tous les avantages d'une bonne éducation.

Zaira scrutait d'un œil appréciateur les hommes et les femmes qui se pressaient dans le salon de réception de Gabril. Il n'y avait pas assez de sièges pour toutes les personnes réunies là, et beaucoup restaient debout, leur verre à la main, à discuter avec passion ou sérieux. C'était le parfait opposé d'une soirée raverraine : les gens se regroupaient vers le centre de la salle en parlant d'une voix forte plutôt que de se disperser en petits conciliabules.

Ce n'était pas du tout ce à quoi je m'attendais. Il n'y avait pas de masques, pas de longues capes, pas de coterie complotant une trahison. Une certaine tension se ressentait toutefois sous les rires, bien qu'adoucie par l'effet du vin. Des éclats de voix coléreuses s'élevaient de temps à autre au-dessus de la musique de chambre, et certains invités affichaient des mines renfrognées et des regards noirs. Apparemment, la tenue de soirée ardentine n'incluait pas le sourire de façade.

— Ce ne sont pas mes amis d'université, répondis-je.

Dans l'ensemble, l'assemblée était assez jeune ; la plupart des visages que je reconnaissais étaient ceux des héritiers des grandes familles, plutôt que ceux des pairs du Conseil eux-mêmes. Je cherchai des yeux Domenic afin de me rapprocher de lui, mais il était à l'autre bout de la salle, occupé à accueillir les invités.

— Oh, d'accord. Bon, dans ce cas, il va falloir que je demande à Domenic de me présenter.

Zaira me salua d'un geste désinvolte et se dirigea vers lui avec nonchalance. Elle portait de longs gants pour masquer son jet, à la suggestion de Domenic. Nous n'avions pas l'intention de mentir sur notre identité, mais arriver en affichant impudemment notre statut de Faucon et de

Fauconnière aurait pu passer pour une provocation, ce que nous voulions éviter à tout prix.

De l'autre côté de la salle, Zaira posa la main sur l'épaule de Domenic avec un grand sourire. Il la prit par la main pour l'introduire dans son cercle, et quelques instants plus tard, le petit groupe éclata de rire. Un trouble jaloux s'empara de moi, mais je m'efforçai de l'ignorer. Zaira était heureuse. Domenic était heureux. Je résolus de les laisser tranquilles et d'éviter de jouer les trouble-fête, et souhaitai intérieurement à Zaira bonne chance avec lui.

Sauf qu'elle m'avait abandonnée ainsi qu'un vieux mouchoir, dans une salle pleine d'étrangers potentiellement hostiles.

J'avais toujours considéré Ardence comme ma deuxième maison, mais ces gens-là n'étaient pas mes camarades d'université. Quand ils prononçaient le nom de ma ville natale, c'était avec une grimace de dépit. Je n'étais pas à ma place ici.

Je pris un verre de vin sur le plateau d'un serveur qui passait devant moi et but une longue gorgée du doux breuvage. Je n'étais pas là pour me faire des amis, me rappelai-je à moi-même. J'avais une tâche à accomplir.

— Pardonnez-moi, ma dame, mais êtes-vous l'amie raverraine de Domenic ?

Je clignai mes yeux embués et me tournai vers un jeune homme à lunettes, au front déjà dégarni.

— Oui, ce doit être moi.

— Je m'appelle Hollis. Ravi de vous rencontrer. (Il inclina énergiquement la tête, comme s'il acquiesçait à quelque chose que je venais de dire.) C'est une bonne chose d'avoir un autre soutien d'importance à Raverra. Cela me donne de l'espoir. Si même les Raverrains s'outragent de ce que l'Empire nous a fait subir, nous avons une chance d'aboutir à quelque chose.

— Oh, je ne suis pas… (Je cherchai mes mots.) … la seule à Raverra qui éprouve de la sympathie pour Ardence. (Lui expliquer que je ne soutenais pas Ardence contre la Cité Sérénissime n'aurait pas été le meilleur choix politique, notamment si je voulais obtenir des informations, et je brûlais de comprendre ce qu'il entendait par « un autre soutien à Raverra ».) Qui d'autre avez-vous rencontré ?

— Parmi les Raverrains qui embrassent notre cause ? À vrai dire, vous êtes la première. (Il releva ses lunettes, comme pour mieux me regarder.) Gabril parle souvent de nos alliés raverrains, mais je ne les ai jamais rencontrés. Vous savez comment il est : « notre ami au palais fluvial », « notre mécène à Raverra ». Il aime faire des mystères. (Il sourit, m'invitant à partager sa critique bienveillante.) Il leur a même donné des surnoms. « La Chouette », « le Renard », ce genre de choses. Le seul qu'il appelle par son véritable nom est le prince Ruven.

Ce « soutien à Raverra » pouvait fort bien être feu le baron Leodra, ce qui ne plaiderait pas vraiment en faveur de l'innocence de Gabril. Cet « ami au palais fluvial » me souciait davantage ; cela laissait entendre qu'il s'agissait du duc Astor lui-même, ou de l'un de ses proches, plutôt que d'un simple représentant du Conseil des Pairs.

Je me forçai à rire.

— C'est si mélodramatique ! Pensez-vous que tout ce mystère soit vraiment nécessaire, ou que Gabril agit de la sorte pour donner de l'importance à des personnages qui n'en ont peut-être pas tant ?

— Oh, non, ils existent bel et bien. Ils nous ont fourni de précieuses informations, ils se sont assurés qu'il n'y avait ni gardes ni soldats près des endroits où nous placardions nos déclarations, ce genre de choses. Et le prince Ruven s'est montré plus que généreux pour ceux d'entre nous qui avaient besoin d'un prêt. (Hollis haussa les épaules.) Par ailleurs, Gabril est le cousin du duc. Qu'il ait des contacts au sein du palais fluvial relève de l'évidence.

— Et concernant l'incident avec les Fauconniers ? lui demandai-je en baissant la voix. Ses relations l'ont aidé, là aussi ?

J'avais formulé ma question de manière vague, afin qu'il puisse penser que je parlais du rapt des enfants aussi bien que de l'attaque de ce pauvre Lemi.

Hollis fronça les sourcils, l'air déconcerté.

— Vous voulez parler de la, euh… récente altercation ? Cela a surpris tout le monde, n'est-ce pas ? Gabril ne l'a pas condamnée, mais il ne s'en est pas non plus attribué le crédit. Je l'ai pressé de questions, mais il est resté plutôt évasif. Pour vous parler franchement, je m'inquiète du risque que certains d'entre nous finissent par aller trop loin.

Une dame au visage émacié, vêtue d'une robe noire de deuil, s'approcha de Hollis, un verre à la main.

— Vous divaguez, Hollis. Comment pourrions-nous aller trop loin ? Ces piquecrelats d'impériaux détiennent ma fille. Je les réduirai en charpie de mes propres mains s'il le faut.

Hollis afficha une expression alarmée.

— Voyons, ma dame. Ne trouvez-vous pas que c'est quelque peu exagéré ?

La dame vêtue de noir renifla avec mépris.

— C'est tout ce qu'ils méritent. Tant qu'ils ne m'auront pas rendu ma fille, je n'aurai à l'égard de ces Raverrains que des envies de meurtre. (Elle se tourna vers moi avec un sourire de fauve.) Je ne crois pas que nous ayons été présentées ?

Hollis m'adressa une grimace de sympathie.

J'avalai une gorgée de vin pour gagner quelques instants, mais la dame continuait à me dévisager en attendant que je me présente.

— Ah, eh bien, je suis…

— Amalia, m'interrompit Domenic qui venait d'apparaître à côté de moi. (Il s'inclina, le visage tendu.) Navré de te déranger, mais mon frère souhaiterait te parler.

Chapitre 23

Gabril Bergandon partageait avec son frère la même couleur de peau d'un brun chaud, des yeux en creux, et un sourire irrésistible. Mais il avait les cheveux coiffés en longues anglaises, à la mode loreicienne, et sa courte barbe soigneusement taillée ainsi que sa carrure plus frêle évoquaient davantage son cousin, le duc Astor. Il nous reçut en privé dans son bureau, dont la petite bibliothèque regorgeait d'ouvrages sur l'histoire d'Ardence. Au-dessus de son fauteuil trônait fièrement le blason des Bergandon.

Domenic fit les présentations.

— Gabril, voici Zaira, le Faucon dont nous avons parlé. Et permets-moi de te présenter ma chère amie, dame Amalia Cornaro.

Gabril accorda à peine un regard à Zaira, mais ses yeux s'attardèrent sur moi alors que nous prenions place dans des fauteuils en cuir.

— C'est un plaisir de vous rencontrer, dame Amalia. Ardence se désole que votre cousin ait été démis de ses fonctions d'Envoyé sérénissime. J'apprécie à sa juste valeur l'amitié que votre famille a persisté à témoigner à notre cité en ces temps troublés.

Sa voix avait quelque chose de captivant et il émanait de lui une assurance surprenante pour un homme aussi jeune. Il était aisé de comprendre pourquoi les gens l'écoutaient. Restait désormais à voir ce qu'il avait à dire.

— Je suis pareillement ravie de faire enfin votre connaissance.

Domenic se pencha en avant, et parla d'une voix où perçait l'urgence.

— Si tu apprécies l'amitié de la famille Cornaro, tu devrais comprendre combien elle est plus précieuse que celle du Vaskandar.

Gabril plissa les paupières, l'air agacé.

— Nous avons déjà parlé de ça, mon frère. J'ai bien compris que tu désapprouvais mon amitié avec le prince Ruven. Mais je n'ai nul besoin de ton approbation.

— La question n'est pas de savoir quelle est mon opinion sur le prince Ruven, s'emporta Domenic, alors que se ravivaient les flammes d'une dispute qu'ils avaient dû avoir maintes fois. Mais enfin, puisque tu en parles, permets-moi de te dire que Ruven n'est que l'infâme rejeton d'un piquecrelat et d'un cobra. Pour autant, le problème n'est pas là : l'amitié du Vaskandar – même si elle était sincère, ce qu'elle n'est pas – ne fait qu'exciter le ressentiment de Raverra et aggrave encore notre situation.

— Domenic, murmurai-je d'un ton conciliant, pour l'inciter à se calmer.

Une dispute avec son frère ne faciliterait pas cet entretien.

Ignorant mon interruption, il fit un geste dans ma direction.

— Avec des alliés comme Amalia, nous n'avons pas besoin d'aller jusqu'à la confrontation. Il n'est pas trop tard pour adopter un chemin différent, un chemin qui ne nous conduira pas à un bain de sang.

Je lançai à Domenic un regard alarmé. Il allait trop vite en besogne.

Le visage de Gabril se crispa en une expression de dédain.

— Es-tu vraiment aussi impatient de courber l'échine face à l'Empire ? Cela me déçoit de toi.

— Nous appartenons à l'Empire, Gabril. Pour le meilleur ou le pire. (Domenic ouvrit les bras pour embrasser d'un geste l'espace autour de lui.) Tu pourrais utiliser ce groupe d'influence que tu as constitué pour résister à son hégémonie sans mettre Ardence en danger. Pour te pencher sur le sort des enfants-mages, pour défendre les intérêts de notre cité. Mais si tu te sers de la Noblesse de l'Ombre pour faire d'Ardence le prix d'un affrontement entre le Vaskandar et Raverra, c'est *nous* qui serons les grands perdants de cette bataille. Change de direction maintenant, avant d'envoyer ce navire s'éventrer sur les récifs de la guerre.

Gabril dévisagea son frère d'un regard noir pendant un long moment. Une horloge posée sur le manteau de la cheminée égrena les secondes dans le silence tendu.

Puis il se tourna vers moi avec un sourire charmant, la tête légèrement penchée de côté.

— Alors, dame Amalia. Quelle est votre opinion en la matière ? Pensez-vous que mon frère ait raison ? Est-ce pour nous la décision la plus sage, que de chercher à tout prix à éviter la confrontation ?

Il me mettait à l'épreuve ; le ton de sa voix l'indiquait clairement, et c'était une épreuve que je devais réussir si je voulais obtenir des informations.

« Reste vague, m'avait expliqué ma mère une fois, et ils mettront dans tes paroles creuses ce qu'ils ont envie d'entendre. »

— Si vous connaissez ma famille, dis-je, vous ne pouvez ignorer la réponse à cette question.

Un sourire se dessina lentement sur les lèvres de Gabril.

— Oui, admit-il, je ne crois pas l'ignorer, effectivement.

Il se tourna vers Domenic.

— Domenic, Zaira et toi pourriez-vous me laisser un moment tête à tête avec dame Amalia ?

Domenic dévisagea son frère, les mains crispées sur les accoudoirs de son siège, et je vis une veine battre furieusement sur sa tempe.

Zaira se leva en soufflant bruyamment.

— Oh que oui ! Je meurs d'ennui ici. Au salon, au moins, il y a à boire.

Domenic se mit debout à son tour, plus lentement.

— Tu es en train de commettre une grave erreur, Gabril.

— Quoi, parce que je souhaite m'entretenir en privé avec dame Amalia ? s'étonna-t-il innocemment.

— Amalia ? m'interrogea Domenic en quête de mon consentement, que je lui donnai d'un bref hochement de tête.

J'ignorais de quoi Gabril voulait me parler, mais j'étais curieuse de le découvrir.

Zaira se trouvait déjà devant la porte.

— Nous reprendrons cette conversation plus tard, dans ce cas, dit Domenic à son frère.

— J'en brûle d'impatience, répondit Gabril.

La porte se referma derrière Domenic et Zaira, et Gabril se laissa aller contre le dossier de son fauteuil, avec un air narquois.

— Bon, nous pouvons à présent tomber les masques, ma dame.

Grand bien lui fasse. C'était une chose que je ne pouvais pas me permettre, quant à moi, aussi m'efforçai-je de lui renvoyer un sourire de connivence.

— Mon frère est un homme bon, soupira Gabril. Et remarquablement intelligent, mais vous le savez déjà. Il manque de subtilité, en revanche. Vous, vous êtes une Cornaro ; la subtilité coule dans votre sang.

Ma mère n'aurait pas forcément approuvé cette assertion me concernant, mais je me gardai de le détromper et le remerciai du compliment par un sourire.

— Pauvre Domenic, se désola Gabril en secouant la tête. Je n'ai cessé de lui expliquer encore et encore que je savais de source sûre que Raverra reculerait au dernier moment si nous tenions bon face à elle, mais je crains qu'il n'ait pas les tripes pour faire preuve d'une telle audace.

Ma gorge se serra. J'ignorais quelle était cette « source sûre » à laquelle il se fiait, mais j'avais parlé avec le doge en personne, et j'étais sûre et certaine qu'il ne céderait jamais. Je savais fort bien ce qui se produirait si Ardence le poussait dans ses retranchements.

J'hésitai entre deux options : essayer de le convaincre de comprendre à quel point il se fourvoyait, ou rentrer dans son jeu pour obtenir de nouvelles informations. Et le fait que Gabril puisse être celui qui cherchait à provoquer cette guerre compliquait encore ma tâche. À l'évidence, le rapt des enfants avait offert un écho sans précédent aux positions de la Noblesse de l'Ombre.

Mieux valait éviter de me compromettre pour le moment.

— Pour être juste envers lui, force est de reconnaître qu'il a à cœur de protéger Ardence. Les manœuvres audacieuses ont leurs risques.

Gabril s'esclaffa.

— Assurément. C'est d'ailleurs la raison pour laquelle je suis heureux d'avoir l'occasion de vous parler, dame Amalia. C'est une chance précieuse ; toute la cour est unie par sa colère face à l'enlèvement des héritiers des grandes familles. Avant cela, peu de nobles m'écoutaient lorsque j'en appelais au retour des jours de gloire d'Ardence, quand notre cité était une puissance importante en Eruvia. (Ses yeux flamboyèrent.) Mais à présent, lorsque je les incite à s'opposer à Raverra et à se souvenir de notre fierté passée, tous me prêtent attention.

— Hmm.

Il sembla prendre cela pour un assentiment.

— Nous sommes enfin unis, prêts à faire front ensemble, nous les Ardentins. Nous jouissons du soutien du Vaskandar, qui nous donnera la force de résister à l'Empire et à ses Faucons. Le Conseil des Pairs a retrouvé son courage, et il ne permettra pas à mon cousin le duc de satisfaire aux exigences du doge. (La passion de son discours le fit se lever, et il commença à arpenter la pièce, incapable de rester assis.) Notre heure est enfin venue ! Ardence a la possibilité de recouvrer sa liberté et sa fierté, telles qu'elle les a connues par le passé. (Il pivota soudain pour se tourner vers moi.) Cependant, si nous devons nous dresser contre Raverra, il nous faut éviter d'aller jusqu'au point de rupture, car l'Empire possède le pouvoir de nous détruire. Et c'est là que vous intervenez, ma dame.

Effectivement, j'aurais à « intervenir » si Ardence épuisait la patience de Raverra, en libérant le feu de Zaira. Mais j'affectai un air perplexe.

— Comment ça ? Moi ?

— Tout à fait, acquiesça Gabril en se rasseyant. Domenic me dit que vous êtes déterminée à empêcher la guerre. Ce qui est des plus souhaitable en ce moment. Le prince Ruven m'a prévenu que si le Vaskandar pouvait nous apporter une certaine protection, il ne serait cependant pas en mesure de nous défendre si l'Empire nous frappait de toute sa puissance. Jusqu'où pouvons-nous faire valoir nos prétentions, avant que Raverra ne regimbe ? Avons-nous la possibilité de presser notre avantage pour obtenir la fin des privilèges commerciaux raverrains qui étouffent notre économie ? Ou pour garder nos enfants-mages plutôt que de les remettre aux Fauconniers ? Quelle est la ligne que nous devons éviter de franchir ?

Gabril avait une vision des choses si éloignée de la réalité que je ne voyais pas comment répondre à cette dernière question.

— Que savez-vous exactement de l'état des négociations entre Ardence et Raverra ?

— J'en sais plus que bien des gens, insinua-t-il en se penchant vers moi. Notre ami au palais fluvial m'a informé que le doge avait adressé un ultimatum à mon cousin le duc, qui n'a même pas daigné en parler au Conseil des Pairs tant il est apeuré.

Je le dévisageai, complètement déconcertée.

— Si vous savez cela…

— Pourquoi chercherais-je encore la confrontation ? (Il rit doucement.) Parce que notre allié raverrain m'affirme qu'il ne s'agit que d'un bluff. L'Empire n'osera jamais livrer une guerre à l'une de ses cités vassales, surtout au moment où le Vaskandar masse des troupes à sa frontière. Une fois que nous aurons prouvé à tous que les menaces de Raverra sont creuses, nous pourrons alors entamer de véritables négociations.

Je tentai de garder un visage neutre. Si cet ami raverrain continuait à l'informer, cela signifiait qu'il ne s'agissait pas de Leodra, en définitive.

— Vous me demandez jusqu'où vous pouvez aller, énonçai-je prudemment, mais je crois que la question la plus importante est *quand*.

— Vraiment ? s'étonna-t-il en posant le menton sur ses mains croisées.

— Si vous manifestez de trop grandes prétentions avant la fin de l'ultimatum, vous risquez de placer le doge dans une position où il se retrouvera forcé de le mettre à exécution. (Je savais qu'Ardence avait déjà franchi la ligne rouge, mais j'espérais pouvoir lui faire gagner un peu de temps.) Cependant, si vous attendez après l'expiration de l'ultimatum, vous serez alors en mesure de voir quelle aura été sa réponse. Ce qui vous donnera une idée plus claire des cartes que chaque joueur a dans sa main.

Si Gabril avait été raverrain, il aurait perçu l'avertissement sous-entendu par mes paroles, mais il était ardentin, et il hocha la tête avec un certain enthousiasme.

— Cela me paraît tout à fait sensé. La Grâce de la Sagesse favorise décidément votre famille, Amalia Cornaro. Et je suis heureux de pouvoir vous compter au nombre de mes amis.

La culpabilité me noua le ventre. Je ne savais toujours pas clairement quels étaient les camps en présence dans la confusion de cette crise, mais j'étais certaine en tout cas que Gabril et moi n'étions pas du même bord.

Domenic m'attira à l'écart aussitôt que je sortis du bureau de Gabril pour regagner le salon de réception. Zaira était affalée sur un divan de l'autre côté de la salle, occupée à raconter une histoire graveleuse qui déclenchait l'hilarité de ses auditeurs.

— Amalia, puis-je te demander ce qu'il t'a dit ?

— Bien sûr, mais je ne pense pas que ce qu'il m'a dit relève du secret ; il voulait simplement me donner son opinion sans que tu sois là pour exprimer ta désapprobation. Il semble décidé à la confrontation directe. Je crains qu'il ne se berce d'illusions.

Le front de Domenic se barra d'un pli soucieux.

— J'espérais que tu aurais réussi à lui faire voir la réalité de la situation. Il ne cesse d'affirmer que ses alliés secrets savent ce qu'il se passe réellement, et que leur plan est infaillible. Mais j'en doute.

— Et tu le peux, lui dis-je sans ambages. Ses prétendus amis le manipulent, si tant est qu'ils existent vraiment. Ils lui ont confié des choses dont je sais de source sûre qu'elles sont fausses.

Domenic se frappa la cuisse du poing dans un geste de frustration.

— Par l'enfer de la Folie ! Je n'ai pas arrêté d'expliquer à cet imbécile de se méfier de Ruven, et de tous ceux qui se sentaient trop gênés de se déclarer de ses amis pour qu'il doive taire leur nom. Ils se servent de lui dans quel but, selon toi ?

— J'aimerais le savoir.

J'ignorais ce que ces mystérieux alliés attendaient de Gabril et de sa Noblesse de l'Ombre, mais il était certain qu'ils ne se préoccupaient pas du fait qu'ils allaient ruiner à jamais sa réputation. Quand viendrait inévitablement le moment où les gens se rendraient compte que les soutiens de Gabril lui mentaient et que les assurances qu'il avait données à ses acolytes étaient basées sur de fausses promesses, son influence à la cour s'évaporerait en un instant. Il deviendrait l'objet de railleries et connaîtrait la disgrâce publique avant même d'avoir atteint sa majorité. À l'évidence, ceux qui le manipulaient ne se souciaient guère de son sort.

Ce qui en faisait un pion que l'on pouvait aisément sacrifier. Il devenait de plus en plus difficile d'imaginer une issue dans laquelle Domenic ne perdrait pas Gabril, que ce soit moi qui le trahisse, ou ses prétendus « amis ». Et la chute de Gabril risquait fort d'entraîner celle de Domenic, sans parler d'engloutir Ardence tout entière.

Il était bien tard quand Zaira et moi prîmes congé de Domenic et quittâmes la demeure de Gabril. La froideur de la nuit me fit apprécier mon manteau de laine brodé, mais Zaira, qui n'avait pas été aussi prévoyante, frottait ses bras nus cependant que nous marchions. Seules quelques fenêtres éparses étaient encore éclairées à cette heure.

— Pourquoi n'avez-vous pas voulu que Domenic nous raccompagne ? se plaignit Zaira. Je suis sûre qu'il m'aurait prêté son manteau.

— Voulez-vous le mien ? lui proposai-je.

Zaira me coula un regard incrédule.

— Vous ne saisissez pas le véritable intérêt à emprunter le manteau d'un homme, n'est-ce pas ? Par les tétons de la Grâce de la Miséricorde, vous êtes irrécupérable.

Je me félicitai de l'obscurité qui l'empêcha de voir le rouge me monter aux joues.

— J'ai refusé qu'il nous raccompagne afin que vous puissiez me raconter ce que vous avez appris.

— À la fête ? (Zaira souffla dédaigneusement.) J'ai appris que les amis de Domenic étaient ennuyeux à mourir.

— D'accord, mais rien de plus substantiel ?

— J'ai appris qu'il disait à ses amis rasoir des choses gentilles sur moi. C'est plutôt prometteur, non ?

— Je voulais parler du complot visant à provoquer la guerre. Nous étions là pour trouver de nouvelles pistes, vous vous souvenez ?

Zaira haussa les épaules.

— Vous, vous étiez là pour ça. Moi, je suis juste venue me payer du bon temps.

— Par les Grâces, Zaira...

Elle s'immobilisa et se tourna vers moi dans un ample mouvement de robe.

— Vous pensez vraiment que je vais vous aider à trahir un groupe qui veut empêcher les Fauconniers de prendre les enfants-mages ?

— Je ne veux pas les trahir ! Je veux découvrir l'identité de celui qui se sert d'eux.

— En les espionnant ? me lança Zaira, les yeux plissés.

— Zaira, vous comprenez ce qui arrivera si nous échouons à trouver le coupable de ce rapt ? (J'abattis le poing dans mon autre main.) Ardence brûlera, et ce sera notre faute !

— Non, elle ne brûlera pas, rétorqua Zaira en souriant. Parce que pour qu'Ardence brûle, il faudrait que vous et moi soyons d'accord pour le faire. Ce qui n'est pas le cas. N'est-ce pas ?

Le désespoir me noua la gorge. Le sourire de Zaira s'évanouit et elle plongea ses yeux dans les miens.

— Vous le feriez, murmura-t-elle. Vous le feriez, c'est ça ?

— Je ne sais pas, répondis-je d'une voix piteuse. Zaira, je suis une fidèle citoyenne de la Cité Sérénissime. Si le doge et le Conseil des Neufs me donnent un ordre...

La colère et le mépris lui déformèrent le visage.

— Vous n'êtes qu'une lâche.

— Ce n'est pas aussi simple !

Zaira ôta son gant et le jeta à mes pieds. Elle brandit le poing, pour me montrer le jet à son poignet.

— Moi je porte ça, et je continue à faire mes propres choix, par les Grâces. Faites-en autant. Si vous voulez brûler une ville, prenez-en la responsabilité et faites-le. Mais ne venez pas pleurnicher en jouant les petites filles obéissantes qui font tout ce que dit maman.

— Zaira…

— Non. Plus un mot. Rien que de vous regarder, ça me rend malade.

Je me penchai pour ramasser son gant, et respirai calmement pour contrôler ma colère. Pour qui se prenait-elle, pour me parler ainsi ?

Il était facile pour elle de dire qu'elle refuserait de le faire, alors qu'elle avait failli brûler Raverra quand elle avait été menacée. Zaira était une survivante. Elle le ferait certainement à regret, mais j'étais à peu près sûre qu'elle libérerait le malefeu sur Ardence si sa vie en dépendait. Et c'était exactement ce qui arriverait si elle refusait d'obéir à l'ordre du doge.

Je me redressai, le gant à la main, prête à lui lancer ces mots au visage, mais Zaira avait disparu. L'écho faiblissant de ses escarpins me parvint d'une rue latérale qui conduisait dans une direction qui n'était pas la nôtre.

Par l'enfer du Désespoir. Quelle piètre Fauconnière je faisais !

Je me ruai à sa poursuite et tombai aussitôt sur un carrefour. Je regardai de chaque côté, mais ne l'aperçus nulle part ni n'entendis le bruit de ses pas. Des relents d'ail et de vin s'exhalaient d'une rue, et une musique lointaine provenait d'une autre ; la troisième était sombre et silencieuse. J'hésitai, puis décidai de suivre mon nez. Zaira avait toujours faim.

Je croisai deux marchands ivres qui rentraient chez eux en chantant, puis un chat à l'air mauvais. Je suivis l'odeur d'ail et de vin, qui me conduisit au pied d'une demeure où quelques bougies étaient encore allumées, mais toujours aucun signe de Zaira. Plusieurs ruelles s'ouvraient dans la rue, et elle avait pu partir par n'importe laquelle d'entre elles.

Je tournai à un coin pour rebrousser chemin, en jetant un coup d'œil dans chaque venelle devant laquelle je passai. Le bruit de mes pas résonnait sourdement sur les pavés et se répercutait dans le silence de la nuit. Après un autre coin de rue, je ne fus plus très sûre d'aller encore dans la bonne direction. La flèche du temple de l'Abondance s'élevait face à moi, projetant sa silhouette sombre sur le ciel étoilé, mais n'aurait-elle pas dû se trouver sur ma droite ?

L'angoisse fit remonter la bile dans ma gorge. Zaira pouvait être n'importe où. J'avais perdu mon Faucon dans les rues de la ville, et elle allait certainement essayer de s'enfuir. Je n'aurais jamais dû baisser ma garde, simplement parce que j'espérais que nous étions enfin devenues amies. Que dirais-je à Marcello ?

Je me figeai. *Mais oui !* Quand Marcello et moi avions cherché Zaira aux Suifs, j'avais été capable de sentir sa présence à distance. Je m'efforçai de calmer mon esprit en faisant taire la voix qui me hurlait combien j'étais stupide, et attendis qu'une sensation m'indique une direction.

Là. Vers le fleuve, si je ne me trompais pas. Il ne me restait plus qu'à trouver les bonnes rues pour aller de ce côté. Au moins, cette fois, j'avais eu la présence d'esprit de prendre mon élixir avant de partir, et par mesure de prudence j'avais également glissé dans mon corsage une petite fiole qui m'accorderait un répit de trois heures si je tardais trop à rentrer.

Je marchais depuis plusieurs minutes déjà, sans découvrir le moindre signe de Zaira, quand une voix m'interpella.

— Dame Amalia Cornaro ?

Mon cœur bondit d'espoir dans ma poitrine, mais c'était une voix masculine, et si Zaira m'avait donné bien des noms, jamais elle ne m'avait appelée aussi poliment. Je me tournai vers une silhouette au milieu de la rue. Il faisait trop sombre pour que je puisse voir son visage. L'homme s'avança d'un pas décidé, une épée à la ceinture.

Soudain, les ombres qui m'entouraient me parurent vivantes et menaçantes.

Sans un mot, je m'éloignai d'un pas aussi rapide que possible, sans courir, la main sur la poignée de ma dague. Je voulais éviter à tout prix un affrontement, mais si les choses en arrivaient là, il me faudrait dégainer aussitôt mon arme pour avoir une chance contre son épée. À supposer qu'il n'ait qu'une épée.

S'il avait un pistolet, il était peut-être en train de me viser dans le dos.

Mon cœur s'affola comme un oiseau pris au piège. Mes jambes fourmillaient de l'envie de courir, mais je craignais que cela ne déclenche son attaque. Il fallait que je gagne une rue plus fréquentée, ou que j'entre dans un endroit où je serais à l'abri. Une simple taverne ferait l'affaire.

Le claquement de sabots se fit entendre, couvrant le bruit de mes pas. Une voiture tirée par deux chevaux noirs surgit au carrefour, au bout de la rue. Un témoin ! La Grâce de la Fortune soit louée ! Peut-être même pourrait-il m'emmener pour que j'échappe à mon poursuivant.

Par un incroyable coup de chance, le cocher tira sur les rênes et arrêta l'équipage au beau milieu de l'intersection, à cinquante pas de moi. Il attacha les rênes et sauta de son siège, suivi d'un autre homme.

Je pris une grande inspiration dans l'intention de les héler, puis me retins. Cette voiture avait quelque chose de familier et d'inquiétant.

Il s'agissait d'un corbillard.

Je ralentis le pas. Les deux hommes descendirent un cercueil de l'arrière du véhicule ; à la manière dont ils le portaient, il devait être vide. Sans un mot, ils le déposèrent dans la rue, puis se tournèrent vers moi.

Oh, par les Enfers.

— Chopez-la, lança celui qui arrivait derrière moi.

Chapitre 24

Je me rencognai sous un porche et sortis ma dague. Les trois hommes s'approchèrent, déployés en demi-cercle face à moi.

C'était la meilleure occasion que j'aurais : je fermai les yeux et ouvris mon médaillon ardent.

Mes paupières rougirent sous l'éclair de lumière intense. Mes assaillants jurèrent de surprise et de douleur, et reculèrent en clignant des yeux, aveuglés.

L'effet serait de courte durée. Je me jetai entre eux pour m'enfuir, en donnant un coup de dague au passage. Ma lame déchira le pourpoint de cuir d'un des hommes et ripa sur sa côte sans lui faire plus qu'une estafilade, mais cela importait peu. Je m'étais dégagée de leur nasse.

Alors que je prenais mon souffle pour hurler à l'aide, un linge humide me frappa la nuque, accompagné d'une odeur suffocante de menthe poivrée.

Une potion soporifique. J'arrachai de mon cou le tissu poisseux, mais le monde commençait déjà à tourner devant mes yeux. Mon cri mourut sur mes lèvres engourdies, et mes genoux se dérobèrent.

Les hommes me rattrapèrent au vol avant que je m'effondre sur les pavés. Je tentai de leur résister, mais je ne pouvais plus bouger, le corps aussi mou qu'une poupée de chiffon, et ne parvins qu'à grand-peine à garder la main serrée sur la poignée de ma dague.

Si je libérais Zaira, elle saurait que j'avais besoin d'aide, à supposer qu'elle sente le retour de ses pouvoirs. Mais vu la façon dont nous nous étions quittées, elle risquait de s'en moquer et de continuer à s'enfuir.

— Doucement, intima l'un de mes ravisseurs avec un accent ardentin marqué. La Chouette la veut en un seul morceau.

Un de ses complices grommela son assentiment et ils me traînèrent en direction du corbillard.

— On l'emmène au même endroit que les gosses ?

— Non. Elle a droit à un traitement spécial.

Je tentai de dire « *exsolvo* », mais ne réussis qu'à émettre un son inaudible.

— Grouillez-vous un peu. Il ne faut pas qu'on nous voie.

Ils m'allongèrent dans le cercueil, et la terreur flamboya en moi avec la violence du malefeu à l'idée que le couvercle allait se refermer. La force de ma peur chassa l'engourdissement de la potion, et je parvins à agiter devant moi ma dague, face aux hommes penchés sur le cercueil. L'un d'eux se recula brutalement avec un cri, en se tenant la joue.

— Elle est pas endormie !

Un rictus de contrariété sur son visage au nez tordu, son complice me repoussa d'une main ferme dans le cercueil alors que j'essayais péniblement de me relever.

— Vite, la potion !

L'homme au nez cassé me lâcha et se redressa en jurant. Je réussis à tourner la tête et vis son complice derrière lui s'effondrer au sol, du sang sur les lèvres, les yeux vitreux, révélant Zaira, dans sa robe de soirée, son couteau à la main.

— Egghhsssoffo, bredouillai-je inutilement.

L'homme à qui j'avais entaillé le visage porta un coup d'épée à Zaira, mais une onde luisante fit trembler l'air devant elle – la magie protectrice de son corset s'était activée – et l'épée rebondit violemment, échappant à sa main pour tomber au sol. Nez cassé cracha un autre juron en fouillant frénétiquement dans sa sacoche en cuir.

— Tu cherches quelque chose ? lui demanda Zaira en lui montrant une fiole de verre qu'elle tenait à la main.

Je fis appel à toute la force que je pouvais rassembler pour m'extraire du cercueil. Avec un sourire, Zaira repoussa du pied le couvercle, qui se referma sur moi dans un claquement sourd.

Pendant un instant de pure panique, j'essayai inutilement de soulever le couvercle, encore trop faible pour y parvenir. J'eus l'impression que les parois du cercueil se rapprochaient et je peinai à respirer, étouffée par l'angoisse.

Puis j'entendis un bruit de verre qui se brisait sur le couvercle. Quelque chose de lourd tomba sur le cercueil et le choc fit glisser celui-ci de quelques pouces sur les pavés. Une odeur de menthe poivrée s'insinua jusqu'à moi, et je retins ma respiration.

Zaira rouvrit le couvercle en tenant son gant plaqué sur son nez et sa bouche. Elle se démena pour m'extraire du cercueil d'une main et je m'efforçai de l'aider, mais j'avais les membres comme du coton.

Trois corps étaient étendus dans la rue. Les chevaux, perturbés par toute cette agitation, avaient entraîné le corbillard quelques mètres plus loin. Du verre brisé luisait sur les pavés à la clarté lunaire.

Zaira passa mon bras sur ses épaules et m'aida à m'éloigner de quelques pas titubants, en me portant presque. Quand je ne pus retenir plus longtemps ma respiration, j'avalai une grande goulée d'air frais qui m'éclaircit l'esprit et ramena quelques sensations dans mon corps engourdi.

— Vous ne méritez pas votre chance. (Zaira jeta son gant, maintenant que nous pouvions respirer sans danger, mais ne ralentit pas pour autant, et il me fallut me démener pour maintenir son allure.) Et par l'épée sanglante de la Grâce de la Victoire, vous êtes vraiment bonne à rien !

— Merci. (J'avais enfin retrouvé l'usage de ma langue, et je devais m'en servir à bon escient avant que Zaira ne disparaisse à nouveau.) Je craignais que vous ne reveniez pas.

Elle me jeta un regard mauvais.

— J'ai bien failli. J'étais en train d'hésiter entre retourner chez Ignazio ou me tirer d'ici, quand vous êtes passée devant l'endroit où je me planquais, complètement inconsciente du type qui vous filait le train. Là, je me suis souvenue que si vous mouriez, je mourrais aussi, à moins d'avoir un nouveau Fauconnier. Donc j'ai préféré m'assurer qu'il n'allait pas vous tuer.

— Je suis navrée de vous avoir parlé comme je l'ai fait. Je vous ai mal jugée.

Zaira grommela.

— Et moi je ne regrette pas ce que je vous ai dit. J'en pensais chaque mot.

— Je le sais.

Un homme du guet passa de l'autre côté de la rue. Il nous jeta un regard et secoua la tête d'un air désapprobateur. Je fus mortifiée en comprenant qu'il avait cru que j'étais ivre morte et que Zaira m'aidait à rentrer chez moi.

Une raison de plus de me sentir honteuse, mais à laquelle je ne pouvais rien. Il y en avait d'autres, en revanche, auxquelles je pouvais remédier.

— Zaira, commençai-je avant d'avaler ma salive, la gorge sèche. Vous devez savoir une chose. Si le doge vous donne l'ordre de libérer votre feu et que vous refusez, il vous fera éliminer. Il l'a clairement laissé entendre.

Zaira resta un moment silencieuse, avant de maugréer à voix basse.

— La vieille ordure !

— Je suis désolée. Je sais, ce n'est pas juste.

Zaira me jeta un regard en coin.

— Pitié, vous ne croyez quand même pas que la vie est juste ? Même vous, vous ne pouvez pas être aveugle à ce point.

— Non, évidemment que non. Mais j'aimerais qu'il en soit autrement.

— Pour ce que ça sert, les bonnes intentions, on peut aussi bien se torcher avec.

J'avais encore une chose à lui confier.

— Et puis je voulais vous dire, Zaira. Domenic vous apprécie. Vraiment beaucoup.

— Arrêtez donc de jacasser, grommela-t-elle. Gardez vos forces pour marcher toute seule comme une grande.

Mais alors que je me redressais et ôtais mon bras de ses épaules, j'aurais juré que sa main s'était serrée sur la mienne.

Le temps que nous rejoignions la demeure louée par Ignazio, j'avais pleinement retrouvé mes facultés ; seule m'affligeait encore une migraine persistante. Les effets de la potion soporifique étaient certes foudroyants, mais ils se dissipaient rapidement.

Beatrix nous ouvrit la porte et me débarrassa de mon manteau avec des gestes nerveux ; les cernes sous ses yeux suggéraient que, d'habitude, elle ne veillait jamais aussi tard.

— Mes dames, il y a là un gentilhomme souhaitant vous voir. Je lui ai pourtant dit que le maître était couché, mais il a refusé que je le réveille, et insisté pour attendre votre retour.

Avant que Beatrix ait terminé sa phrase, Marcello déboula dans le vestibule depuis le salon, où il devait patienter depuis un long moment. Il s'avança droit vers moi et m'effleura la joue du bout des doigts.

— Amalia ! Mais vous avez du sang sur le visage !

Alarmée, je portai la main à ma joue, et regardai le bout de mes doigts, maculé d'un sang noir.

— Du calme. Ce n'est pas le sien. (Zaira nous entraîna vers le salon.) Amenez donc à boire à madame, lança-t-elle à Beatrix. Quelque chose de fort. Et trois verres !

Ce devait être le sang de l'homme que Zaira avait poignardé. Je m'essuyai le visage avec ma manche. J'avais effectivement besoin d'un verre.

— Que s'est-il passé ? demanda Marcello.

— Des bandits ont tenté de me kidnapper. Des Ardentins, d'après leur accent.

— Je suis arrivée alors qu'ils essayaient de la faire rentrer dans un cercueil, précisa Zaira d'une voix teintée d'admiration. Une sacrée bonne idée ! Personne ne pose de questions à un corbillard.

Marcello émit un juron.

— Et vous allez bien ? Ils ne vous ont pas fait de mal ?

— Non. Ils ont essayé de me neutraliser avec une potion soporifique.

Je sentais encore l'odeur de menthe qui s'attardait dans mes cheveux.

Marcello sortit un mouchoir d'une poche de son uniforme et me le tendit. Je frottai vigoureusement mon visage pour en ôter le sang.

— J'aurais dû vous accompagner, se désola-t-il d'une voix rongée par le remords. J'aurais dû…

— Ce n'est pas votre faute. Vous n'auriez pas pu venir. Et le pire a été évité.

Zaira lui adressa un grand sourire.

— Nous n'avons même pas eu à faire flamber quelqu'un, quelle tristesse !

— Les Grâces soient louées, vous êtes sauve.

Ses bras se refermèrent sur mes épaules et il me serra en une brève étreinte fervente. La surprise figea tous les muscles de mon corps et je me raidis, même si j'aurais voulu m'abandonner contre son torse et oublier tout ce qui venait d'arriver.

Zaira se racla la gorge.

— Je vais vous chercher un linge humide. Là, tout ce que vous réussissez à faire, c'est d'étaler le sang.

Elle quitta la pièce, et je fus douloureusement consciente que nous étions seuls, désormais.

Marcello fit mine de me relâcher, mais je passai les bras autour de sa taille et le serrai contre moi. Avec des mouvements infiniment prudents, comme si je risquais de nous faire tomber en mille morceaux lui et moi, je posai ma tête contre son épaule.

J'avais presque le visage blotti au creux de sa gorge. Par la Grâce de l'Amour, sa peau sentait si bon.

Il remit ses bras autour de moi, en m'enveloppant de sa tendre chaleur.

— Vous êtes saine et sauve, souffla-t-il.

Je pouvais lever le menton pour tendre ma bouche vers la sienne ; elle était si proche ! Je pouvais transformer cette terrible journée, toute cette affreuse situation, en quelque chose de beau et de merveilleux. Je pouvais m'abandonner, seulement pour cette fois, et ne plus être seule dans la cage dorée de mon monde.

Marcello me caressa les cheveux, enfonçant ses doigts dans les boucles que Beatrix avait soigneusement agencées quand elle m'avait préparée pour la soirée.

— Pourquoi le sort a-t-il voulu que vous soyez une Cornaro ? chuchota-t-il à mon oreille.

Le poids de mon nom tomba sur mes épaules avec la pesanteur d'une chape de plomb. Je reculai sans toutefois me libérer de ses bras, mettant un peu d'espace entre nous.

— Pour que nous puissions sauver Ardence.

Un bruit de verres s'entrechoquant se fit entendre derrière nous, et nous nous séparâmes alors que Beatrix déposait son plateau sur une table aux incrustations d'or, en prenant soin de ne pas regarder vers nous. Elle plongea dans une courte révérence et quitta sans attendre le salon, en croisant à la porte Zaira qui revenait.

— Ça suffit, les tourtereaux, nous lança Zaira.

Sans un avertissement, elle me jeta un chiffon humide, qui se colla à mon visage.

Marcello s'empara d'un verre en marmonnant que nous n'étions pas des tourtereaux, et je m'assis au bord d'un divan pour m'essuyer la figure, heureuse de pouvoir la dissimuler un instant sous le linge mouillé. Zaira se servit un verre et s'affala dans un fauteuil avec un petit rire moqueur.

Marcello s'assit à son tour en prenant une profonde inspiration, comme pour se remettre de ses émotions.

— Avez-vous la moindre idée de l'identité de celui qui a voulu vous enlever ?

— La Chouette, dis-je, en me souvenant de la phrase d'un des hommes.

— La quoi ? s'étonna Marcello.

— Oh, c'est pas vrai, c'est quoi encore cette blague, protesta Zaira.

Puis elle bondit brusquement sur ses pieds comme si elle avait été piquée par un insecte.

— Attendez ! Une chouette ! Je sais où j'en ai vu une.

Une chouette ?

Je ne me rappelai pour ma part rien de tel.

Zaira sortit de sa manche une lettre cachetée.

— Là ! Quand ce prétentieux nous a viré Domenic et moi pour avoir son petit entretien secret avec vous, je lui ai volé son courrier.

Je la dévisageai d'un air incrédule.

— Je croyais que vous refusiez de les espionner.

Zaira haussa les épaules.

— Oui, bon, il a été grossier avec moi. Il m'a complètement ignorée.

— Mais… vous m'avez dit que vous n'aviez rien découvert.

— C'était parce que vous m'énerviez.

— C'est vrai, je le reconnais, acquiesçai-je en repensant à la façon dont je lui avais parlé.

— Et quel rapport avec une chouette ? demanda Marcello.

Zaira nous tendit la lettre.

— Regardez. Je ne sais pas lire, mais ça au moins, c'est clair.

Je pris la lettre. Une banale pièce de monnaie avait été apposée dans la cire, un moyen ordinaire de cacheter une missive, mais au-dessous quelqu'un avait gravé la silhouette grossière d'une chouette aux ailes déployées.

— Excellent travail, Zaira.

Je dépliai la lettre, dont le sceau était déjà brisé. Une écriture élégante et tout en rondeurs couvrait la moitié de la page.

— Qu'est-ce que ça dit ? demanda Zaira.

— « Cher Gabril », lis-je à haute voix, « vous devez repousser les doutes que les insinuations de votre frère font naître en vous ; le rapt des enfants est bien réel, ainsi que la culpabilité des Fauconniers en cette affaire. L'enquête officielle l'a confirmé, de même que notre Renard raverrain. Votre cousin le duc continue à affirmer qu'il ne laissera jamais un tel crime impuni, et le Renard évoque des dissensions au sein du Conseil des Neuf à ce sujet. Ne vous laissez pas déstabiliser. Comme preuve que nous pouvons l'emporter, vous entendrez bientôt parler d'un Fauconnier qu'on a empêché de prendre un autre enfant d'Ardence. Si nous associons votre courage et votre passion à nos informations et à nos ressources, nous pourrons éviter que Raverra force Ardence à la soumission. Préparez-vous ; le moment de passer à l'action est proche. » (J'examinai le bas de la lettre.) Et c'est signé : la Chouette du palais fluvial.

Zaira ricana.

— Gabril est un fieffé crétin s'il gobe un truc pareil.

— La Chouette du palais fluvial ? bredouilla Marcello d'une voix incertaine.

— C'est ce qui est écrit, répondis-je en lui tendant la lettre. Gabril est persuadé de jouir d'un contact bien placé au palais.

Qui que cette personne puisse être, elle est au courant de l'ultimatum du doge, alors que le duc Astor n'en a même pas informé le Conseil des Pairs. Soit c'est le duc lui-même qui joue à un jeu dangereux, soit il y a un traître parmi son entourage le plus proche.

— Et les hommes qui vous ont agressée ce soir étaient des Ardentins. (La lettre tremblait dans sa main.) Amalia, le doge pourrait considérer cela comme une attaque d'Ardence contre l'Empire.

Je le regardai avec des yeux horrifiés.

— Non, oh non ! L'ultimatum n'expire que dans deux jours.

Zaira émit un grognement.

— Si cette vieille goule sanguinaire de doge cherche une excuse pour agir, il l'a trouvée.

— Nous ne pouvons pas laisser faire ça.

J'avalai la moitié de mon verre de vin. J'avais bien besoin d'un remontant, après une journée pareille.

— Il pourrait toujours admettre que c'est là l'œuvre d'un traître complotant à l'insu du duc et sans son approbation, suggéra Marcello, sans grande conviction.

— C'est possible. Mais les conséquences seraient trop terribles s'il refusait d'y croire. (Je pris une longue inspiration.) Nous ne pouvons pas lui dire ce qui s'est passé ce soir.

Marcello se raidit.

— Je suis lieutenant des Fauconniers. Il est de mon devoir de rapporter cette attaque à mes supérieurs.

— Vous n'étiez pas là, lui rappelai-je. Vous n'avez rien à raconter.

Il secoua la tête.

— C'est une affaire trop importante.

— Ça, c'est sûr. (Un feu dangereux couvait dans le regard de Zaira.) Si vous faites votre rapport comme un bon chienchien et que vos maîtres décident qu'une seule pomme pourrie à Ardence représente une raison suffisante pour mettre le feu à tout le panier, il sera trop tard pour les remords et les excuses. Une fois la ville en cendres, impossible de revenir en arrière.

Elle ne semblait plus aussi sûre d'elle que tout à l'heure, quand elle m'avait affirmé qu'en aucune circonstance elle n'accepterait d'embraser Ardence. Mais si c'était moi qui avais sapé ses certitudes, je ne pouvais en tirer aucune gloire, seulement de la honte et de l'effroi.

— Vous n'êtes pas obligé de faire votre rapport immédiatement, lui proposai-je. Prenez votre temps pour le rédiger. Envoyez-le par messager plutôt que d'utiliser les lampes-courrières. Faites ce qu'il faut pour nous donner du temps.

— Du temps pour quoi ? Nous ne pouvons rien faire de plus. Nous avons toujours un traître ardentin en liberté, qui complote pour déclencher la guerre, et qui a plus de chances d'obtenir ce qu'il veut que nous de l'arrêter.

— Du temps pour l'identifier. Nous avons des indices, à présent. Réfléchissez. (J'entortillai une boucle de cheveux autour de mes doigts, mais la relâchai aussitôt avec dégoût en sentant qu'elle était rêche de sang séché. Pourtant, cela me fit revenir un détail en mémoire.) Un des kidnappeurs a dit quelque chose à propos des enfants. Je pense que ces hommes ont participé à l'enlèvement des héritiers de la noblesse d'Ardence.

Marcello fronça les sourcils.

— Donc, ce serait les mêmes personnes qui ont manigancé le rapt des enfants, déguisées en Fauconniers, qui ont attaqué

Lemi, tenté de vous enlever, et qui manipulent les… patriotes ardentins pour les dresser contre Raverra. Et parmi ces comploteurs se trouverait quelqu'un de l'entourage du duc.

J'avais du mal à tenir en place et me serais volontiers mise à faire les cent pas, mais mes jambes étaient encore flageolantes. Je tirai distraitement sur les brins de tissu de l'accoudoir du divan.

—Enlever les enfants et attaquer Lemi paraît sensé, s'ils cherchent à provoquer la colère des deux camps pour les pousser à la guerre. Manipuler Gabril aussi ; la Noblesse de l'Ombre attisera plus efficacement le ressentiment contre Raverra si elle croit à ce qu'elle raconte. Mais pourquoi essayer de me kidnapper ?

Zaira haussa les épaules.

—Pour vous empêcher de libérer mon feu. Ce ne sera pas vraiment la guerre si je réduis tout de suite Ardence en cendres, non ?

—M'enlever ne garantit pas que votre magie restera réprimée, contestai-je. Je peux vous libérer même si nous sommes séparées de plusieurs lieues. Nos ennemis ont soigneusement pensé et planifié leur complot. Je ne crois pas qu'ils commettraient une erreur aussi grossière.

Marcello desserra les poings alors que la colère faisait place à l'effort de réflexion.

—Prenons le problème autrement : que se passerait-il s'ils vous capturaient ?

—Ma mère les tuerait.

C'était une vérité que je connaissais d'expérience.

—Voilà, c'est ça ! s'exclama Zaira avec un grand geste de la main. Ils enlèvent les gosses de nobles ardentins pour entraîner Ardence dans la guerre, et ils vous kidnappent, vous, pour entraîner Raverra dans la guerre. Tout le monde perd la tête et s'assassine pour récupérer ses rejetons. Et notre comploteur coule des jours heureux. Fin de l'histoire.

— Que les Grâces nous protègent. Vous avez raison.

Je m'affaissai sur le divan, écrasée par le poids de la révélation. C'était cela le danger qui me guettait à Ardence et dont le baron Leodra avait voulu m'avertir : il savait qu'ils avaient prévu de s'en prendre à moi.

— Et le Vaskandar tire parti de cette diversion pour frapper et s'emparer de nouveaux territoires tandis que nos forces militaires sont occupées à Ardence, et que le soutien de nos États vassaux est remis en question par cette crise. (Marcello secoua la tête.) Je ne peux pas dire que ce soit un mauvais plan.

— Si c'était un mauvais plan, nous l'aurions déjà déjoué.

— Comment faire pour empêcher cela ? demanda Marcello. À part chercher ces enfants et veiller à ce qu'il ne vous arrive rien, que pouvons-nous faire de plus ?

J'expirai longuement.

— Nous devons avertir le duc Astor.

Je me réveillai tôt le lendemain matin, alors qu'une lumière grise se mêlait au gris plus profond des ombres pour repeindre ma chambre aux couleurs ternes de l'incertitude. La conscience que l'ultimatum du doge arrivait à expiration dans deux jours pesait sur mon ventre d'un poids glacial.

Je descendis prendre mon petit déjeuner en m'attendant à ce que seuls les domestiques soient déjà réveillés. Mais alors que je parvenais au bas de l'escalier, mon regard franchit l'espace du salon pour observer la salle à manger qui s'ouvrait au-delà, où se trouvait Zaira, les coudes sur la table, une tasse de café dans les mains. En face d'elle était assis un invité inattendu, qui picorait la mie d'un petit pain avec des gestes précis : Jerith Antelles. Je n'entendais pas ce qu'il disait à Zaira, mais il affichait un visage grave et parlait d'une voix basse et urgente.

J'hésitai au pied des marches et fis un pas de côté pour glisser hors de vue de la salle à manger. Pour que Jerith vienne parler à Zaira le matin précédant le jour où elle recevrait peut-être l'ordre de brûler Ardence, je me doutais qu'il s'agissait d'une conversation entre mages, et je craignais de ne pas être la bienvenue.

— J'espère que vous ne nous tiendrez pas rigueur d'une visite aussi matinale ?

Je me retournai pour faire face à Balos, qui inclina sa large carrure en un geste d'excuse.

— Pas du tout. Je suis ravie de vous voir. Mais que faites-vous donc ici ?

Ma question directe manquait de politesse, tant j'étais surprise de leur présence, alors que je les croyais aux Mues.

Balos émit un petit rire.

— Nous sommes en route pour rendre visite à la mère de Jerith, plus au nord. C'est son anniversaire. Ardence est sur le chemin, et nous avons logé à la garnison la nuit dernière. Nous nous sommes dit que nous pourrions passer ce matin vous saluer avant de reprendre notre route.

Mon regard dériva vers la salle à manger.

— Juste pour nous saluer ?

Balos soupira, et sa voix se réduisit à un murmure rauque.

— Nous sommes au courant pour l'ultimatum. Jerith voulait lui parler.

— A-t-il déjà… (Je triturai d'un geste embarrassé la dentelle de mon col.) Jerith a-t-il déjà, heu…

— Pas une ville, non. (Le regard de Balos s'assombrit.) Mais nous avons connu notre lot de batailles. La pire remonte à quelques années. Une importante bande de pirates menaçait alors les navires marchands le long de la côte d'Osta. Les forbans avaient rassemblé une véritable petite flottille de plus d'une vingtaine de vaisseaux. Puis l'Empire Sérénissime est enfin parvenu à repérer la crique qui leur servait de refuge, et nous avons été envoyés pour régler le problème. (Balos secoua la tête.) Les choses sont moins expéditives avec un sorcier d'orage qu'avec un sorcier du feu, mais pour un camp côtier de ce genre, cela ne fit pas grande différence. Jerith a levé un ouragan. De nombreux pirates ont fui à l'intérieur des terres quand ils ont compris ce qui leur arrivait, mais beaucoup ont péri. Une fois que Jerith en eut terminé, il ne restait plus une cabane debout dans tout le campement.

Je déglutis péniblement.

— Et vous, qu'avez-vous fait ?

Il plongea ses yeux dans les miens.

— J'ai fait mon devoir.

— Votre devoir, répétai-je, en réfléchissant à sa réponse. Mais mon devoir n'est pas d'être Fauconnière, Balos.

— Je le sais, dame Amalia, répondit-il avec un sourire triste. Quel est votre devoir, dans ce cas ?

C'était une question pertinente. J'étais l'héritière de ma mère, appelée à lui succéder ; on pouvait donc considérer que je n'avais pas pour le moment de devoirs clairement définis. C'était sans doute la réponse que j'aurais faite un mois auparavant.

Mais plus maintenant. J'étais une Cornaro, et j'avais une tâche à accomplir.

— De réparer les choses, dis-je. De mettre de l'ordre dans toute cette pagaille.

D'un geste grave, Balos me salua.

— Faites donc cela, alors.

Je hochai la tête, alors que mon cœur martelait ma poitrine, comme si je m'apprêtais à partir au combat.

— Je m'y emploierai.

— Je suis navré, ma dame.

Le valet de pied qui nous accueillit dans l'antichambre du palais fluvial semblait embarrassé et se frottait nerveusement les mains.

— Sa Grâce reçoit les pairs d'Ardence jusqu'à l'heure du dîner. J'ai pour instruction de ne pas le déranger. Demain matin, peut-être ?

Je m'appuyai des deux mains sur le bureau du fonctionnaire pour me pencher vers lui.

— Les nouvelles que j'apporte sont des plus pressantes. Cela ne peut attendre demain. Il est déjà regrettable que j'aie dû patienter jusqu'au matin.

Il ne restait plus qu'un jour et demi, et ce bref répit pouvait se raccourcir encore si les Ardentins agissaient de manière inconsidérée.

Derrière moi, Zaira se passa la main dans les cheveux, et le jet scintilla à son poignet. Le valet pâlit en comprenant à qui il avait affaire, et il se mit à bégayer.

Je désespérais de réussir à saisir un traître mot de ce qu'il essayait de me dire, quand dame Savony apparut dans l'antichambre, une liasse à la main.

— Rinald, ces documents requièrent la signature du duc, dès qu'il en aura terminé avec ses rendez-vous. Dame Amalia, s'étonna Savony en m'apercevant. Y a-t-il un problème ?

Les Grâces soient louées. Si quelqu'un pouvait m'aider à obtenir audience auprès du duc, c'était elle.

— Nous avons fait la nuit dernière une découverte qui menace la sécurité d'Ardence. Pour le bien de nos deux cités, je dois parler au duc Bergandon sans attendre.

Elle leva ses lunettes devant ses yeux pour mieux me dévisager, puis elle hocha la tête et posa ses papiers sur le bureau.

— Fort bien. Suivez-moi. Je vais convaincre le duc de vous recevoir sur-le-champ.

Dame Savony nous demanda de patienter dans La Salle de la Victoire. Cette fois, il n'y avait pas d'assortiment de pâtisseries, ce qui était fort dommage, car Zaira leur aurait certainement fait plus honneur que moi.

Une dizaine de minutes plus tard, le duc Astor Bergandon fit son entrée et s'assit dans le fauteuil en face de nous, la barbe frémissante de contrariété. Dame Savony entra à sa suite, referma la porte et vint se tenir debout derrière lui, son calepin ouvert.

— Il y a intérêt à ce que cela en vaille la peine, Savony, grommela le duc, avant de s'adresser à moi. Vous avez cinq minutes, puis je devrai retourner auprès du seigneur Ulmric. Je vous écoute.

Il fallait donc aller à l'essentiel. J'abandonnai le discours prudent que j'avais préparé dans ma tête.

— Votre Grâce, il y a un traître au palais. Un de vos proches a organisé le rapt des enfants, et tenté de me kidnapper la nuit dernière. Lui et ses complices cherchent à monter Ardence et Raverra l'une contre l'autre, dans le but de déclencher la guerre.

Dame Savony se figea, la main crispée sur son crayon de fusain comme si elle s'apprêtait à poignarder quelqu'un.

— Qui ça ?

— Avez-vous la moindre preuve de ce que vous avancez ? demanda le duc au même moment.

— Oui, nous en avons la preuve. (Je devais rester prudente ; il se pouvait que le duc lui-même soit impliqué. Je ne devais pas dévoiler ma source avant d'être sûre de son innocence.) J'ignore pour l'instant de qui il s'agit ; cependant, je dispose d'indices qui devraient pouvoir nous révéler son identité. Mais c'est quelqu'un du palais, cela nous en avons la certitude. Vous devez chercher le traître parmi vos proches, Votre Grâce.

Il crispa les mains sur ses accoudoirs, à s'en faire blanchir les jointures.

— Si c'est une de vos manœuvres de Raverrains sournois pour que je me mette à douter de mes propres gens…

Zaira laissa échapper un bref éclat de rire.

— Qu'est-ce que ça peut bien faire à Raverra, à qui vous accordez votre confiance ?

Les yeux du duc se portèrent sur Zaira pour la première fois. Il la dévisagea en fronçant les sourcils, puis remarqua le jet à son poignet.

Il bondit sur ses pieds.

— Vous l'avez amenée ici ? Pour me menacer ? Comment osez-vous !

Zaira agita les doigts vers lui, en riant de le voir tressaillir.

— Votre Grâce ! Je vous en conjure ! (Je gardai les mains jointes dans mon giron, pour me donner de la contenance.) Zaira est ici parce que le temps nous a manqué pour prendre d'autres dispositions, et que je respecte en cela les lois de l'Empire Sérénissime. Je vous en prie, rasseyez-vous.

Le duc retrouva son sang-froid, mais continua à jeter des regards noirs vers Zaira.

— Vous avez amené une arme de guerre en présence du duc d'Ardence.

Zaira afficha un sourire moqueur.

— Si vous croyez que j'ai besoin de vous avoir en face de moi pour vous tuer, vous vous trompez lourdement.

Avant que le duc ne laisse éclater sa colère outragée, j'élevai la voix afin de revenir à la raison de cet entretien.

— Le temps nous manque, Votre Grâce. Nous devons nous concentrer sur l'essentiel. Je suis venue vous prévenir de la présence de ce traître, et vous informer que des gens de votre cour vous manipulent, ainsi que nous tous, et se servent du rapt des enfants comme d'un prétexte à déclencher la guerre.

— Et pourtant…, commença le duc, mais dame Savony l'interrompit habilement.

— Dame Amalia n'a aucune raison de nous mentir, Votre Grâce. Ce qu'elle dit me paraît pertinent. Je pense que vous devriez cesser d'imaginer des ennemis à Raverra et au Vaskandar, pour les chercher plus près de vous. Vous avez des opposants à la cour ; tout cela pourrait parfaitement procéder d'une manœuvre visant à vous détrôner.

Les Grâces soient louées. Dame Savony me soutenait.

— Tout à fait, dame Savony, opinai-je. Vous avez raison.

— Toutefois, si vous voulez bien me pardonner, dame Amalia, vos cinq minutes sont écoulées. (Dame Savony accompagna ses excuses d'une révérence, et ses lunettes oscillèrent au bout de leur chaîne en or quand elle s'inclina.) Votre Grâce, même si je considère ces révélations comme de la plus haute importance, je me permets de vous rappeler que rien n'irrite davantage le seigneur Ulmric que d'être obligé d'attendre.

Le duc Astor lui lança un regard courroucé.

— Restez donc à votre place, intendante. Qui vous a demandé de répondre pour moi ?

Dame Savony se raidit et referma sèchement son calepin.

— Malgré l'intervention de mon intendante, je dois admettre qu'elle a raison. (Le duc se leva, et Zaira et moi l'imitâmes.) Il me faut retourner auprès du seigneur Ulmric. Nous devrions reprendre cette discussion demain. Dans l'intervalle, je réfléchirai à ce que vous m'avez dit, et je mènerai ma propre enquête. Je n'aime pas l'idée d'un traître à ma cour, mais je dois reconnaître que cela expliquerait bien des choses. Je vous remercie d'avoir porté cela à mon attention.

— Je souhaite seulement faire éclater la vérité, Votre Grâce, dis-je en faisant la révérence.

— Espérons-le. À demain donc, dame Amalia.

Dame Savony suivit le duc après nous avoir adressé une brève révérence. À voir l'expression fermée de son visage, elle comprenait parfaitement les implications de mes révélations et les prenait tout à fait au sérieux. Je ne pouvais qu'espérer que le duc en ferait de même, car l'ultimatum du doge arriverait à expiration le lendemain, au coucher du soleil.

Alors que nous traversions le Hall de la Beauté pour ressortir du palais, j'aperçus le prince Ruven en grande conversation avec Gabril Bergandon. Ruven semblait détendu, et un sourire amusé éclairait son visage ; mais Gabril bombait le torse comme s'il était sur le point d'entrer en éruption tel le mont Enthalus.

— Nous devrions essayer de savoir ce qu'ils se disent, proposai-je.

Il n'était guère difficile d'approcher à portée d'oreille ; Gabril hurlait presque. D'ailleurs, nous n'étions pas les seules personnes dans le Hall de la Beauté à s'être arrêtées pour écouter leur échange.

— C'est un affront à la dignité de votre noble maison et aux relations chaleureuses qu'Ardence a toujours souhaité entretenir avec le Vaskandar ! (Gabril ouvrit les bras de manière théâtrale, parfaitement conscient qu'il avait un public.) Que l'Empire ait le front de faire fouiller vos appartements, en vous traitant ainsi qu'un vulgaire criminel ! S'ils montrent aussi peu de respect pour votre rang princier, comment croire qu'ils respectent leurs propres sujets ? C'est absolument intolérable !

Ruven tapota l'épaule de Gabril avec paternalisme.

— Clamez votre indignation si cela vous chante, mon ami. Mais en ce qui me concerne, cette histoire n'a aucune importance.

— Comment pouvez-vous rester aussi calme alors que les laquais de l'Empire souillent vos affaires de leurs mains crasseuses ? s'exclama Gabril.

— Parce qu'ils ne trouveront rien qui puisse me nuire. (Ruven afficha un léger sourire et plissa les yeux, avec l'expression satisfaite d'un chat repu.) Je voulais également vous dire, mon cher ami, que je quitte Ardence, et l'Empire d'ailleurs. Ma visite fut des plus plaisantes, mais j'ai peur d'avoir abusé de l'hospitalité de mes hôtes. (Son regard glissa vers moi, parmi toutes les personnes qui s'attardaient dans le Hall, et la marque des mages brilla d'un éclat violet dans ses yeux.) Je n'ai pas obtenu tout ce que j'aurais souhaité, mais j'ai tout de même ce pour quoi j'étais venu.

— Vous ne pouvez pas partir maintenant, voyons, protesta Gabril. Pas en cette heure critique, alors qu'Ardence a besoin que vous fassiez front avec elle contre l'Empire.

— Je suis sûr que nous nous reverrons bientôt, le salua Ruven en s'inclinant gracieusement. Si vous voulez bien m'excuser, mes bagages ont été chargés dans mon carrosse, qui doit venir me chercher. Je vous fais mes adieux, seigneur Gabril.

Ruven tourna les talons et traversa la salle au milieu des murmures, tandis que Gabril restait figé, le regardant s'éloigner avec l'air d'un chien abandonné par son maître.

— Venez, me pressa Zaira en me tirant par le bras. Je n'aime pas ça.

Moi non plus. « J'ai ce pour quoi j'étais venu », avait dit Ruven.

— Vite. (Je pivotai dans la direction opposée.) Nous devons aller à la bibliothèque.

— À la bibliothèque ? Vous avez perdu l'esprit ?

Sans prendre la peine de répondre, je partis en courant en direction du Pavillon de la Sagesse. Zaira grogna un juron et m'emboîta le pas en se frayant un chemin parmi les courtisans assemblés, qui commentaient l'éclat de Gabril et le départ de Ruven.

Nous croisâmes Venasha alors qu'elle franchissait l'arche dorée de la porte de la bibliothèque, un livre sous le bras, les traits creusés par la fatigue.

— Amalia ! s'exclama-t-elle d'un air réjoui. J'allais retrouver Aleki. Que faites-vous…

— *Les Interactions de la magie*, l'interrompis-je. Il est toujours là ?

Venasha me considéra avec perplexité.

— Euh, oui, je suppose.

— Peux-tu vérifier ? Tout de suite ?

Je trépignai. Ruven avait dit que son carrosse était en chemin ; nous n'avions pas beaucoup de temps.

— Bien sûr, répondit Venasha avec un petit hochement de tête. Attendez ici.

— Pourquoi vous courez après un livre ? Et pourquoi *maintenant* ? demanda Zaira d'une voix agacée.

— Parce que si le prince Ruven l'a pris pour l'emporter au Vaskandar, il pourrait s'en servir pour déclencher l'éruption de tous les volcans des Pics Sorciers, et transformer la frontière en un désert de feu et de cendres.

— Oh ! D'accord. On attend, alors, concéda Zaira, soudain plus conciliante.

Venasha reparut bientôt, et mon cœur tressaillit en voyant l'expression de son visage.

— Je t'en prie, ne me dis pas que…

— Il semblerait que le prince Ruven aime la poésie érotique, annonça-t-elle d'une voix désabusée. Le livre a disparu.

Chapitre 25

Un juron franchit mes lèvres.

— Venez, me lança Zaira en se dirigeant vers la sortie. Nous avons encore une chance de le rattraper, pour voir s'il continue à sourire avec quelques dents en moins.

— Merci, Venasha, criai-je en partant d'un pas aussi rapide que possible vers les portes du palais. Il a dit que son carrosse était en route, ajoutai-je à l'intention de Zaira. S'il compte vraiment quitter la ville, le livre se trouve certainement dans ses bagages, en compagnie du premier volume qu'il a volé à Domenic, j'en suis persuadée.

— Chargez-vous de le distraire, m'intima Zaira. Gardez-le à l'écart de sa voiture le plus longtemps possible. Je m'occupe de récupérer le livre.

Nous débouchâmes sur la place des Six Fontaines, éclairée par un magnifique soleil. De l'autre côté de l'esplanade, plusieurs coches s'alignaient, attendant leurs propriétaires en visite au palais. Un carrosse noir, aux lignes courbes et asymétriques, se distinguait parmi eux, tel un corbeau au milieu de colombes, marqué sur ses flancs de l'arbre couronné du Vaskandar.

Le prince Ruven se trouvait au milieu de la place et se dirigeait vers son carrosse d'un pas déterminé, un paquet glissé sous le bras.

Je n'attendis pas de voir ce que Zaira allait faire et me précipitai dans un froufrou de jupons pour intercepter Ruven. Pourquoi fallait-il donc que chaque fois que je croisais Ruven je sois engoncée dans une tenue me laissant aussi peu de liberté de mouvement ?

— Prince Ruven ! l'appelai-je.

Il s'arrêta et se retourna. Un sourire malveillant se dessina sur ses lèvres.

— Dame Amalia, me salua-t-il. Quel heureux hasard de vous rencontrer ici. J'aurais été navré de ne pas avoir eu la chance de vous faire mes adieux.

J'arrivai à sa hauteur, soudain consciente que je n'avais pas réfléchi à ce que j'allais lui dire pour le retarder, et sans savoir non plus de combien de temps Zaira avait besoin.

— Pourtant, vous me semblez fin prêt à prendre la route. J'imagine que votre départ était prévu depuis un moment déjà.

Il écarta les bras d'un air modeste.

— Je ne possède ni l'abnégation ni le sens du sacrifice des héros, dame Amalia. Et je ne suis pas stupide au point de ne pas voir le vent tourner, et dans quelle direction il attisera les flammes. Je n'ai nul désir de me trouver à Ardence quand la ville sera réduite en cendres.

J'écarquillai les yeux. Son geste avait révélé l'objet qu'il portait, sans qu'il ait cherché à le dissimuler. Il s'agissait d'un livre : *les Interactions de la magie, volume deux*.

— Vous avez volé ce livre, lançai-je d'une voix accusatrice.

— Quoi, ça ?

Il baissa le regard sur l'ouvrage d'un air exagérément surpris, comme s'il le voyait pour la première fois.

Je redressai le buste.

— Ce livre appartient à la bibliothèque ducale. Si vous ne voulez pas déshonorer votre sang royal par l'opprobre d'un vol, prince Ruven, comportez-vous en gentilhomme et rendez-le.

Je tendis la main. Ruven m'observa, la tête légèrement inclinée sur le côté, comme si j'étais quelque étrange créature d'une ménagerie. Puis il soupira avec un air de regret exagéré.

— Je suis blessé que vous me teniez en si piètre estime, dame Amalia. Soit. (À ma surprise, il me tendit le livre.) Si cela peut me racheter à vos yeux, prenez-le donc.

Je posai la main sur la reliure de cuir du livre, en veillant à garder mes doigts loin des siens.

Mes muscles se tétanisèrent. Je ne pouvais plus relâcher le livre, la main aussi rigide que celles des statues de la fontaine.

Ruven rit doucement.

— Qu'est-ce que le cuir, sinon de la peau, ma dame ? Cette reliure forme une opportune passerelle, de votre chair à la mienne, ne trouvez-vous pas ?

La magie de Ruven picota ma main et remonta mon bras, l'engourdissant jusqu'au coude.

— Que croyez-vous obtenir par cela ? sifflai-je entre mes dents.

— J'avais caressé l'espoir que nous puissions devenir des alliés, dame Amalia, et peut-être plus que cela encore. Mais je comprends à présent qu'il n'en sera rien. (Il secoua la tête avec un apparent regret.) Malgré toute la considération que je vous porte, les circonstances ont fait de nous des ennemis. Et si vous êtes donc mon ennemie, pourquoi ne vous tuerais-je pas, ici et maintenant ?

Un fourmillement remonta chaque veine de mon bras en direction de mon cœur. J'étais toujours dans l'impossibilité de retirer ma main du livre.

Ruven respectait le pouvoir ; je ne devais pas lui montrer ma peur.

— Parce que si vous me tuez, ce sera une déclaration de guerre.

Le sourire de Ruven s'épanouit d'une joie malsaine.

— Grâce à ce livre, nous serons prêts à livrer la guerre.

— Nous sommes au milieu de la place principale d'Ardence, en plein jour. Il y a des centaines de témoins.

Ruven haussa les épaules.

— Et aucun n'est assez proche de nous pour m'arrêter, ou simplement pour remarquer que quelque chose ne va pas. Je m'apprête à quitter l'Empire. J'aime l'idée de faire savoir à mes ennemis combien il m'est facile de les tuer.

— D'un mot, je pourrais libérer mon Faucon.

Je regrettai mes paroles à l'instant où cette phrase franchit mes lèvres. Évoquer Zaira, c'était prendre le risque que Ruven se demande où elle était passée.

Fort heureusement, l'idée ne sembla pas l'effleurer.

— Mais faites donc ! Elle brûlera sans doute la moitié de la ville, et quelqu'un devra alors l'éliminer. Puisque le Vaskandar n'a pas de sorcier du feu, nous aimerions autant que Raverra n'en dispose pas non plus.

Une vague de chaleur se diffusa dans mon bras, comme si quelqu'un avait glissé des échardes de métal brûlant sous ma peau. Je réprimai un cri de douleur et serrai les dents.

— Je peux liquéfier vos os, vous savez, tout en vous maintenant immobile et muette, m'expliqua Ruven sur le ton de la conversation. Je peux vous faire pourrir de l'intérieur, tout en conservant pour les autres l'illusion que nous avons une charmante discussion à propos de cet ouvrage. Ou je peux simplement ordonner à votre cœur de cesser de battre. (Il tapota ma main, qui tenait toujours fermement le livre.) Vous voyez, vous portez certes le nom illustre et terrifiant des Cornaro, mais vous n'en restez pas moins une femme ordinaire. Vous ne pouvez rivaliser avec moi, moi qui porte la marque des mages et dispose d'un pouvoir qui dépasse de loin le vôtre.

La conversation était finie. Il avait dit ce qu'il avait à dire, je le sentais au ton de sa voix. Il allait me tuer.

J'aurais dû être épouvantée, mais ses paroles réveillèrent quelque chose au plus profond de moi.

Il avait *tort*. Je le savais, avec une absolue certitude.

— Non, rétorquai-je, je ne suis pas une femme ordinaire.

Ruven retint le mot d'adieu fatal qu'il s'apprêtait à prononcer et inclina la tête, piqué par la curiosité.

— Vraiment ?

Je lui souris, d'un sourire vainqueur.

— Oui. Car moi, je suis l'Empire.

Je m'étais toujours demandé d'où venait cette aura de force presque palpable qui enveloppait ma mère, cette autorité qui lui permettait de pénétrer dans une salle bondée d'une centaine de personnes et d'y imposer le silence par sa simple présence. Ce qui la rendait invulnérable, aussi inatteignable que les Grâces elles-mêmes, au point que ses ennemis tentaient de la frapper à travers moi, persuadés qu'ils étaient de ne pouvoir s'en prendre directement à elle.

Je la sentais à présent, enfler en moi comme les eaux de la lagune à marée haute : *la Sérénité.*

— Mes pas résonnent du fracas des légions. (Je plantai mes yeux dans les siens.) Mon souffle est le vent qui gonfle les voiles des armadas.

Le fourmillement brûlant cessa de remonter mon bras, et le sourire suffisant de Ruven vacilla.

— Les murmures d'un millier d'espions bruissent à mes oreilles pour me dévoiler vos pitoyables manigances. Et mes yeux portent la marque des mages de centaines de Faucons. (J'avançai d'un pas vers lui.) Vous êtes ici sur les terres où s'exerce ma souveraineté. Peu importe si vous me tuez. Vous ne prendrez pas de vitesse mes lampes-courrières. Des dizaines de lieues vous séparent de ma frontière, et nombre de mes forteresses s'élèvent sur votre route. Je suis l'Empire, et je vous détruirai.

Ruven eut un bref mouvement de recul, avant de se ressaisir. Il resta silencieux un long moment, à me dévisager et à réfléchir.

Puis il éclata de rire.

— Oh, très bien.

Il lâcha le livre, dont tout le poids pesa soudain dans ma main, et je manquai de le laisser tomber au sol. Le contrôle de mon bras m'était revenu.

— J'en ai appris assez de cet ouvrage, dit-il avec un geste négligent. Il ne m'est plus utile. Et je suppose que vous êtes suffisamment intéressante pour que je vous accorde de vivre un peu plus longtemps.

Ruven me tourna le dos pour rejoindre son carrosse.

— Surveillez donc vos frontières, ô Dame de l'Empire, m'interpella-t-il par-dessus son épaule. Bientôt, vous risquez de vous rendre compte que vos légions, vos armadas et vos Faucons ne suffiront pas à vous protéger.

Je le regardai s'éloigner ; la sensation de pouvoir qui s'était emparée de moi avait reflué, me laissant vide et tremblante. Je me demandai si c'était ainsi que Zaira se sentait quand les flammes du malefeu s'éteignaient.

Zaira. Pour ce que j'en savais, elle était encore en train de fouiller le carrosse. Je regardai vers la voiture, le cœur au bord des lèvres.

Mais le valet du prince Ruven l'aidait déjà à y monter, et la porte frappée du blason du Vaskandar se referma derrière lui. Le cocher secoua les rênes, et l'équipage s'ébranla.

Aucun signe de Zaira.

Je traversai la place pour rejoindre l'endroit où le carrosse de Ruven s'était trouvé, en scrutant stupidement la rue déserte. Un autre attelage se présenta pour se ranger dans l'espace libéré, et une jeune aristocrate aux cheveux relevés en une haute coiffure à la mode loreicienne, ornée de fruits et de fleurs, en descendit.

— Par ici ! m'appela Zaira.

Je me tournai et la vis assise sur la margelle d'une des six fontaines. Derrière elle, la statue en bronze de la Grâce d'Abondance dansait au milieu d'enfants nus soulevant des jarres d'où s'écoulait l'eau de la fontaine. Avec sa robe de cour étalée autour d'elle, elle semblait davantage revenir d'un déjeuner à la campagne que de l'effraction d'un carrosse.

Je m'approchai, non sans une certaine anxiété ; elle s'appuyait des deux mains sur la margelle, et je ne vis aucun livre posé à côté d'elle.

— Avez-vous trouvé le livre ? lui demandai-je.

Zaira haussa les épaules.

— Comme je ne sais pas lire, difficile à dire.

— Avez-vous au moins trouvé un livre ? soupirai-je d'une voix où bruissait mon impatience.

— Un livre, non. (Zaira me sourit, releva un pan de sa robe sur ses genoux, révélant le coin de la malle en cuir cachée sous l'étalement de ses jupes.) Pour être sûre de mon coup, je les ai tous pris.

Dans un élan spontané, je la saisis par ses épaules maigres et la serrai brièvement contre moi.

— Vous êtes formidable.

— Hé, ça suffit, on dirait un chien fou. Lâchez-moi, m'intima-t-elle d'une voix faussement bourrue, en me repoussant avec un grand sourire. Je sais que je suis formidable. Il vous en a fallu du temps pour vous en rendre compte.

De retour à la demeure d'Ignazio, nous ouvrîmes la malle et je disposai un à un les livres sur la table de la salle à manger. Marcello, qui nous avait rejointes au retour de sa réunion avec dame Terringer à la garnison, se chargea de les classer selon leur propriétaire légitime. Certains portaient l'ex-libris d'une bibliothèque ou d'une collection privée ; d'autres semblaient avoir été acquis de manière honnête. Mais ils avaient tous une chose de commun.

— *La Magie de guerre de l'ancienne Osta*… *Techniques éprouvées d'Artifice naval*… et voici le livre de Domenic. (Je posai *les Interactions de la magie, volume premier*, à part des autres, dans l'intention de le lui rendre.) Tous ces ouvrages traitent de magie de guerre. Des sortilèges pour semer la mort et la destruction.

Zaira siffla.

— Une chance que je les ai tous pris, n'est-ce pas ?

Marcello retourna un volume pour en lire le titre.

— *Châteaux, fortifications et protections magiques.* Certains de ces ouvrages pourraient lui donner quelques idées sur la meilleure manière de submerger les défenses de l'Empire.

— Donc, ça ne concerne pas uniquement le volcan. (Zaira ramassa un livre avec réticence, comme si elle craignait qu'il la morde.) Votre ami vaskandrien a fait ses emplettes pour étudier comment il pouvait faire la guerre à un Empire gavé de Faucons.

— Certains de ces savoirs sont vraiment dangereux. (Marcello souleva l'exemplaire de *la Magie de mort : alchimie délétère et Artifice mortifère.*) Qu'a-t-il pu retenir dans sa mémoire du contenu de tous ces livres ? Devrions-nous… Pouvons-nous en toute conscience le laisser emporter ce qu'il a appris de ces lectures hors des frontières ?

— Vous voulez dire : devons-nous l'assassiner ? demandai-je d'une voix neutre.

— Je me porte volontaire, s'exclama Zaira en levant la main. S'il y a un visage que j'aimerais voir se tordre dans les flammes, c'est bien le sien.

Je n'osais imaginer sa réaction si elle avait su en plus que Ruven trafiquait avec Orthys, comme il l'avait admis devant moi.

— Ce n'est pas de notre ressort d'assassiner les gens. Nous pouvons rapporter au doge et au Conseil ces événements, et s'ils décident qu'il faut l'éliminer avant qu'il quitte l'Empire, ils s'en chargeront.

Marcello soupira en se laissant tomber sur une chaise de la salle à manger.

— Difficile d'imaginer que le prince Ruven rentre tranquillement chez lui et renonce à ses projets contre l'Empire. Même si à titre personnel, je désapprouve ce genre de méthode, je pense que le colonel dirait que c'est notre meilleure chance de s'assurer qu'il ne sera plus jamais une menace pour nous.

— Je ne suis pas certaine de ce qu'en conclurait ma mère, nuançai-je, les yeux posés sur la pile de livres tous plus dangereux les uns que les autres. Je ne doute pas que nous entendrons encore parler de Ruven. Mais l'assassiner ne serait pas non plus sans conséquences. Son père en sera forcément furieux. Et au moins, nous savons à quoi nous attendre avec Ruven. Je pense que je commence à le comprendre. S'il meurt, qui sait qui nous aurons à combattre à sa place ?

— Oui, pas sûr que nous gagnions au change. (Marcello se massa les tempes.) Et que les Grâces nous préservent si jamais la tentative d'assassinat échouait, et que ce serpent s'échappait, le cœur rongé par un désir de vengeance.

— Donc, vous voulez le laisser partir sans rien faire.

Zaira s'affala sur une chaise avec un air de lassitude écœurée.

— Évidemment. Nous ne sommes pas des meurtriers, lui rappelai-je. Mais ce sera au Conseil des Neuf de décider de lui permettre de regagner le Vaskandar ou pas.

— Pour le coup, les Neuf sont une satanée bande d'assassins, eux au moins, remarqua gaiement Zaira. J'espère qu'ils vont lui planter la tête sur une pique, en guise d'avertissement pour les autres. Et comme ça, je pourrai quand même lui cramer sa face de prétentieux.

— Décidément, vous ne l'aimez pas.

— Oh, que non, dit-elle avec un frisson. Et en plus, il s'en est pris à Aleki.

— Quoi qu'il en soit, je respire mieux de le savoir parti, conclut Marcello en s'occupant d'empiler soigneusement les livres. Fini les ingérences du Vaskandar, rien que la trahison d'Ardentins bien de chez nous.

— Oh, je suis persuadée qu'il tire encore quelques ficelles, en bon manipulateur qu'il est. (Je m'assis à mon tour, à côté de Marcello.) Quel dommage que vous n'ayez pas retrouvé le jet dans son carrosse, Zaira.

— J'ai fouillé partout ; il n'y était pas.

— Si ce n'est pas lui qui l'a pris, nous devons trouver le responsable, et vite. Mais nous n'avons pas vraiment d'autres pistes à explorer. À moins que… (Je me redressai vivement.) Dame Savony m'a confié une liste de personnes susceptibles d'avoir des informations. Je n'ai encore parlé à aucune d'elles.

Je récupérai le papier glissé dans le fourreau de ma dague et le posai sur la table en le défroissant de la paume de ma main. La liste de noms rédigée dans une écriture élégante, tout en courbes, s'étala devant moi.

L'écriture avait quelque chose de familier. La boucle des « l », le point des « i » qui ressemblait plus à un accent qu'à un petit rond…

— Avez-vous toujours cette lettre, Marcello, celle signée de la Chouette ?

— Euh, oui, je dois l'avoir sur moi. (Il fouilla les poches de son manteau un instant, et produisit le document en question.) Pardon, elle est un peu froissée.

Je l'étalai sur la table à côté de la liste de noms de Savony. La similitude des deux écritures sautait aux yeux.

— Par les Enfers, jurai-je. C'est l'écriture de Savony.

Chapitre 26

Évidemment. Dame Savony avait l'oreille du duc, elle disposait d'importants moyens humains et financiers et connaissait parfaitement la cité : elle réunissait tous les éléments nécessaires à la mise en œuvre d'un tel complot. Elle possédait un grand sens de l'organisation, elle était intelligente et résolue, et personne n'était plus soucieux qu'elle de la prospérité d'Ardence. Et je l'avais vue parler au baron Leodra, à la réception donnée à l'ambassade d'Ardence à Raverra. Je ne comprenais pas en revanche comment elle pouvait penser que la situation finirait par se conclure à l'avantage d'Ardence, mais cela signifiait simplement qu'une partie de son plan m'échappait encore.

« Ce complot n'est pas ce que vous pensez », avait dit Leodra.

Marcello se pencha sur la lettre.

— Par la Grâce de la Miséricorde. En êtes-vous sûre ?

— Je ne peux l'affirmer catégoriquement, mais cela semble être le cas, dis-je en examinant les deux pages.

Zaira posa les pieds sur une autre chaise et s'allongea à demi, les mains croisées derrière la tête.

— Donc, c'est simple : avertissez le duc que sa fidèle intendante n'est qu'une sale sournoise.

— Pensez-vous qu'il vous croirait ? me demanda Marcello d'un air dubitatif.

— Sans doute pas, admis-je. Si nous lui montrons cette lettre, qui croira-t-il : la femme qui a été sa voix et sa main durant toutes ces années, ou les Raverrains qui menacent de brûler sa ville ? Même si nous avions une confession signée de Savony, il est probable qu'il l'écouterait elle, plutôt que nous.

— Nous ne pouvons pas rester sans rien faire, s'irrita Marcello en se levant, incapable de rester assis.

— Il faudrait pouvoir la relier au rapt des enfants, réfléchis-je. Les retrouver demeure le point essentiel, à la fois pour les sauver et pour convaincre la cour d'Ardence.

Zaira soupira.

— Dans ce cas, suivez-la.

— Suivre dame Savony ?

— Non, la femme de chambre. (Zaira leva les yeux au ciel.) Bien sûr que je parle de cette vieille harpie. Elle sait désormais que vous vous rapprochez d'elle, non ? Mais elle ignore que vous savez que c'est elle la coupable.

— Oui ; je ne l'avais pas encore compris quand nous sommes allées voir le duc.

— Et tout ça parce que vous êtes si mauvaise pour déjouer les intrigues que vous avez à prendre des leçons d'une sorcière illettrée. Mais la question n'est pas là. Quand quelqu'un commence à craindre de se faire démasquer, la première chose qu'il fait est de s'assurer qu'il n'a pas laissé d'indice compromettant. (Elle agita les doigts sur la paume de sa main, mimant un personnage courant en tous sens.) Dès que le duc lui permettra de quitter le palais, vous pouvez parier toute votre fichue fortune qu'elle filera sans attendre voir ses complices, passer une soufflante à nos amis croque-morts d'hier soir, et vérifier qu'il n'y a pas de problème et que les morveux sont là où ils doivent être.

Marcello se frotta le menton d'un air pensif.

— Ce n'est pas une mauvaise idée. Je vais faire venir quelques hommes pour…

— Ah non ! l'interrompit Zaira. Pas vos soldats lourdauds, par pitié ! Ils se feront repérer en moins de deux. Je m'en chargerai.

— Je ne peux pas vous laisser parcourir les rues de la ville toute seule.

— Je l'emmènerai s'il le faut, répondit-elle en me montrant d'un geste du pouce. Mais personne d'autre. Si on se traîne un cortège derrière nous, elle nous remarquera forcément.

Marcello secoua la tête.

— Non, cela mettrait dame Amalia en trop grand danger.

Je me raidis.

— Lieutenant Verdi, vous possédez de nombreuses et admirables qualités, mais permettez-moi de vous dire que votre tendance à me surprotéger n'en fait pas partie.

Il tressaillit comme si je l'avais giflé.

— Mais il y a des kidnappeurs après vous.

— Et Zaira a déjà fait la démonstration qu'elle était parfaitement capable de se charger d'eux. (J'aurais aimé pouvoir en dire autant de moi-même. La chaleur monta à mes joues, mais j'enfonçai le clou.) Je refuse de rester terrée dans cette maison comme… comme…

— Comme un faucon dans sa cage ? suggéra Zaira, avec un éclat dur dans les yeux.

— Eh bien, oui. Et plus important, Zaira est la seule qualifiée pour filer dame Savony ; si elle s'en charge, je me dois de l'accompagner.

— Je n'aime toujours pas ça, mais vous avez raison, concéda Marcello. Il faut le faire.

Je pris sa main et la pressai gentiment.

— Je serai prudente.

Il caressa le dos de la mienne de son pouce, et me regarda avec des yeux voilés par l'inquiétude. Ma main se mit à rayonner de chaleur ainsi qu'un cercle d'Artifice.

Quand nous serons revenus à Raverra, il faudrait de nouveau que je garde mes distances avec lui, et cette certitude me tordit le ventre.

Je me tournai prestement vers Zaira avant de faire quelque chose de stupide.

— Alors, comment faisons-nous pour la suivre sans qu'elle le remarque ?

Zaira soupira.

— Par la Grâce de la Miséricorde, vous avez tout à apprendre. Heureusement, vous avez la meilleure tire-laine de Raverra pour vous instruire.

La première chose que j'appris sur l'art de la filature fut qu'il était profondément ennuyeux de suivre quelqu'un quand ce dernier n'allait nulle part.

— Il y a forcément une meilleure façon de s'y prendre, finis-je par éclater, au bout de trois heures à trouver des excuses diverses et variées pour traîner sur la place des Six Fontaines devant le palais fluvial en compagnie de Zaira.

Dame Savony ne s'était pas encore montrée ; mais nous avions toujours pu la manquer, si elle avait quitté le palais par une des entrées secondaires, ou si nous l'avions ratée en raison de la foule qui circulait à toute heure sur l'esplanade.

Zaira fouilla dans le grand sac qu'elle avait emporté.

— Absolument. Allez demander à votre chère maman de nous prêter une dizaine de ses espions afin qu'ils fassent le sale boulot à notre place.

— Cela prendrait des jours. Et de toute façon, nous ne savons pas à qui nous pouvons nous fier.

— Dans ce cas, vous supporterez bien l'ennui d'une journée de travail ; ça vous changera, pour une fois.

J'aurais aimé que Marcello soit resté avec nous en dépit des objections soulevées par Zaira. Il était retourné à la garnison afin d'envoyer un message au doge par les lampes-courrières pour l'informer de nos dernières découvertes. Il avait décidé de s'en tenir aux faits pour le moment, sans lui faire part de nos soupçons, en attendant d'avoir de nouvelles preuves.

Zaira repéra enfin dame Savony qui traversait la place en direction du nord, vers le fleuve.

— Prenez ça, m'intima Zaira en me fourrant son sac dans les mains.

Mou et plutôt léger, on aurait dit un ballot de vêtements.

— Pourquoi est-ce à moi de le porter ? Et qu'y a-t-il dedans ? demandai-je alors que nous pressions le pas pour ne pas perdre de vue notre proie.

— Parce que sinon tous vos mouvements vont trahir que vous cherchez à être discrète. Là au moins, vous avez juste l'air de porter quelque chose. (Elle me lança une œillade moqueuse.) C'est un peu comme fourrer des bonbons dans la bouche d'un gamin pour l'empêcher de dire des bêtises.

— Je vois que vous avez pensé à tout, grommelai-je.

Mais elle avait raison : les bras chargés du gros sac informe qui ne cessait de glisser, je ne risquais pas de faire des efforts exagérés pour passer inaperçue.

Zaira avait planifié toute l'opération avec un étonnant souci du détail, surtout en considérant qu'elle n'avait eu qu'une heure pour tout préparer. Après plusieurs minutes à suivre dame Savony à bonne distance, elle sortit deux chapeaux du sac qu'elle me demanda de mettre en bandoulière.

— Pour modifier votre silhouette, au cas où elle nous aurait remarquées, m'expliqua-t-elle.

Dame Savony fit une première étape à la demeure de Gabril, ce qui n'avait rien pour nous surprendre. Fort heureusement, il y avait une petite taverne de l'autre côté de la rue, où Zaira et moi nous installâmes, près de la fenêtre. Nous bûmes un verre de vin et grignotâmes une tourte à la viande en guettant le moment où dame Savony aurait terminé sa visite.

Zaira observa la rue avec un grognement.

— Je m'attendais presque à ce que le lieutenant Gueule d'Amour essaie de nous suivre à son tour, mais rien à signaler.

— Il ne ferait jamais ça. Il nous fait confiance.

— Il *vous* fait confiance, vous voulez dire.

— Non. Enfin, si, mais dans ma capacité à éviter le danger. Néanmoins, il a confiance en *vous* pour veiller sur moi.

— Mouais. (Zaira se laissa aller contre le dossier de sa chaise d'un air pensif.) C'est vrai qu'il y a encore quelques semaines, il aurait eu peur que je vous tranche la gorge et que je vous jette dans l'Arden. Il a peut-être enfin réussi à retirer la pique qu'il avait dans le cul.

C'était assurément la chose la plus flatteuse qu'elle ait jamais dite à propos de Marcello. Ne sachant quoi répondre à cela, je me contentai d'observer par la fenêtre la porte de Gabril en gardant le silence. Toujours aucun signe de dame Savony.

— Nous avons de la chance qu'elle n'ait pas pris un coche, lançai-je au bout d'un moment.

— Un coche ? s'esclaffa Zaira. Elle n'est pas aussi bête. Le cocher connaîtrait tous ses déplacements, et ce serait trop voyant. En plus, je vous parie qu'avant la fin de la journée elle ira dans des ruelles trop étroites pour qu'une voiture puisse y passer.

— Je me demande de quoi elle peut parler avec Gabril.

Zaira ne prit pas la peine de finir de mâcher avant de répondre, et j'eus droit au spectacle peu ragoûtant de sa bouche mastiquant un bout de tourte.

— La question à se poser est : que feriez-vous si votre complot était sur le point d'être découvert ?

— Je passerais à l'étape suivante sans plus attendre. J'irais au bout de mon plan afin qu'il soit trop tard, et que plus personne ne puisse l'arrêter. (Je scrutai les décors sculptés du linteau de la porte de Gabril comme s'ils pouvaient m'apporter des réponses.) Elle est sans doute en train de s'assurer que les Ardentins sont suffisamment ulcérés pour ne plus risquer de reculer. Ensuite, elle n'aura plus qu'à faire quelque chose pour contraindre Raverra à entrer en guerre.

C'était cette partie-là de son plan que je ne comprenais pas encore : pourquoi voulait-elle la guerre ? Croyait-elle vraiment que le Vaskandar aiderait Ardence à arracher son indépendance ? Était-ce un jeu de pouvoir pour reprendre le trône ducal perdu par ses ancêtres ? L'avertissement de Leodra tournoyait dans ma tête comme une pièce sur sa tranche ; impossible de deviner si elle allait retomber côté pile ou côté face, et le sort de l'Empire risquait de dépendre du choix que je ferais.

Zaira me piqua du bout de sa fourchette pour ramener mon attention vers elle.

— Nous connaissons déjà leur plan pour pousser Raverra dans la guerre.

— Vraiment ?

— Oui, vous kidnapper.

La tourte à la viande se fit pesante dans mon estomac. Elle avait raison.

Et si je n'étais pas d'une extrême prudence, je risquais, en suivant dame Savony, de me jeter droit dans la gueule du loup.

Quand dame Savony sortit de la demeure de Gabril, je remarquai qu'elle affichait une expression déterminée. Nous quittâmes la taverne pour lui emboîter le pas, accoutrées de nouvelles vestes puisées dans le grand sac de Zaira.

Les rues dans lesquelles elle nous entraîna se firent plus étroites et plus crasseuses, à mesure que nous nous enfoncions dans les quartiers les moins reluisants de la ville. Dame Savony parut rapidement déplacée dans cet environnement, avec sa robe grise de belle facture et ses lunettes dorées, et les passants que nous croisâmes lui jetèrent des regards intrigués et calculateurs. Zaira et moi avions enfilé des vêtements de marchandes pour l'occasion, ce qui nous permettait de passer relativement inaperçues parmi la population de ce quartier, du moins à mes yeux inexpérimentés.

— Débarrassez-vous du sac, me marmonna Zaira à un moment, en observant autour d'elle d'un air méfiant.

— Comment ? Mais il contient nos déguisements.

— Il ne s'agit pas de « déguisements ». Et je ne veux pas qu'un filou se mette en tête qu'il pourrait y avoir quelque chose de valeur dedans.

Zaira m'arracha le sac des mains et, à la première occasion, le jeta dans une ruelle jonchée d'ordures. J'imaginai que quelqu'un le trouverait et se réjouirait de cette aubaine.

Quand dame Savony pénétra dans l'échoppe miteuse d'un alchimiste, Zaira continua son chemin sans s'arrêter et passa devant la boutique. Je n'eus d'autre choix que de l'imiter.

— Elle est entrée chez cet alchimiste, dis-je, en me retenant de montrer la porte du doigt.

— Je sais. Mais nous ne pouvons pas y entrer juste après elle, servez-vous donc de votre cervelle !

Zaira nous fit franchir le coin de la rue, attendit un petit moment, puis nous revînmes sur nos pas pour repasser devant l'échoppe. Elle s'arrêta un peu plus loin, à bonne distance, et s'appuya contre un mur pour enlever sa botte comme s'il y avait un caillou à l'intérieur. Tandis qu'elle y plongeait la main avec application, je me demandai si cet alchimiste était celui qui avait fabriqué la potion soporifique.

— Cessez donc de fixer la boutique, par les Grâces ! grommela Zaira.

Dame Savony ne s'attarda pas longtemps. Peu après qu'elle fut sortie, deux hommes à la mine patibulaire quittèrent à leur tour l'échoppe pour partir dans la direction opposée, et remontèrent la rue vers nous. L'un d'eux avait un nez cassé qui m'était familier.

— Baissez la tête, me souffla Zaira.

Je me penchai pour vérifier la semelle de ma botte à défaut d'une meilleure idée, le cœur affolé. Je n'osai recommencer à respirer que lorsqu'ils furent passés devant nous pour continuer leur chemin.

—Je crois pouvoir deviner où vont ces deux-là, chuchota Zaira. Il faudra que je surveille les coins sombres quand on rentrera à la maison ce soir. Allons-y, avant qu'on la perde de vue.

Nous retrouvâmes bientôt des rues plus respectables. L'heure du dîner approchait, comme mon estomac me le rappela. Les marchands et les artisans qui retournaient chez eux ou gagnaient leur auberge favorite formaient l'essentiel des passants. Ils nous cachaient aux yeux de dame Savony, mais ils nous compliquaient également la tâche.

Les ombres envahissaient déjà la ville quand dame Savony s'arrêta enfin devant la porte en bois d'un entrepôt aux murs de brique. Elle sortit une clef, ouvrit la porte et disparut dans le bâtiment ; aux yeux des passants, elle devait représenter une simple négociante allant inspecter ses stocks.

Dès que la porte se referma, Zaira s'arrêta. La façade de l'entrepôt n'avait aucune fenêtre ; nous ne craignions donc pas de nous faire repérer.

—Que croyez-vous qu'elle fasse dans cet entrepôt ? demandai-je en me balançant d'un pied sur l'autre.

Avec la nuit qui tombait, je commençai à m'inquiéter de me retrouver dans les rues de la ville, alors que des hommes armés étaient à ma recherche. Zaira était une alliée formidable quand elle le voulait, mais nos ennemis avaient eu le temps de réfléchir à la façon dont ils pouvaient se charger d'elle.

—Je n'en ai pas la moindre idée, répondit Zaira sans quitter des yeux la porte de l'entrepôt. Dès qu'elle partira, on ira faire un tour à l'intérieur pour le découvrir.

— Mais comment pourrons-nous entrer ? La porte est fermée à clef.

D'un regard en coin, Zaira me fit comprendre que si ma naïveté avait depuis longtemps cessé de l'étonner, je trouvais encore le moyen de la désespérer.

Je sentis une onde de chaleur me monter au visage.

— Très bien, très bien, vous pouvez nous faire entrer. Mais s'il y a du monde à l'intérieur ?

— Dans ce cas, on essaiera de ne pas se faire repérer. Et si on tombe sur quelqu'un, vous la fermez et vous me laissez parler. Allez, on bouge. Il ne faudrait pas qu'elle nous voie quand elle sortira d'ici.

Zaira m'entraîna dans une allée, de l'autre côté de la rue. J'espérai que mon ami au nez cassé n'était pas embusqué de la même façon que nous, près de la demeure d'Ignazio. J'étais déjà en retard pour la prise de mon élixir ; si nous nous attardions encore, je devrais utiliser la petite fiole qui m'accorderait trois heures de répit.

— Il faudra que l'on retourne à la maison dès que nous en aurons terminé ici, murmurai-je à Zaira.

— De toute façon, si on fouille l'entrepôt, on va perdre sa trace. (Elle soupira.) J'espère qu'on n'est pas en train de rater une chose importante. Mais au moins, vous avez votre confirmation que c'est bien elle, la « Chouette ».

Zaira continuait à surveiller la porte du bâtiment, de l'autre côté de la rue. Ses yeux brillaient d'énergie et d'excitation, et ses joues avaient de belles couleurs. Elle avait l'air en meilleure santé que la première fois que je l'avais rencontrée – même si elle restait très maigre, elle n'était plus aussi cruellement émaciée – et sa chevelure noire luisait d'un éclat soyeux.

Il aurait été facile de me dire que j'avais bien agi en lui passant le jet au poignet. Mais elle n'avait jamais eu le choix.

— Au fait, je voulais vous remercier de votre aide, dis-je doucement.

Zaira balaya mes remerciements d'un haussement d'épaules.

— C'est plus amusant que de perdre sa journée à mourir d'ennui, assise dans une maison de rupins.

— Vous êtes heureuse, alors ?

Elle tourna vers moi un visage surpris.

— Est-ce que je suis heureuse ? C'est quoi encore cette question ?

— C'est que… je voudrais que vous soyez heureuse.

Je détestai la maladresse guindée que je perçus dans ma voix, mais je ne détournai pas les yeux des siens, déterminée à ce qu'elle comprenne combien j'étais sincère.

Après un instant, un petit rire perplexe franchit ses lèvres.

— Seuls les chiens et les imbéciles peuvent être « heureux ». Mais je m'amuse bien, en tout cas.

Elle reprit sa surveillance de la porte. J'ignorais quoi répondre à cela, aussi me concentrai-je à mon tour sur l'entrepôt.

Quand dame Savony en ressortit enfin, elle avait le front plissé par une expression de dégoût. Elle s'engagea dans la rue envahie par les ombres du crépuscule en secouant la tête, et se dirigea vers le quartier du palais fluvial. Nous attendîmes plusieurs minutes après son départ, puis nous traversâmes la chaussée d'un pas tranquille pour rejoindre la porte de l'entrepôt.

Zaira examina la serrure.

— Restez devant moi pour me cacher au cas où quelqu'un arriverait. Et si vous voyez un passant, ne sursautez pas comme une idiote ; avertissez-moi simplement.

Zaira porta les mains à ses cheveux pour y récupérer deux épingles. Ce n'étaient pas des épingles à cheveux ordinaires, car leur extrémité se repliait en forme de crochet. Je me positionnai du mieux que je pouvais pour la dissimuler tandis qu'elle s'accroupissait devant la serrure.

— Oh, ça va être un jeu d'enfant. À Raverra, on aurait honte d'avoir une serrure aussi facile à forcer.

Moins d'une minute plus tard, Zaira se releva en replaçant les épingles dans ses cheveux.

— Vous l'avez ouverte ?

— Non, je me recoiffe. Évidemment, que je l'ai ouverte. (Elle baissa la voix.) Et maintenant, marchez le plus silencieusement possible, mais pas sur la pointe des pieds ou en essayant de vous cacher derrière chaque meuble. Si quelqu'un nous repère, il faut donner l'impression que notre présence ici est normale.

Elle colla son oreille à la porte et écouta un moment. Puis elle l'ouvrit doucement et pénétra dans l'entrepôt.

Je la suivis dans un couloir désert. Quelques lampes à huile brûlaient, suspendues sur le mur de gauche, et leur lumière se reflétait dans les miroirs ronds accrochés de l'autre côté. Zaira referma la porte derrière nous sans un bruit, puis s'avança d'un pas silencieux.

Quelque chose me troublait dans ces miroirs. Ils avaient une forme rappelant un peu des yeux…

— Attendez ! sifflai-je en retenant Zaira par les cheveux.

Elle se tourna vivement vers moi d'un air furieux, mais je lui désignai les miroirs. Leurs encadrements en bois étaient gravés de runes. Des runes d'Artifice.

Zaira secoua la tête et recula à côté de moi.

— Je ne connais rien aux protections magiques, chuchota-t-elle. Personne aux Suifs n'est assez riche pour s'en payer.

Je plissai les yeux pour lire les runes, difficiles à déchiffrer dans la pénombre du couloir.

— Il ne faut pas masquer la lumière des lampes qui se réfléchit dans les miroirs. Si nous passons entre une lampe et le miroir qui lui fait face, nous déclencherons un piège.

— Quel genre de piège ?

— Ça, je l'ignore. Et faisons en sorte d'éviter de le découvrir.

Je me courbai en deux pour me glisser dans le couloir au-dessous des miroirs, et Zaira m'imita.

La porte au bout du corridor était neuve, en bois vierge et non peinte, mis à part un cercle runique noir tracé à sa surface.

— Qu'est-ce que c'est encore que ça ? demanda Zaira nerveusement.

J'examinai les runes.

— On ne peut ouvrir la porte qu'en posant la clef au milieu du cercle.

Zaira soupira.

— Malédiction. C'est pour ça que la serrure était si facile à crocheter.

Je me mordillai la lèvre inférieure tout en suivant mentalement les lignes du cercle et en marmonnant les runes qui le composaient.

— Vous pouvez faire quelque chose ? demanda Zaira. Il y a un moyen de le franchir, comme pour les miroirs ?

— Peut-être.

« La clef m'ouvrira », disaient les runes. Mais le sortilège avait été tracé à la va-vite, sans beaucoup de soin. Je suspectai l'œuvre d'un façonnier peu expérimenté, pas assez puissant pour posséder la marque des mages. Il avait dessiné un cercle trop grand, et les runes qui le constituaient étaient trop espacées. Mes professeurs n'auraient jamais accepté un travail aussi bâclé.

Dans un cercle d'Artifice, c'étaient les runes qui dictaient les règles de la magie, de la même manière que c'était le fil d'or et les perles du jet de Zaira qui définissaient les caractéristiques du sortilège qui nous liait, elle et moi. Mais sur un cercle tracé avec autant d'inapplication, il devenait possible de reformuler ces règles.

—Avez-vous de l'encre, ou un fusain ? demandai-je à Zaira.

—Pourquoi voudriez-vous que j'aie ça sur moi ?

—Parce que ça peut toujours être utile. (Je balayai du regard le couloir, sans rien trouver qui pourrait me permettre d'écrire.) Bon, je vais devoir utiliser du sang.

—Quoi ? s'étrangla Zaira avec un mouvement de recul, craignant sans doute que je veuille me servir du sien.

Je dégainai ma dague et m'entaillai le bout du doigt. Délicatement, avec des lignes plus précises que le gribouillage du façonnier qui avait réalisé ce cercle, je traçai de nouvelles runes dans les espaces vides qu'il avait obligeamment laissés, en m'interrompant de temps à autre pour presser le bout de mon doigt afin d'en faire sortir encore un peu de sang.

« *Sans* la clef m'ouvrira*i*. »

Simple. Avec un sourire satisfait, je sortis un mouchoir pour essuyer mon doigt ainsi que ma dague, avant de la rengainer.

—Cela devrait suffire.

—Qu'est-ce que vous avez fait ?

—De la magie, dis-je en tournant la poignée.

La porte donnait sur une salle déserte, haute de plafond. Une pâle lumière grise tombait à l'oblique depuis d'étroites fenêtres à six mètres de hauteur, éclairant un vaste entrepôt poussiéreux, assez grand pour servir de manège d'équitation, où seules quelques caisses s'entassaient dans un coin. Des traces de coulées d'eau convergeaient vers une bouche d'égout ronde, au milieu de l'entrepôt, ce qui suggérait des fuites dans le toit, à moins que les lieux aient été utilisés à une époque comme atelier de teinture.

— Il n'y a personne ici, chuchota Zaira.

Elle s'avança à pas lents et prudents en direction des caisses.

Quelque chose bougea au niveau de la plaque d'égout. Des vers. De gros asticots blancs, qui se soulevaient et se contorsionnaient. Je réprimai un cri.

Mais non, ce n'étaient pas des vers. Il s'agissait de doigts. De petits doigts blancs émergeaient entre les barreaux de la grille métallique.

Chapitre 27

— Zaira, hoquetai-je. Oh, par les Grâces. Regardez !
Zaira suivit mon regard et laissa échapper un juron.

— Ohé ? (Une voix enfantine monta du trou.) Il y a quelqu'un ?

Je couvris rapidement la distance qui me séparait de la grille circulaire. Quatre petites mains serraient les barreaux, et de grands yeux me regardèrent dans des visages pâles aux traits tirés. Mon estomac se noua devant ce spectacle.

— Ce n'est pas vous qui nous apportez à manger, constata la petite fille accrochée à la grille, et je sentis l'espoir dans sa voix.

Elle n'avait sans doute pas plus de huit ans. Un garçon au visage sale se pressait à côté d'elle, plus jeune encore, et je distinguai d'autres formes dans la pénombre derrière eux, sans pouvoir dire combien d'enfants étaient emprisonnés ici.

— Vous êtes venue nous sauver ? demanda le garçon. C'est le moment ?

Je m'agenouillai à côté de la grille et effleurai d'une main tremblante les petits doigts tendus vers moi.

— Comment vais-je pouvoir vous sortir de là ? me murmurai-je à moi-même.

— Il y a une cave de ce côté, m'expliqua la fille en montrant une direction de la main. Elle a une porte, et c'est par là qu'ils nous ont fait entrer ici. Mais ils l'ont murée, et depuis ils nous font passer à manger par la grille.

— Zaira, demandai-je à voix basse. Vous pensez pouvoir l'ouvrir ?

Zaira ne répondit pas ; intriguée, je me tournai vers elle pour la découvrir figée d'horreur, les yeux écarquillés, les mains sur la bouche.

— Zaira ! la pressai-je.

Elle s'ébroua comme un chien mouillé et se rapprocha de la grille.

— Impossible sans des outils, constata-t-elle d'une voix étranglée. Nous allons devoir revenir.

— Elle avait dit que ce serait un homme qui viendrait nous libérer, insista le petit garçon d'une voix tremblante. Et vous êtes des filles.

— Qui vous a dit ça ? demandai-je. La dame qui était là avant nous ?

— Oui. Celle avec le masque gris.

Le masque de la Noblesse de l'Ombre. Savony le cachait peut-être dans une de ces caisses.

Un bruit d'agitation se fit entendre dans l'égout.

— Arrêtez de pousser !

— Mais je veux voir !

— Vous allez nous faire sortir ? C'est le moment ?

Je tentai de glisser la main entre les barreaux, mais seuls mes doigts pouvaient passer. Des mains d'enfants se tendirent pour toucher la mienne, et un petit poing se serra autour de mon pouce. Je sentis mes yeux s'embuer, et je dus ravaler mes larmes pour pouvoir parler.

— La dame avec le masque vous a dit qu'un homme allait venir vous sauver ?

De petits corps se pressèrent autour de la fillette, et une demi-douzaine d'enfants me regardèrent avec de grands yeux. La fillette joua des coudes pour garder sa place au centre de la grille.

— Oui. Elle nous a dit que bientôt, quand ce serait le bon moment, un homme viendrait nous libérer et nous ramènerait à nos parents. Mais qu'on devait encore attendre.

— Quel homme ?

— Elle ne l'a pas dit.

— Vous a-t-elle dit autre chose ?

La pénombre s'agita de plusieurs hochements de petites têtes.

— Oui, intervint un garçon. Elle nous a dit un nom.

— Elle n'a pas arrêté de nous répéter que nous devions nous souvenir du nom de celui qui nous avait enlevés, confirma la fillette.

— J'en ai assez, cria une voix fluette à l'arrière. Rien à faire du nom. Je veux rentrer chez moi !

— Vous rentrerez bientôt, leur promis-je. Nous devons aller chercher des outils pour ouvrir la grille, mais je vous jure que nous reviendrons très vite vous sortir de là.

D'autres petits doigts s'agrippèrent aux miens, et de minces sourires éclairèrent les visages blafards. Mon cœur se serra à voir l'espoir illuminer leurs yeux égarés.

— Quel est ce nom qu'elle vous a demandé de retenir ?

— Gabril Bergandon, répondirent-ils à l'unisson, comme des élèves récitant leur leçon.

Incrédule, je fixai les visages agglutinés sous la grille, de plus en plus difficiles à discerner dans la lumière faiblissante du soir.

— Gabril ?

— Elle nous l'a répété cent fois, se plaignit l'enfant dans le fond. Je déteste ce nom.

— Moi je crois qu'elle nous mentait, ajouta la fillette.

— C'est parce que tu es une petite futée, lui dis-je. Tu as raison.

C'était donc cela que dame Savony attendait de Gabril et de la Noblesse de l'Ombre. Elle les manipulait pour qu'ils fomentent la rébellion d'Ardence contre Raverra, avec l'intention d'en faire ensuite les boucs émissaires.

— Nous devons y aller, me pressa Zaira en m'attrapant par le bras. Plus nous restons ici, plus nous risquons de nous faire pincer, et alors personne ne viendra sauver ces gosses. Nous devons filer, récupérer votre petit lieutenant et des outils, et revenir pour les sortir de là.

— Quel est ton nom ? demandai-je à la fillette.

— Jaslyn.

— Et moi c'est Padric ! cria le garçon.

— Moi c'est Mirelle ! lança une autre fille, et tous les autres enfants, qui devaient être une bonne dizaine, crièrent leur nom à la fois, sans que je puisse tous les retenir.

— Je m'appelle Amalia, leur dis-je. Je vous jure sur ma vie que nous allons revenir aussi vite que possible pour vous libérer.

— Ne partez pas ! gémit une voix angoissée qui me transperça le cœur.

— Il le faut, chuchota Jaslyn en tournant la tête vers ses compagnons. Tu l'as entendue. Elles vont chercher des outils pour pouvoir ouvrir la grille.

— C'est ça, et je vous promets de revenir le plus vite possible.

— Et si cette garce masquée revient, ou que la fripouille qui vous donne à manger se pointe, faites comme s'il ne s'était rien passé, leur intima Zaira. Ne leur parlez pas de nous, ou ils vous emmèneront dans un autre endroit pour nous empêcher de vous libérer. C'est compris, les mioches ?

Sous la grille, des visages pâles opinèrent dans l'obscurité.

— C'est compris.

— Et dépêchez-vous de revenir !

— Je veux rentrer chez moi !

— Vous serez bientôt à la maison, promis-je.

Arracher ma main à leurs petits doigts me fut plus douloureux que si je l'avais plongée au milieu d'un feu. Je me relevai et me détournai, en haïssant chaque mouvement qui m'éloignait d'eux, en me haïssant de devoir les abandonner.

— Venez, grogna Zaira, il faut qu'on les sorte de là. Et une fois que ce sera fait, vous libérerez mon feu, que je puisse réduire cet endroit en un tas de cendres.

Je ne pouvais rien redire à cela.

— Nous irons parler au duc Astor en premier, dis-je alors que nous nous hâtions en direction du palais fluvial. Cette affaire est allée trop loin.

Avec le coucher du soleil, les luminaires suspendus au-dessus des portes des riches demeures s'étaient mis à briller, tandis que les lampes et les chandelles éclairaient les fenêtres des maisons bourgeoises de leur lumière dorée et tremblotante. Tous les sons familiers du soir flottaient dans l'air : le brouhaha de conversations et les rires des gens attablés pour le dîner, quelques notes de musique qui s'échappaient par la porte ouverte d'une taverne. Des parfums de viande cuite dans le vin et les aromates me firent gronder l'estomac. Mais toutes ces lumières et ces manifestations joyeuses de la vie ne parvenaient pas à percer le cercle de ténèbres dans mon cœur, depuis lequel se levaient vers moi de grands yeux pleins d'espoir.

— Il vaudrait mieux qu'on arrive à voir le duc avant cette maudite Chouette, acquiesça Zaira. Et de toute façon, je ne vous donne qu'une chance sur deux de réussir à rentrer chez votre oncle. Nos amis du corbillard doivent forcément guetter votre retour.

— Le duc me laissera peut-être utiliser ses lampes-courrières pour envoyer un message au doge ?

Mais il me fallait faire vite. J'allais bien pour le moment, mais je ne pouvais repousser toute la nuit la prise de mon élixir, qui m'attendait dans l'armoire de ma chambre.

— Vous êtes sûre que Sa Grâce à la barbe pointue n'est pas mouillée dans cette histoire ? Parce que sinon, on commet une bourde monumentale en allant au palais.

— Je ne crois pas qu'il soit impliqué, répondis-je alors que nous traversions l'Arden sur un vieux pont de pierre, entre les rangées d'échoppes fermées pour la nuit. Il n'est pas assez intelligent pour ça, si vous voulez mon avis. Et s'il faisait partie du complot, dame Savony aurait pu quitter le palais bien plus tôt qu'elle ne l'a fait, sans avoir à attendre le soir.

— Et puis j'imagine que si le duc souhaitait la guerre, il n'aurait pas besoin de manipuler les gens comme une vieille marieuse, concéda Zaira. Il pourrait juste la décider. Mais bon, si jamais il faut qu'on brûle le palais pour en ressortir, je suis prête.

Je lui jetai un regard incrédule.

— C'est sûr, une sorcière du feu semant la dévastation dans le palais fluvial est tout ce qui manque à cette délicate situation.

Le sourire que Zaira m'adressa n'avait rien de rassurant.

Les gardes aux portes du palais ne firent pas de difficultés à nous laisser entrer quand ils entendirent le nom de Cornaro. Nous traversâmes le Hall de la Beauté et grimpâmes l'escalier monumental menant aux appartements ducaux avec une assurance et une détermination qui dissuadèrent les serviteurs comme les fonctionnaires de s'enquérir de notre présence en ce lieu, bien que nous portions la tenue de modestes marchandes.

Au sommet des marches, nous débouchâmes dans une antichambre peuplée de gardes et de valets de pied. Le même fonctionnaire craintif qui nous avait reçues lors de notre précédente visite s'approcha de nous en agitant nerveusement les mains et en jetant des coups d'œil inquiets vers Zaira.

— Je dois voir le duc immédiatement, lui dis-je. Où est-il ?

— Ah, c'est que Sa Grâce s'est retirée dans ses appartements pour la nuit, ma dame.

Je me redressai, en tentant de retrouver la confiance sereine et souveraine que j'avais affichée face à Ruven.

— L'affaire qui m'amène est des plus pressantes. Le sort d'Ardence peut dépendre des nouvelles dont je suis porteuse. Je dois parler au duc immédiatement !

J'avais capté l'attention de tous ; les soldats dans leur uniforme doré, qui étaient là davantage pour l'apparat que pour autre chose, se mirent au garde-à-vous, tandis que les valets chuchotèrent entre eux, une main devant la bouche.

Le fonctionnaire déglutit d'un air intimidé, puis s'inclina.

— Je comprends, ma dame. Je vous demande un instant. Je vais voir si le duc peut vous recevoir.

L'homme franchit les portes des appartements du duc en nous jetant un dernier regard anxieux. Je me forçai à rester dignement immobile, malgré l'impatience qui fourmillait en moi. Les gardes nous observaient, non d'un air soupçonneux, mais avec la curiosité détachée d'un chat regardant à travers la vitre une feuille d'arbre ballottée par le vent.

Un silence gêné s'installa dans l'antichambre. J'eus le sentiment que deux ou trois valets s'apprêtaient à aller dîner au moment où nous étions arrivés, et se sentaient désormais le devoir d'attendre que nous soyons parties. Finalement, l'un d'eux se raidit d'un coup, comme s'il se souvenait soudain d'une tâche importante qui lui restait à accomplir, et il quitta la pièce avec un visage exagérément compassé, sous les œillades envieuses de ses camarades.

Le fonctionnaire reparut et s'inclina profondément.

— Sa Grâce va vous recevoir dans la Salle de la Victoire, ma dame.

Un valet nous ouvrit la porte conduisant à la Salle de l'Abondance, la première salle d'audience des appartements ducaux qui en comptaient plusieurs.

Des luminaires brillaient aux murs et au plafond de la Salle de l'Abondance, illuminant les riches moulures et les fresques, et animant les visages sombres des portraits suspendus dans leurs cadres dorés. La salle était déserte et le valet referma la porte derrière nous, nous laissant seules. J'hésitai, mais Zaira s'avança jusqu'à la porte à l'autre extrémité de la salle d'un pas énergique.

— Où se trouve la Salle de la Victoire ? C'est la pièce suivante ?

— Non, celle d'après, répondis-je.

Nous quittâmes le Salle de l'Abondance pour pénétrer dans la Salle de la Majesté, où la gloire des Bergandon s'affichait dans les ornements baroques et les dorures chargées de cette petite salle du trône. Les portraits des ducs Bergandon nous regardèrent passer depuis les hauteurs des murs d'un air désapprobateur, outrés de voir cette parvenue de Raverra imposer sa souveraineté à leur cité.

Une nouvelle porte donnait enfin sur la Salle de la Victoire, et je l'ouvris.

Le duc nous attendait effectivement, pour ainsi dire, mais il n'était pas seul, et nous allions avoir du mal à lui parler.

Dame Savony se tenait au milieu de la pièce, une dague à la main.

Le duc Astor Bergandon était allongé à ses pieds, et une tache fraîche de sang s'épanouissait sur son pourpoint doré.

Chapitre 28

— Vous m'avez forcé la main, dame Cornaro.

Savony jeta la dague ensanglantée à mes pieds. Elle glissa sur le sol de marbre et vint s'immobiliser contre la pointe de ma botte.

— Vous l'avez tué.

Les mots incrédules se frayèrent un passage dans ma gorge nouée. J'énonçai l'évidence de manière grotesque, mais je ne pus m'en empêcher, pas plus que je ne pouvais détacher mon regard du malheureux Astor Bergandon, qui gisait à terre, fixant de ses yeux morts la fresque du plafond où la Grâce de la Victoire brandissait son épée enflammée.

— Vous étiez sa voix et sa main, et vous l'avez tué, répétai-je.

— Par votre faute. Il aurait dénoncé ma trahison ; je ne pouvais laisser faire cela. Mais il sera mort en martyr, assassiné par un Fauconnier de Raverra.

— Complétons le tableau, grogna Zaira en dégainant sa dague. Vous pourriez mourir vous aussi, mais tuée par un Faucon.

Avant que j'aie pu secouer mon hébétude, Zaira bondit sur dame Savony, la dague levée. Elle percuta l'autre femme, qui était bien plus grande qu'elle, et elles allèrent buter contre une table en marbre.

— Libérez-moi, cria Zaira, que je la fasse brûler !

Je sortis ma dague à mon tour.

— Non ! Ce serait sceller notre culpabilité.

Dame Savony hurla quand la dague de Zaira trouva son bras, et du sang jaillit sur sa manche. Avec une force surprenante, elle repoussa violemment Zaira, qui s'affala sur une rangée de chaises et tomba au sol.

— Parfait, sourit Savony en jetant un bref regard à sa blessure au bras. Voilà de quoi crédibiliser mon témoignage. Merci.

Elle bondit vers la porte donnant dans la Salle de la Majesté en s'écriant :

— Gardes ! Gardes ! À l'assassin !

Zaira se remit sur ses pieds en jurant.

— Filons d'ici avant que tout le palais ne soit à notre poursuite !

Elle courut vers la porte à l'autre bout de la pièce et je la suivis alors que la panique s'emparait de moi. Nous entrâmes dans une autre salle richement meublée, puis empruntâmes une porte latérale pour pénétrer dans une pièce où s'alignaient des bureaux de scribes couverts de documents. Zaira se précipita vers la fenêtre, qui donnait sur les vastes jardins du palais, et l'ouvrit.

— Il faut qu'on saute, dit-elle en se penchant à la fenêtre, alors que l'air froid de la nuit s'engouffrait dans la pièce. Ce n'est pas très haut. Venez !

Zaira enjamba le rebord de la fenêtre et se jeta dans le vide. Un bruit de feuilles froissées et de branches cassées me laissa penser qu'elle avait atterri dans un buisson.

Une clameur immense résonnait dans le palais et se rapprochait inexorablement de nous, cacophonie de cris d'alerte, de claquements de portes et de hurlements rageurs. Seules quelques pièces me séparaient encore de ce vacarme. Je pris mon souffle et sautai à mon tour par la fenêtre.

Je m'écrasai dans une haie qui m'écorcha les bras et les jambes et m'en extirpai d'une roulade, pour constater que Zaira était déjà en train de fuir à travers les jardins. Je me précipitai derrière elle; j'avais l'avantage de la taille, qui me conférait une plus grande foulée, mais elle était rapide. Pendant un moment, je crus que je n'arriverais pas à la rattraper et que j'allais me retrouver seule, pourchassée par les gardes furieux, telle une biche traquée par la meute. Mais après avoir atteint un bosquet, Zaira tourna en direction de la rue qui longeait le palais fluvial et se mit à ralentir.

Quand je parvins enfin à la rejoindre, j'avais les jambes qui tremblaient et je haletais, bien que nous n'ayons pas couru sur une si grande distance.

— Mais que faites-vous! Vous allez droit vers la rue!

Zaira ôta sa veste et la jeta dans un buisson. Je compris où elle voulait en venir et l'imitai.

— Il sera plus facile de disparaître dans la rue que dans les jardins, expliqua-t-elle d'un ton sec. Personne là-bas ne sait que nous sommes recherchées.

Zaira nous fit accomplir un large cercle pour rejoindre la rue, en ignorant les cris d'alerte en provenance du palais. Une fois dans la rue, elle marcha d'un pas rapide, mais naturel; seule la tension dans ses épaules trahissait sa nervosité.

— Arrêtez de respirer aussi fort, me murmura-t-elle. On n'est plus en train de courir.

Je m'efforçai de contrôler mon souffle, à grand-peine. Je devais me concentrer sur chaque respiration, ce qui n'était pas simple compte tenu du léger vertige qui s'était emparé de moi. Mon champ de vision commença à se brouiller à sa périphérie.

Les effets de l'élixir se dissipaient. J'avais manqué l'heure de prendre ma dose du soir.

Je ne pouvais me permettre de me retrouver faible et impotente en ce moment. J'attendis que l'attention de Zaira se porte sur un groupe de fêtards à moitié ivres qui avançaient en chantant et en se tenant par les épaules, pour récupérer la fiole dans mon corsage, et je serrai la petite bouteille de métal froid dans mon poing.

Zaira observa la rue derrière nous.

— Personne ne nous suit. Pour le moment.

J'ôtai le bouchon de cire du bout du pouce, libérant le doux parfum anisé de l'élixir, et l'avalai d'une seule gorgée, avant que Zaira puisse me voir.

— Nous devons retourner chez Ignazio, dis-je.

J'avais besoin de prendre ma dose d'élixir avant que les trois heures de répit que me donnait la fiole s'épuisent. Même si je ne me retrouverais pas immédiatement en danger de mort passé ce délai, je ne pouvais pas perdre la nuit à récupérer des effets délétères du poison, pas avec l'ultimatum du doge qui prenait fin le jour suivant.

— Vous êtes folle ? (Zaira sourit à une femme de l'autre côté de la rue qui promenait son petit chien, mais il y avait du venin dans son chuchotement.) C'est le premier endroit où ils vont nous chercher !

— Je ne suis pas une meurtrière, et je n'ai pas l'intention d'agir comme si j'avais quelque chose à me reprocher.

J'avais pourtant bien l'impression d'être une criminelle en fuite. La peur et l'horreur se ruaient dans mes veines au rythme du martèlement de mon cœur. Les lampes au-dessus des portes laissaient tomber sur moi leur lumière dorée qui me révélait à mes poursuivants, mais les ombres ne valaient pas mieux, qui dissimulaient des dangers inconnus.

— Pour le moment, aux yeux d'Ardence, nous sommes des meurtrières. Ils vont envoyer des soldats nous chercher. Et vous savez quels sont les ordres du doge dans ce cas.

Je le savais, et mon estomac se noua.

— Mais si nous libérons votre malefeu, dame Savony aura sa guerre.

— Et si nous ne le faisons pas, elle veillera à ce que vous mouriez dans la bagarre et elle aura quand même sa guerre. Donc, on ne doit pas se faire prendre, c'est notre seule chance. Laissez-moi m'en charger ; je suis douée pour éviter les ennuis. Quant à vous, occupez-vous de réfléchir à ce qu'on doit faire à présent.

Je tentai de mettre de l'ordre dans mes pensées.

— Nous ne pouvons pas nous contenter de rester cachées. Il faut que l'on contacte dame Terringer et la garnison. Nous pouvons compter sur le soutien de l'Empire Sérénissime.

— Peut-être, mais nos ennemis contrôlent la ville. Et nous savons que Savony a envoyé ses hommes pour vous mettre la main dessus dès que vous rentrerez chez Ignazio.

J'hésitai. Ma mère m'avait répété inlassablement que l'élixir devait rester un secret, pour que nos ennemis n'apprennent jamais ma vulnérabilité. Mais comment obtenir de l'aide si tout le monde ignorait le danger qui me menaçait ?

— J'ai besoin de récupérer quelque chose chez Ignazio, dis-je finalement. C'est important.

Zaira leva les mains dans un geste fataliste.

— D'accord. Mais je n'ai aucune envie de mourir pour vous. Si on est attaquées, cette fois-ci il faudra que vous me libériez.

— Ne pouvez-vous nous faire entrer dans la maison en toute discrétion ?

— Possible, soupira-t-elle. On peut toujours essayer.

Zaira me força à payer une somme scandaleuse à deux marchands loreiciens pour leur acheter leurs extravagants chapeaux à plumes et leurs capes à haut col. À un pâté de maisons de la demeure d'Ignazio, elle s'arrêta pour ramasser un morceau de charbon dans la rue et l'approcha de mon visage.

— Que faites-vous ? demandai-je en reculant le buste.

— Ils cherchent une femme. Restez donc tranquille et supportez virilement que je vous fasse une moustache !

Indignée, je me raidis et la laissai me dessiner sur le visage une moustache et une petite barbiche.

— Et voilà, dit-elle. Maintenant, vous ressemblez à un vrai gentilhomme loreicien.

Je touchai d'une main agacée les plumes qui retombaient de mon couvre-chef.

— Je me sens parfaitement stupide.

— Et vous en avez l'air. Mais il fait nuit, donc ça pourrait fonctionner. Essayer donc de vous pavaner à la façon de ces prétentieux de Loreiciens, d'accord ?

Ma démarche hésitante évoquait davantage celle d'un ivrogne, mais cela s'avéra aussi efficace, puisque nous parvînmes à la porte de la maison sans être attaquées. Beatrix nous ouvrit, hoqueta de surprise et s'apprêtait à claquer la porte au nez de ces deux étrangers bizarrement attifés quand Zaira l'en empêcha en glissant son pied dans l'entrebâillement, avant de lui agiter son jet sous les yeux.

— C'est moi, espèce de gourde, et dame Amalia ! siffla-t-elle entre ses dents. Laisse-nous entrer, vite !

Beatrix nous céda le passage avec une révérence, tout en se confondant en excuses. Elle referma la porte derrière nous et la verrouilla aussitôt, sous l'insistance pressante de Zaira.

— Ignazio est-il là ? lui demandai-je.

— Il est dans son bureau, ma dame.

— Et le lieutenant Verdi ? Est-il déjà arrivé ?

Marcello était censé revenir ici après en avoir terminé à la garnison.

— Je suis là, appela Marcello depuis le salon. Êtes-vous…

Arrivé dans l'embrasure de la porte donnant sur le vestibule, Marcello s'interrompit pour nous dévisager avec des yeux ronds.

Je portai la main à ma fausse moustache charbonneuse, en sentant la chaleur me monter au visage.

— N'est-elle pas délicieuse ? se moqua Zaira.

— Je suis soulagé que vous soyez saine et sauve.

Il s'avança vers moi en m'enveloppant de son regard chaleureux. Je levai la main vers lui et nos doigts s'entremêlèrent brièvement avant de se séparer – Beatrix nous observait.

— Et si vous nous apportiez à boire, Beatrix ? suggérai-je.

Elle s'inclina, mais je vis quelque chose voiler un instant ses yeux avant qu'elle quitte la pièce. De la culpabilité ? Par les Grâces bienveillantes, cela ressemblerait bien à ma mère d'avoir une espionne parmi la domesticité de son cousin. Beatrix lui rapportait-elle le moindre regard que j'échangeais avec Marcello ? Ma poitrine se serra. Venais-je de signer son ordre de mission pour la frontière vaskandrienne ?

Mais ce n'était guère le moment de me laisser distraire par ce genre de considérations.

— Nous avons retrouvé les enfants, dis-je à Marcello. Et dame Savony a assassiné le duc.

— Comment ?

— Et elle s'est débrouillée pour faire accuser Sa Grandeur ici présente, ajouta Zaira. Des soldats vont sans doute se pointer d'ici peu pour nous arrêter, auquel cas, si j'ai tout bien compris, mes ordres sont de les réduire en cendres.

Marcello chancela, et tâtonna de la main derrière lui comme s'il cherchait une chaise où s'asseoir, mais il ne rencontra que le mur du vestibule. Il s'y appuya, tandis qu'un désespoir abasourdi s'inscrivait sur ses traits.

— Alors, tout est perdu. Si Ardence envoie ses soldats s'emparer d'un Faucon et de l'héritière des Cornaro, ce sera la guerre. Nous ne pouvons plus l'empêcher.

— Je refuse de l'accepter, dis-je en redressant le menton. Ardence en tant que telle n'a rien fait de mal. Dame Savony est une félonne et une meurtrière. Nous ne pouvons tenir la cité entière pour responsable des crimes d'une seule personne.

Zaira souffla dédaigneusement.

— Vous faites encore la naïve. Vous croyez vraiment que le doge s'en souciera ?

Marcello se passa la main sur le front et se lissa les cheveux, comme s'il pouvait chasser les terribles pensées qui s'agitaient sous son crâne.

— Je dois rapporter tout cela. Il faut nous replier à la garnison, envoyer des messages par les lampes-courrières au doge, ainsi qu'à l'Envoyée sérénissime ; même si j'ignore si elle pourra faire quelque chose, vu son état, et…

Je lui touchai le bras pour l'interrompre.

— Un instant. Que se passe-t-il avec dame Terringer ?

Il leva vers moi son regard lourd de désespoir.

— Un message nous est parvenu pendant que vous étiez absentes. Dame Terringer est tombée gravement malade. Je ne connais pas les détails, mais apparemment, elle n'a même pas pu rédiger ce mot elle-même.

— Personne ne nous a informés qu'elle était souffrante ce matin, réfléchis-je en me mordillant la lèvre inférieure.

— Cela a été très soudain, à ce qu'il semble.

Zaira croisa les bras.

— Pour moi, c'est clair qu'elle a été empoisonnée.

— Oui, le moment paraît trop opportun, acquiesçai-je. Ignazio pourra sans doute l'aider. Mais il semblerait que nous ne devons pas compter sur l'Envoyée sérénissime avant un certain temps.

Marcello se redressa d'un air sombre et déterminé.

— Cette situation est un vrai désastre, mais mon devoir est clair. Je dois vous ramener saines et sauves à la garnison, puis contacter Raverra. Le doge et le Conseil des Neuf décideront de la suite à donner.

— Foutaises ! (Zaira lui jeta un regard noir.) Vous savez parfaitement ce qu'ils décideront !

— Le doge et le Conseil des Neuf ne sont pas des monstres assoiffés de guerre et de sang, me sentis-je obligée de lui faire remarquer. Ils ne bondiront pas forcément à l'attaque. Mais même si Raverra temporise, Savony continuera à avoir la mainmise sur la cité, avec une population furieuse et outragée par le meurtre de son duc, et elle pourra dérouler ses plans. Et nous, nous aurons quitté la ville pour aller nous terrer comme des fugitifs, ce qui plaidera en faveur de notre culpabilité, et la laissera libre d'agir à sa guise.

Marcello écarta les mains.

— Nous ne pouvons pas rester ici. Cette bâtisse n'est pas faite pour soutenir un siège. Si nous ne partons pas maintenant pour la garnison, elle vous fera arrêter ou tuer. Et alors, elle aura sa guerre à coup sûr.

Zaira afficha un sourire froid et menaçant.

— Oh, on pourrait l'occuper un bon moment. Si elle vient ici pour chercher la bagarre, je suis prête à donner à cette chienne ce qu'elle veut.

Marcello secoua la tête.

— Nous devons nous replier à la garnison. Je n'aime pas ça non plus, mais nous n'avons pas d'autre choix. J'enverrai un message au doge et… et je m'assurerai qu'Istrella ait terminé son ouvrage sur les canons.

Le désespoir qui se lisait dans l'affaissement de ses épaules me fit l'effet d'une gifle. Zaira au moins paraissait déterminée à se battre, même si la lueur dans ses yeux était celle d'un animal acculé qui n'a plus rien à perdre. Ils étaient tous les deux à court d'idées, et à court d'espoir.

C'était donc à moi qu'il revenait de prendre les décisions.

J'avais affirmé à Ruven que j'étais l'Empire. Et j'avais ressenti, l'espace d'un instant, l'immense pouvoir que j'aurais un jour sous mes ordres. Mais il s'accompagnait d'une responsabilité. Nous étions les seuls représentants de l'Empire à Ardence en cette heure critique, à ce moment où tout pouvait basculer dans un gouffre de feu.

Nous ne pouvions pas partir. Ardence avait besoin de nous. Le Vaskandar nous observait et attendait, prêt à agir. Raverra comptait sur nous pour empêcher que s'effilochent les derniers fils qui maintenaient encore la paix de l'Empire.

Et il en était d'autres qui comptaient aussi sur nous.

—Non, affirmai-je.

Marcello fronça les sourcils et s'apprêta à protester, mais je le réduisis au silence en levant la main.

—Non. Nous avons encore du temps. (Je me tournai vers Zaira.) Jaslyn et Padric, et tous les autres enfants, attendent notre retour. Nous ne pouvons pas les abandonner.

Elle acquiesça d'un bref hochement du menton, un éclat farouche dans le regard.

—La situation est grave, mais pas désespérée. Savony est en train de paniquer et d'improviser. (Une étrange sensation de force se diffusa dans ma poitrine, une confiance chaleureuse qui n'avait rien à voir avec la froide puissance de l'Empire. Si j'avais eu à choisir deux personnes pour m'aider à sauver Ardence, je n'aurais pas pu trouver mieux.) Tant que nous gardons notre liberté d'action, nous conservons l'avantage. Nous pouvons réussir.

—Comment ? demanda Marcello, qui ne semblait pas encore convaincu.

—D'abord, je dois parler à Ignazio. Il pourra se rendre au palais de l'Envoyée et utiliser les lampes-courrières pour informer le doge, puis user de ses contacts politiques à Ardence pour faire connaître la vérité concernant dame Savony et le meurtre du duc, et tenter d'apaiser la situation.

— Alors, grouillez-vous pour lui raconter tout ça, qu'on aille libérer les gosses, me lança Zaira avec un regard noir. Je ne veux pas les laisser croupir dans ce trou pendant que vous perdez votre temps à bavasser.

— Vous avez raison, opinai-je. Nous filons à l'entrepôt pour sortir les enfants de leur prison. Cela donnera aux nobles d'Ardence une raison supplémentaire de nous croire. (Je pris une grande inspiration.) Puis nous racontons tout à Domenic. C'est le cousin du duc ; il est également très apprécié, et connu pour sa neutralité politique. Il est possible qu'il ait suffisamment d'influence pour faire arrêter Savony, ce qui éviterait que Raverra se retrouve contrainte d'arracher de force la ville à cette conspiratrice. Seulement alors, nous pourrons partir nous mettre à l'abri à la garnison.

Marcello cilla.

— Vous connaissez mes ordres pour ce genre de situation, Amalia : quitter la ville, prévenir le doge, et utiliser la force si nécessaire.

— Vos ordres n'envisageaient pas une situation aussi imprévisible que l'assassinat du duc.

— Ce que vous comptez faire n'est pas ce que le colonel Vasante attendrait de moi.

Le ton de sa voix prétendait dresser une barrière, mais c'était une barrière de sable et non de pierre, qui céderait à la première vague.

— Le colonel n'est pas ici. (Je savais ce qu'il me fallait dire, mais ces mots étaient étranges et difficiles à prononcer.) J'en prends la pleine responsabilité, en tant qu'héritière de ma mère, et j'assumerai toutes les conséquences de cette décision.

Marcello m'adressa un salut militaire avec plus d'énergie qu'il n'en avait montré jusque-là.

— Bien sûr, ma dame. (Son vieux sourire mélancolique éclaira son visage.) Après tout, vous n'êtes pas sous mes ordres. Si vous vous entêtez dans ce sauvetage insensé contre mon avis, il reste de mon devoir de vous protéger.

— Et je ne peux pas la laisser, moi non plus, sourit Zaira d'un air complice. Elle a peut-être des idées stupides, mais c'est ma Fauconnière.

— Nous sommes donc d'accord, dis-je en leur souriant à mon tour.

Beatrix revint avec du vin, apeurée par toute cette agitation nocturne. L'air perdu, elle chercha du regard un endroit où poser son plateau dans le vestibule.

— Je monte parler à Ignazio. Zaira, et si vous vous installiez tous les deux au salon et que vous donniez à Marcello plus de détails sur ce que nous avons découvert ? Je n'en ai que pour quelques minutes, puis nous pourrons repartir.

— Vous devriez vous laver la frimousse avant d'aller voir Ignazio, me suggéra Zaira avec un clin d'œil narquois.

La chaleur me monta au visage en une vague brûlante.

— Oui, bonne idée.

Sans attendre de réponse, je m'empressai de traverser le vestibule pour gagner l'escalier en me couvrant le bas du visage. Mon envie de me débarbouiller était sincère, mais je devais aussi prendre mon élixir. Autant les laisser croire que c'était uniquement l'embarras qui me poussait à rejoindre ma chambre.

Je grimpai les marches deux à deux, en effleurant de la main la rambarde de marbre. Alors que j'arrivais à l'étage, j'entendis Marcello s'exclamer d'une voix outrée. Zaira venait sans doute de lui parler des enfants emprisonnés dans la fosse d'évacuation.

La pensée de ces petits visages et de leurs doigts pâles et suppliants entre les barreaux de la grille me serra le cœur. Nous devions les libérer ce soir même.

Je passai par la salle d'eau pour ôter le charbon qui maculait mon visage, à l'aide d'un linge humide. La douce chaleur de l'eau chauffée par Artifice était plaisante sur ma peau.

Je pouvais réussir. Tout irait bien. D'abord, mon élixir, puis oncle Ignazio, et enfin les enfants. Si nous parvenions à les libérer, nous pouvions encore empêcher la guerre d'éclater. Domenic nous aiderait à reprendre le contrôle du palais fluvial, et quand Gabril saurait que Savony l'avait trahi, nous pourrions même gagner le soutien de la Noblesse de l'Ombre au lieu de l'avoir pour ennemie. Quelques heures pour priver dame Savony de certaines de ses pièces maîtresses, et nous aurions un bien meilleur rapport à faire au doge, un rapport qui ne lui laisserait pas pour seule alternative le recours au malefeu.

Un peu rassérénée, je traversai le couloir et ouvris la porte de ma chambre dans l'intention d'aller directement à mon armoire où je cachais mes bouteilles d'élixir.

Un puissant parfum d'anis me frappa dès l'entrée. Les tiroirs du bureau, le coffre, l'armoire étaient grands ouverts. Quelqu'un avait fouillé mes affaires.

L'angoisse me tordit les entrailles. Je me ruai vers l'armoire. De petits éclats de verre scintillaient sur le tapis, au milieu d'une grande tache humide.

Par la Grâce de la Miséricorde !

Je m'agenouillai pour tâter le tapis détrempé, puis portai les doigts à mon nez. L'odeur familière de l'anis submergea mes narines.

Il y avait trop de débris de verre pour qu'il s'agisse d'une seule bouteille. Et j'en avais emporté seulement deux.

Je fouillai frénétiquement parmi les vêtements rangés dans l'armoire, sans trouver ce que j'y cherchais. Je devais me rendre à l'évidence : les bouteilles avaient été brisées et le tapis avait absorbé l'élixir. Il n'en restait plus une goutte pour moi.

Chapitre 29

Quelqu'un connaissait ma faiblesse secrète et essayait de me tuer.

Je ramassai les morceaux de verre sur le tapis en une impulsion irréfléchie, puis les relâchai en prenant conscience de l'inanité de mon geste. Un des débris m'entailla la main en y laissant une fine ligne de sang, mais je n'y fis même pas attention.

Il me restait moins de trois heures avant que le poison ne reprenne son œuvre sinistre là où Ignazio l'avait stoppée voici dix ans.

Oncle Ignazio. Le soulagement déferla en moi. Il était ici ; il pouvait me refaire de l'élixir. Cela demanderait un peu de temps, et une nuit déplaisante m'attendait, mais au moins n'allais-je pas mourir. Après tout, il avait eu le temps de préparer son élixir pour me sauver, le jour où j'avais été empoisonnée.

Je me précipitai à son bureau en laissant courir ma main sur le mur du couloir, pour toucher quelque chose de solide dans un monde devenu aussi instable qu'un navire en train de sombrer. La lumière tamisée des luminaires emplissait le corridor d'ombres et de fantômes. Je m'efforçai de ne pas penser à toutes ces urgences qui me tenaillaient avec la cruauté de démons – les enfants, le meurtre du duc, l'élixir – et me concentrai sur la simple tâche d'arriver jusqu'à la porte d'Ignazio.

J'échouai cependant à contrôler la nervosité de mes gestes et y toquai plus vivement que je ne le voulais.

— Oncle Ignazio ? Êtes-vous là ?

Il ouvrit la porte lui-même, avec un air soucieux.

— Amalia ! Entre donc. Que se passe-t-il ?

Son bureau bien éclairé, aux murs tapissés de livres où s'intercalait ici ou là un bocal d'herbes médicinales, me donna l'impression de pénétrer dans un havre rassurant. Je m'affalai sur une chaise sans attendre d'y être invitée, les jambes encore tremblantes du choc que je venais de subir.

— Oncle Ignazio, quelqu'un s'est introduit dans ma chambre et a brisé mes bouteilles d'élixir.

Son visage se figea en un masque grave. Il referma la porte et avança une chaise pour s'asseoir à côté de moi.

— Ils ont détruit toute ta réserve ?

— Oui. (Je serrai les mains sur mes genoux pour calmer leur agitation.) Il n'en reste plus une goutte, et j'ai déjà utilisé ma fiole pour les cas d'urgence. Je n'ai pas pris ma dose du soir.

— Ah, oui, ces petites fioles de secours. Combien de temps cela te donne-t-il, déjà ?

— Trois heures de répit, avant que le poison recommence à agir.

C'était du moins ce que ma mère m'avait expliqué. Il ne m'était encore jamais arrivé d'être en retard de plus d'une heure ou deux dans la prise de mon élixir. Et le souvenir des crampes abominables et des horribles hallucinations que j'avais éprouvées alors suffisait à m'inciter à respecter la posologie à la lettre.

— Donc, il nous reste neuf ou dix heures avant que le poison ne te tue. Bien. (Il se leva, croisa les mains derrière son dos et se mit à marcher.) Nous avons le temps.

— Vous allez pouvoir me préparer de l'élixir ?

Ignazio s'immobilisa et se tourna vers moi avec une expression indéchiffrable.

— Cela, Amalia, ça ne dépend que de toi.

— … Pardon ?

J'avais sûrement mal entendu.

— J'ai longtemps espéré que je pourrais éviter d'avoir cette conversation avec toi. Mais trop de choses sont allées de travers.

Déconcertée, je le dévisageai sans comprendre. Ses paroles n'avaient aucun sens, et son attitude même était déroutante : j'étais sur le point de mourir, et il m'adressait un regard sévère où se lisait un profond regret, comme un professeur à qui j'aurais rendu un devoir décevant.

Les pièces du puzzle commencèrent à se mettre en place dans mon esprit, mais trop tard.

« Notre ami raverrain »… Un Raverrain complotait avec dame Savony. Et Gabril m'avait accordé sa confiance du simple fait que j'étais une Cornaro.

Ignazio. Que l'enfer de la Corruption l'engloutisse. Je lui faisais confiance. Je l'aimais. Il était ma famille.

— C'est vous qui avez cassé les bouteilles, murmurai-je. Vous faites partie de ceux qui cherchent à déclencher une guerre.

— Oh, non, objecta Ignazio, l'air surpris. Pourquoi donc voudrais-je une chose pareille ? J'ai détruit ton élixir, ça oui, mais je ne souhaite pas la guerre. Au contraire, je veux y mettre fin.

Je serrai rageusement les poings.

— Il n'y a pas de guerre à finir. Sauf si vous en commencez une.

— Écoute-moi, Amalia. Nous n'avons pas beaucoup de temps et je te prie de me croire quand je te dis que je préférerais que tu n'aies pas à souffrir de tout ça. (Il reprit place sur sa chaise et tendit une main vers moi dans un geste qui se voulait affectueux. Je repoussai sa main avec dégoût.) Je suis navré d'avoir dû te priver de ton élixir, mais j'avais besoin de m'assurer de ta coopération.

— Pour quoi faire ? Trahir Ardence et Raverra à la fois ? Enfermer des enfants dans des caves et assassiner des ducs ?

Ces mots avaient un goût de cendre. C'était l'homme qui m'avait offert mon premier astrolabe, qui m'avait appris à déchiffrer les symboles alchimiques.

— Tout cela était nécessaire, afin de mettre à la tête de cette cité quelqu'un capable de la sauver d'elle-même. Sous l'autorité du duc Astor Bergandon, Ardence aurait couru à sa ruine et se serait probablement vendue au Vaskandar. Dame Terringer ne pouvait pas la sauver. C'était à moi de le faire.

— Cela n'arrivera pas, dis-je d'une voix aussi dure et glaciale que je le pouvais. Le doge et le Conseil vous traiteront avec encore moins de clémence que le baron Leodra.

— Leodra. (Ignazio soupira.) Quel gâchis. Il comprenait de quoi cette cité avait besoin, et il aurait été un allié inestimable s'il n'avait pas perdu son sang-froid quand les choses ont commencé à se compliquer pour lui. Mais pour ce qui concerne le doge et le Conseil, laisse-moi te dire que tu te trompes.

— J'en doute. Pensez-vous vraiment que ma mère se montrera miséricordieuse parce que vous êtes son cousin ? Quand le Conseil apprendra votre trahison…

— Il n'en saura rien. (Il parlait d'une voix paisible, le visage détendu.) Parce que tu ne diras rien. Je sais combien cela paraît difficile à accepter, Amalia. Mais tu vas devoir suivre mes instructions, tout comme Ardence doit obéir à Raverra. Toutes ces années, tu n'as survécu que pour me servir. Simplement, tu ne le savais pas. Jusqu'à aujourd'hui.

Une vague de colère monta en moi et je le giflai violemment.

Ignazio se leva, un éclair mauvais dans les yeux.

— Crois-tu pouvoir trouver ton précieux élixir auprès de quelqu'un d'autre ? me lança-t-il d'un ton cassant. Je suis un homme consciencieux, Amalia, c'est dans ma nature. Avant même de me procurer les Larmes du Démon, il y a dix ans de cela, je me suis mis en quête de toutes les copies de la formule du contrepoison que je pouvais dénicher. J'ai consacré plus d'une décennie à en localiser la moindre trace écrite pour la faire disparaître. La composition de l'élixir qui t'empêche de mourir n'existe plus que dans mon esprit, ma chère enfant.

C'était donc lui qui m'avait empoisonnée, avant de me fournir le remède qui me maintenait en vie.

C'en était trop. Des larmes de colère et d'impuissance me brûlèrent les yeux. J'étais affligée de la perte de cet oncle Ignazio que j'avais aimé si tendrement, des mensonges que j'avais crus, de l'homme qu'il n'avait jamais vraiment été.

— J'avais de l'affection pour vous, Ignazio. Par les Grâces, vous êtes de ma famille.

— J'ai moi aussi de l'affection pour toi, Amalia. Mais j'ai ravalé ma fierté trop souvent. (Sa voix se chargea d'amertume.)

Pas un alchimiste assez puissant pour avoir la marque des mages. Pas assez bien placé dans l'ordre de succession pour espérer m'asseoir un jour au Conseil des Neuf. Et à présent, on me prive de mon poste d'Envoyé sérénissime à Ardence ! Eh bien, en voilà assez. (Il recommença à arpenter la pièce.) Je ne siégerai sans doute jamais au Conseil des Neuf, mais tu le feras pour moi, et tu y seras ma voix. Et si je ne peux plus être Envoyé sérénissime, alors je deviendrai gouverneur impérial. Quand cette ville plongera dans l'enfer de la Folie et que j'apparaîtrai comme le seul capable de résoudre la crise et d'éviter la guerre, le doge n'aura pas d'autre choix que de faire appel à moi.

— Les enfants m'ont raconté qu'un homme devait venir les libérer. Je pensais qu'il s'agissait peut-être de Ruven, mais c'était vous.

— Oui, évidemment. Je sauverai les enfants, je retrouverai le jet volé, et je livrerai à la justice les traîtres de la Noblesse de l'Ombre responsables de ces deux crimes. Je délivrerai ma jeune cousine qui aura été enlevée, et ce, juste à temps pour préserver la cité du malefeu de son Faucon qu'elle aura libéré sous le coup de la panique au moment de sa capture. J'aurai le soutien du peuple d'Ardence et de l'intendante du défunt duc. Ainsi que du Conseil des Neuf, une fois que Lissandra l'aura mis au pas, car comment pourrait-elle ne pas appuyer son propre cousin après qu'il eut sauvé sa fille bien-aimée ?

Il soupira, et ses épaules s'affaissèrent quelque peu.

— Enfin, c'était le plan. Les choses vont être plus compliquées, à présent que tu as fourré ton nez partout. Mais avec ton aide, nous devons encore pouvoir sauver la situation.

— J'en ai assez entendu, dis-je en me levant de ma chaise. Je n'ai aucunement l'intention de devenir votre complice.

C'est terminé pour vous. Marcello, Zaira ! criai-je de toutes mes forces.

Ma voix s'éleva, claire et puissante, mais n'obtint que le silence pour toute réponse.

Ignazio me sourit.

— Ils sont endormis à l'heure qu'il est.

— Comment ça ?

— Tous les serviteurs de cette maison me sont dévoués, tu t'en doutes. J'ai donné l'ordre à Beatrix d'agrémenter leur vin d'une rasade d'une certaine potion qui ne t'est pas inconnue.

Il récupéra une bouteille sur une étagère et l'agita moqueusement devant moi. Je n'avais pas besoin de sentir l'odeur de la menthe pour savoir de quoi il s'agissait.

— Que comptez-vous faire d'eux ?

— Zaira m'est encore utile, si elle accepte de coopérer, et je n'ai pas ménagé ma peine pour avoir le moyen de m'en assurer. Quant au lieutenant Verdi, il en sait trop. (Il fronça les sourcils.) De même que les enfants. J'avais l'intention de les libérer, mais le risque est finalement trop grand… L'histoire sera sans doute plus poignante si c'est leurs meurtriers que je livre à la justice, et non leurs kidnappeurs.

— Pas si je peux vous en empêcher.

Je bloquai ma respiration et, d'un geste vif, m'emparai d'un chandelier posé sur le bureau d'Ignazio pour l'abattre… non sur sa tête, même si cela était des plus tentant, mais sur la bouteille qu'il tenait à la main.

Il hoqueta de surprise et d'effroi quand la bouteille explosa sous mon coup, et inhala les vapeurs de la potion qui avait éclaboussé ses vêtements. La seconde d'après, il s'effondra comme une pierre.

Je fuis la pièce en continuant à retenir mon souffle et refermai la porte derrière moi. J'ignorais combien de temps il resterait inconscient. Tous les serviteurs de la maisonnée étaient à ses ordres, et d'ici quelques heures, je ne serais plus en état d'aider quiconque. Je devais agir sans délai pour avoir une chance de libérer les enfants et d'empêcher la guerre.

Je m'efforçai de ne pas penser au fait que j'avais peu d'espoir de pouvoir me sauver moi-même.

Je rejoignis le salon sans croiser aucun domestique. Sans doute préféraient-ils ne pas trop se mêler de ce qui se passait dans la maison ce soir. Zaira était allongée au sol, tandis que Marcello était avachi dans son fauteuil, un verre de vin renversé sur le tapis au-dessous de sa main qui pendait mollement.

J'allai d'abord vers lui, mue par une réaction instinctive sur laquelle la raison n'avait aucune emprise. Je l'attrapai par le devant de son uniforme et le secouai vigoureusement tout en chuchotant d'une voix urgente :

— Marcello ! Marcello, réveillez-vous !

Sa tête roula comme un poids mort. Je changeai de tactique et le giflai.

— Marcello !

Rien. Je levai la main plus haut et le giflai avec force.

Une grimace de douleur se dessina lentement sur son visage.

— Amalia, queee…

— Réveillez-vous, soufflai-je d'un ton pressant. Nous devons partir d'ici, ou nous sommes tous morts !

Cela capta son attention, et il se redressa péniblement. Il avait du mal à garder les yeux ouverts, mais il parvint à se tenir droit sur son siège.

Bien. Les effets de la potion se dissipaient rapidement. Cependant, cela signifiait que nous n'avions pas beaucoup de temps avant qu'Ignazio reprenne connaissance à son tour.

— Que s'est-il passé ? me demanda-t-il d'une voix pâteuse.

— Ignazio est un traître. Il vous a drogués. Je vous expliquerai tout, mais nous devons partir maintenant !

Il me suffit de secouer Zaira pour qu'elle ouvre les yeux. Son métabolisme brûlait la potion aussi vite qu'il digérait toute la nourriture qu'elle ingurgitait.

— Ce sale rat, cracha-t-elle. Il nous a drogués ! Je vais le tuer de mes mains.

— Nous devons filer, dis-je. Nous devons libérer les enfants sans délai, car ils ont l'intention de les assassiner.

Zaira émit un abominable juron. Ensemble, nous soutînmes Marcello pour le mettre debout, même si Zaira n'était pas d'un grand secours tant elle était encore fragile sur ses jambes.

— N'oubliez pas qu'il nous faut des outils pour desceller la grille, me rappela-t-elle.

— C'est vrai. Un instant.

Je me ruai à l'étage pour récupérer dans ma chambre la sacoche contenant mes outils de façonnier. Je tendis l'oreille, guettant le moindre bruit qui indiquerait qu'Ignazio avait repris connaissance, mais le reste de l'étage restait plongé dans le silence. Je dévalai l'escalier pour retrouver Zaira, qui peinait à empêcher Marcello de glisser inexorablement vers le sol. Nous devions offrir un spectacle étrange à tituber tous les trois jusqu'au vestibule pour rejoindre la porte.

Beatrix nous barra le chemin, une dague levée dans sa main tremblante.

— Stop ! nous intima-t-elle d'une voix mal assurée. Le maître a ordonné de ne pas vous laisser sortir.

— On n'a pas de temps à perdre, aboya Zaira. Libérez-moi, que je la réduise en cendres.

Beatrix lâcha son arme et détala sans demander son reste. Nous avançâmes en clopinant jusqu'à la porte et sortîmes dans la rue, où nous attendaient mon ami au nez cassé et son robuste acolyte. Tous deux avaient l'épée tirée.

— Pressons ! cria Zaira d'un air courroucé. Dites le mot, Cornaro !

Un claquement tonitruant fit vibrer tout mon corps et un éclair de lumière m'aveugla. Nez cassé s'effondra dans un gargouillis, un trou sanglant dans la poitrine. Marcello tituba, la main serrée sur la crosse de son pistolet au canon fumant.

L'autre lâcha son épée avec un juron et s'enfuit dans la rue, tandis que nous sortions péniblement de la maison dans la froideur de la nuit.

L'air frais aida Marcello et Zaira à récupérer plus rapidement, et nous pûmes bientôt avancer à bonne allure. C'était l'heure où l'on s'attardait à table autour des reliefs d'un repas de fromage et de vin, et les rues étaient pour ainsi dire désertes. Seuls des marchands rentrant tard chez eux, de jeunes nobles se rendant à quelque soirée mondaine et les Grâces sculptées sur la frise d'un temple furent témoins de notre passage.

Deux heures devaient déjà s'être écoulées depuis que j'avais bu ma fiole d'élixir. Il me restait donc une heure – voire deux ou trois, si je parvenais à surmonter les premiers symptômes de l'empoisonnement – pour sauver les enfants, discréditer Savony et empêcher la guerre. Après ça… Je refusai d'y penser. Je me sentais trop vivante en cet instant pour imaginer que la mort était si proche, si réelle.

Un ordre bref nous fut lancé d'un coin de rue, suivi du martèlement de bottes frappant le pavé. Zaira lâcha un juron.

— Ils viennent nous arrêter.

— Ils n'en ont pas l'autorité, protesta Marcello.

— Et vous croyez que ça va les dissuader ?

Zaira nous poussa sous un porche voûté aux ombres profondes qui menait au jardin privé d'une grande demeure. Depuis notre cachette, nous regardâmes passer nerveusement une dizaine de soldats armés de pistolets et de sabres.

— Nous avons intérêt à bouger rapidement, avant qu'ils fassent demi-tour pour nous chercher, dis-je une fois qu'ils eurent disparu.

Et avant que le temps ne me fasse défaut.

Avec ses bâtiments et ses ateliers fermés pour la nuit, la rue était plongée dans l'obscurité. J'aurais facilement manqué l'entrepôt de Savony faute de le reconnaître, mais pas Zaira. Elle crocheta de nouveau la serrure sans difficulté et nous traversâmes le couloir en nous recroquevillant pour passer sous les miroirs ronds, à la lumière vacillante des lampes à huile. Les grincements du harnais de cuir et les cliquetis des armes de Marcello résonnèrent avec force dans le silence oppressant.

Mes runes dessinées dans le sang modifiaient toujours le cercle d'Artifice tracé sur la porte au bout du couloir. Je posai la main sur le bois rugueux du battant et l'ouvris. Ignazio ne pouvait pas nous avoir pris de vitesse, mais je craignais tout de même ce que nous risquions de découvrir.

L'entrepôt s'étendait devant nous, et l'on devinait l'immense espace vide plus qu'on ne le voyait vraiment ; la seule lumière qui filtrait par les hautes fenêtres était la clarté pâle du ciel étoilé, et le rectangle doré dessiné sur le sol de pierre par les lampes du couloir dans le prolongement de la porte n'éclairait pas très loin. Je frissonnai en pensant à ces pauvres enfants qui avaient dû se retrouver chaque nuit dans l'obscurité la plus totale.

— Jaslyn ? appelai-je doucement.

Un faible « Oui ? » caverneux et hésitant monta depuis le sol, au centre de l'entrepôt.

— Par la Grâce de la Miséricorde, souffla Marcello. Ils sont vraiment emprisonnés dans une fosse.

Je n'arrivai pas distinguer la grille de l'égout dans l'obscurité, mais nous nous dirigeâmes à l'aveuglette vers le milieu de l'entrepôt, alors que l'écho de nos pas se réverbérait dans l'immense salle déserte.

— C'est moi, Amalia. Nous sommes revenus vous libérer.

— Vous êtes de retour ! s'exclama Jaslyn d'une voix pleine d'espoir.

Je repérai la grille d'égout et passai les doigts entre les barreaux. De petites mains froides touchèrent les miennes. Des murmures joyeux montèrent du sol.

— Elles sont revenues !

— Elles vont nous faire sortir !

— Donnez-moi les outils, m'ordonna Zaira d'une voix déterminée.

Je lui passai ma sacoche. Quelques cliquetis résonnèrent dans les ténèbres, suivis d'un grognement de frustration.

— J'y vois que dalle. On a de la lumière ?

— Un instant. (Une douce lueur s'alluma dans la main de Marcello alors qu'il secouait son luminaire de poche pour l'activer.) Cela ne durera pas longtemps, prévint-il.

— Ça suffira bien.

Zaira se pencha sur la grille, me masquant les yeux écarquillés et les visages cireux des enfants.

— Vite, supplia un garçonnet.

— J'y travaille, petit. Mais arrête de t'agripper aux barreaux, ou je ne vais rien pouvoir faire.

Marcello leva le luminaire et l'agita de nouveau pour raviver l'étincelle lumineuse qui commençait déjà à faiblir. Je me rapprochai de lui jusqu'à ce que nos épaules et nos hanches se touchent, et il entoura ma taille de sa main libre. Je m'abandonnai à la chaleur de ce contact, trop consciente que ce serait peut-être ma dernière chance.

Que les Grâces me viennent en aide, je devais leur dire. Je serai morte d'ici quelques heures : comment leur cacher une information aussi importante ?

— Écoutez…, commençai-je.

— C'est bon ! m'interrompit Zaira d'une voix triomphante.

Elle repoussa de côté la grille, qui retomba avec un claquement sourd. Des mains se tendirent à travers le trou, agitant leurs doigts comme un bouquet d'algues ballottées par la marée. Un brouhaha excité éclata dans l'égout.

— C'est ouvert ! On peut sortir !

— Padric, arrête de pousser !

— Je peux m'accrocher ! Laissez-moi passer !

Marcello m'étreignit de son bras passé autour de ma taille en un geste bref d'émotion, puis il s'avança vers le trou et plongea les deux bras dans le sol pour en ressortir un enfant, en un spectacle improbable qui évoquait un tour de prestidigitateur. Le petit garçon s'agita en poussant des cris et, au moment où ses pieds touchèrent terre, il se mit à courir en rond autour de nous.

— Je rentre à la maison ! Je rentre à la maison !

Les larmes me brûlèrent les yeux. Ce qui allait se passer dans quelques heures n'avait plus d'importance : ici et maintenant, nous étions en train de faire une chose juste et bonne.

— Bravo la discrétion, grommela Zaira.

Marcello hissa un autre enfant, une fillette qui ne devait pas avoir plus de quatre ans. Quand il la reposa, elle se jeta sur moi et s'accrocha à ma taille de ses petits bras, en me serrant de toutes ses forces. Elle se mit à sangloter et je caressai ses cheveux pour l'apaiser.

— Tout va bien. C'est fini.

Marcello extirpa un nouvel enfant du trou, puis un autre. Quand il commença à fatiguer, je vins le remplacer. Certains petits sortaient en riant, pleins d'énergie et de joie ; d'autres s'agrippaient à nous, ou les uns aux autres, les traits tirés et l'air effrayés. Bientôt, toute une troupe d'enfants se mit à déambuler et à jouer dans l'entrepôt vide, comme des chiens à qui l'on aurait enfin permis de sortir après une journée de pluie. Je ne pouvais qu'admirer leur résistance, après l'épreuve qu'ils avaient subie.

Quand le quatorzième petit prisonnier eut été libéré, je me penchai sur le trou et ne vis enfin plus aucun bras se tendre vers moi depuis les ombres profondes.

— Tout le monde est là ?

— Je crois, répondit Jaslyn.

Elle compta à haute voix ses camarades en les appelant par leurs noms, et dut s'y reprendre à plusieurs fois.

Marcello s'agenouilla à côté de moi et scruta l'intérieur de l'égout pour s'en assurer. Je posai mon front contre le sien et nous restâmes ainsi l'espace de quelques battements de cœur. Je fermai les yeux et me laissai emporter dans cet instant fragile de paix, que j'aurais tant aimé voir se prolonger.

— Nous devons faire sortir cette joyeuse troupe de la ville, dit Zaira.

— Où pouvons-nous les emmener ? demanda Marcello en se relevant. (Un petit garçon me prit la main, et une fillette s'accrocha à mon manteau.) À la garnison ?

— Non. Nous devons les ramener à leurs familles.

— Nous n'avons pas le temps de faire du porte-à-porte pour rendre chaque gamin à ses parents ! objecta Zaira.

Elle avait raison. Mais la garnison n'était pas une solution non plus ; cela aurait donné l'impression que ces enfants étaient nos prisonniers. Quant au palais fluvial, ce n'était pas un lieu sûr pour le moment.

— Allons chez Domenic, décidai-je. Sa demeure n'est pas très loin d'ici, et de toute façon, il faut qu'on lui parle. Il a suffisamment de poids pour pouvoir retourner les autres membres du Conseil des Pairs contre Savony une fois qu'ils auront appris la vérité, et l'armée d'Ardence devrait l'écouter. Si nous lui ramenons les enfants, il pourra nous aider à éviter la guerre.

— Va pour Domenic. (Zaira me tendit ma sacoche.) Rassemblons ces morveux et filons d'ici.

Nous perdîmes un temps précieux à regrouper tous les enfants dans le noir et à leur expliquer qu'il était important de rester tous ensemble, de ne pas faire de bruit, et d'avancer dans le couloir en se baissant sous les miroirs. Par deux fois je dus courir après Padric, un vigoureux garçon de six ans qui possédait plus d'énergie qu'il n'était normal après deux semaines enfermé au fond d'une cave, pour l'empêcher de se précipiter vers la porte. L'effort, bien que bref, me laissa tout essoufflée. Nous réussîmes finalement à les mettre en ligne, entre Marcello et moi.

Zaira passa la première afin de s'assurer que la voie était libre. Elle s'immobilisa à l'entrée du couloir, ses boucles noires désordonnées soulignées par la lumière des lampes à huile.

— On y est, les gosses. Et rappelez-vous : baissez la tête.

Elle se plia en deux et avança dans le couloir. La lumière des lampes se refléta dans les miroirs sans rien qui vint l'interrompre. Arrivée au bout, Zaira se redressa et entrouvrit la porte pour jeter un coup d'œil dehors. L'enfant derrière moi fit un pas en avant, mais je le retins en tendant le bras.

— Pas encore, chuchotai-je.

Mon cœur martelait ma poitrine. Si les hommes de Savony nous attendaient dans la rue, nous allions devoir nous battre.

Après un long moment, Zaira sortit finalement sur le seuil et observa les deux côtés de la rue. Puis elle nous fit signe que tout était tranquille et que nous pouvions la rejoindre.

— Restez baissés, rappelai-je aux enfants rangés en file indienne derrière moi, et ils me répondirent par des hochements de tête sérieux.

Je me recroquevillai et commençai à avancer dans le couloir. À m'être penchée aussi vite, la tête me tourna, et je dus poser une main sur le mur pour me stabiliser. *Par pitié, pas maintenant !*

Les enfants me suivirent, tandis que Marcello fermait la marche pour s'assurer que personne n'avait été laissé derrière. Zaira attendait à la porte, le dos éclairé par la lumière des lampes cependant qu'elle fouillait des yeux les ténèbres du dehors, aussi tendue qu'une mouette prête à s'envoler au moindre signe de danger. Je franchis le dernier miroir et la rejoignis en me redressant.

Un chuchotement urgent et un bruit de bousculade se firent entendre derrière moi.

— Padric, non !

Je tournai sur moi-même, un doigt sur les lèvres pour réclamer le silence, mais il était trop tard. Hissé sur la pointe des pieds, Padric essayait de regarder dans le miroir, tandis que Jaslyn et deux autres enfants se ruaient sur lui pour l'en empêcher.

Les runes entourant le miroir flamboyèrent d'un éclat bleuté.

Un grincement tonitruant déchira l'air, et une grande forme noire tomba du plafond.

Je bondis en arrière avec un cri d'effroi ; la lourde herse en fer frôla ma tête et frappa le sol avec un bruit de tonnerre. Ses épais barreaux encadrèrent les visages pâles et apeurés des enfants emprisonnés de l'autre côté de la herse. Marcello était parmi eux, la main sur la poignée de sa rapière, les yeux écarquillés par la surprise.

Chapitre 30

Zaira jura.

— On y était presque, bon sang.

J'agrippai les barreaux de la herse et tentai de la lever. Une lumière bleutée parcourut les contours de la grille. Elle était inamovible, enchantée par un façonnier plus compétent que celui qui avait tracé le cercle sur la porte de l'entrepôt.

Je haletai sans parvenir à calmer ma respiration, et je ne pouvais plus prétendre que cela était uniquement dû à mon état d'agitation. *Non*. Les choses recommençaient à plonger droit vers les Neuf Enfers.

Un des enfants donna un coup de poing sur l'épaule de Padric.

— Imbécile ! Regarde ce que tu as fait !

Je ne pouvais pas vraiment lui en vouloir, même quand je vis Padric éclater en sanglots.

Marcello grimaça un sourire, gardant son sang-froid malgré la gravité de la situation.

— Bon, et maintenant ?

Zaira me saisit le bras.

— Vous pouvez faire quelque chose ?

Je secouai la tête. C'était un désastre. Marcello et les enfants se retrouvaient prisonniers et Ignazio devait être en chemin, à moins qu'il n'ait envoyé ses acolytes le précéder. Tout le monde me regardait avec espoir, attendant que je trouve une solution, mais je ne disposais que de quelques outils de façonnier et d'un manque total de talent magique pour contrer un piège parfaitement élaboré.

Je pris une profonde inspiration.

— Je ne sais pas. Laissez-moi réfléchir.

Les miroirs servaient à repérer les intrus, mais leurs runes ne disaient rien sur le piège lui-même. La herse ne portait pas de runes, et ses barreaux n'étaient pas entourés d'un filigrane de façonnier. Il y avait forcément quelque part un élément dictant les termes du sortilège.

Je pris appui sur l'un des barreaux de fer pour tendre le cou vers le haut. La herse disparaissait dans la fente qui s'était révélée dans le plafond pour lui laisser le passage. L'ouverture, de la largeur d'un bras, était plongée dans les ténèbres ; impossible de voir ce qui se trouvait au-dessus.

— Il y a forcément une pièce au-dessus de nous, avec un moyen de déverrouiller le sceau magique qui bloque la herse, et un treuil pour permettre de la remonter. (Je fis une pause pour reprendre mon souffle, qui était de plus en plus court.) La herse doit tomber chaque fois qu'une lampe s'éteint, donc ils sont obligés de remettre régulièrement le piège en place.

— J'avais vu une autre porte sur le côté de l'entrepôt, dit Zaira. Elle doit permettre d'accéder à l'étage. Allons-y.

Mes jambes tremblèrent, menaçant de céder sous mon poids et je me raccrochai aux barres de fer. Les enfants se pressèrent contre la herse en glissant leurs petites mains entre les barreaux pour s'agripper à mes vêtements. J'aurais voulu les rassurer, mais je ne pouvais rien faire d'autre que de lutter contre l'étourdissement qui s'était emparé de moi.

Marcello se fraya un passage au milieu des enfants avec un air inquiet.

— Amalia ? Qu'avez-vous ?

— Je suis désolée, dis-je d'une voix faible et tremblante. Je sais que nous n'avons pas beaucoup de temps. Je vais y aller.

Je me redressai, en repoussant une nouvelle vague de vertige. Marcello tendit la main à travers les barreaux et me saisit le coude.

— Que se passe-t-il ? Vous avez l'air souffrante.

Je serais morte avant l'aube. Mais je refusais d'y penser pour le moment.

— Ça va aller.

— Bougez-vous, me pressa Zaira. S'ils nous trouvent comme ça, je mourrai de ridicule avant qu'ils aient le temps de me tuer.

Marcello raffermit sa prise sur mon bras.

— Vous n'irez nulle part avant de me dire ce qui vous arrive. Vous êtes malade, ou blessée. Vous faut-il un médecin ?

— C'est d'un alchimiste dont j'aurais besoin, admis-je. Mais nous devons d'abord mettre ces enfants en sécurité.

— Un alchimiste ? Ignazio vous a empoisonnée, vous aussi ?

Un éclat de rire amer franchit mes lèvres.

— En vérité, c'est exactement ce qui s'est passé. Mais cela remonte à plusieurs années, et c'est également lui qui m'a maintenue en vie jusqu'ici. (Il devenait vain de continuer à garder le secret.) Les Larmes du Démon coulent dans mes veines, Marcello. Ignazio a brisé toutes les fioles de contrepoison qu'il me restait, et les effets de la dernière dose d'élixir que j'ai prise commencent à se dissiper.

Marcello jura à voix basse. Il m'attira à lui, et ses bras m'enlacèrent à travers la grille. Je me laissai aller contre la herse, et cherchai des mains la chaleur de son torse entre les barreaux qui nous séparaient inexorablement.

— Nous devons pouvoir trouver cet élixir, non ? Il n'y a pas d'alchimiste à la garnison, mais il y en a forcément en ville.

— Sans doute, acquiesçai-je mollement. (Je n'avais pas le cœur de lui avouer ce qu'Ignazio m'avait révélé.) Nous pourrons nous en occuper dès que nous aurons sauvé ces enfants et empêché la guerre. Je dois y aller.

— Promettez-moi que vous pourrez tenir jusque-là, me pressa-t-il d'une voix brisée par le désespoir.

Les mots restèrent bloqués dans ma gorge. Mère m'avait toujours dit de ne jamais faire de promesse que je n'étais pas sûre de pouvoir tenir.

Pour toute réponse, je glissai la main sur sa nuque et attirai sa bouche contre la mienne. Par toutes les Grâces, si je devais mourir d'ici quelques heures, je l'embrasserais avant que cela n'arrive.

Ses lèvres restèrent d'abord figées par la surprise, puis elles se fondirent aux miennes, chaudes et tendres entre les barreaux de métal froid qui forçaient contre mes joues. L'espace d'un instant, nous demeurâmes ainsi, et la nuit devint belle et sereine, dépouillée de ses terreurs. Bien trop vite à mon goût, je dus me séparer de lui pour reprendre mon souffle, la respiration haletante et rauque.

Les enfants ricanèrent en se donnant des coups de coude, mais je n'avais même pas la force de rougir.

— Prenez soin d'eux, dis-je. Je vais ouvrir cette herse.

Il me serra la main avec une telle force qu'il me fit mal, puis la relâcha pour me laisser partir.

— Je sais que vous le ferez.

Je suivis Zaira dans l'air froid de la nuit. Je trébuchai à deux reprises en faisant le tour du bâtiment ; j'avais les genoux faibles et tremblants. *Pas maintenant*, implorai-je en me giflant pour m'éclaircir l'esprit.

La serrure de la porte latérale donna plus de fil à retordre à Zaira que celle de l'entrée principale, ce qui me fit espérer que nous ne trouverions pas d'autres protections magiques derrière. Elle jura une ou deux fois dans son souffle, et je me mordis la langue pour m'empêcher de lui crier de se dépêcher. Je ne cessai d'observer les alentours, mais la rue restait déserte.

Zaira se releva enfin et ouvrit la porte, dévoilant une volée de marches en bois.

— Et voilà, annonça Zaira en s'écartant pour me laisser passer la première. Vous aviez vu juste. Vous n'êtes peut-être pas si bête, finalement.

— C'est trop d'honneur.

Je franchis la porte et avançai dans la pénombre cendreuse de la cage d'escalier. Même en m'appuyant contre le mur pour me soutenir, l'effort de la montée fit danser des étincelles lumineuses devant mes yeux.

Un petit couloir nous amena à une autre porte fermée à clef, que Zaira n'eut guère de mal à ouvrir. Nous pénétrâmes dans une pièce sans fenêtre, plongée dans le noir, mais je pus reconnaître vaguement la forme rectangulaire d'un bureau, d'une étagère ainsi que de quelques caisses et, contre un mur, la silhouette basse d'un treuil à côté du sommet de la herse qui disparaissait dans le sol.

J'avançai jusqu'au treuil, mais je pouvais à peine distinguer la corde qui s'y enroulait ; impossible de voir si le treuil comportait des runes ou s'il était entouré d'un filigrane.

— J'ai besoin d'y voir quelque chose, dis-je à Zaira. Pouvez-vous descendre demander à Marcello s'il aurait un autre luminaire de poche, ou s'il peut vous passer une des lampes à huile du couloir à travers les barreaux ?

— Entendu. Mais que ça ne devienne pas une habitude de m'envoyer faire vos courses.

Je la laissai partir sans me retourner, concentrée sur la herse que je distinguais à peine. Alors que mes yeux s'accoutumaient à l'obscurité, je remarquai quelque chose de rond sur le mur au-dessus de celle-ci. Un autre miroir ? Et était-ce un fil d'Artifice que je voyais courir entre ce cercle et le haut de la herse ?

Je l'effleurai du bout des doigts. Oui, c'était bien cela, et un autre fil tressé descendait jusqu'au treuil. Les miroirs du couloir devaient être reliés à celui-ci. Quand le piège se déclenchait, ce miroir recevait le signal, activant la chute de la herse et le sceau magique qui empêchait de la relever.

Le claquement de bottes sur les marches résonna lourdement derrière moi. Ce n'était pas Zaira, à moins qu'il ne lui soit poussé plusieurs paires de jambes et qu'elle ait grossi d'une bonne centaine de kilos. Le faisceau lumineux d'une lanterne précéda les bruits dans l'escalier, projetant des ombres dansantes dans le couloir.

Que les Enfers les emportent ! Je n'avais pas encore trouvé le moyen de défaire le sceau magique. Je glissai ma sacoche derrière une caisse, dans l'espoir de dissimuler au moins mes intentions, puis je dégainai ma dague et me tournai face à la porte, le sang battant follement à mes tympans.

Quatre hommes armés surgirent au sommet de l'escalier et s'approchèrent. Le premier portait une lanterne, dont la lumière rougeoyante faisait scintiller leurs épées et leurs pistolets. Le blason des Bergandon ornait leur poitrine, mais il détonnait sur leurs uniformes de piètre qualité.

Impossible qu'un homme aussi soucieux des apparences que le duc Bergandon permette que ses gardes soient aussi mal habillés. Leurs regards calculateurs m'informèrent qu'ils n'étaient pas surpris de me trouver ici. Mes chances de m'en tirer par le bluff semblaient des plus réduites, mais je me redressai tout de même pour m'adresser à eux d'un ton autoritaire.

— C'est votre dernière chance d'éviter la trahison, leur lançai-je. (Je tentai de paraître aussi sûre et déterminée que si j'avais une armée derrière moi, mais la voix qui sortit de ma gorge était faible et tendue.) Vous pouvez encore sauver votre vie et votre honneur si vous vous rendez sans attendre.

Les hommes échangèrent un regard. Des cicatrices balafraient leurs visages mal rasés. Celui qui portait la lanterne la déposa à l'intérieur de la pièce, juste à côté de la porte, et s'empara du pistolet passé à sa ceinture.

— La potion, grogna l'un d'eux.

J'inspirai profondément et retins mon souffle. Un homme à l'arrière du groupe farfouilla dans sa sacoche, mais je n'attendis pas et me jetai sur le gredin de tête, lui poinçonnant la main de la pointe de ma dague. Il laissa tomber son pistolet avec un cri, et celui qui se trouvait derrière lui leva son épée, mais le troisième assaillant, au menton marqué d'une balafre, lui bloqua le bras.

— Gare ! On doit la capturer vivante, tu te souviens ?

Voilà qui allait me faciliter les choses. Je repris une brève inspiration et avançai sur eux en balayant l'air de ma dague à hauteur de leurs yeux. Mes adversaires hésitèrent à utiliser leurs armes et reculèrent dans l'embrasure de la porte en une masse confuse.

— Maintenant ! cria l'homme au menton couturé.

Leur compagnon à l'arrière du groupe lança quelque chose, et une fiole en verre se brisa à mes pieds. Je continuai à retenir mon souffle, certaine qu'une forte odeur de menthe poivrée devait avoir envahi la pièce.

Les faux gardes se replièrent précipitamment dans le couloir en refermant la porte.

La potion détrempait mes bas et je sentis son humidité glacer mes chevilles. Je retournai près du treuil en luttant pour ne pas respirer, désespérant de parvenir à libérer Marcello avant de perdre connaissance. Mais un vertige me fit tomber à genoux et, dans un hoquet, j'inhalai une bouffée d'air au parfum mentholé.

Le monde bascula devant mes yeux, et les ténèbres m'engloutirent avant même que j'aie touché le sol.

Chapitre 31

Quand je repris connaissance, je me sentis aussi desséchée et fragile qu'une feuille d'automne. Une lumière m'incita à ouvrir les yeux. J'étais couchée là où je m'étais effondrée, entre la porte et le treuil. La lanterne éclairait toujours les lieux et faisait scintiller le fil d'or reliant le treuil et la herse au miroir accroché au mur. La pièce comprenait un bureau encombré de papiers ainsi que des étagères où étaient rangés des uniformes de Fauconnier et une pile d'insignes militaires ardentins au blason des Bergandon. Des bocaux de verre remplis de peinture de façonnier fabriquée à partir de poudre d'obsidienne et des loups de carnaval gris s'entassaient sur une autre étagère. Un cercueil vide était remisé dans un angle, et sa seule vue me donna la nausée.

Je me trouvais dans un véritable dépôt de tous les instruments de la trahison.

À en juger par les battements rapides de mon cœur et par la faiblesse que je ressentais dans tout le corps, j'étais restée inconsciente un long moment, même si l'empoisonnement n'avait pas encore suffisamment progressé pour que les crampes se manifestent. Et si je sentis mon ventre se tordre, ce fut sous le coup de la peur pour Marcello et les enfants.

Je me redressai pour m'asseoir. Mais je m'étais relevée trop vite, et la pièce se mit à tanguer. Je retombai lourdement au sol et fixai le plafond en haletant.

La porte s'ouvrit.

— Bonjour Amalia, me salua Ignazio.

J'hésitai à me jeter dessus, mais l'homme au menton balafré et ses amis s'alignaient dans le couloir derrière lui. Mieux valait lui laisser croire que j'étais incapable d'agir. J'essayai de nouveau de m'asseoir, en ne cherchant pas à dissimuler combien cela m'était difficile.

— Bonjour, infâme traître.

Il fit signe à ses sbires de reculer et referma la porte pour rester seul avec moi.

— Allons, est-ce une façon de t'adresser à ton cousin ?

Je lui jetai un regard furibond. J'avais la gorge trop sèche pour prendre la peine de lui répondre.

Ignazio soupira.

— D'accord. Mais est-ce une façon de t'adresser à l'homme qui peut te sauver la vie ?

Il sortit une fiole d'une poche de son manteau. Mon cœur tressauta malgré moi, mais quand il la déboucha et s'avança pour me l'offrir, je ne sentis pas le parfum familier de l'anis.

— C'est du vin. Tu as besoin de boire.

— Comment savoir qu'il n'est pas empoisonné ?

Il afficha une moue amusée.

— Pourquoi donc aurais-je besoin de t'empoisonner ?

Je pris la flasque. C'était un vin clairet et de piètre qualité, mais j'étais si assoiffée que je résolus d'en boire une longue gorgée. De plus, cela m'offrait un instant de répit pour réfléchir. Je devais découvrir ce qu'il était advenu de Marcello et des enfants.

— Les crampes n'ont pas encore commencé, j'imagine ? me demanda-t-il.

Je secouai la tête tout en continuant à me désaltérer.

— Cela ne va plus tarder. (Il scruta attentivement mon visage.) Et ensuite, ce sera une douloureuse descente dans les hallucinations, la perte de conscience, et la mort.

Je finis de boire et posai la flasque au sol.

— N'êtes-vous venu que pour vous railler de moi ? Je n'aurais jamais cru qu'un Cornaro puisse tomber si bas.

— Non, je suis ici pour t'offrir une dernière chance. Je t'en prie, Amalia. Je ne souhaite pas ta mort. Il est encore temps de préparer l'élixir si tu acceptes de collaborer avec moi.

L'espoir enfla dans ma poitrine. S'il voulait mon aide, cela signifiait peut-être que Marcello et les enfants étaient parvenus malgré tout à s'échapper.

— Pourquoi l'accepterais-je ?

— Je n'ai pas l'impression que tu aies tellement le choix, non ? remarqua-t-il en haussant un sourcil. (D'un geste du menton, il désigna le treuil.) Tu espérais réussir à libérer le lieutenant Verdi ? Tu aurais eu bien du mal à le faire sans ceci.

Il sortit de son pourpoint une chaîne en or à laquelle étaient suspendues des pierres gravées de runes, et l'agita sous mon nez comme une ficelle devant un chat.

Avant que j'aie pu observer les pierres runiques, la porte s'ouvrit avec fracas, et dame Savony entra. Je remarquai qu'un sceau d'Artifice peint sur un morceau de toile avait été cloué à la porte. *Par l'enfer du Désespoir.* Voilà qui compliquait encore les choses.

— Vous essayez toujours de la convaincre ? s'irrita Savony d'une voix pleine de mépris. Nous devrions la tuer et en finir avec ça. Pensez-vous vraiment qu'il soit plus charitable de la laisser s'éteindre à petit feu ?

Ignazio rangea la chaîne dans la poche de son pourpoint et se tourna vers Savony.

— Vous avez accepté de suivre mon plan et mes instructions, pour cela comme pour tout le reste, je vous le rappelle.

— Parce que vous aviez l'ambition, la richesse et l'influence nécessaires pour sauver Ardence. Et parce que les excès d'Astor l'auraient conduite à sa perte, à moins qu'il n'ait fini par la vendre au Vaskandar. Je refuse de voir ma cité disparaître, mais je n'ai pas non plus à supporter votre sentimentalité. Ne commencez pas à tergiverser, comme Leodra l'a fait au sujet des enfants.

— J'ai déjà reconnu que cela avait été une erreur de l'impliquer dans nos projets. Et n'ayez crainte : je ne suis pas fait d'un bois aussi tendre que lui. (Ignazio fit un signe de tête vers la porte et la ville qui s'étendait au-delà.) Comment se passent les choses, dehors ?

— Le palais fluvial est sens dessus dessous, et les pairs d'Ardence ne décolèrent pas. Je ne devrais avoir aucun mal à en prendre le contrôle. Dame Terringer est au seuil de la mort, grâce à votre poison. Il est possible qu'elle survive, mais cela n'a pas d'importance ; elle est dans l'incapacité de s'opposer à nous pour le moment, et mes gens ont saboté ses lampes-courrières. Alitée et sans moyen de contacter le doge ou la garnison, elle est neutralisée. La Noblesse de l'Ombre va nous servir de bouc émissaire, et les enfants ainsi que le lieutenant Verdi sont emprisonnés dans le couloir au-dessous de nous.

Je m'empêchai de tourner les yeux vers le treuil. Tant qu'ils étaient encore en vie, je conservais une chance de les libérer.

— Les dernières pièces du jeu sont donc notre Faucon et sa Fauconnière, conclut Ignazio.

— Oui. Et vous m'avez garanti que vous les auriez en votre pouvoir, pour menacer la ville du malefeu avant de l'en sauver, s'insurgea Savony d'une voix tranchante. Tout notre plan sombre dans les Neuf Enfers si à la place, l'Empire détruit Ardence avec les canons artificés de la garnison.

— J'ai peur de n'avoir pas anticipé que ma cousine puisse faire preuve d'un tel manque d'instinct de survie. (Ignazio coula un regard déçu vers moi.) Mais j'ai bon espoir que Zaira se montre tout de même prête à collaborer avec nous. N'ayez crainte.

— Et puis, ce ne sont pas tout à fait les dernières pièces du jeu, ajouta Savony en touchant distraitement les lunettes qui pendaient à son cou. Qu'en est-il des enfants ?

Ignazio soupira et se releva.

— Je vais envoyer des gens s'occuper d'eux, mais je dois les choisir avec soin. Il nous faut des personnes qui ne rechigneront pas à la tâche et qui sauront rester d'une discrétion absolue.

— Que comptez-vous faire ? demandai-je d'une voix tendue.

Ignazio ne répondit pas. Dame Savony se contenta de me lancer un vague regard, sans plus d'intérêt que si j'étais un vulgaire insecte, et ils se dirigèrent vers la porte.

— Ignazio ! Vous valez mieux que ça ! l'interpellai-je. Si vous vous en prenez à ces enfants, vous vous condamnez à la damnation éternelle. Si vous franchissez cette ligne, vous ne pourrez jamais revenir en arrière.

Dame Savony quitta la pièce sans même ralentir, mais Ignazio s'arrêta sur le seuil, une main sur le montant de la porte.

— Il est trop tard, dit-il doucement. J'ai accepté la damnation le jour où je t'ai empoisonnée.

La porte se referma derrière eux et j'entendis le cliquetis d'une clef dans la serrure. Une bande de lumière illumina brièvement le chambranle alors que le sceau magique s'activait.

Le félon. Je serrai rageusement les poings sur mes genoux. Il n'était pas digne de porter le nom de Cornaro. Certes, notre famille pouvait parfois se montrer calculatrice et froidement pragmatique, mais aucun de ses membres, même le plus impitoyable, n'était jamais allé jusqu'au meurtre d'enfants.

Je restai immobile encore un moment, le temps de les entendre s'éloigner dans le couloir et s'engager dans l'escalier. Quand je fus certaine qu'ils étaient partis, je me remis péniblement sur mes pieds, récupérai la lanterne et l'apportai jusqu'à la herse. Un frisson me parcourut alors que j'examinais le miroir, et la lanterne trembla dans ma main, mais je ne me laissai pas distraire. Je devais réussir à libérer Marcello, avec ou sans les pierres gravées de runes que m'avait montrées Ignazio.

Une tresse de fil d'Artifice perlé reliait le miroir au treuil pour commander la chute de la herse. Une autre allait jusqu'à la herse elle-même, activant le sceau magique qui la maintenait en place et interdisait de la soulever. Cinq niches vides dans le cadre du miroir étaient certainement destinées à accueillir les pierres runiques d'Ignazio, qui devaient annuler le verrouillage magique.

C'était un problème. Mais Ignazio s'y connaissait mal en Artifice. À la différence de l'alchimie, les règles de l'Artifice pouvaient parfois être réécrites par des doigts agiles et un esprit éclairé.

J'approchai la lanterne du fil doré qui s'entrelaçait autour d'un anneau de fer au sommet de la herse et définissait le pouvoir de ce verrou magique. Cinq perles bleues formaient un motif au milieu des torsades délicates du fil et reproduisaient celui dessiné par les petites niches du miroir. Si je pouvais déplacer les perles à la bonne position sur les arabesques complexes du fil, un peu comme une clef soulevant les gorges d'une serrure, cela libérerait l'énergie commandant la désactivation du sceau magique.

Je pouvais le faire.

Ma respiration était de plus en plus saccadée et peinait à apporter ce qu'il fallait d'air à mes poumons. Malgré mes mains tremblantes, je fis délicatement glisser les perles sur le fil. Je devais garder l'esprit concentré et appliqué, même si j'avais l'impression que mon corps tout entier était en train de se déliter lentement.

Mes doigts gourds et maladroits n'arrêtaient pas de pousser les perles trop loin, ou de leur imprimer une rotation malheureuse. J'en aurais pleuré de frustration. Je m'acharnai, agenouillée près de la herse, alors que la flamme de la lanterne commençait à diminuer, tandis que mon champ de vision s'étrécissait. Ces petites perles devinrent le centre de mon monde et je les déplaçai sur le fil avec une lenteur épuisante, pour les mettre à la bonne place.

Enfin, une brève décharge d'énergie me picota les doigts. J'avais réussi : le sceau magique était désactivé.

Je me penchai au-dessus de la fente profonde dans le sol de pierre et aperçus l'éclat des lampes se refléter sur les barreaux de la herse au niveau du couloir. Mes oreilles bourdonnantes captèrent le murmure aigu de voix d'enfants. Je ne parvenais pas à comprendre leurs paroles, mais l'angoisse que j'y sentis me fendit le cœur.

— Marcello, appelai-je, m'entendez-vous ?

Les voix se turent. Un visage se pressa contre les barreaux, dont je ne pouvais distinguer qu'une mince bande incomplète à travers la fente du sol. J'entrevis un œil rond d'enfant qui regardait vers moi, puis disparut aussitôt.

— Il y a quelqu'un là-haut ! cria une voix de fille. Dans le plafond !

J'entendis des murmures, un bruit de bousculade. Puis un autre visage, familier, se plaqua contre la herse.

— Amalia ! C'est vous ?

La voix de Marcello résonna à mes oreilles, coulant en moi avec la douceur d'un vin chaud.

— Oui. Navrée que cela ait pris si longtemps. Il y a eu des… complications.

— Où est Zaira ? Elle est avec vous ?

— Non. (Je posai les mains au sol, écrasée par le poids d'un sombre pressentiment.) Elle n'est pas venue vous demander de la lumière ?

— Mais, non…

Sa réponse me frappa avec la violence d'un coup de poing au creux de l'estomac. Mais que Zaira ait fui ou ait été capturée, qu'elle nous ait trahis ou qu'elle soit morte, tout cela ne faisait pas de différence pour le moment.

— J'ai déverrouillé la herse. Je vais essayer de la lever. Empêchez les enfants de déclencher à nouveau le piège.

— Vous êtes incroyable. (J'aperçus l'éclat d'un sourire à travers la fente dans le sol.) Merci. On se retrouve dehors ?

Je soupirai, laissant descendre un long et précieux souffle d'air jusqu'à lui.

— Marcello, je dois vous dire une chose difficile à entendre, et vous devrez l'accepter.

— Je vous écoute.

— Je ne viens pas avec vous.

— Amalia…

— Même si j'étais capable de désamorcer le verrou d'Artifice qui bloque la porte de cette pièce, je ne pourrais pas vous accompagner. (Je déglutis, sans parvenir à apaiser la brûlure dans ma gorge.) Je vous ralentirais. Au moment où nous parlons, Ignazio est parti chercher des hommes de main qu'il va charger de vous tuer, ainsi que les enfants. Vous devez les mettre à l'abri. Vous n'avez pas le temps de vous occuper de moi.

— Je refuse de vous laisser ici ! protesta-t-il d'une voix brisée.

— Vous êtes le seul à pouvoir sauver ces enfants, Marcello. Si vous les abandonnez, ils mourront. (Je parvins à retrouver le ton cassant que ma mère utilisait pour me ramener à la raison quand je me conduisais sottement.) Assez parlé. Vous devez les sortir de là.

Marcello ne répondit pas tout de suite. Il s'écarta de la herse et son visage disparut ; je ne voyais plus que ses mains, crispées sur les barreaux.

— Une fois qu'ils seront à l'abri, je reviendrai vous chercher.

— C'est entendu. Partez, à présent. Pressez-vous.

— Vous êtes une femme remarquable de courage et d'intelligence, Amalia Cornaro. (Ses mains puissantes serrèrent une dernière fois les barreaux, puis disparurent.) Je crois bien que je vous aime.

Je fermai les yeux avec force. Je ne pouvais pas me permettre de pleurer, de me laisser aller à cette peine amère de savoir que je n'aurais jamais la chance d'être avec lui. C'était cruel de me dire cela en un pareil moment.

— Je remonte la herse, dis-je en forçant les mots à sortir de ma bouche. Aidez-moi en la soulevant de votre côté.

Je me tournai vers le treuil, aveuglée par des larmes refoulées, et m'effondrai à demi sur la manivelle.

Le poison m'affaiblissait trop pour que je puisse hisser la herse jusqu'en haut, mais Marcello et les enfants n'avaient besoin que d'un petit espace pour se faufiler dessous. Pourtant, quand je m'arrêtai pour bloquer la manivelle, je restai pantelante, le corps secoué de tremblements. À bout de forces, je me laissai glisser contre le mur.

— Nous sommes passés, m'annonça Marcello après un intervalle de murmures excités et d'agitation. J'emmène les enfants en sécurité, et je reviens aussitôt. Attendez-moi.

— Je n'ai pas l'intention de bouger, dis-je d'une voix enrouée, si faible que je doutais qu'il m'ait entendue.

Les derniers bruits des enfants essayant vainement de se montrer discrets s'effacèrent peu à peu, étouffés par les murs de pierre et par la distance, et je restai là, avec pour seule compagnie la mort, proche et patiente, qui refermait ses ailes sur moi.

— Moi aussi, je crois que je vous aime, Marcello, murmurai-je au silence.

La froideur du mur contre lequel j'étais affalée s'insinua dans mon dos. En fermant les paupières, il était plus facile de me concentrer sur ma respiration et de lutter contre les tremblements de mes membres. Mais tandis que le poison prenait lentement possession de mon corps, mon esprit continuait à bouillonner frénétiquement.

Je voulais croire que Marcello réussirait à mettre les enfants à l'abri chez Domenic, croire que ce dernier parviendrait à convaincre la cour ardentine de l'innocence de Raverra et qu'il arracherait à dame Savony le contrôle du palais fluvial. Mais cela demanderait du temps, plusieurs heures durant lesquelles Savony pourrait agir en toute impunité. Et je n'avais pas la moindre idée du sort de Zaira, en dehors de la déclaration d'Ignazio affirmant qu'il avait le moyen d'obtenir sa coopération.

Tant de choses risquaient encore de mal tourner ! Les tueurs d'Ignazio pouvaient rattraper Marcello et les enfants. Zaira pouvait brûler la ville, surtout si elle se retrouvait soudain libérée de la contrainte du jet par ma mort. Le doge pouvait décider qu'Ardence était allée trop loin, ou que toute cette affaire de complot demeurait sans importance tant que le jet volé n'avait pas été recouvré, et attaquer quand même la ville malgré tous nos efforts. Dame Savony pouvait faire tuer Domenic. Je ne devais décidément pas mourir maintenant, pas alors qu'il restait tant à faire.

Comme si elle se raillait de ma détermination, une fleur de douleur s'épanouit dans mon abdomen, un élancement vif qui s'amplifia à une vitesse alarmante, jusqu'à ce que je sois pliée en deux.

Les crampes avaient commencé.

Je ne pouvais plus refuser de regarder la réalité en face : je n'avais plus que quelques heures à vivre. Il était même trop tard pour supplier Ignazio de me sauver ; il était parti. Personne ne pouvait survivre aux Larmes du Démon sans l'élixir qui neutralisait l'effet de ce poison, et les seules doses de ce remède se trouvaient à plus de cinquante lieues d'ici, dans ma chambre à Raverra.

Un sentiment grandit en moi avec une lenteur solennelle, enflant au rythme de la montée du prochain spasme.

Je m'attendais à éprouver de la peur, mais ce fut la colère qui se fraya un passage au milieu de la douleur. Une rage sourde envers Ignazio et Savony, et envers moi-même, moi qui restais assise sur le sol à m'apitoyer sur mon sort quand j'avais tant à faire.

La colère me donna la force de me remettre péniblement sur mes pieds en m'appuyant au mur. J'étais à court d'idées et à court de temps, mais que je sois damnée si je renonçais à essayer.

La porte s'ouvrit violemment.

Ignazio et dame Savony se ruèrent dans la pièce, accompagnés de plusieurs hommes armés.

Zaira était avec eux, et elle affichait le sourire prédateur d'un fauve.

— Où sont-ils ? m'intima Savony, tout en faisant un signe aux brutes qui les escortaient.

Je portai la main vers le fourreau vide de ma dague, mais de toute façon, je n'étais pas en état de me battre. Deux hommes me bloquèrent les bras dans le dos et un troisième pressa un couteau contre ma gorge.

Je ricanai ; que pouvait représenter une menace de mort alors que j'étais déjà agonisante ?

— Je n'en ai aucune idée.

Zaira haussa les épaules.

— Je vous ai montré par où le lieutenant est parti avec les enfants, dit-elle à Savony. Ce n'est pas ma faute si vous n'avez pas été assez rapides pour les rattraper.

Elle ne m'adressa même pas un regard. Les hommes de main ne menaçaient pas Zaira ni ne se méfiaient d'elle. Elle n'était pas leur captive ; elle coopérait avec eux de son plein gré.

Ignazio se tourna vers elle.

— Pouvez-vous brûler le quartier dans lequel ils se trouvent ?

— Si je suis suffisamment motivée pour ça. (Elle jeta un regard méprisant dans ma direction.) Mais il faut d'abord que cette garce me libère.

— Zaira…, commençai-je d'une voix essoufflée, mais une autre crampe me tordit de douleur avant que je puisse en dire davantage.

Je manquai de m'effondrer au sol, et les hommes qui me tenaient les bras me retinrent fermement.

— Mais nous pouvons aisément vous libérer.

Savony adressa un signe de tête à mes gardiens, et ils me jetèrent à terre ; je heurtai durement le sol de pierre de la hanche et de l'épaule. Avant même que je puisse surmonter le vertige et la nausée qui m'envahirent, l'un d'eux appuya la pointe de son épée contre mon flanc.

— Attendez, ordonna Ignazio en levant la main. Le poison est déjà en train de la tuer. Elle n'en a plus pour longtemps.

— Nous perdons du temps, s'irrita dame Savony. Si la vue du sang de votre cousine vous insupporte, fermez donc les yeux.

J'aurais aimé avoir le talent de Zaira pour les insultes, mais une nouvelle crampe me laissa pantelante, sans le moindre souffle pour parler.

Zaira posa les poings sur ses hanches.

— Si elle meurt, je mourrai moi aussi, à moins de trouver un nouveau Fauconnier dans les jours suivants. Je ne vois pas quel profit j'en retire.

— Vous voulez savoir ce que vous avez à y gagner, c'est ça ? demanda Ignazio.

— Un peu, oui. Je ne vous aide pas par bonté d'âme.

Ignazio afficha un sourire rusé.

— Naturellement. Mais si c'était pour votre liberté ?

Zaira se figea.

— Dites voir.

Par la Grâce de la Miséricorde. J'avais espéré qu'elle se jouait d'eux, mais il lui offrait là la chose qu'elle souhaitait par-dessus tout.

Et Ignazio le savait. Il arborait l'air confiant d'un homme persuadé de maîtriser les événements.

— Vous avez raison. Si Amalia meurt, le jet vous accordera quelques jours pour trouver un nouveau Fauconnier, puis prendra votre vie si vous ne le faites pas. Il s'agit d'une précaution pour empêcher précisément la situation dans laquelle nous nous trouvons : qu'un pouvoir ennemi libère un Faucon en échange de son aide en tuant son Fauconnier. Mais je puis vous offrir une porte de sortie.

— Vous pouvez me débarrasser de ce stupide jet ? demanda Zaira d'une voix où perçait une colère d'animal piégé.

Je restai allongée sur le sol, immobile, mais je déplaçai lentement la main vers mon médaillon ardent. Je n'étais pas sûre de pouvoir me relever, mais je devais me tenir prête à faire quelque chose, n'importe quoi.

Ignazio secoua la tête.

— Hélas, non. Mais je peux vous en donner un autre. (Il sortit d'une poche de son manteau un bracelet doré : le jet volé.) Il empêchera l'ancien jet de vous tuer.

Zaira ricana avec dédain.

— Je ne saisis toujours pas l'intérêt pour moi de changer de chaînes.

— Je prononcerai le mot de libération, et je vous laisserai partir. (Il ouvrit les bras, et le jet se balança au bout de ses doigts.) Vous en savez beaucoup trop pour que je vous livre à l'Empire, et je ne vois pour moi aucun avantage – et un nombre incalculable d'ennuis – à essayer de garder en secret ma propre sorcière du feu.

Cela se tenait. Et à constater la lueur d'intérêt qui brillait dans les yeux de Zaira, elle semblait le croire.

Ignazio le remarqua lui aussi, et un sourire cynique se dessina sur ses lèvres.

— En échange de votre coopération cette nuit et de votre silence, je resterai hors de votre vie. Vous garderez la liberté d'user de votre pouvoir ou non, tant que vous ne trahirez pas mes secrets. Vous serez votre propre maître. Vous serez libre.

— Libérée des Fauconniers, soufflai-je. Mais pas libérée de vous, Ignazio.

Zaira m'adressa un regard mauvais.

— Les Fauconniers ne m'ont jamais laissé le choix. Au moins, j'en ai un, aujourd'hui.

— Alors, choisissez, intervint sèchement Savony. Nous n'avons pas toute la nuit.

Zaira s'inclina brièvement vers Savony, mais ses yeux demeurèrent fixés sur les miens. L'expression de son visage me restait indéchiffrable.

— Faites-le. Libérez-moi.

Dame Savony adressa un signe à l'un des gardes. L'homme leva son épée. Je doutais d'être capable d'esquiver son coup en roulant de côté, et encore moins de me battre.

Mais la phrase de Zaira était une dague à double tranchant. Toute la question était de savoir quelle main en tenait la poignée, et j'eus soudain la certitude de connaître la réponse. Une réponse que j'avais déjà donnée au doge, quand il m'avait interrogée à ce sujet.

Personne ne contrôlait Zaira. Elle était son propre maître.

Je soutins son regard.

— J'ai confiance en vous, Zaira, murmurai-je. *Exsolvo.*

Chapitre 32

Zaira éclata de rire et leva les bras d'un air triomphal. Des flammèches bleues frémirent le long de ses membres, et le malefeu embrasa ses yeux. Les gardes reculèrent et dame Savony tressaillit. Moi aussi, j'aurais battu en retraite si j'en avais été capable.

Ignazio leva une main pour se protéger le visage de la chaleur, avec une expression décontenancée.

— Zaira… ?

Dame Savony se reprit la première.

— Tuez la Fauconnière ! ordonna-t-elle à l'homme qui était resté figé, l'épée dressée au-dessus de moi.

Il opina d'un hochement de tête et brandit son arme pour frapper.

Zaira tendit la main vers lui comme si elle lui envoyait un baiser. Un arc de flammes traversa les airs pour le percuter en pleine poitrine en projetant des langues de feu qui grimpèrent le long de son cou et dévorèrent ses cheveux. L'homme s'effondra au sol en se contorsionnant, et une odeur épouvantable de chair calcinée envahit la pièce.

— Tuez-la ! hurla Savony. Vite, avant qu'elle nous fasse tous brûler !

Elle se jeta sur Zaira, sa dague à la main.

Une vague de flammes bleues l'enveloppa avant même qu'elle se soit suffisamment approchée de Zaira pour que les protections magiques de son corset aient à s'activer. Dame Savony s'écroula en une masse inerte dévorée par les flammes ; le malefeu avait englouti sa vie avec la voracité d'un loup affamé.

— Ça, c'est pour les enfants, espèce de monstre sans cœur !

L'intonation froide et distante de la voix de Zaira fit naître en moi une inquiétude.

Un autre homme de main pointa son pistolet à silex sur elle et pressa la détente. La balle ricocha sur le bouclier magique de son corset dans un éclair de lumière irisée et revint frapper le tireur à la jambe, qui s'écroula sur un genou avec un cri de douleur.

La porte s'ouvrit soudain, et j'eus le temps d'apercevoir la manche brodée d'Ignazio alors qu'il la refermait derrière lui. La colère enfla en moi avec la fureur du feu de Zaira. Le lâche prenait la fuite, mais j'étais trop faible pour me lancer à sa poursuite.

Zaira avait en elle un appétit de vengeance suffisant pour nous deux. Des flammes blanches destructrices jaillirent d'elle par vagues, engloutissant les deux gardes restants qui s'effondrèrent sur le sol. Leurs hurlements d'agonie me vrillèrent les tympans jusqu'à ce que je plaque les mains sur mes oreilles pour ne plus les entendre. Puis le malefeu dévora la porte et s'engouffra dans le couloir pour se lancer à la poursuite d'Ignazio en un flot ardent.

Le malefeu s'étendit au-delà de l'embrasure carbonisée, en longues langues bleutées qui montèrent à l'assaut des murs. Mais les flammes se répandirent également aux pieds de Zaira et s'avancèrent vers moi en léchant les dalles de pierre.

— Zaira. (Je pris appui des deux mains pour redresser le buste ; la pièce dansa devant mes yeux, et une crampe me fit retomber au sol.) Zaira, hoquetai-je, m'entendez-vous ?

Elle ne répondit pas. Les flammes ondulaient sur ses cheveux. Elle glissa gracieusement un pied sur le sol pour se diriger vers la porte, avec un air de danseuse somnambule.

Miséricorde. Le malefeu avait pris possession d'elle.

— Zaira ! Il faut que vous arrêtiez !

Elle ne semblait pas me reconnaître. Les flammes bleues continuèrent à ramper vers moi sur les dalles.

— *Revincio*, dis-je dans un murmure.

Les flammes disparurent brutalement, et la pénombre envahit la pièce. Zaira chancela un instant, puis s'effondra au sol.

Le silence régnait, rompu par mes toussotements alors que je m'étranglais à respirer l'air chargé de cendres. Je pris conscience que j'étais en train d'inhaler la fumée graisseuse qui émanait des quatre corps calcinés étendus là et j'eus un haut-le-cœur.

Je voulais de l'air pur et de l'eau, et quitter cet endroit horrible avant de mourir. Je voulais Marcello. Je voulais ma mère. Des larmes s'écoulèrent au coin de mes yeux. Je luttai pour m'asseoir, malgré le vertige qui faisait tanguer la pièce devant moi.

Des lumières apparurent dans l'escalier et j'entendis une cavalcade. Mon cœur vola vers l'embrasure de la porte dévastée, espérant encore un miracle.

Mais c'était Ignazio, accompagné de deux autres hommes. Ils s'immobilisèrent sur le seuil d'un air incertain, puis Ignazio repéra la forme inconsciente de Zaira et soupira de soulagement.

— Tuez-les toutes les deux, ordonna-t-il à ses sbires.

Le gredin à sa gauche s'effondra soudain en crachant du sang. Son compagnon leva son pistolet, mais pas assez vite. Une silhouette élancée et gracieuse retira sa dague du dos du premier homme et, dans un même mouvement fluide, virevolta pour trancher la gorge du second.

Ignazio recula face à cette apparition en dégainant sa propre dague.

— Vous ! s'écria-t-il.

Ciardha enjamba les deux cadavres. Pas une seule mèche de cheveux ne s'était échappée de sa coiffure impeccable.

— La Contessa envoie ses salutations à son cher cousin, dit-elle d'une voix égale.

Marcello bondit dans la pièce derrière elle, le pistolet pointé sur Ignazio. Acculé, celui-ci lâcha sa dague et se laissa tomber à genoux, les mains levées dans un geste implorant.

— Je me rends ! Je vous en prie, ne me tuez pas ! Je me rends !

— Je vous livrerai donc au Conseil des Neuf pour être jugé. (Ciardha continua à avancer vers lui, aussi souple et dangereuse qu'une tigresse.) La Contessa décidera de votre sort.

Ignazio devint plus pâle que le fantôme d'un noyé. Il n'ignorait pas ce que ma mère faisait à ceux qui menaçaient sa fille.

Ce devait être une hallucination, mais je n'aurais pu espérer plus belle et plus réconfortante illusion pour éclairer mes derniers instants que Marcello se précipitant vers moi, m'appelant par mon nom, me serrant contre lui.

Je fermai les yeux.

— Je sais que vous n'êtes pas réel, mais ce n'est pas grave, embrassez-moi quand même.

L'ombre s'épaissit derrière mes paupières closes alors qu'il penchait son visage vers le mien, que son souffle me caressait la joue, et je sombrai dans les ténèbres avant que nos lèvres se touchent.

Ciardha m'appelait. Ma mère réclamait sans doute ma présence pour le petit déjeuner, mais tout ce que je voulais, c'était dormir encore. Ma tête était douillettement nichée au creux de mon oreiller de plume, et la lassitude engourdissait tout mon corps. Une lumière chaude filtrait au travers de mes paupières, ce qui signifiait que le soleil était déjà monté au-dessus des toits des palais sur l'autre rive du Canal impérial. J'aurais dû penser à tirer les rideaux de mon lit la veille au soir. Je m'étais sûrement couchée très tard, mais je ne parvenais pas à me rappeler pourquoi.

— Dame Amalia. Il faut vous réveiller. C'est l'heure de prendre votre élixir.

C'était donc pour cela que ma mère avait envoyé Ciardha me réveiller. Elle me traitait encore comme une enfant incapable de prendre soin d'elle-même.

Mais quelque chose n'allait pas… Quelque chose au sujet de mon élixir.

Je battis des paupières. Une chambre étrange apparut devant mes yeux ensommeillés : du bleu pastel aux murs au lieu des chaudes dorures, pas de livres empilés ou de projets d'Artifice entassés, et mon lit aussi était différent. Ciardha était assise à son bord, avec le maintien impeccable qui était toujours le sien, un verre à la main. Mon univers bascula et se retourna pour prendre une nouvelle position, comme une pièce de puzzle que j'aurais essayé de placer dans le mauvais sens. Je n'étais pas à la maison ; j'étais toujours à Ardence. Et c'était le matin.

— Je ne suis pas morte ? demandai-je d'une voix incrédule.

— Bien sûr que non, ma dame. La Contessa avait clairement fait savoir qu'elle souhaitait vous voir rentrer vivante.

La mémoire me revint, plantant ses crocs glacés dans mon cœur. Je tentai de m'asseoir, sans y parvenir.

— Les enfants ! Tout le monde est sauf ? Sommes-nous en guerre ?

— Pour le moment, la situation est maîtrisée, même s'il reste beaucoup à faire. S'il vous plaît, prenez votre élixir, ma dame.

Le ton de Ciardha ne souffrait aucune objection et j'acceptai docilement le verre qu'elle me tendait.

Il me semblait impossible qu'elle puisse avoir mon élixir, mais le parfum de l'anis me chatouilla le nez. Je relevai la tête, et Ciardha glissa un deuxième oreiller sous mon dos pour me redresser et me permettre de boire. Le goût familier de l'élixir ne m'avait jamais paru aussi merveilleux.

— Ciardha, j'ai toujours pensé que vous étiez parfaite en toutes choses, mais là, cela relève du miracle.

— Non point, ma dame, objecta Ciardha en me débarrassant du verre vide. La Contessa a reçu il y a quelques jours un rapport de nos espions à Ardence qui a suscité son inquiétude. Elle m'a envoyée ici pour voir si vous aviez besoin d'aide pour réunir des informations, et j'ai apporté une bouteille d'élixir par mesure de prudence, à la demande de la Contessa.

— Réunir des informations… Ciardha, êtes-vous donc une espionne ?

— Je me félicite de posséder un large éventail de talents, ma dame.

On toqua à la porte, et Ciardha se leva pour répondre. Je remarquai qu'une dague était apparue dans sa main alors qu'elle allait ouvrir.

— Ah, lieutenant Verdi.

Ciardha me glissa un regard interrogateur.

J'avais encore mes vêtements de la veille, une chemise et des chausses noircies de suie, mais l'envie de voir Marcello l'emportait sur ma gêne à le recevoir dans cette tenue.

— Laissez-le entrer, je vous prie.

Ciardha s'écarta et Marcello pénétra dans la chambre. Une barbe naissante ombrait son visage ; il avait les yeux rougis par le manque de sommeil, et ses cheveux noirs étaient ébouriffés. S'il avait pu profiter de quelques heures de repos, ce dont je doutais, il n'avait pas pris le temps de se rafraîchir.

Tant mieux. J'étais moi-même dans un état lamentable. S'il était apparu lavé et rasé de frais, je serais morte de honte. Mais puisque nous partagions tous deux les stigmates de notre nuit d'épreuve, je n'avais pas à me sentir embarrassée.

— Amalia ! Vous êtes réveillée !

Il traversa la chambre jusqu'à mon lit et s'empara de ma main pour la presser contre sa joue. J'effleurai de mes doigts la peau de son visage, fascinée par la rugosité de sa barbe naissante.

Ciardha se racla la gorge, et Marcello reposa ma main sur le lit.

— Oui, il semble que je n'aille pas si mal que ça. (Je me sentais comme un crabe qu'une mouette aurait laissé choir plusieurs fois sur les rochers pour briser sa carapace, mais cela restait tout de même une amélioration encourageante.) Les enfants sont-ils sains et saufs ?

Marcello hocha la tête.

— Ils sont avec leurs parents. Votre ami Domenic s'est chargé de les ramener chez eux.

Je me laissai retomber contre les oreillers.

— Les Grâces soient louées !

— C'est à la demeure du vicomte Bergandon que j'ai croisé le lieutenant Verdi, expliqua Ciardha. Quand je suis arrivée à Ardence et que les assistants de l'Envoyée sérénissime m'ont appris que vous étiez accusée du meurtre du duc et activement recherchée, j'ai pensé que vous vous étiez peut-être réfugiée chez votre camarade d'université. Si je n'avais pas rencontré le lieutenant Verdi là-bas, il serait revenu vous chercher seul et sans l'élixir, et j'aurais eu, je le crains, un bien pénible rapport à faire à la Contessa.

Marcello inclina la tête à son adresse.

— Je vous dois des remerciements, dame Ciardha.

— Je vous en prie, lieutenant, je ne suis qu'une humble servante.

Je réprimai un reniflement moqueur, indigne d'une dame.

— Quelle est la situation à la cour d'Ardence ?

Marcello grimaça.

— C'est le chaos. Je ne connais pas tous les détails. Dame Terringer est toujours malade…

— Empoisonnée, murmura Ciardha.

— Il n'y a donc personne pour représenter l'Empire Sérénissime. (Marcello passa une main dans ses cheveux en bataille.) J'ai entendu dire que la confusion et le désordre règnent au palais.

Ciardha s'inclina poliment.

— Puis-je me permettre d'ajouter quelques précisions, ma dame ?

Je pinçai les lèvres. Marcello ne connaissait pas assez Ciardha pour comprendre que son intervention constituait une critique virulente de sa capacité à résumer la situation.

— L'ultimatum du doge prend fin ce soir, et j'ai eu confirmation de la Contessa, par les lampes-courrières, que Sa Sérénité refuse d'accorder un délai supplémentaire à Ardence. Bien que le jet ait été retrouvé, la cité doit encore en revenir au respect des Accords Sérénissimes d'ici le coucher du soleil, ou le doge ordonnera sa destruction.

— Que les Grâces nous viennent en aide. (Je bataillai pour me redresser et m'asseoir, avec succès cette fois.) Y a-t-il un nouveau duc ? Ont-ils au moins *quelqu'un* en mesure de prendre cette décision ?

Ciardha secoua la tête avec un regard grave.

— Non, ma dame. Le duc Astor Bergandon n'avait pas d'héritier direct et la succession reste incertaine. La cour ardentine est déchirée par les dissensions. Domenic Bergandon est à la tête du camp qui plaide pour une réconciliation avec Raverra, alors que son frère Gabril presse l'autre partie de la cour de rejeter la souveraineté de Raverra et d'en appeler à la protection du Vaskandar face aux conséquences de cette sécession. Gabril bénéficie du soutien de plusieurs membres du Conseil des Pairs, notamment le seigneur Ulmric. Dans sa majorité, la cour vous croit toujours coupable du meurtre du duc Astor. Gabril et ses alliés font également porter la responsabilité de la mort de dame Savony et du rapt des enfants sur les Fauconniers de Raverra.

— Ce qui n'est pas totalement faux, dis-je. Zaira a effectivement tué Savony. Mais c'était une félonne, qui a trahi et Ardence, et l'Empire.

— Tout à fait, ma dame, acquiesça Ciardha. Mais les nobles du Conseil des Pairs n'ont pas d'autres éléments que votre parole pour le croire. Tout ce qu'ils savent, c'est que dame Savony, unanimement reconnue pour sa loyauté et son dévouement, a affirmé vous avoir vue assassiner le duc et qu'elle est morte quelques heures plus tard, brûlée vive par le malefeu de votre Faucon.

Je tordis les couvertures entre mes mains crispées.

— J'admets que cela ne plaide pas en ma faveur.

— Les gens de dame Terringer font de leur mieux, mais ils se retrouvent sans instructions de sa part et sans le poids de son autorité, face à une véritable muraille d'hostilité que leur oppose la cour d'Ardence. La situation est délicate, pour ne pas dire critique.

— Par les Enfers. Les deux camps en présence sont privés de leur chef respectif. (Je me pris la tête entre les mains, le cerveau en ébullition.) Que la Grâce de la Sagesse nous vienne en aide, c'est un chaos inextricable.

Marcello afficha un air désabusé.

— Toute personne détenant l'autorité ou la capacité de représenter Raverra et d'inciter Ardence à rentrer dans le rang est morte, hors d'état d'agir, ou à plus d'une journée de cheval d'ici. Et les Ardentins sont trop divisés pour qu'on puisse espérer que la solution vienne de leur côté. Nous devons supplier le doge d'accorder à la cité un délai supplémentaire. Je ne vois pas d'autre moyen.

— Niro da Morante n'est pas homme à se laisser fléchir aussi facilement. (Je pris une grande inspiration.) De plus, vous vous trompez.

— Ah ?

— Oui. Moi, je peux parler au nom de l'Empire Sérénissime.

Son regard se voila d'inquiétude.

— Je vous comptais parmi les personnes hors d'état d'agir.

J'ignorai sa remarque et me tournai vers Ciardha.

— Organisez-moi une rencontre avec Domenic, le cabinet de dame Terringer, et tous les nobles influents d'Ardence parmi ceux dont les enfants avaient été enlevés. Et aussi, pourquoi pas, avec Gabril Bergandon.

Une étincelle brilla dans les yeux noirs de Ciardha.

— Ce sera fait, ma dame. Où voulez-vous que cela se passe ?

— Ici, au palais de l'Envoyé Sérénissime. Le salon bleu, où Ignazio avait coutume de recevoir les visites officielles.

Ciardha s'inclina.

— Je m'en occupe immédiatement. Et j'enverrai un message à la Contessa par les lampes-courrières, afin de l'informer que vous prenez en main la situation.

— C'est me faire beaucoup d'honneur, remarquai-je, curieusement émue.

— Pas du tout, ma dame. Je ne fais que constater l'évidence. (Elle adressa à Marcello un regard pénétrant.) Lieutenant Verdi, pendant que je m'occupe d'organiser tout cela, puis-je compter sur vous pour veiller sur la vie et l'honneur de dame Amalia ?

— Sur ma vie et mon honneur.

— Bien. Je reviens sous peu.

Elle s'inclina et quitta la chambre, après nous avoir lancé un dernier regard éloquent.

— Pensez-vous qu'elle me tuera si je vous prends la main ? murmura Marcello une fois que la porte se fut refermée.

— Nous allons bientôt le savoir.

Je glissai ma main dans la sienne. Sa chaleur merveilleuse et si solide m'ancra dans un monde qui me paraissait encore fragile, comme s'il pouvait s'effondrer à tout moment pour basculer à nouveau dans la souffrance et l'horreur.

— Les couleurs de la vie vous sont revenues, souffla Marcello en me couvant du regard.

— Je suis navrée de vous avoir causé tant d'inquiétude.

Il me dévisagea d'un air étrange, et le temps s'étira.

— Quoi ? demandai-je, soudain nerveuse.

— J'ai compris quelque chose. Quand j'ai cru vous perdre, dit-il doucement d'une voix rauque.

— Vraiment ?

— Je n'ai aucun désir de recommencer à prétendre que vous ne comptez pas pour moi, Amalia. Je ne suis d'ailleurs pas sûr que je le pourrais.

Un nœud se forma dans ma gorge.

— Que la Grâce de l'Amour me pardonne. Je n'aurais jamais dû vous embrasser.

— Non, au contraire, se récria-t-il en me pressant la main. Je suis heureux que vous l'ayez fait.

Je secouai la tête.

— Cela vous est facile à dire ici et maintenant, mais quand vous vous retrouverez à trembler de froid dans un fortin des Pics Sorciers battu par les vents, vous risquez fort de changer d'avis. (Je pressai le talon de ma main sur mon œil, qui menaçait de s'embuer.) Et même si ma mère nous concède ce moment d'égarement parce que j'étais mourante et qu'elle ne vous envoie pas à l'autre bout de l'Empire, cela ne change rien à la réalité, Marcello. Je n'ai pas le loisir de choisir mon prétendant ; en tout cas, pas sur la base de mes inclinations personnelles.

— Mais nous avons fait face à tant d'épreuves ensemble. (Les yeux de Marcello brillaient d'un éclat suspect. *Par la*

Grâce de la Miséricorde, surtout ne pleurez pas !) Certainement votre mère…

— Il ne s'agit pas de la décision de ma mère. (Je levai la main et posai mes doigts tremblants sur ses lèvres afin de lui interdire de prononcer des mots capables de réduire à néant ma résolution. Leur chaleur veloutée fit monter dans mon bras un fourmillement plus profond que la sorcellerie de Ruven.) C'est ma décision. Je suis fille de la Cité Sérénissime, Marcello. Je me refuse à faire preuve d'égoïsme en cela.

La douleur que je lus dans ses yeux me noua la gorge, et je ne pus m'empêcher d'ajouter dans un murmure :

— Même quand je le désirerais de tout mon cœur.

Ses lèvres s'agitèrent sous mes doigts.

— Êtes-vous en train de me dire que jamais nous ne pourrons…

— Jamais est une durée bien longue. (Je me forçai à sourire, puis quelque chose perça en moi, comme un rayon de soleil à travers les nuages, et mon sourire s'épanouit, franc et sincère.) Nous sommes tous les deux en vie. C'est un bon début. Et comme vous l'avez si bien dit, nous avons déjà traversé beaucoup d'épreuves ensemble. Peut-être découvrirons-nous que vous êtes en réalité un prince de la défunte Celantis dont l'identité était restée secrète. Ou peut-être serai-je un jour déshéritée par ma mère, qui sait ?

Il me rendit un pâle sourire.

— J'ai appris à ne pas sous-estimer vos capacités, ma dame. J'ai foi en vous pour trouver une solution un peu moins mélodramatique.

Des pas résonnèrent dans le couloir, plus sonores que ceux de la discrète Ciardha. La porte s'ouvrit sans préambule, et Marcello leva son pistolet vers l'intrus.

— Oh, ça va, remettez donc votre pistolet dans votre pantalon, se moqua Zaira. Si j'avais voulu la tuer, elle serait déjà morte.

Marcello se rassit avec un soupir de soulagement.

— Je vous remercie, dis-je à Zaira. Vous m'avez sauvé la vie.

— Ne vous montez pas la tête avec ça. (Le sourire de Zaira disparut et elle se laissa tomber sur une chaise près de mon lit.) Quel dommage pour Ignazio.

Quelque chose se noua dans mon ventre. Malgré tous les crimes qu'il avait commis, il restait de ma famille.

— Il est mort ?

— Pas encore, pour autant que je sache. Non, je voulais juste dire que c'était triste de découvrir que c'était en fait un pourri de la pire espèce.

— Il est en détention à la garnison, ajouta Marcello. Ils vont le ramener à Raverra pour affronter le jugement du Conseil des Neuf.

Je me demandai si l'annonce de sa trahison avait été un coup dur pour ma mère, ou si elle avait vu en lui avant tout le monde ces failles morales qui l'avaient conduit à trahir Raverra, et que c'était pour cela qu'elle avait veillé à le priver de son poste d'Envoyé, afin de lui donner une chance d'éviter de courir à sa perte.

— Il avait raison, dis-je doucement. Il y avait déjà longtemps qu'il s'était fourvoyé.

Marcello me serra l'épaule d'un geste compatissant.

— Et pour Ardence, alors ? (Zaira était affalée avec nonchalance sur sa chaise, mais la tension dans sa voix révélait son inquiétude.) Il est trop tard, non ? Il va me falloir un sacré dîner si vous attendez de moi que je foute le feu à la ville entière, ce soir.

— Malheureusement, c'est à moi qu'il incombe de tout faire pour éviter cela. (Je serrai les mâchoires.) Aussi, si vous pouviez tous deux avoir l'amabilité de m'aider à sortir de ce lit, j'aurais besoin d'un bon bain. La journée risque d'être particulièrement longue.

Je commençai par recevoir Domenic, parce que je savais que lui me pardonnerait si je commettais un impair.

Ciardha m'aida à m'installer dans un fauteuil du salon bleu – une pièce richement meublée, mais intime – de façon que je sois à mon aise sans donner non plus une impression de nonchalance que mes hôtes pourraient mal interpréter. Pour autant, je n'avais qu'une seule envie, c'était d'aller me recoucher ; une pénible migraine, contrecoup de la réactivation du poison dans mon corps, ne me laissait aucun répit. Ignazio aurait sans doute pu me préparer une potion pour apaiser mes maux de tête.

J'essayai de ne plus y penser ; Ignazio n'avait plus aucune raison de me fabriquer un remède, désormais. À part peut-être pour espérer gagner la clémence de ma mère.

Domenic entra avec l'air soucieux d'un homme qui, occupé à lutter contre un incendie, venait d'être appelé ailleurs. Mais il m'écouta avec attention alors que je lui racontais tout ce que je savais sur la conspiration de dame Savony et d'Ignazio, en s'exclamant ou en grimaçant à certains points de l'histoire. Quand j'eus terminé mon récit, il se leva et se mit à faire les cent pas malgré la fatigue qui se lisait sur ses traits.

— Qu'ils soient damnés dans l'enfer de la Corruption ! Ils ont joué tout ce temps de notre souffrance et de notre colère.

Cela n'a jamais rien eu à voir avec la justice. Ils se sont ri de nous.

— Il faut que le Conseil des Pairs et la cour d'Ardence dans son ensemble sachent la vérité. (Je me frottai les tempes pour essayer de chasser ma migraine.) Tant que certains nobles continueront à croire les mensonges de Savony, il sera difficile de faire la paix entre Ardence et Raverra.

Domenic secoua la tête avec incrédulité.

— Dame Savony. Je n'aurais jamais pu imaginer qu'elle puisse trahir Ardence.

— De son point de vue, c'était tout le contraire.

Domenic haussa les sourcils d'un air perplexe.

— Je vois mal comment assassiner son duc et pousser sa cité au bord d'une guerre qui provoquerait à coup sûr sa destruction pourrait être autre chose que de la trahison ?

— Parce qu'elle n'a jamais eu l'intention de laisser la guerre éclater. Et à ses yeux, le duc Astor était le véritable danger qui menaçait Ardence. Lui et les autres nobles décadents de la cour. (Et peut-être avait-elle d'ailleurs raison d'affirmer que le duc aurait conduit la cité à la ruine, mais je me gardais de dire cela à celui qui était son cousin.) S'il avait eu un héritier prometteur, elle se serait sans doute contentée de l'éliminer. Mais sans un seigneur fort et charismatique pour lui succéder, elle devait créer une crise si grave que l'Empire se verrait forcé d'intervenir afin de mettre Ardence sous la tutelle d'un gouverneur impérial. Et Ignazio, qui aurait alors été le choix évident, ne demandait pas mieux que d'assumer ce rôle.

— Quelle folie ! Les Grâces savent que je n'ai pas non plus un grand respect pour les élites d'Ardence, mais c'était aller bien trop loin.

Domenic retomba dans le silence, perdu dans ses pensées. J'aurais aimé pouvoir lui laisser le temps d'intégrer tout ce qui venait d'arriver à sa cité, mais il ne me restait plus que quelques heures pour empêcher la destruction de la ville.

— Domenic. (Je cherchai à capter son regard. Son visage toujours si plein de vie était crispé par l'inquiétude.) Dis-moi : penses-tu que l'avenir d'Ardence se trouve au sein de l'Empire Sérénissime ?

— Oui, je le crois. (Il soupira.) Mes sentiments à l'égard de l'Empire n'ont pas d'importance. L'Empire existe, et nous en faisons partie. Les jours où Ardence et Raverra étaient deux cités-États indépendantes relèvent du passé. (Il se rassit dans son fauteuil.) C'est pour ça que je n'ai jamais adhéré aux discours de rébellion de Gabril ; ils n'ont aucun sens. Nous appartenons à l'Empire, pour le meilleur et pour le pire. Nous pouvons le réformer, tenter de le rendre meilleur, et parfois même lui tenir tête. Mais en vérité, nous sommes forcés de faire avec.

Je pouvais me contenter de cette réponse.

— Je dois te demander de faire quelque chose, Domenic.

Il traça de son bras un élégant moulinet de révérence.

— Demande, et je m'empresserai de te donner satisfaction.

— Tu ne vas pas aimer ça.

Il haussa un sourcil.

— Hmm. Dans ce cas, dis-moi toujours, et je te promets d'y réfléchir.

— J'ai besoin que tu deviennes le nouveau duc d'Ardence.

En dépit des circonstances, je ne pus m'empêcher d'avoir un sourire amusé face à l'expression abasourdie qu'il afficha. Après un long silence, il déglutit péniblement.

— D'autres successeurs potentiels aspirent plus que moi à monter sur le trône ducal.

— Je le sais, et j'en suis désolée, dis-je avec une grimace de sympathie. Mais je me rattraperai. Tu pourras même avoir mon Muscati.

Ses yeux s'illuminèrent.

— Vraiment ?

— Oui, enfin, quand j'aurai fini de l'étudier.

Domenic se laissa aller contre le dossier de son fauteuil en respirant lourdement.

— J'ignore si la promesse d'un Muscati peut suffire. Je suis un érudit, Amalia. Un voyageur, un farceur, un dilettante. Pas un duc. Et tu n'ignores pas en quel mépris je tiens la politique.

— Oui, je le sais. (Je lui servis un plein verre de la bouteille de vin que Ciardha avait fait porter à notre intention.) Crois-moi, je le sais. Mais un duc qui déteste la politique est justement ce dont Ardence a besoin en cette heure. Je te demande de faire ce sacrifice, dans l'intérêt de la paix.

— C'est un coup bas.

Il prit le verre et le vida d'un tiers en une longue gorgée.

— C'est vrai, admis-je avec un sourire triste. J'ai été à bonne école avec ma mère.

— Si je fais cela, réfléchit-il, tu es consciente que je ne me mettrai pas au garde-à-vous chaque fois que Raverra claquera des doigts ? Si j'estime que l'Empire agit mal envers ses sujets, j'élèverai la voix pour le dire. Et je ne garderai pas non plus le silence sur l'injustice des enfants-mages forcés de devenir des Faucons.

Je hochai la tête.

— Je le sais aussi.

— Je peine à imaginer que cela réjouira le doge.

— Tant que tes critiques seront exprimées avec le respect nécessaire et que les Accords Sérénissimes seront appliqués à la lettre, le doge réussira bien à s'y faire. (Je levai mon verre.) Et en ce qui me concerne, je n'en attendrais pas moins de toi.

Mes entretiens avec les parents des enfants kidnappés se révélèrent plus complexes à mener, un véritable tourbillon d'émotions changeantes et d'évocations douloureuses, mais un fait incontestable demeurait : leurs enfants savaient qui les avait sauvés. Chaque fois, passé la haie épineuse de la colère et du déni, nous pénétrions dans la prairie ensoleillée de la gratitude. Ils étaient mes éternels débiteurs, pour leur avoir ramené sains et saufs leurs précieux rejetons. Tous me promirent leur soutien, certains avec davantage d'entrain que d'autres.

La rencontre avec Gabril fut autrement délicate, et c'était celle que je redoutais le plus. J'avais hésité à demander à Domenic de m'aider à parler à son frère, mais j'avais finalement estimé qu'il était préférable de le laisser en dehors de cette discussion.

Soupçonneux et sur la réserve, Gabril s'assit dans le fauteuil face au mien et refusa le verre de vin que je lui offrais.

— Je n'accepterai rien de Raverra, maugréa-t-il en croisant les bras, le regard noir. Je croyais que vous étiez l'amie d'Ardence. Je vous ai fait confiance en raison de vos liens familiaux. Mais vous avez assassiné mon cousin le duc, ainsi que dame Savony. J'écouterai ce que vous avez à dire, mais ne vous méprenez pas, ma visite n'a rien d'amical.

Au moins, cela rendait les choses plus aisées. Je préférais affronter un ennemi franc et déclaré plutôt que d'avoir une déplaisante conversation avec quelqu'un qui me considérait comme une amie.

— Gabril Bergandon, c'est grâce à Raverra que les enfants que votre Noblesse de l'Ombre prétendait vouloir protéger sont de retour auprès de leur famille. C'est dame Savony qui a manigancé leur rapt et qui a assassiné le duc Astor. Quelle raison vous reste-t-il de faire preuve d'un tel ressentiment à l'égard de l'Empire Sérénissime ?

Gabril s'esclaffa.

— Je croirai que Colanthe Savony a tué le duc quand son fantôme viendra me le confesser. Mon frère avale peut-être vos mensonges, mais je ne suis pas naïf à ce point. Si vous croyez réussir à me transformer en un laquais obéissant qui courbe l'échine devant l'Empire, vous perdez votre temps.

Je soupirai.

— Gabril. Permettez-moi de vous dire quel est votre problème.

Il croisa les bras et me dévisagea en silence d'un air hautain.

— Domenic est un ami très cher, et je m'en voudrais de le peiner. (Je me servis un verre de vin.) Ce qui implique d'éviter, si je le peux, que vous soyez exécuté pour trahison. Mais je dois reconnaître que vous me compliquez singulièrement la tâche.

Gabril déglutit avec difficulté.

— Exécuté pour trahison ?

— Considérez donc les choses du point de vue du doge. (Je levai mon verre, et examinai le vin comme si j'étais en train d'estimer l'âme de Gabril.) Il est de notoriété publique que vous êtes proche du prince Ruven, qui a fui Ardence après avoir dérobé des livres précieux et avoué son intention d'utiliser une magie dévastatrice contre l'Empire.

— Ruven ne ferait jamais ça, protesta Gabril.

— Pardonnez-moi de vous le dire, Gabril, mais vous manquez cruellement de perspicacité quand il s'agit de juger du caractère d'une personne. (Je bus une gorgée de vin.) Pour aggraver encore les choses, la Noblesse de l'Ombre – grâce aux manigances de dame Savony – semble impliquée à la fois dans le rapt des enfants et dans l'attaque injustifiée d'un Fauconnier, sans parler du vol du jet.

L'inquiétude grandit dans les yeux de Gabril.

— Nous n'avons rien fait de tel !

— Je le sais. (Je me laissai aller contre le dossier de mon fauteuil en m'efforçant de ne pas montrer mon épuisement.) Mais j'aurais beaucoup plus de mal à convaincre le doge de votre innocence si vous continuez à vous comporter comme un complice d'Ignazio et de Savony, et à répéter tous les mensonges dont ils vous ont abreuvé. Pour l'heure, si l'on s'en tient aux apparences, il semble clair que vous avez conspiré en leur compagnie pour semer le chaos et la guerre à Ardence. Si j'étais à votre place, je me montrerais soucieux – très soucieux – de ne pas donner au Conseil des Neuf de nouvelles raisons de croire que vous complotiez contre l'Empire.

Les épaules de Gabril s'affaissèrent, et son regard se voila. Finalement, il tendit la main vers son verre de vin.

Je souris.

— Réfléchissez donc à tout cela, Gabril Bergandon, et nous nous reverrons ce soir.

Alors que les ombres s'allongeaient à l'approche d'un coucher de soleil qui risquait d'être le dernier pour Ardence, l'air se chargea d'une fraîcheur automnale. J'étais heureuse que Ciardha n'ait pas opposé d'objection à ma demande de porter une veste et des chausses ; en revanche, nous avions opté pour un manteau bleu roi, la couleur de Raverra, taillé dans un beau tissu aux riches broderies qui ne manquerait pas d'impressionner la noblesse d'Ardence, mais à la coupe suffisamment austère pour rappeler le caractère officiel de ma visite. J'étais trop épuisée et endolorie pour passer la soirée à combattre des frissons dans une robe au large décolleté.

Je ne partis pas seule pour le palais fluvial. Zaira m'accompagnait, comme la loi l'exigeait. Marcello, en tant que lieutenant de l'Empire, vint également, pour veiller à la sécurité du Faucon et de sa Fauconnière. Ciardha fermait silencieusement la marche. Je savais que quelles que soient les situations que nous allions rencontrer, elle ferait ce qui serait nécessaire de faire avec une élégante précision ; une perspective qui me réconfortait et m'inquiétait tout à la fois.

Les gardes nous accueillirent aux portes du palais, dans leurs pourpoints frappés du blason des Bergandon. Deux d'entre eux nous escortèrent – plus étroitement que Marcello et Ciardha ne l'auraient aimé, sans doute – tandis que nous traversions la splendeur baroque du Hall de la Beauté pour pénétrer dans la Salle de la Majesté, où nous attendaient les membres du Conseil des Pairs.

Une quarantaine de femmes et d'hommes parés de brocart et de bijoux étaient réunis dans la grande salle aux échos feutrés, autour d'une immense table vernie en chêne. Ils affichaient les traits tirés et les signes d'impatience de gens rassemblés en un même lieu depuis un long moment. Un fauteuil aux apparences de trône occupait le bout de la table, et était vacant. Domenic se tenait à côté, les poings appuyés sur la table comme s'il venait de hurler sur quelqu'un un instant plus tôt. Gabril était assis à quelques places de distance de son frère, les bras croisés, et contemplait ses genoux d'un air renfrogné.

Alors que nous faisions notre entrée, tous les regards se tournèrent vers nous. Certains nobles que j'avais rencontrés plus tôt dans la journée m'adressèrent un signe de tête ; d'autres se renfoncèrent dans leur siège avec crainte ou dégoût. Quelques visages affichèrent un rictus de colère.

— Dame Amalia Cornaro, me salua Domenic. Je vous en prie, prenez place. Vous devez être épuisée.

Son regard dériva vers Zaira avant même qu'il ait achevé ses paroles de bienvenue, et j'eus du mal à refréner un sourire.

Avant que je puisse le remercier de son accueil, le crissement des pieds d'une chaise sur le sol de marbre troubla le silence. Le seigneur Ulmric, le gentilhomme barbu qui avait pris à partie Zaira durant la réception en l'honneur du retour d'Ignazio, se leva avec raideur.

— Je refuse de siéger à la même table que la meurtrière du duc Astor Bergandon.

Un murmure parcourut l'assistance, et quelques autres membres du Conseil l'imitèrent.

— Dans ce cas, vous pouvez vous rasseoir, dis-je d'une voix forte et claire. (Après tout ce que j'avais vécu au cours des derniers jours, ce n'était pas une réunion d'aristocrates décatis qui allait m'impressionner.) C'est dame Savony qui a assassiné le duc Astor. Je l'ai vue de mes yeux.

— Colanthe Savony était le bras droit du duc, intervint une femme corpulente. Elle aimait Ardence plus que sa propre vie. Pourquoi devrions-nous croire une Raverraine plutôt que l'honorable dame qui a contribué au gouvernement d'Ardence durant tant d'années ?

Je n'avais pas pensé que je serais accusée de meurtre si vite, mais cela était finalement logique. Seul le chaos qui régnait au sein du Conseil des Pairs m'avait sans doute évité d'être arrêtée aussitôt les portes du palais franchies.

La Grâce de la Sagesse soit louée, je ne manquais pas de munitions pour riposter. J'adressai un signe de tête à un seigneur moustachu assis à la table, qui à son tour fit un geste à l'intention du serviteur derrière lui, lequel s'empressa de quitter la salle.

— Je comprends les raisons de votre défiance à mon égard, dis-je. La confiance d'Ardence a été mise à mal à plus d'une occasion au cours de ces jours difficiles. Mais peut-être accepterez-vous de me croire si une personne qui n'a que trop souffert de la trahison de dame Savony se porte garante de ce que j'affirme.

Je tournai la tête vers la porte. Des pas approchèrent de la Salle de la Majesté ; on distinguait un trottinement léger, qui faisait contrepoint au pas calme et mesuré d'un adulte. Une femme dégingandée, des lunettes sur le nez, entra dans la salle en tenant la main d'une petite fille.

J'eus toutes les peines du monde à la reconnaître, à présent qu'elle était lavée et vêtue d'une jolie de robe de soie jaune. Mais je n'eus plus de doute quand nos regards se croisèrent.

C'était bien Jaslyn, la fillette de l'entrepôt.

Elle m'avait reconnue elle aussi, car un sourire s'épanouit sur son visage, comme si un rayon de soleil avait percé les nuages de la fresque au plafond pour venir la baigner de sa lumière en un signe divin.

— C'est vous ! s'écria-t-elle en lâchant la main de sa mère pour se précipiter vers moi et m'entourer la taille de ses petits bras.

Je l'enlaçai à mon tour, la gorge serrée par l'émotion.

— Je suis si heureuse de vous voir saine et sauve.

— Vous connaissez donc cette femme, Jaslyn ? s'étonna la matrone corpulente.

— Oui, ma tante ! répondit Jaslyn en se tournant vers elle, les yeux brillants d'excitation. C'est la dame qui nous a sauvés.

La plupart des nobles qui s'étaient levés se rassirent, l'air perplexe. Mais le regard haineux du seigneur Ulmric ne vacilla pas.

— Vous les avez libérés, soit. Vous n'en restez pas moins une menteuse. Dame Savony n'aurait jamais trahi Ardence.

— Non, c'est vrai. (J'agrippai le dossier de la chaise vide devant moi pour me soutenir tandis que je balayai du regard l'assemblée.) Mais pour Ardence, elle était prête à trahir son duc. Pour Ardence, elle vous aurait trahis, vous et vos enfants. C'était la cité elle-même qu'elle voulait sauver, même au prix de ses citoyens.

Des chuchotements fébriles s'élevèrent dans la salle, pareils à un bruissement d'ailes. J'avais insinué le doute, mais tous les membres du Conseil n'étaient pas encore convaincus.

Le seigneur à moustaches, le père de Jaslyn, l'appela à lui, et posa une main affectueuse sur son épaule.

— Jaslyn. (Sa voix était douce, mais sonore.) Parle-moi de cette femme qui vous retenait prisonniers.

— Elle portait un masque gris, dit Jaslyn.

Gabril grimaça.

— Te rappelles-tu autre chose à son sujet ? demanda son père.

Jaslyn ferma les paupières d'un air concentré.

— Elle était très maigre, avec de longs bras tout fins. (Voilà qui m'excluait. Certains pairs échangèrent des regards incertains.) Elle portait un chignon, et ses cheveux étaient noirs, avec du gris aussi.

— C'est bien, Jaslyn, la félicita son père.

Jaslyn rouvrit les yeux brusquement.

— Oh ! Et encore une chose. Elle avait de petites lunettes dorées accrochées à une chaîne autour du cou.

Un murmure se propagea parmi l'assemblée avec la rapidité du malefeu.

Domenic tapa de la paume de la main sur la table pour réclamer le silence.

— Vous savez tous à qui correspond cette description. Colanthe Savony. Nous avons été trahis, mes dames et mes seigneurs.

Cette fois, personne ne se leva pour le contredire. Un silence lugubre retomba sur la salle. Gabril se prit le visage dans les mains.

— Dame Amalia est innocente, affirma Domenic d'une voix sans appel. Le duc Astor Bergandon et sa meurtrière sont morts tous les deux. Une page blanche s'étend désormais devant nous, seigneurs et dames d'Ardence, et l'Empire Sérénissime est penché sur cette page pour voir ce que nous y écrirons. Il nous faut donc choisir nos mots avec soin.

— L'Empire Sérénissime peut aller…, commença le seigneur Ulmric, mais Gabril, qui était assis à côté de lui, l'interrompit en lui attrapant le bras.

Il s'inclina pour lui parler à l'oreille, puis s'adossa à nouveau à son siège sans lever les yeux.

Le seigneur Ulmric semblait perdu. Il jeta un regard vers Gabril et s'humecta les lèvres.

— L'Empire Sérénissime peut aller… trop loin, parfois, et faire preuve d'excès quand il exprime son point de vue.

Il se rassit lourdement, le visage rouge de colère, ou d'humiliation.

Le père de Jaslyn passa un bras autour des épaules de sa fille.

— Je suis redevable à dame Amalia du salut de ma fille. Il me peine d'admettre que l'une d'entre nous a pu se livrer à pareille trahison, mais je ne peux qu'en accepter la réalité.

Un murmure d'assentiment fit le tour de la table, et la tension qui régnait dans la salle s'allégea en partie. La mère de Jaslyn se chargea de faire sortir sa fille, qui quitta l'assemblée en adressant un petit signe de la main à son père, à sa tante, et à moi. Je lui rendis son salut avec des yeux humides.

— Et maintenant, dame Amalia, veuillez prendre un siège, je vous prie, m'invita Domenic en m'indiquant d'un geste une chaise vide.

— Je vous remercie. Mais la place que je dois occuper pour cette réunion est celle de l'Envoyée sérénissime. (Je fis le tour de la table pour me placer derrière la chaise à gauche du trône ducal, en laissant à l'assemblée un moment pour intégrer ce que je venais de dire.) Je remplace ici dame Terringer, le temps qu'elle recouvre la santé.

D'autres murmures et quelques grognements de mécontentement se firent entendre. Je les ignorai et pris enfin place à la table, au grand soulagement de mes jambes tremblantes. Personne ne proféra d'objection au-delà des quelques marmonnements qui s'étaient élevés. Zaira s'assit sur une chaise à mon côté sans demander la permission, et Marcello vint se tenir derrière moi, tandis que Ciardha demeurait dans l'ombre, parmi les fonctionnaires du palais qui assistaient à la réunion.

Et voilà. Ardence avait de nouveau accueilli l'Envoyée sérénissime de Raverra au sein du Conseil des Pairs. Ou du moins cela s'en approchait suffisamment pour éviter que la ville soit condamnée aux flammes ce soir.

Le silence s'installa, alors que tous les regards restaient tournés vers moi. Je compris, un peu tard, qu'en m'asseyant à cette place, au centre du pouvoir, j'avais sans le vouloir pris le contrôle de l'assemblée.

Bon, puisqu'il en était ainsi. Je croisai les mains, et les posai sur la table devant moi.

— La première chose dont il vous faut décider est, je crois, la succession. Un trône vide est source de dissensions. L'Empire Sérénissime est impatient de présenter ses respects à votre nouveau duc, ou votre nouvelle duchesse.

Un brouhaha s'éleva aussitôt et je me laissai aller contre le dossier de ma chaise pour m'accorder un moment de répit tandis que la discussion s'animait.

Il ne fut guère difficile de convaincre les parents des enfants enlevés d'appuyer les prétentions de Domenic à monter sur le trône ducal. Après tout, c'était lui qui leur avait ramené leurs enfants ; ils n'avaient que son nom à la bouche. Fort du soutien d'un bloc uni au sein du Conseil des Pairs et porté par la popularité qui était la sienne, Domenic ne tarda pas à obtenir les suffrages de l'assemblée, qui jugea qu'il était le meilleur prétendant à la succession, en dépit de l'abdication de son père.

Non sans nervosité, Domenic prit place sur le trône vide à ma droite. Le regard qu'il me glissa disait à la fois : *« Aide-moi »* et *« Tu me revaudras ça »*.

Je lui adressai mon sourire le plus encourageant et prononçai silencieusement « Muscati ». Il soupira et hocha la tête, avant de redresser le torse pour se préparer à affronter les épreuves à venir.

Je continuai à rester muette tandis que le Conseil discutait transfert du pouvoir, couronnement et protocole. Peu à peu, l'équilibre se modifia subtilement dans la salle, jusqu'à ce que tous les regards soient tournés vers Domenic et que chaque suggestion cherche son approbation. Je pouvais lire dans ses yeux la trace de l'anxiété, et de nouvelles rides s'étaient déjà dessinées sur son front. Pendant ce temps, Zaira avait fini par succomber à l'ennui et, affalée sur la table, la tête au creux des bras, elle somnolait avec une désinvolture désarmante.

La réunion ne pouvait plus continuer à s'éterniser et je donnai un petit coup de pied dans la cheville de Domenic.

Il sursauta, croisa mon regard et s'éclaircit la voix.

— Il nous reste encore à régler d'importantes questions, vitales pour la paix d'Ardence et de l'Empire Sérénissime.

Je m'efforçai de paraître calme et attentive, malgré la sueur qui perlait à mes tempes. La journée touchait à sa fin. Tout dépendait à présent de Domenic, pour que nous puissions apporter de bonnes nouvelles au doge avant que le soleil se couche.

— Mon défunt cousin, le duc Astor Bergandon de bienheureuse mémoire, était à juste titre soucieux de l'état de l'économie de notre illustre cité. Il avait pris certaines mesures pour tenter d'alléger les difficultés induites par la diminution du commerce fluvial sur l'Arden. (Domenic avala une gorgée de vin pour s'humecter la bouche sous le poids des regards fixés sur lui. Je pouvais dire au ton de sa voix qu'il récitait un discours qu'il avait préparé.) Il est aussi dans mon intention d'accorder à ce problème toute l'attention qu'il mérite. Mais la solution, si nous voulons qu'elle soit efficace et pérenne, doit venir d'Ardence elle-même : de notre intelligence, de notre créativité et de notre force d'âme, qui ont fait au fil des siècles la grandeur de notre cité. Nous devons donc nous détourner de l'idée de solliciter l'aide d'une puissance étrangère – ce qui nous placerait de fait sous son influence – ou de rejeter la faute de nos difficultés sur l'Empire auquel nous appartenons.

Il se tourna vers Gabril, qui hocha la tête, un peu à contrecœur.

— Mon frère dit vrai, soupira-t-il. Le prince Ruven nous a offert l'amitié du Vaskandar, mais il a ensuite fui la ville comme un voleur au lieu de rester à nos côtés en ces heures sombres. Et Raverra a… (Il déglutit péniblement, la gorge nouée par ces mots qu'il lui coûtait de prononcer.) … nous a aidés à démasquer les traîtres et à retrouver nos enfants.

Autour de la table, les hochements de tête approbateurs et les expressions renfrognées se partageaient l'assemblée. Certains seigneurs chuchotaient à l'oreille de leur voisin. Domenic se tourna vers moi.

— Dame Amalia, en votre rôle actuel d'Envoyée sérénissime, je vous demande d'être témoin du fait que j'ordonne dès cet instant l'annulation de toutes les taxes imposées aux marchands raverrains, ainsi que le rétablissement de tous les privilèges commerciaux de Raverra. Je redis officiellement que l'Envoyée de la Cité Sérénissime est la bienvenue à cette cour et à ce Conseil. À présent que la trahison de dame Savony a éclaté au grand jour, nous avons plus de raisons que jamais de réaffirmer notre amitié avec Raverra. Ardence est prête à se conformer de nouveau aux Accords Sérénissimes.

Aucun cri de protestation ne suivit sa déclaration. J'eus le sentiment que les Grâces venaient de m'enlever un poids sur la poitrine.

— Je vous remercie. En tant que représentante de l'Empire, ainsi qu'à titre personnel, je me réjouis de vos propos.

Zaira leva la tête d'entre ses bras et adressa un clin d'œil à Domenic, qui manqua de lui répondre de même, avant de se reprendre.

— Je dois en revanche solliciter l'aide de l'Empire pour faire face aux difficultés que nous connaissons actuellement. (Le visage de Domenic s'éclaira.) Peut-être que les façonniers qui servent parmi les Faucons pourraient trouver une solution pour rétablir le cours normal du fleuve, par exemple ? Je crois avoir quelques idées intéressantes pour une série d'écluses artificées qui permettraient de retrouver une profondeur suffisante dans les parties de l'Arden où la navigation est devenue périlleuse.

J'aurais aimé m'emparer tout de suite d'un morceau de papier pour commencer à réfléchir avec lui à ce que nous pourrions inventer. Puis je songeai à Istrella.

— Je connais une façonnière qui serait plus qu'heureuse de relever ce défi, dis-je avec un sourire. Je ferai part de votre requête à l'Empire et j'appuierai votre demande au mieux de mes moyens.

Un seigneur s'enquit de la question des prêts consentis par le prince Ruven, puisqu'il était peu probable qu'il soit encore le bienvenu sur les terres de l'Empire Sérénissime, et la conversation dériva sur la possibilité, suivant les circonstances, que l'Empire puisse offrir une remise de ces dettes. Personne ne contesta la décision de revenir au respect des Accords Sérénissimes. La partie était gagnée.

Zaira me donna un petit coup de coude dans les côtes.

— On dirait que je n'aurai pas à mettre le feu à la ville aujourd'hui.

— Il semblerait, oui, lui répondis-je dans un murmure.

— Rappelez-moi pourquoi je dois assister à cette réunion à mourir d'ennui, au fait ? demanda-t-elle en bâillant.

Je jetai un regard vers Domenic.

— Pour pouvoir lorgner un vicomte. Enfin un duc, plutôt.

— Oh, exact.

Elle sourit, s'adossa à son siège, les mains croisées derrière la tête, et s'adonna à cette tâche avec application.

Deux jours avaient passé depuis le Conseil des Pairs, et nous nous préparions à repartir. J'étais suffisamment remise pour voyager, et notre mission à Ardence touchait à sa fin. Dame Terringer avait survécu au poison d'Ignazio et avait pu reprendre ses fonctions d'Envoyée sérénissime. Le palais fluvial débordait d'activité avec les funérailles d'un duc et l'intronisation de son successeur à organiser, et nous n'avions aucun rôle à jouer dans ces événements.

Malgré les obligations pressantes de son nouveau titre, Domenic avait trouvé le temps de venir nous dire au revoir. Nous nous fîmes des adieux brefs mais chaleureux, en promettant de nous rendre mutuellement visite et de correspondre sur l'intéressant sujet des écluses sur l'Arden. En revanche, il ne semblait pas savoir quoi dire à Zaira, et la regardait comme s'il avait perdu toute faculté de parole.

Bien sûr. Zaira devait rentrer à Raverra avec moi, et Domenic rester ici pour gouverner sa cité. Je savais d'expérience combien il était difficile de suivre les inclinations de son cœur quand on était appelé à un tel destin.

Un sentiment de pitié embarrassée me serra la poitrine, et je m'excusai pour les laisser seuls au salon. Mais une fois que j'eus refermé la porte derrière moi, au lieu de me rendre à la salle d'eau ainsi que je l'avais annoncé, je m'adossai contre le mur du couloir et fermai les yeux.

Pauvre Domenic. Il n'avait aucune chance d'obtenir ce après quoi il soupirait. Même si Zaira avait été libre de vivre où elle le souhaitait, même si le doge avait permis qu'elle épouse un noble ardentin, je doutais qu'elle accepte un jour de devenir la femme d'un duc. Pourtant, il aurait été réjouissant de la voir secouer l'apathie de la cour d'Ardence ! Et puis, il y avait Terika qui l'attendait aux Mues ; ces deux-là ne formaient peut-être pas encore un couple, mais j'avais bien remarqué la façon dont elles se regardaient.

Ce qui se passait dans le salon, de l'autre côté de la porte close, ne m'appartenait pas, mais j'étais en tout cas convaincue d'une chose : si c'était vraiment ce qu'ils voulaient, ni Domenic ni Zaira n'avaient un tempérament à laisser des différences de rang social ou les lois de l'Empire les empêcher de se fréquenter.

Je pensai à Marcello, à son visage aux lignes pures, à son sourire mélancolique et à son cœur loyal. Il n'en méritait pas moins. Mais je n'étais pas Domenic ni Zaira. J'étais l'héritière des Cornaro.

Je rouvris les yeux sur le couloir du palais.

Je n'étais pas seule.

Une silhouette enveloppée dans une grande mante de velours se dressait devant le luminaire du couloir qui l'éclairait à contre-jour, m'empêchant de distinguer les traits de son visage.

Ma main glissa vers la poignée de ma dague, et le mot *exsolvo* roula dans ma bouche.

— Excellente réaction de défense, mais sois donc plus subtile, la prochaine fois. (Ma mère releva le capuchon de sa cape, libérant la cascade de ses magnifiques cheveux auburn.)

Certaines personnes pourraient s'offusquer que tu pointes ta dague sous leur nez.

— Mère ? bafouillai-je, surprise et incrédule. Comment… Que faites-vous ici ?

— Pensais-tu vraiment que j'allais rester à Raverra et attendre de voir ce qui se passait alors que j'avais appris par les lampes-courrières que tu étais accusée du meurtre du duc Bergandon ? (Elle s'avança jusqu'à moi et écarta de mon visage une mèche rebelle.) Je me suis mise en route sur l'heure. Et à chaque étape de mon voyage, je recevais des rapports plus étonnants les uns que les autres. Elle a failli mourir empoisonnée… Elle a suppléé dame Terringer dans ses fonctions d'Envoyée sérénissime… Tu as été fort occupée, Amalia.

Je grimaçai.

— Pas toujours de mon plein gré.

— Mais je suis arrivée à Ardence pour découvrir que tu n'avais pas besoin de mon aide. (Une note étrange colorait la voix de ma mère : de la fierté.) Tu avais déjà démasqué les traîtres, lavé ton nom, conclu la paix et mis un nouveau duc à la tête d'Ardence.

Des louanges, de ma mère, et sans la moindre ironie. Je m'attendais à ce que le sol s'ouvre sous mes pieds, car c'était forcément la fin des temps.

— Je n'ai vraiment pas eu grand-chose à faire pour ce qui concerne le nouveau duc. Quant au reste, Zaira et Marcello m'ont apporté une aide précieuse.

Ma mère haussa un sourcil.

— Ne jamais contredire quelqu'un qui t'adresse des louanges, Amalia. Une protestation modeste est toujours bienvenue, mais inutile de démentir les compliments que l'on te fait.

Je ris.

— Soit. Je suis le sauveur d'Ardence. Et de Raverra, aussi. Il devrait y avoir un défilé en mon honneur.

— Ce serait peut-être un peu exagéré, dit-elle avec une étincelle amusée dans les yeux. Mais tu as fort bien manœuvré. J'avais tendance à m'inquiéter de ma succession, quand je te voyais t'enfermer dans ta chambre entourée de tes livres, sans t'intéresser à ce qui se passait autour de toi, mais je ne me tracasse plus, à présent.

— Merci, mère. (Ma gorge se serra.) Mais je ne suis pas certaine de pouvoir être votre héritière.

— Comment ça ? me demanda-t-elle d'une voix dangereusement tranchante.

— Il ne me reste que quelques bouteilles d'élixir. (Cette vérité que je n'avais révélée à personne d'autre jaillit comme un flot trop longtemps contenu.) Je ne sais pas ce que vous comptez faire d'Ignazio, mais il m'a affirmé avoir détruit toutes les copies de la formule du contrepoison. Et même si vous pouviez le forcer à préparer encore mon élixir, il serait difficile de l'empêcher d'y glisser du poison, ou d'en modifier la composition pour le rendre inefficace.

— Oh, ce n'est que ça ?

La Contessa éclata de rire en rejetant la tête en arrière.

— Mais je suis sérieuse ! Il m'a dit qu'il était désormais le seul à connaître la formule.

— Ma chère enfant, s'amusa ma mère en me regardant tendrement. Crois-tu vraiment que je laisserais la vie de ma fille dépendre entièrement du bon vouloir d'un seul homme ? Et s'il était tombé accidentellement dans le canal et s'était noyé ? J'ai demandé à un alchimiste des Faucons d'analyser un échantillon de l'élixir afin de pouvoir le reproduire, il y a des années déjà. Mais c'était un secret que j'avais gardé pour ne pas vexer Ignazio. Tu n'auras aucun problème de ce côté-là.

Je m'affalai contre le mur avec soulagement.

—Les Grâces soient louées.

—Quant à Ignazio, la question n'est pas encore tranchée. (Son visage retrouva sa gravité.) Il finira de toute façon ses jours dans une geôle, mais il nous reviendra, au Conseil et à moi, de décider s'il doit payer sa trahison de sa vie.

—Mère… (Malgré les actes qu'il avait commis, je ressentais toujours de l'affection pour lui.) Je me sentirais affreusement coupable si Ignazio était exécuté à cause de moi. Même s'il était prêt à me voir mourir pour que ses plans aboutissent, il reste un membre de la famille.

—S'il est condamné à la peine capitale, ce ne sera pas à cause de toi. Il a trahi la Cité Sérénissime. (Elle me prit par les épaules.) Il ne t'appartient pas de décider de son sort. Laisse cela au Conseil des Neuf.

—À ce propos, je suis inquiète. Le prince Ruven a clairement insinué que le Vaskandar se préparait à la guerre. Nous avons mis fin à ses manigances avec Orthys, qui enlevait des enfants-mages pour son compte, et nous l'avons empêché de franchir la frontière en emportant de dangereux livres de magie explorant la possibilité de déclencher une éruption volcanique, mais je reste persuadée que le Vaskandar manigance d'autres plans dont nous ignorons encore tout.

—Cela ne fait effectivement aucun doute. Et crois-moi, j'ai bien l'intention d'orienter tous les efforts de nos espions dans cette direction.

—Je veux vous aider. (À le dire ainsi, je me sentis de nouveau immature. Et c'était certainement ainsi que ma mère me voyait : une fillette somnolant sur le palier du premier étage au son des voix qui décidaient du sort d'Eruvia.) J'ai rencontré le prince Ruven ; je sais de quoi il est capable, et je souhaite contribuer à l'empêcher de nuire.

Les yeux de la Contessa scintillèrent.

— Soit.

Son assentiment pesa sur mes épaules comme une lourde cape. Il m'ouvrait la porte d'un lieu où les mots pouvaient tuer, où un hochement de tête pouvait faire prendre la mer à la flotte, mettre en branle des armées, missionner des assassins, réduire en cendres des villes.

Mais j'avais déjà franchi ce seuil, et accepté d'endosser ce rôle. Le temps où je me réfugiais dans ma chambre était fini.

— Une autre chose. (Je respirai profondément en rassemblant mon courage. Ce ne pouvait tout de même pas être pire que de rester seule et mourante, couchée sur le sol d'un entrepôt.) Mère… Je crois que vous avez tort concernant le lieutenant Verdi.

Elle ne parut pas surprise, mais Ciardha avait dû évidemment l'informer de tout ce qui s'était passé. Elle me regarda, avec un air de scepticisme neutre.

— Encore Verdi. Aurais-tu aujourd'hui une réponse à la question que je t'avais posée ? Quel bénéfice en tirerait Raverra ou la maison Cornaro si je t'autorisais à l'envisager comme un possible prétendant ?

L'instant était délicat. Je pouvais lui dire que je me moquais de savoir quel bénéfice Raverra en retirerait, que l'amour était la seule chose qui comptait. Je pouvais lui rappeler qu'elle avait toujours voulu que je sois capable de défendre fermement mon point de vue, et qu'en cette affaire j'étais prête à m'opposer à elle.

Mais l'argument des sentiments n'aurait pas la moindre chance de persuader la Contessa. Et au demeurant, il ne me convainquait pas non plus.

— Vous vous méprenez, mère. Je ne vous demande pas de consentir à ce que Marcello me fasse la cour. Je suis d'accord avec vous pour dire que, pour le moment, il est de notre intérêt politique que je demeure libre de toute attache. (Ma poitrine se serra à admettre cela, mais je poursuivis tout de même.) Toutefois, je crois que vous sous-estimez la valeur future que pourrait avoir le lieutenant Verdi. C'est un officier talentueux et de bonne naissance, qui a rapidement gravi les échelons au sein des Faucons. Avec notre soutien, il aura de sérieuses chances de succéder au colonel Vasante quand celle-ci quittera ses fonctions. (Je haussai un sourcil pour appuyer mon propos, en une mimique que j'avais apprise de celle qui se tenait devant moi.) Vous trouviez intéressant que je rapporte un Faucon à la maison Cornaro ; songez que Marcello pourrait apporter aux Cornaro *tous* les Faucons.

— Il n'accepterait jamais de les utiliser au bénéfice de notre famille.

— Et il ne devrait pas avoir à le faire. Mais cela resterait entre le doge et nous. Les autres familles de l'Assemblée n'auraient nul besoin de le savoir.

Le sourire de ma mère s'épanouit.

— Tu commences à apprendre, mon enfant. Tu as encore du chemin à faire, mais tu commences enfin à apprendre.

Ma mère avait certes renoncé à l'idée d'envoyer Marcello dans un fort des Pics Sorciers, mais je jugeai tout de même plus prudent de ne pas prendre place sur le même banc capitonné que lui dans la barque qui nous ramenait aux Mues. J'avais tout le temps de décider quoi faire concernant le lieutenant Verdi ; en attendant, il était vraiment agréable de pouvoir lui sourire sans m'inquiéter de le condamner à un exil morose sur la frontière du Vaskandar.

Assise à côté de moi, Zaira se livrait à des commentaires sarcastiques sur les tenues des aristocrates que nous croisions sur les eaux du Canal impérial, animé comme à l'accoutumée d'un important trafic. Istrella partageait le banc de son frère et chantonnait pour elle-même tout en examinant une conque symphonique qu'elle avait achetée durant notre étape à Palova. Notre batelier marmonna une malédiction à l'encontre de la barque effilée d'un messager qui nous avait coupé la route, et un vieil homme chauve au balcon d'une demeure surplombant le canal se mit soudain à entonner une ballade *a capella*, d'une riche et belle voix de ténor.

C'était bon d'être de retour chez moi. La première vision irréelle de la Cité Sérénissime flottant au milieu de la lagune m'avait transpercé le cœur d'un mélange d'émerveillement et de soulagement. Malgré toute l'affection que je portais à Ardence, je n'eus à cet instant aucun doute sur le fait que j'étais vraiment une fille de Raverra.

Nous débouchâmes bientôt dans l'étendue ouverte de la lagune et effectuâmes la courte traversée jusqu'à l'île du Rapace. La forteresse des Mues, masse grise et menaçante, dressait ses remparts au-dessus des eaux. Mes yeux glissèrent vers Zaira, qui contemplait la place forte avec une expression indéchiffrable.

Quand nous débarquâmes, je restai un instant sur le quai avec Marcello tandis que Zaira fêtait ses retrouvailles avec Vaurien, qui dansait de joie autour d'elle. Même les rires de Zaira et d'Istrella, même les jappements et les sautillements frénétiques du chien ne purent me distraire de la douce chaleur qui faisait vibrer l'air entre Marcello et moi.

— Je viendrai aux Mues chaque jour, lui promis-je.

Il m'adressa un sourire mélancolique.

— En aurez-vous le loisir, avec tous ces nouveaux devoirs qui réclameront votre attention ?

— Je trouverai le temps. Je suis une Cornaro. Le temps lui-même doit se plier à mes exigences.

Il rit, me récompensant de la vision fugitive de ses fossettes.

— Très bien, Amalia. Dans ce cas, Zaira et moi attendrons chaque jour votre visite, et le temps n'a qu'à aller se plaindre aux Enfers.

— De plus, je devrai travailler avec votre sœur sur la conception de ces écluses. Ainsi qu'aider Venasha et Foss à s'installer ici avec Aleki, quand ils arriveront.

— Je ne vous verrai donc sûrement pas autant que je l'espérerais, dit-il d'une voix morose, mais ses fossettes étaient toujours visibles.

Il plaisantait. Enfin, en partie du moins.

Personne ne nous regardait, aussi lui pris-je la main pour la serrer brièvement, et il mêla ses doigts aux miens.

Zaira semblait prête à rentrer aux Mues avec Vaurien, et j'avais encore une chose à régler avec elle.

— Si cela ne vous dérange pas, m'excusai-je auprès de Marcello, j'aurais aimé dire un mot en privé à Zaira avant de partir.

— Bien sûr.

Marcello m'adressa un regard qui me tiendrait au chaud pour tout le reste de la journée, puis il s'éloigna, Istrella à son bras.

Je rattrapai Zaira avant qu'elle entre aux Mues.

— Puis-je vous parler un instant ?

Elle me dévisagea en haussant les sourcils.

— Aux dernières nouvelles, personne n'a eu la chance de réussir à vous empêcher de jacasser.

Mais elle rappela Vaurien d'un sifflement et marcha avec moi le long du quai. Nous arrivâmes rapidement au bout de la jetée, où nous étions seules, à l'exception des mouettes.

— Je voulais vous remercier, dis-je doucement. Pour tout ce que vous avez fait à Ardence.

Elle haussa les épaules.

— Je ne l'ai pas fait pour vous.

— Et je suis désolée que vous ayez dû laisser Domenic.

— Lui ? (Un sourire mutin se dessina sur ses lèvres.) Oh, c'est un homme tout à fait charmant. Il me manquera, et j'ai hâte de le revoir. Mais il y a tant d'autres poissons dans la mer.

Je peinai à trouver les mots dont j'avais besoin.

— Tout de même. Cela ne me paraît pas juste de vous ramener ici. Vous n'avez jamais demandé à devenir un Faucon.

Zaira avait le regard perdu sur les flots de la lagune.

— Quand vous m'avez amenée ici, je n'ai pas eu le choix. Mais je l'ai eu à Ardence. Et j'ai fait mon choix.

— Quoi, vous voulez parler de la proposition d'Ignazio ? De devenir son Faucon, au lieu d'être celui de Raverra ? Ce n'était pas un véritable choix.

Zaira renifla dédaigneusement.

— Vous me prenez pour une idiote ? Non, je ne parle pas de cette offre stupide.

— De quoi, alors ?

— J'aurais pu brûler tout le monde dans l'entrepôt, récupérer le jet, filer une pièce à un gamin trop petit pour comprendre ce qu'il faisait en le passant à mon poignet et lui demander de dire « *exsolvo* ». Et j'aurais alors été une femme libre.

J'écarquillai les yeux, complètement prise au dépourvu.

— Ce… Oui, ça aurait pu marcher.

— Oh oui, ça aurait marché. (Zaira afficha un grand sourire.) J'ai toujours de bons plans, non ?

« Bons » était un terme des plus relatifs.

— Mais vous n'en avez rien fait.

— Non. Et donc, je suis ici par choix maintenant. (Zaira se tourna vers la forteresse, avec un regard de défi.) C'est loin d'être parfait, mais c'est toujours mieux que les autres options que j'ai, je crois. Et la compagnie n'est pas si horrible. Je ne vous promets pas que je ne changerai pas d'avis un jour, mais oui, je vais rester encore un peu ici.

— J'en suis heureuse. Et pas seulement parce que dans le cas contraire, j'aurais eu à mourir. (Je lui tendis la main.) Vous êtes une bonne partenaire, et une formidable amie. J'ai beaucoup à apprendre de vous.

Zaira prit ma main avec un sourire.

— Il était temps que vous vous en rendiez compte.

Main dans la main, nous fîmes demi-tour pour regagner les Mues.

Remerciements

Je voudrais remercier ma merveilleuse éditrice, Lindsey Hall, pour ses commentaires toujours pertinents, et pour avoir donné des ailes à mon Faucon. Ma sincère gratitude à toute l'équipe d'Orbit pour son travail sur ce livre, ainsi qu'à Emily Byron, mon éditrice anglaise, pour lui avoir fait traverser l'Atlantique. D'immenses remerciements à ma formidable agente, Naomi Davis, pour avoir soutenu ma cause et permis que mes rêves deviennent réalité.

Merci à mon père de m'avoir acheté mon premier exemplaire de *Writer's Market* quand j'étais en troisième, et d'avoir enduré la lecture de cet abominable roman que j'avais écrit à l'époque du collège. Merci également à ma mère, une femme avec laquelle il faut compter, pour n'avoir jamais permis que je doute un seul instant que les femmes ont toute légitimité à exercer le pouvoir. Des océans célestes de gratitude à mon mari, Jesse King, pour son indéfectible soutien, et pour cette conversation innocente durant un long trajet en voiture, qui a donné naissance à l'idée de ce livre. Merci aussi à mes deux fabuleuses filles, Maya et Kyra, pour leur patience, leur amour et leur compréhension tout le temps qu'a duré sa rédaction.

Un grand hourra à mes formidables premiers lecteurs : Silvia Park, Lauren Austrian-Parke, Constantine Haghighi, John Mangio, Beth Sanford, Paul Saldarriaga, Nicole Evans, J.P. Orminati et Amberleigh Orminati. Et un remerciement tout particulier à Deva Fagan et Natsuko Toyofuku, pour être restées à mes côtés brouillon après brouillon, livre après livre. Votre sagesse, votre clairvoyance et votre enthousiasme valent plus que tout l'or des Cornaro.

Enfin, merci à *vous* d'avoir lu ce livre. Ce n'est pas une histoire tant que personne ne l'a lue ; elle n'est complète que grâce à vous.

Aubin
IMPRIMEUR

Achevé d'imprimer en mai 2019
N° d'impression 1903.0149
Dépôt légal, juin 2019
Imprimé en France
36231540-1